DIE HOFFNUNGSVOLLEN

ANNA SPERK

DIE HOFFNUNGSVOLLEN

ROMAN

mitteldeutscher verlag

Gefördert vom Land Sachsen-Anhalt

SACHSEN-ANHALT

Die Handlung dieses Romans ist frei erfunden. Die Personen, wie sie geschildert werden, leben in der Vorstellung und haben mit tatsächlich existierenden Menschen so viel gemein wie Kupferplatten und Radiernadeln mit einer Druckgrafik.

www.mitteldeutscherverlag.de

Gesamtherstellung: Mitteldeutscher Verlag, Halle (Saale)

ISBN 978-3-95462-750-9

Printed in the EU

Den Hoffnungsvollen
und ihren Kindern

Prolog

Strahlender Sonnenschein und purpurblauer Himmel begleiteten den 1. Mai, zu dem sich die 6 a der POS „Hans Beimler" versammelte. Die Leute munkelten, dass die ‚Freunde' oder Sowjets, wie sie offiziell hießen, mit ihren Flugzeugen Kondensationsmittel in die Luft sprühten, um vor der Stadt den Regen auszulösen, der dann den „Internationalen Kampf- und Feiertag" nicht mehr stören konnte. Obwohl nicht anzunehmen war, dass diese teure Prozedur auch in der Industrie- und Arbeiterstadt durchgeführt wurde, in der Alex lebte, hielt sich das Gerücht. Die Demonstranten freute der Sonnenschein. Der Marsch vorbei an der Tribüne kostete nur den Vormittag.

Der Treffpunkt lag gegenüber dem Centrum-Warenhaus in der Otto-Grotewohl-Straße und die Schüler standen in losen Gruppen herum. Auf dem Boden lagen rote, zusammengerollte Fahnen, blaue Tücher in Tüten und im Werkunterricht aus Holzleisten und Krepppapier gebastelte Nelken, für die sich die Schüler viel zu erwachsen fühlten, und die ihre Lehrerin zum Spaß aller Wink-Elemente nannte. Nach und nach strömten weitere Klassen zum Sammelpunkt und vor der Runden Ecke wurde es enger.

Alexandra Sanger war gerade zwölf Jahre alt. Ihre Pionierbluse hatte sie unter ihrem schönsten Pullover mit Fledermausärmeln versteckt, sodass nur der weiße Kragen heraussah. Gut sichtbar musste das rote Halstuch der Thälmannpioniere mit einem Pionierknoten gebunden sein. Ihre Jacke hatte sie lässig über die Schultern gehängt. Sie fühlte sich gut, wenn nur die Karottenjeans nicht wären, die sie inbrünstig hasste. Im Gegensatz zu einigen Mädchen in der Klasse, die auch zur Mai-Demonstration in Westjeans erschienen, hatte sie drüben keine Verwandten. Ihre Sachen waren aus der „Jugendmode".

Alex stand mit zwei Freundinnen, die auch blaue Karottenjeans trugen, abseits der Klasse. Zu dritt verhandelten sie den Austausch neuer Bücher, die Anjas Vater besorgt hatte und die man, wenn überhaupt, nur unter dem Ladentisch bekam. Er war Parteisekretär bei der Wismut und Offizier der Staatssicherheit, weshalb er regelmäßig in speziellen Läden einkaufte, die für die Normalbevölkerung nicht zugänglich waren. Und hin und wieder bedachte er seine Tochter mit Geschenken, auf die nicht nur Anja, sondern auch Andrea und vor allem Alex spitz waren.

Die aktuellsten Bände von Erich Wustmann und Miloslav Stingl standen in ihren Regalen, Bücher, die es noch nicht einmal in der Stadtbibliothek auszuleihen gab. Wenn sie darin blätterte, fesselten sie die exotischen Bilder. Farbexplosionen, die Kontraste setzten zum schlichten Grau-Braun, in das die DDR gekleidet war, als würde der ‚real existierende Sozialismus' das Bunt aus der Landschaft saugen. Selbst das Grün der Bäume wirkte vor den Plattenbauten ihres Wohngebietes fade. Die Kleider einer Afrikanerin vor ihrer Lehmhütte oder die nackte, rot bemalte Haut eines Amazonasindianers im Urwald leuchteten dagegen so intensiv, als wäre die Sonne nur dafür geschaffen, um von ihnen reflektiert zu werden. Sie träumte davon, einmal in die Farben der Welt einzutauchen, und wenn sie es schaffte, dann wollte sie sie beschreiben und zu Menschen tragen, die zu wenig davon hatten. Wie sie selbst.

Ihr blieben nur die Abbilder dieser Welt, das Leuchten der Fotos, und wenn sie nach der Schule nicht las und sich Notizen machte, zeichnete sie die Motive der Abbildungen nach. Erst letzte Woche hatte sie die melancholischen Gesichter eines Mannes und einer jungen Frau vom Amazonas übertragen. Beide hielten die Blicke gesenkt, als würden sie stumm über die Abholzung des Regenwaldes klagen. Und dabei waren sie von einer verletzlichen Schönheit, dass Alex sich nicht mehr von ihnen lösen konnte. Wollten die beiden nicht einfach nur leben? Aber die Welt, in der sie wohnten, wurde gerodet. Und sie begann über das Leben nachzudenken, über ihr eigenes und über das anderer. Es schien in einen steinernen Tunnel gegossen, in dem Abzweigungen und die Wahl eines eigenen Weges nicht vorgesehen waren. Sie mussten in der steinernen Röhre entlanglaufen. Wer stehen blieb, wurde von der Masse geschoben.

Die farbenfrohen Bücher dagegen brachten Licht in ihr Leben. Ihr schillerndes Bunt, wie gern würde sie es einfangen und vervielfältigen. Doch es blieb in den Büchern, die sie irgendwann zuklappen musste, um sie zurückzugeben.

„Mein Gott, tun mir die Beine weh. Wann geht es endlich los?" Andrea, die Christin im Bunde, riss sie aus ihren Gedanken. Das Warten zerrte an den Nerven, und genau dies stand den Schülern ins Gesicht geschrieben. Die Straße hatte sich dicht gefüllt. Neben der Klasse 6 a umstand eine jüngere Gruppe mit den blauen Halstüchern der Jungpioniere ihre Lehrerin, die streng, aber mit freundlicher Stimme Anweisungen gab und dabei immer wieder ordnend ihre Hand auf die Schulter des einen oder anderen Schülers legte. Einige Arme reckten sich in die Luft. Die Jüngeren strahlten die freudige Pflichterfüllung aus, die auch Alex noch aus der Zeit kannte, als die Teilnahme an der Demonstration ein Zeichen dafür war, dass sie zu den Großen gehörte.

Endlich unterbrach Frau Rudolf ihr Gespräch und blickte über die Runde der sechsten Klasse. „Kinder", gab sie das Kommando und wartete ab, bis die Pioniere sie ansahen. „Es geht los!"

Dann rief sie einige Jungen zur Ordnung und traf Anweisungen, sich zu einem Block zu formieren. Sie verteilte die ‚Wink-Elemente' nach einem geometrischen Plan an die Schüler. Der Marsch begann. Im Reißverschlusssystem verband sich nun ihre Klasse mit weiteren Schülerblöcken, die sich auf der gegenüberliegenden Straßenseite arrangiert hatten. In einem geschlossenen Marsch bogen sie in die Karl-Marx-Allee ein. Die Marschmusik wurde immer lauter und der Schritt der Marschierenden fester, bis sie den 13 Meter hohen und 40 Tonnen schweren Karl-Marx-Kopf vor der „Parteisäge" erreichten, der dieser Stadt ihren Namen gegeben hatte. Vor dem „Nischel" war eine schlichte, circa 20 Meter breite Tribüne gezimmert worden, deren Stufen aus Stegen und Bänken bestanden. Blumengirlanden an den Seiten verdeckten nur teilweise die helle Farbe frisch gesägten Fichtenholzes. Die Männer darauf waren wohl die wichtigsten Leute der Stadt. Bedeutungsvoll winkten sie in die Menge. Laute Marschmusik aus Dutzenden Lautsprechern schwappte über Alexandras Formation, und vor der Tribüne durchströmte sie ein angenehm euphorisches Glücksgefühl. Willig ließ sie sich davon treiben. Sie waren einzelne Sandkörner in einer wogenden Menge, in der jedem sein Platz zugeordnet war, mit dem einzigen Ziel, diese Menge zu bewegen.

Der Vorbeimarsch an der Tribüne dauerte nur wenige Sekunden. Alex sah, wie sich die Teilnehmer am Ende der Prozession schüttelten, als wären sie aus einem Traum erwacht. Einige Transparente flogen auf die Bürgersteige, wo sie Haufen mit roten Fahnen, Mainelken und Tüchern sah. Dann zückten die Leute ihre Teilnehmermarken und stellten sich an einer der Schlangen an, um sich eine kostenlose Bratwurst abzuholen. Wer seine hatte, lief mit hastigen Schritten davon. Der Spuk löste sich so schnell auf, dass am Ende der Karl-Marx-Allee gähnende Leere herrschte.

Alex beschloss, noch eine Weile zu bleiben. Mit ihrer Bratwurst in der Hand mischte sie sich unter die Leute und lief die Treppe zum Interhotel hinauf. Das *Kongreß* war mit seinen 29 Etagen und 97 Metern das höchste Haus der Stadt. Direkt gegenüber der Tribüne fand sie einen Platz auf einer von Zuschauern eng besetzten Mauer am Fuß des Hotelbaus. Von dort hatte sie einen guten Blick über das ganze Spektakel. Im Rhythmus der Musik wippte sie mit den Beinen und aß die Wurst, dabei beobachtend, wie die laute Marschmusik die vorbeiziehenden Massen für kurze Zeit in Verzückung versetzte.

‚Was für ein komischer Zauber ist das, der die Leute da derart in Stimmung bringt?‘, fragte sie sich. ‚Für die meisten‘, das wusste sie, ‚ist die Teilnahme eine lästige Pflicht. Dennoch scheinen sie begeistert.‘

Menschen, die aus Überzeugung für den Aufbau der sozialistischen Gesellschaft kämpften, hatte sie kaum erlebt. Die, die sie kannte, meckerten und klagten über Mangel und die Sprüche ihrer Vorgesetzten. Die Bevölkerung rebellierte hinter vorgehaltener Hand, aber so umfassend, dass Alex über ihr sozialistisches Vaterland kaum ein gutes Wort hörte, außer in der Schule, wo die Zufriedenheit im Lehrbuch stand. Aber selbst Anjas Vater, der Stasioffizier, hielt ihr keine Vorträge. Nie machte er Stimmung für das System. Er begrüßte sie hemdsärmelig an der Tür, ließ sie ein und verschwand im Wohnzimmer vor dem Fernseher.

Alex amüsierte sich gerade über die deutlichen Erschöpfungserscheinungen der Parteioberen auf der Tribüne, als sie plötzlich einen Schrei hörte. Sie sah nach rechts, in die Richtung, von der sie den Lärm gehört hatte. Einige Meter von ihr entfernt beugten sich Leute über eine liegende Gestalt.

„Da ist jemand die Mauer runtergestürzt!", hörte sie die Stimme einer Frau. Tumult entstand am Fuß der Mauer, und um den Gestürzten bildete sich ein Kreis von Neugierigen. „Ist er gesprungen?", fragte jemand. „Es springt doch niemand von einer fünf Meter hohen Mauer", erwiderte ein Mann. „Dann hätte er schon vom *Kongreß* springen müssen!" – „Das hat er sich vielleicht nicht getraut." Ein anderer Mann lachte. Und noch ein anderer erklärte: „Da oben lassen sich die Fenster nicht öffnen. Das hat schon seinen Sinn."

Alex wollte etwas sehen und beugte sich weit nach vorn. Die Diskussion der Leute irritierte sie.

Erstes Buch

Auf dem Weg

1

Der Zug fuhr ihrer Zukunft entgegen, wäre da nicht die Angst vor dem Unbekannten, wie immer, wenn durch eine Zäsur ein Lebensabschnitt von einem neuen abgelöst wurde.

Mit ihrer Reisetasche in der Hand und einem kleinen Rucksack auf dem Rücken hatte sie 16 Uhr den Zug aus ihrer Heimatstadt nach Linden bestiegen und eine halbe Stunde vorher hatte sich die Tür der elterlichen Wohnung hinter ihr geschlossen. Noch nie war ihr so bewusst gewesen, dass sie nun erwachsen war, endgültig, unwiderruflich.

In Linden fuhr der Zug in eine riesige Halle ein, wohl um das Doppelte größer als der provinzielle Bahnhof, den sie gewohnt war. Beim Aussteigen zögerte sie auf der Treppe. Ihr neugieriger Blick überflog den Bahnsteig von links nach rechts. Dann erst wagte sie den Schritt in die Freiheit.

Ein erfrischender Luftzug durchwehte die Halle und streifte ihr Gesicht. Tief atmete sie ein. Der Duft eines der letzten regnerischen Septembertage. Einige Schritte weiter blieb sie stehen und spürte, wie sie mit beiden Beinen fest auf dem Boden stand. Kurz schloss sie die Augen und genoss ihre Unabhängigkeit. Fast hätte sie die Arme ausgebreitet und ihren Kopf in den Nacken gelegt, um zu fliegen wie die Tauben in den riesigen Eisenbögen des Kopfbahnhofs.

Der Bahnsteig leerte sich unter den eiligen Schritten der Menschen. Jetzt musste sie selbst den Entschluss fassen, vorwärtszugehen. Ihr war plötzlich bewusst, dass sie bislang niemanden kannte, der ihr Leben fortan prägen würde. Sie musste sich mit Menschen umgeben. Dann würde sich vielleicht das Gefühl einstellen, auch an diesem Ort angekommen zu sein.

Doch erst einmal stand sie hier, sie hatte ein Ziel, sie war zum Studium nach Linden gekommen. Und sie wollte sich nicht entscheiden. Ihre Eltern, Ingenieur und Informatikerin, hatten ihr ein technisches

Studium nahe gelegt. Informatik war ein zukunftsfähiges Fach, ein sicherer Arbeitsplatz, Einkommen, Familie. An Begabung mangelte es auch nicht, Mathematik und Physik waren ihre Lieblingsfächer gewesen. Aber eigentlich wollte sie doch etwas anderes, mehr als nur Beruf und Familie, den vorbestimmten und sicheren Weg.

Alex blickte auf ihre Reisetasche, in der sich die Mappe mit den völkerkundlichen Abschriften befand, ihre Sammlung von Texten und Zeichnungen aus Büchern, die sie sich jahrelang über viele Umwege organisiert hatte. Heute, im Jahr 1992, könnte sie sich die Bücher einfach kaufen. Auf allen Märkten standen Antiquariatstische und boten all die Werke feil, die zu DDR-Zeiten nicht zu bekommen gewesen waren. Und die handgeschriebene Mappe war eine eigenwillige Form eines Tagebuches, ein Zeugnis ihrer Träume davon, die Welt zu bereisen. All die Bücher, aus denen sie abgeschrieben hatte, die Fenster in die Ferne, die ihr enges Kinderzimmer in der Platte eines Neubaugebietes aus den Siebzigerjahren unerreichbar umgaben.

Die Wende vor drei Jahren hatte alles geändert. Jetzt stand ihr die ganze Welt offen. Wer sollte sie jetzt noch daran hindern, sie zu bereisen – wie in den Sechziger- und Siebzigerjahren Erich Wustmann? Sie könnte nun Völker studieren, wo immer sie lebten, eigenes Material sammeln und Bücher veröffentlichen, wenn sie am Institut für Ethnologie studieren würde, an demselben Institut, an dem die „Völkerkunde für Jedermann“ entstanden war, die sie als Kind im Schrank ihrer Großmutter gefunden hatte.

In ihrem achtzehnten Lebensjahr war Deutschland seit zwei Jahren wiedervereinigt, und sie fühlte, dass ihr Leben mit allen Chancen vor ihr lag. Noch nichts war unumgänglich. Sie konnte ihre Zukunft wählen. Nur der innere Streit, zwischen Traum und Vernunft, Hoffnung und Angst, blockierte sie. Zur Sicherheit hatte sie sich deshalb für zwei Studienfächer entschieden, und diese konnten gegensätzlicher nicht sein – Informatik und Ethnologie.

Sie nahm energisch ihren Rucksack auf den Rücken und ihre Reisetasche in die rechte Hand, um ihren Weg zum Wohnheim zu finden, für das sie bereits im Juli einen Platz ergattert hatte. Damals hatte sich das Gerücht verbreitet, dass jährlich zu Semesterbeginn die Plätze ausgingen und Studenten, die zu lange zögerten, in Turnhallen untergebracht werden mussten.

Sie verließ den Bahnhof durch einen der zwei Hauptausgänge. Stadtlärm schlug ihr entgegen und sie stand direkt vor den Haltestellen der Straßenbahnen.

Fröstelnd wartete sie. Ihr Blick hing an dem imposanten Bahnhofsgebäude mit seiner symmetrischen Fassade, die von zwei riesigen Bögen dominiert war. Die Straße vor dem Bahnhof war mehrspurig und die Autos fuhren zügig, für ihren Geschmack viel zu schnell vorbei. Die Gebäude rund um die Haltestelle waren um mehrere Etagen höher als sie es kannte und verrieten mit ihren üppig verzierten Fassaden den bürgerlichen Reichtum der einstigen Handelsmetropole. Kein Vergleich mit der Arbeiterstadt, aus der Alex kam.

Die abendliche Kühle ließ die Menschen zittern. In ihren hochgeschlossenen Jacken und Mänteln traten sie von einem Fuß auf den anderen. Neben ihr standen zwei Frauen, die sich laut unterhielten. Mehr und mehr zog ihr breiter Dialekt ihre Aufmerksamkeit auf sich. Die Mundart, eine Variante des Sächsischen, sprach auch sie seit ihrer Kindheit. Doch die Tönung in ihrer Aussprache nahm sie wahr, obwohl man doch kein Ohr für seinen eigenen Dialekt hatte? Warum harmonierte der sächsische Klang nicht mit ihrem eigenen, gewohnten Klang, sodass er in ihr unterging, für sie unhörbar wurde?

Naja, das Sächsische war farbenfroh, auch wenn es sich nur in den dunklen Tönungen bewegte. Und weil sie sich langweilte, gab sie dem Städtedreieck ihrer Heimat spontan neue Namen und ergänzte die verräterische Floskel „Nicht wahr?“. Als Kind hatte sie „nor“ gesagt, in der Handelsmetropole, die sie nun Linden nannte, sagten die Menschen „newor“ und in der Kulturstadt hörte man allenthalben das kleine Wörtchen „nu“. Aber in einem waren alle Dialektvariationen gleich, in der Verdunkelung fast aller Vokale hin zum „O". Nicht umsonst war die Mundart sprichwörtlich in der DDR gewesen. Alexandras Heimatstadt hieß kurz die Stadt mit den drei „Os", Korl-Morx-Stodt, worüber sich die ganze Republik lustig gemacht hatte.

Diese Republik und den Namen ihrer Heimatstadt gab es nicht mehr. Ihr Dialekt dagegen hatte nichts von seinem dümmlichen Klang verloren. Peinlich hatte sie die überschwänglichen Sachsen im Westfernsehen gefunden, die sich lauthals freuten, endlich Tempotaschentücher benutzen zu dürfen. Warum nur hatte sie nicht die klingende, melodische Sprache ihrer Großeltern gelernt, die im tiefen Vogtland lebten? Stattdessen hatte sie sich in der Schule blamiert, damals, als sie in Deutsch ein Gedicht aufsagen sollte, und ihre Lehrerin dies mit den Worten kommentierte: „Für das Erlernen gebe ich dir eine Eins, aber für die Deklamation kann ich dir nur eine Drei geben." Danach hatte sie von ihr verlangt, vor der versammelten Klasse einen Satz mit einer Ansammlung von Zischlauten aufzusagen, die Sachsen regelmäßig zu einem breiten „sch" verzerrten. Mit hochrotem Kopf hatte sie sich bei jedem auszusprechenden Wort angestrengt dessen Schreibweise in Erinnerung gerufen: „In der Küche auf dem Tisch, steht ein Schälchen Milch." Bei dem Wort „Milch" waren ihr die Nerven durchgegangen und sie hatte ihre Deklamation mit einem wütenden „Mülsch" abgebrochen, um puterrot zu ihrem Platz zu laufen und unter dem Gekicher ihrer Mitschüler hinter ihrem „Tisch" zu verschwinden.

Doch nun fuhr sie in der Straßenbahn durch ihr unbekannte, enge Straßen nach Süden und da sie alle paar Minuten anhielten, schien die Fahrt endlos zu sein. Erst als sich die Straßenbahn nach und nach geleert hatte, die Straßen weiter und das Grün der Anlagen üppiger wurden, signalisierte ihr ein Schild die richtige Haltestelle. Sie stieg aus und während das metallische Quietschen der weiterfahrenden Bahn verklang, realisierte sie, dass sie sich am südlichen Stadtrand befinden musste, dort wo eine zehngeschossige Platte den Abschluss der städtischen Bebauung vor einer flachen, öden Wiese bildete, die nur von verwildertem Strauchwerk durchbrochen war. Die heimischen sanften grünen Hügel eines Ausläufers des nördlichen Erzgebirges vor ihrem inneren Auge, erschien ihr die Gegend trostlos.

Alex ging über die Straße auf die Platte zu und musste einige Zeit suchen, bis sie das Schild „Studentenwerk" fand. Die Tür stand offen und eine ältere Frau, die im Flur das abgescheuerte Linoleum wischte, nannte ihr die Zimmernummer des Hausmeisterbüros im Erdgeschoss.

∞

Das Institut für Informatik befand sich im Hauptgebäude der Universität, einem rechteckigen Kasten mit Blechverblendungen unter großen Fenstern. Über dem Portal prangte ein riesiges Relief, auf dem das Konterfei desjenigen kommunistischen Vordenkers dominierte, der der Universität zu DDR-Zeiten seinen Namen gegeben hatte. Überlebensgroß überragte er eine Gruppe enthusiastisch kämpfender Arbeiter. Das Gebäude sah direkt auf einen der zentralen Plätze der Stadt herab. Neben dem Hauptgebäude ragte ein riesiger Turm in die Höhe, der einem aufgeschlagenen Buch nachempfunden sein sollte und den die Studenten kurz den „Weisheitszahn" nannten. Auch das Hochhaus gehörte zur Universität.

Alex betrat die Alma Mater und fragte den Portier nach dem Institut für Informatik.

„Dritte Etage, links", sagte der, nachdem er in einem Buch nachgeschlagen hatte, und Alex stieg in den Paternoster. Der Versuch, den richtigen Moment für den Sprung in die oder aus der Kabine zu finden, ließ ihr Herz auch mit achtzehn Jahren noch klopfen.

Auf den ersten Blick war das Institut für Informatik ein langer grauer Flur. Alexandra studierte die Namensschilder an den verschlossenen Türen. Die Ansammlung von akademischen Graden schüchterte sie ein. Sie klopfte an einem Sekretariat und fragte, ob sie hier richtig sei.

„Was wünschen Sie denn?“, fragte eine freundliche Sekretärin mit blond gefärbten Haaren, die wegen Alex ihre Unterhaltung mit einem älteren Herrn unterbrach.

„Ich möchte Informatik studieren und suche die Stundenpläne.“

„Stundenpläne?“, lachte der graumelierte Herr. „Die gibt's nur in der Schule. Sehen Sie in den Vorlesungsplan. Dort finden Sie alle Vorlesungen, Seminare und Übungen.“

Sein Blick wanderte Alex' Gestalt auf- und abwärts. Er verstörte sie. Scheinbar schien er zu überlegen, ob ihre Erscheinung im Sekretariat mit richtigen Dingen zugehe. Doch ehe sie ihrem Antrieb folgen konnte, vor seinen Blicken zurückzuweichen, fragte er schon: „Sie wollen wirklich Informatik studieren? Schaffen Sie das denn?“

Wie eine Sprungfeder richtete sich Alex auf. Ihr Vater hatte es ihr beigebracht, Rücken gerade, Brust raus, und sie antwortete etwas zu heftig: „Ich war in den Naturwissenschaften sehr gut.“

Doch der Graumelierte zwinkerte nur belustigt der Sekretärin zu. Alex' Bekenntnis schien ihn wenig zu beeindrucken. „Das hat überhaupt nichts zu sagen. Studieren Sie doch lieber Geisteswissenschaften oder Pädagogik, wie alle Frauen.“

„Na!“, wies ihn die Sekretärin zurecht.

„Na gut, ich habe nichts gesagt. Wenn Sie es unbedingt wollen, dann tun Sie es eben.“ Er wendete sich ab und legte seiner Mitarbeiterin ein paar Blätter auf den Tisch: „Wenn Sie damit fertig sind, unterschreibe ich noch.“ Dann sah er sich nochmals zu Alex um: „Man sollte endlich wieder Aufnahmeprüfungen einführen“, und verschwand in dem Raum, der an das Sekretariat angrenzte.

Alex sah auf das Schild neben der Tür und las „Prof. Dr. Hinrich, Direktor“. Die Sekretärin suchte den Semesterplan heraus und sagte sanft: „Machen Sie sich nichts draus. Das Studium haben schon ganz andere geschafft. Wenn Sie fleißig sind, dann schaffen Sie es auch.“

Als Alex wieder unter dem Bronzerelief des Hauptgebäudes hindurchlief, atmete sie auf. Nun musste sie noch das Institut für Ethnologie suchen. Neben einer Litfaßsäule fand sie einen schattigen Platz und studierte ihren Stadtplan. Das Institut musste ganz in der Nähe sein. Nach einigem Suchen sah sie schließlich das grüne Schild mit der Aufschrift „Institut für Ethnologie" an einem spätklassizistischen Bau. Sie drehte sich um und lief auf die andere Straßenseite, um die Fassade zu betrachten. Das Gebäude schien einem florentinischen Palazzo nachempfunden. Es zeigte selbstbewusst den Stolz einer reichen und mächtigen Bürgerschaft. Und während Alex das Haus betrachtete, musste sie an die schmucklosen Fassaden ihrer Heimatstadt denken. Selbst die Vorkriegsgebäude waren reine Zweckbauten, Unterkünfte für Arbeiter, die in den Fabriken der Stadt geschuftet hatten. Bei der Sanierung zu DDR-Zeiten hatte man den Häusern etwas Farbe gegeben, aber mit den imposanten Stuckarbeiten an den Gebäuden in Linden's Zentrum waren sie bei Weitem nicht zu vergleichen. Noch viel deprimierender hatten auf Alex die Plattenbauten gewirkt, mit denen die Stadtarchitekten zu DDR-Zeiten den Zerfall der Innenstädte auszugleichen versuchten. Die „Arbeiterschließfächer", wie sie genannt wurden, hatten für Alex den Charme von aufeinandergetürmten Karnickelbuchten.

Ein hupendes Auto riss sie aus ihren Gedanken, und sie gab den Weg frei. Dann tastete ihr Blick wieder nach dem grünen Schild. „Dritte Etage" stand neben dem Institutsnamen. Sie öffnete die schwere hölzerne Tür, die mit Schnitzereien bedeckt war, stieg das Treppenhaus aus Holz hinauf und bewunderte die gedrechselten Geländerstäbe. Auf jeder Etage standen die Flügeltüren zu den Fluren der Institute weit offen. In der dritten Etage endete die Holztreppe in einem weiten Raum, von dem eine kleine Steintreppe weiter nach oben führte. Unter der Treppe sah sie eine Sitzgruppe, in der einige Studenten saßen, rauchten und sich unterhielten. Links und rechts von diesem Raum gingen die Türen zum Institut für Ethnologie ab.

„Wo finde ich das Sekretariat?", fragte sie, von den offenen Flügeltüren mutig geworden, und bekam prompt Antwort: „Diesen Flur entlang und die letzte Tür links." Freundlich wies eine Studentin in die angegebene Richtung und Alex betrat einen langen Flur, von dem mehrere Räume abgingen. Die letzte Tür links stand weit offen.

Aus dem Sekretariat klang geschäftiges Stimmengewirr, das sie verlegen machte. Verwirrt blieb sie auf der Schwelle stehen und klopfte an den Türrahmen. Vor der Sekretärin stand eine Studentin und redete. Daneben diskutierte eine ältere Frau mit zwei weiteren Studenten. Eine vierte Studentin heftete gerade Blätter in einem Ordner ab. Niemand schien sie wahrzunehmen. Sie wartete und betrachtete die Frau hinter dem Schreibtisch. Sie war vielleicht Ende fünfzig und trug ihre grauen Haare mit einer Föhnwelle, die typisch für Frauen ihres Alters war. Ihr Gesicht und ihre Sprache wirkten gutmütig. Geduldig schien sie der Studentin ihr Anliegen zu erklären. Als diese sich endlich verabschiedete, blickte sie zu Alex. „Kann ich Ihnen helfen?"

„Ich hätte gern den Vorlesungsplan." Alex trat an den breiten altertümlichen Schreibtisch heran.

Die ältere Frau beendete das Gespräch mit den beiden Studenten und gab ihnen die Hand, als Zeichen, dass sie nun gehen sollten. Dann öffnete sie einen Schrank und begann etwas zu suchen. „Wir haben keine Karteikarten mehr", lenkte sie die Sekretärin von Alex ab. Die zuckte hilflos mit den Schultern. „Ich kann erst nächsten Monat wieder welche bestellen, Frau Dr. Heller, das Geld ist schon wieder alle."

„Wie soll man denn so arbeiten? Ich muss doch meine Vorlesung vorbereiten", regte sich die Dame auf. „Es hat sich doch wirklich gar nichts verändert!" Alex sah ihr nach, als sie empört den Raum verließ.

„Ich kann doch auch nichts dafür!", rief ihr die freundliche Sekretärin bedrückt hinterher und schüttelte den Kopf. Dann wendete sie sich wieder Alex zu: „Ach so!" Beflissen stand sie auf und nahm einen Stapel Hefte von einem Tisch an der Wand. „Sind Sie neu hier?" Doch sie wartete Alex' Antwort nicht ab. „Wir haben ein Vorlesungsheft", erklärte sie und drückte ihr eines der Hefte in die Hand. „Das kostet eine Mark."

Alex zahlte, nahm das Heft und verließ das Institut.

Erleichtert schlenderte sie über das Universitätsgelände, sah sich die Gebäude an und beobachtete die Studenten, die in Grüppchen plappernd oder zielstrebig an ihr vorbeiliefen. Dann stand sie vor unverputzten Fundamentresten, von denen Treppen abwärts führten. Der Name eines Studentencafés stand in rostigen großen Lettern an einer Mauer und Studenten liefen in den Keller der – wie sie nun bemerkte – ausgebaut war.

Alex folgte ihnen und kam durch die Tür in ein warmes, nach Zigaretten und Kaffee duftendes, weitläufig verzweigtes Tonnengewölbe. Überall saßen sie, an kleinen Tischen und in bequemen Stühlen. An den ziegelroten Wänden hingen Comic-Zeichnungen und die Fronten der Gewölbe waren mit einer großen gläsernen, halbrunden Fläche aus Türen und Fenstern verschlossen, die viel Licht in die Räume ließen.

Wohlig warm war es hier, vielleicht einen Kaffee? Sie stützte ihren Kopf auf die rechte Hand und betrachtete ihren Stundenplan. Ihre Gedanken wanderten zurück in das Neubaugebiet ihrer Kindheit. Sie hätte erwartet, dass sie Wehmut fühlen würde. Doch von solcher Nostalgie war sie weit entfernt. Selbst als sie an Jörg dachte, an seine stahlblauen Augen, seine weiße Gesichtsfarbe und seine lockige Mähne, die ihn in ihren Augen stets einem Engel gleichen ließen, blieb sie kalt. Wie lange hatte sie nicht an ihn gedacht? Dabei hatten sie sich doch erst vor einigen Tagen am Bahnhof verabschiedet, und sie hatte versprochen, bald zu schreiben. Und nun schien er weit weg, so weit, dass ihr alle Lust abhandenkam, Kontakt zu ihm aufzunehmen.

Ihm jetzt zu schreiben, das hieße, wieder in der Vergangenheit zu versinken, und dagegen sträubte sich alles in ihr. Ja, es kam sogar so eine Art Widerwillen in ihr auf, als sie an ihn dachte. Hier in Linden sah sie ihn, ihren Freund, plötzlich mit nüchternem Abstand. Kühl betrachtete sie seine schlanke, sportliche Gestalt vor ihrem inneren Auge. Er war engelsgleich in seinem Aussehen, das stimmte, aber er war es nicht in seinem Wesen. Denn konnte ein Engel stolz auf sich sein? Und Jörg war nicht nur stolz auf seine Erscheinung, er war geradezu eingenommen von ihr. Manchmal hatte Alex das Gefühl, er gefiele sich selbst besser, als sie, Alex, ihm jemals gefallen konnte. Dieser Gedanke hatte sie seit ihrer ersten Begegnung gereizt, ihn zu beeindrucken, sein Gefallen zu erkämpfen, und sie hatte sich die verrücktesten Ideen einfallen lassen, um ihm zu zeigen, was sie für ihn sein konnte.

Doch jetzt, hier in Linden schien dieser Reiz taub. Ihr stand deutlich vor Augen, dass Jörg, ihr Abenteuer, sie aus der Bedrückung ihres Alltags hatte befreien sollen. Er war die Lichtgestalt in der Tristesse der Neubaueinöde gewesen. Doch Jörgs Licht verblasste am Horizont.

∞

Am ersten Studientag saß sie in einem holzgetäfelten Hörsaal, in dem jeder Schritt der Hereinkommenden hallte. Lange, halbrund geschwungene Stuhlreihen durchzogen das treppenförmige Auditorium, in dessen tiefer gelegenem Zentrum das Pult des Professors vor zwei Tafeln stand. Die Studenten zwängten sich in die engen Gänge zwischen den Stühlen. Mit knarrenden Geräuschen setzten sie sich und klappten ihre Tische hoch. Alexandra suchte ihr Schreibheft heraus, legte es auf ihren Tisch und platzierte einen Kugelschreiber akkurat darüber. Dann sah sie sich um.

Es saßen nur wenige Studenten im Saal. Zwischen ihnen blieben ganze Reihen leer. Alle Studenten schienen männlich zu sein. Mit den Augen suchte sie den Raum ab und entdeckte nur ein weiteres Mädchen. Ihr wurde mulmig. Hatte Professor Hinrich recht? War dieses Fach wirklich nichts für Frauen?

‚Quatsch!', dachte sie. ‚Im Kopf unterscheiden sich Männer und Frauen jedenfalls nicht.'

Dann wurde es still im Raum. Durch eine Seitentür neben der Tafel trat Professor Hinrich ein.

„Guten Morgen, meine Damen und Herren." Seine Stimme klang hart und unfreundlich. Hatten die Studenten vorher noch gelacht, herrschte jetzt betretenes Schweigen.

„Ich sehe hier circa zwanzig Erstsemester im Fach Informatik. Sie haben sich einiges vorgenommen und nur ein kleiner Teil von Ihnen wird in zwei Jahren mit dem Vordiplom in der Tasche hier noch sitzen. Wie viele von Ihnen tatsächlich zu einem Diplom kommen, das wage ich nicht zu schätzen. Aber die meisten werden das Studium nicht schaffen. Über diese Prognose können Sie nun nachdenken."

Alex schluckte. Sie hätte lieber gehört, dass er sich über seine neuen Studenten freute und sie herzlich willkommen hieß. Aber Hinrich schien die Neuen nicht in sein Fach einladen zu wollen. Mit unnachgiebigem Tonfall, als müsste er sie zu einer Strafarbeit verpflichten, dozierte er die nächste halbe Stunde über die Literatur, die für das Studium verwendet werden sollte. Viel zu schnell handelte er die Organisation des Semesterplanes ab und listete die zu besuchenden Vorlesungen und Übungen auf. Wenn er unvermittelt immer wieder auf die Anforderungen des Informatikstudiums zu sprechen kam, wurde sein Ton noch abweisender, als er so schon war. Alex sackte in sich zusammen. Sie sah in die erstarrten Gesichter ihrer neuen Kommilitonen. Angespannte Ruhe herrschte im Saal. Und als sich Hinrich verabschiedete, spürte sie deutlich ein Aufatmen durch alle Stuhlreihen gehen. Schnell packten die Studenten ihre Aufzeichnungen ein und verschwanden durch die Tür. Draußen bemerkte sie eine kleine Gruppe, die sich leise unterhielt. „Das kann ja was werden", hörte sie einen Studenten, und die anderen nickten stumm. Dann nahm sie ihre Tasche unter den Arm und ging zur Ethnologie.

Der Hörsaal lag in den Räumen des Instituts und hatte eine familiäre Ausstrahlung. Kein treppenförmiges Auditorium trennte die Würde eines dozierenden Professors von der unterwürfigen Unbeholfenheit zahlreicher Studenten. Der Saal war ein schlichter großer Raum, in dem verschlissene Tische und Stühle standen. Dass er nicht renoviert war, verstärkte das Gefühl von Zusammengehörigkeit und Wärme unter den Anwesenden, die sich unverkrampft miteinander unterhielten. Niemand schien zu bemerken, dass der Professor eintrat. Erst als er versuchte, sich Ruhe zu verschaffen, wendeten ihm nach und nach die Studenten ihre Aufmerksamkeit zu. Der grauhaarige Herr am Rednerpult stellte sich als Hans Ulrich vor, und er begann seine Vorlesung ähnlich wie Professor Hinrich: „Bislang (Er meinte wohl, zu DDR-Zeiten.) haben wir hier in der Ethnologie nur nach Bedarf ausgebildet. Immatrikuliert wurde nur jedes zweite Jahr und dann nur zwischen sechs und acht Studenten. Wer bei uns studierte, konnte persönlich in seinem Werdegang betreut werden und bekam später auch einen Arbeitsplatz angeboten, zum Beispiel an einem Museum, an einem Universitätsinstitut, in Verlagen oder Bibliotheken."

Die eingemauerte DDR hatte wohl nicht mehr gebraucht, dachte Alex, schließlich war das Reisen ins kapitalistische Ausland für die Mehrheit der Bevölkerung untersagt gewesen. Ob das nun anders war? Eines jedenfalls war klar, einen dieser heiß begehrten Studienplätze in der Ethnologie hätte sie vor der Wende nicht bekommen. Ihr, beziehungsweise ihrer Familie, fehlte es eklatant an „Vitamin B" und nicht zu vergessen, ihre Eltern waren dem DDR-System nicht nützlich gewesen. Es war ein Grund, sich zu freuen. Sie lebte in einer Zeit, in der jeder frei war, sich für einen Beruf zu entscheiden und sich für diesen Beruf auch ausbilden zu lassen. Mit dem Abitur in der Tasche konnte sie alles studieren. Und das fühlte sich richtig an.

Doch Professor Ulrich schien anderer Meinung. „Heute kann jeder hier studieren, der will. Sie sind dreißig Studenten in einem Jahrgang, das heißt zehnmal mehr, als es Bedarf an ausgebildeten Ethnologen in den neuen Bundesländern gibt. Ich kann Ihnen also ankündigen, dass es – optimistisch gesehen! – höchstens ein bis zwei von Ihnen bis zur Promotion schaffen, und Hoffnung auf einen Arbeitsplatz oder sogar auf eine Professur will ich niemandem hier machen. Mit Ihnen konkurrieren Tausende Studenten aus den alten Bundesländern, wo Hunderte jedes Jahr durch das Ethnologie-Studium gezogen werden. Ich lege Ihnen also ans Herz, sich gründlich zu überlegen, ob Sie tatsächlich dieses Fach studieren wollen oder ob Sie nicht doch lieber ein Fach mit Jobaussichten absolvieren, zum Beispiel in den Naturwissenschaften, die zu wenig Studenten haben und die deshalb eine wesentlich bessere Studentenbetreuung leisten können als wir." Und wie zum Überfluss folgten Alex' Augen seinem aufsteigendem Zeigefinger. „Und wer meint, Ethnologie studieren zu müssen, weil er sich dafür interessiert, weil er einfach nur gern reist oder weil es ein Studium ohne große Mühe sei, der ist hier völlig falsch. Auch das Ethnologie-Studium ist harte Arbeit."

Ulrich verlieh seiner Rede mit einer nachfolgenden Schweigesequenz zusätzlich Bedeutung. Doch die Stimmung im Hörsaal schien von seiner dramatischen Ansprache völlig unberührt. Gleichgültig und ohne den fröhlichen Optimismus in ihren Augen zu verlieren, verfolgten die Studenten seine Ansprache. Sie saßen auf ihren Plätzen, zum Sprung ins Studentenleben bereit. Was kümmerten sie Zukunftssorgen?

„Hier wird man erst einmal überall demotiviert", sagte beim Verlassen des Hörsaals eine brünette Studentin und blinzelte Alex an. „In der Soziologie haben sie uns dasselbe gesagt." Alex nickte. „Die Argumente dafür scheinen nur überall andere zu sein. Ulrich schickt uns in die Naturwissenschaften, aber in der Informatik hieß es, wir würden das Studium sowieso nicht schaffen."

„Du studierst Informatik?", fragte die Studentin.

„Wenn ich es bis zur Zwischenprüfung schaffe", antwortete Alex und grinste verlegen. „Unser Professor scheint davon auszugehen, dass Frauen da eher weniger Chancen haben."

„Ach, lass dich nicht entmutigen. Versuch es einfach!" Die Studentin blieb neben Alex stehen und schenkte ihr ein Lächeln. „Jedenfalls scheint man nirgendwo auf uns gewartet zu haben." Alex stimmte ihr zu und stellte fest, dass ihr das Mädchen sympathisch war. Kurz überlegte sie, dann stellte sie sich vor. „Sabine", erwiderte die, und beide besiegelten ihre neue Bekanntschaft mit einem Handschlag. „Schön, dass es noch andere gibt, die sich hier nicht willkommen fühlen." Langsam schlenderten sie durch den Flur entlang zur Sitzgruppe.

„Warum willst du eigentlich Ethnologie studieren?", stellte Sabine die unvermeidliche Frage, die hier alle umtrieb. „Was soll man anderes studieren, wenn man aus der DDR kommt und ein Leben lang die Welt vermisst hat?" Als Antwort grinste Sabine. „Ich komme aus München und will eigentlich Fotografie studieren. Aber ich hab's nicht beim ersten Anlauf geschafft, muss Wartesemester leisten. Da hab ich mir gedacht, ich könnte die Zeit nutzen, um den Osten kennenzulernen. Also habe ich mich in Linden eingeschrieben." Nach diesem Bekenntnis strahlte sie Alex an. „Die Welt habe ich nicht vermisst!", erklärte sie. „Nach dem Abitur bin ich für ein Jahr allein um den ganzen Globus gereist."

Alex spürte ihre unverhohlene Verblüffung im Gesicht, riss die Augen weit auf und registrierte mit großer Verwunderung, die Normalität, mit der Sabine diese Sätze einfach so dahingesagt hatte. „Das ist ja mutig!", setzte sie ihr Erstaunen in Worte. „Haben dir das deine Eltern erlaubt?"

„Meine Eltern? Die haben nur gesagt, ich soll meine eigenen Erfahrungen machen."

War das möglich? Eine Achtzehnjährige, so alt wie sie selbst, reist allein um die Welt? Reist ein Jahr allein, egal wohin, ohne Geld, ohne Führer, ohne schützende Hand, ohne fremde Hilfe und Absicherung?

Das war unerklärlich, und sie bewunderte uneingeschränkt Sabines Mut. Doch zugeben wollte sie das nicht, wenigstens nicht sofort. Deshalb leitete sie ihre Frage in eine ganz andere Richtung: „Und wie hast du das bezahlt?“

„Ach“, winkte Sabine ab, „das war kein Problem. Wenn mir das Geld ausging, bin ich eine Weile sesshaft geworden und habe gearbeitet. Meistens habe ich auf der Straße gesessen und den Leuten farbige Zöpfchen verkauft, die ich ihnen aus bunter Schnur in die Haare geflochten habe. Die gingen gut.“ Und Alex hörte ihr zu, als sie von Plätzen in Indien und in England erzählte, die Unterschiede zwischen ihren Kundinnen, der Witterung und ihren Problemen, das farbige Garn zu besorgen. Sabine schien vor unbekümmerter Lebenslust überzulaufen. Mit strahlendem Glanz in ihren braunen Augen schilderte sie ihre Reise. Was für Unterschiede zwischen dem kleinen provinziellen Leben in der Ex-DDR und der westdeutschen Freiheit, in der alles möglich war! Hatte Alex schon genügend vom Leben eingefordert, energisch genug nach dem Glück gegriffen? Woher nahm Sabine ihre Selbstverständlichkeit, mit der sie einfach tat, was ihr gerade in den Sinn kam? Warum zögerte sie nie und warum sagte sie nicht „aber“, wie Alex es stets von ihren Eltern gehört hatte?

2

Jeden Morgen, wenn er sein Wohnheimzimmer verließ, atmete Tilo an der frischen Luft auf. Die drei Mediziner, mit denen er das kleine Zimmer teilte, hatten ihm früh gezeigt, dass die Flucht aus dem Raum in die Vorlesungen oder in die Bibliothek die einzige Möglichkeit war, der Enge zu entrinnen. Er war froh, wenn das erste Seminar am Morgen begann, und gehörte immer zu den ersten Studenten im Raum. Und auf dem Weg zur Uni machte er stets einen kleinen Umweg, um sich an der frischen Luft noch die Zeit zu vertreiben und hing dabei seinen Gedanken nach.

Auf eine bedrückende Weise war die Enge seines Wohnheimzimmers ein Teil seines Lebens, das schnurgerade verlief. An diesem Morgen wunderte er sich über diese Parallelität und darüber, dass es ihn immer wieder in dieselben Situationen zurückwarf. Warum hatte er bereits in der Schule ein Nischendasein geführt, weit entfernt von der Gruppe der beliebtesten Mitschüler, denen er sich doch so gern angeschlossen hätte? Warum packten ihn andere immer wieder in die Schublade der Bedeutungslosigkeit, genauso wie er sich jeden Abend freiwillig in die untere Hälfte des Doppelstockbettes legte?

In der Schule war er Klassenbester, besonders in den Naturwissenschaften. Die Mathematik hatte er mit Leichtigkeit durchschaut. Die anderen kamen zu ihm, wenn sie Hilfe brauchten. Doch wenn sie Spaß haben wollten, dann ließen sie ihn in der Ecke stehen, und er hatte sich stets gefügt. Er war hilfsbereit, in der Freizeit drückte er sich die Wände entlang. Und nun absolvierte er genauso diszipliniert – wie früher die Schule – sein Studium. Es würde ihn keine große Mühe kosten, ein guter Informatiker zu werden, und wenn er erst einen Job hatte, dann würde er so viel verdienen, dass sich ein gutes Leben ganz von selbst ergab und vielleicht eine Frau, eine Familie und zwei Kinder, für die er dann die wichtigste Person im Leben wäre.

Doch an diesem Morgen überkamen ihn Zweifel. Wo blieb auf dieser vorbestimmten Linie die Lebenslust, das Abenteuer und das Unwägbare, das den Tag zu einem spannenden, flirrenden Ereignis machte? Sollte es einfach immer so weitergehen bis zur Rente? Und was kam danach? Missmutig stieß er eine Weile einen Kiesel auf den Gehwegplatten vor sich her und beobachtete, wie viele Felder er schaffte, ohne nach links oder rechts abzudriften.

Als er den Kopf wieder hob, sah er plötzlich das blonde, locker nach hinten gebundene Haar einer Studentin vor sich. Die schlanke Mädchengestalt trug Jeans und einen blauen langen Jeans-Parker darüber. Lässig schlenkerte an ihrer Seite eine typische Studententasche, in die Hefter und Bücher passten.

‚Alex!', dachte er und betrachtete aufmerksam den burschikosen Gang, mit dem sie auf die Ampel vor der Universität zusteuerte. Die zeigte Rot, und Tilo blieb einige Meter hinter seiner Kommilitonin stehen.

Sie war ihm gleich am ersten Tag aufgefallen, eine für das Fach viel zu hübsche Studentin, die selbstbewusst erzählte, dass sie eigentlich Ethnologie studieren wolle, und dass sie ihr Informatikstudium nur ihren Eltern zuliebe begonnen hatte. Wie zu erwarten, hatte sie Probleme im Studium. Zwar brachte sie in den Mathematikseminaren die Leistungen wie die besten Mitschülerinnen seiner ehemaligen Klasse, aber sie schien überhaupt keinen Zugang zur Informatik selbst zu haben.

Tilo musste über die Naivität, mit der sie das Studium anging, lachen. Er selbst besaß seit mehreren Jahren einen Computer und hatte einige seiner Anwendungen selbst programmiert. Ja, er hatte sogar kleine Programme verkauft. Sein Zimmer zu Hause bei seinen Eltern war ganz auf Computertechnik ausgerichtet. Dort standen aufgeschraubte Gehäuse, es lagen Bauteile und Werkzeuge herum, und jeder sah dem Zimmer an, dass hier jemand wohnte, der seine ganze Freizeit damit verbrachte, an seinem Computer zu basteln und alte mit neuer Technik aufzurüsten. In Alex' Kinderzimmer stand bestimmt nur Belletristik, und er hatte ihr vor einigen Wochen erklären müssen, wie sie den Computer im Pool hochzufahren hatte. Sie hatte bislang kaum mit Computern zu tun gehabt, außer in der Schule, wo sie einfache Additionsprogramme mit Basic geschrieben hatte. ‚Lächerlich!', dachte er.

Doch dann betrachtete er ihr wildes Haar, und ihm wurde klar, dass sie in den Händen trug, was er so schmerzlich vermisste. Sie war Leben! Die Leidenschaft, mit der sie von ihren Plänen in der Ethnologie berichtete und die Vorstellung, sie würde einst wirklich in einem

Dorf irgendwo auf der Welt und weit weg von hier mit den Einheimischen reden und die Geschichten aufschreiben, die sie zu erzählen hatten, reizte ihn plötzlich, dass es ihn wie ein Blitz durchfuhr. In diesem Augenblick schaltete die Ampel auf Grün, eilig folgte er Alex in wenigen Metern Abstand, bis sie plötzlich an der Litfaßsäule stehen blieb und begann, ein Plakat mit einer Konzertankündigung zu studieren. Auch Tilo blieb stehen, dann entschloss er sich.

„Alex!", rief er und ärgerte sich über die Unsicherheit in seiner Stimme. Sie drehte sich um und sah ihn erst verblüfft und dann über das ganze Gesicht strahlend an.

Sie hatte sein Zittern wohl nicht bemerkt. Kurz entschlossen gab er sich einen Ruck und reichte ihr die Hand: „Na, auf dem Weg zum Pascal-Seminar?"

„Ja, aber wir haben noch Zeit!"

Tilo nickte und betrachtete neben ihr das Plakat. Er selbst war stets an der Litfaßsäule vorbeigeeilt, ohne sich nach den Ankündigungen umzusehen. War das ein Fehler? Und während er mit Befremden das Foto der Band musterte, schien Alex plötzlich das Interesse an dem angekündigten Konzert verloren zu haben.

„Ich kriege schon wieder Bauschmerzen, wenn ich an das Seminar denke. Im Prinzip müsste ich schon programmieren können. Es wird einfach vorausgesetzt."

Tilo nickte. Er wusste, dass Alex' Chancen, das Studium zu bestehen, schlecht waren. Doch offen wollte er das nicht aussprechen, deshalb hörte er ihr weiter zu.

„Leider habe ich überhaupt keine Ahnung von den Programmiersprachen, die wir können sollten. Ich habe ja nicht mal einen Computer, um mir selbst etwas beizubringen."

„Du solltest einfach einen Einführungskurs besuchen", erwiderte er, obwohl er zweifelte, ob das in ihrem Falle helfen könnte. Ein Mädchen wie sie gehörte nicht in die Informatik. Er konnte sich nicht vorstellen, dass Alex – mit ihrer Lebenslust – Stunden vor dem Computer sitzen würde, um Programme zu schreiben, die dann auch noch die Qualität hatten, um damit Geld zu verdienen.

„Ich habe Rowold schon gefragt. Er hat nur geantwortet, ich solle mich selbst einarbeiten. Einen Anfängerkurs könne er nicht anbieten, weil die meisten Studenten schon programmieren könnten. Er müsse sich nach der Mehrheit richten."

„Das ist ja eine Frechheit!" Tilo staunte über Rowolds Ignoranz. Doch dann sah er eine unwiederbringliche Gelegenheit gekommen. Das war seine Chance, Alex kennenzulernen.

„Besuch mich doch mal. Dann können wir die Hausaufgaben durchsprechen. Vielleicht kann ich dir auch irgendwann mal eine kleine Einführung in Pascal geben, die Sprache kenne ich gut. Aber erhoffe dir nicht zu viel. Man muss lange arbeiten, um Programmieren zu lernen, und dazu brauchst du einen Computer."

Glücklich nahm er ihr Lächeln entgegen, und um seinen Plan zu besiegeln, fügte er hinzu: „Komm doch nächsten Freitag bei mir vorbei. Ich fahre übers Wochenende nicht nach Hause. Ich habe Zeit."

3

Zwei Wochen hatte die Entscheidung des BAföG-Amtes gedauert und nun erfuhr sie, dass ihr Antrag auf Bundesausbildungsförderung abgelehnt wurde, da der Betrag, der ihr nach der Verrechnung der Einkommen ihrer Eltern zustehe, fünfzig D-Mark nicht überschreite.

Alex hatte als Kind der DDR nie über Geld nachdenken müssen. Geld war einfach da gewesen, wenn man auch manches dafür nicht kaufen konnte. Wovon sollte sie nun leben? Ihre Eltern hatten ihr zugesagt, ihr monatlich dreihundert Mark zu überweisen und sich darüber hinaus abhängig zu machen, das kam für Alex nicht infrage, sie war zu stolz, um mehr Geld zu bitten.

Nur allzu gut erinnerte sie sich daran, wie sie im Sommer ihre Zukunftspläne gestanden hatte.

„Ich werde in Linden studieren", hatte sie knapp erklärt und mehr eine Information gemeint als eine Absprache in der Familie.

Mit versteinerten Mienen hatten sich ihre Eltern angesehen, eine Weile geschwiegen, dann hatte der Vater gesagt: „Es ist besser, wenn du hier Informatik studierst und bei uns wohnen bleibst."

Dieser Satz hatte ihr die Kehle zugeschnürt. Mit achtzehn Jahren wollte sie ihr Elternhaus verlassen.

„Nein, ich werde nach Linden gehen. Ich möchte als Nebenfach Ethnologie studieren!" Trotzig war ihre Antwort gewesen.

„Ethnologie?" Wie erwartet, hatte sich ihre Mutter entsetzt gezeigt. „Das Studium ist kein Spaß! Du sollst einen Beruf für deine Zukunft lernen!"

„Wo ich studiere, das ist meine Entscheidung!"

„Mit deinen Träumereien kannst du dich später nicht ernähren!"

Und zu Alex' Überdruss erklärte sie, wie stets in solchen Diskussionen: „Ich habe Jahre daran gearbeitet, dass ich jetzt einen guten Verdienst habe! Und sicher ist meine Arbeit noch lange nicht. Nichts ist mehr sicher!"

„Ja, Mama, ich weiß, du hast dich selbst weitergebildet und wurdest deswegen genommen. Ich weiß! Du hast mir das schon zwanzig Mal erzählt. Aber ich möchte nun mal Ethnologie studieren, wenigstens als Nebenfach."

Ihre Mutter, das mathematische Talent der Familie, hatte sich nach einem Pädagogikstudium autodidaktisch das Programmieren beigebracht. Doch Alex hatte ihr Talent nur zum Teil geerbt.

„Du hast doch selbst gesagt, heute ist nichts mehr sicher. Selbst wenn ich Informatik als Diplom studiere, muss ich nicht unbedingt einen Job bekommen. Du hattest doch auch nur Glück! Zwei Drittel deiner Abteilung wurden abgewickelt."

„Gerade deshalb musst du studieren, was auf dem Arbeitsmarkt gefragt ist!“, dozierte ihre Mutter hartnäckig, und wie erwartet, kam ihr der Vater zu Hilfe.

„Was willst du denn mit – Ethnologie?“ In seiner Stimme lag ein abfälliger Ton. „Du studierst etwas Ordentliches, damit du später Arbeit findest. Wir können dich nicht ewig ernähren.“

Müde hatte er mit seinem Finger gewedelt und den Kopf geschüttelt, eine hilflose Geste, wie Alex erstaunt festgestellt hatte.

„Deshalb studiere ich Informatik als Hauptfach.“ Dann war sie vom Abendbrottisch aufgestanden und demonstrativ in ihr Zimmer gegangen.

Kurz darauf hatte ihr der Vater einen Zeitungsausschnitt unter die Nase gehalten. „Wenn du dich nicht belehren lässt, dann will ich dich darauf hinweisen, dass wir von Gesetzes wegen nicht verpflichtet sind, dir Unterhalt zu zahlen, wenn du in Linden ein Studium beginnst, das du auch in deiner Heimatstadt absolvieren kannst.“

Und nun war ihr BAföG-Antrag abgelehnt. Alex grübelte. Ihr Vater sparte auf einen Neuwagen, und da war ja auch noch ihre kleine Schwester. Erst seit zwei Monaten hatte er wieder einen Job. Den Schock hatte sie nicht vergessen, als er 1990 völlig deprimiert nach Hause gekommen war und seiner Familie mitgeteilt hatte, dass sein Betrieb abgewickelt und er entlassen worden sei. Doch das war noch nicht der härteste Schlag. Wenige Wochen später erzählte er, dass im Gebäude seiner ehemaligen Firma jetzt das Arbeitsamt untergebracht sei. In derselben Etage, in der sein Büro gelegen hatte, saß nun seine Arbeitsvermittlerin, nur ein paar Türen weiter.

Und Alex dachte an die groteskeste Ironie, die die Arbeiterstadt Sachsens mit der Ansiedlung ihres Arbeitsamtes ausgebrütet hatte. War das die Absicht einiger ehemaliger Parteigenossen gewesen, oder war es doch nur Zufall? Jedenfalls wurden einige Jahre die Büros der Arbeitsvermittler im Gebäude der ehemaligen SED-Bezirksleitung, hinter dem überdimensionalen Karl-Marx-Kopf untergebracht. Blickte man damals auf die Fassade hinter dem „Nischel“, dann sah man in großen roten Lettern Logo und Schriftzug des Arbeitsamtes und rechts daneben das riesige Relief, das in deutscher, englischer, französischer und russischer Sprache einen Satz aus dem Kommunistischen Manifest zitierte: „Proletarier aller Länder vereinigt euch!" ‚Das habt ihr nun davon!', hieß das Bild für Alex ins Alltagsdeutsch übersetzt, und sie musste jedes Mal grinsen, wenn sie daran vorbeilief.

Als Alex früher ihren Vater im Betrieb besucht hatte, hatte sie immer über die großen Reißbretter der Konstrukteure mit den feinen, detaillierten Bleistiftzeichnungen gestaunt. Er selbst hatte während der Arbeit aufrecht an einem der tafelgroßen Bretter mit beweglichen Winkellinealen gestanden und akkurat und sauber Teile von Drehmaschinen gezeichnet, die er dabei quasi erfand.

Eigentlich war er in Alex' kindlicher Fantasie ein Erfinder gewesen, und sie war stolz auf ihn, wenn er ihr von seinen Patenten erzählte. Doch diese Reißbretter und das Zeichnen an ihnen waren längst überflüssig geworden. Seit zwei Jahren arbeitete er mit Konstruktionsprogrammen am Computer.

Kurz überschlug sie ihre Ausgaben. Das Doppelzimmer im Wohnheim kostete hundert Mark im Monat. Das hieß, sie hatte zweihundert Mark für andere Ausgaben zur Verfügung, fünfzig Mark pro Woche. Das war eindeutig zu wenig. Der einzige Ausweg war ein Job.

4

„Studentenjobs auf einer archäologischen Ausgrabung", stand in großen schwarzen Lettern am Aushang des Seminargebäudes. Darunter das Kleingedruckte, eine archäologische Notbergung im Tagebau Seese-Ost. Wie der Student neben ihr, schrieb sie sich sofort die Adresse auf.

„Was sind denn Notbergungen?“, fragte sie ihn.

Der Student sah sie von der Seite an. „Studierst du nicht Ur- und Frühgeschichte?“

Alex schüttelte verlegen den Kopf, und ihr Blick blieb an seinem verschlissenen blaugestreiften Shirt hängen, das sie an einen Matrosen erinnerte.

„Notbergungen sind Rettungsgrabungen im Vorfeld von Bauvorhaben“, klärte er sie auf. Und als Alex ihn immer noch fragend ansah, sprach er weiter: „Da greift das neue Denkmalschutzgesetz. Seit der Wiedervereinigung schreibt es für die neuen Bundesländer vor, dass jede Fläche, auf der gebaut werden soll, zuvor archäologisch prospektiert, also untersucht werden muss. Und falls archäologische Funde bei der Sondierung entdeckt werden, dann sind die Bauherren verpflichtet, sie ausgraben zu lassen, auf eigene Kosten natürlich. Überall, wo Gewerbegebiete und Einkaufszentren auf der grünen Wiese entstehen, wird jetzt im Vorfeld gegraben.“

„Und der Tagebau?“, fragte Alex weiter.

„Ja, gerade ein Tagebau zerstört den Boden. Dort wird heute großflächig gegraben.“

Eine Woche später hatte sie Grund zum Feiern. Sie war eingestellt und niemand hatte nach ihrem Studienfach gefragt. Aktiver Urlaub, dachte sie, keine Arbeit, die sie ausschließlich tat, um Geld zu verdienen. Sie reiste zum Braunkohletagebau Seese-Ost in die Lausitz.

Am späten Abend erreichte sie den Bahnhof Vetschau. Sie stieg als Einzige aus und stand mit ihrem Gepäck in der Dunkelheit auf einem menschenleeren Bahnsteig. Als der Zug wieder anfuhr, flogen drei Tauben auf, und als seine Geräusche in der Dunkelheit verklangen, zirpten die Grillen. Alexandra sah sich um. Die Türen des Bahnhofs waren mit Brettern vernagelt. Sie ging um das Gebäude herum und sah einen neu geteerten Parkplatz mit frischen leuchtend weißen Linien, auf dem ein einziger Kleinbus stand. In der Kabine brannte

Licht und jemand schien darin zu lesen. Alex ging auf den Kleinbus zu. Der Fahrer blickte auf, legte sein Buch weg und öffnete die Tür. Zögernd stieg er aus und wartete, bis Alex herangetreten war. Er war jung und kräftig gebaut, fast etwas dick.

„Hallo, ich bin Alex. Sollst du mich zum Tagebau Seese-Ost abholen?“

Er lächelte sie an. „Ja, wenn du die Archäologen meinst?“

„Dann bin ich richtig.“ Erleichtert atmete sie auf und lachte verlegen. Kurz hatte sie gedacht, sie sei am falschen Bahnhof und stecke jetzt hier mitten im Niemandsland fest. Umso fröhlicher hob sie nun ihr Gepäck hinter den Sitz und stieg auf den Beifahrersitz. „Wie heißt du“, fragte sie den Fahrer.

„Dieter. Freut mich, dich kennenzulernen.“

Geübt lenkte er den Wagen vom Parkplatz hinunter und Alex ließ sich in den Sitz sinken, froh an diesem verlassenen Ort mitten in der ostdeutschen Provinz nicht darauf warten zu müssen, irgendwann abgeholt zu werden.

„Ist das deine erste Grabung?“, fragte Dieter und sah sie von der Seite an. Sein Gesicht hatte die rosig zarte Haut eines pausbäckigen Kindes vor der Pubertät.

„Ja!“ Ein völlig verwilderter Wald zog am Beifahrersitz vorbei, und Alex betrachtete die dunkelgrüne, durchbrochene Silhouette aus Bäumen und Unterholz.

„Hier sagen sich ja Fuchs und Hase ‚Gute Nacht‘“, lachte sie. „Gibt es noch mehr als nur Wildnis?“

„Ja, uns!“ Dieter zwinkerte sie an. „Hier wird bald alles weggebaggert. Deshalb sieht es so verwildert aus. Der Tagebau frisst sich ohne Gnade durch die Landschaft. Was studierst du?“

Und Alex begann, von ihrem Studium zu erzählen, von ihren Geldsorgen und von ihrer Freude, diesen Job auf der Grabung gefunden zu haben, während Dieter sie immer wieder betrachtete. Alexandra meinte, ein gewisses Interesse in seinem Blick zu erkennen, ein Interesse, das sie erst seit wenigen Jahren kannte und auf sich selbst bezog. Sie lächelte in sich hinein, während Dieter ihr von seiner Ausbildung zum Koch erzählte und dabei nicht vergaß, ihr anzudeuten, welches Glück die Frauen hätten, die er mit einem Drei-Sterne-Menü beehrte.

Nach etwa dreißig Minuten bog der Wagen in einen Sandweg ein, holperte durch ausgefahrene Löcher und beleuchtete mit seinem heftig auf- und abwärtsschwankenden Lichtkegel hüfthohes trockenes Gras. Dann erfasste das Licht eine alte, weiß gestrichene Baracke, ähnlich, aber um einiges größer, als das Schreberhäuschen ihrer Eltern. Die Bremsen quietschten und der Transporter hielt ruckartig an. Alex öffnete die Tür, kletterte vom Beifahrersitz, zog ihren Rucksack hinter dem Sitz hervor, hob ihren Kopf und atmete die süßlich-schwere sommerliche Nachtluft ein. Die Grillen zirpten auch hier, kein Bus, keine Bahn hätten sie hierher gebracht, dachte sie, das Stadtkind, und wunderte sich, wie sie so unversehens ans Ende der Welt geraten konnte. Doch als Dieter ihr in der Dunkelheit die Barackentür öffnete, schlugen ihr Wärme, Licht und fröhliche Stimmen entgegen. Glück stieg in ihr auf und sie wusste, sie wollte ein Teil davon sein.

„Ich bring dich in mein Zimmer.“ Dieter lief an ihr vorbei, den langen hell erleuchteten Gang entlang auf eine Tür zu. Er öffnete sie, und Alex sah in einen schmalen Raum, in dem von der Tür bis zum Fenster zwei Betten hintereinander Platz fanden. Direkt an der Tür lag eine schlanke Gestalt mit langen Haaren und schlief. Dieter wies auf das Bett am Fenster. „Dort schlafe ich.“

„Übernachtest du hier mit einer Studentin?“, fragte sie verwundert. „Dann habe ich wohl keinen Platz bei euch.“

„Keine Sorge“, sagte Dieter. „Das ist Sven. Den kriegen wir hier schon raus. Ich stelle dir erst mal eine Liege mit rein.“ Dann verschwand er und kam mit einer aufklappbaren Liege zurück, die er neben die schlafende Gestalt an die gegenüberliegende Wand stellte. Zwischen Bett und Liege blieb ein etwa fünfzig Zentimeter schmaler Gang. Alex setzte ihren Rucksack ab. „Lass uns erst die anderen begrüßen", bat sie Dieter und sie gingen gemeinsam in die Richtung, woher sie das Gelächter hörte.

Die Küche war ein etwa dreißig Quadratmeter großer Raum, in dem um einen langen Tisch sieben Studenten mit glühend roten Wangen saßen und Bier aus Flaschen tranken. Als Dieter und Alex den Raum betraten und sie vorgestellt wurde, prosteten sie ihnen zu.

„Setzt euch. Wir haben noch Bier da!", rief ein schlaksiger blonder Student.

Alex reichte jedem die Hand und setzte sich. Der Schlaksige öffnete ein Bier und hielt es ihr entgegen.

„Danke", sagte Alex und sah sich um.

Dem Tisch gegenüber standen eine Kochgelegenheit und eine Spüle. Das Durcheinander von Töpfen und rot gefärbten Tellern verriet ihr, dass es am Abend Spaghetti mit Tomatensoße gegeben hatte. Dann stimmte sie in das schallende Gelächter der jobbenden Studenten ein, blödeln konnte auch sie, und noch bevor sie zu Bett ging, war alle Unsicherheit verflogen und sie fühlte sich angekommen.

Die körperliche Arbeit auf der Notbergung im Vorfeld des Tagebaus Seese-Ost tat ihr gut. Jeden Morgen wurden sie von einem Gong geweckt, schlichen verschlafen zu den Duschräumen, zogen sich an, frühstückten gemeinsam und fuhren dann mit einem uralten Barkas auf die Grabungsfläche. Morgens sangen sie den erzgebirgischen Volkslied-Oldie von Anton Günther „'S is Feieromd" und am Abend sangen sie das Arbeiterlied „Wacht auf, wacht auf, der Kampf beginnt". Torsten, der immer vorne saß, hielt sich beim Singen das klobige Telefon des Kleinbusses vor den Mund und dirigierte das Konzert. Sie hatten Spaß und kitzelten aus allem, was sie taten, den Reiz des Besonderen heraus, und diese Art, mit dem Leben umzugehen, weckte in Alex eine bisher ungekannte Lebensfreude.

Der Tagebau war ein riesiger, 50 Meter tiefer Krater, mit einer Ausdehnung, die Alex von der Grabungsfläche aus nicht vollständig überblicken konnte. Die Kante der Grube zeigte den geologischen Schnitt der Bodenaufschichtung bis ins Tertiär. Aus der Schule wusste sie, dass Braunkohle, der wichtigste Energielieferant der DDR, durch Druck und Luftabschluss aus dem organischen Material Millionen Jahre alter Vegetation entstanden war. Die obersten 30 Meter bestanden vor allem aus verschieden getönten, sandigen Erdschichten, darunter lag die bräunlich-schwarze Kohle, ein Flöz von circa sieben bis acht Metern. Der abgelagerte Boden und die Kohle wurden getrennt abgetragen. Tief unten im Tagebaukrater schürfte ein kleiner Kohlebagger, und in die obere Schicht aus Erde und Sand fraß sich ein Eimerkettenbagger, so groß wie ein fünfgeschossiger Häuserblock. Die an einer Kette angebrachten beweglichen Schaufeln gruben sich tief in das Erdreich und schütteten es auf das Fließband eines Transportarms. Der reichte in Form einer riesigen Brücke von der einen Seite des Tagebaus bis zur gegenüberliegenden Seite. Dorthin transportierte das Fließband das abgegrabene Erdreich und ließ es auf die riesigen Abraumhalden fallen, die wie ein zerklüftetes Gebirge aus Sand und Erde am anderen Ende des Tagebaus emporragten. Die Schaufeln fraßen sich die Längsseite der Tagebaukante entlang und die Ausgräber wussten, dass sie einmal die Woche einen gehörigen Teil ihrer Grabungsfläche verschlangen. Sie gruben hastig auf der Fläche, die der Eimerkettenbagger bei seiner nächsten Durchfahrt wegschaufeln würde.

Einmal die Woche stieg der Arbeitsdruck ins Unerträgliche, bis einer der Studenten rief: „Der Bagger kommt!“ Die riesigen Schaufeln fraßen sich immer näher an die Grabungsfläche heran. Dann rief die Grabungsleiterin: „Runter von der Fläche!“

Alex sprang auf, las ihre Werkzeuge und Fundtüten zusammen, packte sie in ihren Eimer und verließ wie die anderen ihre Fläche, um aus sicherer Entfernung zuzusehen, wie sich die Zähne der Schaufeln in das Erdreich bohrten, um große Stücke herauszureißen. Die akkurat zu Plana gekratzte Fläche löste sich in rieselnden Sand auf und verschwand mit jeder Schaufel in der Höhe, wo sie irgendwann auf dem Förderband landen würde.

„Sven ist noch dort“, rief Daniela, eine Archäologiestudentin.

Alexandra sah, wie Sven wenige Meter von den Schaufeln entfernt, große Scherben aus dem Boden zog und sorgsam in seinen Eimer legte.

„Ist der wahnsinnig?“, brüllte die Grabungsleiterin und begann ihn zu rufen.

Olaf, der Fotograf, zückte seinen Fotoapparat und schoss einige Bilder von Sven unter den riesigen Schaufeln.

„Sven“, brüllte Stephanie nochmals. Das Dröhnen und Quietschen des Baggers verschlang ihre Stimme. Sven sah kurz zu den Schaufeln, die nur noch sieben Meter von ihm entfernt gruben. Dann durchwühlte er nochmals hastig den Sand mit seinen Händen, las eilig letzte kleinere Scherben heraus, legte sie in seinen Eimer, packte ihn und rannte zu den anderen, wo Stephanie ihm sofort einen Vortrag hielt und damit drohte, ihn zu entlassen, wenn er noch einmal die Sicherheitsauflagen der Grabung unterlaufen würde. Doch schließlich umstanden alle seinen Eimer und betrachteten das zerscherbte, aber vollständige slawische Gefäß, das Sven in letzter Sekunde aus dem Sand gerettet hatte.

„Das war aber nicht gerade saubere Grabungstechnik“, grinste Torsten und spielte darauf an, dass Sven die Scherben mit den Händen aus dem Sand gewühlt hatte.

„Was man hat, hat man“, erwiderte Sven darauf und Olaf hielt triumphierend seinen Fotoapparat in die Höhe und sagte: „Zwar nicht gezeichnet und vermessen, aber *in situ* fotografiert. Sogar die Schaufeln des Baggers sind mit drauf. Das gibt ein gutes Foto für die Ausstellung.“

Der Puls der Grabung hatte sich wieder beruhigt, der Bagger war mit lautem Getöse durchgefahren und die Archäologen steckten ihre neuen Grabungsflächen ab. Erneut schaufelten sie das erste Planum und karrten die Erde von der Fläche, die sie zu kleinen Abraumhalden aufhäuften. Dann kratzten sie eine saubere Ebene, die vermessen, gezeichnet und fotografiert werden konnte. Im gelben Sand hoben sich dunkle Verfärbungen von Gruben ab. In diesen legten sie Schnitte an und kratzten sich in Intervallen von zehn Zentimetern tiefer und tiefer in den Boden, bis der anstehende Boden, der gelbe Sand, erreicht war. Sorgsam maßen sie jede Scherbe ein, die sie dabei fanden, und verpackten sie mit Fundzetteln in kleinen Tüten. Zum Schluss wurden die stehen gebliebenen Profile der Gruben gemessen, gezeichnet, fotografiert und abgebaut. So untersuchten und dokumentierten sie die Umrisse und den Inhalt germanischer und slawischer Abfallgruben und Grundrisse von Grubenhäusern, die zu Beginn der Zeitrechnung in den Sand gegraben worden waren, sich mit dunklem Humus verfüllt hatten und so als braune Schatten im sandigen Boden erhalten geblieben waren.

Alexandra hatte das Handwerk eines Grabungsarbeiters schnell begriffen. Die Arbeit machte Spaß und die Studenten hatten ihn auch. Sie lachten und blödelten, ein Scherz jagte den anderen.

„Kommt mal her", rief Olaf, der eine Fläche fotografieren musste. Die Studenten stellten sich nebeneinander auf, breiteten ihre Jacken aus und versuchten, die Fläche mit Schatten zu bedecken. Sie krümmten und beugten sich, um auch den kleinsten Lichtfleck auf der Fläche zu tilgen. Dann nahm Olaf seinen Fotoapparat und hielt ihn auf die Gruppe, die in bizarren Posen erstarrt dastand, wie die in Bronze gegossenen Figuren der kommunistischen Arbeiterbewegung mit Fahnen und zum Himmel gereckten Fäusten.

„Mir reichen die ewigen braunen Flecken in der Erde", sagte Olaf oft. „Ich muss Menschen fotografieren." Er ordnete die Studenten zu Hockerbestattungen an, legte Grabbeigaben und die Fototafel dazu und schoss seine Fotos.

Am Freitag beschloss Alex, in der Baracke zu bleiben. Niemand hatte das Bedürfnis, während der freien Tage nach Hause zu fahren. Doch Alex hatte noch einen weiteren Grund. Sie fühlte sich leicht und wohl wie noch nie. Oft wanderten ihre Gedanken zu Sven und sie suchte ihn mit ihren Blicken. Seine schmale Gestalt, in lässige Hemden und verwaschene, löchrige Jeans gekleidet, und sein welliges Haar, locker zu einem Zopf gebunden, verliehen ihm das Aussehen eines großen Jungen. Sven war Archäologiestudent und Schnittleiter. Seine langen Haare hatten dafür gesorgt, dass Alex ihn in der ersten Nacht für ein Mädchen gehalten hatte. Seit dieser Nacht schlief sie auf der Liege neben ihm. Manchmal betrachtete sie vor dem Einschlafen lange sein Gesicht. Sven war wortgewandt, erzählte gern und hatte einen mitreißenden Witz. Sie konnte neben ihm lachen, und es wurde ihr in seiner Nähe nie langweilig. Dann wurde er wieder wortkarg und abweisend. Doch zur Archäologie konnte sie ihm jede Frage stellen. Er erklärte ihr anhand der Brennqualität der Scherben und anhand ihrer Verzierungen, wie sie historisch einzuordnen waren, und er war es, der sie in die Grabung eingeführt hatte. Er hatte ihr das Zeichnen und Vermessen beigebracht. So hatte sie fortan vielfältigere Aufgaben und war nicht mehr darauf beschränkt, den ganzen Tag nur Plana zu kratzen.

An einem Morgen hatte Alex eine vergessene Waschtasche gefunden. Um herauszufinden, wem sie gehörte, sah sie hinein und fand neben Zahnbürste und Einwegrasierer eine Packung Tabletten. Sie las die Aufschrift unter dem Medikamentennamen, „Antidepressivum". Dann packte sie die Tabletten zurück und ging in die Küche.

„Ich habe eine Waschtasche gefunden, seht mal nach, ob ihr eure vermisst." Kurz erklärte sie, wo sie der Besitzer finden könne. Am nächsten Morgen erkannte sie die Waschtasche wieder, in der Hand von Sven. Schnell wich sie seinem Blick aus, als könne er ihre Entdeckung in den Augen lesen.

„Wollen wir am Wochenende grillen?" Torsten stand in der Küchentür. Die Studenten blickten kaum auf. Müde hingen sie an diesem Freitagnachmittag auf ihren Stühlen und ließen ihre Arme hängen. Auf dem Tisch standen halb leere Wasserflaschen, Kaffeetassen mit braunen Rändern und schmutzige Teller.

„Dann müssen wir heute noch einkaufen. Am Samstag hat der Supermarkt nur bis um elf auf. Oder will jemand morgen früh aufstehen?“, grinste er in die Runde.

„Ich habe gestern bis um zehn Scherben gewaschen“, sagte Daniela und nahm einen Schluck Wasser, „und vorgestern habe ich gekocht“, ergänzte sie.

„Scherben haben wir gestern alle gewaschen“, sagte Sven.

„Außer Olaf, der hat wieder am Kopierer gespielt.“ Daniela kicherte.

Olaf richtete sich auf und erklärte: „Schließlich habe ich ein Kunstwerk geschaffen. Zu irgendwas muss ja der Fortschritt nützlich sein.“

„Du hast dein Gesicht kopiert“, sagte Alex.

„Ich habe einen Schattenriss kreiert, besser als jeder Scherenschnitt“, verteidigte sich Olaf.

„Wer kauft nun ein?“

„Wenn ihr Geld sammelt, dann mache ich das.“ Alex erklärte sich mit einem Seitenblick auf Sven bereit: „Kommst du mit? Ich kann nicht Auto fahren.“

Sven sah sie kurz an.

„Ich kann dich fahren“, rief Dieter schnell, der Alex seit Tagen nicht von der Seite wich.

Aber Sven war schon aufgestanden.

„Ich mach das schon“, grinste er zu Dieter und ging zur Tür. Dann drehte er sich noch einmal zu ihr um. „Lass uns lieber die Fahrräder nehmen. Dann können wir auf dem Rückweg übers Feld fahren und noch in der Molkerei vorbei.“

Alex's Augen leuchteten auf. Sie liebte die frisch entrahmte Milch der Molkerei. Außerdem hatte sie nichts dagegen, wenn der Einkauf mit Sven etwas länger dauern würde. Sie merkte, wie ihr das Blut ins Gesicht schoss und wendete sich ab.

Auf dem Weg zum Supermarkt mussten sie ein verlassenes und völlig verwildertes Dorf durchfahren. Es stand seit zwei Jahren leer und war völlig von Kraut und Strauchwerk überwuchert. Nur eine Gruppe Archäologen hatte bis vor Kurzem noch in einem der Häuser gewohnt. Sie hatten den Friedhof neben der Kirche ausgegraben. Jetzt war das Dorf völlig verwaist. Sie fuhren auf der Dorfstraße entlang, aus deren löchrigem Pflaster grünes Gras wucherte. Um die bröselnden Mauern sah Alex eine graue Katze streifen. Einige Vögel zwitscherten in den mit unreifen Äpfeln überladenen Bäumen.

Als Sven zu ihr aufschloss, wendete sie ihr Gesicht von der wilden Pracht ab. Sie hatten bislang nicht viel geredet, und Alex spürte, wie sie sich überwinden musste, um ein unbefangenes Lächeln in ihr Gesicht zu legen.

„Schade, dass die Kirschernte schon vorbei ist", sagte sie. „Es gibt nichts Leckereres als Süßkirschen."

„Ja, dann hättest du im Juni vorbeikommen müssen", lachte Sven und holperte auf den Pflastersteinen schweigend an ihr vorbei. Kurz betrachtete sie seinen Rücken, das wehende gestreifte Hemd, seine im Luftzug flatternden Haare, die knabenhafte Haltung auf dem Rad.

„Wann der Bagger das Dorf wohl holen wird?"

„Das dauert kein Jahr mehr."

Eine Weile fuhr Alexandra schweigend neben ihm. Von der Seite betrachtete sie sein fein geschnittenes Gesicht, die schlanke Nase unter den blauen Augen, die sich hell von der braunen Haut abhoben. Sein Haar war von leuchtend hellbrauner Farbe und von dunkelblonden Strähnen durchzogen. Es sträubte sich gegen den Haargummi, der es zusammenhalten sollte. Einzelne Strähnen hatten sich aus dem Zopf gelöst. Sie flatterten im Fahrtwind.

„Wie lange studierst du schon?"

Sven sah sie an, dann sagte er: „Ich bin seit meiner Kindheit in der

Archäologie. In der vierten Klasse war ich schon in der AG ‚Junge Archäologen'." Diese Erinnerung schien ihn fröhlich zu machen, denn er lächelte über das ganze Gesicht, und Alex fühlte sich ermutigt weiterzufragen: „Dann hast du schon zu DDR-Zeiten begonnen, Archäologie zu studieren?"

„Nach dem Abitur habe ich erst lange als einfacher Grabungsarbeiter gearbeitet, weil ich keine Zulassung zum Studium bekommen habe. Die wollten mich nicht nehmen, weil ich mich geweigert habe, drei Jahre zur Armee zu gehen. Außerdem gab es politische Probleme in der Schule. Ich habe eine hundsmiserable Beurteilung bekommen", erzählte er. „Dann bin ich auf einer Grabung in Brandenburg, das heißt, damals im Bezirk Potsdam, Schnittleiter geworden, und der Grabungsleiter dort war gleichzeitig der Museumsdirektor von Potsdam Babelsberg, dem Museum für Ur- und Frühgeschichte. Er hatte Einfluss, war ein Parteikader. Und er hat mich dann mit Nachdruck zum Studium empfohlen."

Nachdenklich blickte Alex auf: „Und die politischen Probleme? Warst du für ihn plötzlich politisch unproblematisch oder sogar", sie lachte, „ein wertvolles Mitglied unserer sozialistischen Gesellschaft?"

Wieder grinste Sven und schüttelte den Kopf: „Nein, Benno war zwar Kommunist, aber auf der Grabung war er nur Archäologe. Da hat ihn nur interessiert, was ich als Schnittleiter konnte. Er hat an die sozialistische Idee geglaubt, aber das hat er uns gegenüber nicht raushängen lassen. Am Abend, wenn wir am Lagerfeuer saßen, hat er genauso gemeckert wie wir. Vieles in den Entwicklungen der Achtzigerjahre hat er kritisch gesehen und wir haben ja nicht nur gejammert, wir haben diskutiert. Er war weder ein Ideologe noch ein Dogmatiker, was unsere Einstellung zum Sozialismus anging, und für mein Studium hat er sich ganz schön ins Zeug gelegt. Er musste damals lange Gutachten über meine Leistungen und Fähigkeiten schreiben und natürlich auch die notwendigen Passagen über mein politisches Verantwortungsbewusstsein. Er wusste ja genau, wie man so was formulieren musste. Mit den Parteileuten hatte er zur Genüge zu tun."

„Und dann?", fragte sie.

„Dann haben sie mich sofort genommen. Vorher bin ich zweimal abgelehnt worden, und eigentlich wollte ich mich gar nicht mehr bewerben und einfach als Grabungstechniker und Schnittleiter weitermachen. Aber dank Benno habe ich doch noch einen Studienplatz bekommen. Ohne ihn wäre ich jetzt nicht hier."

„Und was ist aus ihm geworden?"

„Nach der Wende haben sie ihn wegen Parteinähe rausgeworfen. Aber er hatte Glück. Er war sowieso so gut wie in Rente. Die Leitung des Museums hat dann ein Westdeutscher übernommen, wie überall in den öffentlichen Einrichtungen."

Von Ferne sahen sie das Dorf, in dem sich der nächste Supermarkt befand. Eilig traten sie in die Pedalen, um noch rechtzeitig anzukommen, denn es war schon spät.

Voll bepackt mit Einkaufstüten fuhren sie eine halbe Stunde später auf den Feldern zur Molkerei. Alex hatten Svens Erzählungen nicht losgelassen. Sie wollte mehr hören und seine Art zu erzählen, gefiel ihr. Deshalb fragte sie ihn auf dem Rückweg wieder nach seinem ehemaligen Chef: „Was war das eigentlich für ein Typ, dieser Benno?"

„Benno?" Sven hob die Augen zum Himmel, als könne er seinen ehemaligen Gönner dort wiederfinden. Dann sah er zu Alex herüber.

„Stell dir einen athletischen Mann vor, mit einer aschenbecherdicken Hornbrille auf einer bläulich-rot verfärbten Knollennase, der man ansah, dass er viel zu viel trank. Durch die Brille sahen seine Augen winzig klein aus, trotzdem war er fast blind. Ihr Plastikrahmen schnitt tief in seine Nase, und er konnte dich mit seinen Blicken durchbohren. Wenn er zornig wurde, dann zog sich sein vierkantiges Gesicht zusammen, er schob sein Kinn nach vorn und dann entlud sich sein Zorn wie ein Gewitter über dir. Auf der Grabung im Sommer war er völlig überreizt, zappelig von morgens bis abends und im Winter ist er dann in eine lähmende Lethargie verfallen und war nicht ansprechbar. Seine Kollegen haben gesagt, er sei manisch-depressiv und würde ständig Lithium schlucken. So hat er sich auch verhalten."

„Ein komischer Kauz", sagte sie und hoffte Sven würde weitererzählen.

„Ja, ein Choleriker, aber auch ein herzensguter Mensch. Ich will nicht wissen, für wie viele Leute er die Eisen aus dem Feuer geholt hat, wenn die Partei sie auf dem Kicker hatte."

„Und als Archäologe?"

„Er war hochintelligent", sagte Sven und grinste schelmisch. „Er hatte einen brillanten analytischen Verstand, wenn er über Befunde diskutierte, und auf der Grabung lief alles wie am Schnürchen. Er war ständig in Bewegung und hatte alles, selbst die Entwässerung der Grabungsfläche im Moor und die Pumpen, die er ständig reparieren musste, unter seiner Kontrolle. Er hat die Grabungsarbeiter angeleitet, besonders empfindliche Funde frei präpariert, eingemessen, fotografiert und gezeichnet. Er hat auch die Grabungsdokumentation selbst gemacht. Er hat gearbeitet wie ein Krake mit acht Armen gleichzeitig an acht Baustellen. Kein Wunder, dass er nach so einem Sommer zusammengebrochen ist. Im Frühling war er dann wieder fit für die nächste Saison. Seine Grabungen hat er sich nicht nehmen lassen, obwohl er nebenbei auch noch das Museum leiten musste."

Sie stellte sich diesen Mann vor, der nur in der Archäologie lebte, so intensiv, dass er regelmäßig ein halbes Jahr ausfiel, um sich von einer tiefen Erschöpfung zu erholen. War Sven auch so? Und sie dachte an die Tabletten in seiner Waschtasche.

„Du hast ihn bewundert?"

„Und gefürchtet. Seine cholerischen Anfälle waren berüchtigt. Ich habe einmal erlebt, wie er einen Kollegen zur Sau gemacht hat, weil der denselben Vortrag nach zwei Jahren noch einmal gehalten hat. Er hat ihn vor versammelter Mannschaft zusammengedonnert, dass es zum Fürchten war. Ihm war egal, was die Leute denken, aber wenn sie nicht richtig gearbeitet haben, dann hat er sie fertiggemacht. Wegen politischer Probleme hat er dagegen nie jemanden angezeigt. Sein Museum war ein Sammelbecken für die absurdesten Gestalten und Weltanschauungen. Er schien solche Leute anzuziehen und er hat sie geschützt."

Eine Weile schwiegen sie. Was für ein Kauz, den Sven ihr da beschrieb. Gab es in der Wissenschaft eine Zukunft für solche Originale? Im Stillen hatte sie intellektuelle Charismatiker immer bewundert und doch blieb sie in ihrem gesunden Respekt vor solchen Personen stecken. Sie hatte Angst vor ihnen, obwohl sie Alex auf geheimnisvolle Weise anzogen. Aber die Welt wäre öde ohne sie.

„Charismatiker wie ihn gibt es kaum noch in der Wissenschaft", sagte sie deshalb. „Heute muss man eloquent sein, sich selbst darstellen können und man darf keine offensichtlichen Schwächen zeigen, erst recht keine psychischen." Aus den Augenwinkeln sah Alex, wie Sven zusammenzuckte und ihre Worte taten ihr sofort leid.

Doch Sven nickte bestätigend: „Weltgewandtheit passte Jahrhunderte nicht zu der verschrobenen Eigenbrötelei eines Wissenschaftlers. Heute ist ein anderer Akademikertyp dran. Wissenschaft ist Business geworden."

Sie hatten die Molkerei erreicht und stellten die Fahrräder mit ihren Einkäufen an den Zaun. Dann gingen sie in ein flaches Zweckgebäude und rochen die frische Milch. Von der Tür aus sahen sie einen riesigen Kessel, in dem ein breiter verchromter Arm die Milch ständig in Bewegung hielt. Sie mussten einige Male rufen, bis sich ein Mann in weißer Arbeitskleidung zeigte.

„Wir hätten gerne Milch", sagte sie und hielt ihm die Blechkanne hin. Der Mann muffelte nur, nahm ihr die Kanne aus der Hand und hielt sie unter einen Hahn an der Seite des Kessels. Dort zapfte er die frische Milch ab. Setzte den Deckel wieder auf und sagte: „Das macht eine Mark."

„Lass uns mal probieren“, sagte Alex, als sie wieder draußen waren, und strich sich den Schweiß von der Stirn. Sie tranken beide ein paar Schlucke von der kühlen Milch direkt aus der Kanne.

„Lecker, ich könnte glatt die ganze Kanne austrinken.“

Von der Molkerei zur Grabungsbaracke mussten sie laufen, um die kostbare Milch nicht zu verschütten. Dort angekommen empfing sie der Lärm der Studenten, die sich inzwischen von der Grabung erholt hatten und sich auf das Abendbrot vorbereiteten. Sie setzten sich dazu und ließen sich von dem fröhlichen Geplänkel aufnehmen. Am Abend gab sie Sven ihre Anschrift, und als sie eine Woche später im Zug saß, fiel ihr ein, dass Sven ihr seine Adresse nicht gegeben hatte. Was wird, soll sein, dachte sie.

5

Gelangweilt sah Alex aus dem Fenster ihres Wohnheimzimmers in den hellen Sommertag. Ihre erste Ethnologieprüfung zwang sie zwischen ihre Aufzeichnungen. Beate, ihre Mitbewohnerin, war nach Hause gefahren. Doch selbst das war kein Trost. Sie wünschte sich zurück in das leichte Leben der Grabung. Der immer gleiche Anblick des wilden Gestrüpps auf der endlosen flachen Fläche hinter ihrem Haus verstärkte ihre trübe Stimmung. Der Silbersee lag grau dazwischen. Lustlos blätterte sie in den Aufzeichnungen und versuchte sich die Grundzüge der Wirtschaftsethnologie anzueignen. Das Wohnheim bot ihr kein fröhliches Lebensgefühl. Es war ein pragmatischer Ort, gedacht zum Schlafen zwischen den Vorlesungen, kein Ort, an dem man leben konnte. Sie musste sich verändern. Dann beschloss sie, kurz rauszugehen.

Auf dem Rückweg vom Silbersee, fand sie einen Brief von Sven im Briefkasten. Er fragte, ob er sie besuchen dürfe. Jubelnd antwortete sie ihm. Sie konnte sich nichts vorstellen, was sie sich in diesem Moment mehr gewünscht hätte, und am nächsten Wochenende stand er vor ihrer Tür.

∞

Ein fieberhaftes Gefühl hatte ihn seit seiner letzten Begegnung mit ihr hierher getrieben. Es war ihm erst nach ihrer Abreise bewusst geworden, dass er Alex gern näherkommen wollte, viel näher. Hatte er es nicht deutlich in ihren Augen gesehen, als sie seine Blicke suchte und seine Nähe, um ihm immer wieder Fragen zu stellen? Er wagte es nicht, daran zu glauben, und doch ahnte er, dass Alex Interesse an ihm hatte, mehr zumindest als für die Archäologie, nach der sie ihn ständig ausfragte.

„Komm rein", sagte Alex und er fühlte, wie ihm das Blut in die Wangen schoss. „Ich muss eigentlich lernen. Entschuldige bitte das Papierchaos."

Getroffen prallte er zurück, war er zum falschen Zeitpunkt gekommen? Aber jetzt war er einmal da, über 40 Kilometer mit dem Zug angereist. Er konnte doch jetzt nicht einfach wieder gehen?

„Macht nichts", sagte er deshalb und versuchte seinen Schrecken nicht zu zeigen. Auch Alex schien verlegen zu sein und ließ ihren Blick durch den Raum schweifen, als wäre sie wie er das erste Mal hier.

„Willst du einen Tee?"

„Gern!"

Alex ging zum Tisch und räumte ihre Hefter zur Seite. Dann holte sie noch ein Teeglas und prüfte die volle Kanne. Sie schien mit der Temperatur des Tees zufrieden zu sein, denn sie schenkte ihm ein.

„Ich habe eigentlich gar keine Zeit, das Lernen ödet mich an und gleichzeitig platze ich vor Lebensdurst", erklärte sie dabei, und Sven wunderte sich über das Durcheinander in ihren Worten und Gedanken. Er musste lächeln. Diese zerstreute Art hatte ihm sofort an ihr gefallen, und ihre stets ein wenig verträumten Augen, die in eine andere Welt zu blicken schienen, eine Welt, die er nicht sehen konnte. Für einen Moment versank er in diesen Augen. Sie waren blaugrau und leuchteten aus ihrem schmalen Gesicht. Nur die flache und etwas zu breit geratene Nase irritierte in ihren Zügen.

„Was rede ich da!", sagte sie und hob entschuldigend ihre Schultern. Kurz senkte er den Blick. Dann ging er zum Fenster.

„Ganz schön trist hier", bemerkte er, als er sich wieder zu ihr umwandte.

„Kaum auszuhalten, besonders, wenn man von einer Grabung kommt", sie streifte ihr Haar zurück und lächelte ihn an. „Wie gern würde ich jetzt was mit dir unternehmen. – Jedenfalls freue ich mich, dass du hier bist."

Er war erleichtert. Ihre Freude schien ehrlich zu sein, obwohl er die Anspannung wegen ihrer Prüfungen förmlich in der Luft spürte. Wenn er jetzt hierbleiben wollte, dann musste er ihr helfen.

„Mach dir nichts draus", sagte er deshalb und versuchte ein aufmunterndes Lächeln in seine Züge zu legen, das Ruhe und Sicherheit versprechen sollte. Dann machte er ihr ein Angebot: „Wenn du lernen musst, dann frage ich dich eben ab."

Entschlossen setzte er sich auf den zweiten Stuhl am Tisch und zeigte auf ihre Aufzeichnungen.

„Wovon willst du mir denn heute erzählen?"

Unwillkürlich musste sie lachen. „Heute behandeln wir die frühen Wirtschaftsformen, vom Paläolithikum über das Mesolithikum bis in das Neolithikum hinein."

„Na, dafür bin ich doch Fachmann, Paläolithikum und Mesolithikum sind meine Spezialstrecke!", rief er überrascht. „Einen besseren Prüfer kannst du dir nicht vorstellen."

„Ob du das wirklich bist?", konterte sie. „Es geht um Altamerika."

Na gut, Amerika war nicht gerade sein Spezialgebiet. Doch davon wollte er sich nicht abhalten lassen, Zweifel ließ er nicht zu. Stattdessen sagte er: „Dort wird es wohl nicht viel anders gewesen sein, als in der Alten Welt. Dann leg mal los.“

Alexandra schien eine disziplinierte Studentin zu sein. Sie betete ihr Wissen zu den Sammlern und Wildbeutern Amerikas aus dem Effeff herunter, kannte die wichtigsten steinzeitlichen Fundstätten in dieser Region und diskutierte ihre Mitschriften zum Übergang von der Okkupationswirtschaft zur produzierenden Wirtschaft. Er konnte im Hefter fast mitlesen. Doch das reichte ihm nicht. Alex musste lernen, selbst zu denken und Mitschriften zu ergänzen. Er wusste, mit einer DDR-Schulbildung, die sie beide hatten, war das schwierig. Aber die neue Zeit verlangte von ihnen, dass sie frei reden lernten und ihre eigene Meinung debattierten. Daran war er ihr, am Ende seines Studiums, weit voraus und vielleicht konnte er ihr ein Stück weiterhelfen. Er schlug einige Seiten im Hefter zurück. Dort hatte er die Höhle von Guitarrero in den Anden entdeckt, die er selbst aus seinem Studium kannte und nun stellte er ihr unverhofft die Frage nach den Funden.

„In der Höhle fand man Spuren menschlicher Besiedlung. Sie wurden auf ein Alter von bis zu 12 600 Jahren geschätzt“, antwortete Alex prompt und ergänzte: „Darunter Textilien, Körbe, Holz- und Lederwerkzeuge, aber auch Anbaupflanzen, wie Bohnen und Mais.“

„Und Werkzeuge?“, fragte er weiter.

Alexandra sah in verlegen an. „Von Werkzeugen stand nichts in meinen Aufzeichnungen. Darüber musst schon du mich aufklären.“

„Na, versuch es mal. Was gehört in eine paläolithische Siedlung?“

Sie überlegte, dann leuchteten ihre Augen kurz auf und sie antwortete: „Klingen, Kratzer, Schaber und Pfeilspitzen?“

„Fast richtig“, nickte er. „Pfeilspitzen gab es aber erst im Spätpaläolithikum und im Mesolithikum. Denk weiter nach!“

„Vielleicht Faustkeile? – Und dort, wo sie hergestellt wurden, Abschläge und einen Kernstein!“

„Richtig! Faustkeile gab es im Alt- und im Mittelpaläolithikum. Und den Kernstein kann man auch Nukleus nennen. Damit kannst du vor den Prüfern richtig prahlen."

„Gut, ein Kernstein, auch Nukleus genannt", scherzte nun Alex und lachte wieder.

Der Hefter, den er zusammengerollt in seiner Hand schwenkte, tat Sven gut. Er gab der Situation Neutralität, Natürlichkeit und Ausgelassenheit. Sie waren doch nur zwei Studenten, die zusammen lernten. Der Stoff lieferte die Gesprächsthemen, jeder nächste Satz konnte einen Scherz verstecken, und er kannte sein Talent, Humor so in Worte zu verpacken, dass er sein Gegenüber unerwartet traf. Alex schien gern zu lachen und das inspirierte ihn zu immer neuen Wortkapriolen.

Doch manchmal ertappte er sich, wie seine Augen immer wieder ihr Gesicht nach einem verräterischen Zeichen absuchten. Er wartete auf ein Signal in ihren Zügen, das ihm sagen könnte, ihr gehe es genau wie ihm. Die Fröhlichkeit, die ihre innere Anspannung erträglicher machte, entlud sich in ständigen Lachsalven. Doch so sehr er auch lachte, gestikulierte, erzählte, er spürte, wie er ihre Nähe suchte.

Dann stand Alex auf und schenkte Sven ein Glas Tee nach. Ihr rechtes Bein streifte wie zufällig sein linkes Knie. Er griff nach dem Glas, das sie ihm reichte, und berührte dabei leicht ihre Finger. Kurz spürte er einen Hitzschlag durch seinen Körper strudeln, der ihm unwillkürlich den Atem nahm. Und auch Alex' Knie schienen plötzlich zu zittern. Wie von selbst senkte sie sich auf seine blauen Jeans und in einer unvermeidlichen Geste fiel ihr Gesicht auf seinen Mund. Ihr linker Arm berührte leicht seine Schulter und er konnte nicht anders, als ihren Kuss zu erwidern. Einige Sekunden verharrten sie in dieser unbequemen Haltung. Dann trennten sich ihre Münder wieder, und er sah, wie ihre rechte Hand versuchte, das Teeglas so zu halten, dass sie von der bräunlichen Flüssigkeit nichts über beider Kleidung goss.

Mit roten Wangen sprang Alex von seinem Schoß auf und reichte Sven erneut sein Teeglas, als sei sie von ihm in dieser Handlung unterbrochen worden. Sven spürte einen kalten Luftzug an seinem Bauch, dort, wo Alex sich eben noch an ihn geschmiegt hatte. Dann überkam ihm Panik. Scheu wich er ihrem Blick aus. Worüber sollte er jetzt reden?

Doch Alex redete schon, viel zu schnell und viel zu unzusammenhängend sprudelten die Worte aus ihr heraus: „Wenn ich über Sammler und Wildbeuter lernen muss, denke ich immer an unsere Wälder in Adelsberg."

‚Wälder?', dachte er und blickte erschrocken in ihr glühendes Gesicht.

„Ich bin zwar in einem Neubaugebiet groß geworden. Aber das liegt am Stadtrand und direkt neben uns wehrt sich bis heute das kleine Dorf Adelsberg standhaft gegen die Eingemeindung. Du glaubst nicht, wie krass der Gegensatz zwischen unseren Wohnblocks und dieser Erzgebirgskulturlandschaft ist, und ich brauchte immer nur zehn Minuten mit dem Fahrrad, um aufs Land und in die Berge zu kommen. Wenn ich dagegen hier aus dem Fenster sehe."

Sie zeigte auf das Gestrüpp vor dem Fenster, und Svens Blick folgte ihrer Geste. Dankbar griff er ihre Sätze auf: „Ich bin in Brandenburg groß geworden. Dort hieß es, man sehe die Gäste schon zwei Tage vor ihrer Ankunft, so flach war es. Berge kenne ich erst, seitdem wir in meiner Jugend nach Thüringen gezogen sind."

„Ohne Berge kann ich mir meine Kindheit nicht vorstellen. Wir sind mit den Rädern durch die Wälder gefahren, haben Hütten gebaut, uns versteckt, alte Bunker entdeckt und Wasserräder gebastelt. Im Winter sind wir mit den Schlitten den Katzenbuckel runtergerast und im Frühjahr habe ich Brunnenkresse in den Bächen gefunden."

Und plötzlich reichte ihm Alex die rechte Hand: „Hast du Lust, mal mit mir hinzufahren? Wollen wir zusammen nach Adelsberg?"

Er spürte ein tiefes warmes Strahlen in seinem Inneren, als er antwortete: „Warum nicht?" Und in diesem Augenblick war er sich endlich sicher, sie würden eine Chance haben.

6

An dem Tag, an dem Alexandra ihre Prüfung bestanden hatte, stand ihr Entschluss fest. Sie wollte nicht im Wohnheim bleiben, sondern ihr eigenes Zimmer, und sie wollte wenig dafür zahlen. Sie hatte von besetzten Häusern gehört. In einem solchen Haus zu leben, würde ihr mehreres bringen, nicht nur preiswertes Wohnen, sondern auch ein unsagbares Lebensgefühl, ein Abenteuer mitten im Alltag. Und genau das suchte sie. Noch vor der Wende hatten sie in den Westnachrichten die Berichte zu den Hausbesetzungen in der Hamburger Hafenstraße fasziniert. Während ihre Eltern den Kopf schüttelten über das, was da im Westen möglich war, hatte Alex sich gewünscht, ein Teil dieser Szene zu sein und am freien und provokanten Leben der Hausbesetzer teilzuhaben. Aber damals saß sie auf einem Sofa in der DDR und war minderjährig. Jetzt endlich sah sie ihre Chance gekommen. Alex hörte sich um und bekam eine Adresse in der Sternwartenstraße, ganz in der Nähe der Innenstadt. An einem Wochenende fuhr sie hin.

Das Erste, was sie sah, war ein zur Hälfte abgerissenes Haus, vor dem, auf einem schlammigen Parkplatz, eine große üppig-grüne Kastanie emporragte. Der Abriss schien mitten in der Arbeit unterbrochen worden zu sein. Die ausgesplitterten Enden der Trägerbalken ragten ihr entgegen und das aufgerissene Gemäuer zeigte seine ziegelroten Sägezähne. Die Zimmerwände mit ihren alten Tapeten lagen frei. An einer Wand sah sie einen Schrank stehen, dessen linke Tür leicht geöffnet war. Schweres Gerät, das an dieser Ruine arbeiten könnte, erblickte sie nirgends.

Neben dem aufgeschlitzten Haus stand eine weitere Ruine, die ihren Putz vollständig verloren hatte. Schwarze Höhlen starrten sie anstatt von Fenstern an. Alex ging zwischen beiden Ruinen hindurch und erblickte zwei weitere Häuser mit abgeblättertem Putz und Graffiti. Sie hatten ihre Fenster noch. Das mussten sie sein.

Vor den Häusern lag sorgsam geordneter Sperrmüll, als warte er darauf, dass die Bewohner ihn wiederverwenden würden. Alex ging weiter und sah eine Sitzgruppe aus verrottenden Polstermöbeln um einen Tisch, auf dem eine leere Bierflasche stand. Daneben sah sie drei klapprige Fahrräder und Ersatzteile. Der Hof war aufgeräumt und gekehrt. Irgendeine sorgsame Hand kümmerte sich um ihn.

Die bunt bemalte Haustür hing dagegen schief in ihren Angeln und war zerbrochen. Die Kellertür stand weit offen. Es roch nach Moder. Schemenhaft verrieten die dunkel gewordenen, grünlich braunen Treppenhauswände die Konturen einer einst sehr schönen Bemalung. Flecken fehlenden Putzes musterten nun die Wände und offenbarten die roten Ziegel der Mauern. Alexandra stieg eine laut knarrende Holztreppe hinauf. Das Geländer wackelte, da einige gedrechselte Geländerstäbe fehlten. Das Hausfenster, an dem sie vorbeikam, war zersplittert. Im düsteren und muffigen Treppenflur stiegen in Alex Bedenken auf. Dann dachte sie an ihr Leben und daran, dass sie sich anderes nicht leisten könne. Mit Widerwillen sah sie das Wohnheim mit seiner fettigen Küche vor ihrem inneren Auge und das Doppelstockbett, das sie mit einer Fremden teilte. Dann atmete sie tief durch und klingelte in der ersten Etage. Niemand öffnete. Sie stieg eine Etage höher und sah eine überdimensionale, mit Stahl gepanzerte Tür, die mit einer durchsichtigen dunkelvioletten Platte, wie sie zur Verschalung auf Baustellen verwendet wurde, verkleidet war und der man ansah, dass sie der Stolz eines heimwerkelnden Bewohners war. Hier hatte sie Erfolg. Ein blonder, groß gewachsener lässiger Typ öffnete die Tür.

Alexandra sah in sein ebenmäßig glattes und helles Gesicht: „Hallo. Ich bin Alex."

Sie reichte ihm die Hand, die er erst ergriff, nachdem er sie eine Weile gemustert hatte. Das Händereichen ist wohl nicht der richtige Gruß, durchfuhr es sie, und sie nahm sich sofort vor, etwas cooler zu sein.

„Ich bin auf der Suche nach einem Zimmer“, erklärte sie viel zu hastig. „Ich habe gehört, hier im Haus ist eines frei.“

„Komm rein“, antwortete der Blonde und trat zur Seite.

Alex betrat die Wohnung. Verwundert sah sie, dass der riesige Flur hell und eigenwillig renoviert war. Die beigen Wände waren mit farbigen Ornamenten bemalt, die Alex irgendwie gefielen. Sie folgte dem Blonden in die Küche, einem hellen quadratischen Raum mit großem Fenster und einem runden, weiß gestrichenen Tisch im Zentrum. Um den Tisch standen vier altertümliche, bequeme Holzstühle mit verschlissenen Ledersitzflächen und Armlehnen. Auch die Küche schien frisch gemalert zu sein. An der Wand neben der Tür standen zwei abgebeizte Küchenschränke mit geschliffenen Glastüren. Daneben sah Alex eine selbst gebaute Spüle, eine Arbeitsfläche und einen Herd, die mit schmutzigem Geschirr überladen waren. Doch der Tisch war sauber. In der Mitte stand ein gut gefüllter Aschenbecher.

Der Blonde fragte, ob sie Kaffee haben wolle. Sie bejahte. Er füllte Wasser in den Kocher, holte zwei Tassen aus dem Schrank und füllte Kaffeepulver hinein. Alex zog ihre Jacke aus, hängte sie über eine Stuhllehne und setzte sich hin. Dann kramte der Blonde in seiner Hosentasche und holte eine Schachtel blaue Gauloises hervor. Er klopfte die Schachtel gegen seine linke Hand, bis sich eine Zigarette zeigte. Die nahm er und zündete sie an. Und während Alex ihn beobachtete, spürte sie, wie sie nach Worten suchte. Aber der Blonde kam ihr zuvor.

„Ich bin übrigens Manne.“

„Schön, dich kennenzulernen“, stotterte sie. „Ich suche nach einem Zimmer und habe kein Geld, viel zu bezahlen.“ Manne sah sie misstrauisch an, und Alex wusste, wenn sie jetzt nicht losplapperte, müsste sie unversehens in ihr verhasstes Wohnheim zurückkehren. Deshalb richtete sie sich auf und atmete tief durch, um gleich darauf zu erklären: „Ihr habt ja schön renoviert. Wenn man das Haus von außen sieht, dann glaubt man gar nicht, wie schön es hier drinnen ist.“

„Geht so“, sagte Manne und betrachtete sie weiter.

„Ist das Haus besetzt?“, fragte sie dann, um irgendetwas zu sagen.

„Wir haben einen Nutzungsvertrag mit den Eigentümern und zahlen eine kleine Gebühr.“

„Das heißt keine Miete und keinen Mietvertrag?“

„Stört dich das?“

„Nö, es interessiert mich nur, ob ihr legal seid.“

„Und wenn nicht?“

„Mir würde es nichts ausmachen, hier zu wohnen.“

Er lachte kurz auf und brummte: „Das glaub ich.“

„Habt ihr die Stahltür draußen selbst zusammengebaut?“

„Wer sonst.“

Alex sah ihn neugierig an.

„Wir bekommen manchmal Besuch von Rechten. Da ist es besser, eine sichere Tür zu haben.“

Sie nickte bedeutungsvoll und Manne musste grinsen.

Dann fragte sie: „Habt ihr vielleicht ein Zimmer für mich frei?“

„Ein Zimmer ist gerade frei geworden. Aber der Ofen funktioniert nicht. Hier wird es eiskalt im Winter. Ich weiß nicht, ob ich dir das empfehlen kann.“

„Das macht nichts“, sagte sie gerade heraus. „Ich würde das Zimmer gern nehmen. Wie viel kostet es?“

„57 Mark pro Monat.“

„Und Strom und Wasser?“

„Ist alles mit drin.“

„Und wann kann ich einziehen?“

Kurz wand sich der Blonde. Alex hielt einige Sekunden den Atem an. Dann sah er nochmals in ihr Gesicht. „Sofort, wenn du willst.“

Sie hatte es geschafft. Ihr Traum von der Hafenstraße würde wahr werden und kostete weniger als das Doppelzimmer im Wohnheim. Nun bekam sie gute Laune und endlich konnte sie auch plappern. Manne goss den Kaffee auf und gab Alex die erste Zigarette ihres

Lebens. Er erzählte ihr von der Gegend, und sie erfuhr, dass die vier Häuser, die sie gesehen hatte, die letzten Häuser eines Rotlichtviertels vor dem Krieg waren und Seeburgpiepe hießen. Weil sie 1990 unter Denkmalschutz gestellt worden waren, war ihr Abriss gestoppt worden. Aber die heutigen Besitzer hatten kein Geld für eine Sanierung, weshalb die Gebäude vor sich hin moderten. Manne erklärte stolz, dass die Häuser ohne ihre Bewohner schon längst in sich zusammengefallen wären. Sie waren nicht nur Hausbesetzer, sie sorgten auch für deren Erhalt.

Nach einer Stunde verließ Alex zufrieden die Wohnung, und Manne warnte sie noch, sich nicht am Geländer festzuhalten, das könne abbrechen. Als sie ihn daraufhin fragend ansah, meinte er trotzig: „Die unter uns haben die Geländerstäbe verheizt."

Dann sprang sie vor Freude die Treppen hinunter. Das war ihre Zukunft, und sie wollte sie unbedingt.

7

Ihren ersten Umzug konnte sie noch mit einem Rucksack bewältigen. Zweimal packte sie ihn und fuhr mit der Bahn vom Wohnheim Ößen ins Stadtzentrum zur Stewa, wie die besetzten Häuser hießen. Ihr Zimmer war 25 Quadratmeter groß. An der Wand neben der Tür stand noch ein alter Kleiderschrank und sie begann sich einzurichten. Die knallroten Wände überstrich sie mit weißer Farbe. Dann besorgte sie sich bei der Messe mit Hilfe von Tilos Trabbi gebrauchten Fußbodenbelag. Von den Bewohnern eine Etage tiefer bekam sie eine Matratze und einen quadratischen dunklen Holztisch, dessen Beine sie mit der Säge kürzte. Auf dem Sperrmüll fand sie zwei blaue Polsterstühle mit schlanken Füßen, wie sie in den Fünfzigerjahren typisch waren. Auch deren Beine kürzte sie und stellte Tisch und Polsterstühle zu einer

Sitzgruppe zusammen. Dann strich sie Tür- und Fensterrahmen beige, sodass ein Kontrast zur blauen Sitzgruppe entstand. Später organisierte sie sich noch einen Schreibtisch und fand auf dem Parkplatz vor dem Haus einen verschlissenen Bürostuhl. Im Baumarkt kaufte sie sich die billigsten Kellerregale, dorthin sollte ihre Bibliothek kommen. Und so konnte sie erst einmal leben.

Die ersten Nächte in ihrem neuen Zimmer waren unheimlich. Auf ihrer Matratze liegend, hörte Alex den Wind durch die leeren Fenster des gegenüberliegenden Abbruchhauses pfeifen. Ab und an fielen Steine aus der Mauer und zerplatzten auf dem Boden. Dazwischen rieselte der Putz, dann pfiff wieder der Wind durch die undichten Fenster. Aber sie hatte einmal beschlossen, hier zu wohnen und wollte sich daran gewöhnen. Sie hoffte, sich bald wohler zu fühlen, doch auch das WG-Leben zeigte seine unbequemen Seiten. In der Küche stapelte sich das schmutzige Geschirr. Brauchte Alex einen Teller oder eine Tasse, dann musste sie sich diese über der vollen Spüle erst abwaschen. In den ersten Wochen spülte sie das gesamte Geschirr, dann ließ sie es bleiben.

Alex rauchte nun, erst an den Abenden, dann bereits nachmittags und bald schon am Morgen. Bereits als Kind hatte sie eine Schwäche für den Duft von Zigaretten entwickelt. Wenn ihre Eltern bei einer Wanderung mittags nach einer Gaststätte suchten, dann konnte es vorkommen, dass sie eine Kneipe wegen des dichten Rauches wieder verließen und sich weigerten, dort zu essen, was dann im Allgemeinen hieß, dass überhaupt nicht zu Mittag gegessen wurde. Gaststätten waren in der DDR rar gesät gewesen. Betrat jedoch Alex einen verrauchten Kneipenraum, dann atmete sie tief ein. Ihr gefiel der Geruch. Er erinnerte sie an ihren charmanten, kettenrauchenden Großonkel, von dem es hieß, er habe in seiner Jugend Schifferklavier gespielt. In ihrer Fantasie sah sie ihn oft als jungen Mann in einer rauchvernebelten Kneipe, wie er mit einer Zigarette im rechten Mundwinkel und einer in die Stirn fallenden schwarzen Locke, seine

Finger über die Tasten eines Akkordeons fliegen ließ. Sie sah, wie er das Instrument mit ausholender Bewegung aufzog, um es dann – sich schwungvoll nach vorne beugend – wieder zusammenzudrücken. In ihrer Vorstellung spielte er Hans Albers „Die große Freiheit Nr. 7“ und zwinkerte dabei den weiblichen Schönheiten im Raum zu. Wenn sie wie jemand in ihrer Familie sein wollte, dann wie er oder wie sie ihn sich in seiner Jugend vorstellte.

Dann waren da noch ihre Mitbewohner. Manne war Steinmetz und hatte mit seinen 23 Jahren bereits eine Staublunge. „Ich lebe sowieso nicht lange“, sagte er, rauchte, kiffte und hustete sich die Lunge aus, ganz nach dem Motto ‚Auf deutschem Boden darf nie wieder ein Joint ausgehen‘. Härtere Drogen als Bier und Hasch sah Alex dagegen nicht und war froh darüber.

Ihr zweiter Mitbewohner war ein Künstler, den alle Zappe nannten. Er hatte wie Manne zwei Zimmer, in einem schlief er, in dem anderen, einem leeren weißen Saal, schuf er riesige Gebilde aus Draht, Holz, Stoff und Pergamentpapier. Wenn Zappe da war, arbeitete er meist in seinen Räumen und beteiligte sich nur selten an den abendlichen Runden. Er war wortkarg. Falls sie doch einmal an seiner Tür klopfte und ihm eine Frage stellte, schob er sie nach zwei Minuten schon wieder aus seinem Atelier. Er hätte zu tun, sagte er dann.

An den Abenden trafen sich die Leute, um zu klönen. Meist saßen sie bei Manne, denn der war der Einzige der einen Fernseher hatte. Sie saßen auf dem altertümlichen grünen Sofa und den dazugehörigen Sesseln mit Löwentatzen als Füße, die Manne – wie er gern erzählte – von einem Adelssprössling geschenkt bekommen hatte, oder einfach auf dem Boden und lehnten sich an die Wand. In den Händen hielten sie Bierflaschen. Volle Aschenbecher standen überall herum und man rauchte um die Wette. Alex saß meist abseits und lauschte den Gesprächen. Witze flogen hin und her. Sie wusste dazu nichts zu sagen. Die Welt, aus der sie kamen, war nicht ihre. Und sie machte sich darüber Gedanken, wie weit sie sich auf die Hausbewohner einlassen sollte. Ihr Studium gehörte zur angepassten Außenwelt, nicht in den Kreis des gelebten, alltäglichen Exzesses. Nach durchzechten Nächten verpasste sie am Morgen die Vorlesungen. Und sie hatte nicht das Gefühl zu gewinnen. Einigen der Hausbewohner sah sie an, dass sie über den sich täglich wiederholenden, nächtlichen Rausch alt geworden waren. Ob sie ein Ziel hatten, um das sie kämpften, wie sie ihr Geld verdienten und ob sich jemals etwas in ihrem Leben erfüllen würde, das blieb fraglich. Auch schien ihr die Gesellschaft kompromisslos. Die Ausgeschlossenen schlossen die Außenwelt aus. Sie verhielten sich wie ein elitärer Zirkel mit einer extravaganten Lebensführung, deren Zutritt streng limitiert war. Alexandra zögerte ihren Entschluss hinaus, obwohl sie wusste, was sie von diesen Leuten unterschied. Sie lebte nicht nur, vor ihr stand ein klares Bild ihrer eigenen Zukunft.

8

Im Oktober hatte das Semester begonnen. Ihr Weg zur Uni war nun ein Fußweg. In zehn Minuten lief sie durch die Ringbebauung und stand vor den Universitätsgebäuden. Doch heute ging sie nicht zur Uni. Sie hatte einen Beschluss gefasst. Tilo sollte sie beim Kauf eines Computers beraten, und deshalb hatte sie ihn im Seminar gebeten, sie zu besuchen.

Doch vorher wollte sie den Ofen in ihrem Zimmer anheizen. Aus dem Keller hatte sie Kohlen geholt, dann schaufelte sie die Asche ihres Vorgängers aus dem unteren Schacht, schichtete sorgsam Holz auf, legte Kohlen darauf und zündete das Holz mit Kohleanzünder an. Als das Holz brannte, schloss sie die Tür der Brennkammer und ließ die untere Tür weit offen stehen. So hatte sie es bei ihren Großeltern gesehen. Ihre Eltern dagegen waren aus ihrer letzten ofenbeheizten

Wohnung ausgezogen, als sie sechs Jahre alt gewesen war. Sie konnte sich an ihre Art zu heizen nicht mehr erinnern. Sie lauschte dem Knistern des Holzes, nahm sich ein Buch und setzte sich in ihre blaue Sitzgruppe, um auf Tilo zu warten.

Nach einer halben Stunde sah sie nach, ob die Kohlen durchgeglüht waren, dann wieder nach zwanzig Minuten. Jetzt schien es so weit zu sein, sie schloss die untere Ofentür, als es klingelte. Eilig sprang sie durch den weiten Flur zur Wohnungstür. Davor stand Tilo und lachte sie an.

„Hallo!", freute sich Alex, ihn zu sehen. „Ich habe schon geheizt", fügte sie stolz hinzu. „Leg deine Sachen ab."

„Bei euch ist's aber kalt."

„Na, dann lass die Jacke erst mal an, bis es bei mir im Zimmer warm ist. Willst du Tee oder Kaffee?"

„Schwarzer Tee wäre schön."

Alex schob Tilo in die Küche, bot ihm einen Platz am Tisch an und setzte Teewasser auf. Dann nahm sie zwei Teegläser aus dem Geschirrberg und wusch sie ab. Als das Teewasser kochte, suchte sie zwei Teebeutel und goss den schwarzen Tee auf.

„Ich freue mich auf meinen Computer", plapperte sie dabei. „Dann kann ich endlich jederzeit zu Hause arbeiten und muss nicht mehr in diesen lichtlosen Computerpool."

„Dort ist es doch gleißend hell", erwiderte Tilo.

„Ja, eiskaltes, weißes Neonlicht! Aber nicht ein einziges Fenster. Das ist doch keine Arbeitsatmosphäre."

„Wohlgefühlt habe ich mich dort auch nie."

Sie sah sich durch Tilos Nicken bestätigt und redete einfach weiter. „Was meinst du, was er kostet? Natürlich brauche ich auch einen Drucker. Ich will Referate schreiben und sauber ausdrucken können. Ich bin so gespannt auf meinen ersten Ausdruck, und wenn ich mich erst einmal an die Arbeit mit einem Computer gewöhnt habe, was meinst du, wie dann mein Studium flutscht."

Ihre Leidenschaft ließ Tilo schmunzeln, und er erwiderte: „Na, erwarte nicht zu viel von so einem Computer. Für dein Ethnologiestudium ist er nicht mehr als eine Schreibhilfe. Und programmieren kann er auch nicht von selbst."

„Trotzdem, es wird ein ganz anderes Arbeiten sein. Ich werde in meinem Zimmer, bei meinen Büchern jederzeit am Computer sitzen können. Ich kann mir endlich Arbeit mit nach Hause nehmen, weniger Zeit in Bibliotheken verbringen; und auf die Krankenhausatmosphäre im Computerpool kann ich ganz verzichten. Wer hat sich überhaupt einfallen lassen, einen Arbeitsraum für Dutzende Studenten in einem fensterlosen Kellerraum einzurichten? Und das Ganze mit Neonröhren zu beleuchten? Da fehlen nur noch die weißen Fliesen."

Tilo musste lachen, doch plötzlich verzog er das Gesicht. „Du, was riecht hier eigentlich so angebrannt?"

„Angebrannt?" Alex blickte verstört um sich, sofort fiel ihr der Ofen ein. Sie stürzte zu ihrem Zimmer, öffnete die Tür, und eine Wolke dichten Qualms kam ihr entgegen. Hustend und mit den Händen wedelnd rannte sie zu den Fenstern und riss sie weit auf. Dann sah sie sich in dem dicht vernebelten Raum um.

Tilo stand in der Tür und lachte: „So, du hast geheizt?"

„Keine Ahnung, was hier los ist. Die Kohlen waren doch durchgebrannt. Wieso qualmt es so?"

Plötzlich stand auch Manne in der Tür. „Was für ein Gestank", bemerkte er. „Was hast du denn gemacht?"

„Na, geheizt, was sonst!"

Manne trat zum Ofen, und nun sah auch Alex, dass der Qualm aus dessen Fugen herausdrang.

„Der Ofen ist völlig hin", erklärte Manne und klopfte mit der Faust gegen eine hellbraune Kachel. „Der muss wahrscheinlich neu aufgebaut werden."

„Aufgebaut?“ Alex rang um Fassung.

„Dein Vorgänger hat mit Holz geheizt. Das hat den Ofen ruiniert. Die Schamotte ist völlig ausgeglüht.“

Sie begriff immer noch nicht. Verstört betrachtete sie erst den Ofen und dann Manne.

„Na, das Innenleben des Ofens ist völlig hin. Verstehst du nicht?“, fragte er mit ungeduldiger Miene. „Im Ofen drinnen ist aus Schamottsteinen ein Kanal gebaut, in dem sich die Wärme halten und gleichzeitig der Rauch abgeführt werden kann. Die Kacheln sind nur die Verkleidung, die die Wärme ans Zimmer abgeben.“

Alex stöhnte: „Bloß das nicht!“

Manne nickte nur. Sein helles Gesicht wirkte gleichgültig. „Das wird dich eine schöne Stange Geld kosten. Im Prinzip muss hier ein neuer Ofen rein.“

Irritiert sah sie zu ihrem leeren Schreibtisch, auf den sie sich einen Computer wünschte, der ihr gesamtes Erspartes kosten würde. Dann blickte sie zum Ofen und wieder zum Schreibtisch.

„Jedenfalls solltest du den nicht mehr anheizen“, sagte Manne und klopfte wie zur Bestätigung noch einmal gegen eine der hellbraunen Kacheln, zwischen denen immer noch Rauch hervorquoll. Dann öffnete er die untere Ofenklappe.

„Jetzt ist Durchzug, und der Qualm kann abziehen. Heizen wird er so natürlich nicht mehr.“ Mit diesen Worten verließ er das Zimmer und verschwand zu Alex’ Ärger in seinen warmen Räumen.

„Und was jetzt?“, fragte Tilo.

„Was schon, ich kaufe mir einen Computer und verbringe den Winter eben ohne Ofen.“ Alex war wütend. Der Ofen konnte nichts dafür. Aber sie verfluchte ihren Vormieter.

„Wahrscheinlich irgend so ein ignoranter Typ, der dachte, alles besser machen zu müssen als die anderen. Und als der Ofen ruiniert war, ist er ausgezogen“, schimpfte sie in Tilos Richtung.

Aber eins war klar, ihren Plan, einen Computer anzuschaffen, würde sie jetzt nicht mehr umwerfen. Es würde schon gehen, es musste gehen, auch wenn der Winter vor der Tür stand.

9

Als Alex den neuen Computer auspackte, betrachtete Tilo sie von der Seite. Der Stolz, mit dem sie Teil für Teil aus den Kartons hob, rührte ihn. Wenn sie nicht so hübsch wäre, hätte er es längst aufgegeben, ihr zu helfen und säße stattdessen lieber im Rechnerpool, um an seinem neuen Datenbankprogramm zu arbeiten, dem Auftrag eines Kollegen seiner Mutter, der ein Wörterbuch erstellen wollte und ihm eine kleine Summe dafür versprochen hatte. Ob sie einen Freund hatte?

„Das ist der Bildschirm", sagte er, als Alex sich am größten Karton zu schaffen machte. „Vorsicht, der ist schwer." Schnell eilte er ihr zu Hilfe und klappte den eben aufgeschnittenen Deckel auf. Dann packte er mit an, um ihn herauszuheben. Sie stellten ihn gemeinsam auf den Tisch, und Alex rückte ihn sorgfältig in die rechte Ecke, um seinen neuen Platz zu betrachten.

„Aber wo ist der Drucker?" Tilo bemerkte verwundert die Ungeduld in ihrer Stimme.

„Der Drucker? Den können wir erst mal lassen. Lass mich erst den Computer anschließen."

Nervös betrachtete Alex die restlichen Kartons, öffnete sie und beruhigte sich erst, als sie den Drucker gefunden hatte. Tilo schüttelte den Kopf und machte sich daran, die Kabel zwischen Computer, Tastatur, Maus und Bildschirm zu ziehen. Dann steckte er den Stecker in die Steckdose und zeigte Alex lächelnd den Powerknopf. Man kann ja nie wissen, ob sie es allein schaffte, ihn zu finden. Doch Alex winkte ab und erklärte süffisant: „Wie man den einschaltet, das weiß ich inzwischen.“

Das Gerät lief tadellos, im Geschäft hatte man bereits das Betriebssystem aufgespielt. Es fehlten die Office-Programme, die Alex gemeinsam mit dem Rechner gekauft hatte. Er suchte die Disketten heraus, setzte sich an Alex' Schreibtisch und steckte sie in den Tower. Das Installationsprogramm lief, und er genoss Alex' unverhohlene Bewunderung, mit der sie jeden seiner Klicks verfolgte. Als sie schließlich ihre Hände auf seine Schultern legte und sich über ihn beugte, um die Vorgänge auf dem Bildschirm genauer verfolgen zu können, sprudelte er beinahe über vor Glück.

Dann war die Installation beendet. Er zog die wichtigsten Office-Programme auf den Desktop, damit sie für Alex leichter zu finden waren, und um ihr eine Freude zu machen, öffnete er ein leeres Blatt in Microsoft Word. Lächelnd sah er ihr ins Gesicht. Ihre Augen strahlten verzückt, wie die Augen eines Kindes, das gerade ein lang ersehntes Geschenk erhalten hatte. Doch anstatt sich sofort vor das leere Blatt zu setzen, eilte sie plötzlich zu ihrer Kommode, zog ein Schubfach auf und holte nach einigem Suchen eine Diskette hervor.

„Kannst du mal mein letztes Referat aufmachen?“, bat sie ihn, und Tilo war ihr auch dabei gern behilflich.

„Und jetzt der Drucker“, sagte sie ungeduldig, öffnete den letzten Karton und holte den Tintenstrahldrucker heraus, den Tilo viel zu teuer fand. Ihm reichte ein Nadeldrucker, der wesentlich billiger auf Endlospapier druckte. Auch brauchte man für ihn keine Tinte, sondern bekam preiswert Bänder, die wesentlich länger hielten als jede Patrone.

Nachdem er ihn angeschlossen und installiert hatte, war Alex kaum noch zu bremsen. Sie hatte Kopierpapier gekauft, legte es ein und drängte ihn nun, sie vor den Bildschirm zu lassen. Dann schickte sie ihr Referat an den Drucker ab, und Tilo beobachtete, wie ihre Augen wieder zu leuchten begannen, als sie die ersten Seiten zärtlich in die Hände nahm.

„Wie Buchseiten sieht das aus", sagte sie mit träumenden Augen. Es hätte ihn nicht gewundert, wenn sie nun auch noch das Papier geküsst hätte.

‚Nein, sie gehörte nicht in die Informatik', dachte er und wurde immer besessener von dem Gedanken, dass sie zu ihm gehören könnte. Mit ihr würde er endlich am Leben teilhaben, auf Konzerte gehen, das Studium genießen, und sie war eine Frau, die er stolz vorzeigen konnte. Seine Kommilitonen würden staunen, wenn er Hand in Hand mit ihr zur Vorlesung käme.

Dann überwältigte es ihn. Er trat einen Schritt auf sie zu und legte seine Hände an ihre Taille. Dann neigte er seinen Kopf zu ihrem Mund und spitzte die Lippen zu einem Kuss. Doch sie erschrak, erstarrte, und so abrupt, wie er nach ihrer Taille gefasst hatte, entwand sie sich ihm. Mit hochrotem Gesicht sah sie ihm erschrocken in die Augen, und er spürte, wie auch ihm unvermittelt die Hitze in die Wangen schoss. Ihre kurze, heftige Befreiung aus seiner Umarmung hatte ihm einen tiefen Schlag versetzt. Wie ein verletztes Reh wand er sich in seiner Schmach, wich ihren Augen aus, und plötzlich fiel ein zentnerschweres Gewicht in seine Seele, das ihm den Atem raubte. Sie wollte ihn nicht!

Alex räusperte sich betreten, und er sah sofort den Anflug des ihm so verhassten Mitleids in ihren Augen. „Ich habe einen Freund", sagte sie mit sanfter Stimme, und tiefer Hass machte sich in ihm breit. Wieso warf man ihn immer zurück, nutzte seine Hilfe aus und wies ihn dann ab? Dachte sie etwa, dass er ihr jetzt noch beim Programmieren helfen würde? Laut und böse platzte es aus ihm heraus: „Das war mir klar, dass du mich nur ausnutzt!"

„Aber entschuldige, ich dachte wir wären Freunde?", versuchte ihn Alex sofort zu besänftigen. Aber darauf wollte er sich nicht einlassen. Er ertrug es nicht mehr, von allem Reizvollen ausgeschlossen zu sein, erst recht nicht, an den Frauen zu scheitern. Wütend wendete er sich von ihr ab, kein Wort von Freundschaft wollte er hören. Er schnappte seine Jacke, und verließ, so schnell er konnte, die Wohnung und diese Frau, die er nicht haben konnte.

∞

Tilo war seit diesem unglückseligen Kussversuch ausgeblieben, und Alex machte sich keine Illusionen, von ihm noch weitere Hilfe zu bekommen. Doch ihr Computer erinnerte sie Tag für Tag an diesen Informatikstudenten, der sich – unbemerkt von ihr – auf sie Hoffnung gemacht hatte. Doch sie liebte Sven.

Vor Weihnachten schneite es. Es wurde so kalt, dass Alex mit Jacke, Schal, Mütze und halben Fingerhandschuhen arbeitete. Nachts zog sie einen Pullover über ihren Schlafanzug und kroch mit Mütze unter drei Decken. Ihr Atem gefror an den Wänden ihres Zimmers. Am Morgen glitzerten dichte Eisblumen an den Fenstern.

Im Januar funktionierte ihr Computer nicht mehr. Der Bildschirm zeigte rosa-violette Rechtecke. Erschrocken brachte sie ihn in den Laden zurück, wo er nach einer Aufwärmphase tadellos lief. Die Kälte in ihrem Zimmer hatte ihr eine Zwangspause verordnet.

In den folgenden Wochen verbrachte Alex ihre Nachmittage in den warmen Bibliotheken, und an den Abenden und Wochenenden zog sie mit Freunden durch die Kneipen. In ihrem Zimmer war sie nur noch zum Schlafen. Falls sie früher nach Hause kam, dann heizte sie den Badeofen mit Kohlen an, um sich in einer heißen Badewanne aufzuwärmen. Nach dem Bad hielt sie es zwei Stunden in ihrem klirrenden Zimmer aus, ohne zu frieren.

Jedes zweite Wochenende besuchte sie Sven. Dann befeuerten sie seinen Ofen, bis er glühte, und wärmten sich aneinander. Im Februar schlief sie noch mit Mütze im Bett und erst Ende März wurden die Temperaturen wieder erträglich. Dann kam der Frühling und der

Kastanienbaum glänzte mit seinen weißen Kerzen über dem matschigen Parkplatz vor ihrem Haus. Und eines Tages dachte Alex, der Winter sei überstanden.

10

Mit geschlossenen Augen und traumwandlerischer Sicherheit lief Professor Hans Ulrich vor der Tafel hin und her und erzählte monoton über die Verwandtschaftssysteme in Afrika. Ulrich war ein mittelgroßer, schlank gebauter und grau melierter Herr mit der würdigen Ausstrahlung eines Menschen, der es seit Jahrzehnten gewohnt war, vor Jüngeren zu dozieren. Seine flüssigen Bewegungen passten sich in den Raum zwischen Tafel und Rednerpult, Tür und Fensterfront ein, wie die schlurfenden zwanzig Schritte eines Tigers in der gesamten Breite seines Geheges. Ulrich blieb vor der Tafel stehen und konstruierte in Symbolen eine patrilineare und eine matrilineare Abstammungsgruppe um ein Ego. Dann nahm er seine Wanderung wieder auf und gab Beispiele für die Schemata.

Wenn er an der Tafel vorbeilief, blieb er stehen und wies auf die Symbole. Die Studenten hingen mit halb geschlossenen Augen auf ihren Stühlen oder beugten sich über die Tische. Einige bemühten sich sichtlich, nicht einzuschlafen, andere schrieben energisch mit, was Ulrich referierte.

Plötzlich hob er die Stimme. Ulrich stand mit weit aufgerissenen Augen vor der Tafel. Erstaunt starrten einige Studenten in sein Gesicht. Er drehte sich zur Tafel und kreiste mehrere Symbole ein. Ein Stein in der Kreide quietschte auf dem grünen Metall, dass es Alex fror. „Die Ehe zwischen einer Frau und mehreren Männern heißt Polyandrie. Bei der non-fraternalen Polyandrie besteht zwischen den einzelnen Ehemännern keinerlei Verwandtschaftsbeziehung“, deklamierte er. „Sind die Ehemänner Brüder, dann sprechen wir von der fraternalen Polyandrie.“ Ulrich schloss die Augen und begab sich erneut auf Wanderschaft. Die Studenten sanken wieder auf ihre Plätze zurück.

Ulrichs Vorlesungen waren nicht besonders spannend. Er dozierte denselben Vortrag, minimal ergänzt, wie bereits vor über zehn Jahren in der DDR. Dazu brauchte er keine Karteikarten wie einige seiner Kollegen, sondern kannte die Abfolge seiner Worte auswendig. Trotzdem war er bei den Studenten beliebt. Sie versammelten sich um ihn nach seinen Vorlesungen und ließen den Unterricht im Studentencafé ausklingen. Alexandra ging oft zum Stammtisch mit. Die Studenten setzten sich um einen Tisch, an dessen Stirnseite stets Ulrich saß und aus der Vergangenheit erzählte. Wie in der DDR üblich, hatte Ulrich sein gesamtes berufliches Leben an diesem Institut verbracht. Seit Mitte der Achtzigerjahre war er dessen ordentlicher Professor und Direktor.

„Die Ethnographie wurde in der DDR als dekadente Wissenschaft betrachtet“, zitierte er sich oft. „Man sagte, sie sei ein Fach im Dienste des Kolonialismus, rückwärtsgewandt und fortschrittsfeindlich. Wir dokumentierten ja präkapitalistische Gesellschaften und fokussierten auf traditionelle Konzepte. Das passte nicht zu einer Ideologie, die das, was sie für überkommen hielt, überwinden wollte.“ Wenn er das DDR-Deutsch zitierte, dann schoss Ironie in seine Stimme, wie es allen ging, die über ihre Vergangenheit in dem untergegangenen Staat reflektierten. „Man sagte, die Ethnologie sei eine Wissenschaft, die nichts mit den ‚um ihre nationale Befreiung ringenden Völkern‘ oder mit dem ‚Aufbau einer neuen sozialistischen Ordnung‘ zu tun haben wolle. Mit solchen Argumenten hat man uns ins Abseits gedrängt und langsam ausgehungert.“

„Und wie sind Sie dem begegnet?“, fragten ihn die Studenten.

„Als in den Sechzigern keine Studenten mehr immatrikuliert werden durften, haben wir begonnen ein Zusatzstudium für Geografen,

Historiker, Lehrer, Bibliothekare und Absolventen von Nachbardisziplinen zu organisieren. Auf diese Weise hatten wir wieder Studenten und waren nicht mehr zu übergehen. Solange es Interesse an unserem Fach gab, konnte man uns nicht schließen. Das gab uns Sicherheit!", erklärte er. „Aber auf der anderen Seite war unsere gesamte berufliche Laufbahn von höherer Stelle geplant und jeder Karriereschritt wurde von anderer Seite zugewiesen. Ob man fachlich reif für eine Beförderung war und ausreichend Einsatz für die ‚zukunftsweisende Entwicklung unserer sozialistischen Gesellschaft' gezeigt hatte, um die nächste Stufe auf der Karriereleiter erklimmen zu dürfen, das bestimmten nicht wir, sondern andere. Parteikader und -gremien haben dabei genauso mitgesprochen wie Wissenschaftler. Wir selbst hatten den geringsten Einfluss darauf, wie sich unser Berufsleben entwickelte. Freiheit, Unabhängigkeit und individuelle Entwicklung, alles, was ihr heute schätzt, waren damals verpönt. Hatten wir Sonderwünsche, mussten wir uns durch Behörden und Parteigremien kämpfen und Empfehlungen von Parteikadern sammeln. Dann kam man uns mit dem Argument, ‚Warum sucht ihr einen Sonderweg und entzieht euch der sozialistischen Gemeinschaft?' Dieser Vorwurf war nicht zu unterschätzen. Er traf jeden, der eigene Ideen verwirklichen wollte. Die DDR funktionierte nach dem Rasenmäherprinzip, wer seinen Kopf über die Rasenkante herausstreckte, der konnte ihn leicht verlieren. Wer sich aber fügte und dem vorgegebenen Plan folgte, dessen Arbeitsleben verlief reibungslos und ferngesteuert, ohne größere Brüche und Wendungen."

„Aber erst musste man einen Studienplatz bekommen", sagte eine Studentin.

„Sicher, und wir haben nicht jeden aufgenommen. Die Studienplätze in der Ethnologie waren strengstens limitiert. Es gab Auflagen, wann und wie viel Studenten wir immatrikulieren durften. Es ging ja nicht nur darum, den Bedarf an wissenschaftlichen Nachwuchs zu decken und jedem Absolventen einen Arbeitsplatz zu verschaffen.

Sondern es durften nicht mehr Kandidaten ausgebildet werden, als für die Deckung des Bedarfs nötig und vorgesehen waren. Ein paar Studienabbrecher mit eingerechnet", erzählte er und die Studenten sahen ihn fragend an.

„Dann hatte man großes Glück, wenn man einen Studienplatz in der Ethnologie bekam?"

„Ja, der größte Erfolg im Arbeitsleben eines Akademikers der Geisteswissenschaften war vermutlich, überhaupt zum Studium zugelassen zu werden", gab er zur Verwunderung der Studenten zu.

„Brauchte man Beziehungen, um angenommen zu werden?"

„Uns wurde vorgegeben, wen wir zu nehmen hatten. Sicher spielten dabei auch die Interessen der Partei eine Rolle."

„Das heißt also, wer die Fürsprache von Parteikadern hatte, zum Beispiel aus dem direkten Umfeld der eigenen Familie, der hatte auch Chancen auf ein Ethnologiestudium?"

Die Studenten waren hellhörig geworden: „Spielten schulische Leistungen und Begabung denn überhaupt keine Rolle?"

„Gute Noten musste man schon mitbringen. Aber gute Noten hatten viele. Wir konnten jedoch nur wenige Studenten aufnehmen. Unsere Kandidaten wurden handverlesen."

Ein älterer Student mischte sich ein: „Wer keine Beziehungen hatte, musste automatisch aus weniger beliebten Berufen wählen, oder ihm wurde ein Ausbildungsplatz zugewiesen", erklärte er augenscheinlich stolz darüber, dass er mitreden konnte. „Dann wurde ihm zum Beispiel gesagt, dass er nur in dem Fall studieren könne, wenn er sich für einen der vorgegebenen Berufe entscheidet. Eine andere Wahl hatte er nicht. Männer hatten die Möglichkeit, drei Jahre zur Armee zu gehen. Wer Unteroffizier war, der konnte eher noch seinen Berufswunsch äußern."

Alexandra erinnerte sich an ihre Mutter, der es ähnlich ergangen war. In den Sechzigerjahren hatte sie nur deshalb einen Abiturplatz bekommen, weil sie sich bereits mit vierzehn Jahren dazu verpflichtet hatte, Pädagogik zu studieren, einer Kampagne zur Bekämpfung des chronischen Lehrermangels in der frühen DDR folgend.

„Und die wissenschaftliche Arbeit?"

Ulrich räusperte sich. Das Thema schien ihm unangenehm. Er nahm einen Schluck Kaffee. Dann sah er bedachtsam in die Runde.

„Forschungsreisen konnten kaum finanziert werden. Dazu brauchte man ja Devisen, die kaum zugänglich waren. Dazu kam, dass auch eine Genehmigung für eine Reise ins nichtsozialistische Ausland nur schwer zu bekommen war", erzählte er. „Natürlich konnten wir unter den damaligen Bedingungen kaum Auslandserfahrung sammeln. Wie auch? Unsere westdeutschen Kollegen haben uns da einiges voraus. Unsere Forschungsquellen waren Bibliotheken, in denen es chronisch an aktueller westlicher Literatur mangelte, und Archive.

Von Entwicklungen des Faches erfuhren wir vor allem über Vorträge und Mund-zu-Mund-Propaganda. Entsprechend waren Vorträge sehr beliebt. Zu unseren Vortragsreihen kamen nicht nur Fachleute, sondern auch viele Laien. In den Sechzigerjahren haben wir einmal die Woche einen Vortrag am Institut für Ethnologie angeboten. Damals sprengten öffentliche Vorträge die Hörsäle. Unsere wenigen Studenten haben sich im Andrang der Öffentlichkeit völlig verloren. Gelehrige Unterhaltung, das war eine der wenigen Abwechslungen, die man in der DDR hatte. Bildung gehörte zum Lebensstil, nicht nur zu dem der Akademiker."

„Es ist doch erstaunlich, wie interessiert die Leute damals waren. Man hat vielmehr gelesen als heute. Auch die einfachen Leute, Arbeiter, Handwerker haben sich gebildet", warf eine Studentin ein.

„Nicht nur die Akademiker, auch die Arbeiter haben sich damals über ihre eigene Belesenheit und über das Selbststudium von Fachliteratur definiert. Sie haben Bücher abgeschrieben und als handschriftliche Manuskripte weitergereicht", nickte ihr Ulrich zu, und Alex sah ihren bunt beklebten Ordner mit Exzerpten und Zeichnungen vor sich, den sie in den Jahren ihrer Kindheit aus der populärwissenschaftlichen Bibliothek ihres Stadtbezirks zusammengestellt hatte und der sie bis heute begleitete.

„Diese Leute kamen auch regelmäßig zu unseren wissenschaftlichen Veranstaltungen“, fuhr Ulrich fort. „Ich habe sie beobachtet, wie sie sorgsam mitgeschrieben und Fragen gestellt haben. Mit Wissen hat man sich in der DDR seine eigene Identität geschaffen. Daran lag es wahrscheinlich. Wissensdurst und Leselust gehörten zu unseren Grundbedürfnissen. Sie müssen sehen, alles in der DDR war reglementiert, und äußerlich zur Schau getragene Individualität hatte negative Folgen für jeden. Aber was die Menschen wussten, das konnte ihnen niemand mehr nehmen. Deshalb war es Breitensport, sich Wissen anzueignen, das über die berufliche Bildung hinausging. Man konnte, äußerlich angepasst, mit Bildung sein Selbst formen und sich von der Allgemeinheit abgrenzen. Wissen hatte immer den Vorteil, dass man es nicht wie Westkleidung öffentlich zur Schau tragen musste. Es war nur so öffentlich, wie man es selbst öffentlich machte.“

Bewundernd blickten die Studenten zu ihm auf. Seine Erzählungen waren fesselnd und standen im völligen Widerspruch zu seinem Schweigen in der Wissenschaft. Wie viele ostdeutsche Mitarbeiter des Instituts hatte Ulrich kaum Veröffentlichungen vorzuweisen. Aus einem schwer zu verstehenden Grund hatten sie sich dem Publikationszwang vieler westdeutscher Kollegen nach der Wiedervereinigung völlig verweigert. War es mangelndes Selbstbewusstsein? Die ostdeutschen Mitarbeiter beschränkten ihre wissenschaftliche Existenz auf die Lehre derjenigen Werke, die ihrer kritischen Lektüre Stand hielten, ohne dabei eigene Gedanken und Einsichten mit einzubringen. Die DDR-Ethnologen, das wusste Alex, hatten bis zur Wende in einem wissenschaftlichen Mangel gearbeitet und sie fragte sich nun, ob sie das Verpasste nachholen konnten oder überhaupt wollten? Waren sie resigniert, frustriert oder demotiviert? Was hatte ihre kreative Kraft verlöschen lassen?

11

Als die Straßenbahn endlich kam, atmete Alex erleichtert auf. Der fette Stadtdreck und der fliegende Müll auf dem grauen Asphalt stark befahrener Straßen waren unerträglich. Es ist ein Rätsel, wie man an einer solchen Durchgangsstraße freiwillig wohnen konnte. Beim Warten hatte sie die schmutzigen Fassaden in der Innenstadt betrachtet und sich vorgestellt, wie eine dicke Wolke aus Staub und Abgasen in die Wohnung kroch und sich dann langsam auf das Mobiliar senkte, sobald man nur ein Fenster öffnete. Selbst die Kronen der wenigen Bäume wirkten, als sei ihr Chlorophyll von silbergrauer Farbe.

Bei dem Gedanken, hier wohnen zu müssen, hätte sie am liebsten den Atem angehalten, denn sie schmeckte den Staub auf der Zunge, sooft sie diese zu einer Schluckbewegung an ihren Gaumen presste. Und als sie sich in einen Park mit ausgedehnten Wiesen, alten Bäumen und frischer Luft wünschte, fiel ihr ein, dass die einstigen Salzsieder dieser Stadt, die eine der trockensten Deutschlands war, wohl deshalb den Wasserdampf über ihren Salzpfannen so geschätzt hatten. Er wusch ihnen den gelben Staub aus den Gesichtern, der Solau einhüllte, wie eine wabernde Wolke.

Auch Alex wischte sich den Schweiß von der Stirn. Um zu Svens Wohnung zu kommen, musste sie hier warten, bis die Linie 7 sie endlich mitnehmen würde.

Sven stand mit wehendem Haar und braun gebranntem Gesicht an der Straßenbahnhaltestelle, als sie ausstieg. Er wusste genau, mit welcher Bahn sie kommen würde, wenn sie ihn vierzehntägig in Solau besuchte. Er nahm sie in die Arme und Alex durchströmte ein tiefes Glücksgefühl. Sie hatte, bereits als ihre Bahn einfuhr, erkannt, dass er ungeduldig auf sie wartete. Ansonsten würde er ihr ja nicht bis zur Straßenbahnhaltestelle entgegenlaufen.

Diese Freude hatte sie vor Sven bei keinem anderen gespürt. Vorher war jede Beziehung etwas altersgemäß Notwendiges gewesen. Das

Glück hatte sie stets dazuholen müssen, mit abgefahrenen Ideen für die Freizeit. Die Berührungen und die Küsse hatten zum Tête-à-Tête gehört. Man küsste sich eben, wenn man beschlossen hatte, ein Paar zu sein.

Sven hingegen löste in ihr ein bislang unbekanntes Bedürfnis nach Nähe aus. Wenn sie auf der Straße liefen, umschlangen sie sich, als könnte sie ein Luftzug zwischen ihren Körpern erkälten. Jeder Moment, den sie sich nicht berührten, rief einen unstillbaren Schmerz hervor, der sofort mit dem Tasten nach des anderen Hand gestillt werden musste. Und diesem Bedürfnis unterlagen sie, so oft und solange sie zusammen waren. Es fiel Alex schwer, sich aus Svens Umarmung zu lösen. Doch Sven kündigte ihr an, dass er vorhabe, mit ihr auf ein Konzert zu gehen und sie hätten nur wenig Zeit, sich darauf vorzubereiten.

∞

In der dicht verrauchten Studentenkneipe war das Konzert beendet, sie tranken Bier und plauderten. Sven war nur für sein Treffen mit Alex aus Bilzingsleben zurückgekehrt, wo er täglich an seiner Diplomarbeit saß. Deshalb kam Alex' Frage erwartet: „Na, wie kommst du voran?"

Bereits als Jugendlicher hatte er an der Ausgrabung dieses altsteinzeitlichen Siedlungsplatzes teilgenommen. Unter den jahrtausendealten Kalkablagerungen einer Quelle hatten sich die Hinterlassenschaften des Homo erectus erhalten, seine Steinwerkzeuge, Knochen seiner Beutetiere und sogar menschliche Überreste, die zu den ältesten in Europa gehörten. Die Fundstelle in der ehemaligen DDR war weltberühmt, und selbst Alex hatte sich an das prachtvoll illustrierte Buch seines Grabungsleiters erinnert, als sie es in seinem Bücherregal wiederentdeckte: „Begegnungen mit dem Urmenschen" von Dietrich Mania. Sie hatte durch die farbenfrohen Gemälde der

Urzeitmenschen geblättert, und er hatte ihr erklärt, dass diese Bilder von Adelbert Dietzel stammten. Das Buch war einer der Gründe gewesen, warum er Ur- und Frühgeschichte studiert hatte.

Jetzt sah ihn Alex aus ihren im Kneipenlicht grau schimmernden Augen an und wartete auf eine Antwort, zu der er viel zu müde war. Doch er wusste, Alex nahm auch noch Anteil, nachdem sie ein Paar geworden waren. Das war bei Katharina nicht so gewesen. Schon nach dem ersten Kuss war Katharinas Interesse an seinem Studium versiegt, und sie hatten sich nur noch über Freunde und Vergnügungen unterhalten.

„Es sind Hunderte Geräte und Abschläge, die ich bearbeite", erklärte er genervt, fast etwas schroff. Doch dann sah er, wie Alex leicht zusammenzuckte und dachte an die sanfte Neugier, die eben noch in ihren Augen geschimmert hatte und die mit seiner Antwort zersplittert war, wie eine Scheibe Glas. Ihre Anteilnahme hatte ihn immer gerührt, und er beschloss, sich zu beherrschen: „Ich kann dir nur jede Woche dasselbe erzählen", sagte er mit sanfter Stimme. „Täglich sitze ich im Gutshaus, wo die unzähligen Kisten mit Fundmaterial lagern, und zeichne ein Artefakt nach dem anderen, suche nach Bearbeitungs- und Gebrauchsspuren, zeichne sie ein und vermesse schließlich den Stein. – Stein für Stein, das ist pure Puzzelei – diese vermaledeite Arbeit kann noch Monate dauern. Und draußen auf dem Feld strahlt die Sonne und hängen die reifen Süßkirschen an den Bäumen. Ich würde am liebsten den ganzen Tag spazieren gehen, aber dazu habe ich keine Zeit."

Alex' Augen strahlten wieder, und sie schaute auf seinen Mund, als könne er jetzt noch Bände über diese Steine erzählen. Dass sie ihn immer so bewundern musste. Statt Stolz auf seine Tätigkeit, fühlte er Zweifel, Zweifel an allem, was er tat. Und diese Zweifel machten ihm Lust, auf etwas zu schimpfen und er verdüsterte seine Miene und schlug missmutig mit der Hand auf den Tisch: „Wenn ich dagegen an dieses Drecknest hier denke. Jedes Mal, wenn ich aus Bilzingsleben komme, würgt es mich. Ich kann die staubigen Straßen, die immer gleichen Kneipen und die Dutzende Male besuchten Museen nicht mehr ertragen. Ich ersticke in dieser provinziellen Enge, und der dümmliche Dialekt der Leute greift mir in die Seele."

Endlich hatte er die Beklemmung ausgesprochen, die ihn immer überfiel, wenn er, um Alex zu treffen, nach Solau reiste. Wenn er doch endlich diese Stadt hinter sich lassen könnte, diese öde dumme Stadt. Und Alex, die ihn nicht zu verstehen schien, sah ihn nur weiter an.

„Hast du schon mal was von der Marktplatzverwerfung gehört?", fuhr er deshalb fort. „Eine tektonische Störzone, die durch die Heraushebung des Harzes verursacht wird. Du wirst es nicht glauben, aber der Harz wächst immer noch! Nur hier wächst nichts." Der ganze angestaute Hass sprudelte aus ihm heraus, und er spürte, wie er die Beherrschung verlor: „Ich hoffe, dass sich einst diese Spalte klaftertief öffnet, dieses Nest mit Mann und Maus verschluckt und sich dann wieder schließt, als ob nichts gewesen wäre. Und weißt du, was das Schönste daran sein wird?", breit musste er grinsen, „Niemand wird dieses Kaff wirklich vermissen!"

Sein Zynismus brachte Alex zum Lachen. Doch dann schüttelte sie den Kopf: „Ich weiß nicht, was du hast? Die Stadt, in der man lebt, ist doch egal, wenn nur das Leben stimmt."

Doch Sven hatte sich in Rage geredet. Er musste Alex erklären, was er so hasste, an dieser Umgebung: „Dieser Bruch läuft durch das Zentrum der Stadt, eben über den Marktplatz, und das scheint sich auf das Gemüt der Menschen auszuwirken. Die Störzone geht mitten durch die Seelen der Leute. Nirgends habe ich so kaputte Menschen erlebt, so verbitterte stumpfe Gesichter gesehen, wie in dieser sinnlosen Zusammenballung von Häusern. Ganze Straßenzüge vollkommen verfallen, schwarze, leere Fensterhöhlen, wo man hinsieht. Der schwarze Dreck von Kohleruß an allen Fassaden. Und dieselbe Trostlosigkeit spiegelt sich in den dunklen Augenhöhlen der Arbeitslosen, die hier dahinvegetieren."

„Ist deine Sicht auf Solau nicht etwas übertrieben? Du sagst das so total und kompromisslos. Wirst du nicht ungerecht gegenüber den Menschen, die hier leben?"

‚Sie hat recht', dachte Sven und ihre Berührung tat ihm gut. Doch in ihm brodelte die Wut. Ja, er war ungerecht, aber er fühlte sich gefangen in diesen mickrigen Häuserzeilen, und er wollte hier nicht mehr gefangen sein. Und wann immer er sich in seinem Leben gewehrt hatte, hatte er dies mit Worten getan, und schon in der Schule hatten die Stärkeren und Älteren geschätzt, was er in seine Worte zu legen vermochte. Mit seiner Rhetorik hatte er bereits als Kind andere an sich gebunden, die ihn – den schmalen Jungen – dann schützend gegen Stärkere verteidigt hatten.

„Übertrieben? Ganz und gar nicht", wehrte er sich gegen ihren Einspruch. „Die Chemie hat die Stadt gründlich verätzt. Noch vor zehn Jahren stiegen jeden Herbst die Nebel aus der Saale auf, sodass man nicht mal zehn Meter weit schauen konnte. Und ständig hatte man das Gefühl, stinkendes Wasser atmen zu müssen, wie ein Ertrinkender, ich werde das nie vergessen."

Sven senkte seinen Kopf und wischte sich mit der rechten Hand über die Stirn, als litte er gerade unter den giftigen Nebeln, die er Alex beschrieben hatte. Die giftigen Nebel über der Saale.

„Sehr beeindruckend", sagte Alex. „Waren sie grün oder blau oder vielleicht auch violett?"

Dann schüttelte sie über die Vorstellung den Kopf. „In der Kneipe hier steht nur Zigarettenrauch, den wir freiwillig atmen", und lachte. „Das war vor zehn Jahren. Aber jetzt ..."

„Jetzt? – Die Chemiepelzer sind immer noch dieselben. Nur dass sie jetzt arbeitslos sind. Da kann man sich über die bessere Wasserqualität freuen, aber die Trostlosigkeit liegt wie ein wabernder Brei über der Stadt, wie früher die giftigen Dämpfe von Leuna und Buna. ... Die Stadt ist ein Orkus der Melancholie!"

Und weil er sich über Alex' Gleichgültigkeit ärgerte, fügte er hinzu: „Sobald ich meinen Abschluss habe, ziehe ich weg."

Verstört erwiderte sie seinen Blick: „Wegziehen?" Sie sah ihn lange an. In Sven stiegen Bilder seiner Traumstadt auf, Straßenzüge voller Szenelokale, die abendlich im Kerzenlicht schwammen, inspiriert gekleidete junge Menschen, die die Straßen entlangflanierten, Plakate mit Konzertankündigungen, Kunst in den Kellern der Stadt ... Dann brach es aus ihm heraus: „Nach Berlin!" Und während er fühlte, wie die Begeisterung von ihm Besitz ergriff, bemerkte er aus den Augenwinkeln, wie Alex zusammensank. Er griff fast flehend nach ihrer Hand auf dem Tisch, als hätte sie die Macht, ihn am Schopf aus dieser Stadt zu ziehen. ‚Nach Berlin wollte er ziehen', wiederholte er seinen Wunsch in Gedanken und begann Alex von seinem Traum zu erzählen: „Berlin brennt, man kann sich verlieren und verlaufen in Angeboten. Jeden Tag etwas Neues, jeden Tag etwas anderes. Raus aus der Bedrückung und Reinstürzen ins Leben!"

Er spürte wie ein Strahlen in seine Augen stieg: „Jahre hat diese Stadt gebraucht, um zusammenzuwachsen, und überall sind Nischen entstanden, die von den Leuten mit Kultur und Leben gefüllt werden. In Mitte und in Prenzelberg öffnen ständig neue Szenekneipen. Und wenn eine verschwindet, öffnet an der nächsten Ecke eine andere. Die Leute brennen vor Tatendrang. Jede Lücke, die sich auftut, wird sofort mit kreativen Ideen gefüllt, die aus dem Boden sprießen und wieder versinken, um Platz für Neues zu schaffen. Dort bleibt kein Fenster schwarz und hohl. Du kannst dir die ganze Nacht um die Ohren schlagen. Überall Konzerte, von irgendwelchen Bands, von denen man noch nie etwas gehört hat. Ausstellungen, Lesungen, Theateraufführungen, und was da an den Theatern läuft, ist einfach geil! Frank Castorf, Heiner Müller, Christoph Schlingsief und wie sie alle heißen."

Die Metropole stand vor seinen Augen wie das glänzende Ziel seines

Lebens, und er wollte Alex so gern von ihr überzeugen, doch stattdessen nahm er wahr, wie er ihr mit seiner Schwärmerei den Atem genommen hatte. Unwillig schüttelte sie den Kopf. Und als müsse sie sich vor dem Aufprall einer Sinnesflut schützen, baute sie sofort eine Mauer auf: „Du suchst das pralle Leben, aber zu viel davon würde mich auffressen!" Bei diesen Worten sah sie ihn so erschöpft an, als hätte sie sich in Berlin bereits abgestrampelt: „Die Stadt ist pure Zerstreuung. Wenn man nur auf die Straße tritt, wird man von Sinneseindrücken überflutet. Wo bleibe ich da selbst? Und wo bleibt mein Zentrum, mein Ziel? Ich will arbeiten und dazu brauche ich Konzentration und kein Chaos. Berlin ist aber das pure Chaos. Und von den Sonnenuntergängen und den Kirschbäumen in Bilzingsleben bist du dort weit entfernt. In allen Richtungen wirst du nur Steinwände mit staubigen Fenstern sehen, und als ob das nicht reicht, sind sie auch noch mit Graffiti besprüht."

„Die Sonnenuntergänge und Kirschbäume bleiben mir ja, wenn ich auf Grabung fahre." Sven fühlte, wie sie ihm den Wind aus den Segeln genommen hatte. „Aber die Wochenenden kann man doch dort verbringen, wo das Leben pulsiert!"

„Aber ich müsste die ganze Woche dort verbringen und dort arbeiten, leben und schlafen."

Bittere Enttäuschung über Alex' Abwehr machte sich in Sven breit. Sie hatte nicht mal überlegt, ob sie mit ihm nach Berlin gehen würde. Von vornherein hatte sie diese Möglichkeit für sich ausgeschlossen. Ernüchtert trank er sein Bier aus und sagte: „Lass uns bezahlen."

Dann verließen sie die Kneipe. Mit einer versöhnlichen Geste legte Alex ihren Arm um seine Hüfte und sein Ärger verflog augenblicklich. Sie wanderten eng umschlungen durch die grauen engen Gassen dieser einstigen Metropole der Aufklärung und heutigen Arbeiterstadt, von der die Trostlosigkeit der Armut Besitz ergriffen hatte. ‚Natürlich kann man jeder Stadt etwas abgewinnen', dachte er, doch seine Wahlheimat sollte man sich schon etwas bewusster aussuchen. Aber konnte man das heute überhaupt noch? Gab es nicht schon zu viele Zwänge, die einem den Wohnort diktierten? Sven war dieser Gedanken müde und am Ende der Straße zeigte sich bereits sein dreigeschossiges, unsaniertes Wohnhaus. Ein kleiner Vorteil, sah er ein, man musste nicht stundenlang U-Bahn fahren, um von der Kultur ins Heim zu kommen.

Schließlich bogen sie in den Hof ein, und Sven suchte den Schlüssel in seiner Tasche.

In dem Moment, in dem er den Schlüssel ins Schloss steckte, drehte sich Alex plötzlich erschrocken um. Aus den Augenwinkeln sah er, wie sich aus dem Schatten der unverputzten Wand, die den Hof vom Nachbarhof trennte, eine dunkle Gestalt löste. Verblüfft hörte er Alex' Namen rufen.

„Jörg!“, sagte sie und blickte fassungslos die Gestalt an.

Sven fixierte den Fremden, der plötzlich vor ihm stand, und registrierte, wie der zwischen Alex und ihm hin und her sah. Er erblickte die blonden wehenden Locken, die das bleiche Gesicht umrahmten, und die so gar nicht zu der unbeherrschten Wut in seinen Zügen passten. Der andere schien zu rasen und je männlicher dieses Rasen wurde, umso mehr ekelte es ihn an. Die Knie des Blonden schlotterten im Zorn, sein Oberkörper und seine Arme zitterten. Und Sven begriff, dass sich an diesem Fremden die ganze Hilflosigkeit eines gerade eben Verlassenen zeigte, während er ihn immer noch erschrocken anstarrte, als wäre er eine Erscheinung. Alex und der Fremde kannten sich, so viel war klar, oder besser, der Fremde kannte Alex näher, als es Sven in diesem Augenblick lieb war. Sie hatte ihm gegenüber doch nie einen Freund erwähnt …

„Was machst du hier?“, fragte Alex plötzlich und Sven war froh, dass sie mit ihrer Frage das bohrende Schweigen beendete und etwas Ruhe in diese obskure Situation brachte.

„Das sollte ich eher dich fragen“, rief der Blonde zurück. „Wer ist das?“ Er durchbohrte mit dem Zeigefinger die Luft. „Und warum höre ich seit Monaten nichts von dir? Geht man so miteinander um?" Dann japste er nach Luft. „Habt ihr was miteinander?"

Alex stand da und brachte sichtlich kein Wort heraus. Ihre Augen wanderten suchend durch den schwarzen Nachthimmel. Sie hob hilflos ihre Arme, und Sven begriff, mit dieser Geste gestand sie alles.

Plötzlich stürmte der Fremde auf ihn los. „Nimmt man einfach einem anderen die Freundin weg?" Sven fühlte sich am Kragen gepackt und obwohl der Lockige nicht größer als er sein konnte, nämlich eher zierlich, schien er gegenüber Sven zur Übergröße anzuwachsen und ihn am Kragen in die Höhe stemmen zu wollen. Sven stieß unter seiner Gewalt heftig mit dem Rücken gegen die Tür, dann wurde er wieder fallen gelassen. Der Blonde holte mit dem rechten Arm aus und schlug ihm mit der Faust direkt ins Gesicht. Ein heller Schmerz stach in sein Kiefergelenk, und vor seinen Augen tanzten plötzlich weiße Punkte. Unwillkürlich rieb seine Hand über die schmerzende Stelle. Er öffnete seinen Mund, um den Kiefer wieder einzurenken und erst nach drei Sekunden, als sein Blick wieder klar geworden war, sah er den Blonden wieder vor sich. Er war zwei Schritte zurückgetreten und starrte Alex mit brennenden Augen an.

Zornig und ohne ein Wort wendete sich Sven zur Tür, drehte den Schlüssel um, den er bereits ins Schloss gesteckt hatte, und verschwand in seinem Haus. Die Tür fiel krachend hinter ihm zu, und er hörte, wie der Fremde laut lachte: „Dieser Feigling!" Wütend rieb er sich das schmerzende Kinn: ‚Die sollen verschwinden! Beide! Alle beide!!'

∞

Alex war Sven nicht gefolgt. Sie hatte auch nicht nach der Tür gegriffen, um sie offen zu halten. Entsetzt stand sie da und versuchte das Toben ihrer Gedanken in den Griff zu bekommen. ‚Was war los?' Es dauerte einige Sekunden, bis sie zur Besinnung kam und zu verstehen begann, was hier gerade geschehen war.

Jörg war für sie Geschichte, nur hatte sie ihm das nie gesagt. Sie hatte sich einfach nicht mehr bei ihm gemeldet und über der Fülle ihres neuen Lebens keinen weiteren Gedanken an ihn verschwendet. Aber wo kam Jörg jetzt her? Wieso stand er hier auf Svens Innenhof, wo er doch seit ihrem Auszug aus dem Wohnheim nicht einmal wissen konnte, wo sie wohnte?

„Lass uns zu dir nach Hause fahren", sagte plötzlich Jörg mit sanfter Stimme und griff nach ihrem Arm, als hätte er sie gerade aus der Uni abgeholt.

„Sag mal, spinnst du?", schrie Alex. „Was tust du hier und wie kommst du überhaupt dazu?"

Jörg war plötzlich ruhig geworden, als wäre mit seinem Schlag in Svens Gesicht und dessen Flucht ins Haus die Entscheidung über Alexandra gefallen. Sie dachte an die Brunftkämpfe der Hirsche. Der Stärkere vertrieb mit Gewalt den Schwächeren und hatte dann das Recht, das Weibchen zu begatten. Entsetzt schüttelte sie den Kopf und entwand ihm ruckartig ihren Arm. Keine Berührung von ihm wollte sie ertragen, ja seine bloße Nähe war ihr widerlich.

Doch Jörg ließ nicht ab. Er trat einen Schritt zur Seite und wiederholte seine Bitte: „Ich erzähle dir dann alles auf dem Weg zum Bahnhof."

„Bahnhof?", fragte Alex und sah ihn entgeistert an. „Ich brauche jetzt eine Wanderung, um mich zu beruhigen."

„Wohin willst du denn?"

Doch Alex antwortete nicht und setzte sich erst einmal auf einen Mauervorsprung, um sich eine Zigarette anzuzünden.

„Rauchst du jetzt?"

„Das siehst du doch!"

Langsam sog sie den grauen Nebel in ihre Lunge ein und starrte vor sich hin. Kurz überlegte sie, Jörg einfach in diesem Augenblick zu sagen, dass Schluss sei, dann bei Sven zu klingeln und mit ihm den Abend fortzusetzen, als sei nichts geschehen. Doch irgendetwas in ihrem Inneren sagte ihr, dass das nicht ging. Es wäre so verlogen, und Sven, was dachte der jetzt von ihr? Glaubte er, sie hätte die ganze Zeit noch einen Freund neben ihm gehabt? Und wieso war er einfach im Haus verschwunden, ohne sich nach ihr umzusehen oder sie aufzufordern, ihm zu folgen. Wollte er sie nicht vor Jörg beschützen? Oder gab er ihr die Schuld an diesem abendlichen Überfall?

Jörg stand immer noch vor ihr. Sich neben sie zu setzen, wagte er wohl nicht. Schweigend sah er sie an, und Alex spürte, er würde nicht zu bewegen sein, jetzt einfach zu gehen. Wenn sie jetzt nach Linden fuhren, würde er bei ihr übernachten müssen und dieser Gedanke war unerträglich. Genauso unerträglich wie die Gewissheit, dass es unmöglich war, ihn heute noch abzuschütteln. In den Zug nach Hause konnte sie ihn erst am nächsten Tag setzen.

„Lass uns eine Weile laufen. Dann reden wir", sagte sie deshalb und stand auf. Schweigend liefen sie ein halbe Stunde durch die Straßen.

„Wohin willst du?"

‚Lass mich in Ruhe', dachte Alex, doch es gab einiges zu sagen und es war schwer einen Anfang zu finden.

„Am besten, wir laufen nach Linden", sagte sie plötzlich ohne nachzudenken.

„Laufen?" Erstaunt sah er sie von der Seite an: „Das sind 45 Kilometer, da brauchen wir ja die ganze Nacht!"

„Warum nicht?", fragte sie nun fröhlicher. Sie hatte die Lösung gefunden. Wenn sie schon die Nacht mit ihm verbringen musste, dann doch bitte auf der Straße und nicht im Zug oder gar in ihrem Zimmer. Und sie ergänzte: „Das ist ein reichlicher Marathon, den werden wir wohl schaffen. – Traust du dir keinen Marathon zu?", lachte sie ihn aus. „Ich schaffe das, und ich laufe jetzt!"

Jörg stoppte und nahm seinen Rucksack vom Rücken, den Alex erst jetzt bemerkte.

„Da ich die Wohnung deines ... dieses Kerls ja finden musste, habe ich mir einen Stadtplan gekauft."

Das passte, zum ersten Mal an diesem Abend machte ihr Jörg eine Freude. Sie studierten den Plan und suchten den Weg aus der Stadt zu einer Landstraße nach Linden. Neben der Autobahn zu laufen, hatten sie sofort verworfen. Zu hässlich, zu viele Autos und zu gefährlich. Und Alex wunderte sich über die Normalität ihres gemeinsamen Suchens nach dem richtigen Weg. Sie verhielten sich in diesem Moment wie ein altes Ehepaar, das sich mit wenigen Worten verstand. Dann gingen sie los.

Erst als sie nach anderthalb Stunden aus der Stadt herausgefunden hatten und nun auf der Landstraße liefen, beruhigte sich Alex langsam. Sie genoss die laue Luft der warmen Sommernacht. Nur sehr selten hörten sie ein Auto, das später an ihnen vorbeifuhr. Meist war es still und in den Häusern, die sie passierten, waren die Fenster dunkel. Die Seiten der Landstraße waren mit Obstbäumen bepflanzt, die krumm und alt, dem Asphalt eine Ahnung von einer Allee verliehen. Die Äpfel an ihnen waren noch nicht reif. Dann kamen Süßkirschen. Alex blieb unwillkürlich stehen und ein Lächeln durchflog ihr Inneres. Sie musste an die blühenden Wiesen und an die übervollen Süßkirschenbäume denken, von denen Sven erzählt hatte. Sie zupfte eine Frucht und steckte sie sich in den Mund. Doch als sie zwischen ihren Zähnen zerknackte, durchmischte Straßenstaub den süßen Saft.

Plötzlich erreichte sie ein weiterer Lichtkegel. Und dann bremste neben ihnen ein Auto. Jörg blieb stehen, während Alex keine Lust verspürte, sich nach dem Wagen umzudrehen.

„Warte mal", fasste Jörg sie am Arm. Alexandra drehte ihren Arm aus seiner Hand, stöhnte und drehte sich widerwillig um. Der Autofahrer war ausgestiegen und winkte ihnen zu. „Wollt ihr mitfahren?"

„Nein!“, rief sie sofort. Erstaunt hörte sie ihre eigene abweisende Stimme.

„Wirklich nicht? Wohin wollt ihr denn?“

„Nach Linden!“, rief nun Jörg.

„Dann fahrt mit, ich bringe euch 15 Kilometer weiter.“

„Nein danke!“, erklärte nun Alex etwas freundlicher, legte aber Bestimmtheit in ihre Worte. „Wir wollen laufen!“

„Wollen wir nicht doch mitfahren?“ Jörg sah sie bittend an.

Erneut spürte sie den Widerwillen bei seinem Anblick und Ungeduld machte sich in ihr breit.

„Fahr doch, wenn du willst. Ich laufe.“

„Ihr braucht Stunden nach Linden“, versuchte der Autofahrer sie noch einmal zu überzeugen.

Doch nun schüttelte auch Jörg den Kopf. Er bedankte sich höflich und der Autofahrer stieg wieder ein. Langsam fuhr er an ihnen vorbei, als wolle er ihnen Zeit geben, es sich noch einmal zu überlegen. Aber Alex wendete ihren Blick ab. Sie würde heute in kein fremdes Auto steigen. Ihr lag alles andere im Sinn, als zügig ans Ziel zu kommen. Sie wollte einfach nur gehen, in der Sommernacht, bis sie ihre Beine und ihr Herz nicht mehr spürte, und dann wollte sie völlig erschöpft, aber allein in ihrem Zimmer, den nächsten Tag verschlafen.

Schweigend liefen sie weiter, Stunde um Stunde verging, ohne dass sie ein Wort miteinander sprachen. Alex bemerkte, dass auch Jörg begann, die Monotonie ihrer Schritte zu genießen. Weder sie hatte ein Bedürfnis mit ihm zu reden, noch schien er Bedarf an einer Unterhaltung zu haben. Oder fürchtete er sich davor? Alex war es gleichgültig.

Dann dämmerte es, und als sie Jörg auf das Licht am Horizont aufmerksam machen wollte, zeigte er plötzlich begeistert auf ein gelbes Schild, das er vor einem völlig verfallenen und von hohem Gebüsch umwucherten Industriegebäude entdeckt hatte.

Begeistert rief er den Namen von Alex’ neuer Heimatstadt: „Wir haben es geschafft!“

Er tanzte auf der Straße und wollte fröhlich nach ihren Händen greifen. Doch sie wendete sich ab.

„Dann lass uns jetzt endlich reden", sagte sie stattdessen in trockenem Ton.

„Reden? Jetzt? Das wird höchste Zeit! Ich dachte schon, du willst heute gar nichts mehr sagen."

‚Der Tag hat ja gerade erst angefangen', kam es ihr in den Sinn, aber das zu sagen, hätte ihren Gefühlen völlig widersprochen. Das Laufen hatte Alex in eine Art wohlig-meditative Stimmung versetzt. Alles schien ihr jetzt machbar. Auch die Diskussion, die ihr bevorstand und sie hoffte, die Monotonie in ihr würde die Gefühle auch bei Jörg klären. Sie fürchtete die Heftigkeit seines Ausbruches. Ihre Stimme war weder freundlich, noch kühl, sie war einfach nur müde, als sie Jörg fragte: „Wie hast du Svens Wohnung gefunden?"

„Tja, das hättest du nicht erwartet, oder?", sagte Jörg sichtlich stolz auf seine Leistung und lebte auf.

„Nachdem du dich nicht mehr bei mir gemeldet hast, wollte ich dich suchen und zur Rede stellen. Deine Eltern haben mir deine Adresse gegeben."

Alex ärgerte sich, aber was konnten schon ihre Eltern wissen, bei denen sie sich auch seit Wochen nicht gemeldet hatte?

„Und dann?"

„Bei dir hat ein blonder Bursche die Tür aufgemacht. Manne hieß der, und er hat mir dann erzählt, dass du in Solau bist und das dein Freund Sven heißt und Ur- und Frühgeschichte studiert. Wir haben in eurer Küche gesessen und uns gut unterhalten. Aber wo Sven wohnt, konnte er mir auch nicht sagen."

Wieder ärgerte sich Alex. Er hatte in ihrer Küche gesessen und womöglich in ihr Zimmer geschaut, ohne ihre Einladung. Einfach nur mit der Erwähnung ihres Namens hatte sich ihm die Tür aufgetan. Gern hätte sie nachträglich diesen Zugang zu ihrer Privatsphäre vor ihm verschlossen, aber das ging natürlich nicht. Unwillig wendete sie ihr Gesicht ab. Und Jörg erzählte weiter, ohne an Begeisterung zu verlieren.

„Ich bin dann zur Telefonzelle gegangen, habe mir von der Auskunft die Telefonnummer des Instituts für Ur- und Frühgeschichte geben lassen und habe dort angerufen."

Was wagte der sich eigentlich? Ihre Schultern wanderten nach hinten und sie richtete ihren Kopf auf. Doch dann biss sie sich auf die Lippen. Sie wollte nichts sagen und schwieg.

„Am Institut war es einfacher, als ich gedacht hatte. Ich sagte der Sekretärin, dass ich Journalist sei und mit Sven dringend über eine Grabung sprechen müsse, um noch einige notwendige Informationen für einen Artikel zu bekommen, und sie gab mir dann Svens Adresse. Ich fuhr also nach Solau und habe im Hof von Svens Haus auf euch gewartet. Alles Weitere weißt du ja."

Zornig kaute sie auf ihren Lippen. Keine Regung wollte sie ihm schenken, keine wütende und erst recht keine bewundernde. Die Fragen, die sich ihr aufdrängten, verkniff sie sich. ‚Woher kannte Jörg so gut die Gepflogenheiten in der Ur- und Frühgeschichte? Wie konnte er so einfach die Sekretärin überzeugen, Svens Adresse herauszugeben?'

Aber dann fiel ihr ein, dass er ja früher Philosophie studiert hatte, bevor er das Studium geschmissen hatte und einer Frau hinterher gezogen war, um bei Diamant als Fahrradmechaniker zu arbeiten. Er und sein rechthaberischer Ökotick, dachte sie. Ein abgebrochenes Studium hatte er vorzuweisen und die Cleverness, sich über Ahnungslose ungefragt in ihr Leben einzuschleichen. Wie leicht es ihm gefallen war, in ihre Wohnung zu gelangen und sie dann in einer anderen Stadt bei Sven, den er noch nie gesehen hatte, aufzuspüren. Das machte ihr Angst. Aber dann fragte sie sich, ob sie nicht selbst schuld daran war. Warum war sie so leichtfertig mit seinen Gefühlen umgegangen und hatte ihm nicht geschrieben, dass sie die Beziehung beenden wollte? Er hatte schon recht, sauer auf sie zu sein.

Aber hätte nicht auch er den ersten Schritt tun können und ihr schreiben? Dann hätte sie ihm sicherlich geantwortet und sich von ihm getrennt, wie es sich gehörte. Sie kannte Jörg nicht gut, aber sie ahnte, dass sein Stolz ihn daran gehindert hatte. Immer war sie seiner Gunst hinterhergelaufen, und vielleicht hatte er seine eigene Gunst ihr gegenüber erst entdeckt, als sie im Nichts verschwand. Und sie wusste, die Eigenliebe Jörgs musste ihn dazu bringen, nicht einfach flehende Briefe zu schreiben, sondern mit einem lauten Knall vor ihr aufzutauchen. Und das war ihm gelungen. Sie wollte sein Engelshaar nicht ansehen, sie wollte, dass er endlich geht, also musste sie es jetzt sagen.

„Du hast mich beeindruckt", fing sie an, ohne auch nur den Kopf zu ihm zu wenden. Still lief sie weiter. Dann atmete sie noch einmal tief ein, sah aus den Augenwinkeln das grüne Gestrüpp, das jetzt in weißem Morgenlicht glänzte, und entdeckte den Wendepunkt einer Straßenbahn.

„Dort ist eine Haltestelle. Ich steige jetzt in die Straßenbahn und du gehst weiter und fährst noch heute zurück. Ich betrachte unsere Beziehung als beendet."

Jörg blieb mitten auf der leeren Straße stehen und starrte sie an. Alex konnte nicht umhin, sich zu ihm umzuwenden und ihm nun direkt ins Gesicht zu schauen. Seine schlanke Gestalt schlotterte wieder, aber nun bei vollem Tageslicht. Er tat ihr plötzlich unsagbar leid. Dann verzog er sein Gesicht zu einem verächtlichen Grinsen: „Wir werden uns nicht mehr wiedersehen", sagte er hart und ging davon.

Am Abend schrieb Alex an Sven und versuchte ihm alles zu erklären. Mehrfach begann sie ihr Schreiben. Jörg war ungefragt in ihr Leben eingedrungen und hatte ihn verletzt, Sven hatte sich zurückgezogen und sie mit dieser Situation allein gelassen. Wieder einmal musste sie begreifen, dass niemand für sie ihr Leben ordnen würde. Nur sie selbst konnte das tun. In den schwierigsten Momenten war sie auf sich allein gestellt. Und da war noch die Frage, was und wie viel diese Nacht zerstört hatte? Natürlich war sie selbst mit Schuld an dieser Situation. Aber die Frage war doch nicht, wer wie viel Schuld trug? Die Frage war, wie man einen Weg fand, glücklich zu sein. Und sie stellte sich erstmals eine weitere Frage. Brauchte sie Sven für ihr Glück? Die Antwort war eindeutig ‚Ja!' Sven war ein Mensch, mit dem sie sich eine gemeinsame Zukunft vorstellen konnte. Und spontan konnte sie sich erklären, woran das lag. Sie liebte seine kreative Kraft, seinen Ideenreichtum, seinen sensiblen Geist und seinen Humor. Sie sah zu ihm auf und wusste, sie würde von seiner Gegenwart profitieren, sozial und emotional. Seine Sensibilität und Verletzlichkeit waren es, die ihn zu seinem Rückzug getrieben hatten. Und es hätte sie ganz sicher abgestoßen, wenn er Jörgs Faustschlag mit Gewalt erwidert hätte. Sein Rückzug war zwar schmerzlich für sie, aber er passte zu seinem Wesen und wenn sie darüber nachdachte, war er die einzige Möglichkeit gewesen, die Situation zu entschärfen. Auch wenn das Gefühl, im Stich gelassen worden zu sein, in Alex nagte, begriff sie doch, dass Svens Reaktion die richtige war. Und schließlich hatte sie allein die Situation gemeistert.

12

An diesem Nachmittag war Alex spät dran. Zehn Minuten nach Arbeitsbeginn stieg sie die Treppen zum Institut hinauf. Während sie das Institut betrat, sah sie, wie Dr. Liebert in seinem Zimmer verschwand; und als sie ihre Jacke auszog, erschien er wieder in seiner Tür. Er ging den Flur entlang zur Bibliothek, und nachdem er kurz durch die Tür geschaut hatte, machte er wieder kehrt und lief zurück zu seinem Zimmer. Alex ging zu ihrem Arbeitsplatz und fragte: „Hab' ich was verpasst?"

Liebert erschien erneut in der Bibliothek. Er blickte durch den Raum und kehrte wieder um. Eine Studentin beugte sich über den Tisch und flüsterte ihr zu: „Heute hat er noch nichts erzählt."

Fünf Minuten später stand Liebert wieder an der Tür.

„Wir haben in diesem Semester hundertfünfzig Studenten, und keiner von ihnen liest", kommentierte er ärgerlich den leeren Raum, in dem nur die studentischen Hilfskräfte Bücher katalogisierten.

„Noch vor fünf Jahren haben wir um jeden einzelnen Studenten gekämpft, gegen Immatrikulationssperren und gegen das Abwerben durch größere Fächer. Früher studierten nicht mehr als fünfundzwanzig Studenten aller Jahrgänge bei uns. Wir konnten jeden Studenten individuell betreuen. Heute erkennen wir unsere eigenen Studenten auf der Straße nicht mehr." Drohend erhob er den Zeigefinger. „Sie ruinieren sich Ihr ganzes Leben mit diesem Studium. Keiner von Ihnen hat eine Chance, jemals eine Stelle zu bekommen." Entschlossen ging er zur Tür, dann drehte er sich noch einmal um. „Wir bilden hier nur für das Sozialamt aus." Er machte kehrt und sich auf den Weg zu seinem Zimmer.

Liebert war vielleicht fünfundfünfzig Jahre alt und Junggeselle. Er hatte weder Frau noch Kinder und lebte nur für das Institut. Seit seiner frühen Jugend war er an die Ethnologie gebunden, zunächst als Student in den Fünfzigerjahren, dann als Assistent und schließlich als unbefristeter wissenschaftlicher Mitarbeiter.

Täglich sah man seine kleine, gedrungene und gebeugte Gestalt durch die Flure des Instituts wandeln. Sein oft müdes Gesicht mit den bläulich verfärbten Augenringen stand in einem auffälligen Gegensatz zu seinen lebendigen Pupillen, die er – wenn er einmal aufblickte – gern strafend in die Gesichter der Studenten blitzen ließ. Seinen Kopf mit dem schütteren braunen Haar hielt er stets leicht gesenkt, als müsse er sich vor dem lebhaften Tumult der Studenten schützen. Selten sah man ihn auf dem Flur in eine Unterhaltung vertieft. Immer war er in Bewegung, aber nicht zielstrebig oder beschäftigt, sondern monoton und gleichförmig, als sei der Gang über den Flur das Ziel seines Lebens.

Liebert hatte seine eigene Inventarnummer. An welcher Stelle seiner Gestalt sie zu finden sei, darüber wurde viel spekuliert. Und noch etwas machte ihn unverwechselbar. Die Studenten kannten ihn ausschließlich im immer gleichen Anzug aus ‚Präsent 20', einem Rundstrick aus Polyester. Sie hatten herausgefunden, dass dieser Stoff nur bis Mitte der Siebzigerjahre in der DDR hergestellt und verkauft worden war. Es war also bemerkenswert, dass Liebert diesen bügelfreien Rundstrickstoff in den Neunzigerjahren immer noch trug. Der Anzug schien in all den Jahren an keiner einzigen Stelle fadenscheinig geworden zu sein oder sich verformt zu haben.

„Liebert, in seinem Anzug, ist ein Sinnbild ostdeutscher Qualitätskonfektion", witzelten die Studenten in der Raucherecke. „Der Anzug wird selbst im Grab noch seine Form behalten." Und Sven, der Archäologe, hatte dazu bemerkt: „Wenn unsere alten SED-Kader mit ihrem ‚Präsent 20' in tausend Jahren ausgegraben werden, dann können die Archäologen den Anzug sofort anziehen und auf Vortragsreise gehen." Die Studenten kicherten, und einer ergänzte: „Nur mit der Zigarette sollte man ihm nicht zu nahe kommen. Das Zeug brennt wie Zunder. Liebert könnte als Fackel enden."

Doch Liebert war für die Studenten nicht nur der störrische alte Kauz. Er war auch der stets Mahnende, das Gewissen des Instituts. Seine desillusionierenden Zukunftsprognosen waren unter den Studenten gefürchtet. Unvermittelt tauchte er wie ein Schatten aus dem Nichts auf und fragte zornig: „Welche Fächer studieren Sie noch?"

Wenn die Studenten dann höflich ihre Fächer aufzählten, winkte er nur ab. „Bürgerliches Herumstudieren hat man das in den Fünfzigern genannt. Sie studieren mal dies und mal jenes, ohne Ziel und Verstand. Wo wollen Sie denn später arbeiten?"

Hilflos wirkte da die Selbstverteidigung der Studenten. „Wir wollen uns fachübergreifendes Wissen aneignen."

Liebert lachte nur darüber. „Als ob hier jemand fachübergreifendes Wissen hätte. Wir produzieren hier Magister und Doktor phil., die nicht wissen, wer Platon, Sokrates, Leibniz, Kant und Hegel waren."

Dann drehte Liebert den Studenten unvermittelt seinen Rücken zu und sie konnten hören, wie er noch beim Weggehen vor sich hin brummte: „Unverantwortlich!"

Liebert war ein klassischer Enzyklopädiker. In seiner jahrzehntelangen Lehrpraxis hatte er sich ein wahres Kompendium an Wissen angeeignet, das er in seinen Unterricht einbezog und in den Prüfungen abfragte. Er rezitierte die Namen, Daten, Gedanken und Kritiker wichtiger Denker von der Antike bis zur Gegenwart, und jedes Wirtschaftssystem hatte in seinen Ausführungen seine eigene Prägnanz. Seine Studenten mussten Ethnien vom äußersten Westen Amerikas bis Australien und deren Wirtschaftsformen im Detail herunterbeten.

Doch im Unterricht wurde seine Erscheinung immer hoffnungsloser und seine Witze immer zynischer. Wenn er auch ab und an die Referenten von Seminararbeiten mit auf die Brust herabgesunkenem Kopf und leisem, aber rhythmischen Schnarchen begleitete, kommentierte er doch gern auch die Auswüchse der zum Massenfach mutierten Ethnologie auf eine Weise, die den betroffenen Studenten die Röte ins Gesicht schießen ließ: „Das war ein durchschnittliches Referat. Sie haben nichts gelernt und nichts vergessen." Oder er thematisierte die umfassende Unwissenheit der heutigen Abiturienten: „Wenn Sie wenigstens Gedanken hätten, dann hätte auch die Sprache für Sie einen Sinn", und wenn es keine Publikumsmeldungen auf seine Fragen gab, dann rächte er sich mit dem Satz: „Da steh' ich nun, ich armer Tor! Und bin so klug als wie zuvor."

Er kämpfte auch gegen das mangelnde Verantwortungsgefühl vieler Studenten, die nicht nur Seminare versäumten, sondern auch zu ihren eigenen Referaten nicht erschienen, sodass das Seminar ausfallen musste. Doch sein Kampf war ein Kampf gegen Windmühlenflügel. Er führte als einzige Lehrkraft Anwesenheitslisten. Am Ende des Semesters musste jeder Student, der einen Schein für die Teilnahme an einem Seminar haben wollte, bei ihm vorsprechen, mit ihm die Listen durchgehen und auf jeder Seite des Anwesenheitsheftes auf seinen Namen tippen. Wer auf mehr als drei Seiten nicht tippen konnte, dem verweigerte Liebert den Schein. Doch die Studenten fanden auch hier einen Weg, der Kontrolle zu entgehen. Wer selbst nicht anwesend sein wollte, ließ einen Freund für sich unterschreiben, was Liebert bemerkte, aber seufzend ignorierte.

Als Liebert wieder in der Bibliothekstür erschien, versuchte ihn Alex abzulenken: „Erzählen Sie uns doch von Ihrem Studium."

„Erzählen?", konterte Liebert und zitierte Talleyrand: „Die Sprache ist dem Menschen gegeben, um seine Gedanken zu verbergen."

Liebert verschwand und schnaufte den Flur entlang, um nach zwei Minuten wieder in der Tür der Bibliothek aufzutauchen.

„Na gut, Sie können ja auch nichts dafür", lenkte er milde ein. Er trat in den Raum und lehnte sich auf den Bibliothekskatalog.

„Heute verdienen sie sich alle was dazu. Das war bei uns eher unüblich, aber arbeiten mussten wir trotzdem, gemeinnützige Arbeitseinsätze hieß das, freiwillige Pflicht für jeden Studenten, in der Brikettfabrik zum Beispiel. Mitten im Winter haben wir den Kohlendreck aufgeschippt, der von den Förderbändern gefallen ist, und dann in Eisenbahnwaggons verladen. Oder wir waren beim Ernteeinsatz, haben Zucker- und Futterrüben gezogen, die dann entblättert und auf Lkws abtransportiert."

Dann grinste er. „Kennen Sie das Gespräch zwischen dem Westhasen und dem Osthasen?"

Sie schüttelten den Kopf, und Lieberts Augen leuchteten auf, während sich die Furchen seiner Falten noch tiefer in sein Gesicht einkerbten. Ein breites Schmunzeln machte seine sonst eher verkniffenen schmalen Lippen voll und weich. Seine Brust dehnte sich, und er erhob seine Arme, als wolle er eine Arie anstimmen.

„Nein? Dann hören Sie mal zu. – Der Westhase und der Osthase treffen sich an der Grenze und kuscheln in einer Mulde, wo der Grenzposten sie nicht sieht. Da sagt der Westhase zum Osthasen: ‚Osthase, bald wird es kalt, komm zu uns. Manchmal gibt es Wildfütterung, und wir Tiere haben's gut!' Doch der Osthase grinst nur und schüttelt den Kopf: ‚Nein, nein, Westhase, bei uns hast du's besser. Hier sind noch so viele Kartoffeln und Rüben im Boden, dass es für den ganzen Winter reicht!'"

Liebert nickte lächelnd vor sich hin. „Darüber haben wir damals gelacht ... über das völlige Versagen des Systems. Heute, wo ich Hunderte Studenten in den Ruin führe, kann ich nicht mehr lachen."

Schweigend sahen ihn die drei Hilfskräfte an, und Liebert fuhr fort: „Wir haben auch in Schweineställen in Vorpommern gearbeitet. Die Schweine waren so dünn, dass Klaus, mein Kommilitone, auf die Idee kam, ihnen Knoten in die Schwänze zu machen, damit sie nicht durch die Gitter entkommen.

Und nachts mussten wir natürlich Wache halten, um die LPGs vor westlichen Saboteuren und Agenten, oder Sabogenten, wie wir sie nannten, zu schützen. Im Nachbarort wurde dann ein Agent verhaftet. Der hätte sich besonders geschickt als Instrukteur einer FDJ-Leitung getarnt – und später hatte sich herausgestellt, dass seine Tarnung echt war."

„Das klingt ja spaßig", nickte Sandra. „Aber wenn man heute in den Medien was über die DDR hört, dann könnte man denken, das Land war so schwarz, wie der Kohlendreck, den sie geschaufelt haben."

„Ja, ja," winkte Liebert ab, „man konnte als Akademiker auch unfreiwillig in die Produktion kommen, zur Bewährung zum Beispiel, wenn man verbotene Revisionistenliteratur gelesen hatte, wie Karl Kautsky oder Georg Lukács. Das könnte den heutigen Studenten nicht passieren, die lesen nämlich überhaupt nichts mehr." Ruckartig wandte sich Liebert wieder von ihnen ab und verließ die Bibliothek.

∞

In den nächsten Wochen suchte Alex in der Bibliothek nach neuen Aufgaben. Die Katalogisierung von Neuzugängen war ihr bald über geworden. Doch sie hatte eine Idee. Liebert war nicht auf dem Flur, sie lief zu seinem Zimmer, klopfte und bat ihn um ein Gespräch.

„Wir sollten einen Sachkatalog einführen", erläuterte sie ihren Plan. „In unserem alphabetischen Katalog kann man nur nach Autorennamen recherchieren."

„Das ist völlig ausreichend", wiegelte Liebert ab und sah nur kurz von seinem Schreibtisch auf.

Doch Alex ließ nicht locker: „Die meisten Studenten kennen aber die Autorennamen nicht. Besonders neue Studenten und Nebenfächler finden sich nicht zurecht. Sie haben keinen Zugang zu den Büchern, die sie hier lesen könnten."

„Diese Kenntnisse kann man im Studium erwerben, falls man zu den Vorlesungen kommt." Liebert spielte auf die von ihm viel zitierte Faulheit der Studenten an, die die Vorlesungen und Seminare seiner Meinung nach methodisch schwänzten und sich lieber außeruniversitären Vergnügungen hingaben.

„Wir bekommen aber immer mehr Bücher von unbekannten Autoren. Es gibt ja nicht nur die Klassiker, die jeder kennen sollte. Man muss in der jüngsten Literatur auch querlesen können. Das geht nur, wenn man seine Lektüre nach thematischen Kriterien zusammenstellen kann."

„Meinen Sie wirklich, dieser Aufwand lohnt sich, wenn Sie in die leere Bibliothek sehen?" Inzwischen hatte er seine Papiere zur Seite geschoben und sah sie durchdringend an.

„Wer studieren will, der sollte auch den besten Zugang zur Bibliothek haben", erwiderte Alex. „Die jüngsten Anschaffungen verlieren sich in der Bibliothek. Wenn wir sie nicht zugänglich machen, dann brauchen wir sie auch nicht zu kaufen."

„Und wie wollen Sie den Katalog aufbauen?"

Alex atmete auf, sie hatte ihn fast überzeugt. Schnell holte sie ihre Skizze hervor und begann ihr Vorhaben ausführlich zu erläutern.

„Ich denke, wir gliedern den Katalog sowohl nach den regionalen als auch nach den thematischen Schwerpunkten des Studiums. Wir orientieren uns an den Hauptvorlesungen. Dazu müsste man für jedes neue Buch fünf Karteikarten anfertigen, eine für den Autorenkatalog, eine für die regionale Einordnung und drei für die Themen, die das Buch bearbeitet."

„Gut, schreiben Sie mir eine Liste mit den Schlagworten. Ich prüfe sie dann mit Ihnen." Er wendete sich wieder seinen Papieren zu: „Ich habe jetzt zu tun, bitte gehen Sie."

Alex machte sich an die Arbeit. Sie entwarf alle Themengruppen des Katalogs. Dann schrieb sie erste Karteikarten mit einer elektrischen Schreibmaschine, die immerhin erlaubte, einen Text mehrfach auszudrucken, und sortierte sie ein. Liebert war schließlich einverstanden mit dem Ergebnis und der Katalog blieb.

13

Endlich hielt sie Svens Antwort in den Händen. Den Brief hatte sie bereits auf der Treppe aufgerissen und nun las sie belustigt, dass er nach Jörgs Faustschlag auf sein Kinn fast eine Woche seinen Kiefer nicht mehr richtig hatte bewegen können.

„Der *coup de poing* hat mich so aus der Umlaufbahn geworfen, dass an eine Rettung meiner Geliebten nicht zu denken war. Die schweren seelischen und körperlichen Verletzungen mussten mit einer Überdosis schöngeistiger Literatur und gelehrsamen Graudrucks geheilt werden. Ich würde mich überaus freuen, wenn du meinen Rückzug verzeihen und mich nächsten Freitag wieder gnädig in deinen Armen aufnehmen könntest. Wir könnten für zwei Tage nach Berlin fahren."

Sven trug ihr also die Geschichte mit Jörg nicht nach. Sie würden sich wiedersehen, schon bald, und mit dieser Gewissheit eilte sie zur Vorlesung ans Ethnologische Institut.

Dort drängten sich die Studenten im Hörsaal. Sie strömten in einem Gewirr fröhlicher Stimmen durch die Türen, schoben sich und scharrten unaufhaltsam redend mit den Stühlen, hängten – immer noch redend – ihre Jacken schief auf die Lehnen, hoben sie lässig wieder auf, wenn sie herunterfielen, setzten sich und plauderten mit ihren Nachbarn über Partys, Konzerte und andere abendfüllende Unternehmungen.

Alex nahm das Stimmengewirr wahr und sie fühlte sich passend unter den Studenten, die eine alle Alltagssorgen entbehrende Ausgelassenheit zeigten, wie sie eben nur Studenten eigen ist. Keine Existenz- oder Zukunftssorgen belasteten hier die Stimmung. Hörte man ihnen zu, dann war es, als wäre von jedem von ihnen die Last einer jahrelangen Bedrückung abgefallen. Als wären sie plötzlich befreit worden, um sich endlich in das Abenteuer Jugend zu stürzen. Die nie abreißenden Gespräche kreisten darum, was man erlebt hatte, plante zu erleben und was zu erleben man unbedingt weiterempfahl. Wenn sie dann und wann stöhnten, dann nur, weil ein schriftliches Referat kurz vor der Abgabe stand oder Prüfungen absolviert werden mussten. Die Studenten des Instituts für Ethnologie erlebten, als hätten sie nur diese fünf Jahre Zeit, die Welt, wie sie ist, zu umarmen und alles zu probieren, was sie zu bieten hatte. Das hatte eindeutigen Vorrang vor allen studentischen Pflichten, die als lästige Begleiterscheinungen ihres Studiums nebenbei erledigt wurden. Die Abende wurden angefüllt mit dem, was der urbane Kontext der Universität zu bieten hatte. Ein Abend allein im eigenen Zimmer oder gebeugt über den Schreibtisch war Grund für tröstendes Mitleid. Der Unternehmungsdurst hatte sie fest im Griff und von Alltagssorgen hatten sie noch nichts gehört, geschweige denn gefühlt. Selbst die Zukunft zu sein, das war das Elixier, aus dem sie ihre innere Freiheit schöpften, alles zu tun, was ihnen gerade in den Sinn kam und alles zu lassen, was Arbeit auch nur im Entferntesten ähnelte.

Dort saß Sabine und Alex sah, dass neben ihr und einer weiteren Kommilitonin noch ein Platz frei war. Sabine nickte auf ihre Frage, ob sie sich dazusetzen dürfe, und konzentrierte sich gleich wieder auf die Unterhaltung, die sie mit ihrer Nachbarin führte.

„Ich habe einen süßen Typen kennengelernt", bekannte diese. Sie hieß Manja und studierte im selben Semester wie Alexandra.

„Er studiert Kommunikations- und Medienwissenschaften. Wir haben uns verabredet zum Inchtabokatables-Konzert, nächste Woche." Fröhlich lachte sie: „Was für ein Name."

Alexandra mischte sich sofort ein. „Dann übt schon mal den Namen. Wer ihn am Einlass richtig ausspricht, bekommt freien Eintritt. Ich habe sie übrigens auch schon gehört, zu Silvester. Wir haben Freunde besucht, Archäologen, und waren beim Konzert. Herrlicher Folk-Rock. Das lohnt sich."

„Und habt ihr den Namen richtig ausgesprochen?"

„Nein, aber einige nach uns haben das geschafft. Zu Silvester sind wir übrigens weiter an die Ostsee gefahren, wo wir in einer alten Burgruine im Freien geschlafen haben."

„Letztes Silvester war ich nur auf einer Party, aber letztes Wochenende waren wir in Berlin."

„Berlin?", vergewisserte sich Alex. Das war doch ihr Ziel für das nächste Wochenende. Sie musste lächeln, während der Hörsaal stiller wurde, weil Dr. Liebert dreimal versucht hatte, sich Gehör zu verschaffen.

14

Am Mittwoch gegen acht erwachte Alex vom Klingeln an der Wohnungstür. Noch halb im Schlaf trottete sie durch den Flur, öffnete und stand vor einem fremden Mann, seriös gekleidet, mit schwarzem kurzem Haar, Mitte vierzig.

„Sind Sie Alexandra Sanger?“, fragte er ohne Umschweife.

Alex nickte und sah fragend zu dem Fremden auf, der sie amüsiert anlächelte.

„Ich bin ein Kollege Ihrer Mutter“, erklärte er seinen plötzlichen Besuch. „Sie wird nachher bei Ihnen nach dem Rechten sehen, wenn wir unseren Termin hinter uns haben. Ich wollte Sie nur warnen, räumen Sie Ihr Zimmer auf.“

Immer noch lachend drehte er sich um und winkte ihr beim Gehen zu. Alex blieb verdutzt an der Tür zurück. Ihr Auftritt im gestreiften Schlafhemd, mit nackten Beinen musste den Fremden erheitert haben. Sie strich sich über das wirre Haar und dachte an ihr ungewaschenes Gesicht. So stand sie noch eine Weile an der Tür, bis sie endlich registrierte, dass es an der Zeit war, sie zu schließen. Sie trottete in ihr Zimmer zurück und sah sich um.

Der Fußboden und die Tische lagen voller Papiere und Bücher, dazwischen standen schmutzige Gläser und Teller, lagen Taschentücher und Knüllpapier. Ihre Kleidung war im ganzen Raum verteilt, und auf dem Tisch stand ein überquellender Aschenbecher. Kurzum, ihr Zimmer war der Albtraum jeder Mutter.

‚Muss das heute sein?‘, dachte sie. Immer dieses Misstrauen, dieses ewige Misstrauen. Ihre Eltern hassten den Gedanken, dass sie in einem Abrisshaus wohnte. Sie kannte deren Angst vor Alkohol und Drogen, und eine solche Wohnsituation musste sich für sie mit diesen Gefahren verbinden.

Doch als Alex ihre Eltern Monate nach ihrem Umzug über ihre neuen Wohnverhältnisse aufgeklärt hatte, hatte sie auch darauf hingewiesen, dass sie die nächste Zeit für ihre erste Forschungsreise sparte und jeden Pfennig, den sie nicht in die Miete stecken musste, zurücklegen wollte. Sie leistete sich nichts und arbeitete sowohl während des Semesters als auch der Semesterferien. Das war für Alex der Inbegriff vorbildlichen Verhaltens, was wollten ihre Eltern mehr?

Die sahen das anders. Ihr Vater hatte die Forschungsreise für ein absurdes Hirngespinst gehalten, und ihre Mutter hatte nur den Kopf geschüttelt. Beide machten ihr keine langen Vorhaltungen, das hatten sie nie getan. Doch sie spürte deutlich ihren Widerwillen. Mit ihrem Schweigen gaben sie ihr zu verstehen, dass sie nichts von ihrer Wohnungswahl hielten. Das Leben in einem quasi besetzten Haus gehörte sich nicht. Es passte nicht in ihre Welt von Anstand und bürgerlicher Moral.

‚Muss ich jetzt mit Schrankwand, Fernseher und Schrebergarten leben, um euch angepasst genug zu sein?', hatte sie gedacht, und die Erinnerung an das Leben ihrer Eltern, die immer darauf bedacht gewesen waren, niemals aufzufallen, hatte Abscheu in ihr ausgelöst.

Natürlich, sie hatten sich in der DDR niemals einspannen lassen. Politischen Eifer hatte es bei ihnen nie gegeben: ‚Welch ein Glück', dachte Alex. Aber die Freiheit der Kleinen, die in der Masse schwimmen und sich in der Bedeutungslosigkeit verlieren, nur um frei zu sein, reichte ihr nicht.

Sie wollte sich ein Netzwerk aufbauen, von dem sie profitieren konnte. Dazu gehörte es, unter Menschen zu leben. Das einsame Leben ihrer Kindheit, ohne Freunde und Gäste im Haus, nur im engsten Familienkreis, erschien ihr sinnlos. Wie hatte sie als Kind ihre Freundinnen beneidet, wenn sie das vergnügte Miteinander, die Lebendigkeit des Zusammenseins in deren Familien beobachtet hatte. Sie hatte väterliche und mütterliche Freunde vermisst. Denn von ihnen hätte sie lernen können, wie der Umgang mit Menschen funktioniert.

Ihre neuen Kompetenzen bereicherten sie. Sie wusste, sie waren der Schlüssel zu Erfolg und Karriere. Nur, wer im Gespräch stand, wurde beachtet und nur wer beachtet wurde, wurde auch gefördert. Das galt besonders für ein Massenfach wie die Ethnologie. Soziale Kompetenz war diejenige Fähigkeit des Menschen, die am häufigsten mit Intelligenz verwechselt wurde und das besonders von denjenigen Lehrkräften, die kaum Zeit hatten, von ihrer Arbeit aufzublicken, um ihre Studenten persönlich kennenzulernen. Wer sozial aktiv war, gewann die Sympathie und die Anerkennung seiner Mitmenschen ganz nebenbei, ohne sich anstrengen zu müssen.

Alex hatte lange an sich arbeiten müssen. Sie hatte die Leichtigkeit der Unterhaltungen ihrer Kommilitonen stets bewundert, besonders der westdeutschen, die mit den Lehrern in lockerem Austausch standen, spaßten und scherzten. Deren Körpersprache strahlte Selbstverständlichkeit aus. Sie flogen in der Unterhaltung, die Gestik ihrer Arme und die Mimik ihrer Gesichter harmonierten mit ihrer Sprache, und ihre Fröhlichkeit wirkte so selbstverständlich, als wären sie nicht der Schwerkraft ausgesetzt. Sie wollte selbst fliegen lernen, die Leichtigkeit der Kommunikation erwerben, lernen, sich unter Menschen wohlzufühlen. Und gerade der Einzug in diese Hausgemeinschaft war ein bewusster Schritt aus ihrer Isolation gewesen. Das aber würden ihre Eltern nie verstehen.

Alex beschloss, sich umzukleiden. Dann begann sie, ihre Unterlagen zu sortieren und das Zimmer aufzuräumen. Zum Schluss wischte sie Staub und saugte den Teppich, den sie mit Tilo bei der Messe besorgt hatte. Zufrieden sah sie sich im Zimmer um. In den anderthalb Jahren, die sie hier wohnte, war es um einige Einrichtungsgegenstände reicher geworden. Zwischen den Fenstern hatte sie zwei dunkelgebeizte Kellerregale aufgestellt, in denen sie nun ihre Bücher versammelte. Sie erfreute sich daran, dass die Regale immer voller wurden. Mitten im Raum stand die blaue Sitzgruppe, deren Beine sie so gekürzt hatte, dass die gepolsterten Stühle schräg nach hinten geneigt standen. An dem ebenfalls tiefergelegten Tisch zeugte ein kleines Messingplättchen davon, dass es sich einst um einen Bibliothekstisch gehandelt hatte. An der linken Zimmerseite lag eine Matratze, auf der sie schlief, und über ihr hatte sie die Wand mit Schnüren und Stoffen in Knüpftechnik gestaltet, sodass ein spinnenwebenartiges Gebilde entstanden war. Aber die wichtigsten Einrichtungsgegenstände waren ihr Schreibtisch vor dem Fenster, mit ihrem Computer und einem alten Drehstuhl, von dem sie sich einbildete, dass er in den Achtzigerjahren bereits einem Akademiker gehört hatte. Alex setzte sich an den Schreibtisch und wollte gerade ein Buch aufschlagen, als es klingelte.

15

Sie stand vor der Tür ihrer Tochter. Nirgendwo Klingelschilder, an denen Namen hätten stehen können. Alles, was zu einem normalen Haus gehörte, fehlte hier, sogar die Geländerstäbe an der Treppe. Überhaupt, das Ensemble von teilweise abgerissenen Häusern hatte einen Schock in ihr ausgelöst. Einige Sekunden hatte sie vor dem Nachbarhaus gestanden oder dem, was davon übrig war, und in dessen halbierte Zimmer gesehen, und sie hatte sofort gewusst, dass die Tapeten aus den Siebzigerjahren stammen mussten. Sogar einen Schrank sah sie noch in einer Zimmerecke, und eine seiner Türen stand, wie das Haus selbst, offen.

Sie konnte sich ja vorstellen, dass Jugendliche gern unter außergewöhnlichen Umständen leben, auch ihre Tochter hatte diesen unsäglichen Hang zur Unangepasstheit. Aber wo hatte sie das bloß her? Niemand in ihrer Familie, weder mütterlicherseits noch väterlicherseits, hatte diesen Freiheitstrieb wie ihre Älteste. Alle hatten sich angepasst und Verantwortung für sich und andere übernommen. Nur ihre Tochter schien durch das Leben zu trudeln, als fehle ihr der Halt. Und dazu passte auch, dass sie ihren Träumen hinterherlief, als gäbe es kein Morgen. Sie meinte wohl, sie wäre ewig jung. Aber mit dem Studium war das Leben nicht vorbei, dann ging es darum, seinen Lebensunterhalt zu verdienen, eine Familie zu gründen und Kinder aufzuziehen. Wie wollte sie das mit diesem unglückseligen Studienfach tun? Mit Ethnologie konnte man doch keine Familie ernähren!

Sollte sie klingeln? Ein tiefes Gefühl von Ohnmacht machte sich in ihr breit. Als sie vor wenigen Minuten noch vor dem halb abgerissenen Haus gestanden hatte, da hatte sie Alex' Lebensübermut sogar verstanden. Dass sie mit ihr fühlte, das würde Alex wohl nie begreifen, denn sie kannte ihre Mutter erst, seit sie Mutter war, und das war sie früh, zu früh, bereits mit zwanzig Jahren, geworden. Sie selbst hatte nach der Geburt ihrer Ältesten die innere Sehnsucht nach Freiheit stets in die dicken Mauern ihres Alltags, zwischen Studium, Beruf, Kind und Haushalt gezwängt und ihren Sehnsüchten nie erlaubt, aus den Routinen des Alltags auszubrechen. Ihre eigene Abenteuerlust hatte sie mit Büchern gestillt, in denen sie las, was sie gern selbst erlebt hätte. Das musste reichen, und sie wusste auch, daran war ihre Älteste nicht schuld. Sie gönnte Alex den Lebenshunger, mit dem sie die Welt entdeckte, als wäre sie ein Abenteuerroman. Und doch hatte sie die unbestimmte Angst, dass sie auf eine Katastrophe zusteuerte, indem sie ihre Chance auf eine sinnvolle Ausbildung wegwarf und stattdessen ihren Eingebungen folgte, bis sie ohne Einkommen und ohne Zukunft dastehen würde, gealtert vom ausschweifenden Leben und perspektivlos.

Warum begriffen Kinder nie, wie sehr sich ihre Eltern um ihr Wohl sorgten und selbst mitlitten, wenn es ihnen nicht gut ging, oder wenn sie auf eine Zukunft zusteuerten, in der es ihnen nicht gut gehen würde? Warum betrachteten Kinder die Sorgen ihrer Eltern als ungerechtfertigte Einengung ihrer eigenen Freiheit? Ja, da war der Spruch, seine Erfahrungen muss jeder selber sammeln. Und Alex machte vehement ihre eigenen Erfahrungen, als gäbe es ihre Familie nicht, die ihr jahrelang die Erfahrungen vorgelebt hatte, die man machte, wenn man seinen Alltag meistert. Alex war aus dem Familienleben ausgebrochen. Vielleicht hatte sie als Mutter ihre Älteste zu stark in ihren Ambitionen gebremst, und der heftige Befreiungsschlag, der darauf folgte, war nun total und völlig kompromisslos.

Und plötzlich fühlte sie sich unangenehm davon berührt, dass Kinder jede Etappe der Entwicklung eines Menschen in einer Totalität wiederholten, als wäre es unmöglich, auf den Erfahrungen anderer aufzubauen. Jeder wiederholte und wiederholte. Man konnte es schon im frühen Kindesalter beobachten, wie die Etappen der Persönlichkeitsentwicklung sich unwiderruflich einstellten, wie das Kind, und später der Jugendliche, in seiner eigenen Welt aufging, völlig untangiert von den vielen Generationen vor ihm, bis hin zum Befreiungsschlag aus der Familie und der völligen Unbeeinflussbarkeit des Jugendlichen, der von seinen Eltern nichts mehr wissen wollte. Es war wie eine Naturgewalt im Leben der Menschen.

Doch dass ihre Älteste nun in dieses Abrisshaus gezogen war, brachte das Fass zum Überlaufen. Was dachte Alex sich dabei, sich dieser saufenden und Drogen nehmenden Chaotenszene anzuschließen? Sah sie nicht die Gefahr, sich das Leben völlig zu ruinieren? Wollte sie als Junkie enden?

Sie musste sich Gewissheit verschaffen, deshalb war sie hergekommen. Sie wollte mit eigenen Augen sehen, wie ihre Tochter hier lebte, und die ganze Fahrt über hatte sie mit ihrem Kollegen über nichts anderes gesprochen als über ihre Tochter, die ihr völlig entglitten war.

Entschlossen und wütend drückte sie auf die namenlose Klingel. Schon diese selbst gebaute Tür flößte ihr Unbehagen ein, als müssten sich die Bewohner hier vor der Realität verbarrikadieren. Sie wollte Alex herausreißen aus diesem Haus, um sie in einem vernünftigen Leben wieder abzusetzen, wo sie hingehörte, vernünftig und mit genügend Respekt vor der Zukunft, die sie doch endlich gestalten sollte. Sie konnte so frei sein, wie sie wollte, aber mit Verantwortungsbewusstsein für ihr eigenes Leben.

Dann hörte sie Geräusche hinter der Tür. Wer auch immer sie einlassen würde, er musste an mehreren Schlössern drehen, bis sich die Tür knarrend öffnete. Vor ihr stand ein blonder junger Mann mit verschlafenen Augen.

‚Um diese Uhrzeit', dachte sie. Es war doch schon um elf! Der Fremde widerte sie an, sie wollte ihn nicht einmal ansehen, sondern sofort in das Zimmer ihrer Tochter. Schroff erklärte sie, wer sie war.

„Ich möchte sofort Alex sehen!", sie hörte die Härte in ihrem eigenen Ton widerhallen, trat – ohne eine Reaktion des verschlafenen Blonden abzuwarten – in den Flur und sah sich um. Der riesige Vorsaal wirkte aufgeräumt, aber wahrscheinlich hatten die Leute hier nichts, um es in den Flur zu stellen. Wenigstens war er in hellen Farben gestrichen. Er sah sogar gut aus, aber darüber konnte sie sich jetzt keine Gedanken machen.

Vom Vorsaal aus gingen mehrere Türen ab. Wo lag das Zimmer ihrer Tochter? Ob sie wollte oder nicht, sie musste sich noch einmal zu dem Blonden umdrehen. Der stand immer noch völlig verblüfft an der Tür und starrte sie an. Doch dann räusperte er sich. „Hinten rechts", erklärte er mit einer Geste seiner Hand, ohne dass sie ihn fragen musste, und sie stürmte voran, lief zum hinteren Ende des Flurs, und ohne zu klopfen riss sie die Tür auf. Dann stand sie mitten im Zimmer und sah in das erschrockene Gesicht ihrer Ältesten, die mit einem Buch in der Hand an einem alten Schreibtisch saß und sie nicht erwartet hatte.

Nun erstarrte auch sie, Zorn und Verblüffung stritten in ihrem Inneren und nahmen ihr die Luft. Das Zimmer sah aus, als wäre es gerade aufgeräumt worden, und ihre Tochter saß an dem Schreibtisch, auf dem ein neuer Computer thronte, wie ein Engel von Disziplin und Fleiß.

Sprachlos sah sie sich um. Ein Ambiente, in dem sie selbst nicht hausen wollte. Ihre Tochter schlief auf alten Matratzen, deren Bettzeug locker, aber gerade darüber geworfen war, sodass man das Bett mit viel gutem Willen als gemacht betrachten könnte. Mitten im Raum stand eine Sitzgruppe um einen niedrigen Tisch, und die Beine der blau gepolsterten Stühle aus den Fünfzigerjahren waren so schräg und niedrig abgesägt, dass man in den Stühlen hocken musste wie in einem Kosmonautensessel.

Auch Bücherregale gab es, schiefe Kellerregale, dunkelbraun gebeizt und reichlich mit Büchern gefüllt, so bunt wie das Leben, von dem ihre Älteste in ihrer ganzen Weltfremdheit träumte.

„Hallo, Mutti!“, sagte Alex plötzlich. „Was machst du denn hier?“

Sie registrierte, dass sie ihre Tochter noch nicht einmal begrüßt hatte, zu heftig waren die Gefühle gewesen, mit denen sie in dieses Zimmer gestürmt war. Und noch immer wusste sie nicht, was sie nun von ihrer Tochter halten sollte. Sie hatte Chaos erwartet, dasselbe Chaos, das sie aus dem Kinderzimmer kannte, das sie so oft aufgeräumt hatte. Aber dieser Raum bot ihr keinen Grund für Kritik. Der Anschein war ordentlich, aber es war nur der äußere Schein, er konnte trügen. Wovor sie eigentlich Angst hatte, das war ja das Leben ihrer Tochter. Trank sie? Rauchte sie? Nahm sie Drogen? Ließ sie sich von den Leuten hier verführen, ihre Zukunft wegzuwerfen, bevor ihr Leben richtig begonnen hatte? Doch sie musste irgendetwas sagen, und weil ihr nicht einfiel, wie sie all die Fragen formulieren sollte, die ihr ihre Tochter sowieso nicht ehrlich beantworten würde, sagte sie einfach: „Ich wollte sehen, wie du hier lebst.“

„Willst du einen Tee?“, fragte nun Alex mit Unschuldsmiene und wies auf einen der blauen Kosmonautenstühle. „Setz dich doch!“

Immer noch stand sie stumm da und blickte sich im Zimmer um, als könne sie doch noch ein rumliegendes Buch oder eine mit Staub verkleisterte Ablagefläche finden. Der Versuch, in irgendeiner Weise das Leben ihrer Tochter mitzugestalten, sie vor den Gefahren in diesem Haus zu bewahren und ihr die Zukunft, die sie sich für sie wünschte, zu Füßen zu legen, war sinnlos. Das hatte sie jetzt begriffen. All ihre

Sorgen und ihre Hilfsbereitschaft, mit ihrer Ältesten an deren Leben zu arbeiten, prallten von ihr ab wie von einer gläsernen Wand. Ihre Tochter war durch und durch ein Individuum geworden, das sein Leben selbstbewusst in die Hand nahm und Einmischungen nicht mehr duldete. So fremd sie ihr in diesem Zimmer auch erschien, so sehr verstand sie sie. Ihr Kind war kein Satellit mehr, der um die Mutter wie um die Erde kreiste, sie hatte die Umlaufbahn verlassen. Und dass die Erde um den Satelliten kreiste, das war nur eine lächerliche Vorstellung. Das Einzige, was sie tun konnte, war abzuwarten, bis sich die nächste Entwicklungsphase im Leben ihrer Tochter einstellte, sie in einen Beruf ging und eine Familie gründete. Dann würde sie wieder näher zu ihren Eltern rücken, so war das Naturgesetz.

„Oder soll ich dir den Rest der Wohnung zeigen?", fragte nun Alex etwas provokanter.

Endlich konnte sie reagieren: „Nein, ich muss wieder los. Mein Kollege wartet draußen im Auto."

„Was hast du denn? Gefällt dir mein Zimmer nicht?" Ihre Tochter sah sie herausfordernd an, und immer noch wusste sie nichts zu sagen. Die Erkenntnis um die Unbeeinflussbarkeit des Lebensweges ihrer Tochter hatte sie völlig überrumpelt. Sie schüttelte sich und schließlich gab sie Antwort: „Aufgeräumt ist es ja, aber", und sie musste tief Luft holen, „ich mache mir Sorgen darüber, wie ihr hier haust."

„Mutti, mach dir keine Sorgen. Ich passe schon auf mich auf, und ich verspreche dir, Drogen sind für mich tabu. Ich will doch nur in einem eigenen Zimmer leben und muss auf meine Reise sparen." Alex begann mit sanfter Stimme für ihr Zimmer zu werben, und das beruhigte sie. Am liebsten hätte sie sich von ihrer Tochter für immer einlullen lassen. Um irgendetwas zu tun, trat sie an den Tisch und entdeckte eine kleine Messingplakette, die daran befestigt war. Sie wischte darüber und las die Aufschrift. „Universitätsbibliothek der medizinischen Fakultät." Konnte es sein ...?

„Sag mal, Alex, die Plakette – das ist doch ein Bibliothekstisch. Hast du etwa …?"

„Mutti", stöhnte Alex auf, „denkst du, ich bin in die Bibliothek gegangen, habe den Tisch auf den Rücken genommen und bin damit abgezogen?" Dann lachte sie. „Die Uni sortiert alte Möbel aus und den Tisch habe ich einfach geschenkt bekommen."

‚Ja klar', dachte sie, ‚meine Sorgen werden schon paranoid. Vielleicht sollte ich Alex einfach mehr vertrauen, dann könnte ich ruhiger schlafen, und Alex wäre frei.'

Sie nickte: „Na gut", und ihre Stimme wurde sanfter. „Mein Kollege wartet. Ich muss gehen."

Alex stand auf und umarmte sie.

Leicht strich die Mutter ihrer Tochter über den Rücken. „Ich wünsche dir viel Erfolg beim Studium. Mach was aus deinem Leben, und wenn du Hilfe brauchst, dann melde dich bei uns." Über ihre Wangen zog sich ein feuchter Streifen. Verstohlen wischte sie sich mit dem Handrücken die Erleichterung aus dem Gesicht. Sie würde – sicher – in die Familie zurückkehren. Und irgendwann würde sie selbst Enkel auf dem Schoß sitzen haben, und Alex würde ihr Kind und ihre Mutter glücklich ansehen. Dieses Naturgesetz würde sich genauso einstellen wie ihr jetziger Freiheitstrieb.

Sie wandte sich zur Tür, und Alex rief ihr hinterher: „Das nächste Mal kündige dich aber bitte an und bring etwas Zeit mit!" Dieser Satz verletzte sie schon nicht mehr.

16

Ende 1993 diskutierte die Fakultät öffentlich über die Zukunft der Ethnologie und damit auch über Ulrichs Stelle. „Evaluierung" war das Wort, das in den Jahren 1991 bis 1993 alle an der Universität umtrieb.

Die Studenten bekamen davon kaum etwas mit. Dennoch wusste Alex, wie alle Studenten, dass in den neuen Bundesländern und damit auch an der Universität Linden alle wissenschaftlichen Einrichtungen und die in ihnen angestellten Personen überprüft wurden. Es sprach sich herum, dass neben der politischen Unbedenklichkeit auch die wissenschaftliche Qualifikation evaluiert wurde. Die Zukunft eines Angestellten hing nun davon ab, ob er für die Staatssicherheit gearbeitet hatte, ob durch ihn Schaden für Kollegen oder Studenten entstanden war und inwieweit sein administratives Wirken und seine wissenschaftliche Arbeit systemstützend gewesen waren. Politisch belastete Lehrkräfte sollten endgültig aus den Universitäten verbannt werden und mit ihnen die sozialistische Ideologie. Wer dem politischen System der DDR zu nahe stand, wem man zu große Staatsnähe vorwarf oder wer nachweislich in irgendeiner Form mit der Staatssicherheit zusammengearbeitet hatte, erhielt die Kündigung.

Die Studenten begrüßten die politische Seite der Evaluierung. Dagegen wurden immer mehr kritische Stimmen gegen die wissenschaftlichen Eignungsprüfungen laut. Sie sahen, dass mangelnde Eignung leicht gegenüber Kollegen herbeizureden war, besonders wenn man die ungünstigen Bedingungen des Wissenschaftssystems der DDR als Argument gegen die Universitätsmitarbeiter ausspielte. Die Lehrenden selbst mieden das Thema, bis die Ergebnisse feststanden. Sprach man sie darauf an, winkten sie ab und verschwanden in ihren Zimmern. Doch Druck und Angst vibrierten in den Räumen der Alma Mater.

Der Hörsaal war schon nach wenigen Minuten überfüllt. Studenten, Doktoranden und Lehrkräfte, Fakultätsratsmitglieder und Museumsethnologen sowie Mitglieder der Berufungskommissionen saßen im überheizten Raum. Einige Zuschauer hockten auf den Tischen, die an den Wänden aufgestellt waren, und andere standen mit ihren Jacken unter dem Arm im Eingangsbereich bei der Tür. Alex hatte Glück gehabt, denn Sabine hatte ihr einen Platz frei gehalten. Sie setzte sich in eine der hintersten Reihen unter die älteren Studenten.

An den Stuhllehnen im Hörsaal knirschte die abgelegte Winterkleidung bei jeder Bewegung der Sitzenden. Die Stiefel scharrten unter den Stühlen über das uralte Parkett und die Leute redeten mit gedämpften Stimmen.

Endlich kam Ruhe in den Saal. Der Dekan leitete die Veranstaltung ein. Doch seine Rede verlief anders, als es Alex erwartet hatte. Mit keinem Wort erwähnte er in seiner Ansprache die personellen Veränderungen, die bereits vollzogen worden waren. Vor einigen Wochen mussten zwei Mitarbeiter gehen, von denen sich nach und nach herumgesprochen hatte, dass sie für die Stasi gearbeitet hatten. Sie gingen leise und ohne Abschied. Danach hatte Alex auch von Entlassungen am Museum gehört. Für sie schien das Problem damit erledigt, zumal Ulrich und die verbleibenden Mitarbeiter eine Unbedenklichkeitserklärung vom Ministerium ausgestellt bekommen hatten, die ihnen offiziell bestätigte, dass sie die politische Prüfung bestanden hatten und auch an ihrer wissenschaftlichen Qualifikation nicht gezweifelt wurde.

Doch nun erfuhr sie, dass die Reformen mit der Evaluierung und der positiven Begutachtung des verbleibenden Personals am Institut nicht abgeschlossen waren.

Der Dekan sprach von personeller Erneuerung, die es zu beschleunigen gelte. Es schien, als ob die politisch bedingten Entlassungen dem Ministerium für den strukturellen Umbau der Universitäten nicht ausreichten. Und Alex fragte Sabine, was das bedeute. Doch die leitete die Frage an ihren Nebenmann weiter, einen älteren Kommilitonen, den sie gut kannten und der selbstgewiss die Rede des Dekans verfolgte.

„Wisst ihr das nicht?“, fragte der und beugte sich dann zu ihnen hinüber. „Nahezu allen Professoren der Universität ist gekündigt worden“, erklärte er dann.

„Was? Auch denen, die positiv evaluiert worden sind?", flüsterte sie an Sabine vorbei. „Deren Weiterbeschäftigung galt doch als gesichert?"

„Auch denen! Dafür hat man sogar für drei Monate den gesetzlichen Kündigungsschutz außer Kraft gesetzt."

„Und Ulrich?", fragte nun Sabine.

„Ulrich hat eine Kündigung aus ‚Mangel an Bedarf' bekommen. Aber jetzt wollen sie die Stelle, für die es an Bedarf mangelt, neu besetzen." Der Student lachte leise.

„Das ist ja eine Schweinerei!" Alex hatte erwartet, dass Ulrich an der Universität bleiben würde. Außerdem wurde doch Ulrich nun auch gesamtdeutsch gewürdigt. Und die deutschsprachige Ethnologie feierte seit einigen Monaten die Wiedervereinigung Deutschlands mit der Wahl des Ostdeutschen Ulrich zum Vorsitzenden der Bundesdeutschen Vereinigung für Ethnologen. Wie konnte das sein?

„Das wäre ja der reinste Kahlschlag!", mischte sich nun auch Sabine ein. „Da muss man sich nicht wundern, wenn überall von Siegermentalität gesprochen wird."

Der Student nickte. „Die wollen Platz schaffen für westdeutsche Mitarbeiter. Die Ossis sollen raus aus den Universitäten. Es ist der völlige Hohn, dass Ulrich nun auch noch eine Aufforderung bekommen hat, sich auf seine eigene Stelle zu bewerben. Jetzt steht er natürlich in Konkurrenz mit weiteren Bewerbern, die aus dem Westen kommen. Es gibt in dem Bewerbungsverfahren zwar eine Klausel, dass die ehemaligen Stelleninhaber bevorzugt werden sollen. Aber wozu feuert man sie erst, wenn man sie dann wirklich wieder einstellen will? Das ist die reinste Augenwischerei. Jedenfalls gibt es deutschlandweit Ethnologen, die dazu aufrufen, sich nicht auf diese Stelle zu bewerben. Trotzdem soll es schon Bewerber geben."

Der Dekan hatte seine Rede beendet. Die Anwesenden klatschten verhalten. Dann meldete sich der Versammlungsleiter zu Wort und in wenigen Minuten entbrannte eine hitzige Debatte, in der die Institutsfrage zur Causa Ulrich wurde.

Ein Kritiker hielt Ulrich vor, er sei nicht in der Lage, eine zukunftsweisende Studentenausbildung zu leisten. „Die Studenten müssen jetzt für den gesamtdeutschen Arbeitsmarkt fit gemacht werden“, erklärte er. „Mit einer personellen Erneuerung des Instituts müssen wir dafür Sorge tragen, dass sie internationale Standards erreichen!“

Im Saal raunte es unwillig, das Scharren der Schuhe wurde lauter und eine Frauenstimme beschwerte sich: „Sie können doch nicht ostdeutsche gegen westdeutsche Kollegen ausspielen. Die Arbeitsbedingungen in der BRD waren ungleich besser als in der DDR.“

Doch die kritische Stimme ließ nicht locker: „Ulrich fehlt jede Forschungserfahrung im Ausland. Wie also soll er seine Studenten auf die Forschung vorbereiten?“

Wieder ging ein Raunen durch den Saal, und die Frau machte ihrem Unwillen Luft: „Bei den Reiseeinschränkungen in der DDR ist es zynisch, so zu argumentieren.“

Leises Murmeln bestätigte sie, und eine weitere Frauenstimme warf ein: „Sie können doch nicht erwarten, dass ein Kollege aus der DDR die gleichen Forschungserfahrungen wie seine westdeutschen Kollegen hat.“ Sie bekam Unterstützung: „Wir hätten auch gern im Ausland gearbeitet!“ – „Jeder in der DDR wäre gern gereist!“ – „Ja, genau!“ – „Stimmt!“, rief es im Publikum. „Können wir etwas dafür, dass wir nicht reisen durften?“

Eine kurze Pause entstand, die der Kritiker sofort nutzte: „Trotzdem brauchen wir jetzt einen Kollegen mit Erfahrung!“

„Sollen wir als Ostdeutsche generalbestraft werden?“, konterte es aus dem Publikum und: „Ist eine DDR-Vita ein Entlassungsgrund?“

Einige Personen im Publikum kämpften: „Wir wollen dieselben Rechte, wie unsere westdeutschen Kollegen! Professorenstellen sind unkündbar und es ist das Mindeste, dass man Rücksicht auf unsere

Vergangenheit nimmt und diese uns nicht zum Nachteil auslegt. Wir wollen nicht zwei Mal Opfer werden."

Plötzlich sprang eine Frau von ihrem Sitz auf und beendete abrupt die Diskussion: „Das kann man doch nicht mit anhören!", rief sie aufgebracht: „Ulrich war Sekretär der SED. Es ist unverantwortlich, ihn weiter lehren zu lassen. Er hat sich seine Professur mit Systemnähe erschlichen!"

Nun brach der Damm endgültig. Die laute Empörung der Verteidiger entlud sich gegen die kritischen Stimmen: „Wir mussten uns alle anpassen!" – „Wer sich nicht angepasst hat, hat sich ruiniert!" Und eine dritte Stimme rief: „Sich öffentlich gegen das System zu stellen, wäre das eigene Karriereende gewesen! Als Professor war er verpflichtet, eine Funktion in der SED zu bekleiden."

„Trotzdem konnte man sich widersetzen", erwiderte die Frau und legte Bedacht in ihre Stimme. „Dann hätte man berufliche Probleme eben hinnehmen müssen!"

Doch eine Verteidigerin fand sich mit diesem Argument nicht ab: „Das ist völlig naiv! Wie können Sie es wagen, so zu reden. Mit einer westdeutschen Vita hat man überhaupt kein Recht, hier Moral zu predigen. Sie haben weder unter den Bedingungen der DDR gelebt, noch haben Sie bewiesen, dass Sie sich lieber ruiniert hätten, als Systemnähe zu zeigen. Was hätten *Sie* denn alles für Ihre Karriere getan?"

Ein Professor stand auf und versuchte zu schlichten. Mit einer Ruhe stiftenden Geste seiner Hand und mit eindringlicher Stimme erklärte er: „Ulrich wurde wie alle anderen Universitätsmitarbeiter politisch evaluiert. Seine Vita ist offiziell unbedenklich. Daran sollten wir uns orientieren."

Und jemand ergänzte: „Außerdem hat er unter den Bedingungen der DDR die Ethnologie in Linden gerettet. Sollten wir ihm jetzt nicht die Möglichkeit geben, zusammen mit unseren westdeutschen Kollegen das Institut zukunftsfähig zu machen?"

Alex betrachtete die beschlagenen Fensterscheiben, an denen einzelne Wassertropfen breite senkrechte Streifen zeichneten. Sie begriff, Ulrich hatte Feinde. Er wurde massiv aus den eigenen Reihen angegriffen. Die Argumente pro und kontra einer personellen Anpassung an den Westen flogen hin und her, und es schien, als seien die Argumente der Gegner Ulrichs in irgendeiner Weise die rhetorisch stärkeren. Sie argumentierten mit kalten Notwendigkeiten, übersahen bewusst die besondere historische Situation der Ostwissenschaftler und wurden dabei ungerecht gegenüber denjenigen, die Jahrzehnte für die Weiterexistenz des Instituts gekämpft hatten. Das Ausblenden der Bedingungen des Wissenschaftssystems in der DDR wirkte auf Alex rücksichtslos. Doch die Argumente der Befürworter Ulrichs, die genau darauf hinwiesen, kamen aus der Defensive. Mit dem Rücken an der Wand reduzierten sie sich auf die Forderung von Rücksichtnahmen gegenüber ihrer Sondersituation, was ihnen wiederum von den prowestlich Argumentierenden als Schaden für die Studenten ausgelegt wurde. Rücksicht müsse man nicht auf die Lehrenden nehmen, sondern allein auf die Studenten, die ab sofort die bestmögliche Ausbildung erhalten sollten.

‚Fanden sie denn keine Argumente, was ein Ostdeutscher zu der gesamtdeutschen Ethnologie beitragen konnte?‘, fragte Alex sich.

Doch die Ossis waren zu sehr in Verteidigungsreden und Diskussionen um Benachteiligungen vertieft, als dass sie argumentativ in die Offensive gegangen wären. Die Nerven lagen blank. Und plötzlich stand eine Frau mitten im Hörsaal, wies mit ihrem Finger auf eine Kollegin, die eben gesprochen hatte, und rief mit schriller Stimme in den Saal: „*Das* werden wir uns merken!“

Erst war es still, dann begann der Raum zu kochen und eine weitere Frauenstimme konterte: „Wir wissen, wie viel Sie sich merken können“, und Alex kapierte. Sie spielte auf IM-Aktivitäten an.

Die Berufungskommission tagte nicht öffentlich. Sie bestand vorwiegend aus westdeutschen Professoren und sie fällten eine Entscheidung. Ulrich kam nicht auf die Liste der geeigneten und dem Ministerium vorzuschlagenden Kandidaten. Das Institut bekam einen Leiter aus den alten Bundesländern. Da Ulrich nach seiner Evaluierung nichts vorzuwerfen war, klagte er gegen seine Kündigung und gewann. Die Universität musste ihn wieder einstellen, doch Ulrich wechselte das Institut. Anstatt in der Ethnologie lehrte er nun in den Kulturwissenschaften.

Von den ehemals sieben Mitarbeitern hatte das Institut 1994 noch zwei, die bereits vor der Wende am Institut beschäftigt gewesen waren. Einer von ihnen bewarb sich erfolgreich auf seine eigene Stelle, die allerdings vor der Wiederausschreibung auf drei Jahre befristet worden war. Nach Ablauf dieser Zeit wurde er aus dem Universitätsdienst entlassen. Als einziger Mitarbeiter, der die Evaluierung und die Entlassungen beruflich überlebt hatte, blieb am Institut nur Liebert. Die Studenten nannten ihn von nun an den „Quotenossi". Dass er an der Universität weiterbeschäftigt wurde, lag auch daran, dass er unter den ehemaligen Mitarbeitern der Älteste war und seine Pensionierung und damit seine Entfernung aus der Universität zeitnah in Aussicht stand.

„Kennst du den?", fragten sich die Studenten in der Raucherecke gegenseitig: „Zwei Professoren treffen sich auf dem Flur zum Rektorat. Sagt der eine zum anderen leise, ‚Noch der Liebert, dann sind wir ostrein.'"

17

Als sich an diesem Dienstagnachmittag der Hörsaal füllte, lag Anspannung im Raum. Sie dämpfte die sonst überschwänglichen Stimmen der Studenten, die sich heute leiser über ihre abendlichen Unternehmungen unterhielten. Der neue Professor wurde erwartet. Er sollte seinen Antrittsvortrag halten.

Lehrkräfte und Universitätsangehörige betraten gewichtig den Raum, besetzten die vordersten Reihen des Hörsaals und begannen, sich mit selbstbewusster Miene auszutauschen. Alexandra drängte sich mit den Studenten wie immer in den hinteren zwei Dritteln des Saales. Gewohnheitsmäßig ließen sie drei Reihen Platz zwischen sich und dem Dozenten, als sei Weisheit ansteckend.

Plötzlich wurde es still im Hörsaal. Alle Augen richteten sich zur Tür. Zuerst betrat der Prorektor den Raum. Er drehte sich noch einmal zur Tür und sprach mit gelassener und nun deutlich hörbarer Stimme zu seinem noch unsichtbaren Begleiter. Der Raum knisterte. Dann erschien eine hohe gebeugte Gestalt. Das musste er sein, Prof. Dr. Bodo Lange. Er schien das ihn erwartungsvoll anstarrende Publikum kaum wahrzunehmen. Professionell und sichtlich vertieft in das Gespräch mit dem Prorektor, trat er fast beiläufig durch die Tür, als gehörte er selbst nur zum Auditorium. Die Universitätsangehörigen nahmen ihre Gespräche wieder auf. Doch der Raum war stiller geworden. Fünfzig Studentenaugenpaare beobachteten unter leisem Raunen neugierig den neuen Prof. Im Gespräch mit dem wesentlich kleineren und kräftigeren Prorektor wirkte er wie viele lange Menschen, die sich, ihrer Größe bewusst, tief zu ihren Gesprächspartnern herabneigen.

Professor Lange trug ein beige kariertes Sakko über einem hellen Hemd mit dunklem Schlips in der Farbe seiner dunkelbraunen Hosen. In der linken Hand hielt er ein zusammengerolltes Skript. Herzlich, aber bestimmt schüttelten sich nun der Dekan und Lange die Hand. Während Lange mit dem Rücken zur Tür stehen blieb, trat der Prorektor an das Rednerpult. Der Hörsaal wurde still. Alle Augen richteten sich nach vorn.

„Meine Damen und Herren, werte Kollegen, liebe Studenten. Wir haben uns heute hier versammelt, um Herrn Professor Lange die Gelegenheit zu geben, sich an unserer Fakultät als neuer Institutsleiter des Instituts für Ethnologie vorzustellen. Die Ethnologie in Linden, die inzwischen auf ein ehrwürdiges Alter von immerhin achtzig Jahren zurückblicken kann, ist eines der bedeutendsten Institute unserer Fakultät und sie ist – wohlgemerkt – das älteste Institut für Ethnologie im deutschsprachigen Raum. Ein solches Institut ist genau der richtige Wirkungsort für einen Kollegen, der in der Wissenschaftsgeschichte ebenso zu Hause ist wie in seinen Forschungsfeldern in Afrika. Wir freuen uns auf eine enge und intensive Zusammenarbeit mit dem neuen Institutsleiter und Vertreter der Ethnologie, Professor Dr. Bodo Lange." Der Prorektor hob einladend seine Hand in Langes Richtung: „So, und nun möchte ich Ihnen Herrn Professor Lange nicht länger vorenthalten. Bitte, Herr Lange, treten Sie an das Rednerpult und beginnen Sie mit Ihrer Antrittsvorlesung."

Der Saal klatschte begeistert, während der Prorektor Lange noch einmal die Hand schüttelte, bevor dieser zum Rednerpult schritt. Er legte seine Papiere auf das Pult, sortierte sie und begann seine Rede.

„Ethnologie baut auf Bildung auf, die sie abzubauen hat. An diese entscheidende Erkenntnis Johann Gottfried Herders hat uns Hans-Georg Gadamer erinnert. Aus der Spannung zwischen dem wissenschaftlichen Ansatz, der die Welt rational zu begreifen vorschreibt, und den Welten, die der Ratio nur einen unter vielen Werten zumessen, speist sich eine weitere Aufgabe der Ethnologie. Im Gegensatz zu allen anderen Wissenschaften möchte sie die westliche Sicht von Gott und der Welt nicht absolut setzen oder zum vorläufigen Höhepunkt normieren, sondern relativieren aus der Sicht von anderen Denktraditionen, die sie gleichbehandelt wissen möchte."

Alexandra erstarrte, ‚Was wollte Lange Ihnen sagen?' Hilflos sah sie sich um. Ihre Kommilitonen hockten stumm auf ihren Stühlen. Niemand wagte, auch nur mit den Füßen zu scharren. Vor den Studenten lagen leere Blätter. Sie drehten ihre Stifte in beiden Händen.

„Das Wissen der Ethnologie ist die Frucht solcher Anstrengung, Horizontgrenzen zu überschreiten, Horizonte nebeneinander zu sehen, ja Horizonte zu wechseln. Nicht das gelungene Ergebnis, sondern der gewagte Versuch verdient hier Beachtung", fuhr Lange fort.

Und Alexandra schüttelte unwillig den Kopf. Sie, die bislang gelernt hatte, in welchen Weltgegenden welche Wirtschaftsformen praktiziert wurden, wo wir Altersklassensysteme vorfinden und was diese von Generationsklassensystemen unterschied, welche Verwandtschaftssysteme existieren und worin sich Schriftreligionen von nichtschriftlichen Religionen abheben, verstand ihr eigenes Fach nicht mehr. Was immer auch der neue Professor sagen wollte, seine Worte erschienen ihr wie kunstvolle ätherische Gebilde, deren Sinn sie nicht greifen konnte. Und genau das war das Problem. Während Lange dozierte, fand Alexandra in seiner Rede keinen Angriffspunkt, an dem sie sich hätte festhalten können, um zu einem vertrauten Bild oder Gedanken zu kommen. Seiner Rede fehlte das Konkrete, das Anschauliche, das die Ethnologie für sie bis dahin immer greifbar gemacht hatte. Mit der Überzeugung einer Lernenden war sie gewohnt, nach Antworten auf die immer gleiche Frage zu suchen: „Worin unterscheiden und worin gleichen sich weltweit die Ethnien, in deren Gesellschaft, Wirtschaft und Religion sie im Unterricht eingeführt wurde?"

Das Publikum klatschte und riss sie aus ihren Gedanken. Lange hatte seinen Vortrag beendet. Dann wurde es wieder still. Der Dekan forderte zu Wortmeldungen auf. doch kein Student wagte es, die Hand zu heben. Darauf beendete er die Sitzung. Nach seinen ausführenden Worten steckten die Studenten betreten ihre leeren Blätter in die Taschen, nahmen ihre Jacken von den Stühlen und verließen schweigend und mit scheuen Blicken für ihren neuen Professor den Raum. Sie setzten sich in die Raucherecke und zündeten sich Zigaretten an. Die Studenten kannten sich inzwischen seit über zwei Jahren. Sie hatten zusammen bei Ulrich studiert und ihre Zwischenprüfungen in der Tasche. Doch die Ethnologie, wie sie sie kannten, gehörte nun der Vergangenheit an. Das war allen deutlich geworden.

„Habt ihr das verstanden?", fragte Manja in die Stille. Sie hatte wie auch Alexandra vor wenigen Wochen ihre Zwischenprüfung abgelegt.

Einige zuckten mit den Schultern. Die anderen sogen an ihren Zigaretten. In der Ecke unterhielten sich jüngere Studentinnen über ein Konzert.

„Dem kann man erst richtig folgen, wenn man ihn liest", sagte Kathrin entmutigt.

Stephan versuchte ihr Mut zu machen: „Vielleicht gewöhnen wir uns ja noch an seinen Stil. Jedenfalls haben wir mit ihm eine Chance, nicht den Anschluss an die westdeutsche Ethnologie zu verpassen."

Doch Manja widersprach ihm: „Wie soll man denn bei dem eine Prüfung vorbereiten. Ich konnte nicht einmal mitschreiben."

„Seine Vorlesungen sind vielleicht anschaulicher. Das war ja nur ein Antrittsvortrag", wiegelte Stephan ab. „Wartet erst mal. Gebt ihm eine Chance."

„Eine Chance?", fragte Manja aufgebracht. „Er soll uns eine Chance geben!"

Die jüngeren Studentinnen kicherten und wendeten sich dann wieder ihrem Gespräch zu.

Michael, der etwas abseits saß, hatte bisher nichts gesagt. Seine Zwischenprüfung lag schon länger zurück, und er war einer der Lieblingsschüler Ulrichs gewesen. Ihn traf dessen Entlassung besonders hart. Jetzt mischte er sich in die Diskussion ein: „Es ist gar nicht sicher, dass gerade Lange ein Segen für uns ist. Wer kommt denn schon in den Osten? Doch nur diejenigen, die drüben keinen Job finden. Unsere Leute werden entlassen und die arbeitslosen Akademiker aus dem Westen strömen auf die frei werdenden Stellen. Die ostdeutschen Universitäten sind doch nur ein Arbeitsmarkt für sie, nichts weiter."

„Trotzdem ist es gut, einen Westdeutschen hier zu haben", mischte sich nun auch Alexandra ein. „Mit einer weitergeführten DDR-Ethnographie wären unsere Aussichten mau.“

„Wer wirklich eine Chance haben will, muss selbst in den Westen gehen. Dort lehren die guten Leute. Wer hierbleibt, ist selber schuld“, widersprach ihr Michael.

„Wir sollten Lange jetzt nicht als einen Wissenschaftler zweiter Klasse abstempeln, nur weil er eine Stelle im Osten angetreten hat“, sagte Stephan darauf. „Warten wir erst mal ab, was er uns zu bieten hat.“

„Jedenfalls können wir mit unserem Studium ganz von vorn anfangen. Ulrichs Ethnographie ist nicht mal mehr ein Auslaufmodell“, sagte Kathrin und zündete sich eine zweite Zigarette an.

Stephan schüttelte den Kopf: „Ich weiß nicht, was euch eigentlich stört. Ihr könnt euch doch glücklich schätzen, dass ihr noch das gesamte Hauptstudium dafür habt, einen zeitgemäßen Ansatz zu finden. Ihr müsst es nur tun. Wir sind die erste ostdeutsche Generation, die diese Chance bekommt.“

„Na, ob das nicht zu viel Optimismus ist“, winkte Manja lakonisch ab. „Bei den Massen an Ethnologen, die schon im Westen ausgebildet werden, hat man auf uns gerade gewartet. Und warum nicht mit ostdeutscher Ethnographie punkten? Könnten wir uns nicht lieber ergänzen, als den Westen in allem zu kopieren?“

Kurz hatte Alex gezweifelt. Das tat sie sowieso viel zu oft, dachte sie. Aber nun begriff sie die Chance, die in diesem Personalwechsel lag. Sie sollte, sie musste sie nutzen und sich ein neues Verständnis ihres Faches erarbeiten. Sie konnte von Lange nur profitieren, und sie nahm sich vor, all das Gelernte zur Seite zu legen und einen Neuanfang zu wagen.

18

Vier Stühle standen vor dem Direktorenzimmer des Instituts für Informatik. Alexandra saß auf einem davon und blätterte nervös in ihren Aufzeichnungen. Zwei ganze Wochen hatte sie den Stoff zu Hinrichs Vorlesungen „Mathematische und Logische Grundlagen der Informatik" gelernt, hatte Theorie gebüffelt, Beweise nachvollzogen und Beispiele in zahlreichen Wiederholungen trainiert. Mit der Zwischenprüfung sollte ihr Informatikstudium enden. Endlich wollte sie sich ausschließlich der Ethnologie widmen. Sie hatte alles versucht, aber es schien ihr unmöglich, ihre Aufmerksamkeit zwischen beiden Fächern zu teilen. Zunehmend war ihr deutlich geworden, wie unmöglich es war, sich auf der einen Seite dem Literaturstudium der Ethnologie und gleichzeitig dem Programmieren zu widmen. Sie brauchte für beide Fächer die Zeit eines vollen Studiums. Beide Fächer verlangten hundert Prozent von ihr. Zu unterschiedlich waren sie, ergänzten sich nicht, profitierten nicht voneinander und – Alex fühlte sich zerrissen zwischen zwei Lebensstilen. Aber sie wollte nicht einfach so aufgeben. Die Zwischenprüfung sollte der Beweis sein, dass sie das Informatikstudium nicht deshalb abbrach, weil sie es nicht schaffte. Sie wollte selbstbewusst aus dem Fach gehen und dafür brauchte sie eine gute Note.

Alex spürte, wie ihr Atem immer schneller wurde, während sie wartete und auf die Seiten des Hefters in ihrer Hand starrte. Ihre blaue Schreibschrift verschwamm vor ihren Augen. Jetzt bloß nicht aus der Ruhe bringen lassen, dachte sie, lehnte ihren Kopf gegen die Wand hinter ihrem Stuhl, schloss die Augen und atmete drei Mal tief durch. Dann klappte sie den Hefter schnell zu, denn sie hatte das Gefühl, dass jeder weitere Blick auf die Aufzeichnungen, das Chaos in ihrem Kopf vergrößern würde. Stattdessen versuchte sie nun, mit geschlossenen Augen und zurückgelegtem Kopf noch einmal die Themen ihrer Prüfung zu memorieren und stellte sich die Hefterseiten bildlich vor. Als sie Schwerpunkt für Schwerpunkt ihrer Prüfung erfasst hatte, wurde ihr Atem ruhiger und sie spürte, wie ihr Selbstbewusstsein zurückkehrte. Da öffnete sich die Tür zum Direktorenzimmer und Hinrich bat sie herein. Sie trat in sein Büro, einen hellen, großen Raum, der gegenüber der Tür von einem klobigen Schreibtisch aus dunkler Eiche dominiert wurde. Raum und Schreibtisch schienen einander abzustoßen, denn sie gehörten unterschiedlichen historischen Epochen an. Immerhin lag der Raum in dem vorwendezeitlichen Universitätsgebäude, geprägt von ästhetisch sparsamer sozialistischer Architektur, und der Schreibtisch gehörte mit seinen üppigen Schnitzereien in die Vorkriegszeit.

Hinrich setzte sich auf einen breiten schwarzen Drehstuhl mit bequemen Armlehnen, der eindeutig eine nachwendezeitliche Anschaffung war. Von seinem Platz aus überblickte er den gesamten Raum, während Alex auf die Wand hinter ihm sah und die Tür im Rücken hatte, was wiederum in ihr das Gefühl auslöste, der Fluchtweg sei abgeschnitten. Neben Hinrich, auf einem niedrigeren schlichten Stuhl, saß oder hockte vielmehr sein Beisitzer, Dr. Stephan, ein Mann im mittleren Alter mit freundlicher Miene. Er stützte sich auf einen hellen, viel zu klein wirkenden Beistelltisch, dem man ansah, dass er eigens für die Prüfung in den Raum gestellt worden war. Das Durcheinander des Mobiliars zeugte für Alex von demselben mangelnden ästhetischen Bewusstsein, das sie schon bei vielen Informatikern beobachtet hatte. Sie spürte ob dieser Anhäufung von Stilbrüchen ein Lächeln ihren Mund umspielen und die Aufregung legte sich etwas. Konzentriert und fest entschlossen sah sie Hinrich an, der sich nun gelassen in seinem Stuhl drehte. Nachdem er sie eingehend betrachtet hatte, zeigte Hinrich auf eine kleine weiße Tafel, an die zu treten er sie bat. Dann befragte er sie routiniert, ob sie gesund und im Vollbesitz ihrer geistigen und körperlichen Kräfte sei, nahm einen Stapel Karteikarten und begann von ihnen Fragen abzulesen, die Alex mit immer sicherer werdender Stimme beantwortete.

Die Prüfung lief gut, bis Hinrich sie bat, ihm das Induktionsprinzip für rekursiv definierte Mengen darzustellen. Sie erschrak, denn die erwartete Herleitung hatte ihr Kopfzerbrechen bereitet. In ihrem Hefter hatte sich ein Fehler eingeschlichen und sie war sich nicht sicher, ob sie ihn auf die richtige Weise korrigiert hatte. Unschlüssig schrieb sie die fehlerhafte Version aus ihren Aufzeichnungen an die kleine Tafel.

„Mit dieser Induktion hatte ich Probleme“, erklärte sie Hinrich und dem freundlich nickenden Beisitzer. „Vermutlich ist sie fehlerhaft.“

„Wieso sollte sie fehlerhaft sein?“, fragte Hinrich und begann erst jetzt die Formeln an der Tafel zu studieren.

„Es scheint ein Teil zu fehlen“, erklärte Alex. „Vielleicht habe ich sie unvollständig in meine Aufzeichnungen übertragen.“

„Ich habe Ihnen die Induktion mit Sicherheit richtig exemplifiziert“, unterbrach sie Hinrich und seine Stimme wurde ungeduldig, sodass Alex erschrocken zum Beisitzer blickte. Der wiederum schien sie immer noch kopfnickend aufzufordern weiterzureden. Als sie betreten schwieg und Hinrich zornig begann, mit den Fingern auf den Tisch zu trommeln, forderte Dr. Stephan sie freundlich auf, die Formeln zu berichtigen.

„Ich kann es versuchen“, sagte Alex und ergänzte über ihrem Schriftzug den fehlenden Auszug, wie sie ihn vor einigen Tagen rekonstruiert hatte.

„So ist es richtig“, nickte bestätigend der freundliche Beisitzer und Alex atmete erleichtert auf. Doch Hinrich schien nicht zufrieden.

„Wieso schreiben Sie die Induktion erst falsch an die Tafel? Sie kennen doch die richtige Systematik“, fuhr er sie scharf an. Zornig wandte er sich an seinen Beisitzer: „Lässt einen Teil weg, um dann vorzutäuschen, dass sie den Fehler selbst gefunden und berichtigt hätte.“ Seine Stimme klang aufgebracht.

Erschrocken sah Alex ihn an. Damit hatte sie nicht gerechnet, ja, die Formeln hatte sie falsch in ihren Aufzeichnungen notiert und sicher, das könnte auf ihre eigene Unkonzentriertheit während der Vorlesung zurückzuführen sein. Aber dass ihr mit ihrem Versuch, den Fehler selbst zu finden und richtigzustellen, Betrug unterstellt werden würde, das ging nun doch zu weit. Unsicher blickte sie zur Tafel, als der Beisitzer sie fragte: „Haben Sie die Induktion selbst korrigiert?"

„Ja!", beteuerte sie. „Der Fehler war genauso in meinen Unterlagen. Ich habe versucht, die Systematik zu verstehen und bin dabei auf Ungereimtheiten gestoßen."

Doch Hinrichs Stimme blieb eisig. „Selbst wenn Sie den Fehler eigenständig gefunden haben. Sie hätten die Induktion sofort richtig an die Tafel schreiben sollen", wandte er ein. „Das erwarte ich von meinen Studenten."

Betreten suchte sie nach Worten. Sie wollte erklären, wie sie tagelang an ihren Aufzeichnungen gearbeitet hatte, jede Formel nachvollziehend, wie sie dabei auf den Fehler gestoßen sei, wie sie vergeblich in den Büchern gesucht hatte und ihren Kommilitonen nicht erreichen konnte, um die Aufzeichnungen zu vergleichen, und wie sie letztendlich selbst versucht hatte, das Problem zu lösen. Doch sie brachte kein einziges Wort heraus. Ihr Gesicht schien zu glühen und in ihrem Hals würgte es.

„Das glauben Sie doch selbst nicht", ließ Hinrich keinen Zweifel daran, wie wenig er von ihren Leistungen hielt, und zu seinem Beisitzer gewandt fuhr er fort: „Vergessen Sie es, das war ein sehr unseriöser Versuch, hier Eindruck zu schinden! Die Studenten lassen sich immer absurdere Methoden einfallen, um zu täuschen."

Der Beisitzer nickte mechanisch. „Das können wir jetzt nicht mehr klären", versuchte er zu vermitteln. „Vielleicht sollten wir mit der Prüfung fortfahren."

Um sie auf ihren Verhaltensfehler hinzuweisen, fragte Hinrich sie nun mit kalter Stimme nach der Russellschen Antinomie und ließ in den nächsten zehn Minuten von logischen Fehlervermeidungsstrategien nicht mehr ab, um weiter fortzufahren mit rekursiven Definitionen, Notationen, Wahrheitsbelegungen und der Semantik der Logik. Die Zeit dehnte sich endlos und Alex blieb nichts weiter übrig, als Frage um Frage zu beantworten und zu versuchen, sich vor den Prüfern zu beweisen. Doch Hinrichs Stimme blieb undurchdringlich. Ihr war, als rede sie gegen eine Wand der Ablehnung. Immer stockender gab sie ihre Antworten, bis ihr Hinrich mit einer Handbewegung das Signal gab, dass er keine weiteren Fragen mehr hatte.

Erschöpft trat sie auf den Flur. Auf einem der vier Stühle wartete bereits der nächste Prüfling und blätterte ebenso nervös wie Alex zuvor in seinen Aufzeichnungen. Es dauerte nicht lange und sie wurde zurück ins Büro gerufen. Trotzig stellte sich Alex mitten in den Raum und Hinrich begann mit seiner Einschätzung ihrer Leistung.

„Dr. Stephan hat sich sehr für Sie eingesetzt, was nach Ihrem Betrugsversuch nicht selbstverständlich ist. Dennoch waren Ihre Leistungen akzeptabel. Sie hatten uns gegenüber angedeutet, dass sie die Informatik mit der Zwischenprüfung verlassen möchten?“

Er schien ihre Antwort nicht abwarten zu wollen. „Das kann ich Ihnen nur empfehlen. Studentinnen wie Sie sind in den Geistes- oder Sozialwissenschaften besser aufgehoben. Deshalb mache ich Ihnen folgenden Vorschlag. Wenn Sie die Informatik verlassen, dann vergesse ich Ihre Täuschung und Sie bekommen von mir die Note Zwei. Falls Sie aber in der Informatik bleiben möchten, dann muss ich Sie ernsthaft verwarnen und Sie müssen die Prüfung in einem halben Jahr wiederholen.“

Alex schluckte und sah Dr. Stefan an. Der hatte aufgehört zu nicken und blickte stattdessen betreten zur Seite. In diesem Moment hoffte sie, dass diese Geste darauf hindeute, er sei mit Hinrichs Entscheidung nicht einverstanden. Sie war sich bewusst, ein solches Ende ihres Informatikstudiums widerspiegelte nicht ihre Leistungen. Etwas lehnte sich in ihr auf. Sie wollte etwas sagen, um sich zu verteidigen. Aber Hinrichs kalter Blick hielt sie davon ab. Brachte es wirklich etwas, sich jetzt gegen Hinrichs Entscheidung aufzulehnen? Und wenn sie nichts sagte, war das dann nicht ein Schuldeingeständnis? Stumm sah sie die beiden Prüfer an, die ihr nun beide direkt in die Augen blickten.

„Ich werde mein Informatikstudium beenden", sagte sie dann und sah, wie ein deutliches Lächeln über Hinrichs Gesicht flog, während Dr. Stephan den Kopf neigte, als müsse er sich in die Situation ergeben.

„Aber es tut mir leid, dass Sie sich derart in mir irren", fügte sie mit Nachdruck hinzu. „Das habe ich nicht verdient."

Doch Hinrich notierte die Note und sortierte sofort seine Papiere zusammen, als wäre ihr Fall nach langer Arbeit endlich erledigt.

„Sie können gehen", sagte er dann und drei Minuten später verließ sie entmutigt das Hauptgebäude. Sie hasste das Gefühl, gescheitert zu sein.

19

Der erste Eindruck, den Alexandra vom Institut für Zentralasienwissenschaften hatte, war familiär. Die Räume des Instituts bestanden aus zwei Büros und einem Hörsaal, den auch andere Institute benutzten. Familiär war das Institut jedoch nicht nur aufgrund seiner gemütlichen Räumlichkeiten und geringen Studentenzahl, nur zehn Studenten waren hier immatrikuliert, sondern weil das Institut aus einem Ehepaar bestand. Herr Prof. Dr. Spitz und seine Frau lehrten hier und manchmal ihr Sohn, der zeitweise Lehraufträge übernahm.

Jeden Donnerstag besuchte nun Alex das Studierzimmer von Frau Dr. Spitz. Betrat sie den Raum, dann sah sie den viereckigen Tisch mit hellem Furnier, umstanden von rot gepolsterten Stühlen, an dem sowohl Vorlesungen als auch Seminare stattfanden. Die Wände des

Zimmers waren bedeckt mit hellen Holzregalen, überquellend von bunten Buchrücken farbenprächtiger Märchenbände aus aller Welt. Rechts im Raum, seitlich zum hellen großen Fenster stand ein schlanker ausladender Schreibtisch, von dessen Bürostuhl Frau Dr. Spitz den gesamten Raum überblicken konnte. Das Zimmer war meist sonnendurchflutet und die farbenfrohen Bilder aus Zentralasien leuchteten im Licht. Wer hierher kam, fühlte sich wohl und die einladende Stimmung wurde noch verstärkt, weil auf dem Seminartisch stets die bunte Dose mit Keksen und die Teegläser in geprägten Metallgestellen anzeigten, dass hier jeder Gast willkommen war.

Alex war an diesem Donnerstag nicht die Erste im Raum. Als sie eintrat, dröhnte und sprudelte der Wasserkocher. Eine Studentin brühte in einer weißen Porzellankanne Tee auf. Frau Dr. Spitz saß an ihrem Schreibtisch und konzentrierte sich noch auf ihre Texte, die sie schrieb oder gerade redigierte, während weitere Studenten eintraten und begannen, sich ungezwungen in ihrem Arbeitszimmer zu unterhalten. Es dauerte, bis sich alle Studenten gesetzt hatten. Frau Dr. Spitz stand von ihrem Schreibtisch auf und begab sich zum Seminartisch. Sie zog ihre Karteikarten aus einer verschlissenen Papierhülle, begrüßte die Studenten freundlich und begann über Volksdichtung zu referieren.

Obwohl Frau Dr. Spitz seit den Sechzigerjahren an der Universität Linden tätig war, lehrte sie erst seit kurzer Zeit. Ein Immatrikulationsstopp zu DDR-Zeiten hatte ihr bis zur Wende die Studentenausbildung untersagt. Damals sollten die Zentralasienwissenschaften auf Berlin konzentriert und an anderen Standorten geschlossen werden. Das Spezialgebiet galt als nicht relevant für die Entwicklung der sozialistischen Gesellschaft. Doch der wahre Grund war wohl, dass es für die Absolventen dieses Faches kaum Einsatzmöglichkeiten gab. Sie wurden an Museen eingestellt und in Organisationen integriert, die sich der Völkerverständigung mit den östlichen Bruderländern der DDR verschrieben hatten. Der Bedarf an solchen Spezialisten war jedoch gering, und da in der DDR niemand auf Arbeitssuche bleiben durfte, musste die Zahl der Immatrikulationszulassungen für das exotische Fach strikt begrenzt werden. Dieser Umstand hatte dazu geführt, dass sich Herr und Frau Spitz allein ihrer Forschungstätigkeit widmen konnten.

„Ein paradiesischer Zustand für einen Wissenschaftler", hatte ein westdeutscher Dozent einst bemerkt und damit den wütenden Einspruch von Frau Dr. Spitz herausgefordert, die ihn umgehend auf die Reiseeinschränkungen in der DDR hinwies, die Forschungsreisen – auch in die sozialistischen Bruderländer – zu einem seltenen Ereignis und Forschungstätigkeit zu einem schwierigen Unterfangen machten. Jetzt, nach der Wende, erfüllte sich für Frau Spitz endlich der Traum, auch Nachwuchs ausbilden zu dürfen, aber nur wenige Studenten fanden ihren Weg in das versteckte kleine Institut.

Alex sah die bevorzugten Unterrichtsthemen von Frau Dr. Spitz durchaus kritisch. Neben Volksdichtung waren das Glaubensvorstellungen und Brauchtum zentralasiatischer Nomaden, wie sie selbst ihre Forschungsschwerpunkte in einer altertümlichen Terminologie bezeichnete. Die Studenten hörten ihr gern zu, obwohl sie allzu gut wussten, dass Frau Spitz' Wissenschaftsauffassung vor ihren westdeutschen Kollegen keinen Bestand hatte. In einer Zeit, in der die Studenten der Universität Linden für den internationalen Arbeitsmarkt fit gemacht werden sollten, wie es in der Verhandlung um Ulrichs Stelle geheißen hatte, waren Frau Spitz' wissenschaftliche Ambitionen für Alexandra romantische Träumereien, die sie sich eigentlich nicht leisten konnte. Themen von aktueller oder gar politischer Relevanz, Theorien und Methoden hielt Frau Spitz für entbehrlich, genauso wie die Lektüre englischsprachiger Literatur, deren gute Kenntnis eine Grundvoraussetzung für eine zukünftige erfolgreiche Karriere der Studenten war. In russischsprachiger Literatur dagegen kannte sie sich aus. Keiner ihrer westdeutschen Kollegen konnte sich hier auch nur annähernd mit ihr messen. Und es war unter den Studenten bekannt, dass Frau Spitz unter osteuropäischen und russländischen Wissenschaftlern einen hohen Bekanntheitsgrad genoss. Dort wurde ihre Arbeit beachtet und oft sehr geschätzt, in den alten Bundesländern dagegen wurde sie kaum wahrgenommen.

Auf der anderen Seite, waren es denn nicht gerade ihre antiquierten wissenschaftlichen Begriffe, mit denen sie in der DDR jede politische Vereinnahmung geschickt umschifft hatte? Waren es nicht ihre Forschungsthemen, dieselben, die jetzt belächelt wurden, die ihr dazu verholfen hatten, frei von unehrlicher Propaganda zu bleiben, und hatte nicht gerade ihr Hang zu diesen abgelegenen Fragen des Brauchtums und der Volksdichtung sie während der Evaluierung gerettet? Wenn es so war, und davon war Alex überzeugt, dann sollte doch gerade jetzt ihre Standhaftigkeit auch von westlichen Kollegen geschätzt werden, die ihrerseits nie bewiesen hatten, dass sie in derselben Situation auch dasselbe Rückgrat gehabt hätten. Man konnte doch nicht erwarten, dass Frau Spitz mit über sechzig Jahren jetzt noch die aktuellen westlichen Wissenschaftsstandards aufholte. Alex wusste, ihre Dozentin ärgerte sich maßlos über die Missachtung, die man ihr entgegenbrachte. Und obwohl sie diesen Ärger auch ein wenig eitel fand, schloss sie sich doch ihrer Meinung an, Wissenschaftler aus der DDR sollten differenzierter betrachtet werden, als es bislang getan wurde.

Als Frau Dr. Spitz ihren Vortrag beendet hatte, steckte ihr Mann den Kopf zur Tür herein.

„Ach, Gerhardt, komm mal rein“, rief sie ihm zu und wendete sich dann an die Studenten.

„Wir wollen Sie alle herzlich in unser Haus einladen, um die Semesterplanung zu besprechen.“

Alexandra besuchte auch bei Herrn Spitz Vorlesungen. Sein Büro lag direkt neben dem seiner Frau, doch unterschied es sich von ihrem grundlegend. Herr Spitz saß an einem kleinen Schreibtisch, auf dem stets nur seine aktuelle Arbeit lag. Dieser Schreibtisch stand versteckt am Ende seines Büros, deren dunkle Regale dem Eintretenden das Gefühl vermittelten, das Zimmer schwebe in einem dauerhaften Dämmerzustand. Den größten Teil des Raumes nahm ein großer Seminartisch ein, der aus mehreren, wiederum dunklen Tischen zusammengestellt war. Ringsum gab es Platz für circa fünfzehn Studenten. Die Tür musste immer geschlossen bleiben, denn Herr Spitz rauchte in Gesellschaft der Studenten. Betrat man sein Büro, wurde man von einer dichten Wolke aus schwer zu durchblickendem Nebel empfangen, in der man erst nach einiger Zeit eine Anzahl von Studenten mit Zigaretten in der Hand erkennen konnte. Dort dozierte er am liebsten über klassische zentralasiatische Texte und die frühe Geschichte der Region, die er in lustige Erzählungen zu packen verstand, weshalb seine Vorlesungen bei den Studenten beliebt waren.

20

Sie hatten gern Gäste im Haus. Und es war für Eva Spitz eine besondere Freude nicht nur Kollegen, sondern auch ihre Studenten zu empfangen. Es ging ja nicht nur darum, mit den Studenten in fröhlicher Runde zusammenzusitzen. Für sie gehörte es zu ihrem pädagogischen Auftrag, die orientalische Gastfreundschaft, die sie selbst auf all ihren Reisen genossen hatte, an die Studenten weiterzugeben. Sie waren die Jugend und sollten das menschliche Miteinander, das sie in den letzten Jahren zunehmend in ihrem akademischen Umfeld vermisste, in die Zukunft weitertragen. Und ihre Studenten nahmen die kleine Lehrstunde der Gastfreundschaft an. Ungezwungen, aber höflich betraten sie das Haus, halfen bei den Vorbereitungen des Essens und hockten sich fröhlich um ihre Lehrer, um mit ihnen zu plaudern. Es gab für Eva Spitz keinen freudigeren Umstand seit der Wende, als dass sie nun endlich ihr Wissen an Schüler weitergeben konnte. Und die Studenten schienen es zu genießen.

Nur eines beobachtete sie in diesem Moment mit Unbehagen. Die Reihen der Studenten im Wohnzimmer lichteten sich schon wieder. Die jungen Leute strömten nach und nach zu der Gruppe um ihren Mann ins Arbeitszimmer, dem einzigen Raum, in dem geraucht werden durfte und aus dem lautes Gelächter scholl. Ein leichter Dunst von Zigarettenrauch zog bis zu ihnen herüber.

Eva Spitz musste nicht aufstehen und die Tür öffnen, um das Innere des Arbeitszimmers vor sich zu sehen. Die Studenten umlagerten mit qualmenden Zigaretten ihren Mann und ließen sich mit seinen Geschichten bespaßen, die er stets so prägnant zum Besten gab. Je später der Abend wurde, umso mehr drängten sie sich, ob Raucher oder Nichtraucher, in diesem Zimmer. Sie saßen auf den wenigen Stühlen, den Schreibtischen, den Bücherstapeln auf dem Boden, standen eingezwängt im Raum zwischen Regalen und Arbeitstischen und hörten unter schallendem Gelächter seinen ironischen Pointen zu, bis sie sich nach einigen Zigaretten anschickten, wieder ins Wohnzimmer zurückzukehren.

Während die Gruppe aus dem Arbeitszimmer sich Stühle rückend und schweren Rauchgeruch ausströmend wieder im Raum verteilte, unterbrachen Eva Spitz und die drei eisern im Wohnzimmer ausharrenden Studentinnen ihre Diskussion über die Nachwendezeit an der Universität. Gut, dass ihr Mann jetzt kam. Da konnte sie ihn auch direkt fragen. Denn ihr war einiges aus dieser Zeit entfallen. Zu viel war damals auf sie eingestürzt, jeden Tag hatte es neue Veränderungen gegeben, und das Personalkarussell hatte sich in einem Tempo gedreht, dass ihr schwindlig geworden war. Dazu war die Angst gekommen, die eigene Stelle zu verlieren. Sie war froh, als es vorbei war, und sehr erleichtert, dass sich für sie doch noch alles zum Guten gewendet hatte. Und sie wusste, es war eine gehörige Portion Glück und Zufall dabei gewesen. Von der Annahme, es nur aufgrund überzeugender

Fähigkeiten geschafft zu haben oder weil sie sich beide zu DDR-Zeiten nicht hatten indoktrinieren lassen, hielten sowohl ihr Mann als auch sie nichts. Zufällig hatten sie beide in einer wissenschaftlichen Nische gearbeitet, die für die Ideologie der SED-Diktatur nicht relevant gewesen war. Sie selbst an der traditionellen Kultur und Volksdichtung der Tuwiner im Altai und ihr Mann an der Klassischen Tibetologie. Politisch konnte man ihnen nichts vorwerfen, und dennoch hatten sie beobachtet, dass auch Kollegen gehen mussten, die ähnlich wie sie keine politische Rolle gespielt hatten. Doch ihren Mann hatte man an der Fakultät gebraucht, und das hatte sie beide gerettet.

Als er endlich eintrat, sprach sie ihn sofort an: „Warum hatte man gerade dir die Umstrukturierung der Fakultät anvertraut, Gerhardt?"

„Ich war der Einzige, der übrig geblieben war", antwortete der auf seine lakonische Art und brachte damit einige Studenten zum Lachen.

Seine Frau, die seinen Humor ein Leben lang kannte, winkte lächelnd ab: „Mal ernst, Prof. Hanisch und Prof. Lengs waren doch auch noch da."

„Ja, aber die waren mit ihren Instituten beschäftigt. Ich war nicht Institutsleiter."

„Die Institutsleitung hast du doch dann auch noch kommissarisch übernommen, als Prof. Lepold emeritiert wurde. Na jedenfalls", Eva Spitz wendete sich wieder den Studenten zu, „der Umbau der Fakultät war eine völlig chaotische Situation. Niemand wusste, ob er bleiben durfte. Alle saßen auf gepackten Koffern. Jeden Tag ging ein anderer Kollege in die Arbeitslosigkeit und keiner von denen, die entlassen wurden, wusste, wie es mit ihm beruflich weitergehen sollte. Wie soll man auch mit über vierzig noch in einen anderen Beruf wechseln, wenn man sein Leben lang nur an einer Universität in der DDR gelehrt hatte?"

Die Studenten waren ruhig geworden und hörten ihr aufmerksam zu. Es war doch verblüffend, noch nicht einmal fünf Jahre war die Evaluierung her, doch vor ihr saß eine Studentengeneration, die schon nichts mehr davon wusste. Alles, was vor wenigen Jahren geschehen war, lag unter einem dicken Mantel des Schweigens. Die neuen Professoren aus dem Westen schwiegen eisern über das, was vor ihnen gewesen war. Die Zeit der Evaluierung wurde von niemandem thematisiert, geschweige denn aufgearbeitet, weder von den wenigen, die an der Universität geblieben waren, noch von den neuen Mitarbeitern. Im Gegenteil, wer dieses Thema im Kollegium ansprach, wurde scheel angeblickt, als sei er ein unverbesserlich Gestriger.

Doch die Studenten um sie herum interessierten sich brennend für diese Phase der Geschichte, über die sie sonst nichts erfuhren. Es war ein Gefühl der völligen Ohnmacht, das sich für Eva Spitz mit diesem Thema verband, ein Gefühl, das sie bereits aus der DDR kannte und das sich in dieser Phase ihres Berufslebens fortgesetzt hatte.

Eine Studentin riss sie mit einer Frage aus ihren Gedanken und Eva Spitz schreckte auf. Sie musste sich die Frage wiederholen lassen.

„Wurden denn nicht nur Stasileute entlassen?“, fragte die Studentin ein zweites Mal in die Stille hinein.

Mit einer heftigen Geste schüttelte sie den Kopf: „Nein, die Evaluierung war auch eine Prüfung der wissenschaftlichen Leistung der Mitarbeiter. Und viele sind dabei nicht gut weggekommen. Ich vermute sogar, dass diese Prüfungen missbraucht wurden, um Stellen zu bekommen, freie Stellen für neue Kollegen aus den alten Bundesländern. Es war also völlig unsicher, ob man bleiben durfte oder nicht.“

Und als niemand etwas darauf erwiderte, ergänzte sie: „Wie kann man auch wissenschaftliche Leistungen objektiv bewerten, an der Anzahl der Veröffentlichungen oder an deren Überschriften? Theoretisch hätte man alle Veröffentlichungen lesen müssen, aber das hat natürlich niemand getan. Mehr als die Titel zu berücksichtigen, wäre bei der Menge an Mitarbeitern und der Kürze der Zeit auch gar nicht möglich gewesen, und wer in seinen Titeln Begriffe der sozialistischen Ideologie verwendet hatte, der hatte schon verloren. Der Grund für dessen Entlassung war dann Systemnähe, auch wenn er mit der Staatssicherheit überhaupt nichts zu tun hatte."

Im Raum war es nun so still, dass man die Teegläser klirren hörte. Eva Spitz sah in die gespannten Gesichter ihrer Studenten. Sie wollte ihnen etwas vermitteln, aber konnte sie das? Konnte sie nicht nur ihre eigene Sicht auf die Dinge erzählen, und mussten sich die Studenten nicht letztendlich ihr eigenes Urteil bilden? Einige Veränderungen in ihrem akademischen Umfeld machten sie zunehmend zornig, und sie wollte sie der allgemeinen, politisch korrekten Sicht entgegenhalten. Was die Studenten dann daraus machten, das würde sie kaum beeinflussen können.

Doch es war das Gebot der Stunde zu reden und nicht zu verschweigen, was schief lief an ihrer Fakultät. „Überhaupt", erklärte sie deshalb weiter, „es hat sich ja bis heute, fünf Jahre nach der Wiedervereinigung, nichts im Umgang mit uns geändert. Keiner unserer neuen Kollegen kennt unsere wissenschaftliche Arbeit, aber es reicht trotzdem, unsere Leistungen zu belächeln. Dafür sind wir nicht auf die Montagsdemonstrationen gegangen, um jetzt als Wissenschaftler zweiter Klasse dazustehen. Es ist doch das Mindeste, dass unsere Kollegen aus den alten Bundesländern respektieren, unter welchen Bedingungen wir die letzten Jahrzehnte gearbeitet haben. Eine differenzierte Betrachtung ist wohl angemessener, als Generalverdächtigungen und Schubladen, wie ‚Stasi', ‚Parteimitgliedschaft', ‚Systemnähe' und was noch für Begriffe heute im Umlauf sind. Wir hatten so viele Probleme vor der Wende, wir kamen nicht an Literatur, konnten nicht reisen und das muss genauso berücksichtigt werden wie der Zwang, in seinen Publikationen auf bestimmte Themen einzugehen oder ab und an einen bestimmten Begriff zu verwenden."

„Die Geschichte der Evaluierungen sollte wissenschaftlich analysiert und aufgearbeitet werden", sagte darauf die Studentin und die anderen nickten.

Doch Eva Spitz konnte nur noch abwinken: „Es wird sicher irgendwann eine Aufarbeitung geben, aber dann ist es zu spät für uns und für viele unserer Kollegen ist es jetzt schon zu spät.“ Dann stand sie mit der Bemerkung auf, dass sie die Würstchen aus der Küche holen wolle, die sie dort in einem Topf gerade für die Studenten erwärmt hatte.

21

Als Alexandra das Religionswissenschaftliche Institut betrat, empfing sie wie stets die kleine Raucherecke rechts neben der Tür. An einem rechteckigen Tisch unterhielten sich drei Studentinnen zwischen lässig hingeworfenen Jacken, Rucksäcken und Papieren. Neben ihnen stand ein großer verchromter und kugelförmiger Aschenbecher auf einem Bodenständer mit einem halbrunden aufklappbaren Deckel. Er war ein Relikt der DDR, diente zur Belebung des Flurs und war Zentrum studentischer Diskurse über das Leben im Allgemeinen und das Studium im Besonderen. So tat der Überrest sozialistischer Formgestaltung sein Übriges, die triste graue Leere des Interims mit Gesprächen und Rauch zu füllen, nachdem der „Weisheitszahn“ seiner ursprünglichen Beherbergung dieses Instituts entbunden worden war.

Schallendes Gelächter aus dem Sekretariat kündigte Alex die Anwesenheit von Professor Pensold an, der wie gewohnt mit der freundlichen Sekretärin scherzte. Alex klopfte und trat ein. Tatsächlich stand er vor ihrem Schreibtisch. „Dann sollte ich Ihnen keinen Widerstand leisten. Die Sache regeln Sie schon“, hörte Alex ihn sagen und sie erwiderte: „Ich tue mein Bestes.“ Beide ließen sich in ihrer Unterhaltung nicht stören, bis Alex mit einem Räuspern auf sich aufmerksam machte.

„Ah, Frau Sanger“, drehte er sich zu ihr um, „haben Sie schon eine geraucht? Wir haben hier noch etwas zu besprechen.“ Pensold war ein typischer Pykniker und Gelehrter der alten Schule. Sein runder Kopf mit den lustig blitzenden, schwarzen Augen thronte auf einem gedrungenen Körper. Der dunkle, kurz geschnittene Kranz aus dünnem Haar umgab eine glänzende kahle Fläche, die den Großteil seines Schädels einnahm. Der kleine Körper und die lachenden Augen schienen nie stillzustehen. Tänzelnd und immerzu guter Stimmung bewegte er sich durch die Räume des Instituts. An einem Schreibtisch still sitzend und ernsthaft studierend, konnte Alex sich ihn kaum vorstellen. Auch in seinen Seminaren sprang er immerzu von seinem Stuhl auf, um ein wenig vor der Tafel hin- und herzulaufen und sich dann für wenige Minuten wieder auf seinen Stuhl zu werfen. Dabei referierte er in kunstvoller und pointierter Rhetorik und flocht in regelmäßigen Abständen Scherze in seine Vorträge ein. Kein Wunder, dass seine Lehrveranstaltungen so beliebt waren. Die wenigen Studenten des Faches drängten sich in seine Vorträge. Sie wollten an seiner natürlichen Manie teilhaben.

Die hatte er auch gebraucht, die ganzen Jahre der DDR hindurch, als man an diesem Institut noch Wissenschaftlichen Atheismus studieren konnte, ein Name, der nach Alexandras Meinung die Hilflosigkeit der DDR-Diktatur gegenüber Phänomenen wie Religion auf den Punkt brachte. Sie hatte darüber in einem Vortrag gehört und erinnerte sich deutlich an das Referat des Jenaer Professors über die Geschichte des Faches in der DDR. Was war die Aufgabe der Atheismus-Forscher? Nicht der Partei sollte mit einer wissenschaftlichen Klärung dessen geholfen werden, was Religion eigentlich sei. Sondern die Bevölkerung musste auf den Pfad des Atheismus gebracht werden. Deshalb hatten die Fachvertreter zu jener Zeit die staatstragende Aufgabe, darüber zu forschen, warum Religionen fortschrittsfeindlich waren und das Bekenntnis zum Atheismus zu einem gesunden sozialistischen Menschenverstand gehörte. Doch die ihnen gestellte Aufgabe führte die Wissenschaftler immer wieder zurück zu den Grundfragen der Religionswissenschaften. Unter dem Deckmantel der Atheismus-Forschung untersuchten sie weiterhin Religionen mit viel Humor und noch mehr rhetorischer Vorsicht. Religionsgeschichte war ihr Feld, Religionen weltweit in ihren Ausdruckformen zu begreifen. Es hatte sich also am Kern des Faches nicht viel verändert, wenn man den alles überdeckenden Schleier der sozialistischen Rhetorik außer Acht ließ.

Pensold und seine Kollegen hatten Wege gefunden, diese staatstragende Funktion der wissenschaftlichen Atheismus-Forschung zu umschiffen. Sie hatten auf die großen Fragen der Religionsforschung verzichtet und mit ihren Studien den eurasischen Raum verlassen. Anstatt zu fragen, was Religion ist und welche Funktion sie in menschlichen Gesellschaften hat, suchten sie in den Details, studierten einzelne religiöse Ausdrucksformen in weit entfernten Weltregionen und blieben auf diese Weise Religionswissenschaftler, die von den Vorgaben der Partei nicht gebeugt werden konnten. Soweit hatte es Alex begriffen. Doch hatten die ostdeutschen Wissenschaftler, die an der Universität bleiben durften, nicht bis heute die Folgen zu tragen? Für die Nachwendezeit bedeutete die selbst gewählte Marginalität nämlich, dass der wissenschaftliche Wert ihrer Arbeit als unzureichend betrachtet wurde. Überging der Ruf nach internationalen Standards nicht die Tatsache, dass sich nicht systemkonforme Akademiker in der DDR in erster Linie mit Detailfragen auseinandergesetzt hatten, um die Ideologie aus ihrer Forschung herauszuhalten?

Einige Minuten nachdem man sie hinausgeschickt hatte, betrat Alex erneut das Sekretariat. Pensold stand mit dem Rücken zu ihr am Kopierer und ergänzte Seminarunterlagen.

Sie entschuldigte die Störung und bat um einige Seminarscheine: „Ich möchte meine Prüfungen anmelden“, erklärte sie.

„Seminarscheine abholen?“, fragte die Sekretärin belustigt. „Ich kann Ihnen die Vordrucke geben, die füllen Sie aus und lassen Sie von jeder Lehrkraft unterzeichnen."

Sie stand auf, zog einen Ordner aus dem Regal, schlug ihn auf und zog einen Stapel Seminarscheine hervor.

„Ist denn Professor Sass da, um zwei Scheine zu unterschreiben?", fragte Alex verdutzt.

„Professor Sass? Nein, der ist für einen Monat in China. Da müssen Sie sich gedulden."

„Aber ich brauche die Scheine sofort. Ich will Ende der Semesterferien meine Zwischenprüfung ablegen."

„Ihr Wunsch", so warf Pensold ein, „ist wohl räumlich nicht überbrückbar!"

Die Sekretärin lächelte freundlich.

„Ich jedenfalls bin da, um zu unterschreiben. Haben Sie denn auch bei mir ein Seminar besucht?"

„Eines, wenn Sie sich erinnern", bestätigte Alex. Die überschaubare Anzahl an Studenten sorgte dafür, dass sich Lehrkräfte und Studenten noch persönlich in den Seminaren kennenlernten.

„Geben Sie her", er zog einen leeren Vordruck aus dem Stapel, den die Sekretärin auf den Tisch gelegt hatte, und unterschrieb ihn.

„Aber denken Sie sich kein neues Seminar aus, wenn Sie den Schein ausfüllen. So gut ist mein Gedächtnis noch, dass ich weiß, zu welchen Themen ich unterrichtet habe."

Und die Sekretärin fügte hinzu: „Keine Sorge, Herr Professor Sass wird schon noch unterschreiben. Sie können bei ihm sowieso keine Prüfung ablegen, bevor er wieder da ist. Füllen Sie die Scheine aus, dann können Sie sie bei mir hinterlegen."

Als Alex wieder im Flur stand, war sie versucht, sich zu den drei Studentinnen zu setzen. Doch kurz entschlossen wendete sie sich wieder ab. Sie war ans Institut gekommen, um noch ein Referat auszudrucken, da ihr eigener Drucker kaputt war. Deshalb klopfte sie an Dr. Meinerts Zimmer.

Meinert war bei den Studenten beliebt, er hatte immer ein offenes Ohr für sie. Als Alex das Büro 203 betrat, sah sie in einen lang gestreckten Raum, dessen vier Doppelfenster helles Licht in das Zimmer ließen. Das Büro bot Arbeitsplätze für drei Angestellte des Instituts, einen Assistenten, einen Gastwissenschaftler und Meinert, den wissenschaftlichen Mitarbeiter des Instituts. Sie saßen an drei, mit Büchern und Ausdrucken überladenen Schreibtischen, die von der Fensterseite in den Raum gestellt worden waren, Meinert saß direkt gegenüber der Tür. Vor ihm standen zwei große Bildschirme und die Bücher stapelten sich auf seinem Tisch, neben Papieren und einer halb vollen Kaffeetasse. Er war bereits in den Fünfzigern, ein schlaksiger langer Typ mit langen, meist wirren Haaren, die bereits grau wurden, Bluejeans und einem legeren Hemd.

Dr. Meinert gehörte zu den ostdeutschen Mitarbeitern des Instituts. Man erzählte über ihn, er hätte in Ostberlin studiert und Ende der Sechzigerjahre eine Assistenz in Linden bekommen, um seine Doktorarbeit zu schreiben. Mit seinen langen Haaren sah man ihm heute noch seine jugendlichen Vorlieben für Rockmusik und Blues an. Und damit hatte er in der DDR ernsthaftes Misstrauen erregt. Zu offensichtlich stand er im Widerspruch zu einer sozialistischen Persönlichkeit. Doch er war bereits in seiner Jugend ein begnadeter Nachwuchswissenschaftler gewesen und hatte sich mit seinem umfassenden Wissen früh die Anerkennung seiner Lehrer erworben, die ihn immer wieder vor einem Ausschluss aus der Universität retteten. Doch irgendwann mussten auch sie aufgeben. Als Meinert in seiner Doktorarbeit westdeutsche Revisionisten-Literatur zitierte, um an der Staatsdoktrin vorbei Fragen der theoretischen Religionswissenschaft zu klären, hätte er eigentlich gewarnt sein sollen. Solche Ambitionen waren heiße Eisen, an denen man sich sicher verbrannte. Doch Meinert ließ sich die Lektüre westdeutscher Fachliteratur nicht verbieten und die Einsichten, die er aus seiner Lektüre zog, meinte er seinen Kollegen nicht vorenthalten zu dürfen. Er verarbeitete sie trotzig in seiner Doktorarbeit, als wollte er damit bewirken, dass sein erstes Buch auch sicher sein letztes sein würde, und das blieb nicht ungestraft. Die Promotion wurde abgebrochen und Meinert zur Bewährung in die Produktion geschickt. Zwei Jahre lang machte er eine Ausbildung zum Bäcker und las weiter in den Nächten. Als die Bewährung abgelaufen war, wurde ihm die Rückkehr an die Universität verwehrt und er musste im Bäckerhandwerk bleiben. Erst Anfang der Neunziger hatte ihn dann Pensold ans Institut zurückgeholt, wo er seine Promotion abschloss und eine unbefristete Stelle als wissenschaftlicher Mitarbeiter erhielt.

Als Alexandra eintrat, blickte Meinert von seinem Bildschirm auf: „Oh, Frau Sanger“, erwiderte er ihren Gruß. „Was führt Sie zu uns?“

„Ich müsste ein Referat ausdrucken“, bat sie, seinen Computer benutzen zu dürfen.

„Ja, klar“, er sprang von seinem Schreibtisch auf und lachte sie an: „Bedienen Sie sich nur.“ Er wies auf seine beiden überdimensionalen Bildschirme: „Moment, etwas muss ich noch regeln.“ Nach ein paar Mausklicks ließ er Alexandra an seinem Computer allein und ging selbst ans andere Ende des Zimmers zu dem Assistenten, der ihr kurz zunickte.

Alex setzte sich und steckte ihre Diskette in den Computer unter dem Tisch. Dann fasste sie nach der Maus, um das Referat anzuklicken. Doch als sie die Maus auf den zweiten Bildschirm schieben wollte, veränderte sie plötzlich ihre Laufrichtung.

„Die Maus einfach rüberziehen“, kommentierte Meinert und flüsterte dem Assistenten etwas zu. Beide grienten amüsiert.

Alex versuchte es noch einmal, die Maus bewegte sich entgegengesetzt. Sie zog sie links aus dem linken Bildschirm heraus und sie kam rechts im rechten Bildschirm wieder zum Vorschein. Dann bewegte sie sie in die andere Richtung und dasselbe geschah wiederum seitenverkehrt.

„Herr Meinert“, sagte sie, „Sie haben die Maus verstellt.“

Doch Meinert widersprach: „So etwas würde ich nie tun.“

Der Assistent grinste weiter und Alex beschwerte sich nun lauthals: „Die Maus bewegt sich in entgegengesetzter Richtung.“

Meinert ließ sie zappeln und Alex lehnte sich zurück. Dann begann sie provokant und betont langsam durch einige Papiere zu blättern, die offen auf dem Schreibtisch lagen. Endlich gab Meinert nach: „Na gut, ehe wir hier Stunden warten, drucke ich für Sie aus.“

Er stand auf und schickte nach wenigen Klicks das geöffnete Referat zum Drucker, ohne auf erkenntliche Weise etwas an der Einstellung der Maus verändert zu haben.

„Sie sollten mit dem Computer noch etwas üben“, sagte er zur Belustigung des Assistenten und Alex flüchtete mit ihrem Ausdruck aus dem Raum. Typisch Meinert, dachte sie.

22

Montags und donnerstags arbeitete Alex in der Bibliothek, zurzeit an der Katalogisierung der Zeitschriften. Sie tat dies auf Kredit, denn ihre studentische Hilfskraftstelle war ausgelaufen, doch es galt als gesichert, dass die Stellen weiterhin finanziert werden würden. Die dunklen Regale, die nicht nur die Wände verdeckten, sondern auch quer in den Raum gestellt waren, quollen über. Um Platz zu schaffen, baute sie die Regale um. Der Hausmeister schnitt die Bretter nach ihren Vorgaben und sie hebelte die Halteleisten aus den Wänden und ordnete sie neu an. Alex genoss ihre stille Beschäftigung, doch an diesem Montag trat Liebert in den Zeitschriftenraum. „Was tun Sie hier?“

„Ich ordne die Zeitschriften.“ Sie wies nicht ohne Stolz auf die sauber geordneten Buchreihen mit Lücken für Neuanschaffungen: „Der Platz reicht für die nächsten fünf Jahre.“

Doch das von ihr erwartete anerkennende Nicken, das typisch für Liebert war, blieb aus. Sein Blick verdüsterte sich: „Packen Sie sofort Ihre Sachen, Ihre Stelle ist abgelaufen."

Erschrocken ließ Alex den Schraubenzieher sinken. Sie zeigte auf das zur Hälfte ausgeräumte Regal und das Brett, das sie eben eingesetzt hatte. „Ich bin noch nicht fertig, die Zeitschriften sind nur zur Hälfte sortiert."

„Das macht nichts. Ihre Aufgabe ist beendet", wiederholte er mit Nachdruck.

„Aber – wenn ich jetzt gehe, findet sich hier niemand mehr zurecht." Bestürzt sah sie ihn an. Undurchdringlich schien Lieberts Gesicht.

„Ich dachte, – ich hatte geglaubt, unsere Stellen würden weiterbewilligt. Und selbst, wenn nicht", beeilte sie sich zu versichern, „ich bin gern bereit, diese Arbeit zu beenden."

„Nein, das müssen Sie nicht", fiel ihr Liebert ins Wort. „Andere werden die Zeitschriften sortieren."

Hilflos betrachtete Alex den Raum, der ihr plötzlich fremd erschien. Die Zeitschriftenreihen, an denen sie eben noch gearbeitet hatte, wirkten akkurat und sauber. Ihr Blick streifte den Stapel zu ihren Füßen, das halb geleerte und die umstehenden Regale, denen das Chaos der letzten Jahre noch anzusehen war. Als sie Liebert wieder in die Augen sah, war sein Blick etwas milder geworden.

„Sie hatten Ihre Stelle zwei Jahre. Wir bedanken uns dafür, doch jetzt sollen andere Studenten eine Chance bekommen. – Lassen Sie alles stehen und liegen, wie es ist. Ich räume später selber auf." Ohne sich noch einmal umzusehen, stampfte Liebert aus dem Zimmer. Alex nahm ihre Tasche und ihre Jacke in die Hand. Nun stand sie ohne Job da. Wut und Enttäuschung stiegen in ihr auf. Zwei Jahre hatte sie in der Bibliothek geschuftet. Sie hatte Hunderte Bücher katalogisiert und unentwegt Studenten beraten und bedient. Nun erwartete sie, dass Liebert ihr Engagement auch würdigen würde.

‚Andere sollen jetzt eine Chance bekommen', hatte er gesagt, das war ja einzusehen, aber sie verlor ihr Einkommen, das sie dringend für die Finanzierung ihres Studiums brauchte. Auf der anderen Seite, warum hatte sie es nicht geschafft, Liebert von sich zu überzeugen? Dass der Konkurrenzdruck unter den Studenten immer größer wurde, das bemerkte sie seit einiger Zeit und es wunderte sie nicht, dass andere Studenten mit mehr Geschick die Aufmerksamkeit der Institutsmitarbeiter auf sich zogen. Sie dagegen hatte ihre Leistungen nicht präsentiert, nicht ausreichend jedenfalls. Ansonsten müsste doch Liebert honorieren, was sie für die Bibliothek getan hatte. Sie hatte nicht einfach nur Aufgaben erledigt. In wochenlanger Arbeit hatte sie den Schlagwortkatalog entwickelt und eingeführt, der nun von den meisten Bibliotheksbesuchern dankbar genutzt wurde. Doch wie viele ihrer ostdeutschen Kommilitonen waren sie selbst unsichtbar geblieben. Sie hatte gearbeitet, anstatt zu kommunizieren und sich auf ihr Privileg dieser Stelle verlassen, das war ihr Fehler gewesen. Mit welchem Selbstbewusstsein dagegen tauschten sich ihre westdeutschen Kommilitonen mit den Lehrkräften aus und präsentierten dabei ganz nebenbei ihre Kenntnisse! Sie debattierten mit ihnen ihre letzte Fachlektüre, ein nicht zu übersehendes Self-Management, das sie und viele ihrer Kommilitonen aus der DDR nicht beherrschten.

Alex blickte sich noch einmal um. Entschlossen legte sie ihre Sachen wieder ab. Sie nahm das Brett aus dem Regal, das sie zuletzt eingezogen hatte und das sie, bevor Liebert ins Zimmer gestürmt war, mit Büchern bestücken wollte. Dann hebelte sie die zwei Leisten heraus, die das Brett halten sollten, legte die Leisten auf einen weit entfernten Tisch und lehnte das Brett an das Regal. Die Bücher ließ sie daneben stehen, wie sie sie vorher sortiert hatte. Nun fühlte sie sich besser und verließ das Zimmer.

∞

Zwei Monate später wurde sie zu Direktor Lange gerufen. Nervös, wie immer, wenn eine Lehrkraft mit ihr sprechen wollte, klopfte sie an das Direktorenzimmer, ein Büro im zentralen Flur des Instituts mit separater Tür zum Sekretariat.

„Herein", rief Lange und Alex öffnete die Tür. Trotz der Höhe und Weitläufigkeit des Zimmers wirkte der Raum dunkel. Durch die zweiflügligen Fenster, die von dunkelgrünen Vorhängen umrahmt waren, drang kaum Licht. Die Wände des Büros waren gesäumt von dunkelbraunen Regalen, dicht gefüllt mit historischen Bänden und aktuellen Ausgaben ethnologischer Literatur in der üblichen schlichten Eleganz. Ein großes Ölgemälde dominierte eine Wand. Es zeigte einen Prärieindianer im vollen Federornat. Soweit Alexandra wusste, stammte es aus dem Besitz eines der früheren Direktoren des Instituts, der es auf seinen Forschungsreisen in Nordamerika anfertigen lassen hatte. An der Wand neben der Tür hingen große dunkle Holzmasken und eine geflochtene Maniokpresse, deren unteres Ende sich bereits aufzulösen begann. Vor der Fensterseite, gegenüber der Tür, stand mitten im Raum ein klobiger dunkelbrauner Schreibtisch. Dahinter saß der Professor und blickte Alex kurz entgegen. Sein Rücken verdeckte einen Großteil des Lichts, das durch die Fenster in den Raum drang. Doch einige Sonnenstrahlen schafften es bis in die Mitte des Zimmers. Sie zeichneten zwei breite helle Streifen durch die Luft, in denen sich feine Staubfäden flüchtig auf und ab bewegten.

Alex trat ein, ging um den Lichtfleck auf dem Boden herum und wartete, bis Lange wieder von seiner Lektüre aufsah.

„Frau Seesemann sollte noch kommen", sagte er kurz. „Setzen Sie sich schon mal", und er wies auf einen kleinen runden Tisch, der über und über mit Büchern, Broschüren und Ausdrucken bedeckt war. Er war umgeben von einem durchgesessenen samtgrünen Sofa an der Wand und zwei kleineren grünen Sesseln mit bequem gepolsterten, hölzernen Armlehnen. Alexandra wählte einen der Sessel und setzte sich.

Es klopfte erneut und ohne dass Lange etwas sagte, trat Ines Seeseman, Alex' Nachfolgerin in der Bibliothek, ein.

„Herr Professor Lange, entschuldigen Sie bitte", begann sie sofort zu sprechen. „Ich musste in der Bibliothek noch zwei Studentinnen bedienen", und setzte sich wie selbstverständlich mit dem Rücken zur Wand. Sie würdigte Alex keines Blickes. Lässig und selbstbewusst saß sie auf dem Sofa, wie ein Mensch, dem nichts etwas anhaben konnte. Alex wusste, Ines' Stärke war die Kommunikation. Seit sie am Institut war, stand sie im permanenten Austausch mit den Lehrkräften, bot ihnen eilfertig ihre Dienste an und war immer dort, wo etwas passierte. Damit konnte sie nicht mithalten. Ines' ununterbrochene Gesprächsbereitschaft fehlte ihr. Ihre anerzogene Zurückhaltung hatte ihr ein Bein gestellt und sie war darüber gestolpert. Ines dagegen stand im Zentrum des Geschehens und ließ sich offensichtlich die Butter nicht vom Brot nehmen.

Professor Lange trat an den Tisch: „Um es kurz zu machen, Frau Seesemann wirft Ihnen vor, Sie hätten die Zeitschriften durcheinander gebracht", sagte er und setzte sich auf den zweiten Stuhl.

„Ich möchte Ihnen die Gelegenheit geben, etwas dazu zu sagen."

Erschrocken blickte Alex von Lange zu Ines. Der Raum erschien ihr plötzlich bedrohlich still.

„Ich habe begonnen, die Zeitschriften zu sortieren und neue Böden in die Regale einzuziehen, damit wir Platz für die nächsten Bände haben."

„Begonnen?", fragte Lange.

„Ich bin mitten in der Arbeit unterbrochen worden. Die Hälfte der Zeitschriften ist neu sortiert und die andere Hälfte steht noch in den Regalen, in die ich noch keine neuen Böden eingebaut hatte."

„Aber ich finde die Zeitschriften nicht mehr im Katalog. Die Eintragungen der Standorte stimmen nicht mehr", widersprach ihr Ines.

„Es gibt jetzt zwei Kataloge", antwortete Alexandra. „Einen für die bereits neu geordneten Zeitschriften und einen für diejenigen, die ich noch nicht geordnet hatte.“

„Aber jetzt muss ich alles neu ordnen. Da sieht ja kein Mensch mehr durch!“

Alex war empört über die Art und Weise, wie Ines hier offensichtlich ihr Ansehen vor Lange beschädigte. Reichte es nicht, dass sie an Ines ihre Stelle verloren hatte? „Die neuen Standorte sind alle in dem zweiten Katalog verzeichnet. Du musst dich nur gewissenhaft einarbeiten“, konterte sie und Ines verzog irritiert ihr Gesicht.

„Wieso haben Sie denn mitten in der Arbeit aufgehört?“, fragte Lange.

„Dr. Liebert hat mich aufgefordert, meine Arbeit abzubrechen.“ Kurz überlegte sie, ob sie Lange von ihrem Rauschmiss berichten konnte, ohne dabei die tiefe Demütigung zu verraten, die noch immer in ihr bohrte. Sie wollte nicht als Opfer dastehen, sondern als eine Studentin, die ihr Studium und ihre Nebenjobs im Griff hatte. Sie wollte auch nicht den Anschein erwecken, dass Liebert sie rausgeworfen hätte, weil er mit ihren Leistungen unzufrieden war. Doch ihr fiel keine positive Formulierung ein und Lange sah sie immer noch erwartungsvoll an. Deshalb sagte sie einfach: „Ich habe meine Stelle nicht verlängert bekommen.“

Lange nickte, als wüsste er, was dieser Umstand für Alex bedeutete.

Und sie selbst sah Ines’ zufrieden lächelndes Gesicht, während ihr vor Wut und Scham die Röte in die Wangen stieg. Sie konnte sich über die Art und Weise, wie sie aus der Bibliothek geworfen wurde, nicht beschweren. Doch sich von Ines schlechte Arbeit vorwerfen zu lassen, das konnte sie erst recht nicht.

„Der Zeitschriftenraum muss unbedingt fertiggestellt werden“, beeilte sie sich zu versichern. „Wenn Sie es mir erlauben, dann würde ich meine Arbeit gern zu Ende bringen. Ich weiß am besten, was noch zu tun ist.“

Ines richtete sich unwillig auf dem Sofa auf und Lange erwiderte:

„Zurzeit sind aber alle studentischen Hilfskraftstellen besetzt, wir haben keine Mittel, um Ihre Arbeit zu finanzieren."

Aus den Augenwinkeln bemerkte Alex, wie sich Ines zufrieden auf dem Sofa zurücklehnte. Sie hatte verloren.

„Frau Sanger, Sie sollten aber unbedingt Frau Seesemann die beiden Kataloge erklären", forderte er sie noch auf. „Zeigen Sie ihr auch, an welchen Regalen Sie schon angebaut haben und an welchen nicht."

Jetzt war es endgültig. Sie hatte ihren Job verloren. Ihr blieb nichts weiter übrig, als dem Auftrag von Lange zu folgen. Der wollte nun das Gespräch beenden, als Ines erneut das Wort ergriff: „Ich wollte mit Ihnen auch noch über den neuen Schlagwortkatalog sprechen. Wir brauchen den Katalog nicht. Wer Ethnologie studiert, sollte die Autorennamen kennen und sich im Autorenkatalog zurechtfinden. Der Schlagwortkatalog macht den Bibliothekskräften nur unnötige Arbeit."

‚Eine Frechheit', dachte Alexandra und wurde blass vor Wut. Auch der Katalog war ihr Werk. Eilig erhob sie Einspruch: „Der neue Katalog ist für Studienanfänger und Nebenfächler gedacht", erklärte sie mit fester Stimme. „Jeder sollte Zugang zu den Büchern haben, auch wenn er die Autorennamen nicht kennt. Außerdem werden die Neuanschaffungen immer unüberschaubarer. Selbst erfahrene Studenten können sich nicht alle Autoren merken. Und wie soll man von neuer Literatur erfahren, wenn man nicht in einem Schlagwortkatalog danach stöbern kann?"

„Die Studenten können ja in den Regalen suchen. Die sind thematisch geordnet", warf Ines ein.

„In den Regalen sollte nicht gesucht werden, weil einige Studenten die Bücher falsch einstellen. Ein falsch eingestelltes Buch findet man über Jahre nicht wieder."

Lange unterbrach ihren Streit. Kurz angebunden entschied er: „Der Schlagwortkatalog bleibt", und zu Alex gewandt bestimmte er:

„Bitte erklären Sie Frau Seesemann die beiden Zeitschriftenkataloge. Ich habe zu tun.“

23

Mitte der Neunzigerjahre kam an das Institut für Ethnologie ein neuer Mitarbeiter. Er trat bereits seine Stelle an, ohne dass abgesichert war, dass diese auch finanziert werden würde, und inspirierte dann die Studenten, für die Finanzierung seiner Stelle zu demonstrieren. Die Studenten ließen sich gern einspannen. Sie schrieben Briefe an Verantwortliche und legten Unterschriftenlisten an. Auf diese Weise brachte er schon, bevor er seinen Vertrag überhaupt unterzeichnet hatte, das Institut zum Kochen.

Er war klein, schlank und ungemein elegant. Sein tänzelnder, flinker Gang erinnerte Alex an einen Profi für lateinamerikanische Tänze. Er bewegte sich so, und so war er auch gekleidet. Stets trug er lässige schwarze Hosen und ein blütenweißes Hemd. Nie gab es einen Makel an seinem Äußeren. Sein lockiges schwarzes Haar und seine schwarzen Augen über einem fein rasierten Oberlippenbart verliehen ihm das Aussehen eines Spaniers oder eines Lateinamerikaners. Er war eloquent und ausgesprochen charmant zu den jungen hübschen Studentinnen.

In wenigen Wochen wurde er zum Star der Studierenden und er bot als erster Mitarbeiter des Instituts ausgewählten Studenten das „Du“ an, sodass bald sein Vorname „Udo“ durch das Institut hallte. Wurde Udo Lins gerufen, dann flog seine Tür auf und er eilte in den Raucherbereich und stand der Studentin Rede und Antwort. Und es bildete sich um ihn ein Kreis von Anhängern, die er einlud, mit ihm nachts durch teure Bars zu ziehen. Er liebte das ausschweifende Leben und vermittelte die Vorzüge des Genusses an seine Studenten.

Doch Udo Lins wäre nicht Udo Lins gewesen, wenn er sich nach Ablauf seiner befristeten Stelle höflich verabschiedet hätte. Irgendwie und irgendwann hatte er es geschafft, Bodo Lange das Versprechen abzuringen, dass er sich für eine Entfristung seiner Stelle einsetze. Dann hätte er endlich einen gesicherten Job bis zur Rente gehabt. Doch die Dinge wendeten sich gegen ihn.

Bodo Lange bekam eine neue Mitarbeiterin in Aussicht gestellt, ein Kuhhandel, denn Bedingung dafür war, dass Udo Lins' Stelle nicht aufgewertet wurde, und da begann eine neue Rebellion am Institut. Der enge Kreis um Udo Lins trommelte eine größere Schar Studenten zusammen. Wieder wurden Versammlungen durchgeführt, Schreiben verfasst, Unterschriftenlisten zusammengetragen und Flugblätter gedruckt, die für eine Entfristung von Udo Lins' Stelle Position bezogen. Die neue Mitarbeiterin wurde in zahlreichen Schreiben an das Ministerium als ungeeignet angeklagt, und die Wände der Institutsflure bespickt mit anonymen Aushängen, die sich zu Udo Lins und gegen die neue Mitarbeiterin bekannten. Das Institut rumorte, regelmäßig traten Studenten vor Bodo Lange auf und forderten die Entfristung von Udo Lins' Arbeitsvertrag. Und Udo Lins selbst lächelte unschuldig dazu und weigerte sich, sein Büro zu räumen.

Schließlich griff Bodo Lange zum letzten Mittel, das ihm zur Verfügung stand, mit einer Abmahnung wurde Udo Lins des Instituts verwiesen und sein Büro geräumt. Erst dann kehrte wieder Ruhe ein.

24

Am Institut für Ethnologie studierten 350 Studenten bei einem einzigen Professor, mit ein paar Hanseln als Mitarbeiter um sich herum. Dieser Professor hielt einen Teil der Vorlesungen und Seminare, korrigierte die Referate der Studenten, hielt die Prüfungen ab, las und bewertete alle Magisterarbeiten, Doktorarbeiten und Habilitationen, die am Institut eingereicht wurden, und tat dies alles neben der Verwaltungsarbeit am Institut und neben seinen Verpflichtungen an der Fakultät. Außerdem wurde von ihm erwartet, dass er forschte und Aufsätze wie Bücher veröffentlichte. Eine persönliche oder individuelle Betreuung der Studenten war von einem chronisch überarbeiteten Professor nicht zu erwarten. Professor Lange hatte keine Zeit, sich mit den Leistungen und Fähigkeiten einzelner Studenten auseinanderzusetzen. Wer ein Anliegen hatte, der musste sich auf geschickte Weise selbst bemerkbar machen.

Auf die 350 Studenten des Instituts kamen zwei Doktorandenstellen, die alle drei Jahre besetzt werden konnten. Mehr Möglichkeiten einer Promotionsförderung nach einem erfolgreichen Abschluss des Studiums hatte das Institut nicht zu bieten. Die Chancen eines zielstrebigen Studenten, nach seinem Studium weiterhin als Nachwuchswissenschaftler am Institut zu bleiben, lagen demnach bei 0,57 Prozent Wahrscheinlichkeit, rechnete Alex aus. Nur einer von 175 Studenten konnte eine der Doktorandenstellen ergattern. Diese Tatsache zeigte ihr früh die völlige Aussichtslosigkeit, eine Karriere in der Ethnologie überhaupt anzudenken. Für Alex stellte sich deshalb die Frage, warum so viele Studenten dennoch dieses Fach studierten.

Die große Masse studierte ohne größere Ambitionen, als sei ihnen die Ethnologie als Pflichtfach von außen auferlegt worden. Doch gab es einen Kreis von Studenten, die hoch motiviert waren und tatsächlich eine Karriere anstrebten, und dieser Kreis war groß genug, um einen enormen Druck unter den Studenten zu schaffen. Wahrscheinlichkeitsrechnung, das wusste Alex, ließ sich nicht in kalten Prozentzahlen auf die Erfüllung von Wünschen übertragen. Das Studium war schließlich kein Lottospiel. Die Wahrscheinlichkeit, in der Wissenschaft wenigstens promovieren zu dürfen, konnte man selbst beeinflussen, man konnte sie erhöhen, wenn man nicht nur volle Leistungsbereitschaft zeigte, sondern sich auch geschickt am Institut positionierte und mit außergewöhnlichen Ergebnissen auf sich aufmerksam machte. Alex hatte aber gerade ihre Stelle in der Bibliothek verloren, andere Studenten hatten nun Zugang zu den Lehrkräften, und Alex wusste auch, dass sie damit die erste Runde im Ring der Konkurrenten verloren hatte. Sie wusste, sie musste ihre Karriere frühzeitig planen, und fasste nun den Entschluss, sich langfristig auf eine erste und selbst organisierte Forschungsreise vorzubereiten. Sie hatte sich mit dem Studium der Zentralasienwissenschaften eine weitgehend unerforschte Region für ihre wissenschaftlichen Studien ausgesucht und wollte nun ihre Bemühungen um das Erlernen von zwei Sprachen erweitern, Russisch und Tuvinisch. Doch die Reise musste finanziert werden und längerfristig benötigte sie ein Visum für Russland. Die Einladung dafür konnte sie wiederum nur bekommen, wenn sie Kontakte in ihre Forschungsregion hatte. Auch an diesem Problem würde sie arbeiten müssen. Perspektivisch, das wusste sie, konnte ihr diese Chance Frau Dr. Spitz bieten.

Um ihre erste Forschungsreise zu finanzieren, hatte sich Alex unterdessen einen Job auf einer Stadtkerngrabung in der Innenstadt von Linden gesucht. Ihre Erfahrungen als Grabungshelferin hatten sich als vorteilhaft erwiesen. Während des Semesters stand sie nun sechs Uhr Morgens auf, verbrachte ab sieben Uhr die ersten Stunden des Tages auf der Grabung und ging dann in Vorlesungen und Seminare. An manchen Tagen wechselte sie mehrfach von der Universität auf die Grabung und wieder zurück. Dann brauchte sie ihre erdige Grabungskleidung gar nicht auszuziehen und tauschte, wenn sie die Fläche verließ, nur ihre Stiefel gegen Halbschuhe. Die Stadt Linden ließ ein mittelalterliches Handwerkerquartier ausgraben, das den Bombardierungen im Zweiten Weltkrieg zum Opfer gefallen, Ende der Sechziger beräumt und zu einem Platz umgestaltet worden war. Ende der Neunziger gab es nun neue Pläne mit dem freien Areal. Es wurde für den Neubau des Museums für zeitgenössische Kunst vorgesehen, das den schlichten Namen „Bildermuseum" tragen sollte. Unter den Fundamenten und in den Hinterhöfen der im Krieg zerstörten Häuser hatten die Archäologen die Reste der mittelalterlichen Bebauung, eines Handwerkerviertels von Böttchern und Korbflechtern, gefunden, die der nicht mehr existierenden Böttchergasse ihren Namen gegeben hatten. Auf der Grabungsfläche zeichneten sich inzwischen die Hausfundamente der ehemaligen Bebauung ab. Die roten Ziegelwände der Keller, die einst in die Tiefe gebaut worden waren, ragten freigelegt in die Höhe. Sie bildeten ein Netz von Gängen und Rechtecken und verrieten die Grundrisse der einstigen Häuser. Stein für Stein wurden sie gezeichnet und eingemessen, sodass ein genaues Bild der einstigen Böttchergasse entstand.

Doch interessanter als die nackten Grundmauern und Kellerwände waren die von der Straßenseite abgewandten Höfe der Häuser, denn hier fanden sie die Hinterlassenschaften der Handwerker. Die Höfe waren rechteckig in den hinteren Bereich der Straße gestreckt. Sie wirkten klein und maßen nicht mehr als 15 bis 20 Quadratmeter. In der Ecke eines Hinterhofes stapelten sich in der Erde Holzreste, schmale, fein gehobelte Bretter, die an ihren beiden Enden konisch geschnitten waren. Sie waren die Reste von sogenannten Dauben, speziell geformten Holzstücken, die zu Fässern, Bottichen und Zubern zusammengesetzt und mit Holz- oder Metallreifen befestigt wurden. Der Holzstapel wirkte auf Alex, als sei der Böttcher von seiner Arbeit gerade eben aufgestanden und würde gleich wiederkommen, um einen Holzbottich fertigzustellen. Neben dem Holzstapel ragten die Reste einer riesigen Wurzel aus der Erde. Der Böttcher hatte also im Sommer, wenn er draußen seiner Arbeit nachging, im Schatten eines großen Baumes gesessen. Und um die Wurzel herum fanden sie in der Erde so viele Kirschkerne, dass Alex wusste, es war ein Kirschbaum, unter dem der Böttcher gearbeitet hatte. Die Größe der Wurzel und ihre eigene Vorliebe für diese Frucht ließen Alex auf eine riesige Süßkirsche schließen, die den Böttcherhof einst beschattet hatte. Trotz der idyllischen Vorstellung eines Kirschbaumes in einem Handwerkerhof war der Böttcherhof mit Sicherheit ein dunkler, wenig romantischer Ort gewesen. Eingerahmt von hohen Mauern und mit festgetretenem Boden ohne Rasen, war er sicher kein Platz für Entspannung, sondern eher ein sachlich-funktioneller Ort, der den Arbeitsbereich des Handwerkers erweiterte oder ihm lediglich als Materiallager diente. Die Natur und das Grün waren aus den engen, düsteren Gassen des Mittelalters ausgesperrt gewesen. Um Erholung zu finden, mussten auch die Böttcher vor die Stadtmauern gehen, die ja in nördlicher Richtung nur wenige Hundert Meter von diesem Hof entfernt lagen. Der schlichte Hof des Böttchers verbarg noch einen weiteren Grund, der ihn eher unattraktiv machte. In seinem Boden verbarg sich die offene Latrine des Hauses, deren einfacher Holzverschlag zwar den Nutzer vor unliebsamen Blicken, nicht aber vor ihrem Geruch geschützt hatte, der – besonders im Sommer – den engen Hof eingenebelt haben musste. Eben diese Latrine weckte den besonderen Eifer der Ausgräber und wurde gleichzeitig Ziel spitzer Spöttereien unter den Grabungshelfern. Denn in ihr fand sich die breite Palette der Abfälle der Bewohner des Hauses und man konnte an ihnen den gesamten Hausrat einer Familie messen. Mit Spachteln gruben sich Alex und ihre Kollegen zentimeterweise in die grünlich schimmernde Masse von lehmiger Konsistenz und holten Holzgefäße, Keramik und Glasscherben, Reste von Werkzeugen und Arbeitsmaterialien, einen verlorenen Goldring, Leder- und Stoffreste sowie Reste von Nahrungsmitteln aus der Erde. Auch in der Latrine dominierten die Kirschkerne, die Alex von einem blühenden Kirschbaum im Böttcherhof träumen ließen. Sie waren so gut erhalten, dass sie sicher noch gekeimt hätten, hätte jemand sie wieder in die Erde gesteckt.

Die Funde einer Mittelaltergrabung waren im Vergleich zu Alex' anderen Grabungen spektakulär. In der Verschüttung eines Mauerrestes fand sie eine Glasscherbe mit einem in bunter Farbe aufgemalten reichen Städter, die so gut erhalten war, als sei sie ein romantisierendes

Replikat aus unserer Zeit. Alex vertiefte sich immer wieder in das Bild. Sie verlor sich in der farbenfrohen Kleidung, an der nicht mit reich bestickten und aufwendig gewebten Stoffen gespart worden war. Die abgebildete Halskrause datierte die Scherbe ins sechzehnte Jahrhundert. Alex betrachtete die Frisur und den exotischen Bartschnitt des offensichtlich reichen Bürgers, die sie an Mantel-und-Degenfilme erinnerten. Ihre Fantasie schuf ein Bild der mittelalterlichen Gasse mit ihren Bewohnern und vorbeieilenden Bürgern in den Kleidern der damaligen Zeit. Zu gern hätte sie in die Vergangenheit geschaut, doch wenn sie von der Erde aufsah, dann sah sie nur die roten Messschnüre, die mit langen Metallnadeln an den rostroten Ziegelfundamenten befestigt waren. Sie sah die Hintern der auf dem Boden knienden und vornüber gebeugten Grabungsarbeiter in ihren blauen Arbeitshosen, die mit Kratzen ein Planum glatt zogen. Sie sah die aufgebogenen Sohlen ihrer schwarzen Stiefel, die Schubkarren und Schaufeln und den Zaun, der die Grabungsfläche umrahmte. Dahinter liefen Menschen in moderner Sommerkleidung. Ein Kind drängte sich an den Zaun und leckte ein Eis von der nahen *Pinguinbar*, während es seinen ungeduldigen Vater mit Fragen überhäufte. Die Gegenwart war nüchterner als ihre Fantasie, trotz der warmen Sonne, die die Grabungsfläche überstrahlte, und Alex trug den Geruch der geheimnisvollen Latrine mit sich, als sie auf die Uhr sah und aufsprang, denn in einer halben Stunde würde das nächste Seminar beginnen, zu dem sie nun eilen musste.

Die harte körperliche Arbeit an der frischen Luft machte ihr das Studieren zunehmend schwerer. Gerade an kühlen Tagen wurde sie in den überhitzten Seminarräumen und Hörsälen, wo sie konzentriert hätte zuhören müssen, so müde, dass ihr der Kopf auf die Brust sank und sie dem Antrieb einzuschlafen nicht mehr widerstehen konnte. Ihre vor Schmutz starrende Arbeitskleidung und ihre trockenen rissigen Hände mit einer leichten, nicht wegzuwaschenden Schwärze unter den Nägeln beschämten sie vor den anderen

Studenten. Manchmal verschwitzt, manchmal frierend und nass vom Regen rutschte sie in den Vorlesungen auf den harten Klappstühlen der Hörsäle hin und her. Auch ihre Aufzeichnungen bekamen einen leichten Schleier brauner Erde, wenn sie beim Schreiben über das Papier wischte. Neben ihren Unterlagen lag in ihrer Tasche nun immer eine alte verbeulte Brotbüchse und eine kleine Flasche Wasser. Auf ihrem Boden sammelten sich Erdkrumen und ihre Außenseite passte sich in den Wochen der Grabung an die Farbe des Mittelalters an. Doch die Entlohnung ihrer neuen Tätigkeit stimmte. Sie konnte neben ihren alltäglichen Ausgaben jeden Monat ein wenig Geld für ihre erste Feldforschung zur Seite legen.

25

Seit Alex beschlossen hatte, ihre erste Feldforschung vorzubereiten, war sie kaum noch zu Hause. Zunächst arbeitete und studierte sie in den Bibliotheken. An den Wochenenden traf sie sich mit Sven in Berlin oder in Linden. Ihr bislang vages Leben hatte eine Orientierung bekommen und sie hatte ausreichend zu tun, ihr Ziel zu erreichen. Doch bevor sie ihre Reise planen konnte, musste sie noch Prüfungen bestehen. Dazu zog sie sich die letzten Wochen des Semesters in ihr Zimmer zurück und begann, sich Unterlagen zusammenzustellen. Hefter und Bücher formten sich mit den Tagen ihrer selbst gewählten Studiereinsamkeit zu einem konstruktiven Chaos. Sie türmten sich auf dem Schreibtisch und bildeten einen weiten Kreis auf dem Fußboden ihres Zimmers. Alex liebte diese Arbeit nicht. Doch sie hasste sie auch nicht. Sie war ein notwendiges Übel, weder Last noch Freude, eben einfach Pflicht. Der Prüfungstermin stand fest wie eine Eskaladierwand, die es zu überwinden galt und die Alexandra auch überwinden konnte. Doch das brauchte Zeit. Im Kreis ihrer Papiere erreichte sie einen Zustand, der sie Zeit und Raum völlig vergessen ließ, bis es am Abend dämmerte und sie sich nicht mehr konzentrieren konnte.

Sie hatte sieben Prüfungsthemen erhalten und arbeitete sie nun Tag für Tag ab. Die Aufzeichnungen der Seminare und Vorlesungen ergänzte sie mit dem, was sie an Informationen in den Büchern fand. Sie legte einen neuen Hefter an und stellte dort die Antworten auf die Fragen zusammen, die ihr die Prüfungsthemen nahelegten. Eigene Gedanken und Ideen schrieb sie auf Zettel, schnitt sie aus und heftete sie an die Ränder ihrer Aufzeichnungen, sodass ein kompliziertes Faltgebilde entstand. Still und monoton war diese Arbeit, fast eine Meditation.

Inzwischen hatte sich Alex an Professor Langes philosophischen Stil gewöhnt. Bei ihm hatte sie gelernt, eigenständig zu denken, anstatt Mitschriften auswendig zu lernen, die vorgefertigten Gedanken anderer. Auch hatte sie einiges über die Ethnologie als Fach und seine ganz persönliche Einstellung dazu begriffen. Der gesamte Leitfaden seiner Wissenschaft war die „Rehabilitation des Primitiven", wie er es nannte. Er richtete sich gegen jede Form des Eurozentrismus oder Amerikanismus, der – entgegen aller Lippenbekenntnisse der westlichen Welt – bis heute praktiziert wurde, und der letztlich doch nur der Legitimation und dem Anspruch an Dominanz und Vorherrschaft der westlich-amerikanischen Welt dienen konnte. Lange beschwor seine Zuhörer, die Begrenztheit unseres eigenen Selbstverständnisses zu überschreiten, das uns vorgaukelt, das höchstentwickelte Zentrum einer sich nach unseren Maßstäben globalisierenden Welt zu sein. Er forderte dazu auf, die Gleichwertigkeit aller Ausdrucksformen des menschlichen Lebens in unserem tiefsten Inneren anzuerkennen. Wir sollten nicht mehr hinabschauen auf alles, was anders war als unsere eigene Welt. Lange lehrte Kulturrelativismus, Respekt zu haben vor allem Fremden und zu dem aufzuschauen, was wir nicht verstehen. Das war für ihn die zentrale Aufgabe der Ethnologie. Doch war diese Aufgabe aus seinen bizarren Wortkonstruktionen kaum herauszuhören, denn deren Sinn verflüchtigte sich, bevor er den Verstand der Studenten erreichte. „Kompliziertes kann man nur kompliziert erklären", konterte er, wenn ihn seine Studenten um verständlichere Vorträge baten.

Neben der Philosophie war sein zweites Standbein die Poesie und die sucht bekanntlich keine schlichten Worte, sondern baut Wortgebilde, um so präzise wie möglich das auszudrücken, was kaum sagbar und deshalb auch nur über den Umweg von sinnbildlichen Andeutungen verstehbar war. Darin war Lange Meister.

Doch der Professor hatte Alex noch auf eine weitere Weise zutiefst erstaunt. Er war unglaublich belesen und hatte ein unvergleichlich gutes enzyklopädisches Gedächtnis. Er kannte die ethnologische Literatur nicht nur in ihren wesentlichen Inhalten, sondern mit allen dazugehörigen Namen und Daten, und er konnte ihre zentralen Gedanken in mündlich zitierten Auszügen und knappen Statements zielgenau auf den Punkt bringen. Dabei neigte er dazu, mehrere Bücher in einem einzigen Satz zu vereinen, der dem Zuhörer nur dann verständlich werden konnte, wenn er alle Quellen verstanden hatte. Mit langsamen und bedächtigen Bewegungen pflegte Lange seine Vorlesungen zu dozieren, während seine Studenten hilflos an seinen Satzkonstruktionen verzweifelten und keinen Zugang zu den in bizarre Wortgebilde gefassten Daten seiner Vorlesungen fanden.

‚Fakten', hatte Alex oft gedacht. ‚Gib mir Fakten, damit ich meine Prüfung bestehe.' Aber Lange hielt nicht viel von Fakten. Die gab es für ihn nicht in dieser diffusen Welt. Sie waren unzulässige Festschreibungen von etwas, das sich im permanenten Fluss der Veränderung befand, und selbst wenn die Welt stillstehen würde, war doch alles in ihr so komplex und mehrdeutig, dass ein Faktum jede Realität weit verfehlen müsste.

Alex stand auf und beschloss, sich Zigaretten zu holen. Sie wechselte ihre Schuhe und verließ das Haus. Draußen brannte die Sonne heiß auf ihre Haut. Verwundert stellte sie fest, dass sie in den letzten Tagen die Sonne und ihre Wärme völlig vergessen hatte. Sie streckte dem warmen Licht ihr Gesicht entgegen und genoss die Strahlen, die sie heute intensiver fühlte als sonst. Froh lief sie über den erdigen Parkplatz. Einige Pfützen in ausgefahrenen Bodendellen zeigten, dass es am Vortag geregnet haben musste. Auch davon hatte sie nichts mitbekommen. Neben der alten Kastanie standen auf dem weitläufigen Parkplatz nur wenige Autos, besonders die metallic gespritzten Karosserien glänzten in verschiedenen Tönen.

Wenn alles vorbei ist, dann machen wir einen Spaziergang im Park, beschloss sie und sehnte sich nach dem Gefühl, ihre Prüfungen bestanden zu haben. Dann fiele der innere Druck, der sie presste, von ihr ab, ihr würde leicht werden und sie würde eine ungeahnte Freiheit spüren. Die Papiere, die ihren Boden bedeckten, wollte sie zurück in die Regale und Schränke verbannen und endlich konnte sie am Morgen wieder frei entscheiden, was sie an diesem Tag tun sollte.

Vom Kiosk zurückgekehrt, empfingen sie schon von Weitem die Bässe und das arrhythmisch hämmernde Schlagzeug einer Band, die offensichtlich live in ihrem Haus spielte. Je näher sie dem Haus kam, umso lauter dröhnte die Musik. Im Flur bebten die Wände. Die Decken schwangen den Rhythmus mit. Entgeistert stieg Alex die Treppe hinauf. Sie öffnete die Tür, der Boden und die Decke zitterten. Sie setzte sich auf ihr Bett, weghören ging nicht. Im Dröhnen der disharmonischen Musik, die wohl von blutigen Anfängern fabriziert wurde, würden selbst Ohrstöpsel nichts ausrichten, denn die gesamte Luft schwang mit und ihre inneren Organe vibrierten im Vier-Viertel-Takt der Bässe und des Schlagzeugs. Zehn Minuten lang hörte sich Alex den unerträglichen Lärm an, dann packte sie die wichtigsten Hefter und Bücher zusammen und verließ das Haus, um im Park weiter zu lernen.

∞

Eigentlich lebte Alex gern in dem Haus in der Sternwartenstraße, wenn sie auch mit seinen Bewohnern nur wenig zu tun hatte. Sie hatte sich selbst aus dem Gemeinschaftsleben ausgeschlossen, um sich auf ihr Studium zu konzentrieren. Sie trank und kiffte nicht, sie ging nicht zu den gemeinsamen Fernseh- und Videorunden, sie feierte nur selten Partys mit und sie ging mit niemandem aus. Ihr Studium und ihre Nebenjobs hatten sie im Haus isoliert und bald war Sven der einzige Besuch, den sie regelmäßig und gern empfing. Er kam immer freitags.

Mit einem Anflug von Überdruss speicherte Alex den Text, den sie eben in den Computer gehämmert hatte. Müde seufzte sie, hob die Arme und dehnte sich mit einer leichten Drehbewegung auf ihrem Bürostuhl. Draußen spielte die Sonne in den leeren Fensterhöhlen des völlig verfallenen Hauses. Sie beugte sich nach vorn und betrachtete die trotzige Kastanie auf dem erdigen Parkplatz. An ihrem Fenster knisterte die Isolierfolie, die sie dort im letzten Winter angebracht hatte, mit dem völlig vergeblichen Ziel, damit die Kälte draußen zu halten. So lächerlich die Folie war, sie hatte sie bis heute nicht wieder entfernt und sie erinnerte Alex daran, dass der nächste Winter sie wieder mit Handschuhen und Mütze vor den Computer zwingen würde. Dann griff sie die Kaffeetasse, stand auf und ging müde in die Küche. Das angetrocknete Geschirr türmte sich mal wieder in und neben der Spüle. Der Esstisch war leergeräumt und sauber abgewischt. In seiner Mitte stand ein leerer, vom reichlichen Gebrauch grau gewordener Aschenbecher. Auf dem hell gestrichenen Küchenboden spielte die Sonne und hinterließ die Schatten der grünen Fensterkreuze. Manne hatte die letzte Tasse Kaffee genommen, und Alex ärgerte sich, nahm die Kanne, spülte sie aus und schüttet frisches Wasser in die Kaffeemaschine. Dann nahm sie einen Filter und füllte Pulver hinein. Die Maschine begann zu gluckern und Alex setzte sich an den Tisch. Sie nahm sich eine Zigarette und zündete sie an. Tief sog sie den Rauch ein, lehnte sich zurück und wartete. Es war noch eine Stunde, bis Sven klingeln würde. Alexandra wusste nicht, wie sie sich die Zeit vertreiben sollte. Für ihr Referat war sie zu müde. Sie hatte gestern bis spät in die Nacht daran gearbeitet. Ungeduldig sah sie zur Kaffeemaschine, die in gleichmäßig schnarrenden Tönen Wasser saugte und Kaffee ausspie. Sie blinzelte. Das letzte Wochenende waren sie durch die Kneipen gezogen. Sie hatten in der *NaTo*, einer alternativen Kneipe, einen Spielfilm gesehen. Zigeuner kämpften, mit viel Musik und typisch fröhlicher Unbefangenheit, ihren steten Kampf zwischen Marginalisierung und selbst gewählter Verfremdung. Sie war sich nicht sicher, ob man die Zigeuner als Opfer darstellen konnte und sollte. Sie wurden nicht nur an den Rand der Gesellschaft gedrängt, sie positionierten sich selbst und sogar selbstbewusst am Rande der Gesellschaft. Sie wollten anders sein, nicht wie die Allgemeinheit leben und mussten dafür in Kauf nehmen, dass sie Letzterer immer suspekt blieben. War die gut gemeinte Integration nicht die größte Demütigung, die man diesen stolzen Wanderern antun konnte? Sollte man ihre zur Schau getragene Unangepasstheit nicht akzeptieren, einschließlich der Wohnwagenkolonnen, in denen sie am Stadtrand hausten? Warum ließ man sie nicht einfach außerhalb der Gesellschaft, wo sie sich am wohlsten fühlten? Alex zweifelte an den selbst ernannten Fürsprechern der Roma und Sinti. Sie taten eher der Gesellschaft einen Dienst, wenn sie die Unangepassten anpassten, als tatsächlich ihren Schützlingen zu helfen. Dazu hätten sie deren Lebensstil ernst nehmen und akzeptieren müssen, aber davon waren sie weit entfernt. Die Zigeuner im Film brauchten kein Mitleid. Sie kamen gut alleine zurecht und vielleicht wollten sie einfach nur in Ruhe gelassen werden. Alex konnte das Problem nicht lösen.

Die Kaffeemaschine schnurrte lauter und sog das letzte Wasser aus dem Reservoir. Alexandra drückte ihre Zigarette aus und füllte ihre Kaffeetasse. Sie öffnete den Kühlschrank, die Milch war alle. Entnervt schlug sie die Tür wieder zu, nahm ihren Schlüssel und ging zum Laden. Als sie mit zwei Packen Milch im Arm wieder über den erdigen Parkplatz lief, sah sie von Weitem Sven.

„Endlich!“, schrie sie auf. Sie rief und ruderte mit dem freien Arm, bis er sie sah. Dann rannte sie auf ihn zu und fiel ihm heftig um den Hals.

26

Mit drei Exemplaren seiner Diplomarbeit unterm Arm, insgesamt sechs Bänden, betrat Sven das Portal des neuen Gebäudes seines Instituts in Solau. Mit der Wiedervereinigung hatte das Institut für Ur- und Frühgeschichte neue Räumlichkeiten nahe der Universität bekommen und war aus dem Museum ausgezogen. Am neuen Ort war nun nicht mehr Professor Sachs der Institutsdirektor, sondern sein Nachfolger aus den alten Bundesländern und Spezialist für die Bronzezeit, Professor Belzer.

Sven hatte mit dem neuen Direktor bislang kaum etwas zu tun gehabt. Er zweifelte, dass der ihn kennen würde, wenn er gleich vor ihm stand. Aber heute kam er ja nicht mit einer Bitte, er brachte ihm seine fertige Diplomarbeit, um endlich seinen Abschluss zu bekommen. Seine Abschlussprüfungen hatte er bereits über ein Jahr hinter sich. Und doch war es ein ungewisser Gang. Er hatte einen Fehler gemacht.

Eine unbekannte Sekretärin ließ ihn sofort zu Belzer vor, der nur kurz von seinem Schreibtisch aufblickte und ihm mit einer Geste zu verstehen gab, kurz zu warten. Vor Sven saß ein typischer Altachtundsechziger, eine schlaksige Gestalt mit langen, zu einem Zopf gebundenen Haaren. Nachdem er sich missmutig einige Notizen gemacht hatte, sah er zu Sven auf. Nichts in seinem Gesicht verriet, ob er Sven schon einmal bewusst wahrgenommen hatte. Und da Belzer nichts sagte, begrüßte Sven ihn höflich und stellte sich vor. Dann legte er die gebundenen Exemplare auf den kleinen Konferenztisch im Raum und sagte: „Ich würde gern meine Diplomarbeit einreichen."

In Belzers Blick zeigte sich Befremden. Immer noch stumm sah er Sven an, als hätte er eben ein Anliegen vorgebracht, das außerhalb der normalen Abläufe an einer Universität lag. Und Sven widerstand seinem Blick, das Gesicht dieses fremden Professors betrachtend, das so viel Selbstbewusstsein ausstrahlte, als säße er seit über zehn Jahren an diesem Platz.

„Sie haben bei Professor Sachs und Doktor Hanter studiert?", riss Belzer ihn aus seinen Gedanken.

„Ja, meine Abschlussprüfungen habe ich bereits 1993 bestanden."

Belzer nickte und schien nicht zu wissen, was nun zu tun sei. Deshalb rief er nach der Sekretärin: „Könnten Sie mir bitte die Prüfungsunterlagen von ..."

„Sven Fried!", ergänzte Sven.

„Könnten Sie mir bitte die Prüfungsunterlagen von Sven Fried aus dem Jahr 1993 bringen?"

Doch die Sekretärin stand nur in der Tür und zuckte mit den Schultern: „Wenn das der letzte Jahrgang von Professor Sachs ist, dann sind die Dokumente nicht mehr da. Wir haben sie letzten Sommer an die Fakultät weitergeleitet. Was dort mit ihnen geschehen ist, weiß ich nicht."

„Dann rufen Sie doch bitte dort an."

Die Sekretärin ging, und Belzer sah wieder Sven an: „Soweit ich mich erinnere, ist der Abgabetermin für Diplomarbeiten Ihres Jahrgangs abgelaufen. Professor Sachs hat doch seinen Jahrgang noch selbst begutachtet?"

Da war es, das Problem, vor dem er sich fürchtete. Ja, er hatte die Frist verpasst. Seine Kommilitonen hatten alle längst ihr Diplom in der Tasche und er? Er war inzwischen durch den tiefsten Sumpf seiner schwarzen Seele gewatet. Doch das konnte Belzer nicht wissen. Sven fühlte sich mit dem Rücken zur Wand. Es gab keine Verteidigung und keinen Angriff. Es gab nur den Versuch, Belzer zu überzeugen.

„Es tut mir leid", erwiderte er. „Aber ich hatte persönliche Probleme, weshalb ich meine Arbeit nicht rechtzeitig einreichen konnte."

Belzer verzog sofort das Gesicht zu einer Grimasse, die Sven das Blut ins Gesicht schießen ließ. Dann blickte er ungeduldig zur Tür. Da sich die Sekretärin noch nicht zeigte, klopfte er mit seinen Fingern auf den Schreibtisch und wirkte nun sichtlich genervt. Sven sah, wie er nach seinen Papieren griff, sie zur Hand nahm und wieder weglegte. Die Unterbrechung kam ihm sichtlich ungelegen, und nach zwei Minuten erschien sie endlich: „Frau Jakob aus der Fakultät weiß auch nicht, wo die Unterlagen sind. Bei ihr sind sie jedenfalls nicht."

‚Was?', ein lähmender Schreck nahm Sven den Atem. Sven starrte Belzer an, der mit den Schultern zuckte und sich gleichgültig in seinem Chefsessel drehte.

‚Hatte man in den letzten Jahren so gründlich aufgeräumt, dass auch gleich die Unterlagen der Studenten mit entsorgt worden waren?'

Fieberhaft überlegte er. Doktor Hanter hatte doch damals die Akten unter sich. ‚Ein richtiger Archivar', hatten sie gespottet, wenn er sauber Listen geführt und auch die kleinsten Zettel in Ordnern abgeheftet hatte. Die Regale und Schränke voll Institutsakten in seinem Raum hatten den Eindruck erweckt, als sei er nur zu dieser Aufgabe ans Institut bestellt und keine Lehrkraft. An Büchern dagegen hatte es in seinem Büro gemangelt.

Es gab nur einen einzigen Hoffnungsschimmer, Hanter musste er fragen, wo die Akten verblieben sein könnten. Sofort bot er an, ihn anzurufen. Die Sekretärin dirigierte ihn in den Vorraum und gab ihm das Telefon in die Hand. Nach einigen Umständen hatte er Hanter am Apparat.

Svens Stimme überschlug sich fast vor Aufregung und Angst, ihm könne im letzten Moment noch alles entgleiten. Doch Hanter schwieg. Einige Sekunden hörte sich Sven am Telefon den rasselnden Atem seines alten pensionierten Lehrers an. Mit aller Kraft rang Sven um Fassung. Dann räusperte sich Hanter endlich, und mit seiner hohen Fistelstimme, die durch sein Alter noch verstärkt wurde, setzte er zu einer langen Ausführung an. Er habe sich das schon gedacht, und Sven habe Glück. Hanter hatte, wie er ausführlich erklärte, vor seiner Pensionierung die wichtigsten Studenten- und Institutsakten kopiert und bewahrte sie in seinem Keller auf. Er bot Sven an, schnell nachzusehen, ob auch von ihm Unterlagen dabei seien.

Es dauerte eine halbe Stunde, bis Hanter wieder zurückrief: „Sie können sich freuen!", fistelte er ins Telefon. „Ich habe Kopien Ihrer Prüfungsergebnisse gefunden."

Was für eine Erleichterung, dachte Sven und war seinem alten Lehrer so dankbar, dass er ihm am liebsten um den Hals gefallen wäre. Wie oft hatten sie über seine pedantische Art gespottet und nun hatte genau diese Sorgfalt ihn gerettet.

Belzer saß immer noch in seinem Büro und sein Blick wurde mürrisch, als Sven wieder eintrat. Dass Belzer schwer zu zusätzlicher Arbeit zu bewegen war, wusste Sven von jüngeren Kommilitonen. Er wirkte wie einer, der es geschafft hatte, ein Professor, der sich mit dem Wort „Geschafft!" auf seinen Professorenstuhl hatte fallen lassen, und der seither den Weg des geringsten Aufwands ging. Studentische Begeisterung ermüdete ihn, und wenn ihm Absolventen Abschlussarbeiten über archäologische Fundstellen anboten, versuchte er sie von einer Literaturarbeit zu überzeugen. Deren Inhalte konnte er in seinen eigenen Publikationen und Vorlesungen verwerten. Dabei wusste Sven nur zu gut, dass Literaturarbeiten für die Absolventen wertlos waren, während gut gemachte Grabungsaufarbeitungen zu einer ersten Veröffentlichung eines Nachwuchswissenschaftlers führten. Doch Letztere waren für Belzer wertlos.

Als der Professor endlich wieder von seinen Papieren aufsah, schüttelte er bei Svens Anblick nur noch den Kopf: „Herr Fried, ich habe mich erkundigt. Die Frist für Ihre Diplomarbeit ist abgelaufen. Wir können keine Diplomarbeiten mehr begutachten und keine Diplome mehr ausstellen. Seit einem Jahr gilt eine neue Studienordnung. Seither wird das Fach Ur- und Frühgeschichte als Magisterstudiengang angeboten. Ihrem Jahrgang hat man eine Übergangsfrist gewährt, um noch nach der alten Prüfungsordnung abzuschließen. Aber diese Frist haben Sie versäumt!"

Wieder zuckte Belzer mit den Schultern, und Sven spürte, dass er ihm mit seiner gleichgültigen Geste nahelegte, nun den Raum zu verlassen. Doch dieses Ende durfte jetzt nicht sein! Verließ er den Raum, dann war sein ganzes Studium gescheitert. Hilflos schnappte er nach Luft und sah Belzer an, um dann so viel Festigkeit wie nur möglich in seine Stimme zu legen: „Was muss ich denn tun, um schnellstmöglich doch noch einen Abschluss zu bekommen?"

Belzer winkte ab, als traue er Sven keinen Abschluss zu. Dann griff er wieder nach seinen Papieren. Sven stand vor ihm und sah ihn an, er wollte nicht eher weichen, als bis sich eine Lösung gefunden hatte. Die Unerbittlichkeit in seiner Miene schien Belzer plötzlich zu nötigen, ihm doch noch eine Antwort zu geben: „Um einen Magisterabschluss zu erwerben, fehlen Ihnen zwei Nebenfächer. Wenn Doktor Hanter Kopien Ihrer Prüfungsunterlagen hat, umso besser, dann können Sie sich einige Studien- und Prüfungsleistungen anerkennen lassen. Aber es gibt auch einige neue Leistungen in unserem Fach, die Voraussetzungen für den Abschluss des Hauptstudiums sind. Das heißt, Sie müssen noch zwei Vorlesungen bei uns und zwei Nebenfächer absolvieren, bevor Sie Ihr Studium abschließen können. Besprechen Sie alles Weitere mit der Sekretärin." Dann winkte er ihn unmissverständlich aus seinem Büro.

27

Am Abend gingen sie zu Frieder ins *Weiße Ross*. Beide waren Relikte aus der DDR und sehr beliebt bei allen Bewohnern der Stewa, die sich regelmäßig in der Kneipe trafen. Zum Eingang der kleinen Kneipe mit Pension gingen fünf Stufen hinauf, dann öffnete man eine knarrende schmale Tür, deren Glöckchen an einen kleinen Konsumladen erinnerte. Die Gasträume waren immer verraucht. An quadratischen Tischen mit rot und blau karierten Tischdecken und großen gläsernen Aschenbechern saßen die typischen Kneipengänger, die einen mit ledrigen Arbeitergesichtern, die anderen mit fein geäderten rosigen Bäckchen und beachtlichen Bierbäuchen. Schweigend tranken sie Schnaps und kleine Biere aus Tulpengläsern. Sie bestellten in Runden, immer je ein Bier und einen Korn. Dann prosteten sie sich zu und schwiegen wieder. Früher hatten sie dies nach der Schicht getan. Heute war die Kneipe der einzige Ort, an dem sie Gesellschaft fanden. Die meisten von Frieders Gästen waren arbeitslos. Doch ihre Blaumänner trugen sie immer noch.

Nur selten machte einer der Gäste eine Bemerkung, die ein Scherz sein sollte, dann dröhnten die Bäuche vor Lachen und kurz flogen abgehackte Sätze in breitem Arbeitersächsisch durch den Raum. An den Wänden, deren unterer Bereich mit hellem Holz vertäfelt war, hingen billige Ölgemälde von Gebirgslandschaften oder röhrenden Hirschen, die mit einer feinen Schicht Zigarettenteer überzogen waren. Das einzige Fenster neben der Tür zierte eine ehemals weiße, mit großen Blumen gemusterte Gardine, der man ansah, dass sie ihr Gelb behielt, obwohl sie regelmäßig gewaschen wurde. Der Raum strahlte eine abgenutzte Sauberkeit aus. Daran, dass Alex und Sven im vereinigten Deutschland lebten, erinnerte nur eine breite Leuchtreklame für ein sächsisches Bier über dem Tresen und der Zapfhahn, der ein großes Porzellanlogo desselben Bieres trug. Hinter dem Edelstahltresen mit Holzverblendung stand Frieder, wusch Gläser in einem Bürstenbecken aus oder zapfte frisches Bier und kippte Korn durch einen dünnen Metallausguss in kleine Gläser, die ebenfalls noch die DDR erlebt hatten.

An einer Wand saßen drei Männer und spielten Skat. Laut droschen sie die Karten auf den Tisch. Ihre Kommunikation beschränkte sich auf die zu diesem Spiel gehörigen Vokabeln beim Reizen und Stechen sowie auf Schimpfworte, wenn einer der Partner gepennt hatte. Zwei Männer am Tresen kommentierten ab und an das Spiel, und wenn ein Spiel abgeschlossen war und die Stiche gezählt wurden, schien sich der Raum kurz zu beleben. Laute Bemerkungen wurden ausgetauscht, als sei eine Last von den Spielern und anderen Anwesenden abgefallen. Wurden die Karten neu verteilt, trat wieder Stille ein und man hörte nur noch den dumpfen Ton, wenn einer der Spieler eine Karte auf den Tisch klopfte, und das dudelnde Radio mit dem Sachsensender, die Verkehrsmeldungen und die schrille Stimme eines hysterisch fröhlichen Moderators, zwischen volkstümelnder Musik und Schlagern.

Alex und Sven setzten sich auf die Bank ihres Stammtischs, einen hellen Holztisch im modernen Bauernstil direkt vor dem Fenster. Auch er war mit einer karierten Tischdecke bedeckt, ein Umstand, den Alex nur hier duldete.

Die Bewohner der Stewa waren die einzigen jugendlichen Gäste, die der Gastwirt hatte, und es war den Stammgästen spürbar schwergefallen, sich an die Neuen zu gewöhnen, die seit einiger Zeit regelmäßig das Lokal besuchten. Von ihrem Tisch aus sahen sie in den ganzen Kneipenraum, konnten die Stimmung der Gastwirtschaft aufnehmen und sich doch in ihr eigenes Gespräch vertiefen.

Alex liebte diese Kneipe. Die Leute in ihr lebten ihre ganz eigene Realität, eine Realität, die mit Alex' Leben nichts zu tun hatte. In ihrer Dürftigkeit strahlten sie die Selbstverständlichkeit ihres gesamten Daseins aus. Sie gehörten in die Gastwirtschaft, sie waren nicht nur Gäste, die kamen, etwas aßen und nach dem Bezahlen wieder gingen.

Sie waren ein Teil dieser Kneipe und gaben ihr mit ihrer Gegenwart ihre Existenzberechtigung, ihre Stimmung, ihre Einzigartigkeit.

Wenn Alex ihr Leben als Studentin anstrengte, dann zog es sie ins *Weiße Ross*. Dort vergaß sie den Ehrgeiz und den Druck ihres Studiums. Was Normalität war, geriet ins Zwielicht, wenn sie die Arbeiter in der Kneipe beobachtete. Dann wusste sie, es ging auch anders. Es musste nicht alles sein, wovon sie sonst dachte, es sei unumgänglich. Man konnte auch einfach existieren, da sein, selbstvergessen und selbstverständlich. Man musste nicht immerzu Ziele verfolgen oder sich selbst überholen.

Die Leute in der Kneipe aber standen auf einem Laufband und schienen durchs Leben zu fahren. Ohne sich zu bewegen, zog die Zeit an ihnen vorbei und sie waren zufrieden damit. Es störte sie auch nicht, dass sie dabei älter wurden, während Alex wusste, dass ihre Studienuhr tickte. Je älter sie wurde und je mehr Zeit sie für das Studium und ihre Jobs benötigte, umso geringer waren ihre Chancen, ein Doktorandenstipendium zu bekommen, denn diese waren mit Altersgrenzen verbunden. In einer wissenschaftlichen Karriere hatte alles seinen zeitlichen Rahmen; überschritt man ihn, wurde einem der Zugang zum nächsten Karriereschritt verwehrt und man musste die Wissenschaft verlassen.

„Wollt ihr was bestellen?“, fragte Frieder, der unbemerkt an den Tisch getreten war. Sven und Alex bestellten ein großes Bier. Das große Bier ohne Korn unterschied die Alternativen von den Arbeitern. Auf Wunsch der Stewa-Gäste hatte Frieder große Henkelgläser angeschafft, wie sie in den Studentenkneipen üblich waren.

„Ein Henkelglas fasst sich ganz anders an“, hatten sie Frieder erklärt. „Das Bier schmeckt viel besser aus ihm.“ Frieder hatte gemurrt, aber eine Woche später bekamen sie ihr Bier in den gewünschten Halbliterhumpen und seitdem hatte sich zwischen den Jugendlichen und Frieder eine Art Freundschaft entwickelt. Bei der Begrüßung wurden Neuigkeiten ausgetauscht. Die Stewa-Bewohner erzählten, wie es mit ihren Hausbesitzern stand, die seit Jahren mit einer Klage erfolglos versuchten, die Häuser räumen zu lassen. Die Nutzungsverträge, die sie nun auch selbst einhalten mussten, schützten die Bewohner. Und Frieder gab Probleme mit den Behörden zum Besten, die immer neue Auflagen erfanden, um dem Wirt das Leben schwer zu machen.

„Wollt ihr auch was essen?“, fragte er. „Sülze mit Bratkartoffeln“, riefen Alex und Sven wie aus einem Munde und mussten darüber lachen. Ohne eine Miene zu verziehen, schlurfte Frieder davon, füllte ihre Gläser am Zapfhahn, brachte sie an ihren Tisch und schlurfte weiter in die Küche, um ihr Essen selbst zuzubereiten.

„Wie war dein Gespräch mit Belzer?“, fragte Alex, die bemerkt hatte, dass Sven irgendwie bedrückt wirkte. Er starrte vor sich hin und sagte nichts. „Wolltest du nicht deine Diplomarbeit abgeben? Ich dachte, ich kann dir gratulieren.“

„Ich kann endgültig kein Diplom mehr machen.“

„Was? Was soll das heißen?“

„Das heißt, ich habe die Abgabefrist versäumt.“

Alex stöhnte: „Gibt es denn überhaupt keinen Weg?“

Widerwillig schüttelte er den Kopf. Sie hatten so oft darüber geredet: Sven gehörte zum letzten Jahrgang am Institut für Ur- und Frühgeschichte, der nach der Einführung der neuen Studienordnung und des Magisterstudiums für Geisteswissenschaftler sein Studium mit Diplom abschließen wollte. Vor zwei Jahren hatte er noch das Staatsexamen bestanden, eine dreistündige Prüfung, in der das gesamte im Studium vermittelte Wissen abgefragt worden war. Die erfolgreich bestandene Prüfung war die Voraussetzung für die Zulassung zur Diplomarbeit gewesen, die letzte Leistung, die er für seinen Abschluss noch hätte erbringen müssen. Aber diese Leistung hatte er nicht rechtzeitig erbracht.

„Warum hast du denn bloß die Arbeit nicht pünktlich abgegeben?"

Sven stöhnte auf. Darüber hatte er nie erzählt. Er hatte es nicht gewollt, zu schwer wog die Last, die er da mit sich herumschleppte. Dann sah er ihr kurz in die Augen. ‚Sie sollte es wissen', dachte Sven.

„Ich war in der Klinik", gestand er leise.

„In welcher Klinik?"

„In der Psychiatrie. Und danach habe ich eine Weile gebraucht, bis ich wieder arbeiten konnte. Außerdem musste ich Geld verdienen und habe erst auf einer Grabung gejobbt."

Nachdenklich betrachtete sie sein hoffnungsloses Gesicht und plötzlich erinnerte sie sich an Seese-Ost, an die Waschtasche und an die Medikamentenschachtel. „Antidepressivum" hatte darauf gestanden: Und es war seine Waschtasche gewesen.

„Na, dann kannst du doch nachweisen, dass du krank warst! Hol dir eine Bescheinigung über deinen Aufenthalt in der Klinik", sagte sie, froh, eine Lösung gefunden zu haben.

Doch Sven wehrte energisch ab. „Ich werde mich an der Uni nicht mit einer Bescheinigung aus der Psychiatrie entschuldigen! – Außerdem bin ich erst zwei Wochen nach dem Abgabetermin in die Klinik gegangen, vorher saß ich schwer depressiv zu Hause und konnte gar nichts tun."

„Die Zeit vorher kannst du doch erklären!"

„Niemals, das mache ich nicht!"

Sie spürte Svens Widerwillen und wusste, sie würde ihn nicht überzeugen können, sich zu outen. Sven hatte einen Fehler gemacht. Er war nachlässig gewesen und hatte sich nicht krankschreiben lassen.

Aber wer tut das schon bei einer Depression? Wer erkennt schon eine Depression und geht freiwillig zum Psychiater, wenn es ihm schlecht geht? Jetzt war es zu spät.

„Belzer beharrt darauf, dass ich die Arbeit hätte pünktlich abgeben müssen."

„Die können dich doch jetzt nicht ohne Abschluss hängen lassen!" Die Situation brachte Alex außer Fassung: „Du warst doch einer der Besten deines Jahrgangs!"

„Das ist doch Belzer egal, der will die alten Semester aus der DDR loswerden. Er hat jetzt seine eigenen Studenten, da wird er sich nicht mit jemandem zusätzliche Arbeit machen, der noch bei Sachs und Hanter studiert hat."

„Aber du hast doch deine Diplomarbeit fertig, hast du sie ihm denn nicht gegeben?"

„Er hat sie nicht genommen."

Fassungslos sah Alex in Svens Gesicht: „Sechs Monate hast du daran geschrieben und jetzt schickt er dich mit den fertig gebundenen Exemplaren wieder nach Hause?" Und leiser fuhr sie fort: „Hast du denn nicht gefragt, was du tun kannst, um doch noch deinen Abschluss zu bekommen?"

„Ich soll auf Magister umsteigen. Das heißt aber, ich muss noch zwei Nebenfächer studieren und dann noch mal einige Prüfungen machen. Nur ein Teil meiner Prüfungen wird anerkannt. Auch in der Archäologie müsste ich noch mal Vorlesungen hören."

Sein Gesicht war weiß, als er Alex von seiner aussichtslosen Situation erzählte. Er hatte sein Diplom fast in der Tasche gehabt und nun schickte man ihn zurück in die Mitte des Studiums und ließ ihn gnadenlos noch mal mit zwei neuen Fächern von vorn anfangen. Und das nur, weil der Diplomstudiengang in einen Magisterstudiengang umgewandelt worden war und einige Universitätsangestellte sich für einen Studenten aus der ehemaligen DDR nicht die Bohne interessierten.

„Das dauert wenigstens noch mal zwei Jahre und ich weiß überhaupt nicht, wovon ich in dieser Zeit leben soll", sagte er. „Vielleicht sollte ich das Studium einfach schmeißen und weiter als Grabungstechniker arbeiten. Das würde ich sowieso tun, wenn ich Siebenundachtzig nicht doch noch zum Studium zugelassen worden wäre."

„Auf keinen Fall!", protestierte Alex. „Du wirst jetzt nicht aufgeben. Wir schaffen das schon. Du arbeitest während der Semesterferien als studentischer Grabungsleiter. Wenn du sparsam bist, dann wird das Geld übers Semester schon reichen."

„Ich habe keine Kraft mehr für den Mist!" Svens Augen zogen sich zusammen, und Alex sah, wie sein Mund vor Wut und Ohnmacht zitterte.

„Du musst jetzt kämpfen!", sagte sie und legte Nachdruck in ihre Stimme. Dann berührte sie sanft seinen Arm: „Es gibt keinen anderen Weg. Du willst doch nicht ewig als studentische Hilfskraft den Grabungsleiterjob machen? Vollwertiger Archäologe bist du nur mit Abschluss. Und ein volles Gehalt bekommst du auch nur mit Abschluss. Wenn es sein muss, dann studiere eben noch zwei Jahre. Wir werden zusammen die Zeit schon rumbringen."

Als Sven und Alex Arm in Arm über den erdigen Parkplatz zum Haus gingen, wehte ein lauer Nachtwind und kühlte ihre Gesichter. Alex drückte Sven einen Kuss auf die Wange: „Ich habe eine tolle Idee für heute Nacht", sagte sie und strahlte über das ganze Gesicht. „Wir schlafen auf dem Dach, was hältst du davon?"

In ihrem Zimmer wühlten sie zwei Schlafsäcke aus dem Schrank, sie brühten eine Thermoskanne voll Tee auf und Sven ging zum Spätverkauf, um noch zwei Bier und Erdnussflips zu holen. Dann stiegen sie die Treppe zur Bodenkammer hinauf.

Die Bodenkammer war ein leerer weiter Raum, nur in den Ecken standen ein paar verstaubte Möbel. Ein alter geflochtener Wäschekorb mit großen Löchern lag umgestürzt auf dem Boden. Vor Jahrzehnten hatte eine Hausfrau hier Wäscheleinen gespannt, die teilweise abgerissen waren. Es roch nach trockenem warmen Holz und Staub. An einer Fensterluke stand eine alte Holzleiter.

Alex kletterte voraus. Sie öffnete die Luke und klappte sie auf das Dach. Kühle Nachtluft strömte ihr entgegen. Dann stieg sie hindurch und setzte sich auf eine Holzplanke, die nur wenige Zentimeter unter dem First angebracht war und die Schornsteine miteinander verband. Das Haus hatte ein steil abfallendes, mit Schiefer gedecktes Satteldach ohne Gauben, und Alex überlegte kurz, ob sie umkehren sollte. An der Traufe, über der Dachrinne war ein Schneefanggitter angebracht, das wenig Halt versprach, wenn sie stürzten. Dahinter ging es steil nach unten. Sven steckte seinen Kopf durch die Luke und reichte ihr die Schlafsäcke und den Beutel mit dem Bier und den Erdnussflips. Dann kletterte er selbst durch die Dachluke und setzte sich neben sie.

„Dort ist unser Balkon", erklärte Alex und wies auf eine Stelle sechs Meter weiter von ihnen. Im Dach des halb abgerissenen Nachbarhauses fehlte ein Stück der Deckung. Sie war sauber aus der Dachhaut herausgeschnitten worden. Der Fußboden des Dachbodens bildete den Boden des von den Bewohnern des Hauses selbst gezimmerten Balkons. Vorsichtig standen Alex und Sven auf. Sie hielten sich fest an den Händen und liefen langsam hinüber. Dort angekommen, mussten sie ein Stück die Dachdeckung hinabklettern, ehe sie von oben hineinsteigen konnten. Der kleine Raum von sechs Quadratmetern war verblüffend sauber. Zwei Holzbalken mit einem Querträger stützten das Dach oberhalb des ausgesägten Bereiches, dessen unteres Ende direkt in die Dachschräge überging. Schnell setzte sich Alex hin. Sie öffnete die Tüte Erdnussflips und aß eine Handvoll davon, als würde sie sich davon sicherer fühlen. Sven setzte sich neben sie und sie sahen beide über die Dächer der nächtlichen Stadt.

Von oben waren kaum Lichter zu sehen. Nur die Sterne übersäten den dunkelblauen Himmel. Die Schatten der schwarzen Dächer verschwammen in der Dunkelheit und die Schornsteine ragten wie die Stümpfe von gerade abgesägten Bäumen in die Luft. Auf einigen Dächern griffen die dünnen Drahtfinger alter Fernsehantennen nach den Sternen. Sie sahen aus, als würden sie im Wind quietschen, doch sie blieben still. Der kühle Nachtwind strich leicht und erfrischend über ihre Gesichter. Wie aus weiter Entfernung klangen die Geräusche der Autos und einiger Jugendlicher zu ihnen hinauf. Dann breiteten sie ihre Schlafsäcke auf dem Boden aus und tranken ihr Bier. Ein prächtiger wolkenloser Sternenhimmel umspannte die Nacht und sie fühlten sich dem Himmel näher und weit weg vom Boden der Realität. Als sie unter den Schlafsäcken lagen, fragte sie Sven, ob er sich auch fühle, als schwebe er in der Luft.

„Hier oben über den Dächern der Stadt verliert man die Schwerkraft", sagte er liebevoll zu ihr und beugte sich über ihr Gesicht.

Am nächsten Morgen blendeten Alex beim Erwachen die Sonnenstrahlen. Kurz versuchte sie sie wegzuwischen, doch sie hafteten warm auf ihren Wangen. Sie blinzelte in die Sonne und beschattete schließlich mit der Hand die Augen. Sven saß neben ihr und hatte eine Tasse in der Hand. Als Alex sich aufsetzte, reichte er ihr die Tasse und sie trank einen Schluck von dem lauwarmen Tee.

„Na, wie hast du geschlafen?", fragte er.

„So gut, wie lange nicht mehr."

Eine Weile saßen sie schweigend nebeneinander und hörten zu, wie die Stadt erwachte. Die Autos dröhnten leise auf den Straßen und in der Ferne quietschte eine Straßenbahn. Über der Stadt lag ein dunkles Geräusch, als würden alle Laute zu einem einzigen Ton verschmelzen. Langsam wurde es wärmer, und die leichte Brise verlor ihre kühlende Frische. Alex bekam Hunger.

„Lass uns nach unten gehen", sagte sie, als müsse der Tag nun endlich beginnen. Sie packten ihre Schlafsäcke zusammen und stiegen wieder auf den Holzsteg. Sich gegenseitig Halt gebend, liefen sie zur Luke zurück und kletterten in den Dachboden.

28

Seit Anfang des Semesters hatte Eva Spitz die beiden Sprachkurse Tuvinisch zusammengeführt. Alex, die im letzten Jahr noch Anfängerin gewesen war, sollte zu Markus Jewgenin in den Fortgeschrittenenkurs aufschließen. Nun saßen ihr beide Schüler gegenüber, wenn sie ihnen Auszüge der tuvinischen Grammatik anhand von selbst aufgezeichneten Texten erklärte.

Alex, die jüngere, schien keine Probleme zu haben, mit dem Tempo des Seminars mitzuhalten. Sie schloss leicht an Markus' Leistungsniveau an. Dennoch sah sich Eva Spitz verpflichtet, jeden von ihnen persönlich zu betreuen. Und endlich war auch die Lehrsituation entspannter. Sie war froh über die kurzen Denkpausen, die ihr die Gegenwart von zwei Schülern ermöglichten, hatten sie doch im vergangenen Jahr das komplizierte Frage-Antwortspiel stets zu zweit meistern müssen.

Eva Spitz betrachtete Markus, der gerade einen Satz in seine grammatikalischen Bestandteile zerlegte. Er hatte spät mit dem Studium begonnen und war mindestens sechs, sieben Jahre älter als Alexandra. Seine ruhige, immer etwas traurige Art vermittelte nicht das Gefühl von Konkurrenz unter den beiden Schülern, im Gegenteil. Doch Markus hatte Alex gegenüber einen großen Vorteil. Seine Familie war vor seiner Geburt aus der Sowjetunion in die DDR eingewandert. Er sprach Russisch als zweite Muttersprache und hatte daher überhaupt keine Probleme, die russische Grammatik der tuvinischen Sprache zu lesen, während sie Alex recht erfolglos mit den Wörterbüchern kämpfen sah, wenn diese die linguistische Sprache verstehen wollte. Alex musste sie auf Deutsch unterrichten, denn allein mit Büchern, die allesamt noch aus der Sowjetunion stammten, hatte ihre jüngere Schülerin keine Chance.

Als Eva Spitz ihre Ausführungen beendet hatte, stand sie auf und packte ihre Unterlagen zusammen. Plötzlich fiel ihr ein, was sie

Markus unbedingt noch mitteilen wollte. Sie hielt inne: „Markus, bleiben Sie bitte noch kurz hier."

Alex hatte sich gerade die Jacke angezogen, stoppte in ihren Bewegungen und sah Markus an. Kurz entschlossen setzte auch sie sich wieder hin. Eva Spitz überlegte, ob sie Alex wegschicken sollte. Doch dann ließ sie es sein, schließlich störte ihre Gegenwart nicht und sie konnte ruhig zuhören. Später würde sie ihr sicherlich ein ähnliches Angebot machen. Sie wendete sich an Markus, dessen lange und hagere Gestalt sich wieder einmal höflich über den Tisch beugte.

„Ich denke, für Sie wäre es an der Zeit, nach Tuva zu reisen. Ich könnte Ihnen dabei behilflich sein", nickte sie ihm aufmunternd zu.

Doch Markus rührte sich nicht. Stattdessen nahm sie wahr, wie Alex zusammenzuckte und schnell ihre Jacke wieder auszog, als wäre eben sie angesprochen worden. Immer noch saß Markus schweigend vor ihr, und langsam hob sich sein Kopf, sodass die blonden Strähnen seines glatten Haares traurig nach hinten sackten.

„Sie könnten sich eine solche Reise jetzt zutrauen", versuchte sie ihn zu aufzumuntern, „und Ihrer Sprachkompetenz würde sie sehr zugute kommen."

Endlich räusperte sich Markus. Er war nie der Schnellste in seinen Antworten gewesen, doch so viel Zögern hatte selbst Eva Spitz nicht erwartet. Endlich schien er eine Antwort geben zu wollen.

„Verstehen Sie mich bitte nicht falsch, Frau Spitz", sagte er gedehnt. „Ich bewundere Ihren Mut, mit dem Sie seit Jahrzehnten in der Mongolei und in Südsibirien forschen. Aber ich traue mir so eine Reise nicht zu."

Alex' Gesicht zeigte Erstaunen, und Eva Spitz sah seine Bescheidenheit, die ihr immer sympathisch gewesen war. Sie unterschied ihn von den vielen anderen Studenten, die sich der neuen Zeit anpassten, ohne nach links oder rechts zu sehen. Wollte er tatsächlich ihr Angebot ablehnen? Wozu studierte er denn Tuvinisch, wenn nicht, um die Sprache irgendwann für seine eigene Forschung zu gebrauchen?

Doch Markus sprach weiter: „Zurzeit schon gar nicht. Meine Frau ist schwanger. Ich kann sie jetzt nicht allein lassen. Und wenn das Kind da ist, kann ich auch nicht für längere Zeit weg."

„Ihre Frau ist schwanger?", fragte Eva Spitz sofort. „Das ist ja eine gute Nachricht!"

‚Seine Frau war schwanger', wiederholte sie in Gedanken, ‚und Markus stand kurz davor, eine Familie zu gründen!'

„Was für eine Freude! Ich gratuliere Ihnen!", und ihr fiel ein, wie sie damals, in ihrer Promotionszeit, schwanger gewesen war: „Die Schwangerschaft mit meinem ältesten Sohn kam auch ungelegen", erzählte sie sofort. „Aber letztendlich habe ich meine Doktorarbeit trotzdem geschafft. Wenn es auch etwas länger gedauert hat. War das eine Zeit!"

Unwillkürlich musste sie seufzen und sie sah wieder den Moment vor sich, als sie erstmals mit ihrem Kinderwagen ihren Mann am Institut abgeholt und die Kollegen ihr Baby bewundert hatten. Wie stolz war sie doch gewesen und wie glücklich.

„Ihnen steht eine wunderbare Zeit bevor", erklärte sie deshalb, auch zu Alex gewandt. „Kinder erfüllen das Leben mit Sinn und mit Glück. Meine Familie war das Beste, was mir jemals passiert ist, und mein Beruf hat die Freude an meinem Leben vollendet. Das wünsche ich Ihnen beiden auch. Und es ist natürlich klar, dass Sie unter diesen Umständen Ihre Reise verschieben müssen."

Doch Markus schüttelte seine blonden Strähnen: „Ich spiele mit dem Gedanken, das Studium schnell zu beenden und die Wissenschaft zu verlassen. Ich sehe nicht wirklich eine Perspektive für mich und – mir ist klar geworden, dass meine Frau die Familie nicht mehr allein ernähren kann."

„Sie wollen also nicht nach Tuva reisen?" Verwundert betrachtete sie seine verschlossene Miene. Ihr Schüler wollte das Fach verlassen? Ihr wurde plötzlich klar, dass sie solche Entscheidungen respektieren musste, auch wenn durch sie ihre Arbeit der letzten Jahre völlig nutzlos wurde. Kurz nahm ihr Markus' Entscheidung die Sprache, und Markus bestätigte ihre Vermutung: „Nein, eher nicht."

„Aber *ich* will!", hörte sie Alex rufen und blickte erschrocken auf deren glühende Wangen.

„Ich habe die Zeit, den Freiraum und es reizt mich schon lange, endlich das Land zu sehen, dessen Sprache ich lerne", beeilte sich nun Alex zu versichern. „Ich möchte den Tuvinern begegnen, nicht nur ihre Texte lesen. Und ich möchte endlich eigene Erfahrungen mit ihrer Kultur machen, nicht nur in den Vorlesungen darüber hören. Für mich wird es endlich Zeit!"

Die Aufregung hatte Alex sichtlich atemlos gemacht. Sie hatte die Sätze hervorgestoßen, als müsse sie mit aller Gewalt eine Wand eindrücken, um zu ihnen durchzudringen.

Die Heftigkeit des eben gehörten Ausbruches ließ Eva Spitz sofort abwehren: „Ich weiß nicht, ob Sie schon so weit sind. Sie lernen ja erst seit einem Jahr Tuvinisch."

Doch Alex schien nicht mehr von ihrer Idee ablassen zu wollen, und Eva Spitz kannte deren ungeduldige Art. Dabei verlangte sie doch von ihren Schülern in erster Linie Geduld und konzentriertes Bemühen in der Aneignung aller nötigen Kompetenzen. Die Zeit war seit der Wende unangenehm schnell geworden, und Alex rannte ihr hinterher. Wie Eva Spitz' Kollegen vertrat ihre Schülerin die Meinung, dass diejenigen, die nicht miteilten, schnell zurückbleiben und verloren gehen konnten. Doch Eile brachte keine sauberen Ergebnisse, und diese waren ja das Fundament der Wissenschaft. Die jungen Wissenschaftler überschlugen sich in Projekten und Veröffentlichungen, die allesamt mangelhaft und fehlerhaft waren. Wohin sollte das führen?

Alex riss sie schon wieder aus ihren Gedanken: „Wo kann ich besser die Sprache lernen, als im Land selbst? Markus hat den Vorteil, dass er fließend Russisch spricht, aber mein Russisch ist zu schlecht, um die Grammatik und die Wörterbücher richtig lesen zu können. Wenn ich nach Tuva reise, könnte ich als Erstes mein Russisch verbessern und mir außerdem Sprachpraxis im Tuvinischen aneignen. Zumindest könnte ich mich in die Sprache hineinhören. Damit kann man nicht früh genug anfangen", versuchte Alex sie zu überzeugen.

Eva Spitz zögerte und betrachtete aufmerksam das rot glühende Gesicht ihrer aufgeregten Schülerin. Da mischte sich unerwartet Markus in die Diskussion ein: „Lassen Sie sie doch fahren. Sie hat recht, Sprachpraxis kann man nicht früh genug erwerben."

Unwillkürlich zuckte sie zusammen. Alex blickte sie immer noch mit weit aufgerissenen Augen an. Dieses blonde Mädchen mit ihrer fast ein wenig naiven Begeisterung. Konnte sie sie allein nach Sibirien schicken? Schließlich musste sie in gewisser Weise auch die Verantwortung für ihre Sicherheit übernehmen, wenn sie Alex zu der Reise verhalf.

„Ich mache mir Sorgen", sah sie sich deshalb gezwungen, ihr Zögern zu erklären. „Alex ist noch so jung, und für eine junge Frau, die allein reist, ist so eine Unternehmung nicht ungefährlich."

Doch ihre Schülerin wollte ihr keine Zeit zum Zweifeln lassen: „Ich werde Möglichkeiten suchen, um die Gefahren so weit wie möglich von mir fernzuhalten", versprach sie. „Vielleicht können wir uns zusammensetzen und Wege finden, wie ich mich in bestimmten Situationen richtig verhalte? Ich kann ja", und sie hob erwartungsvoll die Arme, „von Ihren Erfahrungen profitieren und Fehler vermeiden!"

Eva Spitz nickte. Die Wendung ihres Vorhabens erzeugte in ihr kein gutes Gefühl. Doch Alex und Markus hatten sie überrumpelt und auf Dauer würde sie Alex sowieso nicht davon abhalten können, nach Tuva zu reisen. Ja, sie war sogar verpflichtet, ihre Schülerin dabei zu unterstützen. Und war es nicht gleichgültig, ob sie in diesem oder in zwei Jahren fuhr? Die Gefahren, die dort lauerten, würden auch in zwei Jahren noch drohen. Trotzdem wäre sie froh gewesen, einen männlichen Studenten nach Tuva zu schicken. Schließlich riskierte der weniger, und sie selbst könnte sich sicherer fühlen. Es gab nur einen Weg, dachte sie. Sie musste Alex gut vorbereiten, ihr die Gefahren der Reise auseinandersetzen und ihr Möglichkeiten aufzeigen, sie zu umgehen. Von der Reise abhalten konnte sie ihre Schülerin nicht, aber sie konnte dafür sorgen, dass sie in eine sichere Umgebung kam. Deshalb erklärte sie nun feierlich: „Gut, dann machen wir es so. Uns stehen lange Gespräche bevor. Aber in den nächsten Tagen werde ich ein Schreiben nach Tuva senden, um eine Einladung für Sie zu erbitten. Bei der Gelegenheit werde ich auch gleich ein paar Kolleginnen anschreiben, die vielleicht bereit wären, Sie bei sich zu Hause aufzunehmen. Das ist die Regel Nummer eins, übernachten Sie nur in Familien, die Ihnen von anderen vermittelt wurden, und wechseln Sie Ihre Quartiere nur, wenn vertrauenswürdige Personen wissen, wohin Sie gehen."

Kurz dachte sie an Alex' Eltern. Die würden sie in die Pflicht nehmen, wenn etwas passierte. Doch dann beruhigte sie sich. Sie selbst war auch mehrfach allein gereist und warm von ihren Kolleginnen und Kollegen empfangen worden. Schließlich hatten diese zuverlässig für ihre Sicherheit gesorgt, und um diese Sorge für Alex' Sicherheit musste sie sich jetzt bemühen. Dann konnte so gut wie nichts mehr passieren.

Als Sven an diesem Freitag nach Linden kam, fiel ihm Alexandra mit den Worten um den Hals: „Es ist endlich so weit!" Seine Reisetasche schlug gegen ihren Rücken, als er sie aufzufangen versuchte. Doch seine zierliche Figur gab ihm nicht genügend Standfestigkeit und er musste einen Schritt zurückweichen, um sich auf den Beinen zu halten. Alex rückte nach, und so standen sie eine Weile eng umschlungen auf dem erdigen Parkplatz vor Alex' Haus.

„Im nächsten Sommer fliege ich nach Tuva", sprudelte es aus ihr heraus. „Ich habe diese Woche mit Frau Spitz gesprochen. Sie schreibt ihren Kontakten, damit sie mir eine Einladung schicken und ich ein Quartier in Kyzyl, der Hauptstadt, finde. Alles andere wird sich von selbst ergeben."

Inzwischen hatte sie sich von seinem Hals gelöst, stand vor ihm und wartete ungeduldig auf seine Reaktion.

„Na, endlich“, sagte er sanft. Sie spürte keinen Begeisterungssprung in dieser Aussage, eher Müdigkeit von der langen Woche auf seiner Grabung in Brandenburg.

„Wie lange wird denn die Reise dauern?“

„Sechs Wochen“, erwiderte sie nun auch etwas ruhiger, „und ich habe panische Angst. Die erste Reise nach Sibirien und dann ganz allein. Wenn ich nur erst zurück wäre und wüsste, dass ich das schaffen kann.“

„Du schaffst das. Wer, wenn nicht du?“

Sven nahm seine Tasche wieder in die Hand, die er kurzzeitig auf dem Parkplatz vor ihrem Haus abgestellt hatte.

„Lass uns erst mal reingehen“, sagte sie daraufhin und griff nach dem zweiten Henkel, den er ihr gerne überließ.

„Professor Lange habe ich auch angesprochen. Das Institut hat keine Mittel, eine solche Reise zu fördern. Ich habe gefragt, ob ich wenigstens Technik bekommen kann. Aber er hat nur abgewinkt. Das Institut hat nicht mal einen Fotoapparat, geschweige denn einen Laptop, den er mir borgen könnte. Ich muss mir die ganze Ausrüstung selbst kaufen. Da bleibt nicht viel übrig von meinen gesparten zweieinhalbtausend.“

„Dann schreib eben von Hand in Tagebücher, und für einen Fotoapparat und ein paar Filme wird es schon reichen.“

„Zwei Fotoapparate, falls einer kaputtgeht“, widersprach sie ihm sofort, „und zwei Diktiergeräte mit Kassetten. Meine erste Forschung muss professionell vorbereitet werden.“

„Und wann kommt dann das erste Buch à la Erich Wustmann?“ Sven lachte sie an und sie ahnte, dass er genau wusste, was ihr Ziel war. Doch das wollte sie nicht eingestehen, es klang zu ehrgeizig und Sven – das wusste *sie* nun wieder – mochte keinen übersteigerten Ehrgeiz.

Deshalb winkte sie leise lächelnd ab: „Das kommt bestimmt, aber es kommt später. Erst einmal muss ich die Reise überstehen und Stoff zum Schreiben finden, und zwar nicht nur den, der in all den Büchern, die ich über Tuva kenne, bereits steht. Und um überhaupt etwas aufzeichnen zu können, muss ich erst einmal lernen, fließend Russisch zu sprechen." Das war das nächste Problem, was Alex beunruhigte.

„Leider ist die Reise ja kein Film, in dem der Weltreisende in jeder Gegend der Erde in seiner Muttersprache sprechen kann."

„In achtzig Tagen um die Welt", nickte Sven. „Wenn du Amerikanerin oder Britin wärst, dann könntest du das."

Alex lachte, doch auch hier musste sie ihn berichtigen.

„In Tuva hat nicht mal ein Amerikaner die Chance, in seiner Muttersprache Feldforschung zu machen. Es gibt kaum einen Dolmetscher, den er engagieren könnte. Und die Leute sprechen nur Russisch und Tuvinisch."

„Schön wär's. Sollen die Anglophonen auch mal eine Fremdsprache lernen."

„Oder ich tue es und komme ihnen dann zuvor", scherzte sie weiter.

Als sie wenige Minuten später in Alexandras blauen Sesseln saßen, berichtete sie ausführlich von ihren Gesprächen mit Frau Spitz und mit Professor Lange. Sven nickte immer wieder und kommentierte belustigt Alexandras Erläuterungen.

„Noch keiner meiner Kommilitonen hat bislang Feldforschung gemacht. Ich werde die Erste sein", erzählte sie und spürte, wie sie prahlte.

Sven parierte sofort: „Dafür konnten sie sich – im Gegensatz zu dir übrigens – Urlaub leisten und da kann man ja auch mitschreiben."

„Dann hätte ich auch auf unseren Grabungen mitschreiben können", erwiderte sie beleidigt.

„Warum hast du es nicht getan?"

„Du hast recht." Alex war nachdenklich geworden: „Eigentlich braucht man nicht in die Ferne zu reisen, um ethnologisch zu forschen. Das Feld liegt direkt vor der Haustür."

„Nicht erst vor der Haustür. Du wohnst in einem quasi besetzten Haus. Mancher würde sich die Finger lecken, hier Feldforschung zu machen und die Kultur der Hausbesetzer zu studieren."

Sie nickte: „Aber mich zieht es eben in die Ferne. Sibirien ist ein Erlebnis, wie ich es mir seit meiner Kindheit erträumt habe. Und wenn ich die Möglichkeit habe, dort zu forschen, dann werde ich es auch tun."

Nach einer Pause fügte sie hinzu: „Übrigens, das Haus. Es wird gemunkelt, dass es bald geräumt werden soll. Ich kann keinesfalls meine Sachen hierlassen, wenn ich so lange weg bin." Liebevoll schweiften ihre Augen durch ihr Zimmer, die beiden Bücherregale und ihren Schreibtisch mit Computer und Drucker. Dann blickte sie vorsichtig zu Sven und sagte leise: „Wir sollten uns zusammen eine Wohnung suchen."

Sven sah auf. Nachdenklich blickte er in ihre Augen: „Das habe ich auch schon gedacht."

„Dann tun wir's doch!" Alexandra sprang von ihrem Platz auf und wollte sich schon wieder auf Sven werfen. Doch der hielt sie mit einer Geste zurück.

„Halt, langsam", sagte er, „Wo wollen wir uns denn eine Wohnung suchen. In Solau, in Linden oder vielleicht sogar in Berlin?"

Diese unerwartete Frage nahm Alexandra plötzlich den Wind aus den Segeln. Sie musste sich wieder setzen. Eines stand für sie fest und das sagte sie ihm auch: „Nach Berlin ziehe ich keinesfalls. Die Stadt ist mir zu groß. In welche Richtung man auch blickt, überall ein riesiges Häusermeer. Wenn man einmal in dieser Stadt ist, dann kommt man ja überhaupt nicht mehr raus." Alles sträubte sich in ihr und sie konnte überhaupt nicht nachvollziehen, was Sven an diesem Ozean aus Häusern gut fand. Sven betrachtete sie lange, als müsse er sich zwischen seinem Leben in Berlin und Alexandra entscheiden. Sein

Schweigen ließ Alex erbeben. Sie spürte, wie plötzlich ein Frösteln über ihre Haut glitt und sich Gänsehaut auf ihren Armen bildete. Wenn sie an Berlin dachte, dann sah sie sofort U-Bahnschächte vor sich, weiße dreckige Fliesen, Kippen und Kaugummiflecken auf schwarzem Asphalt, Graffiti und Bettler, und sie war sich nur noch sicherer. Nach Berlin würde sie niemals ziehen. Sie fühlte leisen Zorn in sich aufsteigen. War sich Sven nicht sicher? Oder war der Ort ihrer Wohnung wichtiger, als die Tatsache, dass sie zusammen waren?

Endlich nickte Sven: „In Solau will ich jedenfalls nicht bleiben. Mich zieht es nach Berlin. Dort habe ich meine Freunde und dort fühle ich mich wohl."

Heftig schüttelte sie den Kopf: „Berlin kommt für mich nicht infrage. Wie stellst du dir das überhaupt vor, ich studiere hier und müsste dann täglich zwischen Linden und Berlin pendeln, oder wir würden eine Wochenendbeziehung führen."

Wieder nickte Sven und sah vor sich hin, als wäre das Thema damit beendet. Diese überlegende Ruhe konnte Alex aus der Fassung bringen. Stets hatte sie begonnen, heftiger zu streiten, während er immer schweigsamer wurde. Sie spürte, wie in diesem Punkt die Schere ihrer Gemüter weit auseinanderklaffte. Wenn Sven sich zurückzog, um Entscheidungen zu fällen oder einfach nur, um für sich allein zu sein, begann Alex regelmäßig immer energischer nach seiner Aufmerksamkeit zu streben. Sie forderte sie geradezu ein. Sein Rückzug gab ihr das Gefühl von Abweisung. Wie oft hatte er ihr erklärt, dass diese Phasen nichts mit Ablehnung zu tun hatten, dennoch, Alexandras Bauchgefühl überwältigte sie, sie fühlte sich verletzt.

Doch heute war es ihr innigster Wunsch, mit Sven eine gemeinsame Wohnung zu suchen. Und sie war fest entschlossen, ihre Gefühle in den Griff zu bekommen und ihn sanft, aber nicht zu sehr zu drängen. Deshalb stand sie auf und bot ihm an, Tee zuzubereiten. Zu ihrer Freude folgte ihr Sven in die Küche und lehnte sich an die Spüle, als sie den Wasserkocher füllte und anstellte. Sie nahm die Kanne und legte zwei Teebeutel hinein. Dann holte sie Tassen aus dem Schrank und stellte sie daneben. Sven betrachtete sie versonnen von der Seite.

„Eigentlich hatte ich gedacht, wir ziehen hier zusammen. Linden ist eine herrliche Studentenstadt und hat alles, was Berlin auch hat, nur auf kleinerem Raum. Wenn wir in die Nähe des Bahnhofs ziehen, dann kannst du schnell überall hinfahren, im Sommer auf deine Grabungen, in einer dreiviertel Stunde ans Institut nach Solau und an den Wochenenden zu deinen Freunden nach Berlin."

„Mhm", brummte Sven immer noch unentschlossen. Sie sah ihm seine Enttäuschung an und es tat ihr leid.

Und als er in ihrem Zimmer an seinem Tee nippte, willigte er doch noch ein: „Warum nicht Linden. Hier geht es uns seit einigen Jahren gut."

Alexandra jubelte auf: „Du wirst es nicht bereuen!"

Zweites Buch

Erfüllung

1

Alex' Hände streiften das hüfthohe harte Steppengras, und ihre Blicke blieben immer wieder an den ausgeblichenen Rinderschädeln hängen, die überall herumlagen. Das Zeltlager der Archäologen, eines russisch-deutschen Teams, lag an dem kleinen Bach Ujuk im südsibirischen Tal der Khane, das unter dem Namen Arzhan als Ausgrabungsstätte von skythischen Grabhügeln weltbekannt war.

Es war Alex' zweite Reise nach Tuva, diesmal zusammen mit Sven. Wenn sie ihre Augen hob und durch die weite Steppenlandschaft schweifen ließ, dann leuchteten die Kurgane im orangen Abendlicht und zeichneten halbrunde dunkle Schatten auf den steinigen Boden. Sie hatten das einsame Tal in eine künstliche Landschaft aus kreisförmigen Hügeln verwandelt, begrenzt von den Ausläufern des Sajans, der Tuva einst seine Selbstständigkeit gesichert hatte, damals als China und Russland im achtzehnten Jahrhundert weite Teile Asiens unter sich aufteilten. All das Land sollte russisch sein, das von den Flüssen nach Norden hin entwässert wird. Doch die Russen blieben am Sajan-Gebirge stehen, im festen Glauben, das Tannu-oola-Gebirge erreicht zu haben, wo wiederum die Chinesen ihre Grenzposten errichtet hatten, und das Land dazwischen, die Khanate des heutigen Tuva, war Niemandsland geblieben.

Plötzlich stoppte Sven und wies auf den Gebirgskamm, der das Tal im Norden begrenzte. „Dort zieht eine schwarze Wand auf!", sagte er, und Alex betrachtete den Himmel, der sich in Sekundenschnelle verdüsterte, während die Wolken das Sonnenlicht in Streifen teilten und die Landschaft in ein bunt durchwirktes Grau tauchten.

„Wenn das Gewitter einmal im Tal ist, dann wird es wohl wieder die ganze Nacht über unseren Köpfen hin- und herziehen", murrte er, während Alex die ersten Tropfen auf ihrer Haut spürte.

„Herrlich!" Sie reckte den Körper, der von der Arbeit in der gleißenden Sonne glühte, den ersten Regentropfen entgegen, streckte ihre Arme in die Höhe und begann sich zu drehen.

„Endlich wieder Abkühlung!“, jubelte sie und tanzte durch das hohe Gras.

„Ich dachte, wir baden im Ujuk!“, stöhnte Sven, blieb aber geduldig stehen, um Alex' Regentanz abzuwarten.

„Dort!“, rief Alex plötzlich und sah wie angewurzelt nach Osten. Mit dem rechten Arm zeigte sie in Richtung eines der größeren Grabhügel, hinter dem ein breiter leuchtender Regenbogen emporschoss und sich weit über das Tal bis zum gegenüberliegenden Hang ausbreitete. Einige Sekunden betrachteten sie die intensiven Farben im Abendlicht, dann liefen sie durch den strömenden Regen weiter zum Zeltlager, wo sich ihre Kollegen bereits unter der großen Plane des Küchenzeltes versammelten, um Olgas Buchweizengrütze zum Abendbrot zu essen.

Karl setzte sich mit seinem Blechnapf zu ihnen an den aus alten Brettern zusammengezimmerten Holztisch. Missmutig rührte er in seiner Grütze. „Dieser Buchweizen mit zwei Esslöffeln Soße hängt mir zum Hals raus“, beklagte er sich wie jeden Abend. Dann hielt er den Löffel dicht vor Alex' und Svens Augen. „Hier, ich habe zwei Fleischfasern gefunden! Was für ein Glück!“

Alex und Sven begannen sofort in ihrer Grütze zu suchen. „Drei Fleischfasern!“ Sven hielt nun auch triumphierend seinen Löffel in die Höhe. „Das ist ja der reinste Luxus in den rostigen Govjadina-Büchsen?“ Und sie sahen sehnsüchtig zu Olgas Feuerstelle, über der der Kessel mit der dünnen Rindfleischsoße hing.

„Mehr Soße kriegen wir nicht“, flüsterte Alex über den Tisch. „Das ist eben russische Romantik ...“

Doch Sven unterbrach Alex' Schwärmerei: „Du freust dich ja beinahe über diese kulinarische Monotonie.“

„Das ist authentisch“, antwortete sie, „Gefährten, Armut und Teilen.“

„Also!“ Karl schüttelte heftig den Kopf. „Eher verströmt die Kost hier ein unverwechselbares Gulag-Feeling. Romantik kann ich daran nicht finden. Und überhaupt“, seine Augen zogen sich empört zusammen. „wie soll man so körperlich arbeiten?“

„Reg dich ab!“, sagte Sven, dem Karls Gejammer sichtlich auf die Nerven ging. „Abenteuer und Luxus schließen einander nun mal aus. Ich mache mir eher Sorgen, wie wir heute schlafen sollen. Unser Zelt ist für solchen Regen nicht ausgelegt.“

Auch Alex wollte sich die Laune nicht verderben lassen. Sie lachte, als sie seinem prüfenden Blick auf das Zelt folgte. „Seitenspoiler haben wir ja schon“, sie wies auf die Plastikplanen, mit denen Sven die Längsseite des Bergzeltes verhüllt hatte. „Heute verkleiden wir noch die Vorder- und die Rückseite.“

Sven grinste zurück. „Hattest du nicht gesagt, hier herrscht Kontinentalklima mit wenig Regen?“

„Und großen Temperaturunterschieden!“, dozierte Alex.

„Na, davon merke ich nichts!“

Endlich lächelte auch Karl wieder. „Das Klima hier ist ozeanisch.“

„Ja, ozeanisch unter Wasser!“, Sven nickte, und Alex lachte: „Fehlt nur noch, dass wir unsere Grütze mit Meerjungfrauen teilen müssen.“

Dann löffelte sie hastig ihren Blechnapf aus. „Weil wir einmal dabei sind. Ich springe jetzt in den Ujuk! Es gibt nichts Besseres, als im Regen zu baden!“

∞

In der Dämmerung näherten sich unter lautem Dröhnen zwei Lichtkegel dem Grabungscamp. Jura, halb Russe halb Kaukase, kam mit dem Geländewagen aus dem nächsten Ort zurück und brachte die Einkäufe für die Mannschaft.

Als er hinten die Ladefläche öffnete, sah Sven als Erstes eine große Kiste Wodka, die von der russischen Grabungsmannschaft mit lautem Beifall begrüßt wurde. Jura hob die Kiste aus dem Wagen und ließ sie in Boris' Arme fallen, der sie stolz zum Küchenzelt schleppte. Darunter entdeckte Sven ein dichtes braunes Fell. Langsam leerte sich der Laderaum, und als die letzten Kisten ausgeladen waren, stand Sven immer noch dort.

Jura sah ihm triumphierend in die Augen.

„Medved!", erklärte er und strich zärtlich über das filzige Fell in seinem Laderaum. Alex musste schon eine Weile hinter ihm gestanden haben, denn sie fing Svens fragenden Blick auf und erklärte: „Das ist ein Bärenfell."

Plötzlich brach Jura in dröhnendes Gelächter aus, und Sven wurde klar, wie er auf ihn wirken musste. Ein neugieriger Junge, der die Geheimnisse des unerreichbar erwachsenen Vaters lüften wollte.

Ohne sein dröhnendes Lachen zu unterbrechen, schlug Jura ihm hart auf die Schulter. Dann beugte er sich in die Ladefläche und löste die Verschalung hinter dem Rücksitz. Doch bevor er sie herausnahm, wendete er sich Alex zu: „Uidtij!"

Sofort richtete sie sich auf, und ihre Augen weiteten sich vor Zorn. Laut protestierte sie: „Warum soll ich gehen?!"

Obwohl Sven kaum Russisch verstand, begriff er sofort, dass Jura ihm etwas zeigen wollte, dass nach den russländisch-patriarchalischen Gepflogenheiten reine Männersache war. Er griff nach Alex' Schultern. „Geh einfach. Ich erzähl dir's nachher!" Abrupt warf Alex ihren Kopf in den Nacken und stampfte davon.

Dann lüftete Jura endlich die Verkleidung hinter der Ladefläche, und Sven sah eine blitzend schwarze Kalaschnikow, wie er sie als Soldat zuletzt vor über zehn Jahren in den Händen gehalten hatte. Doch Jura schloss die Verdeckung gleich wieder und sagte: „Vecherom!"

Das hatte auch Sven verstanden: ‚Am Abend!'

Als sie zwei Stunden später plaudernd im Küchenzelt saßen, trat Jura von hinten an Sven heran und tippte ihm an die Schulter. Sven drehte sich um und sah, wie Jura ihm grinsend zuwinkte. Dann wies er auf Karl und bedeutete auch ihm, dass er mitkommen solle. Beide standen auf, und Alex hämmerte mit den Fäusten auf den Tisch, dass es nur so krachte.

„Was soll das hier?“, rief sie empört. „Wo geht ihr schon wieder hin?“

„Lass nur. Wir sind gleich zurück.“

Doch Alex' Ärger schien davon nur noch mehr angestachelt zu werden, und Sven musste über sie lachen. Alex war es nicht gewohnt, sich als Frau zurückzunehmen. Sie war eine selbstbewusste Ossi, und dieses männliche Getue musste auf sie nicht nur obskur, sondern beleidigend wirken. Und doch genoss Sven an Juras Seite, ein Mann unter Männern zu sein. Dieser schwarz behaarte und kräftige Riese in seinen Militärhosen war das Abbild eines russischen Mannes. Und das imponierte ihm, warum sollte er darauf verzichten?

Sie musste sitzenbleiben, während Sven und Karl mit Jura zu dessen Geländewagen schritten, wo bereits Renfall, der deutsche Grabungsleiter, sowie sein Mitarbeiter, Schrauber, mit dem Leiter des russischen Teams, Kadov, standen.

Jura hieß sie einzusteigen. Da die Sitze von den Chefs besetzt waren, quetschten sich Karl und Sven hinten in den Ladebereich. Dann raste Jura über die Holperpiste los und Sven stemmte sich mit Rücken und Füßen gegen die Wände, um sich vor allzu harten Schlägen gegen das Metall zu schützen.

Sie waren vielleicht dreißig Minuten talaufwärts gefahren, als Jura an einem kleinen See den Wagen stoppte. Am Ufer hatte er bereits einen Holzstoß vorbereitet. Ohne sich um die anderen zu kümmern, entzündete er das Feuer, legte ein Tuch auf die Erde und stellte darauf eine große Flasche Wodka, sechs Blechbecher, eingelegte Gurken und zwei Dosen Wurst, die er mit seinem Jägermesser sorgsam öffnete. Daneben schnitt er einen Leib Kastenbrot auf.

Der See war eine glänzende Fläche mitten im Steppengras. Kein Baum weit und breit, nur weiter oben an den Südhängen sah Sven die Schatten einiger verkrüppelter Lärchen. Er hörte das raue Lachen von Jura, als er sich umdrehte. Diese kräftige dunkle Gestalt gehörte in die Wildnis. Die Hosen in grünbraunen Tarnfarben und das schwarze, ausgewaschene Trägerhemd verstärkten die Wirkung eines Militärs. Wenn er dagegen die schlanken, fast grazilen Intellektuellen in der Grabungsmannschaft ansah. Wie Hänflinge mussten sie auf Jura wirken.

Der körperlich Kräftigste war noch Schrauber, ein Russlanddeutscher mit bäuerlichen Vorfahren, den es in die Archäologie und an die Seite von Renfall verschlagen hatte. Seit mehreren Jahren leiteten sie die Grabungskampagnen gemeinsam. Kadov, der Intellektuelle aus Sankt Petersburg, der das russische Team führte und die Grabungen vor Ort organisierte, war ebenso klein und schlank wie Sven. An seiner zarten Erscheinung änderte auch nichts der blonde Bart, der wohl die Pflege in der Wildnis erleichtern sollte.

Jura hatte den Tisch gedeckt, und die Männer ließen sich um das Tuch nieder.

„Endlich Wurst und Brot! Ich habe Bärenhunger!", flüsterte Karl ihm zu und biss in die daumendick mit Büchsenwurst belegte Brotscheibe.

Dann öffnete Jura die Wodkaflasche und schüttete in jede Blechtasse einen ordentlichen Hieb, nahm seinen Becher und hieß die anderen mit einer Geste zuzugreifen.

„Nu!", jubelte er, kippte den Inhalt seines Bechers hinunter, schüttelte sich und ächzte laut, um dann ein großes Stück Wurst zu verschlingen, das er auf sein Messer gespießt hatte. Dann schnitt er mit dem Messer eine Gurke auf, spießte wiederum ein Stückchen daran und steckte auch das in den Mund.

Die anderen taten es ihm gleich, doch bis auf das wohlige Grunzen bei jedem Schluck Wodka und das Schmatzen beim Biss in die Wurst wollte kein Gespräch entstehen. Das war auch kein Wunder, denn zwischen den Männern standen Sprachbarrieren. Bis auf Schrauber, der Russisch und Deutsch fließend beherrschte, sprachen die Männer die jeweilige Fremdsprache nur rudimentär. Sie kommunizierten in Gesten, und in diesem Moment war Jura, der Grabungschauffeur, derjenige, der vorgab, was die anderen zu tun hatten. Er verlangte nicht weniger als ein Gelage unter Männern in der Einsamkeit der Wildnis.

Nach drei Bechern Wodka waren die Wurstdosen geleert. Jura sprang auf, verschwand mit seinem Oberkörper im Laderaum und nachdem er dort einige Sekunden hantiert hatte, hielt er seine Kalaschnikow in beiden Händen, worauf Renfall sofort auf den Beinen stand und mit heftigen Gesten versuchte, Jura dazu zu bewegen, das Gewehr wieder zurückzulegen. Doch Jura schlug ihm lachend auf die Schultern und wies mit einer weiten Geste über den See, dann lief er los.

Gebannt starrten die Europäer ihm hinterher und es dauerte nicht lange, als am seitlichen Ufer zwei Feuer aufflackerten und Jura zurückgestapft kam. Sie erwarteten ihn stehend und mit fragenden Gesichtern.

Kadov und Karl wichen einen Schritt zur Seite, als Jura sich wortlos zwischen sie stellte und das Gewehr anlegte. Dann knallte es und eine Leuchtkugel zog ihre Bahn genau zwischen die beiden Feuerstellen seitlich des Ufers.

Jura drückte Kadov das Gewehr in beide Hände und half ihm anzulegen. Doch Kadov zog es beim Abschuss leicht nach oben und die Leuchtkugel verfehlte ihr Ziel. Dann übergab er Renfall das Gewehr. Der legte an und schoss. Aus einem der Feuer stob eine Glutwolke, und die Männer jubelten.

Nachdem Karl und Schrauber noch zwei Fehlschüsse abgeliefert hatten, kam Jura auf Sven zu und wollte ihm das Gewehr erklären. Doch Sven lächelte nur, wog die Kalaschnikow in seinen Händen und spürte ihr Gewicht, wie vor zehn Jahren, als er mit ebenso einem Gewehr durch den Dreck gerobbt war.

Jura erkannte die routinierte Geste, mit der Sven die Waffe entsicherte und einen prüfenden Blick auf das Ziel warf, und trat einen Schritt zurück. Dann legte Sven an, zielte zwischen die beiden Feuer und drückte ab. Die Leuchtkugel traf so genau, wie Jura es vorgemacht hatte, und die Männer sahen ihn betreten an.

Plötzlich trat Renfall an Sven heran. „Haben Sie auch gedient?“, fragte er mit seinem unverwechselbar bayerischen Akzent.

„Ja!“, antwortete Sven und grinste, „Aber auf der anderen Seite!“

Kurz sahen sie sich in die Augen, und Sven reichte Renfall die Hand, der sie sofort ergriff. Dann glitt ihr Blick wieder über die blanke Fläche des dunklen Sees.

Der mit einem Bagger geschnittene Kurgan brütete wie ein halber Gugelhupf in der gleißenden Sonne, bei über 40 Grad Hitze, und mit ihm das deutsch-russische Team, das jeden einzelnen Stein der Abdeckung freilegte und zeichnete. Auf der ebenen Erde der fehlenden Hälfte, unter der die Grabkammer vermutet wurde, stand Karl und kämpfte mit dem Theodoliten. Er hatte den Auftrag, ein Rechteck einzumessen, in dem das Team tiefer gehen würde, um die Bestattung zu suchen.

„Wie oft hat er jetzt schon ‚Scheiße‘ gesagt?“, fragte Sven, und Alex streckte sich über die Kante des Profils, um einen Blick auf Karl zu erhaschen, der mit hochrotem Kopf hilflos an dem Theodoliten schraubte und fortwährend fluchte.

„Wieso macht Renfall das nicht selbst, wenn Karl es nicht kann? Wir blamieren uns doch völlig vor den Russen!“, fragte sie besorgt.

„Vermutlich kann Renfall es auch nicht, das scheint ein alter Theodolit zu sein, vielleicht sogar ein russischer.“

„Und wieso misst Kadov nicht ein?“

„Ich glaube, die wollen Renfall und Karl hochnehmen. Kadov scheint sauer zu sein, weil Renfall als deutscher Finanzier ihn mit seinen Entscheidungen völlig übergeht. Und Karl hat letztens wieder den Schaumschläger raushängen lassen und beim Sortieren die

Skelettkisten völlig durcheinandergebracht. Und jetzt überlassen sie ihnen die Einmessung, um ihnen zu zeigen, wie weit sie ohne die Russen kommen würden."

„Der macht doch den Theodoliten nur kaputt!", schüttelte Alex nach einem weiteren Blick über den Kurgan den Kopf, und von der anderen Seite brüllte es laut: „Scheiße! ... Scheiße! Scheiße! Scheiße!"

Alex und Sven brachen in Gelächter aus, worauf Renfall ihnen einen wütenden Blick zuwarf und mit ebenso hochrotem Kopf die Faust schüttelte.

Alex und Sven duckten sich, doch als sie von der anderen Seite erneut Karls „Scheiße!" hörten, verloren sie vollends die Beherrschung, und in ihr Gelächter stimmten einige Russen mit ein, die bislang scheinbar völlig unbeteiligt und mit gesenkten Köpfen Steine freigelegt hatten.

Oleg legte seine Kelle weg und trat lachend auf sie zu. „Chto takoje ‚Scheiße?'", worauf Alex die Frage übersetzte, und Sven vor den Augen der Russen bedeutete, was dieses Fluchen ihres Kollegen meinte. Svens Gesten ließen die Russen toben. Auf der Grabung dröhnte ihr Gelächter, auf das selbst Karl aufmerksam wurde, der nun seinerseits irritiert seinen Kopf über die Kante des halbierten Kurgans streckte.

„Was unterstehen Sie sich, Ihren Kollegen lächerlich zu machen!" Renfall war herangetreten und schien innerlich zu toben. Das tiefe Rot in seinem Gesicht ließ Alex zweifeln, ob es nur der Zorn über ihren Spott war, der ihn explodieren ließ, oder seine Ohnmacht über die nicht zu bestehende Prüfung. Und noch ehe er zu einem wütenden Vortrag über Arbeitsmoral ansetzen konnte, setzte sie ein freches Lächeln auf und sagte: „Ich messe Ihnen das Rechteck mit Sven in zehn Minuten ein!"

„Sie?", brauste Renfall auf. Und Alex gewahrte, wie die Grabungsmannschaft still geworden war und mit den Arbeitsgeräten in der Hand den Disput verfolgte. „Gerade Sie? Als ob Sie irgendwas von Archäologie verstünden!"

Betont ruhig erwiderte sie: „Nein! *Ich* kann es nicht! Aber ich weiß, dass Sven es kann! Schließlich arbeitet er seit seinem zehnten Lebensjahr auf Grabungen, und Theodoliten hat man in der DDR oft verwendet."

Renfall schnaubte.

„Ansonsten müssten Sie selbst einmessen. Denn Karl schafft es offensichtlich nicht."

„Dann machen Sie das!", sagte er kurz angebunden, winkte in Richtung der Fläche und verschwand wieder hinter seinem Tisch mit der Grabungsdokumentation.

Alex jubelte: „Ich nehme die Messlatte!" und lief siegessicher auf die Fläche.

„Na, hoffentlich hast du jetzt nicht zu viel versprochen", brummte Sven und trat vorsichtig an den Theodoliten heran, als sei er ein gefährliches Objekt.

„Jetzt hab dich doch nicht so. Du hast das schon tausendmal gemacht!"

Doch Sven blieb stumm und blickte misstrauisch durch das Gerät.

„Der hat ihn ja völlig verstellt!"

Langsam drehte er an den Rädchen und sah dabei immer wieder durch das Okular. Währenddessen versammelten sich immer mehr Russen um die Fläche und sahen ihm breit grinsend zu.

Und plötzlich zog ein triumphierendes Lächeln über Svens Gesicht. Laut, sodass Karl und Renfall ihn sicher hören konnten, sagte er: „Na, das ist ja ein ganz besonderes Schmuckstück von Carl Zeiss aus Jena. Der hat noch eine Gon-Einteilung!"

Und als Alex an ihn herantrat, flüsterte er: „Das ist ein altes Winkelmaß, das es heute kaum noch gibt."

„Und was bedeutet das?"

„Der Vollkreis hat nicht 360 Grad, sondern 400 Gon. Wenn man das nicht weiß, kriegt man natürlich keinen rechten Winkel hin."

Breit grinste er zu Karl und Renfall hinüber und schien nun den Theodoliten neu zu justieren.

Einige Russen begannen, den Takt zu klatschen, während Karl empört und mit verschränkten Armen neben Renfall stand, dessen Kopf immer noch puterrot war.

„Beeil dich, wir müssen es in zehn Minuten schaffen!"

Noch einmal sah Sven durch das Gerät, nickte bestätigend und gab schließlich Alex erste Anweisungen, wohin sie sich mit der Messlatte zu stellen hatte.

Sie brauchten fünfzehn Minuten, um das Rechteck einzumessen und ernteten begeistertes Klatschen der russischen Grabungsmannschaft. Nur Renfall kniff wütend die Augen zusammen, als er an Alex und Sven herantrat und mit gepresster Stimme verkündete: „Für Sie habe ich jetzt eine ganz besondere Aufgabe."

Dann zeigte er auf die Abraumhalde.

„Sie werden jetzt beide den Abraum umsetzen und dabei genau prüfen, ob Funde in der Halde sind."

Doch Sven protestierte: „Von Hand den Abraum umsetzen? Wir schaffen doch schon so nicht alles, was noch in den nächsten zwei Wochen zu tun ist."

„Außerdem haben wir Sie gerade gerettet!", rief Alex empört.

„... und Ihren Kollegen lächerlich gemacht! – Schaufeln Sie!"

Renfall hatte sich von ihnen abgewandt und verschwand in Richtung Grabungslager, während Sven und Alex die Schaufeln zur Hand nahmen.

„Völlig humorlos, wenn es um sie selbst geht, die Wessis!", flüsterte Alex Sven zu und Sven nickte.

Keine fünf Minuten später kam Boris zu ihnen und schaufelte mit. Dann erschien Oleg und schließlich gesellten sich auch noch die restlichen russischen Grabungsmitarbeiter zu ihnen, und als Renfall wieder auftauchte, schaufelte fast das ganze russische Team.

„Das ist Russland!“ Alex war begeistert. „Friede den Hütten! Krieg den Palästen!“

Renfall bebte, als er den harmonischen Einklang seiner Mitarbeiter sah. Dann gab er auf, befahl den sofortigen Abbruch dieser sinnlosen Beschäftigung und rauschte davon zu seinem Grabungstisch. Die Russen hatten gesiegt und Alex lächelte sie dankbar an.

Und Boris, der weiterhin neben ihnen stand, sagte plötzlich in sauberem Deutsch: „Dass die Deutschen sich immer noch für Übermenschen halten und andere hemmungslos herumkommandieren, das haben wir ja gewusst. Aber dass sie sich auch euch gegenüber so verhalten, das wundert mich.“

„Du sprichst ja Deutsch!“, erwiderte Alex verblüfft und starrte ihn an.

„Mein Vater ist Russlanddeutscher aus Kirgistan, und ich habe fünf Jahre in Hannover gelebt, bis ich nach Sankt Petersburg zurückgekehrt bin.“

„Dann hast du uns die ganze Zeit verstanden?“

Boris grinste. „Ihr gefallt mir!“, sagte er. „Das liegt wohl daran, dass wir eine gemeinsame Vergangenheit haben.“

Plötzlich rief Kadov einige unverständliche Worte und die Russen strömten in eiligen Schritten zu ihm hinüber. Er kniete auf dem Planum der eben eingemessenen Fläche, und als Alex an ihn herangetreten war, sah sie das braune poröse Holz, das er freigelegt hatte.

„Die Grabkammer“, flüsterte Sven ihr zu, während Renfall die Leute beiseiteschob und Karl das Kommando gab, sofort eine Taschenlampe zu holen. An einer Schnur ließ er diese zwischen den Holzbohlen hinab, alle knieten sich, um einen Blick durch die Ritzen zu erhaschen. Doch Kadov stand enttäuscht wieder auf.

„Sie ist geplündert“, übersetzte Schrauber seine ernüchternde Botschaft.

2

„Ich werde dich vermissen!“ Alex seufzte an Svens Brust.

„So ist es nun mal!“, versuchte Sven sie zu trösten. „Du machst hier deine Forschung und ich fliege zurück. In drei Monaten hole ich dich dann in Berlin vom Flughafen ab.“

„Ich weiß nicht, wie ich es allein aushalten soll.“

„Es ist doch nicht deine erste Forschung hier.“ Sven legte Zuversicht in seine Stimme. „Vor zwei Jahren bist du auch ohne Probleme durchgekommen. Damals warst du ganz allein und konntest noch nicht mal Russisch.“

Alex hob den Kopf von seiner Schulter und seufzte noch einmal. „Immerhin hatten wir die Grabung.“

Sven nickte. „Ja, und zwei Wochen, die wir gemeinsam reisen konnten. Mehr ist nicht drin. Mein Job wartet.“

Der Wagen hupte und Sven löste sich eilig aus ihrer Umarmung, drückte ihr noch einen Kuss auf jede Wange und nahm seinen Rucksack auf die Schulter. Zwei Minuten später raste der Geländewagen in einer dichten Staubwolke davon.

Als Alex noch eine ganze Weile auf der Stelle stand, von der aus sie den Wagen zuletzt gesehen hatte, trat Tatjana von hinten an sie heran und legte ihr den Arm um die Schulter.

„Komm rein“, sagte sie und gab ihr einen sanften Stoß in Richtung Gartentor. ‚Garten?‘, lächelte Alex. An die Ödnis hier im äußersten Südwesten der Republik Tuva hatte sie sich erst gewöhnen müssen. Nichts wuchs in Mugur Aksy, dem Distriktzentrum der Silbernen Taiga, unter deren schneebedeckten Gipfeln fast nur baumlose Steppe existierte.

Als Tatjana die knarrende Tür öffnete, zuckte Alex zusammen und sah vorsichtig zu dem scharfen Hund, der an einem Drahtseil angekettet war, das Tatjana quer durch das Grundstück gespannt hatte. Doch der Hund hatte sich schon an ihre Gegenwart gewöhnt und akzeptierte ihr Kommen und Gehen. Nur nachts, wenn Alex das Plumpsklo im hinteren Bereich des Grundstücks aufsuchte, schnüffelte er noch und folgte ihr aufgeregt, soweit sein Auslauf es zuließ.

Als sie das Grundstück betraten, hob er nur müde den Kopf und wedelte mit dem Schwanz. Tatjana stieg die Holztreppe zur kleinen Veranda hinauf, die ein schön gesägtes und grün abgesetztes Geländer krönte, auf das sich Alex gern mit Sven gelehnt hatte, um zu rauchen.

Das Haus war komplett aus Holz erbaut, nur der Putz bestand aus Lehm, der wiederum von einem Holzgitter an der Fassade gehalten wurde. Die Fassaden wurden regelmäßig gekalkt, wie Alex es schon in ihrer Kindheit an der Russenkaserne hinter ihrem Schrebergarten gesehen hatte. Damals hatten russische Soldaten die Mauern um die Kaserne regelmäßig mit Kalk getüncht, der sich im Regen nach einiger Zeit wieder abwusch. Und ihr Vater hatte gesagt, das sei eine Strafarbeit, ihre Mutter hielt es für normal.

Die Fensterrahmen hatte Tatjanas Mann hellblau gestrichen. Sie hoben sich angenehm von dem Weiß der Fassade ab. Doch nun sah man dem Haus an, dass die kundigen Männerhände fehlten, denn es standen Reparaturen an. Tatjanas Mann war vor einem halben Jahr gestorben, und sie hatte Alex für einige Wochen bei sich aufgenommen, um der Einsamkeit zu entkommen. Das war Alex' Chance gewesen.

Tatjana öffnete die Tür zum Haus und bat Alex herein.

„Jetzt kochen wir erst mal“, sagte sie, als beide die Küche betraten, und schürte das Feuer. Dann legte sie Kartoffeln auf den Tisch und gab Alex ein Messer und einen Topf. Alex setzte sich und ließ ihren Blick durch den Raum schweifen.

Jetzt, wo Sven nicht mehr da war, wirkte die Küche noch größer, eine richtige Wohnküche, wie Alex sie sich stets gewünscht hatte, mit einem einzigen Schrank, einem Tisch, der mit buntem Wachstuch abgedeckt war, Stühlen und einem Lehmofen, der zum Heizen und zum Kochen diente.

Der Ofen war klein und schmal, kein großer Stufenofen, auf dem der „faule Iwan" den Tag hätte verschlafen können, doch er verbreitete an den kühlen Abenden mollige Wärme. Die Kochplatten bestanden aus mehreren ineinandergelegten Eisenringen. Je nachdem wie groß der Topf war, konnte man einen oder mehrere Ringe mit einem Haken entfernen, um das Essen direkt auf dem Feuer zuzubereiten.

„Du siehst Sven ja bald wieder", sagte Tatjana, nachdem sie sich mit an den Tisch gesetzt hatte, um Alex beim Schälen zu helfen. Sie lächelte.

Alex wusste, wovon Tatjana sprach. Sie vermisste ihren Mann, mit dem sie drei Töchter großgezogen und wenigstens fünfunddreißig Jahre zusammengelebt hatte. Sie ahnte, dass Tatjana über den Tod ihres Mannes noch nicht hinweggekommen war, denn sie hatte gesehen, wie sie sich verstohlen die Tränen aus dem Gesicht wischte, manchmal wenn Alex unvermittelt auf sie zugetreten war. Es stand ihr nicht zu, in Gegenwart dieser Frau über die Trennung von Sven zu trauern. Denn Tatjana hatte das schwerere Los getroffen, nun Haus und Hof allein führen zu müssen. Ihre Kinder waren in der Stadt, eine Tochter lebte als Ärztin in Moskau, sie war hier, wo Alex allein nicht hätte überleben können, auf sich gestellt.

„Was hast du denn vor?", fragte Tatjana, wohl um Alex' Gedanken nach vorne zu lenken, und Alex, dankbar für die Ablenkung, hob den Kopf und betrachtete die helle und etwas altertümlich groß geblümte Tapete. Sie musste lächeln, denn sie hatte einiges vor. Doch ihre Pläne fließend auf Russisch zu erklären, da hakte es, obwohl es ihre zweite Reise war und sie das Alltagsrussisch der Tuviner bereits bei ihrem ersten Aufenthalt vor zwei Jahren aufgesogen hatte.

Wochenlang hatten sie vor der Reise gelernt. In Linden waren sie mit Alex' Schulgrammatik durch den Park gewandert und hatten sich gegenseitig die grammatikalischen Konstruktionen in Formulierungen verpacken lassen, immer im Wettstreit, wer den anderen mit dem absurdesten Satz am meisten zum Lachen brachte.

Trotzdem, ihr Russisch war ausbaufähig, ihr Vokabular auch. Doch Tatjana war die beste Lehrerin, die sie sich vorstellen konnte. Geduldig wartete sie ab, bis Alex die Worte gefunden und zu einem Satz geformt hatte, korrigierte sie manchmal oder half ihr mit einem Wort aus, das fehlte.

„Es wäre schön“, sagte Alex, „unter Leute zu kommen und bei Viehzüchtern in Jurten zu leben. Kannst du mir dabei helfen?“

Tatjana lächelte.

„Natürlich, gleich morgen mache ich dich mit unseren Nachbarn bekannt und zeige dir am Ufer des Mugur einen Schamanenbaum, den du fotografieren kannst. Und wenn wir einen Tag Zeit haben, dann bringe ich dich zum nächsten Jurtenlager und du kannst dir die Jurte mal von innen ansehen. Wir schaffen das schon.“

Sie stand mit dem Topf geschälter Kartoffeln auf, schöpfte Wasser aus einem Eimer, wusch sie und schnitt sie in kleine Stücke, dann gab sie Öl in eine gusseiserne Kasserolle und schüttete die Kartoffeln mit ein wenig Wasser hinein, salzte sie und stellte die Kasserolle auf das Feuer.

Alex betrachtete die zierliche Frau, die trotz ihres Alters sanfte Schönheit ausstrahlte. Ihr schmales Gesicht mit den asiatischen dunklen Augen, einer fein geschnittenen Nase und vollen Lippen war von einem lockeren Dutt gekrönt, zu dem sie ihr braunes langes Haar zusammengebunden hatte. Ihre Bewegungen strahlten natürliche Eleganz aus, und ihre Freundlichkeit, mit der sie Alex umsorgte, war durch und durch aufrichtig.

Zwanzig Minuten später aßen sie die Bratkartoffeln und dazu einen Tomatensalat mit Majonäse, den Tatjana bei ihrem weiteren Gespräch zubereitet hatte, und nach einem Tee mit Konfitüre stand Tatjana auf und erklärte: „Lass uns die Banja anheizen und Wasser holen. Wir haben es beide nötig."

Alex folgte ihr in den Garten, wo Tatjana Holz aus dem Schuppen holte und in der Banja den Ofen anfeuerte. Dann brachte sie einen Handwagen und stellte einen großen Wasserbehälter darauf, der einer überdimensionierten Milchkanne glich. Sie nahm die Deichsel in die Hand und hieß Alex die Kanne zu halten.

Mitten auf der Straße befand sich das kleine Wasserhäuschen und davor standen vor allem Kinder mit Fahrgestellen aus alten Kinderwagen, die mit Brettern zu Handwagen umgebaut worden waren. Darauf Eimer und Kübel. Hunde liefen frei herum und versuchten aus den Pfützen zu trinken, die sich vor dem Wasserhäuschen bildeten, wurden aber immer wieder von den Kindern verscheucht. Anstatt eines Wasserhahns befand sich am Häuschen ein langer Schlauch. Nahm man ihn von der Wand, so lief das glasklare Wasser in die Behälter.

Der Rückweg über die staubige Straße war beschwerlicher. Alex hielt wieder die Kanne fest, die bei jeder Unebenheit gefährlich schwankte und zu kippen drohte, während Tatjana das ganze Gewicht mit aller Kraft vorwärtszog. Sie stellten den Wagen vor die Banja.

„Dafür braucht man einen Mann", sagte Tatjana. „Er hätte den Kübel in die Banja bringen können." Und Alex half ihr, das Wasser aus dem Kübel in Eimer zu schöpfen und dann in das Warmwassserbecken auf dem Eisenofen zu schütten. Schließlich füllten sie noch die Wanne für kaltes Wasser.

Ein feuchtheißer Luftschwall traf Alex, als sie eine Stunde später die Tür der Banja öffnete. Und als sie über die Schwelle trat, roch es nach harzigem Holz. Sofort schloss sie wieder die mit Filz gedämmte Tür. Draußen war es dunkel geworden und auf dem Brett des kleinen Fensters stand ein Glas mit einer Kerze, die den dunklen Raum in ein flackerndes Licht tauchte. Tatjana stand im hinteren Bereich der Banja und wusch bereits ihre Wäsche.

Nachdem Alex sich ausgezogen hatte, stellte ihr Tatjana eine Schüssel hin.

„Nimm erst kaltes Wasser und dann so viel vom heißen, dass es eine angenehme Temperatur hat“, erklärte sie ihr feierlich und gab ihr Kernseife in die Hand.

Alex tat es ihr einfach nach, tauchte ihre Wäsche ins Wasser und wusch sie mit schweißtropfendem Gesicht. Dann leerten sie die Schüsseln und schöpften neues Wasser.

„Und jetzt wir!“

Tatjana goss sich gleich mehrere Kellen Wasser über den Kopf, während Alex beobachtete, wie das Wasser durch die Leisten am Fußboden wieder abfloss. Sie seiften sich gründlich ein und spülten sich ab. Dann nahm Tatjana ein russisches Schwammtuch und begann Alex den Rücken zu schrubben.

„Eigentlich machen wir das mit Birkenzweigen! Die Männer peitschen sich gegenseitig die Rücken“, lachte sie dabei.

„Schade“, Alex grinste, „schade, dass wir uns nicht um Zweige gekümmert haben.“

„Hier wachsen keine. Wir hätten Weiden vom Fluss nehmen müssen. Aber die haben nicht dieselben Wirkstoffe, wie die Birken.“

Tatjana schien nicht mehr aufhören zu wollen, sich einzuseifen und wieder abzuspülen, während Alex nach Luft schnappte. Die Hitze der Sauna, die hohe stickige Luftfeuchtigkeit und der Schweiß, der ihr gemischt mit Wasser vom Körper tropfte, nahmen ihr den Atem.

Schnell trocknete sie sich ab und schlüpfte in ihre frische Kleidung. Als sie die Tür aufriss, um endlich hinauszustürmen, kam ihr ein kühler erfrischender Luftzug entgegen. Sie hielt ihr Gesicht dem nächtlichen Wind entgegen und genoss die glasklare saubere Luft der Steppe. Eine ganze Weile stand sie so vor der Banja, in der sich Tatjana unbeirrt von der feuchten Hitze immer noch pflegte.

3

„Sie sind da!“, rief Tatjana aus der Küche. „Beeil dich! Beeil dich!“, und stand plötzlich in der Tür zum Kinderzimmer, das Alex, seit sie bei ihr war, bewohnte. Alex zog ihre Hand aus dem Rucksack, den sie sorgsam mit ihren Sachen stopfte, um jede Lücke auszufüllen. Noch die Waschtasche und der Rucksack war voll. Schnell lief sie zum Tisch, prüfte die Tüten mit Filmen, Batterien und Tonbandkassetten, sortierte ihre Fotoausrüstung und ihr Diktiergerät in eine zweite Tüte und stapelte schließlich die Hefte, um alles zusammen in einen kleineren Rucksack zu packen, während Tatjana, hinter ihr, sie weiter zur Eile antrieb.

Alex strich sich über die schweißnasse Stirn. Daran würde sie sich nie gewöhnen. In diesem Land konnten Tage und Wochen vergehen, ohne dass etwas passierte, und dann, völlig unerwartet, musste man rasend aufbrechen und wurde von allen getrieben, als wäre man selbst diejenige, die die Zeit unnütz verstreichen ließ.

Zwei Minuten später war das Gepäck verstaut, und sie hielt den kleinen Rucksack mit ihrer Technik und den Aufzeichnungen fest umklammert auf der Rückbank des grünen Geländewagens fest. Tatjana winkte ihr noch einmal zu und der Wagen rumpelte los und hinterließ eine braune Staubwolke vor Tatjanas Haus. Neben ihr saß eine Frau, die ihren zweijährigen Sohn auf dem Schoß festhielt. Sobald sie das Dorf verlassen hatten, begann er unbändig gegen ihre Umklammerung anzukämpfen und versuchte, sich freizumachen. Doch der Wagen schüttelte derart, dass er mit dem Kopf gegen das Metall stieß und laut zu brüllen begann, während die Mutter ihn zu beruhigen versuchte.

Den Fahrer kannte sie nicht, doch neben ihm saß Wassili, ein entfernter Verwandter Tatjanas, dem sie anvertraut worden war. Er sollte sie zu seiner Familie in die Berge bringen, die dort als Nomaden und Viehzüchter den Sommer verbrachten. Damit hatte Tatjana Alex einen ihrer größten Wünsche erfüllt.

Alex hielt sich am Vordersitz fest, während sie die Landschaft betrachtete. Den felsigen Gebirgsfluss Mugur abwärts, fuhren sie entlang einer fruchtbaren Talniederung, die üppig von grünen Weidenbüschen bewachsen war. Nahe am Fluss wuchs das Gras saftig und grün, doch nur wenige Meter bergaufwärts wurde die Landschaft von braunem Steppengras dominiert. Sie sah die Südhänge der sanft gerundeten Berge im Vorland der Silbernen Taiga, die von Lärchenwäldern bewachsen waren, gegenüber den trockenen Nordhängen in Steppenbraun. Dann ging es auf einer steinigen Fahrrinne bergaufwärts. Felsen zogen an Alex vorbei, bis sie den Pass erreicht hatten.

Der Fahrer trat heftig auf die Bremse und stieg aus. Sie waren am Ritualplatz angekommen, eine Aufschichtung aus Steinen, in der mehrere Stangen mit bunten Opferbändern steckten. Farbenfroh flatterten sie im Wind.

Alex nahm ihren Rucksack vom Schoß und verließ das Auto, um sofort ihren Fotoapparat auszupacken. Inzwischen hatte sie eine reichliche Sammlung solcher Ritualplätze auf Zelluloid gebannt, doch jeder *ovaa* musste festgehalten werden.

Plötzlich hörte sie Wassilis Lachen und sah, wie er dem Fahrer auf die Schultern hieb, der eine Flasche Wodka und einen Plastikbecher aus der Tür hervorgezaubert hatte. Sofort schenkten sie ein. Wassili verspritzte einige Tropfen gegen den *ovaa* und kippte den Rest in sich hinein, um sich sofort zu schütteln. Dann trank der Fahrer.

Als Alex den Ritualplatz von allen Seiten fotografiert hatte, stand der Fahrer plötzlich vor ihr. „Ma!“, sagte er und hielt ihr den Becher unter die Nase. Sie nahm ihn entgegen, trat auf den *ovaa* zu, tippte, wie sie es gesehen hatte, mit dem Mittelfinger in die glasklare Flüssigkeit und spritzte einige Tropfen in jede Himmelsrichtung und gegen den *ovaa*. Dann tupfte sie einen Tropfen auf ihre eigene Brust, nippte an dem scharfen Getränk und reichte den Becher zurück.

Unzufrieden betrachtete der Fahrer den vollen Becher und schüttelte den Kopf. Kurz schien er zu überlegen, ob er Alex überreden sollte, den gesamten Inhalt auszutrinken. Doch dann kippte er selbst den Rest hinunter und schüttelte sich wieder. Während er noch einmal nachschenkte, erklärte er Alex: „Jeder Pass hat einen Herrengeist! Deshalb bauen wir hier einen *ovaa*. Leg einen Stein darauf, und falls du etwas zu Essen hast, dann gib zuerst ihm einen Teil, ehe du selber isst." Doch Alex hatte keinen Proviant. Abrupt wendete er sich von ihr ab und reichte Wassili den wieder gefüllten Becher.

Die Frau umkreiste indessen mit ihrem Sohn, der sich immer noch sträubte, dreimal den *ovaa* und legte einen Stein dazu. Dann stiegen sie wieder ein und weiter ging die holprige Fahrt bergab.

In den Talniederungen zeigten sich große und kreisrunde dunkelbraune Felder. Manche waren von Viehgattern umgeben, andere hatten den Durchmesser von Jurten. Und Alex sah, wo die Türen gewesen sein mussten. Denn der Arbeitsbereich davor war ausgetreten.

„Das sind Winterlager!", brüllte Wassili gegen den Fahrtwind und drehte dabei nur leicht den Kopf.

„Hier kommen sie erst wieder im Oktober her. Dort ...", er wies auf eine Blockhütte am Rande des Lärchenwaldes, „... ist ein festes Winterquartier. Die meisten wollen heute in einem Haus überwintern. Aber ein echter Tuviner lebt auch im Winter in der Jurte!" Und die Frau neben Alex ergänzte: „In den Tälern ist es im Winter milder. Im Sommer sind die Weiden weiter oben in den Bergen. Dort fahren wir jetzt hin."

Eine halbe Stunde später hatten sie eines der oberen Weidelager erreicht, das fast idyllisch am Gleithang eines klaren Gebirgsbaches lag, eine grüne Fläche inmitten aufragender Hänge. Alex betrachtete die grauen Streifen, von denen der Hang quer durchzogen war. Das mussten Viehpfade sein, und tatsächlich entdeckte sie kurz unter dem Kamm einige Schafe und Ziegen, die den Hang entlangzogen.

„Hier wohne ich“, sagte die Frau und legte ihre Hand sanft auf Alex' Arm, um sich zu verabschieden. Dann nahm sie ihren Sohn, der inzwischen eingeschlafen war, und stieg aus. Der Fahrer lud ihr das Gepäck aus dem Auto, stieg wieder ein und trat aufs Gaspedal.

Sie fuhren immer weiter bergaufwärts, bis sie an die Grenze des Distrikts kamen, wo sich einige kleine Hütten befanden. Alex fotografierte das rostige Grenzschild. „Willkommen in der Silbernen Taiga“, stand in tuvinischer Sprache darauf. Dann suchte sie mit den Augen Wassili und den Fahrer, dessen Namen sie immer noch nicht kannte. Sie unterhielten sich vor einer der Hütten mit einem Nomaden, der sein Pferd an der Hand hielt.

„Wir essen erst“, sagte Wassili zu ihr, als sie auf ihn zutrat, und schob sie in das Blockhaus. Das Haus bildete einen einzigen Raum mit zwei aus Brettern zusammengezimmerten Tischen. Am hinteren Ende befand sich eine Kochstelle, an der eine Frau hantierte. Davor eine Art Tresen und ein handschriftlicher Aushang, welche Speisen die Wirtschaft anbot.

Alex wählte Borschtsch und Milchtee, bezahlte und setzte sich zu den Männern, die vom Tisch aus der Frau auf Tuvinisch zuriefen, was sie essen wollten. Die Wirtin wischte ihre Hände an dem Geschirrtuch ab, das sie um ihre Hüften gebunden hatte, schöpfte drei Portionen Suppe in Schälchen und brachte sie an den Tisch. Dann holte sie noch drei Löffel, eine Teekanne und drei weitere Schälchen, die sie ebenfalls auf den Tisch stellte, und begab sich wieder an den Herd.

Wassili nahm die Kanne und schenkte das weißbräunliche heiße Getränk in die leeren Schalen. Dann löffelten die Männer wortlos, schmatzend die Suppe in sich hinein und schlürften laut vom Tee, bis sie grunzend zu verstehen gaben, dass sie satt und zufrieden waren. Unvermittelt und ebenso wortlos standen sie auf und gingen zum Auto. Wassili lud Alex' Gepäck aus. Der Fahrer stieg ein und raste davon.

Verwundert blickte Alex ihm nach. Doch Wassili reagierte nicht auf ihren Blick. Er trat auf den Nomaden mit dem Pferd zu, mit dem er vor dem Essen noch gesprochen hatte. Dann nahm er Alex' beide Rucksäcke und hievte sie auf den Pferderücken.

„Den nicht!", rief Alex und griff nach dem kleineren Rucksack mit ihrer Fotoausrüstung, zog ihn Wassili wieder aus der Hand und setzte ihn auf ihren eigenen Rücken. Breit grinste Wassili sie an.

„Der Weg ist weit!", sagte er, „Mindestens noch drei Stunden."

Doch Alex blieb dabei. Dann setzten sie sich zu Fuß in Bewegung.

Der fremde Nomade führte das Pferd, auf dem nun auch Wassilis Sachen verstaut waren, und sie liefen den Gebirgsbach weiter aufwärts.

„Das ist das Tal Toolajlyg!", erklärte er nach einer halben Stunde Fußmarsch. „In dem Tal ist unsere Kooperative."

„Wie viele Familien sind das?" Aber Wassili antwortete nicht mehr, sondern schloss zu dem Führer des Pferdes auf, der sich an eine steinige Stelle des Flusses gesetzt hatte, um seine Schuhe abzustreifen und seine Hosen hochzukrempeln.

„Zieh die Schuhe aus!", sagte Wassili zu ihr und nahm ihr gegen ihr Sträuben den Rucksack ab.

Dann zog er selbst seine Schuhe aus, setzte Alex' Rucksack auf seinen Rücken und reichte ihr die Hand.

Das eiskalte Wasser stach wie Nadeln in die Füße und die Steine, obwohl abgerundet, schnitten ihr wegen der Kälte in die Fußsohlen. Sie hatte die Tiefe und die Strömung des Flusses völlig unterschätzt. Als ihr das Wasser bis an die Knie reichte, riss es ihr fast die Füße weg und sie spürte, wie sehr sie auf Wassilis Halt gebende Hand angewiesen war. Dankbar dachte sie an den Rucksack, der bei ihm tatsächlich besser aufgehoben war, als auf ihrem eigenen Rücken, und so kämpfte sie sich Schritt für Schritt durch die eisige Strömung.

Als sie endlich wieder das weiche Gras spürte, schmerzten ihre Füße. Wassili zeigte auf einen großen sonnenbeschienen Stein und hieß sie, darauf zu steigen. Sofort fühlte sie Linderung. Die Wärme des glatten Steines stillte den Schmerz und wenige Minuten später waren ihre Füße wieder trocken und sie konnte ihre Schuhe anziehen. Die Männer teilten sich noch eine filterlose Prima, und auch Alex zündete sich eine Zigarette an und legte sich ins Gras, um kurz in den Himmel zu sehen. Da sprangen ihre Begleiter auch schon auf. Der Fremde nahm das Pferd, und Wassili gab Alex ihren Rucksack zurück. Dann liefen sie weiter.

Es dämmerte schon, als Wassili sagte: „Wir sind an der Baza", und auf ihren fragenden Blick hin erklärte er: „Hier sind die Winterlagerplätze."

Er wies auf eine Ansammlung von wenigen Blockhütten.

„Wir hatten einen medizinischen Stützpunkt mit einer Schwester, einen kleinen Laden, ein Gästehaus und eine Banja. Jetzt", winkte er ab, „ist nur noch die Schwester und die Banja da. Wir müssen alles neu aufbauen, weiter flussabwärts. Dann werden wir auch eine Schule haben."

„Wieso?", fragte Alex, aber Wassili antwortete nicht, sondern lud mit seinem Begleiter das Pferd ab.

Aus einem der Häuser trat eine Frau, musterte Alex verwundert und sah dann Wassili fragend an. Er redete eine Weile in tuvinischer Sprache auf sie ein, wovon Alex kein Wort verstand. Doch schließlich trat sie mit freundlichem Gesicht auf sie zu und bat sie höflich, ins Haus zu kommen. Sie trug eine verschlissene Schürze und ein buntes Kopftuch und man sah ihr an, dass sie gerade ihre Arbeit unterbrochen hatte.

„Ich bin Chechek, die medizinische Schwester. Komm rein und trink Tee."

Alex betrat die Hütte. Von einem kleinen Vorraum mit Arbeitsgeräten gelangte sie in den einzigen Raum, in dessen Mitte ein vom Feuer knisternder Eisenofen stand, ein Quader mit einem langen Ofenrohr, das den Rauch aus dem Dach leitete. Davor und daneben lagen bunte Teppiche. An der hinteren Wand sah sie Matratzen aufgeschichtet und an der Seite stand ein kleiner Tisch mit vier Stühlen und der typisch bunten Wachstuchdecke.

Dorthin setzte sich Alex, bekam eine Schale, und Chechek nahm die Teekanne vom Ofen und stellte sie vor Alex auf den Tisch. Dann brachte sie einen Teller mit Kastenbrot, frische, noch flüssige Sahne und ein Schälchen Zucker, lächelte sie kurz an und sagte schließlich auf Russisch: „Ich muss melken." Dann verschwand sie aus der Tür.

Alex schenkte sich Tee ein, nahm ein Stück Brot und strich mit dem Löffel auf eine Seite Sahne, dann tunkte sie es in den Zucker, wie sie es so oft gesehen hatte, und biss hinein. So musste ihr Großvater gegessen haben, der ihr immer von Broten mit dicker Milchhaut und Zucker vorgeschwärmt hatte.

Das Brot schmeckte, doch die gedämpften Stimmen von draußen zogen sie aus dem Haus. Alex schnappte sich ihre Kamera und trat ins Freie zu dem Gatter, das direkt an das Haus angrenzte und in dem sie die Yaks schnauben hörte.

Zwischen den Beinen eines der haarigen Tiere entdeckte sie Chechek, die auf einem umgestürzten Eimer sitzend, eines der Tiere molk und dabei ihren Kopf gegen die Seite der Kuh lehnte. Chechek lächelte ihr freundlich zu, dann fasste sie den Milcheimer, stand auf und schüttete die Milch in einen größeren Behälter. Sie streckte ihren Rücken und strich sich eine Strähne unter das bunte Kopftuch, holte den umgestürzten Eimer und ging zur nächsten Yakkuh, die sie mit einem sanften Stoß in die Seite in die richtige Position brachte.

Als Chechek wieder saß, entdeckte Alex im hinteren Bereich des Gatters noch ein junges Mädchen, vielleicht zwölf oder dreizehn Jahre alt. Sie molk so routiniert wie eine erwachsene Frau und summte dabei leise ein Lied.

Alex erwachte vom Schüren des Feuers, und neben ihr regten sich auf dem Boden die anderen Schlafenden. Chechek stand als Zweite auf und bereitete frischen Milchtee auf dem Ofen zu. Dann begann sie, die Matratzen zusammenzuräumen und an einer Wand sorgsam aufzustapeln. Zum Schluss breitete sie eine verschlissene Tagesdecke über den Stapel.

Alex rollte ihren Schlafsack zusammen und stopfte ihn gerade in die Hülle, als Chechek mit einer Kanne Morgentee nach draußen ging, um vor dem Haus ein Spritzopfer darzubringen. Dann reichte sie Tee an ihre Familie und die Gäste. Chechek stellte mit der Steinmühle zerkleinertes Korn auf den Boden, Sahne, Zucker und selbst gebackenes Kastenbrot, und Alex sah aus den Augenwinkeln, wie Wassili sofort zugriff. Er rührte grobes Mehl, etwas Sahne und Zucker in seinen Milchtee, bis er ein dicker Brei war.

‚Ein gutes Müsli!' Sie tat es ihm nach.

Die grob zerkleinerten Körner knackten zwischen ihren Zähnen und ihr herber, leicht bitterer Geschmack verströmte schon nach wenigen Löffeln ein angenehmes Sättigungsgefühl. Sie goss nochmals Milchtee nach und schlürfte das cremige Getränk, genauso laut wie die Männer und Frauen um sie herum.

Man verstand sich wortlos in der Familie, nur die Frauen schienen rastlos. Chechek und das junge Mädchen, das – wie Alex gestern erfahren hatte – ihre dreizehnjährige Tochter war, sprangen auf, während die Männer noch ihren Tee schlürften. Sie zogen ihre Melkschürzen an, streiften ihre Kopftücher über das lange, zu Zöpfen geflochtene Haar, und als Alex aufspringen wollte, um ihnen zu folgen, winkte ihr Chechek nur zu.

„Bleib sitzen und iss, wir müssen melken“, sagte sie, und ihre Tochter lächelte schüchtern. Dann verließen sie das Haus, und Alex ärgerte sich, keine Gelegenheit gefunden zu haben, mit einem der Hausbewohner ins Gespräch zu kommen.

„Die Tuviner in den Bergen sind schweigsam“, hatte Tatjana sie gewarnt. „Sie reden kaum, aber sind arbeitsam, nicht zu vergleichen mit den Städtern."

Alex realisierte, wie schwer es sein würde, die Distanz zu überwinden. Und dazu kam, dass sich die Leute untereinander auf Tuvinisch unterhielten. Ihre Übersetzungskenntnisse reichten nicht aus, um sich in die Gespräche einzumischen und ein Teil der Unterhaltung zu werden, die sich zwischen den Gastgebern und Wassili entspann. Kaum hatte sich Alex die russische Sprache angeeignet, tat sich hier in der Taiga die nächste Sprachbarriere auf. Denn Russisch war für die Nomaden genauso eine Fremdsprache wie für sie.

Wassili stand ächzend vom Boden auf und warf dem Hausherren, der sie am Vortag mit seinem Pferd begleitet hatte, noch einige Sätze zu. Viele Worte zu machen, passte nicht in die Wildnis. Die Leute wussten, was sie zu tun und was sie voneinander zu erwarten hatten. Gastfreundschaft gehörte dazu, denn sie war für alle Menschen, die hier in der Taiga Tagesmärsche voneinander entfernt wohnten, überlebenswichtig.

Wassili forderte sie nicht auf zu gehen. Er erwartete einfach, dass sie ihm folgen würde, indem er nach ihrem Rucksack griff. Sie setzte also den kleineren Rucksack auf ihren Rücken und trat nach draußen, wo Wassili das Pferd, das ihnen anscheinend der Hausherr zur Verfügung gestellt hatte, mit ihrem Gepäck belud. Kurz trat sie noch einmal an das Gatter und verabschiedete sich von Chechek und deren Tochter, als Wassili sich bereits auf den Weg machte und sie eilen musste, ihm zu folgen.

Völlig erschöpft lag Alex auf dem quietschenden Feldbett. Zum Lagerplatz gehörten zwei Jurten, die von Wassili und seiner Frau Svetlana, und die ihrer erwachsenen Kinder. Doch die Kinder halfen gerade im nächsten Dorf bei Verwandten aus. Die Jurte war frei und Alex konnte sie bewohnen.

Noch am Nachmittag hatte sie sich wie in ihrem eigenen, mit bunten Tüchern ausgeschmückten Reich gefühlt. Aber jetzt war es dunkel, und die Geräusche der Wildnis drangen ungefiltert durch die mit Stoff bespannten Scherengitter. In ihrer Nachbarschaft hörte sie das Rauschen der wenigen Bäume am Flussufer und das Pfeifen des Windes an den grasbewachsenen Hängen anstatt Menschen, und die Töne um sie herum waren ihr ein Rätsel.

Etwas entfernt klang ab und an das Schnauben eines Yaks zu ihr herüber, und deren Schaben am Holzgatter glich in der Dunkelheit einem hohlen Dröhnen. Dann knackten dürre Zweige, und manchmal meckerte eine Ziege.

Die unangenehmsten Geräusche hörte sie direkt hinter der Filzwand. Leise schnaufte und schabte es, und das trockene Holz knackte, als würde es ein vorsichtig tastender Fuß brechen.

Alex lauschte. Dann wischte sie ihre Angst mit dem Gedanken an die beiden Hunde weg, die ihren Geruch nicht kannten und die deshalb sicher um ihre Jurte schnüffelten.

Als Alex wieder aufwachte, schien die Sonne zum Rauchöffnungsreifen herein und bildete einen runden Sonnenfleck auf dem bunten Teppich direkt neben dem Ofen. In der sonnigen Luft flirrte Staub, und Alex hörte, dass ihre Gastgeber draußen bereits wirtschafteten. Sie fühlte sich wie am Sonntag und schämte sich dabei.

Schnell stand sie auf und zog sich an, schnappte ihre Zahnbürste und eilte zum Fluss, um sich die Zähne zu putzen und das Gesicht mit dem klaren Gebirgswasser zu waschen. Dann kämmte sie sich noch die Haare und als sie endlich neben Wassilis Frau stand, hatte diese bereits gemolken.

Svetlana unterbrach ihre Arbeit, um Alex Frühstück hinzustellen, und während Alex das grob gemahlene Korn in ihren Milchtee rührte, sah sie zu, wie sie die Zentrifuge zusammensetzte.

‚Wenn ich sonst schon nichts kann', dachte sie, ‚dann eben die Milch', und sie wusste, das Entrahmen der Milch mit der Zentrifuge war eine Geduldsprobe. Denn es konnte Stunden dauern, in denen man nichts weiter tat, als die Kurbel zu drehen und dabei zuzusehen, wie die Milch langsam durch die Maschine vom oberen in den unteren Behälter floss, während Svetlana neue Milch durch ein Tuch in den oberen Behälter nachgießen würde. Jede Viehzüchterin musste dankbar sein, wenn ihr diese Arbeit einmal abgenommen wurde.

Alex setzte ihr freundlichstes Lächeln auf und sagte in sauberem Russisch: „Ich entrahme."

Svetlana reagierte sofort und wies auf den Hocker vor der Zentrifuge. Doch Alex deutete auf einen anderen Platz, von dem aus sie den Lagerplatz gut im Blick hatte. Wassilis Frau verstand sofort und lachte, und während Alex noch schnell ihr Vokabelheft holte und sich dann setzte, legte sie das Tuch auf den oberen Behälter und goss die erste Milch hinein.

Alex hatte richtig vermutet. Die Arbeit an der Zentrifuge hatte sie anderthalb Stunden gekostet, genügend Zeit, um mehrere Seiten Vokabeln auswendig zu lernen. Harte Hufschläge schreckten sie auf, und wenig später sah sie den Reiter, der sein Pferd direkt vor der Jurte zum Stehen brachte, absprang und hineineilte. Harsche Männerstimmen drangen daraus hervor, dann erschien der Reiter wieder in der Tür, gefolgt von Wassili. Sie liefen zum Gatter, in dem sie erst jetzt das zurückgelassene Schaf entdeckte.

Svetlana breitete auf der Wiese ein Wachstuch aus, während die Männer das Schaf herbeischleppten. Sie sah, wie es sich sträubte, doch die Männer hatten es fest gepackt, legten es auf den Rücken und Wassili setzte sich quer auf den Bauch, sodass die Hinterläufe hinter seinem Rücken hilflos emporstanden, während der andere Mann mit dem rechten Bein auf dem Hals des Tieres kniete und beide Vorderläufe festhielt. Eilig nahm Wassili sein Messer, wischte es an der Hose ab und setzte einen handgroßen Schnitt unter das Brustbein, legte das Messer beiseite, öffnete den Schnitt und fasste mit der rechten Hand in das lebende Tier. Mit einem Ruck zerriss er in dessen Innerem die Aorta unter dem Herzen.

Wie oft hatte Alex von dieser Art des Schlachtens gehört, die vermeiden sollte, dass auch nur ein Tropfen Blut auf die Erde gelangte. Wassili hatte seine Hand wieder aus dem Bauch des Tieres gezogen und klopfte nun mit den Fäusten gegen dessen Seiten. Das Schaf zuckte noch einige Male, dann blieb es still liegen. Das Ganze hatte nur wenige Sekunden gedauert.

Inzwischen hatte Svetlana Schüsseln herangeschafft und die Männer begannen, das Schaf zu häuten. Sorgsam ließen sie das Fell unter dem Körper liegen. Dann öffnete Wassili den Bauchraum, entfernte die Innereien und schöpfte mit der Kelle das Blut in eine Schüssel.

Wenige Minuten später standen Svetlana und Alex am Fluss und wuschen die Därme und den Magen aus. Als sie zurückkehrten, schnippelte der Fremde Wildzwiebeln und knetete sie mit Salz in das Blut, während Wassili den Ofen in der Jurte schürte und einen Kessel Wasser darauf zum Kochen brachte. Svetlana und Alex schöpften das Blut mit einer Kelle in die Därme und legten sie in das kochende Wasser. Dazu kamen die anderen Innereien. Der Magen wurde in Streifen geschnitten und mit Fett umwickelt, und schließlich legte Wassili einige Rippen dazu.

Das Fleisch und die Innereien waren zart und verströmten das Aroma der wilden Gebirgskräuter, von denen sich die Tiere ernährten, und die herb-würzige Brühe, die Svetlana mit Nudeln angereichert hatte, floss wie die urwüchsige Kraft der Wildnis in Alex' Blut. Dazu das Schlürfen und Seufzen der Essenden, die kleinen Stücken von Leber und Fleisch, die der Hausherr Alex auf der Messerspitze reichte, und die wilden Zwiebeln von milder Schärfe, die an den Taigahängen geerntet wurden und die er sorgsam in schmale Streifen geschnitten hatte.

4

Ihr Ziel war ein weithin berühmter Jäger, der mit Frau und Sohn hoch oben in der Taiga lebte. Baatyr ritt direkt vor ihr, drehte sich ab und an um und bog einen Lärchenast zur Seite, wenn Alex das Feingefühl fehlte, ihr Pferd an den Bäumen vorbeizulenken. Sie rutschte auf dem Pferderücken hin und her. Es war ein alter russischer Sattel, auf dem sie saß, das Metallrohr unter dem durchgesessenen Leder drückte in ihre Oberschenkel.

Bereits über zwei Stunden waren sie unterwegs, stetig aufwärts, einen Gebirgsbach entlang, den sie bereits dreimal durchquert hatten. Svetlana hatte ihr zum Abschied knochenharten Trockenquark in die Tasche ihrer Windjacke gesteckt. An dem lutschte Alex, um Hunger und Durst zu stillen.

Die Sonne leuchtete angenehm. Jetzt, im September, herrschte ideales Klima, nicht zu heiß wie im Sommer, wenn die Skala des Thermometers auf über 45 Grad anstieg, und nicht zu kalt wie im Winter, wenn bis zu minus 50 Grad erreicht wurden. Nur kleine Federwölkchen standen am hellblauen Himmel, und die Lärchen hatten die für diese Jahreszeit typische goldgelbe Farbe, die im Sonnenlicht mild zu reflektieren schien. Ein angenehmer leichter Wind streifte Alex' Gesicht und bewegte das Steppengras auf den Gebirgsebenen.

Ihr Blick glitt zu der lässigen Haltung Baatyrs auf dem russischen Rappen vor ihr. Das Pferd wirkte größer und zartgliedriger als ihr tuvinisches Pferd, das wie alle Steppenpferde Asiens nicht nur kleinwüchsig, sondern auch robuster, ruhiger und ausdauernder war. Baatyr wechselte wie Alex regelmäßig die Sitzposition. Von ihm hatte sie sich abgeschaut, ihr Gewicht mal auf den linken und mal auf den rechten Oberschenkel zu verlagern, um die Druckstellen zu entlasten. Seine Militärkleidung war am Hintern verschlissen und von einer sorgsamen Frauenhand übernäht. Alex beobachtete, wie sich seine Jacke unter dem Gewehr auf dem Rücken aufwölbte. Dazu trug er schwarze Lederstiefel, viel besser geeignet für das Durchwaten kleiner Bäche als Alex' europäische Wanderschuhe. Aus dem Schaft des rechten Stiefels blitzte ein tuvinisches Jägermesser.

Die generationsspezifische, ausgefallene Kleiderordnung unter den tuvinischen Männern zog regelmäßig Alex' Blicke auf sich. Die jungen Männer trugen leichte Hosen mit einem aufgedruckten Markennamen, den entsprechenden Trainingsjacken dazu, und die älteren Männer kleideten sich tagtäglich in Hosen, die Alex grauen oder braunen Anzügen zuordnete, wenn sie auch verschlissen waren. Auch uralte, abgenutzte Sakkos aus derbem Stoff sah Alex unter den alten Männern, darunter Pullover in gedämpften Farben, aus denen manchmal mitten in der Taiga Hemdkragen hervorlinsten. An Feiertagen wurden die Sakkos mit Orden verziert, die die Alten seit dem Zweiten Weltkrieg angesammelt hatten, und es kamen Hüte dazu, von denen Alex nicht wusste, wo sie in den Jurten aufbewahrt wurden.

Doch Baatyr war mittleren Alters, und in dieser Generation trugen die Männer in der Taiga die Tarnfarben des russischen Militärs, und das Gewehr auf seinem Rücken ließ ihn nicht gerade vertrauenswürdig erscheinen. Bislang hatte er kaum ein Wort gesprochen. Jetzt stoppte er sein Pferd und stieg ab. Dann half er Alex aus dem Sattel.

Alex hüpfte von einem Bein auf das andere, um ihren stockenden Blutkreislauf zu mobilisieren, dann rieb sie die sicherlich blauen Stellen an ihrer Hinterseite, was Baatyr unmissverständlich grinsen ließ. Sofort riss sich Alex zusammen und unterbrach ihre Dehnungsübungen. Die Vorderfront seines Gebisses glänzte vollständig silbern, ein Hinweis auf eine Prügelei in der Vergangenheit, mit fatalen Folgen. Ganze Zahnreihen aus Gold und Stahl in den Mündern etlicher Tuviner blieben für Alex abstoßend, kein Anblick, an den sie sich gewöhnen konnte.

Baatyr trug dürres Holz zusammen und entzündete in Minutenschnelle ein kleines Feuer. Einen schmalen Stamm stemmte er schräg in den Boden und stützte ihn mit einer Astgabel ab. Daran hängte er einen kleinen, vom Ruß schwarz gefärbten Aluminiumtopf, mit dem er zuvor Wasser aus dem Bach geschöpft hatte. Dann holte er den Salz- und Teebeutel aus seiner Satteltasche und eine kleine Flasche Milch, mixte sorgsam den Teesud im Topf und setzte sich an das Feuer, in dem er geduldig mit einem Stock herumzustochern begann.

Als der Tee kochte, stemmte sich Baatyr langsam in die Höhe und zauberte Svetlanas Kastenbrot und Weichkäse aus frischer Milch und Molke aus seiner Satteltasche hervor. Er nahm ein Schälchen und einen kleinen Lärchenzweig, schöpfte etwas Milchtee hinein und begann mit dem Zweig Tropfen davon rund um das Feuer zu verspritzen. Dann brach er kleine Stücke von Svetlanas Kastenbrot und vom Käse ab und verstreute auch diese in alle Himmelsrichtungen. Alex verfolgte diese Geste der Ehrerbietung an den Herrengeist des Ortes. Zu spät fiel ihr ein, dass sie das Opfer mit Fotos hätte dokumentieren sollen. Sie seufzte, als sie an die verpasste Chance dachte, war aber froh als Baatyr ihr endlich ein Schälchen Milchtee einschenkte und ein Scheibe Brot mit Weichkäse darauflegte.

Baatyr aß geräuschvoll. Das war typisch für die Taigabewohner. Wäre Svetlana dabei gewesen, sie hätte es als ein Zeichen der Anerkennung ihre Künste als Hausherrin gewertet. Die tuvinischen Städter dagegen empfanden das Schmatzen und Schlürfen der Nomaden als ein Zeichen ihrer unzivilisierten Lebensweise. Sie hatten ein Bewusstsein für Stände entwickelt und ordneten die Viehzüchter weit unterhalb ihrer selbst ein. Alex dagegen mutete die Achtungserweisung gegenüber denen, die die Nahrungsmittel aus eigenen Kräften und Fähigkeiten herstellten, als sympathisch an. Sie schmatzte in den Jurten nach Kräften mit, schlürfte selbstvergessen ihren Tee und verdrehte dabei träumerisch die Augen, wie sie es bei den anderen sah. Nur Tatjana, in Mugur Aksy, hatte sie darauf hingewiesen, dass sie die Essgeräusche in ihrer Küche nicht mochte, und Alex hatte lächelnd ihre deutsche Erziehung ins Feld geführt, diszipliniert ihre Suppe gelöffelt und leise und mit spitzen Lippen den Tee kalt gepustet.

Doch als sie beim Trinken des Tees auch noch ihren kleinen Finger abspreizte, hatte Tatjana die Ironie verstanden, und sie lächelnd zur Ordnung gerufen.

Als Baatyr mit dem Essen fertig war, das in dieser Umgebung ohne den kunstvollen Einsatz seines Jägermessers nicht hätte authentischer sein können, forderte er Alex unmissverständlich auf, die Schälchen im Bach zu spülen. Alex tat, wie ihr befohlen, doch als sie zurückkehrte, hatte Baatyr wieder das Feuer angeschürt, und sie war einigermaßen verblüfft darüber. Denn es war vier Uhr am Nachmittag und sie sollten eilen, um noch vor der Dunkelheit bei ihren Gastgebern dem Jäger und seiner Familie zu sein.

Baatyr hatte eine Flasche Wodka aus seinen Satteltaschen gezogen, nahm bedächtig ein Schälchen und füllte sie mit dem klaren und scharfen Gesöff. Das erste Schälchen leerte er selbst, erst dann reichte er es Alex. Sie schüttelte sich, was Baatyr grinsen ließ. Er nahm ihr das Schälchen aus der Hand, dann warf er sich über sie.

Für eine Zehntelsekunde erstarrte Alex unter seinem massigen, fremden Körper und hielt die Arme seitlich gestreckt als klebe Kuchenteig daran, mit dem sie ihm die Kleider verschmutzen könnte. Doch als sein stahlbezahnter Mund nach ihren Lippen suchte, kniff sie heftig das Gesicht zusammen und versuchte sich mit kräftigen Kopfdrehungen seinen Berührungen zu entziehen. Dann entrang sich ihr stoßweise das Wort „Njet, njet, njet!", immer lauter, und schließlich kehrte die Beherrschung über ihren zu Boden gedrängten Körper zurück. Sie erinnerte sich ihrer Arme und konnte endlich ihre Hände gegen seine Schultern stemmen, um seinen Oberkörper nach oben zu drücken. Doch ihre Kraft reichte nicht, der massige Männerkörper drückte sie gegen die harten Kiesel unter ihr. Nun setzte sie auch ihre Beine ein, versuchte die Knie unter seinem Körper anzuziehen, um ihn wegzudrängen, doch seine Hände waren schneller, er stieß ihre Knie zurück und rutschte immer heftiger auf ihr herum. Seine wulstigen, rauen Lippen fanden kurz ihren Mund, den sie fest zusammenkniff, während sie ihren Kopf wiederholt hin und herwarf. Mit aller Kraft stieß sie ihre Arme gegen Baatyrs Schultern, drückte seinen Kopf zur Seite und schrie: „Njet, nelsja!“ Sie begann heftig zu strampeln, doch seine Umklammerung zwang sie wieder in eine starre, unbequeme Position. Mit einer Hand fingerte Baatyr nun an seinem Gürtel herum und wieder nahm Alex alle Kräfte zusammen, um ihn mit Armen und Beinen von ihrem Körper zu drängen. Erfolglos. Baatyr war ein kräftiger Mann, mitten in den Vierzigern, und er überragte Alex um einen ganzen Kopf.

Kurz dachte sie nach, sie musste nachdenken, denn mit physischer Kraft würde sie sich aus dieser Situation nicht befreien können, das hatte sie begriffen, während sein stachliger Bart auf ihren Wangen kratzte und seine wulstigen, feuchten Lippen nach ihrem fest zusammengekniffenen Gesicht schnappten und kühle Spuren auf ihrer Haut hinterließen. Sie waren allein, sie lagen mitten in der Wildnis, kein Mensch würde ihr zu Hilfe eilen und rufen würde nichts nützen. Und sie hatte kaum noch Kraft, sich zu wehren, zu gepresst lag sie auf dem Boden, und Baatyr hielt inzwischen ihre beiden Handgelenke fest umklammert unter ihrem Rücken fest.

Aber sie hatte das Wort! Und plötzlich fielen ihr seine Verwandten ein, von denen sie am Morgen aufgebrochen waren. Verzweifelt schrie sie deren Namen: „Sie wissen, dass ich mit dir unterwegs bin!“, stieß sie heftig hervor und endlich gab sein Körper ihrem heftigen Wehren nach. Er stützte sich auf, ließ ihre Handgelenke los und fiel wie eine überreife Frucht von ihrem Körper auf die Seite. Heftig atmend blieb er auf dem Rücken liegen und zog die Knie an.

Alex sprang sofort auf und wischte sich über das wirre Haar, schüttelte sich, rieb ihr Gesicht und klopfte ihre Kleidung ab, als ginge es nur um einen unvorhergesehenen Ausrutscher, der sie zu Fall gebracht hatte.

Baatyr schien nicht von der Situation berührt zu sein, weder von dem was er versucht, noch von der Tatsache, dass sie ihn heftig abgewiesen hatte. Gleichgültig, als sei nichts passiert, stand auch er auf und klopfte sich die Hosenbeine ab. Dann sammelte er die Sachen ein, verstaute den Topf, die Schälchen und die Flasche Wodka in seiner Satteltasche, zog die Glut des Feuers auseinander und löschte sie mit Wasser aus dem Bach. Dann stieg er auf sein Pferd. Mit einer unwilligen Geste hieß er Alex aufzusteigen und ritt ihr vorweg, ohne sich weiter nach ihr umzudrehen.

5

Die Tochter des Jägers hatte Alex alles gezeigt, den kleinen Speicher, in dem auf dem Boden violett schimmernde Zwiebelblüten zum Trocknen ausgebreitet lagen, ein in der Taiga begehrtes Gewürz, den Haufen Wolle, der gefilzt oder gekämmt und gesponnen werden musste, die Handspindel und ein russisches Spinnrad. Der Jäger hatte ihr sogar die Walze demonstriert, mit der die Filzdecken für die Jurte hergestellt wurden, und die Walkgeräte für die Fellverarbeitung. Sie hatten die tuvinischen Wintermäntel hervorgeholt und angezogen, damit Alex Fotos von ihrer traditionellen Kleidung machen konnte. Das Fass für vergorene Milch, die bunt verzierten Truhen und der alte Küchenschrank in der Jurte waren dokumentiert. Einige kleinere Hausgeräte hatte Alex fotografiert, vermessen und in ihr Heft gezeichnet, Libationslöffel, Kellen, Tee- und Salzbeutel sowie das Jägermesser des Alten. Soja, die Tochter des Jägers, hatte ihr alle Teile der zu Papier gebrachten Gegenstände benannt, manchmal hatten sie den Alten nach Namen und Materialien gefragt, aus denen sie hergestellt waren, und er hatte, schmunzelnd an seiner Prima saugend, geantwortet.

Auch seine Frau hatte sich an Alex' Dokumentation beteiligt, sie demonstrierte die Arbeitsprozesse einer Hausfrau und stellte vor ihren Augen Milchprodukte her. Alex schrieb mit, ließ sich die Zutaten, die Geräte und die Tätigkeiten benennen, fotografierte jeden Handschlag und führte ihr Notizbuch. In einer freien Stunde setzten sich die Frauen zusammen und stellten einen Stammbaum der Milchprodukte zusammen. Dazu kam der alte Jäger, und mit einem Blick auf Alex' Skizze erklärte er gelassen: „Die wertvollste aller weißen Speisen kennst du noch nicht!" Er rührte versonnen in der vergorenen Milch. Seine Frau lachte wissend, und Soja blickte betreten zur Seite.

„Wir destillieren jetzt Araka!", erklärte der Jäger und setzte einen Kessel auf den Herd, den er sofort anschürte und mit getrocknetem Viehdung fütterte, und sein genüssliches Grinsen sagte Alex, dass diese Tätigkeit zu den liebsten Beschäftigungen der Männer gehörte, gleich nach dem Ausschenken des Gesöffs und dem Bewirten der Gäste, die mithielten.

Der alte Jäger schöpfte mit der Kelle vergorene Milch in den Kessel auf dem Herd, dann verließ er die Jurte und kam nach einigen Minuten mit einem großen Holzzylinder zurück, der genau auf den Kessel passte.

„Der ist aus einem Baumstamm gefertigt", erklärte er und winkte Alex heranzutreten. An einer Seite ragte eine Art Rinne heraus, in der ein Faden lag. Der Alte drehte den ausgehöhlten Baumstamm nun so, dass Alex hineinsehen konnte. Die Rinne endete in einem breiten Blatt mit Kerben in der Innenseite des Zylinders. Hier wird der Araka aufgefangen, erklärte der Jäger und streckte seinen Zeigefinger gegen die Rinne, die die Flüssigkeit nach außen führen sollte.

Alex nahm ihren Fotoapparat und dokumentierte das archaisch anmutende Gerät. Inzwischen trat Baatyr in die Jurte, in der Hand ein Murmeltier mit weichem bräunlich-blonden Fell. Seit heute Morgen hatte er sich nicht blicken lassen, jetzt wusste Alex, dass er die Fallen des Jägers abgelaufen war.

Als Baatyr den Zylinder auf dem Herd erblickte, schnalzte er mit der Zunge und sein stählernes Grinsen zog breit über das asiatische

Gesicht. Dann prüfte er fachmännisch, ob die Destille richtig saß, schnalzte nochmals und ging wieder hinaus.

Seit dem Vorfall in der Taiga mied Alex jeden seiner testenden Blicke, während er mit brummender Abweisung auf ihre zornige Zurückhaltung reagierte. Sie würde den Jäger fragen, ob sie ein anderer zurückbegleiten könnte, und sie wollte seiner Frau das Problem auseinandersetzen. Aber noch wartete sie. Ihre Offenbarung sollte die Freizügigkeit der Jägerfamilie nicht trüben. Alex ging auf, in dem Gefühl eine Ethnologin zu sein und zu arbeiten, wie sie es aus den Werken ihrer historischen Vorbilder kannte, zu dokumentieren, zu schreiben, zu zeichnen und zu fotografieren und dabei das Vertrauen und die Offenheit der Menschen uneingeschränkt auf ihrer Seite zu haben. Die Familie des Jägers sprudelte über vor begeisterter Zuarbeit. So viel, wie in den letzten Tagen, hatte sie in all den Wochen nicht aufgezeichnet, die sie bereits in Tuva verbracht hatte.

Durch die Tür sah Alex, dass Baatyr eine helle Wachstuchdecke vor der Jurte ausbreitete und begann, das Murmeltier zu häuten. Sie schoss mit verkniffener Miene einige Bilder von dem Murmeltier und Baatyr, der von seiner Arbeit nicht einmal aufblickte.

Inzwischen kochte die vergorene Milch im Kessel, und der alte Jäger bedeckte nun den oberen Teil des Zylinders mit einem weiteren sauberen Kessel. Dann dichtete er die Fuge zwischen Zylinder und Kessel sorgsam mit einem Filzstreifen ab, und seine Frau schöpfte kaltes Wasser in den oberen Kessel. Zufrieden klopfte der Alte gegen das Holz, stippte mit dem Finger in das kalte Wasser und holte einen Hocker und einen Topf, die er beide unter das Ende der Abflussrinne stellte und schließlich den Faden sorgsam hineinlegte. Nach wenigen Minuten hörte man in der Jurte nur noch das Knistern des Feuers und das Brodeln der vergorenen Milch, und der Faden leitete tropfenweise das milchigtrübe Destillat aus der Destille in den Topf, während der Alte daneben hockte und bedächtig an seiner Prima saugte. Die Luft füllte sich mit dem sauren Dampf, als Alex ihre Aufzeichnungen vervollständigte. Dann nahm sie sich eine Zigarette und trat nach draußen. Baatyr zerlegte gerade das Murmeltier und Soja hockte neben ihm und plapperte.

Das Murmeltier hatten sie nach dem Destillieren im Kessel gekocht. Alex nagte an den kleinen Knochen. Es war dunkles, sehr schmackhaftes und fettiges Fleisch. ‚Kein Wunder', dachte Alex, ‚dass Murmeltier ganz oben auf der Liste tuvinischer Lieblingsspeisen stand.' Doch für fünf Erwachsene konnte so ein Murmeltier nur ein Imbiss sein. Sie tunkten Kastenbrot in das Fett, und die Frau des Alten erklärte die Heilkräfte, die Murmeltierfett hatte.

Die Sonne senkte sich langsam über den Bergen, als die Männer nach dem Essen aus der Jurte traten und sich dehnten und rekelten. Nebeneinander setzten sie sich vor die Jurtenwand und ließen sich das Gesicht bescheinen. Dazu rauchten sie Prima, die filterlosen Zigaretten der Taigabewohner. Alex setzte sich mit ihren Heften und dem Fotoapparat etwas abseits und lehnte sich gegen einen Baum. Es würde noch eine Stunde dauern, dann begann das abendliche Melken.

Alex' Zeit in Tuva war fast abgelaufen, in zwei Tagen würde sie zurück zur Baza reiten, wo Wassili sie erwartete, um sie zurück zu Tatjana zu bringen, und in zwei Wochen würde sie schon im Flieger sitzen. Die Entfernung, dieses erneute Leben in Deutschland, war für Alex kaum denkbar. Sie versuchte sich das Haus vorzustellen, in dem sie wohnte, Sven und die Straßen in Linden, die Uni und ihre Lieblingskneipen. Die Erinnerungen scheuten wie Fohlen vor ihrem inneren Auge, ließen sich nicht einfangen, zu wahr, leuchtend hell und warm war die Septembersonne an diesem Spätnachmittag.

Baatyr stand auf und sattelte sein Pferd, das Zeichen, dass er nun die Yakkühe zum Melken heimtreiben würde. Später würde der Lagerplatz vom Meckern der Ziegen und Blöken der Schafe widerhallen, der Hund würde aufgeregt um die Herde rennen und bellend das eine oder andere Schaf in den Hinterlauf zwicken, bis sie alle im

Pferch standen und nur noch ab und an mit ihrem Meckern die Richtigkeit ihres Daseins bestätigten.

Da erst nahm sie wahr, dass der alte Jäger sie leise rief. Er hatte sich auf die Stufen des kleinen Speichers gesetzt, und vor ihm stand ein Hocker, auf dem er ein sauberes helles Tuch ausgebreitet hatte. Sveta reichte ihm ein Säckchen. Er nahm es in die rechte Hand und wog es, als wüsste er selbst nicht, was darinnen war. Mit einem verschmitzten Lächeln winkte er Alex heran und setzte das Säckchen auf das Tuch. Alex hörte ein leises Klirren, als das Säckchen den Hocker berührte. Der Alte sah ihr immer noch schmunzelnd in die Augen.

„Wir wissen nicht, wann unser Ältester mit seiner Familie kommt. Vor zwei Tagen war der Kleinste noch krank“, erklärte er und schob mit dem Finger seinen Hut höher auf die Stirn. Sveta hockte neben ihm und sah Alex erwartungsvoll an, als sei sie es, die diese Frage beantworten könne. Der Alte aber deutete auf den Platz zu seiner Rechten: „Du stehst in der Sonne! Nichts darf den Weg von der Sonne auf das Orakel versperren.“

Alex gehorchte und hockte sich nun an seine rechte Seite.

„Hol deinen Fotoapparat!“, scheuchte sie der Alte wieder auf.

Dann endlich öffnete er das Säckchen und schüttete eine Anzahl erbsengroßer Steinchen auf das Tuch.

Mit dem Zeigefinger begann er einige Steine herauszusortieren und erklärte Alex, in welchem Fluss genau, er welchen Stein gefunden hatte. „Die Alten tragen ihr Orakel Stein für Stein zusammen“, sagte er in einem Ton, den sie von ihrer Lehrerin kannte: „Jeder Stein stammt aus einem anderen Fluss oder Bach weit oben in der Taiga, von dort, wo nur wenige Menschen hinkommen. Wenn man sein Orakel so sammelt, dann trägt es die Kraft der Wildnis in sich und die mächtigsten Herrengeister können aus ihm sprechen. Nur dann sagt das Orakel wahr!“

Er schob die Steine wieder zusammen und nahm sie in beide Hände. Dann reichte ihm Soja ein Löffelchen Butter, die er zusammen mit den Steinen zwischen seinen Händen verrieb. Er führte die Hände zu seinem Mund, hauchte darauf und knetete die Steine wieder zwischen seinen Fingern. Diese Geste wiederholte er dreimal. Dabei schloss er die Augen und schien sich fest zu konzentrieren. Die Steine führte er zu seiner Stirn. Dann erst sanken seine Hände wieder zu dem Tuch hinab. Als die Steinchen darauf lagen, glänzten sie matt in der Sonne.

Der Jäger bildete drei Häufchen und begann die Steine abzuzählen, bis er eine Matrix aus drei Mal drei Steinen vor sich liegen hatte. Daraus las er Sveta und Alex vor. Die Füße seines Ältesten seien ungeduldig, er wolle aufbrechen, doch der Weg ist verschlossen und der Bauch des kleinsten Enkels noch krank. Man müsse sich wohl noch etwas gedulden, bis die Kinder kommen und man mit der Herbstschlachtung beginnen könne.

Sveta atmete tief ein und lehnte sich zurück. Sie war über die Nachricht sichtlich enttäuscht. Alex dagegen betrachtete fasziniert den Alten, der sich eine Zigarette ansteckte und die Steinchen wieder zurück in das Säckchen zählte.

6

Sie saß vor ihren Büchern, drei Klassiker der Religionswissenschaft wollte Alex vergleichen, die gegensätzlicher nicht sein könnten. Das Thema hatte sie selbst gewählt und Professor Sass in einem persönlichen Gespräch vorgeschlagen. Nach all den Jahren voller verwirrender Einzelperspektiven aus der Geschichte der Religionswissenschaft wollte sie sich endlich den lang überfälligen direkten Überblick verschaffen. Doch Sass hatte sie nur ungläubig angelächelt. „Versuchen Sie es, wenn Sie wollen.“ Seine jahrelangen Erfahrungen in der Ausbildung hatten ihn spürbar ernüchtert. Er hielt es für ein sportliches studentisches Unternehmen, die methodischen Ansätze korrekt in einem einzigen Vortrag zu vereinen.

Doch Alex war optimistisch. „Ich habe alle drei Autoren schon zwei Mal gelesen, und nun lese ich sie ein drittes Mal."

Sass hatte gelächelt, als er ihr antwortete: „Daran tun Sie gut, denn unsere Wissenschaftshistoriker lesen die Arbeiten unzählige Male. Sie werden immer Neues entdecken und manche heutige Studie besser verstehen, wenn Sie die Klassiker immer wieder lesen. Trotzdem bleibt Ihr Vorhaben schwierig. Achten Sie auf die Perspektiven und die korrekten Begrifflichkeiten, denn wenn Sie das nicht tun, muss ich Ihren Vortrag abbrechen."

Damit hatte Alex seine Einwilligung und nun studierte sie Emile Durkheims Arbeit „Die elementaren Formen des religiösen Lebens" von 1895, neben Rodolf Ottos „Das Heilige" aus dem Jahr 1917 und den beiden jüngeren Klassikern von Mircea Eliade „Die Religionen und das Heilige" (1949) sowie „Das Heilige und das Profane" (1957). Obwohl die Arbeiten der beiden letzten Autoren die jüngeren waren, schlossen sie eher an die herkömmliche Tradition der Religionsforschung an als Durkheims neue Religionssoziologie. Sie war für Alex der wirkliche Wendepunkt in der Geschichte der Geisteswissenschaften, denn sie eröffnete eine Perspektive, die es einem atheistischen Wissenschaftler möglich machte, sie zu untersuchen, ohne selbst religiös zu sein und ohne in seiner Arbeit auf religiöse Symbole beschränkt zu werden. Durkheim hatte erstmals eine Tür zum Verständnis von Religionen geöffnet, die jeder passieren konnte. Das unterschied ihn von den beiden anderen Autoren. Otto als Theologe verlangte für das Verständnis des Heiligen ein religiöses Gespür, das er mit musikalischem Talent verglich und das nicht jedem gegeben war. Seine detailgenaue Darstellung der religiösen Gefühle beeindruckten Alex, obwohl sie ihr selbst verschlossen bleiben würden. Nur Otto konnte ihr ein Bild davon geben, was in einem religiösen Menschen vorging. Er tat es mit viel rhetorischem Geschick mittels Introspektion, wie die Wissenschaft die gründliche Selbstreflektion, den Blick in sich hinein, nannte. Das heißt, Otto war sein eigenes Beispiel und – hier setzte die Kritik an – wer nicht ebenso spürte, dem fehlte das Talent dazu.

Otto war für Alex leicht nachzuvollziehen gewesen, und ähnlich ging es ihr nun mit Eliades Schriften. Seine vergleichende religionshistorische Methode lebte von der Perspektive der Menschen, die er untersuchte. Seine Werke versammelten Beispiele religiöser Symbolik weltweit, die unter religiösen Maßstäben erfasst werden sollten, denn nur so könnten sie sich als religiöse Phänomene offenbaren. Seine Phänomenologie, die sich radikal von der Ottos unterschied, nutzte den Blick durch die Augen des religiösen Menschen, den er Homo religiosus nannte. Und diese Methode, das verstand Alex nun, nutzten viele Wissenschaftler, die sie kannte. Sowohl Frau Spitz als auch Bodo Lange bedienten sich ihrer, obwohl sie doch aus zwei völlig unterschiedlichen Wissenschaftstraditionen stammten. Fast war sie in der zweiten Hälfte des letzten Jahrhunderts *Common Sense* in der Ethnologie gewesen. Doch in den letzten Jahren entwickelten sich zunehmend Wissenschaftsströmungen, die ein Umdenken forderten und sich mehr und mehr auf die soziologische Methode konzentrierten, die eben Alexandras dritter Autor in die Wissenschaft eingeführt hatte.

Durkheim hatte als Agnostiker erfahren, dass Übersinnliches nicht erkannt werden könne, und dass ein Wissenschaftler deshalb nur die Frage beantworten kann, was dem Heiligen in der Beobachtungswelt entspricht. Dafür entwickelte er die soziologische Methode, die dem Leitmotiv folgte: ‚Soziales kann man nur durch Soziales erklären und durch Beobachtung sozialen Geschehens verstehen.' Seine Perspektive, die nur von außen Beobachtbares für die wissenschaftliche Verwertung zuließ, nannte man die etische Methode. Und hier stockte Alexandra in ihrem Exzerpt, denn Durkheim spaltete das Phänomen des Heiligen in seine gesellschaftlichen Bestandteile. Das Kollektiv löst im Menschen „ganz andere" Gefühle aus, die er auf das projiziert, was für ihn heilig wird. Er nennt die so projizierten Gefühle „Kollektivgefühle".

Jäh standen vor Alex innerem Auge die jährlichen Demonstrationen zum 1. Mai. Sie sah sich auf der Mauer sitzen und den Umzug betrachten. Ihre Beine wippten zur Marschmusik und sie ließ sich willig, fast ausgelassen von der Stimmung tragen. Sie sah wieder die winkenden Hände der Parteifunktionäre und den kurzen Moment völliger Begeisterung und Hingabe der Demonstranten, die an der Tribüne vorbeimarschierten. Und doch hatte Alex schon damals gewusst, dass dieselben Menschen vor und nach dem Umzug laut über diese unliebsame Pflicht gemeckert hatten. Woher kam also die Begeisterung im Moment? Was weckte diesen Impuls in Menschen, die das, was sie taten, doch eigentlich nicht wollten?

Damals hatte sie an das Wunder der Marschmusik geglaubt. Doch Durkheim bot ihr hier und jetzt eine andere Lösung. Was die Menschen damals für einen kurzen Moment erfasste, war nichts anderes als das Kollektivgefühl. Fasziniert las Alex weiter, „Auch sie" – ‚die Riten', ergänzte sie in Gedanken – „bestehen aus kollektiven Zeremonien, die jene, die daran teilnehmen, in Erregungszustände versetzen. Die erweckten Gefühle sind unterschiedlich; aber die Erregung bleibt die Gleiche."

Alex besann sich: ‚War das Kollektivgefühl auf der Maidemonstration wirklich ausschließlich beim Vorbeimarsch an der Tribüne erwacht? – Nein', dachte sie, ‚bereits beim Versammeln herrschten Kollektivgefühle, wenn die Leute gemeinsam auf ihre Verpflichtung schimpften, die ihnen die Freizeit an diesem Frühlingstag beschnitt. Es waren nur ganz andersartige Gefühle, aber – wie Durkheim schreibt – „die Erregung bleibt die Gleiche". Erst vereinte man sich kollektiv in der Ablehnung und dann – beim Vorbeimarsch – in einer entgegengesetzten Erregung, die positiv war und für die man sich nachher wieder schämte.'

Sie las weiter: „Die Vereinigung“ der Gefühle vieler Menschen „hat, wie immer, die Wirkung, sie zu verstärken. Indem sie sich äußern, erregen sie sich, erhitzen sich und erreichen eine Heftigkeit, die sich in einer Heftigkeit der entsprechenden Gesten äußert.“

‚Beim enthusiastischen Jubeln‘, dachte Alex und besann sich, dass laut Durkheim dieser „Erregungszustand“ eine Mobilisierung unserer Kräfte und sogar einen Zuwachs äußerer Energien zur Folge hatte.

Nicht schlecht! Alex fragte sich, ob die Parteifunktionäre Durkheims Theorie gekannt und bewusst eingesetzt hatten, immerhin war sie bereits 1917 erschienen. Oder hatten sie nur instinktiv nach ihren positiven Erfahrungen gehandelt, wenn sie Aufmärsche befahlen, wie sie bereits in der Weimarer Republik bei Linken wie Rechten üblich waren? Jedenfalls hatten Heerführer zu allen Zeiten gewusst, dass die Soldaten besser marschieren und überhaupt williger waren, wenn Heeresmusik spielte oder wenn sie ein Lied auf dem Marsch sangen. Kein preußisches oder napoleonisches Regiment ohne Regimentsmusik, kein Janitscharenbataillon ohne Pauken und Schellenbaum, sogar römische Legionen hatten schon ihre Bläser. Musik verstärkte also das Kollektivgefühl.

Auch darauf fand sie eine Weile später eine Antwort. Was sie las, sprach sich für die unbewusste Erweckung der Kollektivgefühle aus, denn Durkheim fand sie in jeder Gesellschaft. „Es gibt keine Gesellschaft“, hatte er vor fast hundert Jahren geschrieben, „die nicht das Bedürfnis fühlte, die Kollektivgefühle und die Kollektivideen“ – ‚besonders die Ideen‘ – Alex lächelte, „in regelmäßigen Abständen zum Leben zu erwecken und zu festigen. Diese moralische Wiederbelebung kann nur mit Hilfe von Vereinigung, Versammlungen und Kongregationen erreicht werden, in denen die Individuen, die einander stark angenähert sind, gemeinsam ihre gemeinsamen Gefühle verstärken.“

Das war es! Alex lehnte sich in ihrem Stuhl zurück. Das war die

Antwort auf die beherrschende Frage ihrer Kindheit. Was zerriss die Leute zwischen Begeisterung und Abscheu für dieses System? Warum schlingerten sie hin und her, anstatt sich endlich eine eigene Meinung zu bilden und vielleicht – wenn nötig – mit der Faust auf den Tisch zu hauen?

Die Lähmung, die die Menschen in Alex' Umfeld erfasst hatte, war die Folge ihres ständigen Spagats zwischen zwei gegensätzlichen Arten von kollektiven Gefühlen, die permanent und ähnlich intensiv erfahren wurden. Auf der einen Seite der kollektiv gefeierte Sieg des moralisch überlegeneren Gesellschaftssystems über das Kapital, das in der restlichen Welt Ungleichheit und Armut schuf, und auf der anderen Seite die gemeinsam erlebte und angestaute Ohnmacht gegenüber den unsinnigen Zwängen und den das Leben einengenden Grenzen einer Diktatur. Aus diesem Spagat fanden sich die meisten Menschen nicht mehr heraus und deshalb verstummten sie. Doch unter der scheinbar ruhigen Oberfläche hatte es jahrzehntelang gebrodelt, bis sich explosionsartig ein neues kollektives Gefühl Bahn brach, das nun alle vereinte und in dem sich niemand mehr spalten musste, auf den Montagsdemonstrationen. Sie führten das Kollektiv der DDR, das Volk, zusammen und auf die Straße. Und damals gab es keine Marschmusik, auch wenn die Demonstranten skandierten, „Wir sind das Volk" oder „Wir sind ein Volk". Trotzdem waren die Menschen in einem starken Gefühl miteinander vereint gewesen.

Wie sich Alexandra nun erinnerte, war Durkheims kollektives Gefühl ein herrliches Gefühl und wenn sie Ottos religiös-musikalisches Talent besessen hätte, dann würde sie sich jetzt hinsetzen und es introspektiv beschreiben, wie Otto das Gefühl des Heiligen.

Alex blickte die Studenten an, und plötzlich überkam sie die Lust zu reden. Etwas in ihr kämpfte noch, etwas, das unbedingt gesagt werden musste. Aus tiefster Überzeugung stellte sie sich ihrem Ideal. Die Sätze formten sich wie von selbst, und das Referat spann seinen Faden über den Gegenstand hinaus. „Drei wissenschaftliche Methoden" wiederholte sie: „... und es soll bedacht werden, dass für mich jede dieser Perspektiven ihren ganz eigenen Wert besitzt! Deshalb sollte man sie nicht gegeneinander ausspielen, sondern eher als wechselseitige Ergänzungen betrachten, auch wenn sie sich widersprechen und man sich für eine Studie auf eine Methode beschränken muss. Jede Falsifikation der einen Methode aus der Perspektive der anderen gleicht selbst Religion. Und wir wollen unserer Wissenschaftsauffassung nicht wie einer Religion anhängen, die die anderen negiert. Was Otto geleistet hat, hätte Durkheim niemals leisten können. Er war mit Sicherheit religiös völlig unmusikalisch." Die Studenten kicherten, und Sass sah sie amüsiert an.

„Otto hat uns das Heilige offenbart, während Eliade es in seinen vielfältigen Ausdrucksformen eingefangen hat. Durkheim dagegen hat uns einen Erklärungsansatz eröffnet, was Religion als gesellschaftliche Ausdrucksform sein könnte, falls – wie viele hier glauben – es *doch* keine Manifestation des Heiligen gibt. Durkheim wird alternative Erklärungsansätze finden, aber wir sollten unser Gesichtsfeld weit offen halten, um so viel wie möglich Perspektiven darin zu vereinen. Wir wollen ja die Gegenstände um uns herum auch nicht nur aus einer Perspektive sehen. Erst der Blick von vielen Seiten vermittelt uns ein realitätsnahes Bild, an dem wir uns bewusst orientieren können."

Alex hatte ihr Plädoyer beendet und nahm erleichtert das studentische Hämmern auf die Tische entgegen. Kurz blickte sie zu Sass. „Sie sind dabei, etwas zu begreifen", sagte der und reichte ihr die Hand, „aber" – blieb er nicht unkritisch – „nicht jeder religiöse Mensch negiert die anderen Religionen. Es gibt auch religiöse Toleranz. Trotzdem, ich freue mich auf Ihr schriftliches Referat."

7

„Ich muss unbedingt eine Pause machen. Lass uns in die Kneipe gehen." Alex drehte sich zu Sven um, der in ihrem Rücken an einem Grabungsbericht schrieb. Seit Wochen versank sie in Prüfungsvorbereitungen, acht Abschlussexamen, alle vierzehn Tage eines, Ausarbeitung, Lernen, Examen, Ausarbeitung. Zwei Prüfungen hatte sie schon hinter sich, sechs standen noch vor ihr, ein Ende des Marathons schien nicht abzusehen.

Sven ließ den Stift laut auf seinen Tisch knallen und lehnte sich zurück, um sich zu dehnen. Dann drehte er sich langsam auf seinem Bürostuhl zu ihr um. Er gähnte, rekelte sich noch einmal und sah sie plötzlich erwartungsvoll an.

„Lass uns Schluss machen, für heute. Wohin gehen wir?"

„In die *Nautilus*!"

Kurz registrierte Sven ihre Erleichterung und musste grinsen. Ja, es war Zeit, dass dieser Tag eine angenehme Wendung nahm. Sie würden sich unterhalten und Bier trinken, vielleicht von der Zukunft schwärmen oder Probleme debattieren, was auch immer, alles war besser, als weiter hier rumzusitzen.

Auf der Straße wehte die laue Nachtluft eines endenden Sommers, die die Dunkelheit angenehm machte. Man wünschte sich geradezu, bei Kerzenschein in einem Freisitz zu hocken. Doch die *Nautilus* war anders. Hier zogen sie beide die Kneipenräume vor, die samtrote Vision eines altertümlichen U-Boots, dessen Bullaugen den Blick auf die Unterwasserwelt eines bunten Riffs frei ließen. Eine Unterwasserwelt, sie war nicht etwa an die Wände gemalt, wie sie bei ihrem ersten Besuch erwartet hatte, sondern hinter runden Fenstern waren Aquarien in die Wände eingelassen, in denen bunte Fische zwischen Wasserpflanzen ihre Kreise zogen. Und jedes Mal, wenn sie die Stufen in den Keller hinabstiegen, empfing sie das gedämpfte Dröhnen leiser Technomusik, die an das ferne Hämmern der Kolben einer Dampfmaschine erinnerte. Man fühlte sich in Jules Vernes Traum vom Leben unter dem Meeresspiegel versetzt und schwebte in den roten Sesseln unter dem leisen Beben der Technomaschine dahin, eingetaucht in Captain Nemos luxuriöse Parallelwelt, die auf wundersame Weise einen funktionierenden Lebenskreislauf bildete.

Wie sich die Menschen an Bord von Nemos Unterwasserschiff aus der irdischen Realität vollständig herausgelöst hatten, das hatte Sven stets fasziniert. Jules Verne hatte eine Parallelwelt erschaffen, die auf geheimnisvolle Weise aus sich selbst heraus funktionierte und auf die restliche Menschheit verzichten konnte. Und genau dieses Gefühl suchte Sven in der *Nautilus*.

Wenn er sich aus dem Korsett der Pflichterfüllung lösen wollte, dann konnte er das nur über seine Fantasie, der Exklave seiner alltäglichen Routinen, die ihn ansonsten fest umklammert hielten. Die *Nautilus* war solch ein Ort, an dem man der Realität entfliehen und für kurze Zeit von der klaren Benutzeroberfläche des Alltags in eine verschwommene Unterwelt abtauchen konnte. Dazu kam, dass diese Kneipe, trotz ihrer Raffinesse, nie überfüllt war. Sie lag abseits der Innenstadt und aus irgendeinem Grund hatte sich ihre Existenz noch nicht herumgesprochen oder sie wurde ignoriert. Jedenfalls war sie ein Geheimtipp geblieben.

Sven und Alex suchten sich einen Platz in einer roten Sitzgruppe am Ende eines der verwinkelten Räume des U-Boots. Sie nahmen Platz und Sven schlug vergnügt die Hände zusammen und schnalzte mit der Zunge: „Jetzt das Bier!"

„Das Lebenselixier der Studenten. – Das haben wir uns jetzt verdient."

Und Sven fläzte sich gleich in die weichen Polster. „Studiert man eigentlich nur, um eine Rechtfertigung dafür zu haben, zwei- bis dreimal die Woche in irgendwelchen Kneipen zu versumpfen oder kann man überhaupt nur studieren, wenn man sein Oberstübchen ab und zu kräftig mit Bier spült?" Dann schwiegen sie und betrachteten das

Aquarium direkt neben sich, in dem die Fische getrocknete Flöhe von der Wasseroberfläche schnappten. „Wie ich die Prüfungen hasse!", Alex schüttelte sich. „Learning by doing! Deine Steinzeitler hatten's gut, die haben noch das Leben gelernt. Und an schlechten Tagen hat man auch noch Angst zu versagen, dann geht es einem ganz dreckig."

„Na und? Zum Erinnern gehört nun mal maßgeblich das Vergessen. Glücklich ist, wer vergisst! Wir sind doch unser ganzes Leben lang Rindviecher, die Wissen aus Büchern fressen und unsere Weiden nennen sich Bibliotheken. In irgendwelchen Klausuren, Prüfungen und Examen müssen wir dann diesen ganzen Wissensbrei wiederkäuen und unsere Professoren und wir selbst können uns freuen, wie klug wir doch sind. Außerdem darfst du nicht von dir ausgehen. Du glaubst doch wohl selbst nicht, dass alle Studenten etwas studieren, weil sie irgendeinen Traum vom Leben oder ihrem Beruf haben. Die studieren irgendwas, weil Mami und Papi ihnen das gesagt haben oder weil sie irgendwo gehört haben, dass man mit dem und dem Abschluss richtig fett Knete verdienen kann. Die haben einen einfach gestrickten Lebensplan: Auto, Haus, Kinder, dann Rente und Enkel und ab geht's in die Kiste! Dafür braucht man Geld und es hält sich hartnäckig der Aberglaube, dass man als Akademiker sehr viel davon verdienen kann und mit einem Hochschulabschluss eine gesicherte Existenz hat."

Sven beugte sich vor. Gewichtig erhob er seinen Zeigefinger und deklamierte im Politikerjargon: „Meine Liebe, wir leben in einer Leistungsgesellschaft! Und Leistung muss ständig überprüft und überwacht werden! Wer Leistungsträger sein will, muss auch bereit sein, sich diesen Prüfungen zu unterziehen!" Sein düsterer Blick musterte Alex, während sein Zeigefinger nun jedes seiner Worte in die Tischplatte stach: „Wir müssen die Spreu vom Weizen trennen! Die Faulen, die Schwachen und die Leistungsverweigerer müssen wir früh erken-nen und aus-sor-tie-ren!" Bei den letzten Worten konnte er ein Glucksen nicht mehr unterdrücken und holte sein diabolischstes Gelächter hervor, sodass sich Leute an den anderen Tischen nach ihnen umdrehten. Dieses Lachen, in dem sich nur noch Hohn, Spott und Verzweiflung ergossen, war Alex immer unheimlich gewesen. Doch Sven beruhigte sich schnell und nickte ihr nach einem kräftigen Zug aus seinem Glas zu.

Dann erklärte er lapidar: „Da müssen alle durch. Das ist eben das Initiationsritual in die Wissenschaft. Bist du durch, dann bist du Wissenschaftlerin, eher nicht."

„Deshalb deine Ausflüge ins Multiversum?", konterte Alex.

„Tja, deshalb sind ja die Kneipen der schönste Ort für überarbeitete Studenten. Das war schon immer so. Was denkst du, wie oft wir in Solau direkt aus dem Institut in die Kneipen gelaufen sind. Wir schleppten uns nach dem Lateinunterricht, in dem uns Doktor Hirsch, ein Pauker wie er im Buche steht, mit dem *Gerundium, Gerundivum* und dem *Ablativus separativus* drei Stunden lang ohne Pause gequält hatte, schon früh um zehn in die nächste Kneipe und kippten uns vor der nächsten Vorlesung schnell ein bis zwei Sturzbiere mit Überschallgeschwindigkeit in den Hals. Und bei jedem Schluck rief das Gehirn fröhlich: ‚Ja, Ja! Spül mir das *Participium conjunctum* aus den Windungen!' Ich glaube ja, dass Kneipen ein Gravitationsfeld haben, auf das komischerweise Intellektuelle besonders sensibel reagieren und dem sie sich nicht entziehen können. Es ergreift einen, sobald man nur in die weitere Umgebung einer Bierstampe gerät und man wird unweigerlich durch die Kneipentür wie in ein schwarzes Loch gezogen. Diese ungeheuren Gravitationskräfte lassen in der Regel, je nach Verfassung, erst nach drei bis acht Bieren nach, und wie stark diese Kräfte sind, merkt man erst, wenn man in den frühen Morgenstunden die Kneipe verlässt und man sich kaum noch auf den Beinen halten kann."

Ungläubig winkte Alex ab. „Und du meinst, die Arbeiter, sind gegen das Magnetfeld immun."

„Die Arbeiter?", lachte er. „Ganz und gar nicht. Deshalb sind sie ja auch die führende Klasse im Sozialismus geworden. Nur die zog es zu anderen Zeiten in die Kneipen, am Nachmittag, gleich nach der Schicht, oder am frühen Morgen, bevor sie in der Fabrik antreten mussten. Auf unserem Weg vom Wohnheim zum Institut gab es im Park eine Kneipe, die wir den ‚Pavillon zu den glücklichen Menschen' nannten, da dort bereits morgens gegen sechs Uhr die Arbeiter vor der Schicht saßen und noch schnell zwei, drei Biere hinter die Binde kippten. Wenn *wir* dagegen durch die Kneipen zogen, dann war der Pavillon zu. Uns hätten dort auch keine zehn Pferde reingebracht."

Sven erinnerte sich an den Park und an die Kneipe in dem flachen Bungalowgebäude, an dem er und seine Kommilitonen morgens völlig erschöpft von der nächtlichen Zecherei vorbeigelaufen waren, und wo sie täglich hinter den Fenstern die werktätige Bevölkerung der DDR beim Bier hatten sitzen sehen.

„Den Pavillon gibt es immer noch und immer noch sitzen dieselben Chemiearbeiter drin, nur nicht mehr früh morgens und nachmittags, sondern mittags", fügte er dann hinzu.

„Mhm, das tut gut", seufzte er nach einem großen Schluck. Alex nickte und lehnte sich in ihrem Sessel zurück. Wieder betrachteten sie die Fische, die sich inzwischen von der Wasseroberfläche gelöst hatten und ruhig ihre Bahnen zogen, und ehe sie etwas sagen konnte, erinnerte sich Sven an die traurige Mitteilung, die er heute von Bert bekommen hatte.

„Professor Sachs ist gestorben. Hab ich heut erst erfahren. Damit geht eine Ära zu Ende."

Erschrocken sah ihn Alex an, und Sven wusste, dass seine Studentenzeit mit Berts kurzem Anruf heute endgültig zu Ende gegangen war. Er fühlte einen leichten Druck, fast so etwas wie Trauer in seiner Brust.

„Nun wird er wohl als Geist durch die Flure des Museums schreiten, in seinem penibel gepflegten Gehrock und seiner Baskenmütze.

Vielleicht legt er sich ja auch in eine der spätneolithischen Steinkisten und erschrickt die Besucher. Ein Kommilitone von mir wurde übrigens mal vom Aufsichtspersonal schlafend in dem Nachbau eines eisenzeitlichen Lehmhauses gefunden. Wir hatten nämlich am Abend zuvor eine ziemlich heftige Party im Seminarraum und er hatte keine Lust mehr, nach Hause zu gehen."

„... und die Museumsangestellten werden, wenn sie ganz still sind, das Wispern seiner wohl akzentuierten Vorträge hören", ergänzte Alex und lächelte, als könnte sie seine Gefühle teilen.

„Meinst du, dass alle lebensechten Wissenschaftler nach ihrem Tod als Schlossgeister durch die Gänge ihrer ehemaligen Institute schweben?"

„Da wird es noch mehr Schlossgeister geben", nickte Sven. „Hanter zum Beispiel in seinem Rundstrickanzug, auf dem wir immer die Speisekarte von der Mitropa lesen konnten. Der ist auch ein Fall für die Ewigkeit. Der alte Kauz." Sven sah ihn in seinem blauen Anzug und mit seinem strähnigen, über die Stirn gekämmten Haar noch immer vor sich. Und immerhin war Hanter ja derjenige, der seinen Abschluss gerettet hatte, weil er in seinem Keller die Kopien aller Prüfungsunterlagen aus DDR-Zeiten archiviert hatte, die an der Universität nach der Wende entsorgt worden waren.

Alex schien seine Gedanken zu erraten: „Unglaublich", sagte sie, „wenn *er* nicht gewesen wäre, dann hättest du mit deinem Studium ganz von vorn beginnen können."

„Ich musste auch so noch mal in der Mitte beginnen!" Innerer Ekel schüttelte ihn. Er zog an seiner Zigarette und zwang sich eine fröhliche Miene auf. Lieber sprach er von Sachs, dessen Tod ihn ja auf das Thema gebracht hatte.

„Sachs war übrigens auch der Erste, der mir mal den Kopf gewaschen hat." Wie zur Bestätigung stellte Sven die Finger seiner rechten Hand auf seinen Scheitel. „Naja, dazu muss ich sagen, ich war ja schon seit meinem zehnten Lebensjahr Mitglied der Arbeitsgemeinschaft ‚Junge Archäologen', mit elf Jahren war ich das erste Mal auf einer Ausgrabung, mit dreizehn, vierzehn und fünfzehn habe ich auf einer Grabung schon alles selber gemacht, gezeichnet, dokumentiert, vermessen, im Museum gearbeitet, war dann Schnittleiter gewesen. Ich konnte doch alles! Ich wusste doch gar nicht mehr, warum ich überhaupt noch studieren sollte! Das war so meine Einstellung, aber na gut, ich dachte, du musst jetzt noch die fünf Jahre Studium über dich ergehen lassen, damit du eben auch noch dein Diplom in der Tasche hast.

Und dann habe ich mich auch gleich zum ersten Seminarvortrag gemeldet. ‚Ja, das ist ja überhaupt kein Problem', dachte ich. Es ging um archäologische Quellen und ich habe in überhaupt kein Buch reingeguckt. Ich hab meine Dias angesehen und einige ausgewählt und gedacht, daraus mache ich jetzt ein tolles Referat. Dann habe ich meinen Vortrag runtergespult. Sachs hat sich das auch die ganze Zeit angesehen und angehört. Nichts hat er gesagt. Aber dann kam er zu seinem Resümee.

‚Nun ja, Herr Fried', sagte er, ‚das ist ja alles schön und gut. Man sieht, dass Sie schon lange Zeit mit der Archäologie zu tun haben. Aber ich hätte da noch einige Fragen. Nennen Sie mir doch bitte mal den Unterschied zwischen beweglichen und immobilen archäologischen Quellen'.

‚Was?', dachte ich.

‚Wissen Sie nicht, was das ist?', und dann kamen noch drei, vier weitere Fragen. Er hat mich einfach nach Fachtermini gefragt, die ich natürlich allesamt nicht kannte. Völlig auflaufen hat er mich lassen. Dann hat er mich natürlich noch gefragt: ‚Haben Sie denn mal bei Peschek nachgelesen?'

‚Nö', antwortete ich.

Nächste Frage: ‚Wissen Sie überhaupt, wie Peschek mit Vornamen heißt?'

‚Nö.'

‚Der hat übrigens denselben Vornamen wie Sie, Sven. Vielleicht sollten Sie ihn einfach mal lesen.'

Ich habe mich völlig abgebügelt gefühlt. Aber trotzdem tat er das nicht auf eine unfreundliche Art. Er ist immer höflich geblieben. Er hätte auch einfach meinen Vortrag abbrechen können und sagen, ‚Gehen Sie nach Hause und kommen Sie erst zurück, wenn Sie die Literatur gelesen haben.' Das hat er nicht gemacht, aber er konnte einen ins Mark treffen.

Einmal fragte er eine Studentin, ‚Können Sie mir sagen, was ein Handbuch ist?'

Und die Studentin antwortete: ‚Ein Buch, das man in die Hand nehmen kann?'

‚Könnten Sie mir dann Bücher nennen, die man nicht in die Hand nehmen kann?'

Worauf mein Freund Orlando dazwischenrief: ‚Ja, die Bücher, die im Giftschrank stehn!' ‚Das ist natürlich richtig, Herr Elke', erwiderte er damals in seiner treuen Art."

Sven sah Alex kichern. Ihm schmeichelte ihre unverhohlene Lust an seinen Erzählungen. Doch für heute hatte er genug erzählt. Sie plauderten noch über die Grabungsdokumentation, an der er gerade saß, und schmiedeten Pläne für die Zeit nach den Prüfungen. Schade, dass der Sommer dann vorbei sein würde.

8

Alex trat auf den Flur ihres Instituts. Nun musste sie nur noch warten, auf das Ergebnis ihrer letzten mündlichen Prüfung. Verwirrt über die Benommenheit, die die plötzliche innere Freiheit in ihr auslöste, setzte sie sich gar nicht erst in die Raucherecke, sondern trat an das hohe rundbogige Fenster dahinter, stützte sich auf das weiße Brett und betrachtete den spätherbstlichen Park vor dem Haus. Nieselregen stand in der Luft und die letzten herabgefallen Blätter klebten auf dem Asphalt. Doch der Anblick machte sie ungewohnt gelassen.

In ihrem Kopf lichtete sich der Nebel, und die Gedanken und Pläne für die nächsten Wochen und Monate begannen zu rotieren, noch fremd, wie ferne Zukunftsvisionen, dann in immer deutlicheren und klaren Bildern. Wie viel hatte sie auf die Zeit nach den Prüfungen verschoben, wie viel sich versagt in den letzten Monaten. Wie spartanisch ihr Seelenleben doch gewesen war und die unerträgliche Anspannung. Mit einer unwillkürlichen Bewegung schüttelte sie das alles von sich ab.

Jetzt, im November 2001, hatte sie ihren Abschluss in der Tasche und war frei, ihre Zukunft zu gestalten. Sven würde in zwei Tagen zurückkehren und hatte sich dann eine Woche Urlaub genommen. Sie würden leben, endlich wieder leben und es genießen, nach Laune zu entscheiden, was sie an einem Tag tun oder lassen wollten.

Plötzlich schreckte sie auf. Lange stand hinter ihr und sah sie irritiert an. Er musste sie schon mehrere Male gerufen haben.

„Komm“, sagte er kurz, als sie sich zu ihm umdrehte, und Alex folgte ihm ins Prüfungszimmer. Dort saß immer noch Herr Lins und blinzelte sie mit seinem galanten Lächeln aus dunklen Augen an.

„Wir können es kurz machen!“

Lange trat hinter den Tisch und kramte, immer noch stehend, in seinen Papieren: „Deine Prüfungsleistung verdient die Note ‚Sehr gut‘, mit dem Hinweis, dass du Schütz‘ phänomenologischen Ansatz etwas anders interpretiert hast, als wir das getan hätten. Aber deine Meinung sollten wir natürlich respektieren. Trotzdem konnten wir uns nur für eine 1,3 entscheiden.“

Dann sah er ihr direkt in die Augen. „Wir haben auch deine Gesamtleistung überprüft. Wie du weißt, fließen deine Magisterarbeit und die Prüfungsleistungen jeweils zu 50 Prozent in deine Abschlussnote. Danach kommst du auf die Note 1,2 im Fach Ethnologie.“

Lange – dessen kürzlich angebotenes, vertrauliches „Du" sie immer noch irritierte – trat auf sie zu und reichte ihr die Hand. Sie spürte, wie das Blut in ihre Wangen schoss und ihren Atem stocken ließ. Dann griff sie zu. ‚Geschafft!'

„Wir gratulieren dir zum erfolgreichen Abschluss deines Studiums und wünschen viel Erfolg auf deinem weiteren Weg." – „Danke!", murmelte sie.

Unvermittelt sprang auch Lins von seinem Stuhl auf, tänzelte auf sie zu und ergriff ihre Hand: „Viel Glück!", sagte er so, als wäre ihr Abschluss eine nebensächliche Angelegenheit, und verließ den Raum.

Alex stand betreten im Zimmer: ‚Das war schon alles? Und jetzt? Hatte sie damit ihre Pflicht für das Institut erfüllt? Wie sollte es weitergehen?'

Sie griff nach ihrer Tasche und nahm die Jacke vom Stuhl. Da hielt sie Lange zurück. „Ich habe noch ein Anliegen", sagte er. „Setz dich noch mal kurz."

Langsam ließ er sich ihr gegenüber auf den Stuhl sinken. Aus der Tasche zog er ihre Magisterarbeit und legte sie akkurat vor sich auf den Tisch. Dann strich er mit der Hand über die durchsichtige Folie, die das Foto und die Schrift auf dem Titelblatt schützte.

„Du weißt, wir haben eine kleine Buchreihe am Institut, in der wir besonders gelungene oder innovative Magisterarbeiten veröffentlichen."

Erstaunt sah sie ihn an: ‚Ihre Arbeit, wollte er wirklich ihre Arbeit ...?'

„Inzwischen sind drei Bände erschienen, und ich würde mir wünschen, dass deine Arbeit als Band 4 in dieser Reihe veröffentlicht wird."

Seine dunklen Augen in dem hellen Gesicht schienen ihre Züge regelrecht abzutasten. „Kannst du dir das vorstellen?"

Alex erstarrte, tatsächlich, er wollte tatsächlich ihre Magisterarbeit veröffentlichen. Ihr Traum vom ersten eigenen Buch würde wahr werden. Allein dafür hatte sich das ganze Studium gelohnt, die letzten Jahre, die ersten eigenen Forschungsreisen, die sie selbst mit ihrer Arbeit finanziert hatte.

Sie spürte, wie ihre Wangen zu glühen begannen und nickte stumm. Dann schüttelte sie sich, um die plötzliche Lähmung abzuwerfen, holte tief Luft und rief: „Natürlich!"

Lange lächelte über ihre Begeisterung. In seinen Zügen schien die Resignation zu spielen, die Alex an so vielen erfahrenen Wissenschaftlern schon gesehen hatte. Und zur gleichen Zeit schien ihn ihr optimistischer Tatendrang zu rühren, ihre ungebremste Motivation, in das Leben einer Wissenschaftlerin aufzubrechen. Wie naiv sie doch auf Lange wirken musste.

„Überarbeite bitte den Text. Ich stelle inzwischen den Kontakt zum Verlag her." Er stand auf und schüttelte ihr nochmals die Hand. Dann ging er aus dem Zimmer.

Als Alex nach Hause kam, setzte sie sich direkt an den Computer. Alle Träume von Freizeit und lockerem Leben waren nebensächlich. Vor ihr standen Forschungsanträge und die Überarbeitung ihres Buchmanuskripts. Bis Freitag in zwei Tagen, wenn Sven kam, würde sie daran arbeiten. Und plötzlich wusste sie, es würde weitergehen.

9

Obwohl Alex ihr Studium abgeschlossen hatte, besuchte sie wieder zweimal wöchentlich den Unterricht bei Frau Dr. Spitz. Sie wollte auf den Antritt ihrer Forschung vorbereitet sein, den sie plante, sobald ihr Antrag bewilligt war. Frau Spitz unterrichtete sie ehrenamtlich. Eigentlich stand Alex kein Unterricht mehr zu. An diesem Donnerstag im Januar saß sie auf einem der rot gepolsterten Stühle in Frau Spitz' Büro und beugte sich unter den überquellenden Bücherregalen über den Text einer tuvinischen Erzählung, die sie in einem derjenigen Bücher gefunden hatte, die ihr Gepäck aus Tuva so sehr beschwert hatten. Seit einiger Zeit übersetzten sie aus Alex' eigener Bibliothek, weshalb Eva Spitz einigen Aufwand hatte, den Unterricht vorzubereiten. Doch ihre Lehrerin scheute diese Mühe nicht, denn sie musste über den Forschungsstand ihrer tuvinischen Kollegen informiert bleiben.

Alex schätzte die unübersehbaren Vorteile, nur eine von wenigen Studenten zu sein, die diese Sprache erlernten. Deutschlandweit hatte sie kaum Konkurrenz zu fürchten. Sie wusste, dass noch einige Turkologen die tuvinische Sprache auseinandernahmen, doch in der Ethnologie und den Zentralasienwissenschaften waren Frau Dr. Spitz' Kenntnisse einzigartig. Sie hatte also eine Nische gefunden und die eröffnete Chancen.

Doch Sprachunterricht, wie Alex ihn aus dem Russischen und Englischen kannte, bekam sie nicht. Dafür trainierten sie Alex' Lesefähigkeit und bereiteten die wissenschaftliche Übersetzung vor, worin Frau Spitz Meisterin war. Sie zerlegten die Sätze in ihre Bausteine und diskutierten die grammatikalischen Konstruktionen. Immer mit dabei ein Tuvinisch-Russisches Wörterbuch und eine russischsprachige Grammatik der tuvinischen Sprache. Alex würde in der Lage sein, Texte aufzuzeichnen, zu transkribieren und zu übersetzen.

„Das Sprechen lernen Sie sowieso nur im Land, wenn Sie sprachlich aktiv werden. Der Textumgang dagegen ist grundlegend für Ihre zukünftige Arbeit. Heute gibt es zu viele Wissenschaftler, die fehlerhafte Quellen publizieren, die die Interviews, die Transkriptionen und Übersetzungen bezahlten, einheimischen Assistenten überlassen und daher gar nicht mehr wissen, was in ihren Originaltexten steht. Schließlich machen sie die Übersetzungen in ihrer Muttersprache zur Grundlage ihrer Veröffentlichungen. Das ist inakzeptabel", erklärt sie, wie schon oft, „und Journalismus, aber keine Wissenschaft."

Frau Spitz hatte einmal mehr ihr leidiges Thema getroffen. Sie hob leicht den Kopf, und der Text schien vergessen, die Unkenntnis der Originalsprache einiger Wissenschaftler und deren oberflächlicher Textumgang, das ewige Thema: „Die wollen forschen, aber die Sprache zu erlernen, das ist ihnen zu mühsam. Schnell muss es gehen, damit sie viel veröffentlichen können. Und dann hoppen sie von Ethnie zu Ethnie, um mit ihrer Arbeit Reputation einzusammeln, kennen aber keine der von ihnen erforschten Völker gründlich, geschweige denn, dass sie sich mit ihnen in deren Muttersprache unterhalten können. Dolmetscher bezahlen sie und nennen das ihre eigene Forschung."

Alex' wusste, dass Frau Spitz zu den überaus akkuraten Wissenschaftlerinnen gehörte, wie es vor der Wende Tradition gewesen war. Sie arbeitete lange und gründlich an einem Text, ehe sie ihn veröffentlichte. Sie prüfte und ließ prüfen, arbeitete Hand in Hand mit Kollegen und publizierte nichts, wozu sie nicht vorab mehrere Meinungen eingeholt hatte. Von den schnellen großen Würfen vieler ihrer jüngeren Kollegen hielt sie nichts. Wenn sie doch einmal eine solche Studie las, dann konnte sie sich wochenlang in ihren Seminaren über Nachlässigkeiten und Unkenntnis aufregen. „Eine Schande für die Wissenschaft!", sagte sie dann.

Alex wunderte sich nicht, als ihre Lehrerin erklärte: „Für mehr als die gründliche Erforschung einer Ethnie ist in einem Wissenschaftlerleben kein Platz", und sich sehr darüber beklagte, dass ihr, die sie doch detailgenaue Studien vorlegte, ein verengter Blick auf die Wissenschaft vorgeworfen wurde. Sie versuchte ihre Detailliebe ihren Studenten zu vermitteln und mit dieser Besessenheit lernte Alex bei ihr Tuvinisch.

Der Vorwurf ‚mangelhafte Produktivität', der an ostdeutsche Kollegen gerichtet wurde, stand stets im Raum, zu Frau Spitz' Entsetzen. „Es bringt doch nichts, den Markt mit Massen oberflächlicher Studien zu überschütten, die vor Fehlern strotzen und die wegen ihrer Menge gar nicht gelesen und in der weiteren Forschung verarbeitet werden können. Eine einzige gründliche Studie ist tausendmal mehr wert als Hunderte Schnellschüsse. Heute wird nur noch geschrieben, aber keiner kann mehr lesen, was da in die Fachliteratur gespült wird. Die Leute sind so stolz auf ihre eigenen Publikationslisten, wie wir früher stolz auf unsere Bücherregale mit wissenschaftlicher Literatur anderer Autoren waren, die wir mühsam zusammengetragen haben. Und wir haben alle Veröffentlichungen gelesen, die wir in die Hände bekamen. Heute ist ein neues Buch schon kurze Zeit nach Erscheinen nur noch Makulatur.“

Alex wusste, dass Frau Spitz zum Teil recht hatte. Die Literatur war unüberschaubar, und was vor allem fehlte, war eine funktionierende Qualitätskontrolle. Es war unmöglich zu entscheiden, welche Studie vertrauenswürdig war. Sie konnte sich nur auf das Urteil ihrer Lehrer verlassen oder auf Namen zurückgreifen, die sie kannte. Doch was war mit unbekannten Autoren? Die hatten keine Chance, wahrgenommen zu werden. Ihre Veröffentlichungen gingen in der Masse unter. Dafür gab es Tagungen, um persönlich Kollegen von sich zu überzeugen, und so kam es, dass man sich auf die Werke der eigenen Kollegen konzentrierte. Und diejenigen, die bei dem Trend, schnell und viel zu publizieren, nicht mitzogen, hatten auf dem wissenschaftlichen Arbeitsmarkt keine Chance. Die eigene Publikationsliste gehörte zur Selbstpräsentation. Diese Zwangslage griff auch nach Alex. Wenn Frau Spitz auch recht hatte, war Alex doch eine Nachwuchswissenschaftlerin und musste sich mit ihren Ergebnissen präsentieren. Ihre Lehrerin hatte einen Namen und eine unkündbare Anstellung an der Universität, die beste Basis, um ihrem Ideal zu folgen.

Alex unterließ es, sie darauf hinzuweisen. Frau Spitz würde sagen, man müsse den Trend der inflationären Veröffentlichungen bei absinkenden Qualitätsstandards umkehren, indem man selbst Vorbild war. Sie hatte recht und auch wieder nicht. Alex wollte die Qualitätsstandards halten, aber auf eine Weise, die ihre Chancen in der Wissenschaft nicht gefährdeten.

Da die Arbeit am Text nun einmal unterbrochen war, überlegte Alex, ob sie nun gleich Frau Spitz auf ihre Bitte ansprechen sollte, die sie seit einigen Tagen mit sich herumtrug. Doch Frau Spitz schien so verärgert, dass sie es erst einmal unterließ. Und sie war froh, als Frau Spitz ihre Aufmerksamkeit wieder dem Text zuwendete. Die Erzählung war spannend. Sie handelte von einem Hirten, der durch richtiges Verhalten und die Hilfe der Geister zu Wohlstand gelangte, und sie verbarg neben dem offensichtlichen Plot viele Informationen zum postsozialistischen Animismus. Die Realität drehte sich um, was erwarteten die Geister von den Menschen, das Abstraktum religiöser Normen offenbart in zeitgenössischen tuvinischen Sagen.

Als Frau Spitz die Wörterbücher zusammenpackte und ins Regal stellte, blieb Alex in ihrem Büro stehen. Es war Zeit, mit ihrer Bitte herauszurücken, denn ohne ihre Hilfe konnte sie den Antrag beim Deutschen Akademischen Austauschdienst nicht einreichen. Und an dem arbeitete sie seit Tagen, ihre Chance, eine weitere Forschungsreise zu finanzieren. Frau Spitz war in Tuva angesehen. Ihr guter Ruf eilte ihr voraus, und sie hatte Alex schon zweimal die Türen in die Republik geöffnet. „Ich hätte noch eine Bitte." Eva Spitz' offenes Interesse an den Studenten hatte Alex stets das Gefühl von familiärer Zugehörigkeit gegeben, und es fiel ihr nicht schwer, ihren Wunsch zu formulieren.

„Für den Antrag beim DAAD benötige ich eine offizielle Einladung des Forschungsinstituts in Kyzyl und ich hoffe, Sie könnten mit einem Schreiben an den Direktor dafür sorgen, dass mir diese Einladung erteilt wird."

„Ist es denn schon sicher, dass Sie fahren?", fragte ihre Lehrerin.

Alex schüttelte den Kopf. „Nein, ich schreibe gerade den Antrag. Die Forschung durchführen kann ich nur, wenn er bewilligt wird."

„Dann sollten wir mit dem Schreiben warten, bis wir wissen, ob Sie überhaupt fahren können."

„Die Einladung ist aber Voraussetzung für den Antrag. Erst wenn ich die Einladung habe, kann ich ihn überhaupt einreichen."

Frau Spitz schüttelte unwillig den Kopf. Alex wusste, dass ihr diese neuen Regelungen im Wissenschaftsbetrieb widerstrebten. Deshalb fügte sie schnell hinzu: „Die Chancen einer Bewilligung sind gut. Der DAAD fördert zurzeit verstärkt Russlandprojekte."

Doch ihre Lehrerin erklärte: „Es ist doch unsinnig, die Leute in Tuva damit zu behelligen, bevor überhaupt feststeht, dass die Forschung durchgeführt wird." Unwillig nickte sie vor sich hin, und vor ihrem geistigen Auge schien sich eine Erinnerung zu formen, die sie sofort in eine Bemerkung fasste.

„Erst durchlaufen meine Kollegen dort einen Behördenmarathon und dann kommen Sie gar nicht. Verstehen Sie mich nicht falsch, ich helfe Ihnen gern dabei, eine Einladung zu bekommen, dafür bin ich ja hier. Aber man sollte doch eine gewisse Reihenfolge einhalten."

Alex wusste, dass die sinnvolle Ordnung der Dinge, wie sie Frau Spitz in ihrem Idealismus stets forderte, zwar vernünftig war, aber dennoch oft an der Realität vorbeiging. Und sie musste nun mal versuchen, sich in denjenigen Umständen zu behaupten, die existierten, anders würde sie ihr Ziel nicht erreichen. Die Realität konnte man doch nicht umgehen, sie zwang sie in ihre eigene Ordnung. Die Umstände dagegen würden sich niemals ihr anpassen.

„Gut", lenkte Frau Spitz schließlich ein, „auch wenn ich es nicht für sinnvoll halte, jetzt schon um eine Einladung zu bitten. Ich setze Ihnen bis nächste Woche ein Schreiben auf, das Sie Ihrem eigenen Brief an den Direktor beilegen können. Bitte legen Sie mir auch *Ihr* Schreiben vor, bevor Sie es nach Tuva senden. Ich werde es sprachlich und auch inhaltlich prüfen. Schließlich ist der Direktor eine Autorität, die Sie von sich überzeugen wollen."

10

Monate später durchwehten erste laue Winde die harte Kälte in der Luft und im Park streckten einige Schneeglöckchen tapfer ihre Köpfchen aus der eisigen Erde. Alexandra fröstelte, als sie die Frühlingsboten sah. Die Bäume zeigten noch kein Signal des anbrechenden Frühjahrs, dennoch trug sie die kalendarische Hoffnung in sich, dass er bald kommen würde. Ihr schauderte bei dem Gedanken an den Eispalast, den sie mit Sven bewohnte. Das Schleppen der Kohlen aus dem Keller, das Säubern und Befeuern des Ofens waren in den letzten Monaten zur Routine geworden. Ein Film von Aschestaub lagerte grau auf den Regalen und Büchern.

Mollige Wärme hatte der Ofen in dem einzigen beheizbaren Zimmer ihrer Wohnung verbreitet, doch die restlichen Räume waren eiskalt und der Gang in die Küche oder zur Toilette besonders in der Nacht eine Tortur. Ihr ständiges Frieren bekämpfte sie mit Sven einmal wöchentlich in der Sauna des Stadtbades. Die Wärme reichte dann für zwei Tage, bis sich das chronische Frösteln wieder einstellte und sie sich kaum aus dem beheizten Zimmer wagte, in dem Sven und sie in den Wintermonaten ihren gesamten Tagesablauf lebten. Sie aßen, arbeiteten und schliefen in diesem Zimmer, dem einzigen Ort, an dem man sich aufhalten konnte, ohne vor Kälte zu zittern.

Und jetzt ragten endlich die ersten Frühjahrsboten aus der Erde, kleine Schneeglöckchen. Es würde nur noch wenige Wochen dauern und Alex könnte endlich aus ihrer Winterstarre erwachen, das Frieren wie ein zu eng gewordenes Kleidungsstück abwerfen und sich in ihrem Körper wieder wohlfühlen. Der Sommer würde kommen, sie würden das Zimmer mit dem glühenden Ofen verlassen und sich wieder in der ganzen Wohnung ausbreiten. Ihr Leben würde sich entfalten wie die Rose von Jericho, wenn man sie in ein Schälchen mit Wasser legte. Sie wollte endlich wieder Besitz von ihrem Arbeitszimmer nehmen, in der Küche bei offenem Fenster rauchen und Kaffee trinken, ihr Schlafzimmer benutzen und in dem Ofenzimmer Gäste empfangen.

Alex öffnete mit viel Kraft die knarrende Hoftür zu ihrem Haus, dessen graubrauner Putz von der Fassade bröckelte. Zwischen den neu und farbenfroh sanierten Nachbarhäusern war das ein Anblick aus einer anderen Zeit. Als sie in ihrer Kindheit durch die Straßen der DDR gewandelt war, hatte sie diese Normalität kaum wahrgenommen. Doch schien dieser Anblick mehr als zehn Jahre nach der Wende anachronistisch. Dennoch war sie froh gewesen, als Sven und sie eine unsanierte Wohnung im Zentrum von Linden gefunden hatten. Sie hatte damals zu sparen, auf ihre ersten Forschungsreisen, die aus eigener Tasche finanziert werden mussten. Jeder Pfennig und später Cent zu viel für die Wohnung hätte die Erfüllung ihrer Wünsche unzulässig hinausgezögert. Und der Eispalast war ein Palast, eine bürgerliche Wohnung mit fünf großen Räumen, einer Küche und keinem Bad. Letzteres fehlte Alex. Wie in einer mittelalterlichen Burg hausten sie im Zentrum der Stadt, wenn der Wind durch die maroden Fensterrahmen pfiff.

Der Durchgang zu dem kleinen verwilderten Innenhof des Hauses musste einst prächtig gewesen sein. Bröckelnder Stuck erinnerte an ein üppiges Blumenornament an der Decke. Die Wände waren einst bunt bemalt gewesen. Jetzt sah man nur noch einen Schatten der ehemaligen Pracht. Im Durchgang standen die Fahrräder der übrigen Hausbewohner, zwei Studenten-Wohngemeinschaften und zwei ledige Mütter mit ihren kleinen Kindern wohnten hier. Schräg über ihrer eigenen Wohnung lebte eine der seltenen intakten Familien mit zwei Kindern, Freunde von Alex und Sven.

Sie lief an den Fahrrädern vorbei und öffnete die Haustür, die nie verschlossen war. Sie ließ sich nicht mehr schließen. Seit Monaten versprach der Verwalter, sich darum zu kümmern, dass wenigstens die Haustüren saniert und mit einem neuen Schloss versehen würden. Doch wer sollte hier schon einbrechen? Im Treppenhaus sah es nicht besser aus als im Durchgang. Die Wände waren zu DDR-Zeiten mit einem dunkelgrünen Dekor-Anstrich versehen worden. Dort, wo er abblätterte, offenbarte er die einstige bordeauxrote Farbe, die auf Schulterhöhe mit goldenen Linien abgesetzt war. Darunter der graue Putz. Eine spiralförmige dunkle Holztreppe durchzog das Haus, von der auf jeder Etage zwei Wohnungen abgingen.

Weiß glänzende Briefkästen kontrastierten auf unangenehme Weise den maroden Charme. Ein völliger Stilbruch, dachte Alex jedes Mal, wenn sie an ihnen vorbeilief. Doch heute sah sie Post im Briefkasten, nahm den Schlüssel aus ihrer Tasche und öffnete. Zwei großformatige Umschläge steckten darin. Sie sah auf die Absender. Es waren Antworten von Stiftungen, die sie für die Finanzierung ihres Promotionsprojektes angeschrieben hatte.

‚Bestimmt wieder Ablehnungen', dachte sie und stieg weiter die Treppe hinauf.

Die verzierte Tür zu ihrer Wohnung hatte Alex sandgelb angestrichen. Das Eisengitter, hinter dem ein in sich strukturiertes Fenster die Sicht in die Wohnung verhinderte, setzte sich schwarz und edel von der leuchtenden Farbe ab.

Damals, als sie eingezogen waren, hatten sie auch nach und nach die einzelnen Zimmer der Wohnung renoviert, die Fenster ausgebessert und jedem Zimmer eine andere Farbe gegeben. Sie bevorzugten kräftige Farben, ein leuchtendes Bordeaux mit dunklerer Blumenborde im Ofenzimmer, das sie den Roten Salon nannten, ein sanftes Gelb für das Schlafzimmer, Taubenblau mit roten Lilien im Arbeitszimmer, dem sie den Namen Blaues Kabinett gegeben hatten, und Flieder in der Küche.

Doch Freude daran empfand Alex nur im Sommer, wenn die Temperaturen in den zugigen Räumen so angenehm waren, dass sie sich unbeschwert fühlte. Dann strömte die Weite der bürgerlichen Säle Freiheit aus. Dann liebte Alex ihr Reich, wenn sie aufrecht die fast vier Meter hohen Räume durchschritt und die leuchtenden Farben und ihre weit in die Vergangenheit reichende Ästhetik genoss. Die Regale mit ihren bunten Buchrücken, das Holzmobiliar, selbst ihre Computer fügten sich dann in die Pracht dieser Residenz harmonisch ein und gaben ihr einen Hauch von zeitloser Eleganz.

Alex zog im kalten Flur ihre Jacke aus, nahm die warme Strickjacke von der Garderobe und zog sie sofort über ihre Straßenkleidung. Dann ging sie mit den Briefumschlägen in den Roten Salon, prüfte die Temperatur des Ofens und stellte fest, dass sie nachfeuern musste. Kurz sah sie zum Kohleeimer. Ein halber Eimer sollte für den Nachmittag reichen. Sie setzte sich an den Wohnzimmertisch, der im Winter zu einem vollständigen Computerarbeitsplatz umfunktioniert war und auf dem sich die Skripte und Bücher für ihre Anträge stapelten. Dann nahm sie den Brieföffner und öffnete sorgsam die beiden Umschläge.

Sie hatte sich nicht getäuscht. Die Stiftungen lehnten ihr Projekt ab. Ein Schreiben teilte ihr mit, es gäbe zu viele Bewerber, sodass man auch durchaus förderungswürdige Projekte abweisen müsse. Das zweite Schreiben fiel lapidarer aus, ihr Projekt würde nicht in den Förderungsrahmen der Stiftung passen. Man gab ihr den Rat, sich mit dem interessanten Projekt bei einer Stiftung zu bewerben, die auf derartige Forschungen zugeschnitten war.

Alex lehnte sich in ihrem Drehstuhl zurück, so wie sie es immer tat, wenn sie nachdenken musste. Die Ablehnungen schockierten sie nicht. Zwanzig Stiftungen hatte sie bereits ihre Projektidee geschickt, aber nur auf eine einzige setzte sie ernsthafte Hoffnungen. Die anderen schrieb sie nur deshalb an, um in der dreimonatigen Wartezeit auf die Entscheidung den Mut nicht zu verlieren. Sie waren Rettungsanker, falls die erhoffte Förderung versagt würde, doch sie waren Anker, die nicht griffen.

Allein auf den Deutschen Akademischen Austauschdienst hoffte sie. Sie hatte sichere Informationen, dass der DAAD zurzeit verstärkt Projekte in Russland finanzierte, und sie hatte vor einiger Zeit das

Förderprogramm gefunden und ihren Projektentwurf auf dieses Programm zugeschnitten. Es war ein riesiger Aufwand gewesen, denn der DAAD verlangte nicht nur eine zwanzigseitige Projektskizze auf Deutsch. Sie musste auch eine zweiseitige Zusammenfassung ins Russische übersetzen und eine Russischprüfung ablegen, deren Ergebnisse sie dem Antrag hinzuzufügen hatte. Das Schwierigste aber war, dass sie die Zusage für ein Visum in die Russische Föderation nachweisen musste, und dafür brauchte sie die Einladung des Tuvinischen Forschungsinstituts für Geisteswissenschaften.

Zwei Gutachten sollten den Antrag ergänzen, und sie hatte lange darüber nachgedacht, wen sie darum bitten könnte. Da ihr Promotionsprojekt ein religionsethnologisches war, hatte sie sich entschieden, Professor Lange in der Ethnologie und Professor Sass in der Religionswissenschaft um Unterstützung zu bitten.

Sass hatte ihr ein Gutachten geschrieben, verschickt und ihr mit einem Augenzwinkern eine Kopie davon in die Hände gedrückt.

Doch Lange hatte ihr erklärt: „Ich habe den Fall weitergereicht, an Marianne Flatter. Kennst du sie?"

Und als Alex daraufhin nur den Kopf geschüttelt hatte, mahnte Lange sie: „Das solltest du unbedingt nachholen. Sie wird in den nächsten Monaten zu unserer Mitarbeiterschaft stoßen und das Institut mit ihrer Stelle verstärken."

Marianne Flatter hatte, ohne Alex jemals getroffen zu haben, ihr ein überaus positives Gutachten verfasst: „... um ihrem Freund Bodo Lange einen Gefallen zu erweisen", wie sie später Alex persönlich mitteilte. Und sie vergaß nicht, leise eine Warnung hinzuzufügen, als sie Alex eine Kopie aushändigte: „Es geht auch umgekehrt, wenn man jemanden partout nicht fördern kann. Es kommt nur auf die Formulierung an, um einen Vorgang zu beeinflussen." Dabei hatte sie ihre üppige schwarze Mähne geschüttelt, die Alex ahnen ließ, dass diese weit über fünfzig Jahre alte Frau einst eine Schönheit gewesen war.

Der Deutsche Akademische Austauschdienst förderte jedoch nur

Auslandsaufenthalte. Bewilligte die Stiftung ihren Antrag, dann würde sie die Feldforschung durchführen können, hätte aber noch keine Aussichten auf eine bezahlte Doktorandenzeit, in der sie die Forschungsergebnisse aufarbeiten und die Dissertation verfassen wollte. Deshalb hatte sie sich bei Lange auf eine ausgeschriebene Doktorandenstelle beworben. Auf zwei Jahre waren diese Stellen befristet, ein Zeitraum, der ausreichen würde, um die Promotion abzuschließen.

Alex stand vom Schreibtisch auf, öffnete den Ofen und schaufelte die Asche aus der Brennkammer in einen Eimer. Dann legte sie sorgsam Holz hinein und locker Kohlen darüber. Sie nahm ein Stück Kohlenanzünder, brannte es an und legte es unter das Holz. Der Ofen musste, wenn er einmal heiß war, nur eine halbe Stunde durchbrennen. Dann könnte sie die Ofentür schließen, und der Abend, wenn Sven kam, würde warm werden.

11

Enttäuscht stand sie auf dem Flur des Instituts für Ethnologie und hielt Langes Schreiben in der Hand. Er teilte ihr mit, dass sie die ausgeschriebene Doktorandenstelle nicht bekommen würde. Sie hatte gewusst, dass ihre Chancen gering waren und doch hatte sie gehofft. Mit Recht gehofft, meinte sie. Sollte Lange ihre Leistungen nicht anerkennen? Hatte sie nicht ihr Studium mit der Note „sehr gut" abgeschlossen? Und setzte sie sich nicht seit Jahren für das Institut ein? Mehrfach war sie bereits in ihrer Forschungsregion gewesen. Sie hatte die Sprachen gelernt und kannte die gesellschaftlichen und kulturellen Gegebenheiten. In tagelanger Arbeit hatte sie einen detaillierten Forschungsplan für ihr Promotionsprojekt ausgearbeitet, Ziele, Arbeitsprogramm, Zeitplan, Kenntnisse und Vorarbeiten sowie Budget. Sie könnte mit ihrer wissenschaftlichen Arbeit einfach beginnen, endlich loslegen. Sie hatte vor Kraft und Motivation gebebt, als sie das Projekt entwarf. Sie war durch ihre Bücher und Aufzeichnungen geradezu gestürmt. Diese positive Energie, die sie gefühlt hatte, sie war durch dieses Schreiben komplett ausgebremst.

Während sie an ihrer Magisterarbeit gearbeitet hatte, war es ihr endgültig bewusst geworden. Damals, als sie links und rechts ihres Schreibtisches zwei Stapel russischer und tuvinischer Bücher aufgebaut hatte und sich in wochenlanger Arbeit daran erfreute, wie der Stapel der noch zu lesenden Bücher schwand und der Stapel der durchgearbeiteten Bücher unaufhaltsam wuchs. Buch für Buch, Aufsatz für Aufsatz waren die Texte von links nach rechts über ihren Schreibtisch gewandert, auf dem zwei Wörterbücher lagen, ein tuvinisch-russisches und ein russisch-deutsches. Ihr Computer war stets angeschaltet gewesen und sie hatte ihre Exzerpte, mit genauen Quellenangaben in den Dateien gesammelt. Und die Wochen, in denen sie den Text in einen Guss gebracht hatte, aus den Hunderte Seiten langen Exzerpten geschöpft und zusammengefasst: Der Animismus der Tuviner war mit all seinen vielfarbigen Ausdrucksformen ein in sich konsequentes und logisches Weltbild. Jede religiöse Äußerung stand schlüssig in einem komplexen, aber nachvollziehbaren und beschreibbaren Zusammenhang. Verstand man das Ganze der animistisch-schamanistischen Religion, so konnte man jedes religiöse Verhalten und Handeln sinnvoll einordnen, so absurd es einem Menschen mit westlichem Hintergrund auch auf den ersten Blick erscheinen mochte.

Auf dieser Erkenntnis wollte sie aufbauen und mit diesem Gedanken wollte sie in ihrer Forschung weitergehen. Und nun eine Abweisung, wir brauchen dich nicht, wir wollen dich nicht. Oder vielleicht, wir wollen dein Projekt nicht?

Die Ablehnung hatte ihr auf einen Schlag allen Wind aus den Flügeln genommen, mit denen sie noch gestern geflogen war, um endgültig in das Leben einer Wissenschaftlerin aufzubrechen. Es war ein kräfteraubender Rückschlag und sie fühlte sich wie betäubt, als ihre Augen Lange folgten, der in einer Tür erschien und nun gemessenen Schrittes über den Flur in Richtung seines Büros ging.

Entschlossen stellte sie sich ihm in den Weg und überwand ihren eigenen Widerstand, den sie stets fühlte, wenn sie ihn ansprach. Es schien ihr ein Sakrileg, seine vergeistigten Bewegungen zu unterbrechen. Lange winkte müde ab, als sie auf seine Entscheidung zu sprechen kam. Seine gebeugte hohe Gestalt schien leicht zusammenzusacken.

„Es haben sich fünfundzwanzig Absolventen auf die Stelle beworben, und keiner sieht, dass eine Doktorandenstelle an unserem Institut eine Sackgasse ist!“ Abweisend sah er sie an. „Sicher ehrt dich dein Engagement für das Institut und du wärst einer dieser Stellen auch würdig. Du solltest aber bedenken, dass du deine Promotion nicht mit einer unserer Stellen finanzieren kannst. Die Forschungsreise muss gesondert eingeworben werden und für die Dauer der Reise müsstest du deine Stelle unterbrechen. Du setzt zu viel Hoffnung in unsere Möglichkeiten! Die meisten Doktoranden sind nach den zwei Jahren bei uns mit ihrer Dissertation nicht wesentlich weiter, außer sie finanzieren ihre Forschung aus eigener Tasche.“

Mit Bestürzung fühlte sie, wie er das Flimmern und Flackern von Hoffnung und Enttäuschung in ihrem Gesicht beobachtete. Seine lebendigen Augen, umrahmt von dem stets in sich ruhendem Gesicht, reagierten auf ihre Gefühle. Sie sah, wie die helle Farbe seiner Haut sich rötete und wieder verblasste, und sie wusste, er hatte Mitleid mit ihr.

„Aber – für die Forschungsreise habe ich doch schon einen Antrag gestellt! In einem Monat dürfte ich die Antwort haben. Meine Bewerbung am Institut sollte mir die Aufarbeitungszeit ermöglichen.“

Lange sah sie an: „Davon hast du mir nichts gesagt.“

Alex war sich sicher, dass sie ihm davon berichtet hatte. Schließlich hatte er sie ja wegen des Gutachtens an Marianne Flatter verwiesen.

Vermutlich war er so überarbeitet, dass er es vergessen hatte. Doch darauf hinweisen wollte sie ihn nicht.

„Du erwartest zu viel von uns!“, wiederholte er sich überflüssigerweise. „Unsere Möglichkeiten, Nachwuchs zu fördern, sind quasi nicht gegeben. Wir sind allein auf die Studentenausbildung festgelegt und haben darüber hinaus keine Mittel.“

War die Enttäuschung über die Mittel und Möglichkeiten des Instituts ein Grund, sie abzulehnen? Musste sie sich jetzt ausbremsen lassen, weil eine Doktorandenstelle am Institut unzureichend oder wenig zureichend für ihre Forschung war? Sie wollte, sie konnte es nicht akzeptieren. Doch an Langes Entscheidung war nichts mehr zu ändern, das wusste sie. Ein ohnmächtiges Gefühl machte sich in ihr breit, das sie nicht zulassen wollte. Fieberhaft suchte sie nach einem Ausweg, einen Weg, der ihr doch noch die Tore zu ihrer Forschung öffnen würde, auch wenn sich vorerst die Tür zur Mitarbeiterschaft am Institut für sie schloss. Sie auszubremsen, ihren Mut zu ersticken, das war keine Art. Vielleicht waren ihre Pläne hochfliegend, aber waren sie das wirklich? War es nicht das Normalste auf der Welt, nach Beendigung des Studiums in dem Beruf tätig zu werden, für den man eine Ausbildung absolviert hatte?

Alexandra schwieg, was Lange zum Anlass nahm, sich abzuwenden. Schnell unterbrach sie seine Bewegung und hielt ihn zurück. „Vielleicht schaffe ich es selbst, die Finanzierung einzuwerben.“ Ein Lächeln glitt über ihr Gesicht und mit neuer Hoffnung dachte sie an ihren Kindheitstraum, der erfüllt werden musste, komme was da wolle. Jahrelang hatte sie ihr Ziel verfolgt, jeden einzelnen Tag ihres Studiums mit Brotjobs finanziert und sich dabei auf ihre akademische Zukunft und ihre Forschungstätigkeit vorbereitet. Jetzt konnte sie einfach nicht aufgeben. Es war der völlig falsche Zeitpunkt, kurz vor dem Ziel keinen Weg zu finden. So sicher, wie sie sich über ihre Pläne war, musste es auch einen Weg geben, sie zu verwirklichen.

„Würdest du einen Forschungsantrag an die DFG für mein Promotionsprojekt unterstützen?"

Lange blickte auf, ein heller Schein streifte sein Gesicht. Doch nach einem kurzen Augenblick schien es sich wieder zu verdüstern.

„Das ist eine Möglichkeit", nickte er freundlich. „Die Chancen auf eine Bewilligung sind aber schlecht. Auch diesbezüglich muss ich dich warnen. Unter Umständen wirst du viel Arbeit mit dem Antrag haben und dann bitter enttäuscht werden."

„Ich habe doch schon einen großen Teil des Antrags für die Forschungsreise geschrieben."

„Ja, dein Projektentwurf, den du bei mir eingereicht hast, war nicht schlecht", nickte er wieder.

„Verstehst du nicht?", sagte Alex hilflos. „Mein Studium war doch kein Selbstzweck. Ich will in die Forschung!" Hatte er das all die Jahre nicht bemerkt? Wozu hatte er sie ausgebildet?

Einige Sekunden lang sah Lange sie prüfend an. „Willst du das wirklich auf dich nehmen? Eine unsichere Zukunft in der Wissenschaft, Zeitverträge und Arbeitslosigkeit, bei voller Arbeitsleistung? Willst du dich nicht lieber nach einer sicheren Zukunft umsehen, eine Familie gründen, Geld verdienen?" Noch immer prüften sie die lebendigen Augen. Sie versuchte, seinem Blick Stand zu halten. In einer gutmütigen Geste beugte er sich zu ihr hinab. „Wissenschaft scheint glücklich zu machen. Sie ist eine schöne Aufgabe, für die es sich zu kämpfen lohnt. Aber die Lebensbedingungen in der Wissenschaft, deine zukünftige Lebensqualität, wenn du diesen Weg weiter verfolgst, wird dich immer wieder bis zur Unerträglichkeit enttäuschen. Du wirst dir versagen müssen, was für andere angenehme Normalität ist. Du wirst auf ein regelmäßiges Einkommen verzichten, auf den wohlverdienten Feierabend, vielleicht sogar auf Kinder und Familie. Und am Ende deines Weges lebst du mit deiner fertigen Habilitation von Sozialhilfe. Weißt du nicht, wie viel talentierten Wissenschaftlern, die alles für Forschung und Lehre getan haben, es so geht? – Und hoffe nicht, dass die Zeit diese Probleme im Wissenschaftssystem schon lösen wird. Die Zeichen stehen anders. In den letzten Jahren wurde die Situation immer schlechter. Jede Stelle, die frei wird, muss neu beantragt werden. Aber nicht jede wird bewilligt. Viele Stellen werden gestrichen. Der Mittelbau wird abgeschafft. An den Professoren bleiben alle Aufgaben hängen, die früher von festangestellten Mitarbeitern erledigt wurden. Ich", Lange bäumte sich auf, „stehe hier als einziger Professor für 350 Studenten. Weißt du, was das heißt? – Ich wünsche dir eine solche Zukunft nicht."

Alex schluckte. Ihre Verzweiflung über die Ablehnung ihrer Bewerbung hatte sich bei seiner Rede in ein dumpfes Gefühl von Ohnmacht verwandelt. Sie fühlte mit Lange und den anderen, die an den Grenzen ihrer Kräfte um die Wissenschaft kämpften. Und doch hatte sie Ethnologie mit einem Ziel studiert, das sie seit ihrer Kindheit verfolgte. Es war und blieb nicht der richtige Moment, gerade jetzt aufzugeben. Deshalb widersprach sie ihm.

„Wie sich meine Zukunft entwickeln wird, das ist noch nicht sicher, und mir von vornherein den Weg abzuschneiden, das ist, nach allem, was ich getan habe, um so weit zu kommen, nicht richtig. Nimm mir nicht von vornherein alle Chancen. Vielleicht bleibt es ja bei dem einen Projekt, vielleicht steige ich nach der Promotion aus. Vielleicht habe ich dann andere Pläne. Aber jetzt, nach Abschluss meines Studiums und nach aller Vorarbeit will ich mein Projekt realisieren. So habe ich es mir vor Jahren vorgenommen, und jetzt bitte ich dich um deine Hilfe."

Lange nickte. Dann sah er ihr nochmals in die Augen und entschied: „Bewirb dich am Forschungsinstitut für Ethnologie. Wenn überhaupt, dann hast du dort eine Chance. Aber die Direktoren haben noch nie einen Absolventen aus meinem Institut genommen, obwohl sich einige dort beworben haben. Die Konkurrenz ist hart, und die Stellen werden weltweit vergeben, um ein internationales Wissenschaftlerteam zusammenzustellen. Du wirst dein Englisch verbessern müssen, denn dort ist das die Arbeitssprache. – Hier kann ich nichts weiter für dich tun, als dir eine Empfehlung zu schreiben, und ich schäme mich, dass ich Massen ausbilde, denen ich keine Perspektiven bieten kann."

Er reichte ihr die Hand und wünschte viel Erfolg. Dann wendete er sich ab und ging in sein Büro.

12

Mit einer persönlichen Empfehlung von Bodo Lange ausgerüstet, schrieb Alex noch am selben Tag an den Koordinator der Sibiriengruppe. Einen Monat später fuhr sie zum Vorstellungsgespräch nach Solau. Das Institut residierte mitten in einem Villenviertel. Eine hohe Natursteinmauer umgrenzte die sanierte Villa mit Ocker verputzten Wänden, die von roten Terrakotta-Ziegeln gesäumt wurden. Zum Komplex gehörte ein weiteres modernes Gebäude, dessen Glasfassade Einblick in zahlreiche Büroräume gab. Hinter einigen Fenstern sah Alex Mitarbeiter an ihren Schreibtischen sitzen. Die Computerbildschirme leuchteten bläulich zu ihr herab. Auf mittlerer Höhe standen zwei junge Wissenschaftler auf einer der Galerien, die das Gebäude auf drei Etagen umrundeten. In eine Unterhaltung vertieft rauchten sie und stützten sich dabei auf das schlanke Geländer.

Als Alex den parkähnlichen Garten des Instituts betrat, beschnitt gerade ein Gärtner die sorgsam angeordneten niedrigen Sträucher. Das Schnappen seiner Schere in dem menschenleeren Garten wirkte wie außerhalb jeder Realität.

Zwei große Platanen überragten die Gebäude. Sie hatten den für diese Bäume so typisch hell gemusterten Stamm. Ihr erstes Grün zeigte sich zwischen den kugligen Früchten des Vorjahres. Niedrige Hecken begrenzten den Garten hin zu einer im Keller befindlichen

Bibliothek, deren hohe Fensterwand aus einem langen Schacht herausleuchtete.

Alex lief langsam auf einem gepflegten roten Kiesweg zum Eingang des Instituts. Sie hatte Respekt vor dem beeindruckenden Ensemble steingewordener Wissenschaft und eine diffuse Angst vor den Autoritäten darin. Sie spürte die nervöse Anspannung, der sie nie entkam, Furcht vor der Prüfung, die ihr bevorstand. Wenn sie nur endlich die vermaledeite Unsicherheit hinter sich lassen und locker und entspannt in einen fruchtbaren Dialog treten könnte, wie sie es bei ihren westdeutschen Kommilitonen so oft gesehen hatte! Doch sie hatte in der DDR gelernt, sich wegzuducken und im Hintergrund zu bleiben, um ihre eigene kleine Freiheit leben zu können. Eine andere Freiheit hatte sie bei ihren Reisen nach Tuva empfunden und sie empfand sie an ihrem Schreibtisch, wenn sie nichts ringsum von ihren Texten ablenkte.

Das Institut war ihre einzige Chance und die einzigartige Möglichkeit, ans Ziel ihrer Wünsche zu gelangen. Entschlossen, und es schien ihr, etwas zu energisch, öffnete sie die Glastür des Hintereingangs und betrat eine Cafeteria, deren nüchternes Grau sich in der lockeren Anordnung runder Tische auflöste, an denen – so fühlte sie, als ihr Blick durch den hellen Raum glitt – man sich gern niederließ, um miteinander zu reden. Eine Glaswand begrenzte den Raum und gab den Blick zum Empfang frei. Eingelassen in die Wand sah sie eine Vitrine mit alten Ethnographika, die wie ein ästhetisches Stillleben dem Raum die Atmosphäre eines ethnologischen Instituts einhauchte. Ein Identitätsmarker und ein Gruß aus Afrika, dachte sie. Dann durchschritt sie die leere Cafeteria, trat an das Fenster der Rezeption und grüßte eine junge Mitarbeiterin des Instituts, die ihr routiniert und mit distanzierter Freundlichkeit entgegensah.

„Mein Name ist Alexandra Sanger. Ich werde von Doktor Jenne Hansen erwartet."

„Ich rufe an, warten Sie bitte einen Moment."

Keine zwei Minuten später erschien ein schlanker junger Wissenschaftler mit blondem kurz geschnittenem Haar, der ihr in freundlicher Gelassenheit die Hand reichte und sich als Jenne vorstellte.

„Danke für deine Nachricht und deinen Projektvorschlag. Du hast interessante Pläne", nickte er ihr zu und sein schlaksiger schmaler Körper schien – wenn er redete – zu schaukeln, als wehte Seewind im Haus.

Alex war getroffen, von diesem unerwartet herzlichen Empfang. Ohne Umstände hatte er sie sofort geduzt. Ihr unbewusster Sturm in die Zukunft war nicht auf Gegenwehr gestoßen und nun drohte sie mit zu viel Schwung in der Bewegung das Gleichgewicht zu verlieren.

Doch Jenne ließ ihr keine Zeit zum Zweifeln: „Ich würde mir wünschen, dich bald in unserer Sibiriengruppe begrüßen zu können."

Zu Alex' Verblüffung hatte er sie mit wenigen Worten zu einem Teil des ethnologischen Projektes gemacht, für das dieses Institut stand. Ohne jeden Anflug von hierarchischer Distanz, begann er von den derzeitigen Wissenschaftlern und Projekten des Sibirienzentrums zu sprechen und führte sie dabei durchs Haus. Er fragte sie nach Kollegen in Linden und nach ihren letzten Reisen in Südsibirien, erzählte ihr von einem amerikanischen Mitarbeiter, der seit Jahren – wie sie – in Tuva forschte, und erklärte ihr dabei die Räumlichkeiten.

Wenn sie unterwegs seinen Kollegen begegneten, dann unterbrach er seine Erläuterungen. Alex nahm die Kameradschaft, den kollegialen Ton der Wissenschaftler wahr, in dem sie auf Englisch kurze Informationen austauschten. Papiere waren für Jenne hinterlegt worden, ein Buch wurde angekündigt, ein Termin mitgeteilt und Mut für den Abschluss einer Arbeit zugesprochen.

Das Institut schien vor Motivation zu flirren, und Alex saugte die Lust an der Arbeit ein, die sie selbst so gut kannte. Doch hier, in diesem Haus, lag sie nicht in der Einsamkeit ihres Studierzimmers, wo sie allein mit ihren Büchern vor einem hell erleuchteten Bildschirm gesessen hatte, sondern diese Arbeitslust schien in einem Getriebe aus hoch motivierten Wissenschaftlern eine sinnvolle Ordnung gefunden zu haben, die sie spürbar beschleunigte und gleichzeitig – quasi als Nebenprodukt – in positive Stimmung verwandelte. Die Zahnräder in Form der jungen Wissenschaftler, die sich auf dem Flur begegneten, griffen harmonisch ineinander und vermittelten konstruktive Lust. Und das Lachen und lockere Geplauder in englischer Sprache auf dem Flur weckten in Alex das Gefühl, aus der nüchternen Außenwelt in eine parallele Realität getreten zu sein, in der fieberhaft und im Einklang einem gemeinsamen Streben gefolgt wurde, die Wissenschaft mit einem eigenen kleinen Beitrag etwas weiterzubringen.

Diese Atmosphäre war für Alex neu. Sie kannte sie nicht aus den traditionsbeladenen, dunklen Universitätsinstituten, an denen sie studiert und gearbeitet hatte, wo die Studenten frühzeitig im Gegeneinander des Konkurrenzkampfes in ihrem Elan zu ermatten schienen und wo Alex ihren eigenen, einsamen Weg gegangen war, um sich die Lust an der Zukunft zu erhalten. Ein Zahnrad in diesem Getriebe zu sein, an diesem Institut erfolgreich das eigene Projekt zu verwirklichen, dieser Wunsch war in Alex nun greifbar, und sie sagte es Jenne.

Er lächelte sie leicht an: „Da sind wir uns einig. Ich fühle mich hier auch sehr wohl und das verdanke ich meinen Kollegen. Jetzt müssen wir aber noch unsere Direktoren von dir überzeugen“, und er führte sie zurück durch den Flur, die Treppe hinauf und öffnete die Tür zu einem kleinen Konferenzzimmer. Im Raum war es kalt. Jenne schloss das Fenster und drehte die Heizung hoch.

„Nimm Platz; Roland und Poul, unsere Direktoren, kommen gleich.“

Da öffnete sich auch schon die Tür und mit einem kurzen Nicken zu Alex trat ein hochgewachsener Mann ein, der Jenne mit den Papieren in seiner Hand zuwinkte. Seine nonchalante Art strahlte Selbstbewusstsein aus. Sein halblanges Haar sträubte sich wirr gegen den

Haargummi, der es zusammenhalten sollte. Er trug Jeans und ein legeres kariertes Hemd, dessen Kragen offen stand. Hier betrat ein Mann den Raum, der seine Bedeutung kannte. Seine Lockerheit, mit der er Alex zunächst überging und Jenne generös nach einer Tagung in Cambridge fragte, ließ Alex sich ducken. Sie hatte das Gefühl, die Tür, die ihr Jenne so freizügig geöffnet hatte, bewegte sich langsam wieder Richtung Schloss. Aus dem Gespräch hörte sie heraus, dass es sich bei diesem Mann um Roland Prunus handeln musste, ein Gatekeeper, der dem einen Nachwuchswissenschaftler die Hand reichte und dem anderen entzog.

Jenne hatte er die Hand gereicht. Das war ihrem Small Talk deutlich anzumerken. Und wieder öffnete sich die Tür und ein zierlicher Herr betrat den Raum. Auf den ersten Blick wirkte seine Ausstrahlung knabenhaft, doch seine Erscheinung stand in einem auffälligen Widerspruch zu der strengen Mimik in seinem Gesicht. Seine leicht erhobene Nase, der kurze Haarschnitt und seine akkurate Kleidung verstärkten den Eindruck von Unnahbarkeit. Das musste also Poul Rowe sein, der in diesem Augenblick betont über sie hinwegsah, obwohl es ihm doch bei seinem kleinen Wuchs schwerfallen müsste, sein Blickfeld oberhalb von Alex' Scheitel zu fixieren. Er ging an ihrem Stuhl vorbei auf Jenne zu und reichte ihm die Hand. Dann setzte er sich wortlos, legte seine Papiere auf den Tisch und grüßte erst dann Alex mit einem Kopfnicken.

Nachdem auch Roland Prunus ihr gegenüber Platz genommen hatte, setzte sich Jenne an die Stirnseite neben Rowe. Nun wurde Alex von Prunus' Augen fixiert. Dann holte er seine Tasche unter dem Tisch hervor, nahm sichtlich schlecht gelaunt Alex' erstes Buch heraus, knallte es auf den Tisch und sagte: „Das war noch nichts, Frau Sanger."

Alex war sichtlich zusammengezuckt, und Prunus schien nun etwas sanfter werden zu wollen. Jedenfalls erläuterte er seine Einschätzung ihrer bisherigen Arbeit mit den Worten: „Naturreligion ist eine völlig veraltete Kategorie. Ich sehe nicht, wie Sie mit solchen Begriffen den Anschluss an hiesige Wissenschaftsstandards schaffen wollen. Weshalb sind Sie denn hier?“

Ein Eimer kalten Wassers ergoss sich über sie. Die Direktoren würden es ihr nicht leicht machen. Sie musste kämpfen. Prunus' harsche Kritik ignorierend, suchte sie nach Worten.

„Ich möchte bei der DFG ein neues Projekt beantragen und mich mit dieser Arbeit ans Sibirienzentrum anschließen. Ich bitte Sie um Ihre Unterstützung.“ Während sie sprach, band sie auch Professor Rowe in ihren Blick mit ein, doch der saß starr neben Jenne und sah sie, ohne eine Regung in seinem Gesicht zu zeigen, stumm an.

Jenne sprang ihr zur Seite: „Der Antrag für die Forschungsreise ist bereits beim DAAD eingereicht worden und wird in zwei, drei Wochen entschieden. Es geht jetzt um die Aufarbeitungszeit, die Alexandra Sanger gern am Sibirienzentrum absolvieren möchte. Auch dieser Antrag liegt bereits vor“, erläuterte er.

Prunus griff in seinen Papierstapel, den er beim Eintreten in den Raum noch in der Hand gehalten hatte, und Alex erkannte den Ausdruck ihres DFG-Antrages, den sie vor ein paar Tagen an Jenne per Mail gesendet hatte.

„Ich habe ihn gelesen“, sagte er und blätterte in den Papieren. „Der Antrag ist interessant, aber ob er eine Chance haben wird, das kann ich nicht sagen. Bleibt herauszufinden, ob wir Sie anbinden wollen.“

„Als Koordinator des Sibirienzentrums bin ich an dem Projekt sehr interessiert“, versuchte Jenne sie zu unterstützen.

„Nicht so eilig“, wiegte Prunus nun etwas milder den Kopf. „Warum wollen Sie denn gerade zu uns?“

Diese Frage hatte Alex erwartet. Nachgedacht hatte sie darüber bereits auf ihrem Weg nach Solau.

„Bislang war ich auf mich allein gestellt, musste mir selbstständig die Ethnologie Sibiriens aneignen. Jetzt suche ich Anschluss.“

Verstohlen blinzelte sie zu ihrem Buch, vermied dann aber mit einer Geste auf die Veröffentlichung ihrer Forschungsergebnisse noch einmal hinzuweisen. Stattdessen fuhr sie fort: „Klaus Liebert hat über die Wirtschaft Sibiriens gelehrt und Eva Spitz hat einiges zu meinen tuvinischen Sprachkenntnissen beigetragen. Aber eine Einführung in die Ethnologie Sibiriens sucht man an den Universitäten vergeblich. Das Wissen, das ich habe, habe ich mir im Selbststudium und auf meinen zwei Reisen angeeignet."

„Eine Einführung in die Ethnologie Sibiriens bekommen Sie auch bei uns nicht", fiel ihr Prunus ins Wort. Doch Alex ließ sich nicht beirren. „Ich denke, es ist Zeit, unter Kollegen zu kommen, und das Sibirienzentrum bietet die besten Möglichkeiten für mich. Außerdem würde ich gern mein Projekt in einen internationalen Kontext stellen. Ich würde also sehr von einer Anbindung an das Sibirienzentrum profitieren."

„Sie ja", sagte nun Prunus. „Aber würden auch wir profitieren?", und sah sie weiterhin herausfordernd an.

„Ich denke schon", erwiderte Alex, aber wie sollte sie es begründen? Doch reden musste sie, nur immer weiterreden.

„Ich bringe mein Studium bei Eva Spitz in die Sibiriengruppe ein. Sie forscht seit über dreißig Jahren bei den Tuvinern im mongolischen Altai und hat vor allem mündliche Tradition aufgezeichnet."

Prunus nickte: „Könnt ihr das gebrauchen?", fragte er mit einem Seitenblick auf Jenne.

„Natürlich. Ich denke wir sollten die Erfahrungen unserer Kollegen aus der ehemaligen DDR in unsere Arbeit einbeziehen und nicht ausschließen. Das Projekt, das Alex beantragt, baut darauf auf, ist aber durchaus aktuell und lässt sich gut in unseren Forschungsschwerpunkt ‚Umweltwahrnehmung' integrieren. Es passt zu den laufenden Projekten von Galina im Altai und Boris in Westsibirien. Außerdem würde diese Arbeit Olivers Forschung in Südsibirien ergänzen."

„Gut – Sie haben also bei Frau Dr. Spitz studiert. Mal sehen, was Sie dort gelernt haben. Zählen Sie mir mal die in Sibirien verbreiteten

Sprachfamilien auf und nennen Sie mir dazu einige Beispiele der Völker, die sie sprechen."

Das sollte kein Problem sein, dachte Alex erleichtert, und begann mit der Aufzählung.

Prunus fuhr fort, sie über Ethnien und ihre Siedlungsgebiete sowie ihre Wirtschaft zu befragen, und Alex dachte dankbar an Lieberts Wirtschaftsseminar, der sie mit den Wirtschaftsformen weltweit monatelang traktiert hatte. Dann wechselte er abrupt das Thema, um sie nach Flüssen, Ländern und Städten im Westen der Bundesrepublik Deutschland zu testen. Jetzt geriet Alex ins Stocken. Sie hatte zwar einige Zeit in Kralingen studiert, Stuttgart, Hannover und Hamburg besucht, doch war ihr der Westen noch immer fremd.

„Die meisten Ostdeutschen kennen sich bis heute kaum in den alten Bundesländern aus", sagte Prunus dazu.

Doch das wollte Alex nicht auf sich sitzen lassen, blinzelte ihn an und konterte: „Wo liegt denn die Neiße?"

Prunus erwiderte ihren Blick, wischte aber schon nach einem Augenblick die Herausforderung vom Tisch: „Nach ostdeutschen Bächen müssen Sie mich nicht fragen."

„Die Neiße ist kein ostdeutscher Bach", mischte Jenne sich ein, und Alex nickte und musste grinsen: „Sie ist mit der Oder der Grenzfluss im Osten der Bundesrepublik Deutschland. Das wissen viele Westdeutsche nicht, aber jeder Bewohner der ehemaligen DDR, denn die Grenze zu Polen wurde zu DDR-Zeiten ‚Oder-Neiße-Friedensgrenze' genannt."

„Da habe ich ja sogar noch was von Ihnen gelernt", lachte nun Prunus und schien ihr die Anmaßung überhaupt nicht übel zu nehmen. Die Züge in seinem Gesicht hatten plötzlich einen amüsierten Ausdruck angenommen, und das erste Mal, seit Alex ihm gegenübersaß, fühlte sie so etwas wie Sympathie. Sie hatte spontan eine verbale Abstrafung erwartet, dafür, dass er sich kurz vor ihr und den anderen eine Blöße hatte geben müssen. Doch Prunus lehnte sich in seinem

Stuhl zurück, lachte über seinen Fehler, und seine Züge bekamen dabei einen schelmischen Glanz, der – ganz im Gegensatz zu seiner vorherigen Miene – plötzlich zu den unzähmbaren wirren Haaren passte, die sein Gesicht umrahmten. Dann wurde er wieder ernst: „Trotzdem habe ich noch eine Frage, haben Sie die russische und tuvinische Literatur in Ihrer Magisterarbeit selbst gelesen oder nur rezitiert."

„Ich habe sie selbst übersetzt."

„Dann lassen Sie mal hören. Zählen Sie mir zehn russische und tuvinische Autoren auf, die sie in Ihrer Magisterarbeit zitiert haben."

Er nahm ihr Buch zur Hand und suchte jeden einzelnen Namen, den sie erwähnte, in der Bibliografie, fragte zu den Forschungsthemen, zu denen die Wissenschaftler arbeiteten, und ermunterte sie freundlich, weiter Originalliteratur zu studieren.

Dann schwieg er und sah ihr aufmunternd ins Gesicht. Er schien sie auf seine Art auffordern zu wollen zu sprechen. Das Geschwirr in ihrem Kopf vernebelte ihr die Sinne. Sie spürte, wie Hitze in ihr Gesicht stieg. Jenne räusperte sich, um etwas zu sagen, doch Prunus unterbrach ihn: „Frau Sanger soll sprechen."

„Ich würde mich wirklich freuen, an diesem Institut arbeiten zu dürfen", stotterte sie.

Das war es wohl nicht, was er hören wollte. Er winkte ab.

„Sie sprechen wohl nur, wenn Sie aufgefordert werden?", grinste er. „Das Problem haben viele." Er nickte, schlug mit der flachen Hand auf den Tisch und ließ sich gegen seine Lehne fallen. „Ich sehe bei Ihnen ein Problem mit Autoritäten. Wissenschaftler, die Erfolg haben wollen, müssen bestimmte Eigenschaften mitbringen. Wichtiger als die Forschung selbst ist heute das Wissenschaftsmanagement, ob und wie jemand in der Lage ist, sich und seine Forschungsergebnisse im internationalen Kontext und auf Englisch zu präsentieren. Eine Doktorarbeit können viele schreiben, aber überzeugen, das können nur wenige. Wir brauchen Leute, die diese Fähigkeit in Fleisch und Blut haben. Sie", er deutete mit den Finger zu ihr, „haben zwar meine

Fragen beantwortet, aber ein Wissenschaftler überzeugt im Gespräch, in seiner Fähigkeit zum konstruktiven Diskurs, nicht in einem holprigen Frage-Antwort-Spiel."

„Das zu erlernen, dafür habe ich ja hier die besten Möglichkeiten", erwiderte Alex. „Das erlernt man nicht einfach", winkte er ab und beugte sich wieder über den Tisch. „Man muss es in seinem Wesen haben und bereits in seiner frühsten Kindheit trainieren. In Ihrem Alter ist es schwer, diese Fähigkeit noch zu erwerben. Aber vielleicht nicht unmöglich. Beweisen Sie es mir."

Gelassen lehnte er sich zurück und Alex atmete auf. War das ihre Chance?

„Sie haben recht!", beugte sich Prunus wieder nach vorn, „Wir sollten über eine Assoziierung nachdenken."

„Fördern Sie mich!", forderte sie ihn unverhohlen auf. „Das Projekt habe ich jahrelang vorbereitet, im Prinzip seit meiner Kindheit. Vielleicht sollte ich Ihnen erzählen, dass populärwissenschaftliche Bücher zur Völkerkunde in den grauen Neubaugebieten der DDR meine Fenster zur Welt waren. Ich habe sie nicht nur gelesen, ich habe sie abgeschrieben, Exzerpte angefertigt, die Zeichnungen, Fotos und Karten abgemalt. Bis heute habe ich meinen Ordner zu Hause, in dem ich die Aufzeichnungen gesammelt habe. Und bereits damals, als ich mit zehn Jahren damit begonnen habe, wollte ich daraus ein Buch machen."

„Und wer waren die Autoren?" Prunus schien nun ehrlich interessiert.

„Miloslav Stingl und Erich Wustmann", antwortete Alex. „Die Bücher konnten wir nicht einfach kaufen. Sie waren Bückware, nur wenige hatten Zugang zu solchen Werken. Ich war Stammkundin in der Stadtbibliothek und habe alle Bücher zur Völkerkunde und Archäologie Amerikas gelesen, die es in dieser Bibliothek gab. Die ‚Völkerkunde für Jedermann' hat mir meine Großmutter 1985 über einen Bekannten besorgt. Als ich das Buch bekam, war für mich klar, dass ich in

Linden Völkerkunde studieren werde. Die Wende hat mir das Reisen und die freie Studienwahl ermöglicht. Ich habe meinen Abschluss mit ‚sehr gut' gemacht. Zwei privat finanzierte Forschungsreisen nach Südsibirien und eine Reise nach Kyrgyzstan habe ich absolviert und spreche fließend Russisch und gut Tuvinisch. Jetzt ist der Zeitpunkt gekommen, meine eigene Forschung zu machen."

Alex sah Prunus direkt in die Augen, der nun Erstaunen zeigte.

„Beeindruckend, Ihre Geschichte. Und Sie haben da etwas gesagt, das leider wahr ist. Das Sibirienzentrum hat derzeit keine vakanten Stellen. Habe ich recht, Jenne?"

Jenne nickte: „Aber eine Assoziierung ist in jedem Fall möglich und in diesem Fall aus meiner Sicht sehr wünschenswert."

Nun nickte auch Prunus, und über Rowes ernstes Gesicht zog ein freundliches Lächeln.

„Sie müssen Ihre Finanzierung selbst einwerben", fügte Prunus noch hinzu. „Gegen eine Assoziierung habe ich nichts einzuwenden oder?"

Prunus sah Rowe an.

„Ja, eine Assoziierung sollte möglich sein. Ich habe keine Einwände."

Jenne und Alex atmeten deutlich auf. Sie hatten es geschafft. Alex hatte einen Fuß in der Tür des Instituts für ethnologische Forschung.

„Dann legen wir los", sagte Jenne und rückte seinen Stuhl nach hinten, um aufzustehen.

„Wir überarbeiten gleich deinen Antrag. Komm mit in mein Büro. In den nächsten Tagen bekommst du dann unsere Empfehlungen und die offizielle Erklärung zur Assoziierung deines Projekts."

Erleichtert lächelte er in ihr erschöpftes Gesicht. Sie hatte das Gefühl, einen Boxkampf bestanden zu haben und wischte sich über die Stirn, die zu ihrer Verwunderung trocken und kalt war. Nun stand sie am Anfang ihres Weges, aber immerhin, ein Weg hatte sich ihr aufgetan. Rowe und Prunus gingen bereits auf die Tür zu und Alex packte ihre Papiere zusammen, in die sie nicht einmal hineingesehen hatte. An der Tür wendete sich Prunus noch einmal um, blieb stehen und kam dann mit einem Sonderdruck zu ihr zurück.

„Hier, ich habe auch mal so angefangen, wie Sie. Aber an Ihren Begrifflichkeiten müssen Sie noch arbeiten, unbedingt. In unserer Bibliothek haben Sie dazu die besten Möglichkeiten."

Er reichte ihr das Heft, „Sehen Sie mal, was Sie daraus mitnehmen können."

Dann wendete er sich endgültig ab und ging aus der Tür.

13

Jennes Büro lag im neuen Bürohaus.

„Wir ziehen nächste Woche unters Dach der Villa", erklärte er, als Alex erstaunt auf die gepackten Bücherkisten sah. „Setz dich!"

Er rückte ihr einen Bürostuhl seitlich an seinen Computer und setzte sich selbst. Dann wies er auf die Papierstapel auf seinem Tisch und erklärte: „Ich ersticke in Arbeit. Neben der Koordination des Sibirienzentrums, arbeite ich zurzeit an der Publikation meiner Diss. Die Copy-Editorin überschüttet mich mit Korrekturen und ich weiß nicht, wann ich sie alle einarbeiten soll. Daneben muss ich einen neuen Forschungsschwerpunkt für das Sibirienzentrum entwerfen, denn in einem Jahr laufen die Verträge aus und dann muss sich das SZ eine neue Aufgabe stellen, wenn wir weiterbestehen wollen."

Er betrachtete Alex' Gesicht. Sie war eine jener Studentinnen aus dem Osten, die versuchten, ihre russischen Sprachkenntnisse fruchtbar zu machen. Und wie er erfahren hatte, war sie eine Autodidaktin in der Ethnologie Sibiriens, und genau deshalb wollte er mit ihr zusammenarbeiten.

„Wo hast du denn promoviert?", riss Alex ihn aus seinen Gedanken.

„In Cambridge, bis ich die Stelle hier bekommen habe. Vor einem halben Jahr habe ich verteidigt. Die Spezialisten, bei denen ich Vorlesungen gehört habe, empfehle ich dir auch“, ergänzte er und fügte hinzu: „Ich würde dir behilflich sein, wenn du dort einen Forschungsaufenthalt anstrebst, natürlich erst, wenn die Zeit reif dafür ist.“

Doch Alex schien sich im Augenblick mehr für seine Dissertation zu interessieren, denn sie fragte sofort, ob seine Arbeit auf Englisch geschrieben sei. Er konnte sein Grinsen nicht unterdrücken.

„Wir schreiben alle auf Englisch, und wenn du hier arbeitest, dann musst du das auch tun. Deutsche Arbeiten werden nicht wahrgenommen, und wir sind ein internationales Team. Englisch gehört da einfach dazu.“

Er sah, dass diese Auskunft ihr Angst einjagte und vermutete, dass Alex hier eine Baustelle hatte. „Aber Russisch kannst du doch, oder?“

„Mein Russisch ist in Ordnung. Ich war inzwischen mehr als ein halbes Jahr in Sibirien und in Kyrgyzstan. Ich bin mir sicher, dass ich es schaffen werde, meine Daten in russischer Sprache aufzuzeichnen und auch auszuwerten“, nickte sie.

Das beruhigte Jenne. Alex würde ihr Team bereichern, ihre Ausbildung bei einer Wissenschaftlerin aus der ehemaligen DDR würde dafür sorgen, dass sie die Kollegen in ihren Voraussetzungen ergänzen konnte, und darauf kam es schließlich an.

Und außerdem, Jenne hatte Interesse an den Wissenschaftlern aus der DDR, die in der hiesigen Wissenschaftslandschaft völlig unterrepräsentiert waren. Warum? Es lag wohl an Vorurteilen, die er nicht teilte, schließlich waren sie hier in Solau in der geografischen Mitte der ehemaligen DDR.

„Es geht mich ja nichts an“, formulierte er vorsichtig, „aber was hättest du getan, wenn man dir in der DDR nicht gestattet hätte, Ethnologie zu studieren? Diese Chance hat doch wohl nur ein kleiner ausgewählter Kreis bekommen, oder?“

„Ich habe Zweiundneunzig angefangen zu studieren“, lächelte sie zurück. „Ich hatte freie Studienwahl, zum Glück! Ich hätte in der DDR bestimmt nicht Ethnographie studieren dürfen." Alex schien nachzudenken und Jenne ließ ihr Zeit.

„Wäre ich eher geboren, dann hätte ich sicher geschrieben, auch ohne Ethnologiestudium. Schreiben kann man immer. Dazu muss man nicht ins Ausland reisen."

„Du schreibst?"

„Seit meiner Kindheit!" Sie zögerte. Kurz schien sie zu zweifeln, ob sie weitererzählen sollte.

„Damals habe ich meine gesamte Freizeit mit dem Schreiben eines Romans verbracht, Abenteuerliteratur. Die Geschichte von zwei Indianermädchen, die gern Jungen gewesen wären, wie ich damals. Es ging um Emanzipation, eine Emanzipation, von der ich als Kind geträumt habe, die aber nichts in einer Indianergesellschaft zu suchen hatte."

Alex lachte, und Jenne dachte an seine eigenen Träume. Er selbst wollte Entdeckungsreisender sein, auf große Fahrt gehen, aber er hatte seit Jahren nicht darüber geredet. Diese Kindheitsträume spielten für ihn heute keine Rolle mehr. Alex dagegen sprach über ihre Vergangenheit, als sei sie das Normalste auf der Welt. Aber eigentlich, wenn er genau nachdachte, waren sie es ja auch. Das Normalste auf der Welt. Irgendwie musste man ja in die Ethnologie gekommen sein.

„In meinem kindlichen Idealismus vermischte sich damals alles. Meine sozialistische Heimat, meine behütete und doch begrenzte Kindheit mit ihren permanenten Regeln, und die begehrenswerte Freiheit galoppierender nordamerikanischer Indianer. Die Mädchen kämpften in meinem Manuskript um die Freiheit, wie Jungen Mustangs zu zähmen und auf die Jagd zu gehen. Und sie hatten eine besondere Beziehung zur Medizin, sammelten Heilkräuter und heilten. Kurz, die beiden Mädchen in meinem Roman taten alles, wovon ich träumte."

Sie sah ihm beim Erzählen direkt in die Augen, und um ihren Mund schien sich eine amüsierte Stimmung zu spiegeln, wenn sie an die hochfliegenden Zukunftsvisionen ihrer Kindheit dachte.

„Was ist denn aus deinem Manuskript geworden?"

„Meine Mutter hat es weggeworfen." Alex lächelte, als Jenne sie erschrocken ansah. „Wieso?", fragte er bestürzt.

„Weil ich nur noch in dem Manuskript hing und alle Pflichten vergessen habe. Monatelang versunken in meiner Geschichte, mein Umfeld war Luft und unhörbar erst recht die Ansprachen meiner Eltern. Ich lebte, was ich erfand. Ansonsten existierte ich nicht. Ob es meine Eltern verstört hat, ob sie darüber besorgt waren oder ob es nur ein spontaner Wutanfall meiner Mutter war, jedenfalls war die Folge, dass das Manuskript verschwand.

Aber das Ganze hatte auch etwas Gutes. Da ich nicht die Kraft hatte, die ganze Geschichte noch einmal aufzuschreiben, beschloss ich, mich vor dem nächsten Roman zu bilden, die Indianer, über die ich schreiben wollte, kennenzulernen. Ich wollte nun ein glaubwürdiges Buch schreiben und nicht mehr an die Grenzen dessen stoßen, was ich nicht wusste, wenn ich die Einzelheiten des Lebens im Zeltlager oder die Zähmung von Wildpferden beschrieb. Ich lieh mir also Bücher aus über die Kulturen der nordamerikanischen und später auch der südamerikanischen Indianer. Von den Indianern des Amazonas habe ich mich bald zur Altamerikanistik durchgelesen. Die indianischen Kulturen vor Kolumbus schienen mir als das Authentischste, was die Literatur zu bieten hatte. Alles, was frei von europäischen Einflüssen war, hatte für mich unverfälschte Ursprünglichkeit. Irgendwie war Europa für mich ein Ausdruck von Dekadenz, warum, das kann ich bis heute nicht sagen. Es war wohl mehr meine kindliche Art von romantischer Träumerei, dass das wahre Gute im Menschen nur außerhalb Europas existieren konnte. Ein Irrtum, wie ich später erkannte, denn natürlich haben auch die vorkolumbischen Kulturen wahre Terrorregime errichtet und die Maya mit ihren Menschenopfern sprengten in ihrer religiös bedingten Grausamkeit das Maß meiner Vorstellungskraft. Aber das wollte ich nicht wahrhaben. Und so bin ich letztendlich zur Ethnologie gekommen. Hätte meine Mutter mein erstes Manuskript nicht verschwinden lassen, dann hätte mein Leben vielleicht einen ganz anderen Verlauf genommen."

Alex hatte aufgehört zu sprechen. Erst jetzt bemerkte er, wie ihr Blick während des Erzählens durch die Luft gewandert war.

„Und wie bist du dann zur Sibirienforschung gekommen?"

Die Erinnerung schien Alex wieder einzuholen, als sie sagte: „Wenn mir all das Wissen in meinen Büchern zu viel wurde, dann habe ich mich mit dem Lesen von Märchen abgelenkt. Irgendwann habe ich bemerkt, wie unzureichend all die materiellen Hinterlassenschaften der Archäologie sind, wenn man in das Leben der Menschen blicken will. Natürlich blieb ich an der Altamerikanistik hängen, sie war mein Steckenpferd. Aber in den Märchen fand ich das tatsächliche Leben in einer anderen Zeit und in einem anderen Umfeld. Von den alltäglichsten Verrichtungen der Menschen, wie sie wirtschafteten, kochten, sprachen, sich liebten und sich hassten, bis in ihre intimsten Ängste und Träume hinein. In der DDR wurden massenhaft Märchenbücher verlegt, besonders die Märchen unserer ‚sozialistischen Bruderstaaten'. Und die schönsten Märchen, die ich finden konnte, waren die Märchen aus Zentralasien, aus Kasachstan, Kyrgyzstan und der Mongolei. Deshalb habe ich begonnen, Zentralasienwissenschaften zu studieren.

Der Rest ist kurz erzählt. Für Sibirien habe ich mich entschieden, weil ich in der Schule Russisch gelernt habe und gegen das Negativbild unserer Zeit an Russland arbeiten wollte." Kurz schien sie nachzudenken. „Du weißt ja, wie viele Leute neuerdings für Zentralasien ausgebildet werden. Dagegen gibt es kaum jemanden, der sich mit Russland beschäftigt. Meine Chancen, mich in einer Forschungsnische zu etablieren, sind also besser, wenn ich in Russland und besonders in Sibirien arbeite. Die Tuviner gehören kulturell noch zu Zentralasien, leben aber in Sibirien. Und in den letzten Jahren bin ich besonders neugierig auf die Rentierhalter geworden. Ich bin also nach wie vor nicht festgelegt. Die Kulturen nördlich von Tuva wären auch interessant für mich. Deshalb sitze ich jetzt bei dir."

„Es freut mich, dass du jetzt hier bist", sagte er.

∞

Drei Wochen später war es so weit. Sie hielt den Briefumschlag des DAAD in den Händen. Ungeduldig stieg sie die Treppen zu ihrer Wohnung hinauf, tauschte ihre Jacke mit der Strickjacke und ging direkt ins Blaue Kabinett, in dem sie vor einer Woche wieder ihr Arbeitszimmer eingerichtet hatte.

Sven war nicht zu Hause. Sollte sie mit dem Öffnen des Briefes auf ihn warten? Er würde erst gegen Abend aus Jena kommen, wo er eine neue Grabung organisierte. Dann blickte sie wieder auf den Umschlag, der vor ihr auf dem Schreibtisch lag. Sie stand noch einmal auf und setzte Wasser für einen Tee auf. Es war noch kühl in der Wohnung, obwohl es bereits Anfang Mai war.

‚Wenn es nun eine Absage ist?', dachte sie, und plötzlich wollte sie nicht, dass Sven ihr ins Gesicht sah, wenn sie las. Es war besser, den Brief jetzt zu öffnen und die Antwort zu verdauen, bevor sie sich Svens Blicken aussetzte.

Das Wasser kochte. Sie packte einen Teebeutel in die Kanne und goss auf. Dann setzte sie sich hin, zündete sich eine Zigarette an und ließ ihren Blick aus dem Fenster schweifen. Die riesige Kastanie im Nachbarhof war schon fast grün und die Kerzen standen auf den Zweigen kurz vor ihrer Blüte. Darüber stand ein blauer, leicht bewölkter Himmel.

Das Wetter ist hoffnungsvoll, dachte sie und blickte hinüber ins

Blaue Kabinett, wo auf dem Schreibtisch der verschlossene Umschlag lag. Es musste sein, jetzt! Sie holte tief Luft, stand auf und ging hinüber ins Arbeitszimmer. Ihr Blick streifte die taubenblauen Wände mit den roten Königslilien, die sie beim Schreiben des Antrags umgeben hatten. Dann setzte sie sich, holte ihren Brieföffner aus der Schublade und trennte sauber das Kuvert auf.

Auf dem Deckblatt stand „Stipendienzusage“, darunter das Gastland und die Anzahl der Monate, die sie dort verbringen würde. Dann las sie den Satz „Ihnen wird hiermit ein Jahresreisestipendium des DAAD zugesagt“. Sie musste die Augen von dem dünnen Blatt Papier abwenden. Es knisterte in ihrer Hand wie altes Endlospapier für die Nadeldrucker von ehedem.

Sie hatte gedacht, sie würde jubeln, sobald sie die Bewilligung in den Händen hielt, aber zum Jubeln fehlte ihr der Atem. Deshalb saß sie erstarrt an ihrem Schreibtisch und prüfte nochmals das Papier, als könne es sich um eine Fälschung handeln. Konzentriert las sie weiter: „Das Stipendium umfasst einen Betrag von monatlichen Raten in folgender Höhe.“ 1175 Euro im Monat, dazu ein Reisekostenzuschuss und eine monatliche Forschungs- und Kongresskostenpauschale. Auch für Kranken-, Unfall- und Privathaftpflichtversicherung war gesorgt. Danach wurde sie über die „Allgemeinen Bedingungen für deutsche Stipendiaten des DAAD“ belehrt und schließlich schloss die Stiftung eine Verlängerung der Förderung aus, Stempel und Unterschrift sowie eine Anzahl beigefügter Formulare und eine blaue Urkunde. Das war es schon. Der ganze Aufwand und die zerreißende Wartezeit hatten sich gelohnt.

„Ich werde nach Tuva reisen!“, seufzte sie, und langsam fühlte sie heißes Glück durch ihre Adern rinnen.

Als sie sich wieder gefasst hatte, besorgte sie frische Blumen und eine Flasche Rotkäppchen-Sekt, stellte beides mit einer Kerze auf den Küchentisch und wartete auf Svens Rückkehr aus Jena.

14

Tonja, ihre gute Freundin Tonja in Kyzyl, die Alex bereits seit 1995 kannte, hatte sich wirklich ins Zeug gelegt. Denn nichts war schwieriger, als eine Einladung nach Tuva zu bekommen, selbst der Projektantrag war dagegen ein Pappenstiel gewesen. Alex hielt verzückt das Fax in der Hand. Sie würde eine Kopie davon ziehen, und dann würde sie sie rahmen und neben die zwei anderen Einladungen hängen, die von 1995 und die von 1997.

Tonja hatte den Direktor des Forschungsinstituts in Kyzyl persönlich um die Einladung gebeten. Doch dann – als nichts geschah und sie wieder nachgefragt hatte – stellte sich heraus, dass das Institut für das Jahr 2004 noch keine Genehmigung vorliegen hatte, ausländische Gäste einzuladen. Daraufhin hatte sich Tonja mit einem Schreiben des Direktors persönlich um die behördliche Genehmigung gekümmert, und wieder hatte Alex mehrere Wochen warten müssen, mehrere Wochen, in denen der DAAD von ihr den Beginn ihrer Forschung gefordert hatte, und im letzten Schreiben der Stiftung war sogar von einem Rückzug der Stipendienzusage die Rede gewesen.

Jetzt hielt sie das Fax in der Hand, aber es war nur ein Fax. Das Konsulat forderte das Original, und die Post von Kyzyl nach Deutschland würde sechs Wochen dauern, aber die Stiftung duldete keinen Aufschub mehr. Alex musste zum Konsulat und mit dem Fax ihr Glück versuchen.

Das Russische Konsulat besaß eine Villa im besten Viertel der Stadt, ganz in der Nähe der Gegend, in der Alex wohnte, und doch so weit entfernt. Denn Alex' Straße war laut und schmutzig. Ein Park und der Zoo trennten das Viertel der Reichen davon.

Es waren noch nicht alle Villen des Viertels saniert, einige umwucherten verwunschene Gärten. Für andere wären sie einfach verwildert gewesen, doch für Alex strahlte die marode Pracht Heimat aus.

Sie blieb vor den rostigen Metallzäunen stehen und betrachtete die mit Brettern vernagelten Fenster der verwitterten, wenngleich üppig verzierten Fassaden. Es würde nicht mehr lange dauern, bis das Viertel von der monetären Oberschicht der Gesellschaft vollständig zurückerobert war, angezeigt von sauber verputzten und mit edlen Materialen ausgestatteten Gebäuden und bewacht von beweglichen Kameras, wie das Russische Konsulat, vor dessen prächtigem Tor sie nun stand.

Der schmiedeeiserne schwarze Zaun war an den Spitzen mit Gold belegt, ein Ausdruck der Oligarchie des neuen Russlands – dachte Alex sofort – doch nahm man das Gepränge kaum wahr. Denn auch der alte Überwachungsstaat hatte Zeichen gesetzt, in einem Durchgang aus Metallgittern direkt hinter dem Tor, über dem die Kameras leise zoomten und jedes Gesicht sorgsam einzufangen schienen. In einem Wächterhäuschen saß ein stämmiger Soldat mit verbissener Miene, und das Ganze erinnerte an die Grenzübergänge, die Alex mit ihrer Familie zu DDR-Zeiten passiert hatte. Wer hier hinein wollte, wurde schon am Eingang eingeschüchtert, und Alex spürte deutlich den Druck in ihrem Magen, als sie dem Wachsoldaten ihren Pass überreichte. Mit überlegen-teilnahmsloser Miene ließ er sie passieren.

Der Vorsaal der Villa war mit Holz getäfelt, in der Mitte zwei mit dunklem Leder gepolsterte Sitzreihen und an den Wänden rote Plüschstühle, auf denen zumeist Frauen Papiere ausfüllten.

Sofort beim Eintreten hatte Alex gefühlt, dass sie sich in einem anderen Land befand, in Russland, denn im Raum hörte sie nicht nur ausnahmslos die helle Melodie der russischen Sprache, sie gewahrte auch die Menschen, diesen fremdländischen Schlag, ausgedrückt in Habitus, Kleidung, Gestik und Mimik. Eine selbstbewusst den Raum durchschreitende Frau trug die chlorblond gebleichte, luftig und akkurat gelegte Turmfrisur, die Alex an die Achtzigerjahre erinnerte, an ihre gestrenge Russischlehrerin, die ihr die russische Sprache fast verleidet hätte. Doch mit dem europäischen Teil Russlands hatte Alex nie etwas zu tun gehabt. Sie war stets nur durch Moskau durchgereist, hatte St. Petersburg nie gesehen und nie auch nur eine Nacht im russländischen Europa verbracht. Umso fremder erschien ihr das Konsulat, in dem sie nicht ein einziges asiatisches Gesicht sah, wie im russischen Fernsehen, das die asiatische Bevölkerung rundheraus ignorierte.

Sollte sie warten oder bei wem sollte sie sich melden? Da öffnete sich eine Tür, und ein zweites Mal erschien die Frau mit der Turmfrisur. Gerade sie anzusprechen, fiel Alex schwer, doch die Frau schien zum Konsulat zu gehören, zumindest strahlte ihr Gang die Selbstgewissheit einer Mitarbeiterin aus. Alex lief auf sie zu, ehe sie wieder in einer der zahlreichen Türen verschwinden konnte. Die Frau hielt bereits die Klinke in der Hand, als Alex an sie herantrat.

Kurz musste sie überlegen, in welcher Sprache sie die Frau ansprechen sollte, doch dann entschied sie sich, dieser Russin mit deutschem Selbstbewusstsein entgegenzutreten und fragte rundheraus auf Deutsch, wo sie ein Visum beantragen könne.

Die Frau starrte sie an, als hätte Alex sie nach Geld gefragt. Vom Scheitel bis zur Sohle tasteten sie die stahlblauen Augen der Mittfünfzigerin ab. Dann hob sie eine Hand mit Papieren, und Alex bemerkte die dunkelrot lackierten Fingernägel. Ohne ein Wort zu sagen, wiesen ihr die Papiere eine Zimmertür. Noch einmal wurden die Augen der Frau streng, dann wendete sie sich abrupt ab und passierte die Tür, deren Betreten Alex mit ihrer Frage behindert hatte.

Alex klopfte, und als sie nach einer Weile immer noch nichts hörte, öffnete sie einfach die Tür und trat ein. Aus dem großen Wartesaal kommend, betrat sie einen kleinen Vorraum. Holzwände mit kleinen Luken verstellten ihr den Blick auf eventuell anwesende Mitarbeiter. Sie befand sich in einem dreimal drei Meter großen Kasten aus

Holz, vermutlich Lärchenholz, dachte Alex. Dann hörte sie Stimmen, russische Männerstimmen, die sich leise hinter den Holzwänden austauschten. Sie ging zu einer der Wände, bückte sich zu der Luke hinab und schreckte zurück, als sie direkt in das Gesicht eines am Schreibtisch hockenden Russen blickte.

Als sie sich wieder zur Luke hinabbeugte, grinste der Russe, der ihren Schrecken sichtlich genossen hatte, und Alex musste lächeln, doch dieses Lächeln schien ihm nicht zu gefallen. Sein Gesicht versteinerte augenblicklich.

Sie räusperte sich, schob ihre Papiere und das Fax durch die Luke und bat um ein Visum. Der Mann griff nach dem Fax, legte abfällig seinen Kopf in den Nacken und sagte auf Russisch: „Wir brauchen das Original!" Alex begriff, dass sie in dieser Situation auf Russisch nicht erklären konnte, was ihre Freundin Tonja und sie alles durchgemacht hatten, um nur dieses Fax zu bekommen. Und sie eilte, sich gar nicht erst abweisen zu lassen und erzählte stattdessen umständlich, dass das Original sechs Wochen brauche, um bei ihr anzukommen und sie ihr Stipendium verlieren würde, wenn sie ihre Reise nicht sofort antrete.

„Ethnograph?", fragte der Mann und verzog nun noch verächtlicher sein Gesicht, dann erhob er sich vom Stuhl und ließ Alex stehen.

Alex trat von der Luke zurück und stand wieder in dem Kasten aus Lärchenholz. Die Gedanken wirbelten durch ihren Kopf, was sollte sie tun? Wie das Konsulat überzeugen? Ethnographen waren in Russland nicht gern gesehen, nicht nur dass die Russen selbst genügend davon hatten, viele westliche Ethnographen schrieben kritisch über die Lebensverhältnisse der Menschen und nahmen kein Blatt vor den Mund, wenn es darum ging, amerikanische Negativstereotypen über Russland zu verbreiten. Das hatte selbst Alex immer an bestimmten Veröffentlichungen gestört. Und so wunderte sie auch nicht, als der Mann sich plötzlich durch die Luke beugte und sie nach ihren Forschungsthemen befragte.

Alex unterdrückte ein Lächeln, sie wusste, was man in Russland von Ethnographen erwartete. Deshalb erklärte sie ohne Umstände: „Ich arbeite über die Wiederbelebung des Schamanismus und den Geisterglauben in Tuva." Wenn sie eine Chance haben wollte, ihr Visum zu bekommen, dann musste sie den Mann mit einer solchen Antwort bedienen.

„Und worüber haben Sie bis jetzt geforscht?", hakte er nach.

„Über Milchwirtschaft", erklärte sie demütig und betrachtete sein abfälliges Lächeln. Das konnte er ruhig prüfen, dachte sie, viel anderes wird er in meiner Publikationsliste nicht finden.

Missmutig wendete sich der Mann von ihr ab und verschwand wieder hinter der Wand. Alex betrachtete den Kasten, dann gewahrte sie den misstrauischen Blick eines anderen Mitarbeiters durch eine der Luken, und plötzlich hoben sich wie von selbst ihre Hände zum Gebet. Sie schloss die Augen und dachte: „Mit ein bisschen Glück sind sie russisch orthodox, dann habe ich eine Chance!"

Da sie kein Gebet kannte, deklamierte sie mit ihren Lippen einen Liedtext von Element of Crime, der ihr gerade in den Sinn gekommen war. Es dauerte Minuten, bis ihr einfiel, dass ihr Gebet auch nicht zu lange dauern durfte. Ruhig senkte sie die Arme, öffnete die Augen, als wäre sie aus einem Traum erwacht, und wartete, dass sich der Mann wieder in der Luke zeigen würde.

Der ließ sich noch Zeit, doch dann erschien er mit einem wesentlich milderen Blick. „Wenn das Forschungsinstitut Ihre Einladung direkt an unser Konsulat faxt, dann können wir vielleicht eine Ausnahme machen." Beflissen reichte er ihr eine Karte mit der Faxnummer durch die Luke und drückte ihr noch einige Formulare in die Hand, die sie auszufüllen hatte. „Auf Russisch", sagte er bestimmt. Alex atmete erleichtert auf, es würde sich ein Weg zurück nach Tuva finden, bald.

15

Als Alex endlich aus dem Flughafengebäude getreten war, steckte sie sich als Erstes eine Zigarette an. Sie sollte in Moskau den Flughafen wechseln und hatte, aus Angst, sich in der Metropole nicht zurechtzufinden, einen Transfer gebucht. Sie musste einige Zeit warten, bis ihr ein Mann mit ihrem Namensschild entgegentrat. Sofort beruhigten sich ihre Nerven. Zwar liebte sie das Reisen, aber nicht den Weg, der damit verbunden war. Sie liebte es anzukommen und da zu sein, wo auch immer in der Welt, aber für die Reise selbst hatte sie sich stets überwunden. Dennoch wollte sie nicht auf direktem Weg nach Vnukova. Sobald sie in das Auto eingestiegen war, sagte sie zu dem Fahrer, sie biete ihm 50 Euro mehr, wenn er einen Umweg am Kreml vorbei machen würde. Der Fahrer verzog kein Gesicht und Alex unterließ es, ihn zu überreden.

Dann blickte sie aus dem Beifahrerfenster und vertiefte sich in den Anblick dieser lauten fremden Stadt. Breite mehrspurige Straßen zogen an ihr vorbei, europäisch geprägte und doch irgendwie russische, mehretagige Bauten. Sie bat den Fahrer sein Fenster hochzudrehen, denn die Autofahrer schienen öfter die Hupe als die Bremse zu betätigen. Die Stadt flirrte staubig und schien zu tosen.

Die Bilder vom Kreml und von der Basilius-Kathedrale dagegen, die sie so oft in ihrer Kindheit betrachtet hatte, waren schillernd und leise gewesen. Deshalb drängte sich ihr das Gefühl auf, beide Gebäude gehörten nicht in diese Stadt, umbraust von hupenden und rasenden Autos und hinter dem übervölkerten Platz am Mausoleum, an dem sie viel zu schnell vorbeifuhren. Wenn sie jetzt doch aussteigen könnte und Lenin ansehen. Sie drehte sich nach hinten. Es stand keine Schlange vor dem Mausoleum. Die Zeiten, an denen die Welt den Leichnam dieses mächtigen Führers der Arbeiterklasse sehen wollte, waren vorbei.

An der Basilika fuhr ihr Fahrer etwas langsamer. Bewusst schien er sich in dem sich stauenden Verkehr in eine ungünstige Position eingeordnet zu haben. Und doch waren es nur ein paar Sekunden, in denen die prachtvollen Zwiebeltürme an ihr vorbeizogen. Sie waren auch heute so bunt, wie in ihrer Vorstellung. Unbedingt sollte sie irgendwann ein paar Nächte in Moskau verbringen. Es konnte doch nicht sein, dass sie Monate, ja Jahre, in Sibirien lebte und Moskau oder St. Petersburg nur von Bildern kannte?

Jetzt bog der Fahrer von der großen Magistrale ab, an dem Denkmal eines Hammer und Sichel in den Himmel stemmenden Paares vorbei, das Alex aus dem Vorspann von Mosfilm-Produktionen kannte. Dann, nur wenige Minuten später, waren sie auf der Stadtautobahn und Birkenwäldchen säumten die Straße. Sie lehnte sich zurück und wartete erschöpft, bis sie ankommen würden.

Bis ihr Flug ging, dauerte es noch reichlich sechs Stunden, und Alex war bereits vierundzwanzig Stunden auf den Beinen. Sie suchte sich auf dem Flugplatz eine Ecke, stellte ihr Gepäck ab, setzte sich auf den Rucksack und vertiefte sich in ein Buch. Als die Tafel endlich ihre Flugnummer anzeigte und gleichzeitig eine zweistündige Verspätung mitteilte, stellte sie erstaunt fest, dass der Zielort nicht stimmte. Sie fragte einige Tuviner, die allesamt bestätigten, dass dieser Flug nach Kyzyl ginge und die sich von der fehlerhaften Anzeige scheinbar nicht beeindrucken ließen. Und als der Schalter endlich geöffnet wurde, bemerkte sie erstaunt eine deutsche Reisegruppe, acht Leute in Outdoor-Kluft und mit Rucksäcken, an denen Treckingstöcke hingen. Sie mussten dasselbe Ziel wie Alex haben. Widerwillig betrachtete sie die Leute, diese typischen wandernden Deutschen, die nicht eher ruhen konnten, bis sie durch die ganze Welt marschiert waren, auf jeden Berg gestiegen, jedes Gebirge mit Schritten durchmessen. Konnten sie nicht einfach in den Alpen wandern? Mussten sie als Heuschreckenschwärme durch die ganze

Welt trampeln? Alex' Stimmung sank in den Keller, dann verbot sie sich die Gedanken. Ethnologen waren auch nicht besser, und doch, als kurz darauf einer der Deutschen sie ansprach, konnte sie ihren Widerwillen nicht verbergen.

Der Deutsche strahlte die ganze Vorfreude einer Zunft aus, die sich als Entdecker, als Erstbesteiger, als Bezwinger der Weltgebirge fühlte, und Alex erwiderte schnippisch: „Die Berge und die Wildnis sind den Tuvinern heilig und sie betreten sie nur, wenn es sich nicht umgehen lässt." Dann wies sie auf einen stämmigen Russen in Militärhosen: „Jäger, zum Beispiel."

„Haben die Gewehre?", fragte eine Wanderin besorgt. Und Alex nickte bedeutsam: „Dort hat jeder eine Waffe. Da muss man schon vorsichtig sein, besonders wenn man in die heiligen Gebiete vordringt."

Verdutzt betrachteten einige der Wanderer Alex' Gesicht. „Ich lass mir doch jetzt nicht die Reise verderben", erklärte eine wohl etwas mutigere Frau und schüttelte ihren Rucksack, dass der Wanderstock klapperte. Einige in der Gruppe nickten, und nach und nach schienen alle das Interesse zu verlieren. Sie wendeten sich ab, keine Fragen nach den Tuvinern, deren Kultur oder den Hirtennomaden, denen doch die Berge gehörten, durch die sie wandern wollten. Alex schüttelte den Kopf.

Nach dem Einchecken wurden die Passagiere zu einem Bus geführt, der keine Sitzplätze hatte. Eng gedrängt pressten sich die schwitzenden Körper aneinander. Alex' Nase geriet bei dem Versuch, eine bequemere Position zu finden, unter die Achselhöhle des stämmigen Russen, den sie vor den Deutschen als Jäger denunziert hatte und der sich an einer am Dach befestigten Stange festhielt. Außerstande, ihre Position auch nur wenige Zentimeter zu verändern, stieg ob des Geruches Übelkeit in ihr auf. Die Hitze und der Gestank nach Tage altem Schweiß ließ ihren Kopf fast platzen, und sie reckte sich nach hinten, in eine noch unbequemere Position, bis sie von der Vollbremsung des

Busses erlöst wurde. Heftig schnappte sie nach Luft, als man alle wieder aussteigen hieß und zurück in den Warteraum führte. Dann wurde eine andere Reisegruppe abgefertigt.

Ein halbe Stunde später, bei Besteigen des Busses eine andere Tür als der Russe wählend, trat sie auf das Rollfeld. Der Flieger brummte bereits, und sie stieg mit den Passagieren in das Flugzeug. Jetzt war sie sich sicher, dass diese Flugnummer sie nach Kyzyl bringen würde, denn das Flugzeug hatte sich seit 1995 nicht verändert, dieselben grau-gelb-braunen abgewetzten Sessel, nur ein grauer Filzvorhang war zwischen Erster und Zweiter Klasse angebracht worden, die sich aber in nichts voneinander unterschieden. Wenig vertrauenserweckend, dachte Alex, aber sie wusste auf der anderen Seite, die Russen vollbrachten das Wunder, solche Flieger mit Schraubenzieher und Hammer zu reparieren. Zur Not hätte sicher auch irgendeine Frau an Bord noch einen Nylonstrumpf für eine Reparatur übrig. Entspannt lehnte sie sich in ihrem Sessel zurück, und ließ die Einweisung und das karge Essen über sich ergehen. Dann schloss sie die Augen. Der Flug würde über acht Stunden dauern.

Doch mitten in der Nacht wurde sie von der Landung unsanft geweckt, in Raduzhny, wie das Bordpersonal mitteilte, und ein tuvinischer Passagier ergänzte, das sei doch erst die Hälfte der Strecke.

Alle wurden aufgefordert auszusteigen. Der Flughafen war im Nichts gebaut, keine Häuser, kein Ort, nur eine glänzende Wasserfläche, vielleicht Sumpf, dachte Alex. Die deutsche Wandergesellschaft strömte zum einzigen Kiosk, der für sie mitten in der Nacht geöffnet wurde, und kaufte ihn leer. Alex war zu stolz, es ihnen nachzutun, obwohl ihr Magen knurrte. Sie suchte in ihrer Tasche und fand noch einen Schokoriegel, den ihr Sven mit auf den Weg gegeben hatte. Inzwischen wurde eine weitere Reisegruppe abgefertigt. Sie aber warteten.

Plötzlich gab es an einem der Ausgänge der Halle einen Tumult, Passagiere ihres Fluges nach Kyzyl umstanden einen Flughafenangestellten. Alex wurde neugierig, denn die Diskussion wurde immer heftiger und lauter. Eilig gesellte sie sich zu der Gruppe, konnte aber nichts verstehen. Ein Tuviner stand etwas abseits und schien interessiert die Diskussion zu verfolgen. Ihn sprach Alex an, und er erklärte ihr, als der Flughafenmitarbeiter fluchtartig durch die Tür getreten war, dass die Fluggesellschaft Rechnungen nicht beglichen hatte, und dass deshalb das Flugzeug nicht betankt wurde. Man müsse erst nach Moskau telefonieren und eine Erlaubnis für das Betanken einholen. Dort aber war Nacht und das noch sechs Stunden lang. Vor neun Uhr am nächsten Morgen würde der Flug nicht weitergehen.

Die deutsche Wandergruppe schlief inzwischen, in Schlafsäcke gehüllt, auf ihren Rucksäcken ein. Andere Passagiere verließen das Flughafengebäude. Nur eine Familie stand noch am Kiosk und schien sich zu begrüßen. Kurz entschlossen trat Alex auf sie zu. Es waren Russen, die wohl mit dem letzten Flieger gekommen waren, und hier von ihren Verwandten empfangen wurden.

Sie schienen sich nicht unangenehm berührt zu fühlen, als Alex sie ansprach. Nach einem kurzen Moment des Erstaunens, grüßten sie zurück. Eine der Frauen befragte sie sofort nach ihrem Reiseweg und zeigte unverblümte Neugier, als Alex erzählte, woher sie kam.

„Sie ist Deutsche", unterbrach sie die immer noch währenden Umarmungen im Begrüßungssturm der anderen. „Und wo willst du jetzt hin?"

„Ich weiß nicht, wohin. Unser Flugzeug geht nicht vor morgen neun Uhr."

Ein Mann sah auf seine Uhr: „Es ist zwölf Uhr Nachts."

Und Alex dachte an Fähigkeiten, die Ethnologen eigentlich haben sollten. Dann überwand sie sich: „Wohnen Sie in der Nähe? Könnten Sie mich bis morgen früh mitnehmen?"

Der Mann, der eben auf die Uhr gesehen hatte, sah seine Frau an. Die nickte ihm zu. „Na gut, dann kommen Sie mit zu uns. Wo fünf Leute zu Gast sind ...", und sie wies auf ihre Verwandten: „... da findet auch noch eine sechste Platz!“ Freundlich lächelte die Frau sie an: „Aber wir leben ärmlich, ich weiß nicht, ob das etwas für Deutsche ist.“

„Machen Sie sich keine Sorgen, ich freue mich über jede Familie, die mich aufnimmt, egal in welchem Haus oder in welcher Jurte.“

„Sie haben in Jurten übernachtet?“

„Ja, ich bin auf dem Weg nach Tuva und werde noch oft in Jurten wohnen.“

„Molodec!“, erwiderte die Frau und legte ihre Hand auf Alex' Schulter.

Eine Stunde später stiegen sie aus einem der beiden Autos, in denen auch Alex noch Platz gefunden hatte, und betraten den Vorgarten zu einem flachen kleinen Haus, das an eine Garage erinnerte. Es war wohl auch eine Garage, denn daneben stand ein zweistöckiges Wohnhaus, aber die Frau erklärte auf Alex' Nachfrage, dass das Wohnhaus nicht zu ihnen gehöre. Stattdessen führte sie die Gruppe in das garagenähnliche Gebäude, und als Alex eintrat, sah sie, dass der eine Raum, von dem noch eine Tür in einen Hinterraum führte, voll eingerichtet war. Auf der linken Seite stand ein Sofa und um einen niedrigen Tisch standen einige Sessel auf einem orientalisch gemusterten Teppich. Rechts vom Eingang befanden sich ein Küchenschrank und zwei Herdplatten. Darauf ein Topf, in dem ein weiteres, etwa vierzehnjähriges Mädchen Kartoffeln umrührte. Daneben ein Fernseher mit einer übergroßen Zimmerantenne, der gut vom Sofa aus einzusehen war, und an den Wänden hingen – nach asiatischer Art – weitere Teppiche.

Im Raum war es warm, und Alex suchte mit den Augen die Quelle dieser molligen Wärme, bis sie in der rechten hinteren Ecke einen kleinen Eisenofen entdeckte, in dem gelborange das Feuer bollerte.

Die Frau, die über Alex' Mitnahme entschieden hatte, hieß sie, sich auf das Sofa zu setzen und drückte ihr eine Tasse mit schwarzem Tee in die Hand. Dann rückte sie auf dem Tischchen das Glas Varenija zurecht, womit sie unmissverständlich andeutete, dass Alex sich bedienen sollte. Die anderen standen oder saßen im Raum und unterhielten sich so aufgeregt, wie es nur Menschen tun, die sich sehr mögen und doch lange Zeit nicht gesehen hatten.

Alex schlürfte ihren Tee und hielt sich zurück. Sie war müde, ja, aber noch schwerer wog, dass sie die Atmosphäre des Wiedersehens nicht stören wollte. Ihre Gastgeber würden sich ihr zuwenden, sobald sie Zeit für sie hatten, darin war sie sich sicher.

Ruhig lehnte sie sich zurück und genoss die Stille in ihr selbst, mitten in diesem russländischen Tumult, hier in Sibirien. Ihre Müdigkeit fühlte sich angenehm an, und sie hatte nicht die geringste Lust, sich Schlafen zu legen.

Schließlich setzten sich ihre Gastgeber und das vierzehnjährige Mädchen nahm ein buntes Sortiment Teller aus dem Küchenschrank und löffelte Kartoffeln mit Fleisch darauf. Es duftete nach deftigem Essen, wie es Alex nur aus Sibirien kannte. Sie fragte nach der Herkunft des Fleisches. Es war gekauft, nein, eigene Tiere hatte die Familie nicht. Die Mutter arbeitete in der Verwaltung und der Vater war Polizist, eine typische Berufskonstellation für sibirische Russen.

Alex fragte, ob es Industrie gäbe oder Bergbau, auch das wurde verneint, die Firmen waren nach der Perestroika alle zusammengebrochen. Arbeit gab es nicht, außer was der Staat als Arbeitgeber bot. Diese Situation kannte Alex aus Kyzyl, hier schien es nicht anders zu sein. Nun wunderte sie sich auch nicht mehr, dass sie kaum etwas um den Flughafen herum gesehen hatte, außer Wald und Sumpf. Ja, Holz würden sie schlagen und verkaufen, die Holzindustrie funktionierte noch.

Dann wendete man sich ihr zu. Hier, wohin so wenige neue Gesichter kamen, interessierte man sich für jeden Gast, der das Leben in der Einöde, mit seiner eigenen Geschichte bereichern konnte. Also erzählte Alex von ihren Forschungsreisen in den Jahren 1995 und 1997 sowie von ihrem Besuch in Kyrgyzstan, sie plauderten über die tuvinischen Nomaden, über Schamanen und Scharlatanerie, über Angst und schließlich über die russische Gastfreundschaft. Das Thema schien den Hausherren zu inspirieren, er holte eine Flasche Wodka und kleine Gläser aus dem Wohnzimmerschrank, und erst als die Flasche zur Neige ging, bot man Alex ein Schlaflager auf einer Matratze im Wohnzimmer an. Die Gastgeber schliefen im hinteren Raum, den Alex sich noch kurz vor dem Schlafengehen zeigen ließ, ein etwa fünf oder sechs Quadratmeter großes Zimmer mit zwei Betten darin, ohne Fenster, wie auch das Wohnzimmer. Und als Alex die Augen schloss, genoss sie den romantischen Flair einer abenteuerlichen Reise.

Pünktlich halb neun stand Alex wieder auf dem Flughafen. Der Vater hatte sie gebracht, bevor er weiter zur Arbeit fuhr. Als sie den Wartesaal betrat, war er gut gefüllt. Der Kiosk hatte um diese Uhrzeit regulär geöffnet, wenn er auch keine Schokolade mehr im Angebot hatte, die mampften die deutschen Wanderer.

Und pünktlich neun Uhr dreißig wurden sie abgefertigt und zwanzig Minuten später bestiegen sie den Flieger. Alex schritt gerade mit ihrem Gepäck die Treppe hoch, als eine Frau sie von hinten ansprach: „Alex?“ Sie drehte sich um und sah in das ihr bekannte Gesicht einer Tuvinerin, dem sie aber keinen Namen zuordnen konnte.

Doch die Frau half ihr mit ihrem Namen aus, nur leicht zuckte es um ihre Lippen, woran Alex den strengen Unwillen einer tuvinischen Frau erkannte, die im Berufsleben etwas zu sagen hatte. „Zaministerin“, ergänzte ihre Bekannte: „Wir haben uns im Forschungsinstitut in Kyzyl kennengelernt. Wann war das?“

„1995“, Alex lächelte sie an: „Ich erinnere mich an Sie.“

Doch sie hatten keine Zeit, von hinten wurden sie geschoben und die Zaministerin setzte sich in die erste Klasse, während Alex weiter nach hinten in das Flugzeug lief.

„Ich nehme dich dann mit dem Auto mit“, rief ihr ihre tuvinische Bekannte nach, und Alex nickte. „Danke!“

Gut ausgeschlafen, waren die verbleibenden drei Stunden im Flugzeug eine Tortur, und als sie endlich über Kyzyl kreisten und Alex das Parlament und die Oper von oben sah, einige Straßenzüge erkannte, und das neu gebaute Museum entdeckte, von dem sie 1997 nur die Baugrube gesehen hatte, atmete sie erleichtert auf. Endlich stiegen sie auf dem Rollfeld aus. Das Flughafengebäude, ein langer Holzbau, hatte sich nicht verändert. Ein Gartentor führte vom Rollfeld zu einem Platz, auf dem die Koffer verteilt werden würden, die gerade aus dem Flugzeug von Hand auf einen Lkw geladen wurden. Die Zaministerin gesellte sich sofort zu Alex, und wies auf eine schwarze Limousine vor dem Flughafengebäude, hakte sie ein und überschüttete sie mit freundlichen Worten und einer Einladung zum Abendbrot, während Alex sich erinnerte, dass in Tuva noch jeder Ausländer gefeiert wurde, wegen seiner Seltenheit. Sie grinste in sich hinein, gab Nettigkeiten zurück und war froh, als der Lkw mit den Koffern eintraf, um sich aus der Umklammerung befreien zu können.

Doch den Rucksack packte sofort der Chauffeur und schleppte ihn ohne Umstände zur Limousine. Die Zaministerin hakte Alex wieder ein und ununterbrochen redend, zog sie sie mit sich. Dann hieß sie Alex neben sich auf die schwarzen Ledersessel setzen. Sofort erteilte sie Anweisungen an den Fahrer, der kräftig aufs Gaspedal trat. Alex fühlte sich müde, von der langen Reise und von dem ununterbrochenen Gerede ihrer wichtigen Bekannten. Doch solche Kontakte musste man pflegen, eine solche Mäzenin würde sie brauchen, sie kämpfte mit sich und ihrer Neigung, sich abzuwenden.

„Hier hat sich nichts verändert", sagte Alex, um endlich einen Grund zu haben, aus dem Fenster sehen zu dürfen, und dann ließ sie sich die neu gebauten Siedlungsgebiete und das neue Museum erklären und betrachtete dabei den bröckelnden Putz der aus Ziegeln erbauten und mit ein Meter starken Wänden versehenen Neubaublöcke, die monoton und verfallen an ihnen vorbeizogen, während die Limousine viel zu schnell auf den löchrigen Straßen holperte.

16

Sieben Jahre war es her, dass Alex hier das letzte Mal Borschtsch gegessen hatte, und es hatte sich viel verändert. Einige Blockhütten waren zu der Raststätte, dem Zugang zum Toolajlyg, hinzugekommen, als sollte an der Grenze zur Silbernen Taiga ein neues Dorf entstehen. Aber der Borschtsch mit einem Löffel Sahne schmeckte wie damals.

Alex hatte den Linienbus von Mugur Aksy nach Kyzyl hier mitten in der Taiga verlassen und wartete auf Wasja, der Lehrer in der neuen Grundschule der Toolajlyg-Kooperative war. Sie hatte ihn vor einigen Tagen im Rayonzentrum der Silbernen Taiga kennengelernt und gebeten, sie einzuladen. Die Neugier auf diesen schönen Ort brannte in ihr.

Der Borschtsch war gegessen und bezahlt, aber Alex wusste, hier musste man Geduld mitbringen, und falls Wasja heute nicht kam, würde ihr schon irgendwer einen Schlafplatz geben, einen Schlafsack hatte sie ja dabei. Sie stand nicht allein im Wald, und Gastfreundschaft galt für jeden, war sie doch überlebensnotwendig hier mitten in der Wildnis. Deshalb beschloss sie, einen kleinen Spaziergang zu machen und die Jurten nahe der Raststätte aufzusuchen. Sie fragte die Wirtin, ob sie ihren Rucksack abstellen dürfe, nahm nur den Fotoapparat und ihr Notizheft mit und lief los Richtung Fluss.

Der Wind summte in dem trocknen Steppengras des Schwemmufers, das an dieser Stelle eine breite und fruchtbare Talsohle gebildet hatte. Sie lag wie eine Steppenoase zwischen den steil aufragenden Berghängen.

‚Der ideale Platz für ein Weidelager', dachte Alex und betrachtete die kahlen Nordhänge, direkt am brodelnden Balyq und – auf der gegenüberliegenden Seite – die lärchenbestandenen Südhänge, vor denen die unbefestigte Straße entlangführte.

Am Ufer angekommen, ließ sich Alex auf einem glatten, von der Sonne warmen Stein nieder und drehte sich eine Zigarette. Sie hatte Tabak aus Deutschland dabei und genoss den vertrauten Duft besonders hier, wohin noch keiner ihrer deutschen Freunde gelangt war. Dieses Bild müsste man einfangen und in die Heimat schicken, es schien ihr unvorstellbar, was sie sah und spürte. Wie aber diesen Rausch vermitteln?

Das Flussbett des Balyq war steinig, einige vom Wasser rundgeschliffene Felsen brachten die Strömung zum Kochen. Glasklar sprudelte das Wasser dahin und erzeugte dabei ein Rauschen, wie es für Gebirgsbäche einzigartig war. Sichtbare Algen gab es nicht, dafür war das Wasser zu kalt, und zwischen den Felsen huschten kleine durchsichtige Fische dahin. Alex erinnerte sich, wie sie vor sieben Jahren mit Eres Fische mit der Fliege geangelt hatte, beziehungsweise, er hatte geangelt. Und danach hatten sie die Fische gebraten, ohne Pfanne, direkt auf den heißen Platten des Eisenofens. Selbst ohne Salz hatten sie vorzüglich geschmeckt.

Vielleicht 200 Meter weiter standen zwei Jurten. Die von zahlreichen Hufen braun getretenen Viehgatter waren zu dieser Tageszeit leer, nur drei Hunde streunten über den Platz, auf dem eine Tuvinerin wirtschaftete. Nach dem Jurtenherrn suchten ihre Blicke vergeblich. Alex könnte hingehen, in die Jurte eintreten und sich Milchtee nehmen. Die Besitzer der Jurte würden irgendwann dazukommen und ihr Fragen nach ihrer Reise und ihrer Heimat stellen.

Kurz schloss sie die Augen und streckte ihr Gesicht dem Wind entgegen. Als sie sie wieder öffnete, blendete die Sonne und sie bemerkte das helle Gelbgrün der Lärchen am Abhang gegenüber. Es leuchtete, und doch fühlte sie Melancholie. Zu viel Schönheit blendet die Sinne und ihr fiel der Text von Element of Crime ein: „Sag mir noch einmal, dass wir glücklich sind. Wer zu lange in die Sonne sieht, wird blind."

‚Immer fehlt mir etwas', dachte Alex. Sie war am Ziel ihrer Wünsche angelangt, mit der schönsten Aufgabe der Welt hier in Sibirien, und am Ende würde ein Buch in ihren Händen liegen, ihr Buch über Tuva, wie sie es sich als Kind erträumt hatte. Und doch fühlte sie Sehnsucht, als ob ihr noch etwas zum Glück fehle, sie fühlte sich getrieben. Und wie immer, wenn sie das Ziehen und Bohren in ihrer Brust bemerkte, sprang sie auf und suchte nach einer Beschäftigung.

Nachdem Alex die zwei Jurten aus verschiedenen Perspektiven aufgenommen hatte, stets darauf achtend, was die spätere Aussage der Fotos hergeben sollte, erblickte sie einen Reiter, der von der anderen Seite des Tales aus Richtung der Toolajlyg-Kooperative langsam zur Raststätte ritt. Das musste Wasja sein.

Sie schoss noch ein Foto zur Sicherheit, notierte die Fotonummern und den Aufnahmeort in ihr Heft und eilte in Richtung Blockhütte. Während sie darauf zulief, band der Reiter sein Pferd fest und verschwand im Haus.

Wasja schenkte sich gerade Milchtee ein, als Alex eintrat. Er schien sie kaum zu bemerken. ‚Wie sich Menschen doch verändern, sobald sie in der Taiga sind', dachte Alex, denn sie hatte ihn in Mugur Aksy vor einer Woche als einen aufgeschlossenen Menschen erlebt. Jetzt saß er still, fast ein wenig entrückt am Tisch und schlürfte aus einer weißen Schale mit blauem Widderhornmotiv.

Alex sagte „Hallo" und setzte sich ihm gegenüber, still abwartend, dass er sich ihr zuwenden würde. Aber statt etwas zu sagen, schob er ihr ein weiteres Schälchen zu und wies mit der Hand auf die Blechkanne, ihr unmissverständlich bedeutend, dass sie etwas trinken solle.

Alex begriff, dass Geplauder hier nicht angebracht war, und sie verstand, dass sie einen weiten Weg vor sich hatten. Milchtee war das Grundnahrungsmittel der Tuviner. Er war gehaltvoll und sättigte wie eine warme Mahlzeit. Später würden sie genügend Zeit haben zu reden. Sie griff nach der Kanne und schenkte sich ein. Dann hob sie die Schale zu ihrem Mund, pustete über das heiße Getränk und schlürfte genauso laut wie die anderen den Fettfilm vom Tee.

Wasja ließ Alex keine Verschnaufpause. Mit den lang gehaltenen Zügeln seines Pferdes in der Hand sprang er geschickt von Stein zu Stein, und Alex kam ins Schwitzen bei dem Versuch, ihm genauso schnell zu folgen. Seit zwei Stunden liefen sie den Balyq entlang, zweimal hatten sie den Fluss bereits durchquert, eine neue, Alex unbekannte Holzbrücke hatten sie überschritten und noch immer eilte Wasja voran, als müsse er vor Alex fliehen.

Doch plötzlich blieb er stehen. „Hier sind wir“, sagte er plötzlich betont und blickte zu ihr hinüber.

Alex sah sich um, von der Baza der Kooperative war noch nichts zu sehen. Stattdessen zeigte Wasja auf einen steilen Hang voller Geröll rechts von ihnen, auf dessen Schutthalde wilde Zwiebeln ihre kugelförmigen Blüten in den Himmel reckten. Ein graulila Flickenteppich, so wirkte der Hang auf den ersten Blick, doch als sie fragen wollte, stoppte Wasja sie mit einer Handbewegung, als könne ein Wort von ihr die Idylle stören. Langsam senke er den Arm, dann wendete er sich vorsichtig zu Alex um.

„Hier wohnt der Herrengeist des Toolajlyg“, und mit einer Geste zu seinem Mund bedeutete er ihr, still zu sein. Alex blickte den Hang voller Geröll und lila Blüten hinauf. Sein oberes Ende war für sie nicht einsehbar, es verschwand im hellen Blau des Himmels. Sie wollte fragen, ob es in der Nähe auch einen *ovaa* gebe, doch Wasja band inzwischen sein Pferd an einen Baum, lud Alex' Rucksäcke ab und stellte sie daneben. Dann bedeutete er ihr, ihm zu folgen und begann, die Geröllhalde nach oben zu klettern.

Bei jedem Schritt, den Alex tat, rutschte sie zusammen mit den Steinen eine halbe Schrittlänge wieder bergab. Das Steigen war beschwerlich, als ob Alex zwei Zentner wog, dabei war sie doch schlank und Dauerlauf-erprobt. Doch Wasja schien über das Geröll zu springen, leichtfüßig kletterte er voran, sodass die Steine sich kaum bewegten, während Alex, seinen Lauf studierend, überlegte, ob es eine bestimmte Technik gab, solche Halden zu erklimmen. Kurz dachte sie an Lang- und Abfahrtslauf, die ja beide auch nur deshalb möglich waren, weil man seine Bewegungen an das Gleiten und Bremsen auf Schnee anpasste, Bewegungen, die eigentlich für den menschlichen Gang unnatürlich waren. Doch sie fand nicht heraus, wie der zähe Wasja es anstellte, so schnell die Halde zu erklimmen, und bald verschwand er oben aus ihrem Blickfeld.

Es dauerte eine Weile, bis sie ihn wiedersah. Er war nicht zum Gipfel emporgeklettert, sondern saß ein ganzes Stück unter dem Horizont auf dem Geröll und rauchte eine Prima.

Keuchend ließ sich Alex neben ihn sinken. „Wollen Sie ganz nach oben?“, fragte sie. Doch Wasja schüttelte den Kopf.

„Der Herrengeist des Toolajlyg mag es nicht, wenn Fremde auf seinen Gipfel steigen. Doch bis hierher dürfen wir gehen. Hier war ich schon oft“, erklärte er. Beiläufig wies er auf einen Strauch und Alex erkannte die reifen Stachelbeeren an dessen Zweigen. Ein leiser Freudenschrei entfuhr ihr und sie kämpfte sich durch das Geröll zu dem Strauch, um ihren Durst mit den saftigen Beeren zu stillen.

Wasja grinste: „Die sammle ich und mache Marmelade draus. Hilf mir!“, und er reichte ihr einen Beutel, den er aus seiner Tasche gezogen hatte, als wäre er nur wegen der Stachelbeeren an diesen Ort geklettert.

Die gelblich leuchtenden Stachelbeeren hatten dieselbe Größe, wie sie Alex aus dem Schrebergarten ihrer Eltern kannte. Sie knackten süß zwischen ihren Zähnen. Es war genau die richtige Zeit, sie zu ernten, nicht zu früh und nicht zu spät. Wohl eine halbe Stunde verbrachten sie mit dem meditativen Pflücken, dann schien Wasja die Menge in beider Beutel auszureichen. Er zog sich auf den Platz zurück, an dem sie vor der Ernte gesessen hatten, und zündete sich wieder eine Prima an. Alex tat es ihm nach und drehte sich eine Zigarette mit Tabak aus Deutschland. Jetzt erst bemerkte sie die herrliche Aussicht auf das Tal. Tief unterhalb ihres Platzes vereinten sich zwei Flüsse, und sie erkannte den Toolajlygfluss, der sich von Süden, aus einem engen Tal strömend, in den Balyq ergoss. Neben dem Gebirgsfluss erblickte sie den Weg, den sie vor sieben Jahren so oft gegangen war, und Wasja wies auf die Landspitze zwischen den Mündungen: „Dort unten steht unser *ovaa*." Doch die Bäume verdeckten ihn. Alex konnte sich nicht erinnern, dass der *ovaa* bereits 1997 dort gestanden hätte. Er musste neu sein, und Alex fragte Wasja danach.

Wasja nickte gedankenverloren. „Mein Vater hat sich im Jahr 2000 mit unserem hochverehrten Schamanen und Schriftsteller Mongush Kenin-Lopsang getroffen", erklärte er dann: „Der hatte ihm gesagt, es gebe im Toolajlyg einen vergessenen *ovaa*, unseren heiligen Platz, und er gab meinem Vater den Auftrag, diesen *ovaa* wieder aufzubauen."

Alex betrachtete die kleine Oase aus Bäumen an der Mündung des Toolajyg. Den *ovaa* hatte es also bei ihrer letzten Reise nicht gegeben, man hatte ihn nicht – wie sie befürchtet hatte – vor ihr verheimlicht.

„Und woher wusste Ihr Vater, wo der *ovaa* gestanden hat?", fragte sie dann.

„Er hat ihn noch selbst gesehen, als er sieben Jahre alt war. Dass muss zuletzt im Jahr 1931 gewesen sein. Danach haben die Leute den *ovaa* aufgegeben. Nichts ist von ihm geblieben. Seither sind über siebzig Jahre vergangen."

‚Damals, als die sowjetische Gesellschaft auch hier in Tuva in eine neue bessere Zukunft aufbrechen wollte, hatten die Menschen ihre alten Kultstätten aufgegeben, um sich von der Religion zu befreien, die sie – wie man in dieser Zeit glaubte – von ihrem Schritt in eine lichte sozialistische Zukunft abhalten würde', dachte Alex. ‚Die Gesellschaft sollte sich ganzheitlich ändern, dazu gehörte auch, den Geistern abzuschwören. Nicht Geister gestalten das Leben, sondern nur die Menschen selbst können die Gestaltung ihres Lebens in die Hände nehmen. Das war die sozialistische Lehre. Doch die Umgestaltungen gerieten bald in ein grauenhaftes Szenario. Zu viel Leid, Misstrauen, Hass und Zwang war mit ihnen verbunden. Und bald schon beugten sich die Menschen unter ihren neuen kommunistischen Herren und deren Lehren, während nicht mehr das Streben nach einer besseren Welt, sondern Angst die Abkehr von ihren religiösen Wurzeln dominierte. Vielleicht hatten die Bewohner des Toolajlyg ihren *ovaa* tatsächlich vergessen, vielleicht war er ihnen über die Jahre des Kommunismus gleichgültig gewesen, aber mit der Perestrojka und in den Hungerjahren Ende der Neunziger schien der Geisterglaube sich wieder belebt zu haben und entfaltete erneut seinen Einfluss über die gesamte tuvinische Gesellschaft, nur in einem anderen, eben modernen Kleid.' Alex wunderte es nicht, dass gerade um die Jahrtausendwende ein alter *ovaa* im Toolajlyg wiedererstanden war, und sie freute sich, als Wasja weitererzählte.

„Mein Vater hat mit uns Kindern den *ovaa* des Toolajlyg am 1. Mai 2001 wieder aufgebaut. Zur Weihe luden wir einen Schamanen aus der Kyzyler Schamanenklinik ‚Trommel' ein. Wir waren sieben Personen, und der Schamane erzählte uns über den Herrengeist des Toolajlyg, dass er ein Mann sei und hier, oberhalb der Udur-Taiga lebe. Er übersetzte uns die Worte unseres Herrengeistes, die ich nicht vergessen habe: ‚Danke, meine Kinder, dass ihr den *ovaa* wieder aufgebaut habt. Ich werde euch, euer Vieh und euer Heimatland beschützen!' Das hat der Herrengeist gesagt, und seither sind immer mehr Bewohner des Toolajlyg zum *ovaa* gekommen, um unserem gnädigen Herrengeist zu dienen und zu opfern."

„Und seit 2001 weiht ihr ihn jedes Jahr?"

„Natürlich! Was sollten wir sonst tun? Im Jahr 2002 luden wir einen anderen Schamanen ein. Auch er erzählte uns über unseren Herrengeist, der uns ausrichten ließ, er werde es im Frühling und im Sommer viel regnen lassen, damit das Gras gut gedeihe und unser Vieh fett werde. 2002 und 2003 hatten wir daraufhin sehr regnerische Sommer. Das Gras war gut, das Vieh gedieh. Die Zicklein und Yakkälber starben nicht. Es gab auch keine Seuchen mehr, wie in den

Neunzigerjahren. Genauso, wie unser gnädiger Herrengeist es versprochen hatte, verbesserte sich das Leben in allen Beziehungen. Wir Herdenbesitzer hatten viel fettes Vieh und leben seither gut."

Und Alex konnte sich die ungläubige Frage nicht verkneifen: „Wie sieht der Herrengeist denn aus?"

Wasja lachte kurz auf und blickte sie von der Seite her an. Doch er schien ihr die Frage nicht übel zu nehmen und fand zu Alex' Verwunderung sofort eine Antwort: „Meine Mutter hat mir erzählt, dass die Menschen noch vor zwei Generationen einen weißbärtigen Alten auf einem weißen Pferd gesehen haben. Doch alle Menschen, die ihn getroffen haben, sind krank geworden und gestorben. Die Herrengeister der Orte wechseln und der weißbärtige Alte war damals der Herrengeist des Toolajlyg. Heute haben wir einen anderen. Die Schamanen haben ihn gesehen. Er ist hochgewachsen, stark und ein Mann in den besten Jahren. Außerdem soll er ruhig und sehr warmherzig sein."

Alex staunte. Was sie eben gehört hatte, das konnte glatt ihr Weltbild ins Wanken bringen. Doch Wasja schien genug geredet zu haben, er stand auf und begann, mit beiden Beuteln in der Hand, den Abhang herunterzurutschen, dabei seine Füße geschickt, wie Abfahrtsschier in den Schutt stemmend. Alex musste ihm folgen, wenn sie hier nicht allein sitzen bleiben wollte.

Unten angekommen, durchwateten Alex und Wasja noch einmal den Balyq, dann tat sich das Tal breit vor ihnen auf, und Alex erblickte zwei große helle Blockhäuser und drei Jurten in ihrer Umgebung.

„Die neue Baza", sagte Wasja und wies auf das größere der beiden Häuser, denen man ansah, dass sie neu gebaut waren. „Das ist die Grundschule des Toolajlyg. Die kleineren Kinder müssen nun nicht mehr nach Mugur Aksy zu Verwandten, wenn sie ins Schulalter kommen."

„Deine Schule?", fragte Alex und lächelte Wasja an, der doch der Lehrer war.

„Unsere Schule! Und morgen kommst du in den Unterricht und erzählst meinen Schülern von deiner Heimat.“

17

Als sich Eres auf den Felsen neben sie setzte, tastete Alex hastig nach ihrem Notizheft, als wolle sie es vor einer möglichen Gefahr schützen. An diesem Morgen hatte Alex in ihrem Rucksack gewühlt und ihre Fotokladde nicht gefunden. Das Heft, in dem jedes einzelne Foto mit Film, Fotonummer, Ort, Datum, Zeit und Inhalt festgehalten war, unentbehrlich, um später das Bildmaterial zu archivieren und mit ebenjenen Daten zu veröffentlichen.

Sie waren bereits seit zwei Wochen in der Taiga unterwegs, Ende Oktober war es, und der Fluss, dem sie mit ihrem Begleiter folgte, den sie auf dem Hinweg noch durchwatet hatten, war nun von einer dicken Eisschicht bedeckt. Seit einigen Tagen konnten sie den Eispanzer als natürliche Brücken nutzen. Das winterlich schlummernde Gebiet der Viehzüchter, die Talhänge des Flusses, sie waren so lange unterwegs, wann hatte sie das Heft das letzte Mal in ihren Händen gehalten, in welcher Jurte? Hilflos betrachtete sie ihren Fotoapparat, dessen letztes Foto sie nun nicht notieren konnte. Ihr Blick fiel zurück in Richtung der Jurte, in der sie die letzte Nacht geschlafen hatten. Sie mussten bereits zwei Stunden von ihr entfernt sein. Der Seitenarm des Mögen Büren, die Hänge, das wilde Gelände ohne Brücken und Stege, abgesehen von den Pfaden, die das Vieh getreten hatte, konnten sie noch einmal zurück? Die Nächte zählten bereits unter 20 Grad minus, nur am Tag wärmte noch die Sonne und die Bäume glitzerten von gefrorenem Eis.

Unentschlossen verstaute sie ihren Fotoapparat in dem zweiten Rucksack, den Eres auf seinen Schultern trug. Die Tuviner brauchten nichts, wenn sie durch die Taiga liefen, nichts als die Kleidung am Leibe und etwas Trockenquark in der Jackentasche, während sie an ihrer Ausrüstung klebte wie eine Frau an ihrer Handtasche.

Alex sagte nichts, als Eres aufstand, ihren Rucksack schulterte und weiter in Richtung Fluss lief. Bis auf das Knirschen des Reifs unter ihren Füßen, schwieg die sonst so lebendige Taiga. Das Wandern war geübte Routine; am Morgen brachen sie in einer Jurte auf und am Abend begrüßten sie die Gastgeber im nächsten Weidelager. Sie hatten sich so weit vom Kooperativzentrum entfernt, dass der Weg von einer zur nächsten Jurte einen ganzen Tagesmarsch dauerte. Erst näher am Zentrum würden die Behausungen der Nomaden häufiger sein. Es war völlig inakzeptabel, jetzt umzukehren. Noch einmal blickte sie zurück, dann lief sie Eres hinterher.

Alex' Forschungszeit war so gut wie abgelaufen. Sie wollte ins Rayonzentrum, und es war ungewiss, wie lange die Busse dorthin noch fahren würden, denn es gab keine befestigten Straßen. Ein einziger üppiger Schneeschauer und die Verbindung zur restlichen Republik wäre unterbrochen. Dann müsste sie hier überwintern. Auch die Temperaturen waren unerträglich. Das Schlafen in den offenen, unbeheizten Jurten war eine Qual, die Alex nur ertrug, weil man sie in Schafpelze und Filz wickelte und ihr ein Kind als „Wärmflasche" mit ins Bett gab. Jetzt noch einmal zurück? Nein! Sobald sie in Kyzyl war, würde sie die Daten noch einmal zusammentragen.

Das Kooperativzentrum lag tief verschneit und die aus ganzen Holzstämmen gezimmerten Häuser wirkten, wie es sich Alex in ihren Kindheitsträumen vorgestellt hatte. Der ganze Zauber der winterlichen Taiga lag in diesem Dorf, das so idyllisch wirkte, wie es nicht war. Denn die Menschen waren arm. Sie lebten von der Hand in den Mund, und doch schien ihr Leben glücklich zu sein.

Im Winter zogen sich viele Nomaden in die Dörfer zurück. Nur wenige Familien harrten in der Wildnis aus. Das Dorf brüllte nun von den Tieren, die in allen Vorgärten standen und das Heu fraßen, das man ihnen im Sommer bereitet hatte, eine willkommene russische Neuerung. Strom gab es nur manchmal, er wurde mit Dieselaggregaten hergestellt und Diesel musste man sparen, wenn es überhaupt welchen gab. Auch Kohle wurde knapp, dann heizte man mit Holz oder Trockendung.

Alex wartete in Mögen Büren auf den letzten Bus, der in diesem Jahr zum Rayonzentrum fahren würde. Eres hatte Bekannte informiert, und wenn der Bus kommen würde, dann würde sie es erfahren. Er würde mit quietschenden Bremsen vor ihrem Haus halten, sie musste dann in Minutenschnelle packen und reisen. Doch bis es so weit sein würde, konnten Tage vergehen, vielleicht kam er aber auch schon heute, vielleicht.

Darja, ihre Gastgeberin, hatte die Sauna angeheizt. Noch heute würde Alex sich so lange aufwärmen, dass die Hitze in ihrem Körper für mehrere Tage reichte. Gerade waren sie dabei, aus einem Eisloch Wasser zu schöpfen, um die Kessel der Banja damit zu füllen, als eine Frau an sie herantrat.

Alex stutzte. War sie nicht eine ihrer Gastgeberinnen draußen in der Taiga gewesen? Sie lief direkt auf Alex zu. Verwundert hielt sie inne zu einem unvermeidlichen Schwatz aufgelegt. Die zehnjährige Tochter der Frau war doch das hübsche kleine Mädchen gewesen, das so viel Begeisterung für ihre Arbeit gezeigt und Stunden in Alex' Heften geblättert hatte.

Die Frau gab ihr zum Gruß die Hand. Sie schien verlegen zu sein. Und noch bevor Alex nach dem Woher und Wohin fragen konnte, zog sie aus ihrer Tasche die verloren geglaubte Fotokladde. Alex sah sie fragend an und die Frau zuckte hilflos mit den Schultern. Dann schien sie sich einen Ruck zu geben und erklärte, sie sei zum Kolkhoszentrum gekommen, um ihr das Heft zurückzugeben, das ihre Tochter an sich genommen hatte.

‚Sie muss mehrere Tage gelaufen sein', dachte Alex verblüfft und schüttelte den Kopf, fassungslos darüber, dass sie das Heft wieder in ihren Händen hielt.

Und da Alex schwieg, erklärte die Frau entschuldigend: „Meine Tochter hat sie genommen, um in ihr Lieder aufzuschreiben."

Alex schlug das Heft auf, tatsächlich, sie blätterte und fand eine Reihe von Liedtexten. Die krakelige Kinderschrift rührte sie, und sie erinnerte sich an ihre eigenen ersten Aufzeichnungen, ihre ersten Gedichte, Liedtexte und ihren ersten Roman. Die Mühe der Mutter, Alex das Heft zurückzubringen war erstaunlich.

Kurz entschlossen bat Alex die Frau mitzukommen, betrat das Haus und kehrte mit einem leeren Heft zurück, in das sie einen Gruß schrieb und viel Erfolg beim Sammeln von Volksliedern wünschte. „Bring dieses Heft deiner Tochter! Ich finde es wundervoll, dass sie Lieder sammelt." Und sie reichte ihr noch einen Stift.

18

Es war sonnig, ein Tag im November 2005, als es klingelte. Draußen standen zwei stämmige Kerle und stellten zwei riesige Eisenplatten ab. Ohne Umstände baten sie, die Tür von außen zu verriegeln und begannen sie einzudrücken. Alle Befürchtungen bestätigten sich augenblicklich. Geschockt stand Alex neben der fallenden Tür.

Material hatte sie reichlich gesammelt. Ihre Arbeit war gediehen, die Dateien gewachsen und sie plagte kaum noch Unruhe über ein mögliches Scheitern ihres Projekts.

Doch mit der Beruhigung kamen die Probleme: Was, wenn der gehobene Schatz verloren ging? Datensicherung? Sie brannte CDs und verbreitete Auszüge ihrer Daten per Mail an Verwandte und Bekannte. Wäre da nur nicht die ‚elektronische Truhe' ihres Reichtums. Natürlich, es ist nur technisches Gerät, ‚Nehmt es nur!', dachte sie.

Einen Computer kann man jederzeit kaufen. Doch da war noch etwas. Die Angst verfolgte sie bis in die Träume. Das lärmende Rauschen ihres eigenen Laptops, das zugleich ein fernes, vertrautes Rauschen aus der Heimat war, ihr unverwechselbarer Desktop, ihre vertrauten Programme, ihre privaten Notizen. Ihre virtuelle Wohnung in der Fremde! Und was sie mühselig den tuvinischen Realitäten abgerungen hatte, ihre Daten, ihre Fotos, die vielen Geschichten der Menschen! Es ist nur ein unscheinbares, graues Ding und doch ihr Alter Ego. Konnte sie den sperrigen Computer ständig mit sich herumtragen? Sinnlos, die Straße ist doch mindestens genauso gefährlich wie die Wohnung ihrer Freundin. Panik, die immer wiederkam, und nicht gerade beruhigend, was sie aus ‚sicheren' Quellen wusste: „Sie kratzen einem sogar die Tapeten von den Wänden!"

Während der ausgeschaltete Computer in der Dunkelheit ruhte, wälzte sie sich in den Kissen. Wer war hier wessen Sklave geworden? Wie schafften es nur Kollegen und Freunde? Ließen Sie ihre Wissenschaft mit gutem Gewissen zu Hause? Ihre Augen wurden wach für die Sicherheit der Wohnungen. Der wesentliche Unterschied war bald festgestellt. Nun schien Geiz nicht mehr angebracht. Die Handwerker mussten her!

Es krachte! Die doppelte Pressspantür flog mit Rahmen aus der porösen Verankerung gegen die Wand des Flurs. Die Brocken prasselten nieder. Langsam rutschte die Tür zu Boden und zeichnete dabei einen Streifen auf die graugrüne Tapete. Und die Handwerker hatten nicht einmal ihr Gleichgewicht verloren. Voller unverhohlener Selbstüberzeugung zeigten sie Alex, wie wenig diese Tür ihnen entgegenzusetzen hatte. Und sie selbst? Sie hatte stets mit Schlüssel und Schloss gekämpft. Wie hatte sie geflucht, wenn an den Armen der Einkauf hing und sich das Schloss nach drei Versuchen immer noch nicht öffnen ließ. Doch da lag die Tür zu Füßen der Männer, die breit grinsend auf Alex schauten.

Alex wollte die doppelte Pappe am Eingang der Wohnung ihrer

Freundin durch eine doppelte Eisentür mit dicken Schlossbolzen ersetzen, die tief in die aufgestemmte Wand reichten. Und die folgenden Nächte würde sie geborgen wie in einem Stahlsafe einschlafen. Wenn da nur nicht das nächste feuchtfröhliche Fest gewesen wäre, nach dem die letzten Gäste unbemerkt die Türen offen stehen ließen. Das Geld aus der Handtasche war fort, und Alex rannte einmal mehr nach ihrem Laptop, genau wie vorher.

19

Sie rieb sich die Schläfen, heftige Kopfschmerzen durchzogen ihre Stirn. Missmutig wühlte sich Alex aus den Decken und betrachtete den stickigen Raum. Tonja hatte bereits vor Wochen die Wohnung winterfest gemacht und alle Fenster mit Klebeband isoliert. Frische Luft bekamen sie nur noch über die Wohnungstür aus dem Treppenhaus, das in den unteren Etagen nach Urin stank.

Benommen von dem dumpfen Schmerz griff Alex nach ihren Kleidern, und als sie wiederholt nach ihren Schläfen tastete, sah Tonja zu ihr herüber. Sie war bereits angezogen und klapperte in der Küche.

„Das Wetter hat sich verändert“, sagte sie kurz. Alex schwankte zum Fenster.

‚Tatsächlich!‘ Es musste einen Temperatursturz gegeben haben. Der Frost hatte in der Nacht die letzte Feuchtigkeit aus der Luft gesaugt, in kleine Kristalle verwandelt und an die Zweige der Bäume, an die Laternen, Stromleitungen, Häuser und Fenster geklebt. Dazu schien eine klare, eiskalte Sonne und ließ diese Pracht im Lichte des Tages glänzen.

Die noch gestern starren und schwarzen Bäume trugen mit Stolz ihr weißes Gewand, sie klirrten in der Luft und man sah ihnen ihre verletzliche Gebrechlichkeit an. Alex hörte das leise Klingen, wenn ein Zweig brechen würde. Es schien sich kein Lüftchen zu rühren, auch die Winde waren erfroren.

Ihr Blick sank auf die mit weißem Pulver bedeckte Straße. Lautlos liefen dort Menschen, als sei nichts geschehen. Sie trugen vor ihren Mündern die hellen Fackeln ihres Atems, waren in wertvolle Pelze gehüllt, um die Gesichter mit Reif belegt, und es schien, als könne ihnen die Kälte nichts anhaben. Sie hatten den Mut der Sibirier. Und noch etwas bewegte sich unter den Bäumen. Unsagbar hungrige Hunde, auf der ewigen Suche nach etwas Fressbarem, liefen mit eingezogenen Schwänzen die Straßen entlang.

Das Thermometer in der Küche zeigte 45 Grad minus, und die kalte Schönheit ergriff Alex. Heute würde sie ins Internetcafé gehen, gleich nach dem Übersetzen.

Als sie sich endlich angezogen hatte, stellte ihr Tonja einen Teller mit Nudeln und gebratenen Innereien auf den Tisch. Alex wusste, Tonja verwertete alles, was die letzte Schlachtung in ihrer Wohnung hergab. Sie war Wissenschaftlerin und Angestellte des hiesigen Forschungsinstituts, doch das Gehalt reichte kaum für das Notwendigste. Alex vermied es, ihre Abneigung zu zeigen, nahm sich die Flasche Ketchup und überschüttete die gebratenen Ringe des Dünndarms mit einer dicken roten Schicht. Dann aß sie und lächelte Tonja dabei ins Gesicht.

„Heute Abend sind wir eingeladen, bei Olgas Schwester“, sagte Tonja, als sie sich zu Alex an den Tisch gesetzt hatte und ihr beim Essen zusah. ‚Wie eine Mutter ihr Kind beobachtet‘, dachte Alex und wunderte sich einmal mehr über die Fürsorge, die sie hier unter ihren Freundinnen fand.

„Kommst du mit?“

Alex nickte, viel hatte sie nicht zu tun und nach fünf Stunden Transkription und Übersetzung spätestens war sie so erschöpft, dass sie sich nicht mehr konzentrieren konnte. Jede Abwechslung war willkommen und Olga immerhin eine Freundin.

„Ich besorge heute Nachmittag eine Flasche Wodka", sagte sie deshalb und versuchte eine Gabel voll Dünndarmringe herunterzuschlucken, dann rührte sie Varenija in ihren schwarzen Tee und spülte nach.

Bei 30 Grad minus am späten Nachmittag knirschte kaum noch der pulvrige Schnee, aber die Stadt vibrierte vom Straßenlärm, als sei es Frühling. Die in dicke Pelze gepackten Leute liefen im Schneestaub an ihr vorbei wie jeden Tag, nur hielten sie sich Tücher oder Handschuhe vor den Mund, denn das Atmen bereitete bei der Kälte Schmerzen. Dieser Umstand schien sich für die Tuviner, denen Alex auf dem Weg zu Olga begegnete, nicht anders anzufühlen, als für sie selbst. Alex trug mehrere Lagen Hosen und Pullover unter einem Schafspelzmantel. Ein Mantel, den keine tuvinische Frau tragen würde, denn die Damen hier – und sie waren viel mehr Damen, als Alex es anderswo kannte – trugen nur Edelpelze. Auf den Köpfen wogten Silberfuchskappen mit langem weiß-grauen Fell oder kurzhaariger silberner Nerz zierte eng anliegende Hauben. Alex dagegen trug auch auf dem Kopf Schaffell, darunter ein russisches buntes Tuch und noch ein zweites um Mund und Hals gewickelt. Ihre Füße fühlten sich schon nach wenigen Minuten eisig an, denn die europäischen Wanderschuhe, die sie trug, taugten nichts in der Kälte, trotz mehrerer Paar Socken an ihren Füßen und einer selbst gemachten Sohle, die ihr ein Hirte im Herbst aus altem Jurtenfilz zugeschnitten hatte. Die von der Kälte harten Gummisohlen rutschten auf dem vereisten Weg, den niemand zu streuen oder zu salzen schien, nicht einmal mit Asche oder Kohlendreck, wie sie es vor Jahren in der ČSSR gesehen hatte.

Ein Lkw dröhnte an Alex vorbei und stiebte ihr einen eiskalten Schneewirbel ins Gesicht. Sie wischte mit ihrem Handschuh über die Wangen und bemerkte den Reif an den Rändern des Tuches, mit dem sie ihr Gesicht bedeckt hielt. Dann blickte sie wieder nach vorn und lief in Richtung Zentrum.

Eine Straße weiter tauchte auf der linken Seite bereits das alles überragende Lenindenkmal auf, das von seinem hohen Sockel aus, mit der typisch weit ausladenden Geste der rechten Hand auf den zentralen Platz der Stadt, zwischen Oper und Regierungsgebäude, zeigte, um die Entwicklung hin zu einer lebenswerten sozialistischen Stadtplanung zu präsentieren. Auf Lenins Schultern, dem kahlen Kopf und dem ausgestreckten Arm lag Schnee.

Direkt vor seinen Augen befand sich ein temporärer Winterspielplatz, ein Traum aus geschnitztem Eis. Die Kinder quietschten auf weißen Rutschen und Kletterburgen. Dazwischen Skulpturen von Tieren und legendären Gestalten aus der Märchenwelt. All das hatten bereits Ende November die Künstler der Republik geschaffen und die Kinder würden darauf toben, bis der Spielplatz mit dem Frühling hinwegschmolz.

‚Die tuvinischen Künstler!', dachte Alex bewundernd, ‚In Tuva war einfach jeder ein Künstler!' Die Tuviner dichten, schnitzen oder schaffen Kunstwerke aus Leder, Holz und Metall, als sei es ihre ureigene Anlage, sich künstlerisch auszudrücken. Und sie sparten nicht mit Lob und Anerkennung für die Werke der anderen. Konkurrenz, wie sie sie selbst in der westlichen Welt erlebte, schien es kaum zu geben, außer unter den Schamanen, da gab es Hauen und Stechen.

Alex musste grinsen, als sie daran dachte, wie sie sich im letzten Sommer fast mit einer Schamanin um ihr Notizheft geprügelt hatte. Wie unangenehm diese betrunkene Frau doch gewesen war. Ja, eine berühmte und auch im Westen bekannte Schamanin war sie, aber das änderte nichts an dem Zustand, in dem sie vor der Schamanenambulanz „Neun Himmel" herumgetorkelt war und sie angegriffen hatte. Alex sah es noch genau vor sich, wie sie damals mit Fotoapparat und Kladde auf der Promenade am Jenissej entlangspazierte. Eigentlich hatte sie nur den Fluss genießen wollen, die Sonne und den lauen Wind. Sie wollte ihre Gedanken ordnen und einige Erlebnisse notieren. Doch dann war sie an der Schamanenambulanz mit dem umstrittenen *ovaa* mitten in der Stadt vorbeigekommen, hatte ihre Träumereien unterbrochen und den Fotoapparat gezückt, um das berühmte Haus und die Kultstätte im Sommerlicht einzufangen. Schließlich setzte genau dieser *ovaa* ein Signal für die Anpassung des archaischen Animismus an die Postmoderne. Was in den sich überschlagenden Strom der Veränderungen nicht mehr passte, was aber dennoch seinen Zweck erfüllte und in der tuvinischen Gesellschaft erwünscht war, das wurde passend gemacht, besonders von den zahlreichen Schamanen, die mit der Religion nicht wenig Geld verdienten.

Tonja hatte Alex erklärt, dass solche Kultstätten in die Wildnis gehörten, denn aus der Wildnis ziehen sie ihre Kraft, nur dort haben sie einen Sinn für den Dienst an den Geistern. Deshalb hätte es noch nie eine solche Stätte in der Nähe von menschlichen Siedlungen gegeben. „Wer mit den Geistern kommunizieren möchte, der muss sich auf den Weg machen, in die Wildnis, wo sie fern von menschlichen Siedlungen hausen und darüber wachen, dass der Mensch sich nicht mehr Land aneignet als ihm zusteht", hatte sie erklärt. Genau deshalb war dieser *ovaa* mitten in der Stadt für Alex einer der Schlüssel zum Verständnis der aktuellen Religiosität in der tuvinischen Bevölkerung und ein Beweis für den immerwährenden Strom der Veränderungen in den Kulturen.

Prinzipiell hätte sie den *ovaa* nicht noch einmal fotografieren müssen, dann wäre ihr einiges erspart geblieben. Aber die Fragen, die er aufwarf und die sie bereits einigen Schamaninnen gestellt hatte, ließen sie immer wieder erstaunt vor ihm verharren, als sähe sie ihn zum ersten Mal. Wie wurde er legitimiert?

Soja, eine befreundete Schamanin, in deren Herbstlager sie vor zehn Jahren einige Wochen gelebt hatte, hatte ihr die neue Deutung anvertraut. Der *ovaa* und sein Geist ziehen ihre Kraft aus dem Jenissej, der sich in Kyzyl aus zwei Flüssen speist, die wiederum von ihren

Quellen aus nur Wildnis durchqueren. Der Zusammenfluss beider Flüsse an dieser Stelle sei der Grund, warum der Platz der Schamanenambulanz so kraftgeladen sei.

Jedenfalls war Alex damals, an jenem heißen Sommertag nicht dazu gekommen, eine aufschlussreiche Perspektive für ihr Foto zu wählen, denn von hinten hatte sie eben jene betrunkene Schamanin angesprungen und gezetert, Alex solle das Foto bezahlen, sie brauche Wodka. Erschrocken hatte sie die Schamanin angestarrt, die – als Alex sich von ihr wegdrehen wollte – die Kladde aus ihren Händen riss und dabei eine beschriebene Seite in der Hand zerknüllte, unmissverständlich anzeigend, dass sie die Seiten aus dem Heft reißen würde, wenn Alex kein Geld gab.

Die Kladde in den Händen dieser wankenden Frau, die sie mit glühenden, hasserfüllten Augen anstarrte, hatte Alex' Blut zum Rasen gebracht. Sie schnappte mit den Händen nach dem Heft, das die Schamanin ruckartig zur Seite zog und dabei die erste Seite herausriss, unter höllischem Gelächter zerknüllte und hinter sich warf. Es kostete fünf Seiten, bis Alex endlich das Heft gepackt hatte und heftig daran zog, während die Schamanin die andere Seite fest umklammert hielt. Als die betrunkene Frau Alex' heftigen Widerstand spürte, begann sie mit der freien Faust auf sie einzuhämmern. Alex hielt schützend ihren Fotoapparat an den Körper und zog mit der anderen Hand an der Kladde, sich unter den heftigen Faustschlägen in ihre Seite und auf ihren Rücken drehend und windend, bis eine Frau aus der Ambulanz gerannt kam und lauthals lachend, die Schamanin von ihr wegriss, diese dann fürsorglich in die Arme nahm und ihr, sanft über den Rücken streichend, beruhigende Worte zuflüsterte. Dann führte sie die zornige, „Wodka! Wodka!" brüllende Frau ins Haus, ohne auch nur einen Blick an Alex zu verschwenden.

Mit wirrem Haar und glutrotem Gesicht hatte Alex vor dem Haus gestanden. Schließlich hatte sie die ausgerissenen Seiten aufgehoben, glatt gestrichen und wollte gehen. Zehn Meter weiter, am Geländer des Jenissej, bemerkte sie erst jetzt eine lachende Meute junger Männer, die sich vor Spaß an diesem Schauspiel krümmten, und Alex blieb nichts weiter übrig, als selbst zu lachen und ihnen zuzuwinken, was ihr Brüllen ersterben ließ.

‚Wodka', dachte Alex. ‚Die meisten Tuviner scheinen ihr Leben nur im Dauerrausch zu ertragen.' Sie löste ihren Blick von dem Spielplatz aus Eis und Schnee und lief weiter. Nicht nur im letzten Sommer hatte sie trinkende Tuviner erlebt, in dieser Jurte, in der sie für zwei Nächte zu Gast war, war der Milchbranntwein schon aufgebraucht und die Bewohner und Gäste waren dazu übergegangen, Spiritus mit Wasser verdünnt zu trinken, Frauen wie Männer, und die Kinder hatten ohnmächtig und hilflos zugesehen, die jüngeren mit vor Angst geweiteten und die älteren mit vor Scham zusammengekniffenen Augen. Alex hatte das alles über sich ergehen lassen. Die Kinder taten ihr unendlich leid, besonders das Neugeborene, dass saugend an der Brust ihrer vom Alkohol bewusstlosen Mutter hing.

Alex kannte die Sauferei auch selbst, schließlich trug sie eine Flasche Wodka in ihrem Rucksack. Nichts ging in Tuva ohne Trinken und auch der heutige Abend würde davon geprägt sein. Sie wusste, es gab nur einen Weg, sich dem Alkohol zu entziehen, indem man gar nichts trank und die totale Abstinenz mit seiner Gesundheit begründete, aber dann war man kein Teil der Gemeinschaft mehr, die Gemeinschaft, die Alex brauchte, für sich und für ihre Forschung. Gedankenverloren bog Alex in Olgas Straße ein.

20

Aus der sich öffnenden Wohnungstür schlug ihr feuchtwarme Luft entgegen und ließ augenblicklich ihre Brillengläser in einem dicken Nebel verschwimmen. Sie nahm die Brille von ihren Augen, bevor sie erkennen konnte, dass Olga ihr die Tür geöffnet hatte. Olga war für tuvinische Verhältnisse immer ein wenig reserviert. Andere wären Alex sofort um den Hals gefallen und hätten sie in der für Russland typischen Art und in der hohen Tonlage ihrer Sprache jubelnd empfangen. Aber Olga gab Alex nur die Hand. Vielleicht waren es die fünfzehn Jahre, die Olga bereits in Berlin lebte, denn sie wohnte nur einige Monate im Jahr in Tuva. Vielleicht hatten ihr aber auch das tödliche Unglück ihres Mannes und die Jahre allein mit ihren Kindern die überschwängliche Art der Russländer genommen.

Tonjas fröhlicher Kopf tauchte hinter Olga auf. „Alex, komm rein!“, winkte sie ihr zu, als sei es ihre eigene Wohnung. Worauf sich Alex endlich einen Ruck gab, Olga umarmte und sich den Schneestaub von der Kleidung klopfte. Dann legte sie ihren Mantel ab und zog die Schuhe aus, schnäuzte in ein Taschentuch und putzte ihre Brille. Jetzt war sie bereit.

Die Flasche Wodka stellte sie auf den Küchentisch, wo auf dem bunt geblümten Wachstuch bereits halb gefüllte Teegläser anzeigten, dass die Frauen schon einige Zeit zusammensaßen, und wo gefrorene Sanddornbeeren in einer dickflüssigen Zuckersoße dahinschmolzen. Vier Löffel steckten in der Glasschale mit den orangen Beeren, daneben schälte eine Frau in den Vierzigern Kartoffeln. Das musste Olgas Schwester sein.

Tonja stellte sie vor. Alex hatte richtig vermutet, Alla war Olgas ältere Schwester, die seit über zwanzig Jahren in Kyzyl lebte und als Lehrerin arbeitete. In ihrem Wesen schien sie das ganze Gegenteil von Olga zu sein. Mit weiblichem Überschwang strahlte sie zu Alex auf, ließ in heftigen Bewegungen ihre rundlichen Formen beben und fing sofort an, sie zu ihrem Aufenthalt in Tuva auszufragen. Genau diese seelenvolle Art, die vielen Tuvinern in Kyzyl eigen zu sein schien, und die sie wohl von den Russen übernommen hatten, war das, was Alex so fesselte. Alex selbst fand sich verändert in ihrer Nähe, sie verlor ihre Scheu vor allzu emotionalen Kontakten. Ihre deutsche Zurückhaltung fiel von ihr ab, wenn die Menschen sie in ihre Runden aufnahmen, dann schien sie selbst ein Stück weit eine Russin zu sein.

„Setz dich!“, bot Olga ihr einen Stuhl an und stellte ein leeres Teeglas vor sie hin, in das sie sofort sorgsam Tee goss. Dann rückte sie die Varenija in Alex' Nähe und schob auch an der Brotschüssel, um anzudeuten, dass Alex sich bedienen solle. Tonja suchte währenddessen in Allas Küchenschrank die Schnapsgläser, stellte sie auf den Tisch, musterte prüfend das Etikett des Wodkas, drehte den Metallverschluss auf und schenkte ein.

Die Frauen ließen sich auf die Stühle nieder und Alla prostete: „Auf unseren Gast aus Deutschland, möge es ein schöner Abend werden!“

Im Gegensatz zu den Männern, die den Inhalt eines Glases mit einem Hieb in ihre Kehlen schütteten, als könnte sich die Zunge an dem scharfen Gesöff entzünden, nippten die Frauen nur an ihren Gläsern und tranken mehrmals in einer Runde. Das tat auch Alex, die sich an den spitzen Schmerz, den der Wodka auf ihrer Zunge hinterließ, nicht gewöhnen konnte. Das Nachbrennen der klaren Flüssigkeit, ließ ihre noch vom Frost kalten Wangen kurz erglühen, und die Frauen lachten, als Alex sich schüttelte, als hätte sie in eine Zitrone gebissen.

Die Kartoffeln waren geschält und Olga begann nun mit der Zubereitung des Essens. In einer gusseisernen Kasserolle briet bereits dünn geschnittenes Schaffleisch und verbreitete den herbsüßlichen Kräuterduft, der tuvinisches Fleisch unverwechselbar machte. Es war nicht zu vergleichen mit dem faden, dumpfen Geruch des Fleisches der deutschen Stalltiere.

Olga schnitt die Kartoffeln in kleine Stücke, schüttete sie in die Kasserolle und gab ein wenig Wasser darauf. Dann drehte sie den Gashahn hoch und setzte sich wieder zu den Frauen, die Alex immer noch nach den Gründen und Zielen ihrer Reise nach Tuva ausfragten, wobei Tonja Alex' Erklärungsversuche verbesserte und nach Kräften ergänzte.

Obwohl Alex die russische Alltagssprache inzwischen geläufig war und sie regelmäßig für ihre Aussprache gelobt wurde, fiel es ihr immer noch schwer, eine fachliche Debatte über ihr Forschungsthema zu führen. Sie suchte Umschreibungen, drückte sich in Bildern aus und brachte einfache Beispiele, um sich und ihre Arbeit verständlich zu machen. Die Tuvinerinnen, denen sie gegenübersaß, hatten bereits ein vorgefertigtes Bild, worüber Ethnographen in Tuva forschten, Geister, Schamanen und Viehzucht in Jurtencamps, und das Fachvokabular, das Alex vor allem in englischer Sprache kannte, konnte sie nicht vermitteln. Wie auch einem religiösen Menschen, ein etisch-distanziertes Bild auf seine eigene Religiosität aufzeigen?

Erschrocken blickte sie auf. Das Gespräch, an dem sie sich schon eine Weile nicht mehr beteiligt hatte, war erstorben, und Alex hörte die Küchenuhr ticken, als sei sie allein im Raum. Allas Augen waren weit aufgerissen, und Tonja hatte den Blick gesenkt, nur Olga ruderte hilflos mit den Armen in der Luft. Plötzlich wandelte sich Allas Gesichtsausdruck und ihre Augen zogen sich zornig zusammen. Dann sprang sie so heftig von ihrem Stuhl auf, dass er fast nach hinten umkippte, und mit puterrotem Gesicht rief sie ihrer Schwester zu: „Das geht Tonja überhaupt nichts an!"

„Ich wollte doch nur, dass wir auf deinen Mann anstoßen", erwiderte Olga besänftigend: „Er braucht es jetzt."

Tonjas Miene schien sich leicht zu röten, als hätte sie einen Grund für Schamgefühle. Doch Alla wedelte immer noch stehend mit den Armen in der Luft, hilflos, ohnmächtig, und schließlich stieß sie schwer atmend hervor: „Sie zerstört Menschen!", und mit Hass in den Augen, der sich fiebernd an Tonjas gesenkten Blick heftete: „Ihr Neid und ihre Missgunst haben noch niemandem Glück gebracht. Denk doch an deinen Mann! Warum ist er gestorben? Weil Tonjas Neid auf euer Glück ihn ins Unglück gestürzt hat. Meinst du, ich will riskieren, dass mein Mann in Tschetschenien ums Leben kommt, nur weil du deinen Mund nicht halten kannst?"

Alex erstarrte das Blut in den Adern. Vorsichtig sah sie zu Tonja auf, die mit glühenden Wangen am Küchenschrank lehnte und ihren Kopf immer noch gesenkt hielt, als hätte Alla ihr die Wahrheit ins Gesicht geschleudert. Wirre Gedanken schossen ihr durch den Kopf. Die Worte „Neid“ und „Missgunst“ hallten in ihr nach, und „Unglück“, das Unglück, das durch Neid und Missgunst entstand.

Warf Alla gerade ihrer Freundin vor, sie würde aus Neid und Missgunst Unglück stiften? Olgas Mann war doch bei einem Unfall ums Leben gekommen, und das vor über zehn Jahren in Deutschland, was hatte Tonja damit zu tun? Sie lebte doch in Tuva?

Plötzlich musste sie sich schütteln, sie hatte zu viel Fernsehen geschaut. Eine Frau, die Bremsen manipulierte oder eine Frau, die Lügen streute, um ihren Willen durchzusetzen, das war Tonja sicher nicht! Ihr wurde plötzlich klar, dass es um etwas ganz anderes ging, es ging – so ahnte sie – um übernatürliche Kräfte. Konnte das sein? Gab es so was noch? Ungläubig wanderte ihr Blick von einem Gesicht zum anderen. Die Anspannung zitterte förmlich in der Luft, schneller und heftiger als das monotone Ticken der Uhr.

Tonja sollte allein aufgrund ihrer Gefühle verantwortlich für Unglücksfälle sein? Fürchtete sich Alla vor diesen Kräften? Alla, die anscheinend versucht hatte, vor ihrer Freundin zu verheimlichen, dass ihr Mann in den Tschetschenienkrieg gezogen war, schien fast zu platzen vor Ohnmacht gegenüber dem nicht wieder gut zu machenden Fehler ihrer Schwester. Ihr Gesicht wurde kreideweiß und der Schweiß perlte plötzlich auf ihrer Stirn, als litte sie unter unerträglicher Angst.

Sofort trat Olga an sie heran und versuchte sie zu beruhigen, bis sie sich stöhnend wieder auf ihren Stuhl warf und ihr Gesicht in den Händen vergrub. In das Ticken der Küchenuhr hinein, hörten sie nun ihr verzweifeltes Schluchzen.

Leise stellte Tonja ihr Teeglas auf die Spüle und wendete sich in Richtung Tür. Als sie am Herd vorbeiging, sprang Olga auf und stellte sich schützend vor den brodelnden Topf mit Essen, als müsse sie ihn vor den negativen Kräften ihrer Freundin schützen.

Alex stand auf, sie wollte Tonja nicht alleine gehen lassen. Behutsam trat sie um den Tisch herum und legte Alla ihre Hand auf die Schultern: „Es wird nichts passieren", flüsterte sie ihr zu. „In Tschetschenien sterben täglich Leute!", rief Alla noch einmal weinend auf. „Dann bete für ihn!", tröstete sie nun auch Olga, und Alex legte kurz ihren Arm um Alla und verabschiedete sich dann.

„Was war das?", fragte sie, als Tonja und sie wieder im eisigen Wind standen. Und Tonja sah sie kurz an: „Jetzt wird es wieder losgehen!" Dann lief sie in schnellen Schritten davon. Alex konnte ihr kaum folgen.

„Sie glauben – weil ich keine Familie habe und ohne Mann lebe – glauben sie, dass ich so neidisch auf jede glückliche Ehe bin, dass ich sie verhexe, um ihnen Unglück zu schicken."

Alex sah sie von der Seite an. Tonjas Gesicht war hart und entschlossen: „Hast du jemals gesehen, dass ich Schadenszauber betreibe? Hast du das jemals gesehen? Ich wünsche doch den Leuten nur Gutes! Noch nie habe ich jemandem bewusst geschadet, noch nie! Ansonsten ... ansonsten hätte man mich doch schon längst dabei ertappen können!"

Sie lief einige Schritte weiter, dann wurde ihre Stimme fast flehend: „Ich habe eine Tochter. Das reicht mir! Und Männer habe ich auch immer genug gefunden. Ich will schon gar nicht mehr ständig mit einem Mann zusammenleben. Das wissen doch alle!", rief sie verzweifelt.

Tonja schluchzte in sich hinein. „Sie werden mich wieder ignorieren. Vor zwei Jahren bin ich nicht einmal mehr auf der Straße gegrüßt worden. Es hat Monate gedauert, bis ich wieder normal leben konnte. Das sind doch meine Freundinnen!"

Alex schauderte. Sie nahm Tonja fest in den Arm, und so liefen sie durch den stiebenden Schnee. „Ich glaube dir", sagte sie dann.

21

Man sollte denken, dass sich ein tuvinischer Nomade, der den Großteil des Jahres in der Taiga oder Steppe umherzieht und der keinen Lagerplatz länger als drei Monate bewohnt, an die beängstigende Einsamkeit gewöhnt hätte. Doch als würde ihn die Schutzlosigkeit in der Wildnis nicht ausreichen, erzählten dieselben Taigabewohner von noch mehr Gefahren, die unsichtbar und geräuschlos, aber absolut bedrohlich aus der Wildnis bis zu ihrem Lagerplatz vordrangen. „Die Wildnis ist voller Geister", sagten sie immer wieder: „Und nicht alle sind den Menschen wohlgesonnen."

Im Gegenteil, erklärte ein alter „Weißbart", die Angriffe der Geister auf das menschliche Wohl kommen ebenso unverhofft, wie ihre Folgen für die Betroffenen schmerzhaft sind. Mal sind es Strafen für eigennützige menschliche Eingriffe in ihre Domäne, die Wildnis, mal sind es spielerische Neckereien an den Menschen, die auf sie mit ihren schweren Körpern ungelenk und mit ihrem begrenzten Geist blind wirken mussten, und manchmal ist es auch pure Bösartigkeit, aus der heraus die Geister sich an den Menschen vergehen.

Der „Weißbart", in verschlissene graue Hosen und ein verblichenes und verbeultes Jackett gehüllt, hockte auf einem Bein und hatte das andere vor sich angewinkelt. Würdevoll sog er an seiner filterlosen Zigarette, an den Zähnen die braunen Spuren des häufigen Tabakgenusses. Aus den Spalten des eisernen runden Ofens im Zentrum der Jurte, drang flackernder Feuerschein, der seine Gestalt immer wieder kurz aufleuchten ließ. Ein ehemals schwarzer Hut mit schmaler Krempe warf einen breiten Schatten auf sein erdig-braunes Gesicht. Bei ihm, im hinteren Bereich der Jurte, saßen der Jurtenherr und seine Familie. Die anderen Gäste hockten um sie herum und sahen den Alten erwartungsvoll an. Er selbst lehnte sich auf dem ehrenwertesten Platz der Jurte an eine der beiden bunten Truhen.

Der Hausherr, Sergej, unterbrach die angespannte Stille. Er griff nach der verbeulten Blechkanne und schüttete würdevoll sauer riechenden Milchschnaps in ein schlichtes kleines Schälchen. Dann setzte er die Kanne ab und reichte das Schälchen mit der rechten Hand an einen seiner Gäste weiter, die Rechte durch die linke Hand stützend. Der Gast wiederum stippte seinen Ringfinger in die klare Flüssigkeit und verspritzte mehrere Tropfen in den Raum, bevor er das Schälchen leerte und das Gefäß mit einem genussvollen Grunzen an Sergej zurückgab.

Der „Weißbart" räusperte sich und begann zu sprechen: „Vor einigen Jahren hat eine junge Frau an der Mugurquelle einen *albys*-Geist getroffen, und sie verlor ihr Herz an ihn. Der Geist hatte die Seele der jungen Frau völlig in seine Gewalt gebracht, sie war ihm Untertan und hatte keine Kontrolle mehr über sich. Sie irrte tage- und nächtelang hilflos durch die Gegend, redete wirres Zeug und weigerte sich, zu ihrer Familie zurückzukehren. Und die Verwandten fürchteten sich vor ihren Ausbrüchen und erkannten sie nicht wieder. Deshalb wollten sie die junge Frau heilen lassen.

Zu dieser Zeit war der Schamane Chydym-Kham in der Nähe, der *albys*-Geister austreiben kann. Die Verwandten der Frau luden ihn ein, dass er die Frau von dem *albys* erlöse. Während des Rituals begann der Schamane mit seiner rotgriffigen Peitsche auf die Frau einzuschlagen, und dabei rief er immer wieder, ‚Nenne den Namen deines *albys*!'

Aber die Frau wollte den Namen nicht preisgeben. Sie liebte den *albys* und wollte ihn schützen. Deshalb begann die gepeitschte Frau, den Schamanen zu belügen. Immer wieder nannte sie falsche Namen. Der Schamane schlug immer heftiger auf sie ein, dass es eine Qual war, dem zuzusehen. Erst als sie den Schmerz der Schläge nicht mehr ertrug, nannte sie den richtigen Namen. In dem Augenblick fuhr der *albys* aus ihr heraus, und die Frau begann deshalb zu weinen. Den *albys* aber schickte der Schamane in seine eigene Welt zurück, und die Frau wurde bald wieder gesund und glücklich."

Geräuschvoll löste sich die Anspannung im hinteren Jurtenbereich. Die Zuhörer nickten und murmelten bestätigend, während sich der Alte hüstelnd räusperte. Der Hausherr hatte inzwischen sein erneut gefülltes Schälchen mit derselben Geste an einen weiteren Gast gereicht, der mit dem Finger einige Tropfen an den Herrengeist der Jurte opferte, es dann aber sinken ließ, um selbst zu sprechen: „Ein Bekannter von mir hatte eine Begegnung mit einem *aza*-Geist", erzählte er und warf einen bedeutsamen Blick auf die Runde.

„Vor zwei, drei Jahren ist er von Mugur Aksy nach Kyzyl gefahren. Zusammen mit einem Nachbarn fuhren sie gerade über den Pass Adar Tösh, als auf dem Weg ein Alter das Auto anzuhalten versuchte. Es war schon ein wenig dunkel, und mein Freund war müde und gereizt. Deshalb hielt er nicht an. Sein Gefährte aber schlief hinten auf dem Rücksitz.

Nach einer kurzen Weile, etwa einen Kilometer weiter, sah er plötzlich den Alten, der das Auto hatte stoppen wollen, neben sich auf dem Beifahrersitz. Der Fremde sah genauso aus. Mit einem heftigen Schreck trat er aufs Gaspedal, als könne er die Erscheinung so abschütteln. Und tatsächlich, als er wieder hinschaute, war der Alte verschwunden.

Eine Stunde später waren sie in Shagonar angekommen. Dort weckte mein Bekannter seinen Gefährten. Er erzählte ihm, was passiert war, und als er mit seinem Bericht fertig war, reinigten sie sofort ihr Auto mit Wacholderrauch. Doch das Auto ging kaputt, und obwohl der Weg nicht mehr weit war, brauchten sie sehr lange bis nach Kyzyl."

Dann trank der Erzähler sein Schälchen leer und reichte es Sergej zurück. Alex hatte sich während der Erzählungen Aufzeichnungen gemacht und legte Heft und Stift zur Seite, um nun selbst den sauren Milchschnaps mit beiden Händen entgegenzunehmen. Ihr Nachbar, ein Mann in den Vierzigern, stand auf und ging zum Ofen, um die Glut aufzulockern und trockenen Dung nachzulegen.

Der Milchschnaps löste in ihr ein wohliges Schauern aus. Die Ängste der Leute hier kannte Alex nicht und doch ließen sie die Geschichten gruseln. Während die anderen Anwesenden schwiegen, hörte sie das Rauschen in den Lärchen, das Grunzen der Yaks und das leise Meckern einiger Ziegen. Schabende Geräusche zeigten ihr an, dass die Tiere eng zusammengetrieben und geschützt vor Wildtieren und Dieben in den Gattern standen. Die beiden Hunde schlichen um Gatter und Jurte und würden sofort anschlagen, wenn sich ein Fremder näherte. Eine unbekannte Stimmung in ihrem Inneren verstärkte das Grauen, das von den Geschichten ausging, die die Leute ihr an diesem Abend erzählten, damit sie sie aufzeichnen konnte.

Die Tuviner, unter denen sie saß, schienen ihre Ängste vor den bedrohlichen Geistern in geselliger Runde zu verarbeiten, indem sie sich Geschichten über sie erzählten. Während nun die Hausfrau aus dem Schälchen trank, sahen die anderen wieder den „Weißbart" an, der sich dadurch wohl aufgefordert sah, weiterzureden.

„Ich hatte einen Onkel", sagte er. „Er war nicht mein leiblicher Onkel, sondern ein entfernter Verwandter. Der Alte war ein berühmter Schamane. Man nannte ihn den Shagar-Schamanen. Er war einer der mächtigsten Schamanen des Övür-Gebietes. Mit siebzig Jahren ist er dann gestorben. Das war vielleicht vor zwanzig Jahren.

Im Kommunismus zeigte man mit dem Finger auf ihn und beschimpfte ihn immer wieder. ‚Du Schamane!', riefen die Kommunisten ihm auf der Straße nach. Aber mein Onkel selbst sprach nicht darüber, dass er schamanierte."

Der „Weißbart" lächelte und rückte sich auf seinem Platz zurecht. Und beim Knistern des Feuers und dem hellen Klang der Metallkanne, die Sergej vorsichtig neben dem Ofen abstellte, schrieb Alex hastig das Gehörte in ihr Heft. In der Stille kratzte ihr Stift auf dem raschelnden Papier, was den Erzähler nicht zu stören schien.

„Einmal warf der Polizeivorsteher meinen Onkel ins Gefängnis. Da sagte der Alte zu ihm, ‚Lass mich frei, mein Sohn. Ich kann nicht im Gefängnis sitzen. Ich halte das nicht aus.'

Doch der Vorsteher beachtete ihn gar nicht, und der Shagar-Schamane blieb im Gefängnis. Da wurde der Alte ärgerlich und sagte, ‚Dir werd' ich's zeigen. Ich werde meine schreckliche Schlange schicken.' Doch der Polizeivorsteher lachte ihn nur aus.

Nachts, als der Vorsteher schlief, steckte er seine Hand unter das Kopfkissen und ertastete dort etwas. Dieses Etwas bewegte sich. Er wachte auf und sah nach. Es war eine Schlange. Daraufhin erschrak der Polizeivorsteher so sehr, dass er mitten in der Nacht sofort zur Polizeistation lief, um den Shagar-Schamanen freizulassen. In Khandagajty, wo diese Sache vorgefallen ist, sind Schlangen sehr selten. Es gibt sie eigentlich nicht, sagen die Leute. Deshalb war das Auftauchen der Schlange unter dem Kopfkissen ein sicheres Zeichen für ihn. Die Leute haben sich noch lange über die Schlange des Shagar-Schamanen unterhalten und viel über die Dummheit des ungläubigen Polizeivorstehers gelacht."

‚Eine schöne Geschichte', dachte Alex und wollte ihre Hand, die in ihrer unbequemen Haltung vom vielen Schreiben bereits schmerzte, schütteln. Da mischte sich Vera, die Frau Sergejs, in das Gespräch ein.

„Ich habe Seelen gesehen", erklärte sie und alle Augen richteten sich auf sie. „Ich sah sie in Mugur Aksy im Jahr 2000 im Dezember gegen neun Uhr am Abend. Als ich vom Sportsaal heimging, waren diese Menschen noch am Leben. Doch ihre Seelen begegneten mir schon zu dieser Zeit. Zuerst hörte ich ihre Stimmen, sie unterhielten sich. Dann schaute ich mich um, wo sich hier jemand unterhält, doch ich habe niemanden gesehen. Dann sah ich plötzlich doch im Dunkeln zwei Menschen, die völlig abgerissen aussahen und sich in der Nähe des Hofes aufhielten. Einer davon war ein Mann, die andere eine Frau. Der Mann trug die Frau auf dem Rücken. Neugierig geworden ging ich hinter ihnen her. Mich interessierte, was diese Leute sagen würden. So habe ich auch ihr Gespräch gehört. Zuerst sagte der Mann: ‚Warum hockst du auf mir?' Die Frau antwortete, ‚Ich fühle meinen Tod herannahen.' Da erkannte ich ihre Stimmen.

Erschrocken blieb ich stehen und schaute den beiden hinterher. Zuerst sah ich mir die Frau an. Sie wippte auf seinem Rücken mit ihren Füßen. Als ich ihnen ins Gesicht sah, da waren es nicht ihre Gesichter. Ihre Gesichter sahen aus wie die von Verstorbenen. Ich erschrak, denn nun verstand ich, dass dies ihre Seelen sind. So lief ich schnell nach Hause und spuckte dabei dreimal aus. Völlig abgehetzt kam ich zu Hause an. Am Morgen erfuhr ich, dass der Mann bereits fünf Uhr morgens verstorben war. Dass auch die Frau verstorben war, erfuhr ich, als ihre Verwandten ein Telegramm erhielten. Den Schrecken werde ich nie vergessen."

Vera nickte in die stille Runde, in der nach und nach jeder ein Schälchen Milchschnaps erhielt. Gegen das Eindringen von gefährlichen Geistern in das eigene Leben konnten sie sich nicht schützen. Das wussten die hier Anwesenden, obwohl es in Tuva dennoch Versuche gab, einen wirksamen Schutz zu erreichen. Alex blickte zum Rahmen der Jurtentür, er war rot gestrichen, wie auch der Rauchöffnungsreifen. Geister scheuen diese Farbe, wie auch Dornenbüschel vom Kharaganastrauch oder den roten Griff der Reiterpeitschen. Und den Kindern wurde während der unvermeidlichen Rituale das Gesicht mit Ruß geschwärzt, damit sie unsichtbar wurden. Die kleinen Nebensächlichkeiten bekamen für Alex einen Sinn, und in diesem Moment, in Vorausschau auf die Nacht in der Wildnis, war Alex dankbar für die Vorkehrungen, die die Jurtenherren in ihrem eigenen Heim getroffen hatten.

Sergej riss sie aus ihren Gedanken. Er hatte endlich selbst vom Milchschnaps getrunken. „Ich habe auch eine Geschichte für dich", sagte er mit einem sanften Lächeln zu Alex. Dann drehte er sich seinen Gästen zu. „Mein Vater hat mir Folgendes erzählt: Damals lebten wir auf einem unbewaldeten Hügel. Meine Mutter lag mit mir im Bett, ich war damals noch ein Kleinkind, er aber lag im Ehrenbereich der Jurte, hinter dem Ofen auf dem Boden. Als er so dalag und nicht schlafen konnte, da öffnete jemand den Jurtenfilz nahe bei der Tür.

Mein Vater sah einen hellen Schein, der in die Jurte kam. Als der helle Schein bereits in der Jurte glänzte, verwandelte er sich in eine hässliche, lange, grauhaarige Frau in einem tuvinischen Gewand. Mein Vater erstarrte vor Schreck und beobachtete die Frau, die sich einige Zeit in der Jurte umsah. Vorsichtig zog er sich den Mantel über den Kopf, versuchte so ruhig wie möglich liegen zu bleiben und über den Rand seines Mantels hinauszulugen. Dabei tat er, als ob er schliefe. Die Frau bewegte sich leise, schaute zu ihm und schaute auf das Bett. ‚Dass die arme Mutter und das Baby nur nicht erschrecken, sie sollten zu mir kommen', dachte mein Vater, blieb aber mucksmäuschenstill. Da schlich sich die Alte leise an ihn heran. Er lag auf dem Rücken, und mit einem Sprung, den er der dürren Ziege gar nicht zugetraut hätte, saß sie plötzlich rittlings auf seinem Bauch. In diesem Augenblick begann er zu brüllen: ‚Was setzt du dich auf mich, du alter Gerbstock?', und spuckte aus. Mit ganzer Kraft schlug er seine rechte Faust in ihre Rippen. Da fiel sie unter lautem Getöse von ihm herunter. Es entstand ein gleißendes Licht. Dann sprang sie wieder so behände aus der Jurte, wie man es dem dürren Weib gar nicht zutraute. Draußen, vor der Jurte, begannen die Kühe zu lärmen und die Hunde zu bellen. Unser Nachbar, ein alter Mann, schoss dort mit seinem Gewehr in die Luft. Mein Vater stürmte vor die Jurte und sah, dass das Weib floh und dass ihre Hüfte bläulich brannte. So hatte er eine *aza*-Geistfrau geschlagen. Hätte er ein Messer gehabt, hätte er auf sie eingestochen, um diese alte Schachtel zu erledigen."

Sergej hatte seine Erzählung beendet und begann wieder seine Gäste zu bewirten. Und Alex sah die Jurte, in der sie bereits seit Tagen zu Gast war, mit anderen Augen. Eisentüren schützen nicht vor den tuvinischen Geistern der Wildnis, die in der Taiga besonders zahlreich und umtriebig waren. Eine Jurte hat viele Öffnungen, die Tür, der Saum der Wände und den Rauchöffnungsreifen. Es wäre ein nutzloses Unterfangen, eine Jurte gegen Geister sichern zu wollen. Die Metallkanne war leer, und Sergej trank die letzten Tropfen aus seinem Schälchen. Dann breiteten die Gäste die Matratzen auf dem Fußboden aus, verteilten Decken und legten sich einer neben den anderen.

Am nächsten Morgen ergänzte Alex ihre Aufzeichnungen vom Vorabend mit einigen Angaben zu den Erzählern. Sie hatte mehrere Seiten zeitgenössischer Sagen notiert. Doch nun war heller Tag. Die Ängste der Nacht waren verflogen, das Licht strahlte auf die wirtschaftenden Viehzüchter, die wussten, dass sich die Geister am Tage in die dunklen Winkel der Taiga zurückzogen. Die Frauen molken die Yaks und bereiteten die Milchverarbeitung vor. Sergej setzte sich auf einen Baumstamm, auf dem er gerade Holz hacken wollte und erzählte Alex noch eine letzte Geschichte: „Es war einmal ein Mann mit Namen Azhyk-Karak, ein Sohn des Kyrgyz aus der Provinz Ulug-Khem, der vom Klan der Ondar abstammte. Als er in unsere Gebiete einwanderte, gründete er mit der Tochter eines reichen Mannes eine Familie und lebte mit ihr, so ein Mensch war er. Doch von der Frau, die er sich genommen hatte, bekam er keine Kinder. Er suchte einen buddhistischen Lama auf und wollte von ihm erfahren, warum er keine Kinder bekommt, doch nachdem er seine Frage gestellt hatte, sah der Lama ihn an und antwortete: ‚Du bekommst keine Kinder, weil du zu deiner Frau nicht passt. In dem Jurtenlager, auf der anderen Seite des Flusses, lebt ein mächtiger Heiler mit seiner Tochter. Wenn du mit ihr zusammenlebst, wirst du ein gutes Leben führen und Kinder haben.' So erklärte der Lama.

Daraufhin nahm Kyrgyz das Mädchen des vom Lama bezeichneten Jurtenlagers zur Frau und begann mit ihr zusammenzuleben. Nachdem ein Jahr vergangen war, gebar sie ihm einen Sohn. Azhyk-Karak freute sich sehr und ging durch den Fluss zum Jurtenlager ihres Bruders, um von ihm einen Hammel zu erbitten. Doch dieser gab ihm keinen. Als er zurückgekehrt war, schlachtete er das Kalb seiner einzigen grauen Kuh und stärkte damit seine Frau. Darauf ging er zur Quelle des Ishkin in die große Kyzyl-Taiga jagen.

Eine Weile durchstreifte er die Taiga nach Wild, da traf er auf einen gleichaltrigen Mann, der ihn fragte: ‚Was bekümmert dich so?' Azhyk-Karak erklärte ihm seine Situation: ‚Ich bin einer, der einen einzigen Sohn geschenkt bekommen hat. Deshalb bin ich gekommen, um vom Herrengeist des Gebirges Hilfe zu erbitten.' – ‚Gut, wenn es so ist', antwortete jener, ‚dann kehre hierher zurück, nachdem du einige Tage und Nächte Eichhörnchen gejagt hast.' Azhyk-Karak ging und jagte Eichhörnchen, machte Beute und freute sich. Doch als er von der Jagd zurückgekehrt war, sagte der Fremde zu ihm, ‚Sprich nicht darüber, dass wir uns getroffen haben, und deine Wünsche werden in Erfüllung gehen.'

Gut, der Mann kehrte in sein Jurtenlager zurück. Dort stand viel Vieh. Dieses Vieh hatte keinen Herrn, und so wurde es sein Vieh. Nachdem Monate und Jahre vergangen waren, traf dieser Mann an der Quelle des Chėėde-Flusses auf einen großen Baum und machte ihn zu seinem Ritualbaum. So war das. Dieser Azhyk-Karak hat nie darüber gesprochen, wie er einer der reichsten Menschen in dieser Gegend geworden ist. Der gleichaltrige Mann aber, den er in der Taiga getroffen hatte, war ihr Herrengeist gewesen. Azhyk-Karak hatte ihm gefallen und er hatte ihn beschenkt."

Sergej nickte Alex zu, dann ergriff er die Axt und nahm den Holzscheit, den er für die Geschichte aus der Hand gelegt hatte, stellte ihn auf den Klotz und schlug kräftig zu.

Drittes Buch

Akademia

1

Alexandra saß auf einem der beiden grünen Sessel in Langes Zimmer, während sich der Professor noch an seinem Schreibtisch über Papiere beugte. Vor einigen Wochen war sie aus Sibirien zurückgekehrt und sie warteten immer noch auf die Entscheidung über ihren Projektantrag für die Aufarbeitung. Inzwischen lebte sie von ihren Reserven, denn sie war als Studentin eingeschrieben und hatte keinen Anspruch auf Sozialleistungen. Dennoch arbeitete Alex bereits an ihrer Dissertation und den Gedanken, dass der Antrag abgelehnt werden könnte, verdrängte sie. Von der Förderung war der nächste Schritt ihres Promotionsvorhabens abhängig, die Erarbeitung der Diss. Eine Ablehnung würde ihr Projekt völlig infrage stellen. Nach allem, was sie bereits für dieses Projekt getan hatte, eine Katastrophe. Immerhin hatte Alex Mittel für die Forschungsreise eingespielt und zwölf Monate unter den Tuvinern gelebt, um ihre Aufzeichnungen zu machen. Nun kam es darauf an, das zusammengetragene Material auszuwerten und die Studie niederzuschreiben.

Was würde sie also tun, wenn die Förderung nicht zustande kam? Entweder müsste sie Brotjobs annehmen. Das würde aber ihre Arbeit über alle Maßen in die Länge ziehen. Wie oft hatte sie beobachtet, dass Doktoranden zehn Jahre und mehr an ihren Dissertationen schrieben, weil sie nebenbei jobbten. Die zweite Möglichkeit wäre, in der Zeit der Abfassung ihrer Diss. die Universität zu verlassen und als offiziell Arbeitssuchende von Sozialleistungen zu leben. Alex schüttelte sich bei dem Gedanken. Sie fühlte den enormen Druck, der mit der ausbleibenden Entscheidung in ihr wütete.

Endlich erhob sich Lange von seinem Schreibtisch und erlöste sie von ihren Gedanken. Sie beobachtete, wie seine leicht gebeugte hohe Gestalt auf die Sitzecke zuschritt. Er setzte sich auf das grüne Sofa, schlug die Beine übereinander, lehnte sich nach hinten und streckte seinen rechten Arm weit über der Lehne aus. Gelassen blinzelten die blaugrauen Augen über der großen Hakennase und dem grauen D'Artagnan-Bart sie an.

„Wie kommst du voran?", fragte er unvermittelt und Alex begann über die Fortschritte ihrer Aufarbeitung zu sprechen, während Lange nickte. Einige Minuten plauderten sie über Forschungsreisen und Veröffentlichungen, und Lange gab ihr Tipps zu Büchern, die Alex nicht kannte. Das Gespräch entwickelte sich locker, und Alex wunderte sich, wie Lange es immer wieder schaffte, ihr auf Augenhöhe zu begegnen, als nehme er sie als eine gleichwertige und erfahrene Kollegin und nicht als Anfängerin wahr. Sie selbst hatte großen Respekt vor seiner Forschungsleistung, die er neben der Institutsarbeit absolvierte.

Nachdem sie eine Weile geplaudert hatten, räusperte er sich plötzlich und wechselte das Thema: „Ich habe dich wegen etwas ganz anderem zu mir bestellt."

Er nahm den Arm von der Lehne, richtete sich auf und beugte sich ihr dann entgegen. Nach einer kurzen Pause sagte er: „Ich würde mich freuen, wenn du mit Doktor Liebert und einigen Praktikanten ein Institutskolloquium organisieren könntest."

Alex sah ihn erstaunt an und wartete auf weitere Informationen.

„Erfahrungen in der Organisation und Leitung von wissenschaftlichen Tagungen sind nicht zu unterschätzende Voraussetzungen für deinen wissenschaftlichen Werdegang", fügte er hinzu.

„Außerdem können die Studenten auf diese Weise ein Praktikum absolvieren. Wir haben dieses Jahr wieder zu wenig Praktikumsplätze, und ich kann nicht alle Studierenden ans Museum schicken."

Seine Miene hatte sich verändert. Plötzlich duldete sie keinen Widerspruch und Alex wusste, welche Reaktion von ihr erwartet wurde. Dass sie dem Institut mit ihrer Leistung ehrenamtlich, das heißt völlig unentgeltlich dienen würde, spielte dabei keine Rolle. Von Nachwuchswissenschaftlern wurde bedingungsloser Einsatz erwartet, der sich – falls überhaupt – nur in der Zukunft auszahlen konnte. Deshalb sagte sie umgehend das Projekt zu.

Lange begann die Details zu erläutern: „Mir liegt das Angebot der Pietistischen Stiftungen in Solau vor, eine Wanderausstellung über die Geschichte der Erforschung Sibiriens zu übernehmen, die dort vor einigen Jahren präsentiert wurde. Du hast sie vielleicht schon gesehen. Deshalb schlage ich eine Tagung zu dieser Thematik vor und als Begleitprogramm die öffentliche Präsentation der Informationstafeln. Für Sibirien bist du die einzige Autorität hier. Bringe also deine Erfahrungen ein und zeige den Studenten, wie man so ein Vorhaben zum Erfolg führt."

Dann stand er auf und reichte Alex die Hand, die typische Geste, mit der er anzeigte, dass er das Gespräch für beendet hielt. Sie wusste, er hatte Eile, sich wieder seiner Arbeit zuzuwenden, verabschiedete sich und verließ sein Büro.

∞

Noch in derselben Woche versammelten sich die Praktikanten im Seminarraum. Alex hatte wenig Zeit gehabt, Bücher zum Thema des geplanten Projektes zusammenzusuchen. Die Studenten saßen um den großen Seminartisch in der Mitte des Raumes, als sie eintrat. Nur Liebert fehlte. Sie setzte sich, öffnete ihren Rucksack und zog die zwei Ausstellungskataloge heraus, die die Informationstafeln am Pietistischen Museum begleitet hatten.

Da Liebert weiterhin nicht erschien, begann sie einiges zu den Büchern zu sagen. Es war das erste Mal, dass sie als Seminarleiterin vor Studenten sprach. Sie spürte, wie schlecht sie in einen lockeren Erzählmodus fand, und letztlich blieb sie dabei, die Bände kurz vorzustellen und darauf hinzuweisen, dass alles Weitere besser mit Herrn Liebert zusammen besprochen werden sollte. Doch der ließ auf sich warten.

Als er endlich doch erschien, war Alex bereits dazu übergegangen, über die Arbeit am Sibirienzentrum zu berichten. Erleichtert begrüßte sie ihn. Fast lag Fröhlichkeit in ihrer Stimme, als sie sagte: „Herr Liebert, schön, dass Sie kommen. Wir wollten nicht ohne Sie anfangen."

Doch der alte Liebert sah sie nur zornig an: „Ich komme gerade von Professor Lange."

Dann rückte er sich den freien Stuhl an der Stirnseite des Seminartisches zurecht und setzte sich ächzend.

„Was hier geschieht, ist eine Unverschämtheit", brach es unvermittelt aus ihm heraus. „Die Entscheidung, wer mit mir die Ausstellung organisiert, liegt ja wohl bei mir, schließlich habe ich den Kontakt zum Pietistischen Museum geknüpft und das Projekt möglich gemacht."

Sie erschrak. So hatte sie diesen langjährigen Mitarbeiter des Instituts noch nie erlebt. Ein offener Ausbruch war nicht seine Art, doch hier schien ein Fass übergelaufen zu sein. Wütend sah er ihr ins Gesicht.

„Meinen Sie, Sie könnten es besser als Frau Seesemann?" Er hustete, als wolle der Zorn seine Stimme ersticken: „Ihr wollte ich die Gelegenheit geben, ihre Fähigkeiten unter Beweis zu stellen. Sie", er zeigte mit dem Finger drohend auf Alex, „Sie sind versorgt. Beweisen Sie sich in Solau, hier gibt es noch andere Absolventen."

Da war sie wieder, Ines Seesemann, die ihr auf Wunsch von Liebert vor einigen Jahren in der Bibliothek nachgefolgt war. Ihr Rausschmiss aus der Bibliothek war längst Vergangenheit, doch die erneute offene Zurückweisung durch Liebert, hier vor den Studenten, traf Alex hart. Sie blickte in die Runde, erstarrt saßen die Studenten auf ihren Stühlen und wagten kaum zu atmen. Dann räusperte sie sich und versuchte zu erklären: „Es tut mir leid, Herr Liebert, aber ich bin von Herrn Lange vor zwei Tagen aufgefordert worden, Sie bei diesem Praktikum zu unterstützen. Der Grund war wohl, dass ich an diesem Institut die einzige Sibirienspezialistin bin. Dass Sie das Praktikum lieber mit Ines durchführen wollten, wusste ich nicht."

Langsam begriff Alex, was hier geschah. Lange förderte einige Absolventen des Instituts. Er hatte nur begrenzte Möglichkeiten, deshalb vermied er es, zu vielen von ihnen Hoffnung zu machen. Doch Liebert hatte andere Prioritäten in der Nachwuchsförderung. Auf seiner Liste stand Ines Seesemann ganz oben, nicht sie, Alexandra Sanger. Vergeblich hatten sie sich seit Jahren bemüht, Lange von ihrer Kandidatin zu überzeugen, und Lange hatte mit seiner Entscheidung über die Mitwirkung an Lieberts Praktikumsidee dessen Wünsche übergangen. Und nun stand Alex an Ines' Stelle und zerstörte damit Lieberts Plan.

Liebert saß immer noch mit gerötetem Gesicht auf seinem Platz und rang nach Fassung. Noch einmal erhob er drohend den Finger gegenüber Alex: „Ich werde es Ihnen nicht leicht machen, das sage ich Ihnen", ächzte er. Dann schien er sich endlich zu beruhigen und begann das Seminar.

∞

Seit diesem Ereignis war Alex zweimal wöchentlich am Institut gewesen und hatte mit Liebert, der stets abweisend zu ihr blieb, und den Studenten zusammen einen Plan entwickelt, wie die Ausstellung nach Linden kommen würde, hatte Einladungen an Spezialisten zur Sibirienforschung verschickt, die das Kolloquium mit einem Vortrag bereichern könnten, Filme für abendliche Vorführungen zusammengetragen, einen Flyer entworfen und ein Programm für die Tagung aufgestellt. Die Vorbereitungen waren abgeschlossen. Gerade trugen die Studenten die Stellwände herein und ordneten sie in der Vorhalle der Villa Schellmann an, die ihre Universitätsräume für Ausstellung und Kolloquium zur Verfügung stellte.

In einem der Nebenräume arbeiteten einige Studenten bereits am

Buffet, das den Eröffnungsabend krönen sollte, als Alex hinzutrat, um eine Studentin darüber zu informieren, dass sie nun die Vorführtechnik aus dem Hauptgebäude holen wolle. Sie sah auf die Platten mit halbierten Eiern, die mit einer Creme verziert und mit kleinen schwarzen Pyramiden falschen Kaviars bedeckt waren, und ein mulmiges Gefühl stieg in ihr auf. Diese Art von Übelkeit hatte sie seit einigen Tagen und sie erinnerte sie an ihre leise Befürchtung, die ihre Unpässlichkeit begleitete. Deshalb beschloss sie, auf dem Weg zur Universität an einer Apotheke vorbeizugehen.

Eine halbe Stunde später stand sie in den Toilettenräumen des Hauptgebäudes, das an diesem Samstag menschenleer war, und hielt den Teststreifen in der Hand. ‚Schwanger', zeigte er an.

Alex verlor die Fassung, sank die Wand, an die sie sich eben noch zum Warten gelehnt hatte, herunter und setzte sich auf den Boden. Dann legte sie ihren Kopf in die verschränkten Arme, als gebe es einen Grund für tiefe Trauer. Sie sah nochmals auf den Streifen, zwei Linien, aber warum war sie entsetzt? Nein, entsetzt war sie nicht, sie war schockiert, über die Totalität dieser Anzeige und was sie für sie und ihr Leben bedeutete.

Sie war, so lange sie denken konnte, eine einzelne Person gewesen, nun zeigte ihr der Streifen, dass sie nicht mehr allein war, sondern zu zweit, zu zweit in einem Körper.

Der Gedanke machte sie nervös und unruhig. Die ganze aufgestaute Konzentration für das Kolloquium, das sie in den nächsten sechs Tagen moderieren sollte, war dahin. Dabei war diese konzentrierte Kraft doch stets der treibende Keil in ihr gewesen. Sie hatte das Gefühl, in dem Chaos ihrer Gefühle könne sie keine klaren Ansagen zu den Referenten und Vorträgen machen, die doch von ihr erwartet wurden. Sie war zu zwei Personen geworden und diese unbegreifliche Tatsache wälzte alle Gefühle in ihr um, stellte ihr Selbst auf den Kopf, die Wissenschaftlerin, die sie war und die sie ausmachte.

Erschrocken spürte sie, wie ihr Zustand bereits begann, von ihr

Besitz zu ergreifen, wie das kleine Lebewesen in ihr, das man mit bloßem Auge noch nicht einmal sehen konnte, sie und ihre Sicht auf ihr Leben und auf ihre Aufgaben bereits zu verändern begann, wie ihre Ambitionen in der Wissenschaft in den Hintergrund zu treten drohten, während sie jetzt andere Ideen im Kopf hatte, nämlich, was nun aus ihrem Leben werden würde, ob sie es schaffte, für ein weiteres Wesen zu sorgen, ob sie all das bieten konnte, was dieses Kind brauchte, ob sie die Kraft hätte, ihren Alltag nach den Bedürfnissen eines Neugeborenen auszurichten und ob darüber hinaus überhaupt noch Kraft übrig blieb, um ihre Arbeit genauso konzentriert fortzusetzen, wie sie sie begonnen hatte.

Jedenfalls, das wurde ihr klar, würde sie unter diesen Umständen eine Promotion bereits in zwei Jahren nicht schaffen. Sie würde eine Babypause einlegen müssen. Ihr Weg in der Wissenschaft würde sich verlängern und das Kind würde große Teile ihres Selbst, die sie bislang nur auf ihre Arbeit fokussiert hatte, aufsaugen wie eine gefräßige Raupe. Bei diesem Gedanken musste sie lächeln und die plötzlich aufkommende Fröhlichkeit, gab ihr die Kraft, wieder aufzustehen. Sie sah noch einmal auf den Teststreifen. Die beiden Linien waren noch da, stellte sie erleichtert fest. Dann fasste sie sich, wusch sich die Hände, strich sich mit den nassen Händen durch die Haare, um ihren Kopf zu kühlen und lief weiter zum Hausmeister, um Beamer und Kabel zu holen.

Als Alex wieder in der Villa Schellmann eintraf, dirigierte Liebert die Studenten mit den Stellwänden durch den Raum. Ihre Anordnung hatte ihm nicht gefallen, und nun trugen sie die auf Leinen gedruckten und mit Holzleisten gerahmten Informationstafeln hin und her, um einen Rundgang durch die Ausstellung zu schaffen, der der Räumlichkeit des Foyers nicht allzu sehr zuwiderlief. Liebert warf wie beiläufig einen abwesenden Blick auf Alex, die bleich und rot zugleich und etwas desorientiert zwischen den Studenten hin und her lief. Schroff fuhr er sie an: „Wieso kommen Sie erst jetzt? Die Studenten in der Küche müssen angeleitet werden und die Technik geholt."

„Ich habe den Beamer schon", erwiderte Alex trotzig und rang nach Fassung. „Wir bauen ihn gleich auf." Dann rief sie zwei Hilfskräfte zu sich und begab sich mit ihnen in den Konferenzsaal.

Während die beiden Studenten mit dem Beamer und einem Laptop hantierten, die Kabel mehrfach neu und in verschiedener Reihenfolge anschlossen, wartete Alex, bis der Laptop hochgefahren war. Normalerweise hätte sie sich in das Prozedere ordnend eingemischt. Doch heute hielt sie nur den USB-Stick zu ihrem eigenen Vortrag in der Hand, um später eine Power-Point-Präsentation auszuprobieren. Sie beteiligte sich nicht an der Arbeit. Stattdessen dachte sie darüber nach, wie sie wohl Sven die dramatische Wendung in ihrem Leben erklären sollte. Am besten kurz und schmerzlos, entschied sie, als einer der Studenten sie um den Stick bat.

Sie reichte ihn und versank gleich wieder in Gedanken. Sie würde ihn anrufen, heute noch, vielleicht noch vor dem Eröffnungsvortrag?

Der Beamer funktionierte und mit Befremden betrachtete Alex ihre eigene Präsentation. Nun musste sie wieder aktiv werden. Sie raffte sich auf, um vor Liebert ein konzentriertes Bild abzugeben, trat aus dem Saal ins Foyer und staunte nicht schlecht darüber, dass Liebert und die Studenten inzwischen eine ansprechende Ordnung der Stellwände gefunden hatten. Die Ausstellung stand. In der Küche liefen die letzten Vorbereitungen für das Buffet. Alles würde bis zur Eröffnung in zwei Stunden fertig sein. Sie hatte also Zeit, jetzt sofort ihr Telefon zu nehmen und Sven anzurufen.

Zwei Minuten später stand sie im Hof der Villa. Sie fröstelte trotz der dicken Jacke, die sie sich schnell übergezogen hatte. Sven meldete sich sofort.

„Na, startet ihr schon mit eurer Tagung durch?", begrüßte er sie, nicht ohne Verwunderung darüber zu zeigen, dass sie ihn mitten in den Vorbereitungen anrief. Alex ließ seine Scherze zu, doch heute fehlte ihr die Lockerheit, mit seiner Ironie, die sie so an ihm liebte, umzugehen. Sie blieb wortkarg und schon nach wenigen Minuten wunderte sich Sven und fragte, was mit ihr sei, ob ihr das Muffensausen die Sprache verschlagen habe. Nun musste es heraus.

„Wir bekommen ein Kind, Sven“, erklärte sie ohne Umschweife und am anderen Ende der Leitung wurde es still. Alex wartete einige Sekunden.

„Jetzt hat es *dir* wohl die Sprache verschlagen?“, sagte sie dann und lachte. „Dass du einmal nichts zu sagen weißt, hätte ich nicht gedacht.“

Als Sven weiter schwieg, kam in ihr eine unbekannte Fröhlichkeit auf, die sich jedoch sofort wieder in zermürbende Zweifel verwandelte. Dem Auf und Ab ihrer Gefühle hielt sie nicht länger stand. „Was sagst du nun?“, fragte sie deshalb ungeduldig, und Sven räusperte sich endlich.

„Das ist doch schön“, antwortete er leise.

„Mehr fällt dir dazu nicht ein, als dieser lapidare Satz?“ Alex lachte wieder und zweifelte.

„Ich muss es erst mal verdauen“, antwortete er schließlich.

„Aber ich brauche jetzt eine Bremse in meinen Gefühlen, sonst bestehe ich das Kolloquium nicht. – Wie soll ich das alles zusammenkriegen, mir reißt es ja den Boden weg und ich soll heute reden.“

„Du schaffst das schon.“

Seine Stimme klang fremd und weit weg.

„Gut, dann muss ich mich jetzt eben selbst zusammenreißen“, sprach Alex mehr zu sich selbst als zu ihm und versuchte mit diesem Satz neuen Mut in sich aufzubauen.

„Jedenfalls ist es jetzt raus.“ Und dann schäumte sie über vor Glück: „Wir kriegen ein Kind!“, rief sie ins Telefon. „Stell dir vor, wir kriegen ein Kind!“

Und genauso plötzlich, wie der Ausbruch gekommen war, beruhigte sie sich wieder. Als wäre nichts geschehen, sagte sie hastig: „Ich muss jetzt rein, bald kommen die ersten Referenten", verabschiedete sie sich mit knappen Worten, als hätte Sven sie bei ihrer Tätigkeit unterbrochen und sie müsse ihn nun zur Ordnung rufen. Dann legte sie auf und betrat mit erfrischter Gelassenheit die Villa, wo sich die Studenten und einige frühe Gäste bereits die Ausstellung ansahen und eifrig Gespräche suchten. Mit neuer Konzentration sah sie die Plakatwände an und versuchte sich auf ihre Aufgabe zu konzentrieren, doch ihre Ruhe währte nur kurz. Plötzlich betrat Lange eiligen Schrittes das Foyer und lief direkt auf sie zu. Mit freudigem Gesicht streckte er ihr einen geöffneten Umschlag entgegen.

„Das wollte ich dir nicht vorenthalten", erklärte er hastig, „sozusagen zur endgültigen Motivation für eine erfolgreiche Veranstaltung."

Noch ehe Alex nach dem Briefumschlag gegriffen hatte, zog er ihn wieder weg und erklärte freudestrahlend: „Unser Antrag ist bewilligt! Gratulation! – Du wirst die nächsten zwei Jahre am Forschungsinstitut für Ethnologie in Solau arbeiten und finanziell bestens abgesichert sein. Jetzt erwarte ich aber, dass du deine Promotion zügig und mit hervorragenden Ergebnissen abschließt. In zwei Jahren liegt sie auf meinem Tisch, versprochen?"

Alex nickte verstört, nahm zögernd den Umschlag entgegen und betrachtete ihn mit Befremden. Als Lange weiter zu Liebert eilte, um ihn zu begrüßen, stand sie immer noch da, drehte den Briefumschlag in ihren Händen und grübelte über die zwei Jahre, in denen sie es keinesfalls schaffen würde.

Der Konferenzsaal füllte sich, und Alex hatte alle Hände voll zu tun, die bekannten und unbekannten Referenten zu begrüßen und einzuweisen. Sie war so erfüllt von dieser Aufgabe, dass sie die beiden Ereignisse des heutigen Tages völlig in den Hintergrund drängte. Die Referenten und einige Ehrengäste bekamen ihre Sitzplätze am Konferenztisch zugewiesen. Die Studenten sortierten sich auf Stühlen, die um den Konferenztisch herum an den Wänden aufgestellt waren.

Anspannung dominierte den Raum. Das leise Geplauder der Anwesenden, der Klang vor und nach Vorträgen in einem großen Saal, das Scharren der Füße, das Knistern der Jacken und Taschen, für die ein Platz gesucht wurde, all diese vertrauten Geräusche versetzten Alex in ruhige Konzentration, ein Gefühl, dem sie immer vertraut hatte. So lange sie mit ihrer Aufgabe beschäftigt war, würden ihre Gefühle ihre erwünschte Ordnung behalten. Doch jede Vorbereitung eines Vortrags war irgendwann beendet. Alex nahm Platz, und Lange trat vor das still gewordene Publikum, um seine Begrüßungsworte zu sprechen.

Er leitete seine Rede mit einem historischen Exkurs über die Eroberung Sibiriens zum Ende des 16. Jahrhunderts ein, um danach die von der Wissenschaftsgeschichte so sträflich vernachlässigten Pioniere der Sibirienforschung und deren Expeditionen zu erwähnen. Dann stellte er mit rhetorischem Geschick, wie Alex anerkennend feststellte, den Bezug zur deutschen Ethnologie her, der für ihn der Anlass für dieses Kolloquium war. Und schließlich dankte er den Organisatoren. Die Anwesenden klatschten ihnen zu und Alex fühlte Dankbarkeit und Stolz, Teil dieser Veranstaltung zu sein. Das Kolloquium war eröffnet.

An diesem Nachmittag folgten zwei weitere Vorträge, die Alex einführte, und eine lange Diskussion zwischen Experten der Wissenschaftsgeschichte, die Lange selbst moderierte.

„Die Moderation in zwei Tagen kannst du dann übernehmen", hatte er sie aufgefordert und Alex musste aufmerksam verfolgen, wie Lange die Diskutanten sensibel und wortgewandt führte, jeden, zu der ihm gebührenden Geltung verhelfend.

Gegen zwanzig Uhr eröffnete Liebert das Buffet. Erst beim Essen verspürte Alex wieder die Unruhe des Tages. Doch Ausstellung und Kolloquium würden sechs Tage dauern. Sie würde selbst einen Vortrag halten, weitere Referenten und Filme einführen, noch eine Diskussion moderieren und sich an den Abenden mit den Gästen austauschen. So lange musste sie sich mit allem Weiteren gedulden. Sie spürte, wie sie ihr Leben vor sich her schob, um ihre Pflicht zu erfüllen. Eine Pflicht, die stets das Ziel ihres Lebens gewesen war und die nun plötzlich etwas von ihrer Überzeugungskraft verloren hatte.

2

Wegen dieses Kolloquiums hatte sie ihre Reise absagen müssen. Dabei war ihr die Mittelmeersonne so nötig, um endlich Kräfte aufzutanken. Aber Bodo Lange hatte sie ja vor der Buchung bereits anrufen müssen, um ihr mitzuteilen, dass er ihre Anwesenheit wünschte.

Marianne Flatter stand im Foyer der Villa Schellmann und betrachtete die Tafeln. Diese Präsentation war mit einer ihrer Ausstellungen überhaupt nicht zu vergleichen, und dabei hatten doch über zehn Studenten und zwei Seminarleiter daran gearbeitet. Und wieder musste sie an ihre erfüllte Zeit am Museum denken. Seit sie diese Position verlassen hatte, verlor sie zunehmend die Freude an der Arbeit. Zwar war ihre Stelle eine Lebensstelle, weshalb man sie nicht kündigen konnte und sie ihr Gehalt weiterhin bis zur Rente erhielt, aber sie hatte die Direktion eines Museums gegen eine untergeordnete Position an einem Universitätsinstitut eintauschen müssen. Nun war es ihre Aufgabe, Studenten auszubilden, anstatt Ausstellungen zu organisieren, und die Museumsarbeit war doch ihre Leidenschaft. Die Visualisierung der Ethnologie, das Kunstwerk des Ganzen, das aus vielen kleinen Einzelexponaten entstand, das war ihr ganzer Stolz.

Doch ihre Museumsmitarbeiter hatten sich gegen ihre neuen Ideen und Führungsmethoden gestemmt, alte verbohrte Ossis waren sie gewesen, völlig unzugänglich für zeitgemäße Ansätze. Sie hatten behauptet, dass auch die DDR eine Ausstellungskultur entwickelt habe, die mit in die neue Konzeption einfließen müsste, nur das sei

Wiedervereinigung auf Augenhöhe. Was für eine Unbelehrbarkeit. Für Marianne Flatter war dieser „DDR-Kult" einiger ihrer ehemaligen Mitarbeiter absurd. Sollten sie doch froh sein, dass sie diese Diktatur endlich hinter sich hatten und im Westen lebten. Aber ihre Mitarbeiter schienen am Alten festzuhalten, als könnten sie das System, unter dem sie jahrelang gelitten hatten, nicht beerdigen.

Was für eine Ostalgie, wenn man ihr vorschreiben wollte, wie Ende des zwanzigsten Jahrhunderts eine Ausstellung konzipiert werden musste? Und wieso verlangten sie eine Zusammenführung in einer ost-westdeutschen Mischkultur? Hatte die Wende nicht gezeigt, wo sie mit ihrem Streben standen, Ideen aus der DDR in die Gegenwart zu transportieren? Nun war doch wirklich der Moment gekommen, in dem sie dankbar dafür sein sollten, dass sie mit westlichen Standards vertraut gemacht wurden, anstatt stets ihre besondere Sozialisierung in der DDR zu betonen. Und für ein erfolgreiches Museum störte jeder rückwärtsgewandte Hang.

Aber ihre Mitarbeiter hatten das nicht eingesehen, sie hatten sich ihr entgegengestellt wie die Berliner Mauer einem Flüchtling und irgendwann war sie völlig isoliert gewesen. Und sie hatten sich nicht entblödet, ihr vorzuwerfen, dass sie rücksichtlos gegen die Traditionen des Museums arbeite, die Leistungen ihrer Vorgänger und Mitarbeiter missachte und keine deutsche Vereinigung suche, sondern dem Museum gewaltsam westdeutsche Konzeptionen überstülpen wolle. Und diesen Vorwurf konnte sie nicht mehr hören, denn er lag überall in der Luft und wurde mal leiser und mal lauter gegen Westdeutsche ausgesprochen. Doch sie blieb dabei. Der Osten hatte nur dann eine Chance, wenn er sich jetzt und gründlich dem Westen anpasste. Für Ostalgie und für die historischen Befindlichkeiten von Ostdeutschen war da kein Platz, denn damit würden sie nie in der Gegenwart ankommen.

Und dann waren mehrere ethnologische Sammlungen zusammengelegt und Stellen gestrichen worden. Sie hatte sich Monate gegen die Zusammenlegung gewehrt. Doch ein Kollege hatte seine Karriere befördern wollen und den Museumsrat auf seine Seite gezogen. Ihre Brauen hoben sich, wie immer, wenn sie an diesen Heuchler dachte. Kein Wunder, dass man ihm die weitere Leitung der Museen anvertraut hatte, während sie gehen musste. In vorauseilendem Gehorsam hatte er sich von Anfang an mit allen Auflagen arrangiert und kooperativ gezeigt. Und ihre Leute? Ihr eigenes Personal hatte doch tatsächlich die Kollegen der anderen Museen instrumentalisiert, gegen sie zu stimmen. Diese Intrige würde sie nie vergessen; und dennoch, jetzt stand sie hier und musste sich eine Wanderausstellung aus Stellwänden ansehen, die die Studenten, Liebert und die Sanger noch nicht einmal selbst geschaffen, sondern lediglich antransportiert hatten.

Heftig schüttelte sie ihre Gedanken von sich ab. Sie suchte mit den Blicken nach Bodo Lange. Er war die einzige Person hier am Institut, die ihr den Aufenthalt an der Universität erträglich machte, und er hatte sie auch nach Linden geholt und damit vor einer langweiligen Stelle an irgendeinem Ministerium gerettet. Bodo und sie kannten sich aus Berliner Zeiten; damals, als sie noch Studentin war, war er Assistent gewesen, und seither verband sie eine kollegiale Zuneigung.

Da stand er, am anderen Ende des Raumes in ein Gespräch mit zwei Studenten vertieft.

„Bodo", lief sie auf ihn zu. Sofort blickte er auf, verabschiedete die Studenten und kam ihr strahlend entgegen.

„Na, wie gefällt dir die Ausstellung?"

„Sehr gelungen, nur leider ist sie nicht auf Eigeninitiative der Studenten entstanden."

„Ich weiß, du bist andere Maßstäbe gewohnt, aber dafür wird es ein sechstägiges Kolloquium geben und das wird sehr aufschlussreich. Ich verspreche es dir. – Im Übrigen gibt es noch einen Grund zum Feiern. Alexandra Sangers DFG-Antrag ist bewilligt worden. Ist das nicht ein Erfolg?"

Marianne Flatter sah ihn an. Alexandra Sanger, diese Doktorandin, war auch so ein Thema für sich. Genauso eigensinnig wie ihre ehemaligen Museumsangestellten war sie, rebellisch und dabei unverschämt direkt.

Es war Marianne unerklärlich, warum Bodo gerade diese Doktorandin so förderte. Sie selbst prüfte ihre Schüler gut und unterstützte nur diejenigen, die Aufträge *snap-on* erledigten, ohne lange darüber nachzudenken, ob die Erfüllung eines Wunsches unter ihrer Würde lag. Zu diesem Zweck ließ sie sich Kopien ziehen, Zigaretten und Getränke holen oder Regale sortieren. Nur wer das klaglos tat, für den war auch sie bereit, sich einzusetzen. Alexandra Sanger hatte sie gebeten, Kleider aus der Reinigung zu holen. Doch sie hatte es doch tatsächlich gewagt, ihr vor Studenten ins Gesicht zu sagen, sie sei für solche Aufträge nicht zuständig. Sie hatte damit einige der anwesenden Studenten in den passiven Widerstand getrieben und seither lehnte Marianne Flatter jede Unterstützung dieser Doktorandin ab.

Warum begriffen die Leute nicht? Wer weiterkommen wollte, musste seine eigenen Interessen in einen höflichen Umgang verpacken können und dabei seinen Gesprächspartner derart beeinflussen, dass er von selbst auf die richtigen Ideen kam, ohne davon etwas zu bemerken. An dieser Fähigkeit hatte sie selbst ein Leben lang gearbeitet, und es waren nicht wenige, die ihr bewundernd zugestanden, dass sie diese Form der verbalen Verführung perfekt beherrschte.

Alex beherrschte sie nicht. Sie war gerade wie ein Holzpflock, den man problemlos in den Boden rammen konnte. Doch Bodo hatte Marianne gebeten, Alex' DFG-Antrag mit zu unterzeichnen, und Bodo konnte sie keinen Wunsch abschlagen. Deshalb fungierte sie nun gegen ihre Überzeugung als Antragstellerin für Alexandra Sanger, ob sie wollte oder nicht.

„Du sagst ja gar nichts zu Alex' Erfolg?“ Bodo sah sie fragend an, und sein Gesicht verriet Zufriedenheit.

„Ja, das ist doch wohl unser Erfolg. Immerhin haben wir den Antrag gestellt!“

„Aber sie hat ihn geschrieben!"

Marianne Flatter atmete tief durch. Sie durfte sich ihre Ablehnung nicht anmerken lassen. Deshalb setzte auch sie ein strahlendes Lächeln auf. Schließlich wusste sie, welche Reaktion Bodo von ihr erwartete: „Ich gratuliere! Da hat Alex wirklich Glück gehabt. Anscheinend waren die Gutachter sehr nachsichtig mit ihr."

„Du kannst ihr gleich selbst gratulieren. Dort kommt sie", rief Bodo und winkte Alex zu sich heran. Alexandra Sanger unterbrach ihren eiligen Weg durch das Foyer, um heranzutreten und Marianne Flatter zu begrüßen, und Bodo sprach sie sofort an: „Na, ist dein Erfolg schon bei dir angekommen?" Mit sichtlich anerkennendem Blick, sah er in Alex' glühendes Gesicht, die nicht zu verstehen schien, was er meinte: „Wir werden uns alle Mühe geben, dass das Kolloquium ein Erfolg wird."

„Ich spreche von deinem Antrag." Bodo musste lachen. „Marianne möchte dir gern gratulieren."

Sie musste sich überwinden, als sie Alex die Hand reichte: „Dann hoffe ich, dass Sie das Vertrauen, das man Ihnen entgegenbringt, nicht enttäuschen", erklärte sie und registrierte Alex' unsichere Reaktion. „Daran kann ich gerade gar nicht denken. Gleich geht es mit dem nächsten Vortrag weiter", antwortete sie atemlos.

„Das sollten Sie aber! Schließlich sollen Sie in zwei Jahren mit Ihrer Arbeit fertig sein." Marianne Flatter legte höfliche Strenge in ihre Stimme. Alex, wie Bodo sie nannte, sollte spüren, dass es hier nicht nur Gründe zum Feiern gab. Und ihr Ton erzeugte die erwartete Reaktion. Zufrieden sah sie, wie Alex schluckte und keine Antwort fand. Doch Bodo beugte sich leicht zu ihr hinab und erklärte feierlich: „Jetzt genießen wir erst mal das Kolloquium. Es sind wesentlich mehr Gäste da, als wir erwartet haben, und Alex hat die gesamten letzten Wochen durchgearbeitet, stimmt's?"

Dann wendete er sich Marianne zu.

„Während du im Urlaub warst, übrigens", ergänzte er. Dieser letzte

Satz verletzte Marianne Flatter und es drängte sie, sofort zu protestieren: „Ich arbeite das ganze Jahr durch. Da habe ich mir doch wohl ein paar Tage Urlaub verdient, oder?“

„Aber natürlich“, erwiderte Bodo Lange besänftigend und legte ihr leicht die Hand auf den Arm, um sie in den Vortragsraum zu dirigieren. Doch Marianne Flatter hielt ihn zurück. Erleichtert hatte sie registriert, dass Alexandra Sanger ohne ein Wort weitergeeilt war. „Es gibt da noch was“, sagte sie schnell zu Bodo gewandt und setzte ein charmantes Lächeln auf. „Wir stehen nun kurz vor dem Ausstellungsaufbau in München, die Konzeption ist geklärt und die Begleittexte sind im Entstehen. Trotzdem werde ich gegen Ende des Semesters mehrere Dienstreisen dorthin unternehmen und es wäre gut, wenn du mich dafür freistellen könntest.“

„Freistellen? Aber das ist Prüfungszeit! Das hieße ja, deine Prüfungstermine müssten von Kollegen übernommen werden.“

„Das wird schon gehen“, schenkte sie ihm ihr gewinnendes Lächeln. „Du weißt ja, wie wichtig die Ausstellung auch für die Reputation unseres Instituts ist.“

„Aber bei dem Personalmangel, den wir haben, können wir nicht einfach auf dich verzichten. Du musst doch beim Ausstellungsaufbau nicht anwesend sein. Deine Verpflichtungen hast du bei uns, und du hast dich schon während der letzten beiden Semester deiner Prüfungsverpflichtung entzogen. Deine Arbeit lastet dann auf den Schultern der anderen, ist dir das nicht klar?“

Marianne wusste, dass Bodo die Verantwortung über den Kopf wuchs und er dringend auf ihre Hilfe angewiesen war. Und doch zog es sie zu ihrer Museumsarbeit. Noch einmal, wie in alten Tagen, wollte sie eine Ausstellung von Anfang bis Ende mitgestalten. Die Studenten waren ihr dabei herzlich egal. Es galt nur, über Bodo einen offiziellen Weg zu ihrer Beteiligung zu finden, und für das Institut auf diese Gelegenheit zu verzichten, das war nun wirklich zu viel von ihr verlangt.

Deshalb blieb sie in ihrer Bitte fest: „Die Ausstellung ist im Interesse des Instituts, du solltest also alles tun, damit sie uns gelingt. Und dazu gehört auch, mich freizustellen, damit ich bei allen Vorbereitungen dabei sein kann. Schließlich basiert sie auf meinen Ideen und ich will sichergehen, dass die Ausstellungskonzeption von den Museumsmitarbeitern auch so umgesetzt wird, wie ich sie geplant habe."

Bodo nickte. Das war schon der halbe Sieg, frohlockte Marianne. Und doch las sie immer noch Zweifel in seinen Augen, deshalb musste sie ihm einen Lösungsvorschlag anbieten, der akzeptabel war: „Lass die Doktoranden an meiner Stelle in den Prüfungen beisitzen. Sie sollten den Stoff noch frisch in Erinnerung haben und können Fragen stellen. Außerdem können sie auf diese Weise Erfahrungen sammeln."

Wieder nickte Bodo und mit einem schweren Seufzen, sprach er sie endlich von ihrer Prüfungsverpflichtung frei.

„Dann mach was draus", sagte er. „Ich weiß ja, wie sehr du an der Museumsarbeit hängst. In jedem Fall werde ich mich freuen, wenn die Ausstellung eröffnet wird", und langsam kehrte das Lächeln in sein Gesicht zurück. Marianne lachte über das ganze Gesicht. Sie hatte es mal wieder geschafft. Kurz blickte sie zu Alexandra Sanger. ‚So macht man das!', dachte sie.

3

Als das Kolloquium beendet und die Ausstellung wieder abgebaut war, stand Alex in der leeren Vorhalle der Villa Schellmann. Sie wartete auf den Hausmeister, um ihm die Schlüssel übergeben zu können. Die Studenten hatten vor wenigen Minuten mit den verpackten Stellwänden das Haus verlassen. Eineinhalb Stunden lang hatten sie die Informationstafeln in ihren Kisten verstaut, sorgsam darauf achtend, dass sie nicht beschädigt wurden. Zwei Studenten waren nun mit der Ausstellung auf dem Weg zurück nach Solau.

Das Kolloquium war ein voller Erfolg gewesen. Es hatte nicht nur Wissenschaftler angezogen, die persönlich zu diesem Ereignis eingeladen worden waren, sondern auch interessierte Laien, die von der Veranstaltung über Internet und Zeitungen erfahren hatten. Alex war mit der Besucherzahl von mehr als zweihundertfünfzig Gästen sehr zufrieden. Mehr war für ein wissenschaftliches Kolloquium dieses Umfangs nicht zu erwarten.

Jetzt war der Eingangsbereich der Villa wieder leer und sie stand allein in der auf einmal riesig wirkenden Halle. Versonnen betrachtete sie die verschiedenfarbig abgesetzten, pastellfarbenen Wände. Gerahmt wurden sie von zwei Halbsäulen an jeder Wand, die der Halle den Eindruck von noch mehr Weite verliehen. Was hatte dieses historische Gemäuer mitten in der Innenstadt wohl seit seinem Bau schon gesehen? Wie viel Leben war bis heute durch diese Räume hindurchgezogen?

Die Studenten, Liebert und sie hatten die Villa einmal mehr mit dem Trubel einer öffentlichen Veranstaltung gefüllt. Die Räume hatten sich im Treiben der Gäste und Organisatoren angenehm aufgeheizt. Jetzt hatte Alex das Gefühl, dass sie langsam wieder abkühlten. Sie fröstelte im leeren Foyer, schloss ihre Jacke und entschied, noch einmal den Vortragssaal und die Küche zu prüfen, ob alles in Ordnung und sauber sei. Kurz dachte sie an das Kind in sich, das der Wirbel der Veranstaltungen und ihre Verantwortung für ihr Gelingen völlig in den Hintergrund gedrängt hatten. Sie erinnerte sich, wie der Teststreifen ihr den Atem genommen und wie das Kolloquium für einen kurzen Moment unwichtig geworden war.

Und nun fühlte sie das Gegenteil. Die Veranstaltung hatte in den letzten Tagen derart von ihr Besitz ergriffen, dass das Kind in ihrem Bauch zu einer selbstverständlichen Randerscheinung ihrer Existenz geworden war. Nun hätte sie wieder Zeit, über ihr zukünftiges Leben nachzudenken, doch sie sträubte sich dagegen. Zu schön war es, im Erfolg der vergangenen Tage zu schwelgen. Zu beängstigend, darüber nachzudenken, welchen Platz ein Kind in ihrem zukünftigen Leben einnehmen würde. Wie viel Raum würde ihr fehlen für ihr Selbstverständnis als Wissenschaftlerin, die sie ja um jeden Preis sein wollte? Wäre sie mit Kind noch dieselbe, die sie jetzt ist?

Ihr blieb nicht viel Zeit zum Überlegen, denn ein Student öffnete eilig die Tür: „Du sollst in zehn Minuten zu Lange ins Büro kommen“, unterbrach er ihre Gedanken. „Den Schlüssel soll ich übergeben.“

Alex lief ein letztes Mal in den Vortragssaal, nahm ihre Tasche, die sie dort stehen lassen hatte, blickte sich noch einmal um und reichte dann dem Studenten die Schlüssel.

„Die Heizung ist noch nicht abgestellt“, sagte sie kurz. „Erinnere den Hausmeister daran und – wenn noch was ist, er hat ja meine Telefonnummer. Ich kann heute noch mal vorbeikommen.“

„Das geht schon alles klar“, erwiderte der Student.

Sie nickte ihm zu und verabschiedete sich. Dann eilte sie ans Institut, in die dritte Etage jenes Gebäudes, in dem sie bereits studiert hatte.

Professor Lange und Frau Doktor Flatter warteten bereits auf sie, als sie eintrat. Lange saß mit seinem legeren Sakko auf dem grün gepolsterten Sofa und hatte seinen rechten Arm weit über die Lehne gestreckt, ebenjene Geste, die Alex bereits von zahlreichen Gesprächen her kannte und die ihr stets anzeigte, dass er entspannt und guter Laune war. Er strahlte genau jene innere Gelassenheit im Übermaß aus, die Frau Flatter zu fehlen schien, obwohl auch ihre etwas nervöse Haltung ein gesundes Selbstbewusstsein verriet.

Frau Flatters Kleidung, aus groben, aber teuren Stoffen, waren Einzelstücke, die in kleinen exklusiven Schneidereien angeboten wurden, wie sie seit der Wende in nahezu allen Universitätsinnenstädten aus dem Boden sprossen. Sie wirkten alternativ und waren gleichzeitig nur für Akademikerinnen bezahlbar, die gut verdienten. Ihr unschlagbarer Vorteil war der Faltenwurf, gut geeignet für Frauen, die exklusiv gekleidet sein wollten, aber gleichzeitig ein paar Rundungen zu verbergen hatten und deshalb gern auf klassische Hosenanzüge im Büro verzichteten.

Ihr üppiges, fast wildes Haar bändigte Frau Flatter mit einem lockeren Dutt, aus dem kunstvoll herausgezupfte Strähnen hingen. Dazu kombinierte sie gern rote Strumpfhosen, die ihr ein noch verwegeneres Aussehen verliehen, als ihre stolze Erscheinung so schon hatte. Alex hatte sich oft darüber gewundert, wie gut Marianne Flatters Kleidung und Haar mit ihrem koketten und schwer bezähmbaren Erzähltrieb harmonierten, wenn sie, heftig gestikulierend, die Stoffe ihrer weiten Kleidung schwang und dabei unablässig redete, ohne auch nur einen Gedanken daran zu verschwenden, ob ihr Gegenüber überhaupt bereit war, ihren Erzählungen zu folgen. Jetzt, als sich Alex auf den zweiten grünen Sessel setzte, saß sie an Langes Seite und war wie stets im Redefluss vertieft. „Es ist reine Undankbarkeit, wie man mich aus dem Museum gedrängt hat“, erzählte sie Lange und schien Alex' Erscheinen im Raum gar nicht zu bemerken. „Eine Direktorenstelle ist eine Lebensstelle. Man konnte mich nicht einfach kündigen.“

„Ja, deshalb bist du ja jetzt bei uns, mit deiner Stelle“, unterbrach Lange sie begütigend. Doch Marianne Flatter schüttelte heftig den Kopf, hob ihre Arme und ließ die weiten Ärmel wie Fledermausflügel schweben.

„Um die Museen unter einer Direktion zusammenzuführen, hätte man abwarten müssen, bis einer der Direktoren pensioniert wird. Man kann nicht einfach über die Köpfe der Führungskräfte hinweg entscheiden. Schließlich hatten wir die Verantwortung. Und dass sich alle Mitarbeiter gegen mich gestellt hätten, ist reiner Unfug. Wir haben einiges geleistet, fünf Sonderausstellungen in den letzten sieben Jahren.

Natürlich gibt es an jedem Museum Reibereien zwischen den Mitarbeitern und – ja – manchmal sogar zwischen den Mitarbeitern und der Direktion, aber hier haben einige der Leute gegen mich ausgesagt, die es eher verdient hätten, ihre Plätze zu räumen. Es ist ein profundes Beispiel von Illoyalität, sich offiziell gegen seine eigene Direktorin zu stellen."

Frau Flatter hatte sich in Hitze geredet. Alex kannte die Diskussion. Sie hatte Marianne Flatter oft über ihren Abgang aus dem Museum klagen hören. Sie wusste, wenn dieses Thema einmal erreicht war, dann musste man geduldig zuhören und entweder Frau Flatter in ihrer Meinung bestätigen und nicken oder am besten gar nichts sagen, wenn man Ersteres nicht tun wollte. Auch Lange schien sich an diese Regel zu halten. Jedenfalls dauerte es eine Weile, bis er sich wieder in die heftigen Proteste einmischte: „Sei froh, dass du jetzt bei uns bist. Deine Lebensstelle hat dir ja niemand genommen. Du kannst deine ganze Erfahrung an unserem Institut einbringen. Ich jedenfalls bin dafür dankbar."

Lange war froh, Marianne Flatter an seinem Institut zu haben. Mit seinen 350 Studenten war das Institut eindeutig überdimensioniert für die vier Lehrkräfte, die es am Laufen hielten. Bereits damals, als Alex kurz vor ihrer Feldforschung stand, hatte er es ihnen erleichtert erzählt. Er sehe die Chance, eine neue Mitarbeiterin ans Institut zu holen und hoffe, dass die Stelle, die Frau Flatter mitbrachte, auch nach ihrer Pensionierung am Institut verbleiben würde. Nun kämpfte er seit anderthalb Jahren für dieses Ziel und hörte es nicht gern, wenn Marianne Flatter sich ans Museum zurückwünschte.

Trotz seiner beruhigenden Worte schien Frau Flatter keinen Frieden mit ihrer derzeitigen Situation zu finden. Sie widersprach heftig und beanspruchte für sich nach wie vor die Direktion des Museums, das sie einst geleitet hatte. „Nach allem, was ich für das Museum getan habe, ist es eine Unverschämtheit, mich derart ins Abseits zu stellen. Schließlich habe ich das Museum nach der Wende zukunftsfähig gemacht und an westdeutsche Standards angepasst. Ohne meine Erfahrungen in Wien und Berlin wäre das wohl nicht möglich gewesen."

Wie ein Automatismus trafen Alex die Erinnerungen an ihre ostdeutschen Lehrer, die vor Jahren ihre Lehrstühle für westdeutsche Kollegen frei machen mussten, deren einziger Vorteil ihre Herkunft gewesen war. Die Neuen waren damals frei von politischer Zweifelhaftigkeit gewesen und die Verzweiflung derer, die gehen mussten, stand ihr immer noch lebhaft vor Augen. Sie musste an die Ersetzbarkeit jedes Einzelnen im Wissenschaftsbetrieb denken. Viele konnten es, doch nur wenige bekamen die Möglichkeit, es auch zu tun. So hatte es nun auch Frau Flatter getroffen. Ihre Direktorenstelle war im Zuge der Vereinigung mehrerer Museen wegrationalisiert worden, und sie war außerstande, diese Ehrverletzung zu verkraften. Doch sie behielt, im Gegensatz zu Alex' früheren Lehrern, eine angesehene Position und ihr Direktorengehalt auf Lebenszeit, ja, wie Lange kürzlich erwähnt hatte, sie würde wohl auch die Chance auf eine außerordentliche Professur haben.

‚Sie sollte sich zufriedengeben und fügen', dachte Alex. Und doch wusste sie, dass es hier in dieser Situation besser war zu schweigen, bis man sich ihr zuwenden würde, um ihr zu sagen, weshalb sie spontan zu diesem Termin gebeten worden war.

„Wir werden hin und her geschoben wie Spielfiguren, dabei sind wir doch an unsere Aufgaben gebunden. Ich jedenfalls habe für das Museum gelebt!"

‚Das Museum wieder aufbauen?'

Alex kannte diese Rhetorik. Sie war typisch für westdeutsche Kollegen in der Nachwendezeit. Sie taten so, als hätten sie die Institute und Museen, in denen sie nach der Wende eine der heiß begehrten Anstellungen gefunden hatten, aus einem Ruinenfeld Stein für Stein wieder zusammengesetzt. Dabei waren es ihre entlassenen Vorgänger gewesen, die diese Institutionen durch die DDR gerettet hatten. Ohne ihre Vorgänger, die ihre Stellen während der Evaluierung räumen mussten, gäbe es die Institute und Museen nicht mehr. Und was ist ein Institut und ein Museum mehr als erst einmal die steinerne Hülle um einen Raum voller Geschichte, nämlich der Geschichte, die von seinen Mitarbeitern geschrieben worden war?

Die Neuen hatten an diese Geschichte anknüpfen, ihr eine neue Wendung geben können, und das sollten sie nach Alexandras Meinung auch tun. Aber dazu musste eine Institution erst einmal vierzig Jahre DDR überstanden haben, und nicht zu selten wurde gerade dieser Teil der Geschichte sträflich ignoriert. Man gebrauchte abfällige Begriffe wie Systemnähe, Partei und Stasi, wenn man von den Vorgängern sprach. Aber gerade der Erhalt einer Institution in der DDR erforderte vielerlei intelligent eingesetzte Kompromisse. Man musste die Interessen der Institution wenigstens rhetorisch mit den Interessen der Partei in Einklang bringen, ohne sich selbst zu deren Büttel zu machen. Und das hatten viele Akademiker in der DDR geschafft, obwohl es bis heute kaum wahrgenommen wurde.

Doch Frau Flatter klagte weiter. Sie erzählte, wie sie von ihren eigenen Mitarbeitern gründlich missverstanden worden war, wie schwer sie es hatte, sich am Museum mit ihren Entscheidungen durchzusetzen, wie man gegen sie intrigiert hatte und wie sie dennoch ihre gesamte Arbeitskraft für die Umgestaltung des Museums eingesetzt hatte.

Es dauerte noch eine Weile, bis Professor Lange sie mit einer ungeduldigen Geste unterbrach. Auch diese Ungeduld hatte Alex schon oft an seiner Haltung gesehen. Er nahm seinen weit ausgestreckten Arm von der Lehne des grünen Sofas, richtete seinen großen Körper mit einer autoritätsheischenden Bewegung auf und beugte sich schließlich zum Tisch, um anzuzeigen, dass er sich nun gern auf das Thema konzentrieren wollte, für das sie zusammengekommen waren. Alex kannte diesen Wechsel von entspannter Ruhe zu konzentrierter Sachlichkeit so gut, dass sie sich bereits bei seiner ersten Bewegung in ihrem Stuhl aufgerichtet hatte, wohl wissend, dass er das Gespräch nun auf sie lenken würde.

„Alexandra", sagte er schließlich in seinem bedächtigen Tonfall. „Wir wollten uns mit dir über deinen geglückten Antrag unterhalten und gleichzeitig besprechen, wie du dein Projekt in angemessener Zeit und erfolgreich zu Ende führen kannst."

Alex nickte und versuchte ein Lächeln in ihr Gesicht zu legen, das ihr aber nicht recht gelang. Sie beobachtete die Verwunderung in Langes Zügen, der sie auch sofort fragte: „Freust du dich denn nicht über deinen Erfolg?"

„Doch, doch", versuchte Alex das Staunen aus Langes Gesicht zu wischen.

„Gut, es ist ja auch eine ernste Angelegenheit. Jetzt ruht eine große Verantwortung auf dir. Die DFG erwartet einen überzeugenden Abschluss deiner Arbeit. Die Grundlagen hast du ja bereits in Sibirien gelegt. Deine Feldforschung war erfolgreich, wie ich es nach deinem Forschungsbericht einschätzen kann. Jetzt kommen die Aufarbeitung und die Abfassung deiner Promotionsschrift."

Er ließ Alex nicht zu Wort kommen. Gespannt sah sie ihn an und wartete, welche Entscheidungen er wohl fällen wollte.

„Um diese Aufgaben zu bewältigen, gehst du ans Forschungsinstitut für Ethnologie in Solau", sagte er schließlich in entschiedenem Ton. „Dort liegt deine Zukunft. Unser Institut kann dir nichts bieten. Du wirst beste Arbeitsbedingungen auf einem internationalen Niveau vorfinden, deine Kollegen der Sibiriengruppe werden dich unterstützen. ... und arbeite an deinem Netzwerk. Ohne internationale Kontakte hast du später keine Chance, dich zu etablieren."

„Ans Forschungsinstitut für Ethnologie?", fiel ihm Marianne Flatter ins Wort. „Wir brauchen Frau Sanger hier. Sie sollte ihre Förderung auch dazu nutzen, uns in der Lehre zu unterstützen!"

Lange schüttelte energisch den Kopf: „Die Verträge mit der DFG lassen keine Einbindung in die Lehre zu. DFG-geförderte Projektbearbeiter müssen von allen Verpflichtungen an der Universität freigestellt werden. So sind die Regeln."

Doch Marianne Flatter schien nicht zufrieden zu sein: „Wir brauchen jeden einzelnen Doktoranden am Institut, und Frau Sanger sollte sich nicht den Verpflichtungen entziehen, die die anderen Doktoranden bei uns haben, sich an den Aufgaben der Lehre und Verwaltung zu beteiligen."

„An den Regeln der DFG kann ich nichts ändern." Alex sah Ungeduld in Langes Gesicht. „Es ist eine Bedingung der Förderung. Ich hoffe, du weißt das zu schätzen", wendete er sich wieder Alex zu. Sie nickte. Ihren Verpflichtungen würde sie nachkommen, wie immer sie auch aussahen. Doch Langes Entscheidung gefiel ihr. Zwei Jahre würde sie am Forschungsinstitut unter den allerbesten Bedingungen arbeiten. Die Direktoren hatten ja bereits zugesagt, und sie war seit über einem Jahr an diesem Institut assoziiert.

„Auch was dein Gehalt betrifft, hast du großes Glück. Die DFG fördert ganze Stellen, ungeachtet dessen, ob du promoviert bist oder nicht."

„Was?" Frau Flatter schreckte auf. „Doktoranden bekommen eine halbe Stelle! Wir können bei Frau Sanger keine Ausnahme machen."

„Warum sollten wir ihr das Gehalt kürzen?", fragte Lange, „Wenn sie die Gelegenheit hat, eine ganze Stelle zu bekommen?"

„Ich werde nicht zustimmen, dass eine Doktorandin finanziell gegenüber den anderen bessergestellt wird. Schließlich müssen unsere Doktoranden neben ihrer Promotion noch lehren, was du Frau Sanger ja gerade erspart hast. Sie hat weniger Verpflichtungen, bessere Arbeitsbedingungen und soll nun auch noch das doppelte Gehalt bekommen? Damit bin ich nicht einverstanden!"

„Aber eine halbe Stelle ist bei der DFG nicht vorgesehen und müsste gesondert beantragt werden. Das Geld wäre dann verloren."

„Dann beantrage die halbe Stelle. Besserstellung gibt es bei mir nicht."

Alex blieb still. Sie beobachtete das Wortgefecht ihrer Betreuer aus einer inneren Distanz, als wäre sie nur zufällige Zeugin dieses Gespräches. Die Arbeit am Kolloquium hatte dafür gesorgt, dass ihr Sieg bei der DFG bislang kaum in ihr Bewusstsein gedrungen war. Erst jetzt wurde ihr langsam diese einmalige Chance bewusst. Ihr wurde klar, welch großes Glück sie hatte, dass ihre Arbeit überhaupt finanziert wurde. In diesem Moment war sie so dankbar, sich nicht neben ihrer Promotion noch mit Jobs über Wasser halten zu müssen, dass sie sich die Frage nach einer halben oder einer ganzen Stelle überhaupt nicht stellte. Beides war gut für sie.

Aus der Ferne ihrer Gedanken registrierte sie, wie Lange sich von Marianne Flatter überzeugen ließ und schließlich eine Notiz darüber machte, für Alex eine halbe Stelle zu beantragen. Dann blickte er ihr wieder direkt in die Augen.

„Wir müssen dann noch die Formalitäten klären und du musst den Arbeitsvertrag unterzeichnen", erklärte er. „Aber das Wichtigste sind ja deine Aufgaben. Welchen Zeitplan hast du, um uns in zwei Jahren die Arbeit vorzulegen?"

Plötzlich fiel es Alex wieder ein. In der Hektik des Aufbruchs aus der Villa Schellmann und während des Gespräches hier in Langes Büro hatte sie keinen Augenblick daran gedacht. In ihr wuchs ein Kind und würde mit Sicherheit dafür sorgen, dass ihre Arbeit nicht in zwei Jahren auf Langes Tisch lag. Plötzlich kehrte alle Aufmerksamkeit und Konzentration in sie zurück. Jetzt erst begriff sie, dass Marianne Flatter ihr und ihrem Kind gerade ein halbes Gehalt genommen hatte. Sie hätte kämpfen müssen, aber sie hatte nur erschöpft von den letzten Tagen dagesessen, als gehe sie die ganze Diskussion nichts an.

Also straffte sie ihre Haltung und begann den Zeitplan ihrer Arbeit zu umreißen. Ein halbes Jahr für die Aufarbeitung ihrer russisch- und tuvinischsprachigen Texte und jeweils sechs Monate für die drei Teile ihrer Arbeit, die Theorie, die Ethnographie und die angewandte Theorie anhand ethnographischer Beispiele. Ein Konzept für die Arbeit hatte sie bereits entwickelt. Sie setzte es ihren Betreuern auseinander und merkte, wie sie sich in Begeisterung redete. Lange nickte und Alex spürte, wie seine Sicherheit darüber wuchs, dass sie ihre Doktorarbeit meistern würde. Dann hatte sie den Bericht über ihre Vorgehensweise abgeschlossen und sah Lange erwartungsvoll an.

„Das klingt ja alles sehr vielversprechend", erklärte er zufrieden. „Dann wirst du in den nächsten zwei Jahren dein Projekt zum Erfolg führen?"

Alex sah, dass Lange das Gespräch für beendet hielt.

„Es gibt noch ein Problem", fügte sie schnell hinzu, ehe er sich von dem grünen Sofa erheben konnte. „In zwei Jahren werde ich das Projekt nicht schaffen!" Und ehe Lange etwas sagen konnte, fügte sie hinzu: „Ich bin schwanger und deshalb würde ich auch um die volle DFG-Förderung bitten."

Lange, der bereits im Aufstehen begriffen war, ließ sich wieder fallen und Frau Flatters Gesicht wurde rotfleckig. Diesmal war sie es, die zuerst reagierte: „Während der Promotion bekommt man doch kein Kind!", echovierte sie einen für Alex untragbaren Gedanken, den sie nicht das erste Mal an einer Universität hörte. Sie sah eine Kollegin von Frau Dr. Spitz vor Augen, die einer vierfachen Mutter die Promotionsstelle mit dem Argument verweigert hatte, für eine Karriere müsse man zweihundertprozentig in die Wissenschaft investieren. Ihr würde sie das nicht zutrauen. Natürlich hatte sie die Kinder der Bewerberin nicht erwähnt, aber jeder im Raum wusste, was der Hintergrund dieser Entscheidung war. Auch Frau Rechtens in Kralingen hatte sich abfällig über die Leistungen einer, wie sie sagte, „ewigen Studentin" geäußert, und als eine Kollegin darauf hinwies, dass die Studentin gerade ein Kleinkind zu Hause versorgte, hatte sie nur abgewunken, darauf könne sie keine Rücksicht nehmen. Es wunderte Alex kein bisschen, dass beide Akademikerinnen, die ihr eben in den Sinn gekommen waren, wie Marianne Flatter aus den alten Bundesländern stammten und selbst auf Kinder verzichtet hatten. Sie waren in der Wissenschaft groß geworden, ohne eine Familie zu gründen, und hatten deshalb verschiedenartigste Probleme mit Nachwuchswissenschaftlerinnen, die es anders machen wollten.

Für Alex war immer klar gewesen, dass sie dem Vorbild ihrer Mutter und ihrer Großmütter folgen und Beruf mit Familie vereinbaren würde. Beides gehörte zum Leben dazu, auf keines von beidem würde sie freiwillig verzichten, und eine Vereinbarung von Karriere und Kind war möglich, davon war sie fest überzeugt, ja, jedes machte das andere erst lebenswert. Sie sah das freundliche Gesicht von Frau Dr. Spitz vor sich, wie sie sich einst über die Nachricht von Alexandras Kommilitonen, Markus Jewgenin, gefreut hatte, als er ihnen mitteilte, dass er aufgrund der Schwangerschaft seiner Frau nicht nach Tuva reisen würde. Sie erinnerte sich, wie Frau Spitz von ihren eigenen Kindern erzählt hatte und was für eine Freude es für sie war, beides zu haben, eine glückliche Familie und den Beruf, der sie erfüllte. Damals hatte Alex von Markus' Absage profitiert. Sein ungeborenes Kind hatte ihr ermöglicht, an seiner Stelle eine erste kleine Forschungsreise durchzuführen. Doch bereits da hatte sie gefühlt, dass auch sie einst für ihr Kind beruflichen Verzicht üben würde.

Dann aber, wenn das Kind erst älter war, würde sie es einbeziehen in ihren wissenschaftlichen Weg, es mitnehmen auf Forschungsreise. Der Gedanke war eine Freude, ein Glück, das sie in sich trug. Sie war sich so sicher wie nie in ihrem Leben, als sie Marianne Flatter spontan antwortete: „Es gibt keinen besseren Moment für ein Kind als die Promotionszeit."

„Das sehe ich auch so", unterstützte sie Lange, der sich von seinem Schreck erholt zu haben schien. „Dann heißen wir dein Kind herzlich willkommen auf der Welt. Ich bin mir sicher, du schaffst deine Doktorarbeit auch mit Kind. Dann dauert es eben ein Jahr länger."

Doch der Unmut in Marianne Flatters Gesicht wollte sich nicht zerstreuen und ihre Züge verhärteten sich noch, als Lange sagte: „Belassen wir es also bei der vollen Stelle?"

Unwillig schüttelte sie den Kopf und hob ihre Fledermausärmel: „Frau Sanger bekommt eine halbe Stelle wie die anderen Doktoranden auch."

‚Was ist das?', dachte Alex und wagte kaum, in die verkniffene Miene von Marianne Flatter zu sehen. Sie dachte an das gütige Strahlen von Frau Spitz, das sie sicher erwartete, sobald sie ihr von ihrem Glück berichten würde. Einmal mehr drängte sich ihr ein Ost-West-Vergleich auf. Doch gleich darauf fiel ihr das berühmte Wissenschaftlerpaar Altzmann ein, die beide in der Bundesrepublik Deutschland Karriere gemacht und dabei sechs Kindern das Leben geschenkt hatten. Beide bekleideten Professuren in unterschiedlichen Städten, hatten umfassend veröffentlicht und hielten weltweit Vorträge. Es ging also, was Alex sich vorstellte, auch in der neuen Zeit. Schließlich bekam sie nur ein Kind und hatte keine Professur, sondern alle Arbeitszeit für ihr Projekt.

Alex rang nach Fassung. Kein Wort fiel ihr ein, dass ihr geholfen hätte, diese unsägliche Situation für sich zu lösen. Würde sie jetzt um ihr volles Gehalt kämpfen, dann stände sie vor ihren Betreuern als eine Doktorandin da, die für sich selbst Privilegien einforderte. Dabei hatte sie doch den erfolgreichen Antrag selbst geschrieben. Sie konnte nicht umhin, Marianne Flatter, von der sie als Doktorandin abhängig war, einen zornigen Blick zuzuwerfen.

Doch dann besann sie sich auf sich selbst und ihre Zukunft. Sie war glücklich. Glücklicher konnte sie im Moment nicht sein. Sie hatte zwei Jahre Arbeit vor sich, war in dieser Zeit finanziell über Wasser, und bald würden sie zu dritt sein. Jetzt wollte sie auf sich aufpassen. Sich nicht mitreißen lassen von negativen Gedanken und Gefühlen. Die hatten in ihrem momentanen Leben keinen Platz. Sollte also Frau Flatter ihren Willen haben. Sie, Alexandra Sanger, hatte das Glück in der Tasche und würde freiwillig auf tausend Euro monatlich verzichten. Sven verdiente ja auch, sie würden das Kind schon ernähren.

Sie war erleichtert, als Lange aufstand und ihr die Hand reichte:

„Ich gratuliere dir nochmals und wünsche alles Gute. Sieh zu, dass du in Solau eine Wohnung findest, in der du ein Nest bauen kannst und deine Arbeit schreiben. Wir freuen uns dann auf deine Ergebnisse."

„Auf Wiedersehen", sagte Alex und reichte auch Frau Flatter die Hand. Dann verließ sie das Institut, stieg die Treppen hinab und freute sich. Morgen würde Sven von seiner Grabung zurückkommen und dann konnten sie alles Weitere planen.

4

Als sie Sven in den Flur ihrer Wohnung treten hörte, eilte ihm Alex entgegen. Seine Jeans und sein Parka wirkten, als hätte er in dieser Kleidung die Erde durchwühlt. Dabei hatte er sich vor der Heimfahrt mit Sicherheit umgezogen. Manchmal, wenn Alex ihn betrachtete, bekam sie das Gefühl, er würde sich an die Tönung der Befunde im brandenburgischen Sand anpassen. Seine Haut wirkte wettergegerbt und hatte stets eine gesunde Bräune, auch in den Wintermonaten. Diese raue und männliche Verwitterung in seinem ebenmäßigen Gesicht, die typischerweise Bauern oder Bauarbeiter trugen, gerieten in Alex' Augen immer mehr in Kontrast zu seiner immer noch zierlichen und schlanken Figur und seinen behutsamen Gesten. Sven war jetzt zweiundvierzig Jahre alt, abgeschlossener Archäologe und neun Jahre älter als Alex. Höchste Zeit, dachte sie, als sie ihn lange umarmte.

Einige Sekunden lang sagten sie nichts. Bis Sven sich aus ihrer Umarmung löste, um endlich seine Tasche von der Schulter zu nehmen.

‚So ist unser Leben. Am Montag verschwindet er für eine Woche auf die Grabung und am Freitag kehrt er erdig zurück, um das Wochenende mit mir zu verbringen. Wie soll das werden?'

Sie hätte ihn gern als den typischen Vater gesehen, der abends aus dem Büro heimkehrte und mit ihr und dem Kind Abendbrot isst.

Aber dieser Wunsch würde nie in Erfüllung gehen. Sie allein würde die Woche bewältigen müssen, und sie fühlte sich die Kraft dazu sammeln, in ihrem Innersten, als müsse sie damit gleich heute beginnen.

Um Svens Schweigen zu beenden, stellte sie ihm die Frage, die sie wortwörtlich jeden Freitag stellte: „Und, wie war es auf der Grabung?"

„Wir kommen voran. Befunde über Befunde und ich komme mit der Dokumentation kaum hinterher", antwortete er.

„Habt ihr was Besonderes?" Auch diese Frage stellte Alex fast wöchentlich.

„Ein Brunnen kommt auf uns zu. Wir werden ihn im Block bergen. Mal sehen, welche Schätze er offenbart." Sven lachte sie an und Alex spürte, dass ihnen beiden der Mut fehlte, das eigentliche Thema dieses Wochenendes anzusprechen.

Als Sven seine Jacke abgelegt hatte, gingen sie in die Küche und Alex setzte Kaffee an. Sven ließ sich umständlich am Küchentisch nieder und fuhr sich mit den Händen über das widerspenstige braune Haar, das dem Haargummi regelmäßig entwischte. Dann sah er sie aus seinen blauen Augen lächelnd an: „Und wie war nun euer Kolloquium?"

„Ein voller Erfolg!" Alex war froh, dass er seine Sprache wiedergefunden hatte. „Wir hatten mehr als zweihundertfünfzig Besucher, die Vorträge waren interessant, die Diskussionen heftig und die Filme, die wir gezeigt haben, kamen auch gut an. Leider hatte ich kaum Möglichkeit, mich mit den Gästen zu unterhalten. Die ganze Zeit war ich mit der Organisation beschäftigt und bin von einer Baustelle zur nächsten gelaufen. Ich bin noch voller Adrenalin und könnte gleich loslegen und weiterarbeiten, mich in meine Doktorarbeit stürzen. Aber erst gibt es ja noch einiges zu regeln", sagte sie und wartete vorsichtig, ob er nun etwas zu dem Thema sagen würde, das in ihr brannte. Doch er schüttelte nur müde den Kopf. Sie schenkte ihm einen Kaffee ein und stellte die Tasse vor ihm auf den Tisch. Dann nahm sie sich selbst eine Tasse und setzte sich zu ihm. Weil er immer noch schwieg, redete sie einfach weiter.

„Lange hat mich zu sich bestellt. Mein Antrag ist durch, nächste Woche unterschreibe ich den Vertrag."

„Na, das ist doch eine gute Nachricht!" Sven freute sich sichtlich über Alexandras Erfolg. „Jetzt ist deine Promotion in Sack und Tüten!" Das Strahlen in seinen Augen steckte auch Alex an, die plötzlich lachen musste. Glück über ihren Erfolg fühlte sie in sich aufsteigen, dieses sanfte Glück, das sie bislang noch viel zu wenig genossen hatte. Sie nutzte die Gelegenheit, um nun den für ihn bitteren Teil ihres Erfolges hinzuzufügen.

„Er hat mir geradezu den Auftrag erteilt, zukünftig am Forschungsinstitut für Ethnologie zu arbeiten. Aber mit Kind wird das schwer, wenn ich hier wohnen bleibe."

Jetzt war es ausgesprochen. Das Kind war erwähnt und Alex konnte nicht deuten, worüber Sven in diesem Moment mehr erschrak, über das wie selbstverständlich erwähnte Kind, das sie bekommen würden, oder darüber, dass Alex ihm eben erklärt hatte, dass sie nach Solau ziehen müsse. Sven betrachtete sie und sein Mund wurde noch schmaler. Dann nahm er seine Tasse und trank. Besser sie redete jetzt weiter, dachte Alex. Vielleicht könnte sie mit Reden die Schranken durchbrechen, die Sven seit ihrer Begrüßung in sich zu tragen schien.

„Ich kann nicht pendeln, wenn unser Kind in die Kita gehen wird. Du bist in der Woche auf Grabung und ich müsste in der Betreuungszeit nach Solau fahren, arbeiten und wieder zurückfahren. Entweder habe ich dann zu wenig Arbeitszeit oder unser Kind müsste mehr als acht Stunden täglich in der Kita bleiben. Das kann ich ihm nicht antun. Wir sollten also nach Solau ziehen."

Seine Antwort kam prompt und heftig: „In dieses Drecknest? Ich zieh doch nicht zurück!"

Schockiert sah sie ihn an. Und doch, sie hatte geahnt, dass er so reagieren würde. Mehrfach hatte er ihr gesagt, dass nichts in der Welt ihn dazu bringen würde, jemals wieder nach Solau zu gehen. Aber jetzt gab es einen Grund, und diesen konnte er doch nicht ignorieren. Wie sollte sie es denn schaffen, in der Woche allein ein Kind zu betreuen und dabei noch zu pendeln? Er musste doch einsehen, dass kein Weg an einem erneuten Umzug vorbeiführte. Alle Alternativen wären unzumutbar für sie und für die ganze Familie.

„Es gibt keine andere Möglichkeit“, sagte sie deshalb sanft und fühlte, wie Sven sich augenblicklich vor ihr verschloss. Er war nicht bereit, mit ihr weiter darüber zu diskutieren. Und diese Abwehr des Notwendigen erzeugte in ihr eine Mischung aus Ohnmacht und Wut. Sven regelte seinen Widerwillen stets mit Rückzug und Schweigen, was Alex regelmäßig an die Grenzen ihrer Beherrschung brachte. Freute er sich denn nicht auf das Kind? Wollte er keine gemeinsame Zukunft mit ihr?

„Kannst du nicht hier am Institut arbeiten?“, fragte er schließlich.

Entschlossen schüttelte Alex den Kopf: „Wenn ich eine Chance in der Wissenschaft haben will, muss ich ans FFE gehen. Dort arbeite ich in einem internationalen Team, alles Leute, die in der Sibirienforschung tätig sind. Ich kann Kontakte knüpfen, habe eine bestens bestückte, aktuelle Bibliothek zur Verfügung, kann an internationalen Tagungen teilnehmen und habe alle Möglichkeiten, meine Fähigkeiten auszuleben. Nur dort kann ich die Voraussetzungen für meine Karriere schaffen. Es wäre geradezu dumm, mich hier mit meiner Doktorarbeit einzuigeln, wo ich an der Universität nicht mal einen Tisch bekomme und in die Deutsche Bibliothek gehen müsste, um ein paar deutsche Bücher zu lesen. Internationale Literatur zur Sibirienforschung ist hier nicht zugänglich. So oder so müsste ich die Bibliothek in Solau benutzen. Für mich gibt es keinen anderen Weg.“

Sven erwiderte nichts, sah sie nur kurz an und trank seinen Kaffee. Doch Alex hatte noch nicht fertig gesprochen. Sie ignorierte sein missmutiges Schweigen und fuhr mit ihrer Rede fort: „Sieh dir diese Wohnung an“, sie wies auf die fliederfarbenen Wände ihrer Küche, als wären sie Teil einer feindlichen Umgebung. „Jetzt ist es Herbst und du weißt, im Winter ist nur ein Zimmer beheizbar. Wir müssen, wenn es kalt wird, unser gesamtes Leben auf diesen einen Raum beschränken. Ein Bad haben sie uns zwar vor zwei Jahren eingebaut, aber es hat nur einen Gasofen und der ist für ein Kleinkind gefährlich. In der Küche heizen wir mit dem Gasherd und atmen die giftige Luft ein. Wie willst du in dieser Wohnung ein Kind aufziehen? Wo willst du einen Wickeltisch hinstellen und wo willst du das Kind baden? Wo soll es spielen, wenn es kalt wird? Diese Wohnung macht mich krank! Jeden Winter friert all mein Lebensmut ein, und ein Kind braucht Wärme und Geborgenheit, nicht einen Eispalast. So oder so müssen wir umziehen!"

„Ich bin jede Woche auf Grabung, wie stellst du dir eine Familie überhaupt vor?", fuhr ihr plötzlich Sven ins Wort, und Alex verstummte erschrocken. Von einem Moment auf den anderen war ihr klar geworden, was hier geschah. Sie redete so selbstverständlich von ihrer gemeinsamen Familie, als sei sie bereits seit Jahren ein Teil ihres Lebens. Aber Sven fühlte nicht so. Für Sven brach eine Welt zusammen, die Welt, in der er sich eingerichtet hatte. Er hatte Angst, Angst vor dem Kind, Angst vor der Verantwortung und besonders Angst vor der Veränderung, die damit in sein Leben einbrach. Sven war starr vor Angst.

Alex dagegen fühlte sich schon lange überreif für die Zukunft. Sie hatte das Gefühl, in einem sinnlosen Leben dahinzutreiben, wenn sie diesem Leben nicht einen Anker, ein Zentrum, gab. Einen Grund, für den es tagtäglich Sinn machte, da zu sein, zu kämpfen oder einfach nur zu existieren. Die Wissenschaft war immer ihr Ziel gewesen; aber was war aller Erfolg, wenn es niemanden gab, den man an der Hand führte und dem man zeigen konnte, was man im Leben leistete? Kinder waren doch die Zukunft und ihr gemeinsames Kind war ihre gemeinsame Zukunft, etwas, das von ihnen blieb und das wichtiger war als jedes Buch, das sie schrieben. Alexandra betrachtete Sven, der immer noch unwillig auf seinem Stuhl saß und dem sie ansah, dass er das Ganze am liebsten vergessen würde, wäre da nicht die unabänderliche Tatsache in ihrem Bauch.

„Freust du dich denn gar nicht?“, fragte sie ihn deshalb vorsichtig.

„Doch“, sagte Sven leise, und Alexandra atmete erleichtert auf.

„Wir finden einen Weg, der dich und mich glücklich macht“, versuchte sie ihn aufzumuntern.

Doch er winkte ab: „Lass uns später weiterreden. Ich muss mich erst mal ausruhen.“

Während Sven mit der Wochenzeitung im Roten Salon verschwand, ging Alexandra ins Arbeitszimmer und schaltete ihren Computer ein. In ihrem E-Mail-Account fand sie eine Einladung zu einem Vortrag heute Abend und die Bitte, sich danach mit dem Direktor des Museums zu treffen, um über die Ausstellung zu sprechen, für die sie direkt nach ihrer Rückkehr aus Tuva den Kontakt zwischen einer tuvinischen Kollegin und dem Museum hergestellt hatte.

Tanja, diese Kollegin, war tuvinischer Herkunft und seit einigen Jahren in Deutschland verheiratet. Sie hatte Alex gebeten, ihr dabei zu helfen, die Wanderausstellung des tuvinischen Museums nach Deutschland zu vermitteln. Sie selbst würde sich um die Logistik kümmern, und Alex hatte sofort E-Mails an ihre Kontakte geschrieben und nun endlich eine Antwort bekommen. Heute Abend, das passte ihr gar nicht. Aber der Termin stand, sie konnte ihn wahrnehmen oder diese Chance zur Kooperation verspielen. Also beschloss sie, den Vortrag zu besuchen, sagte schnell Sven Bescheid, der nur kurz von seiner Zeitung aufblickte, zog sich die Jacke an und eilte zum Museum.

Der Vortrag war eher belanglos, und als die Zuhörer endlich den Saal verließen, suchte Alex mit den Augen Rolf Danz. Endlich fand sie ihn in ein Gespräch mit einem älteren Herrn vertieft. Sie packte langsam ihre Sachen zusammen. So lange die beiden Herren sich unterhielten, wollte sie nicht stören. Erst als der kleinere Danz seinem Gesprächspartner die Hand reichte, lief sie langsam auf ihn zu.

Danz war ein eher unauffälliger Typ. Hätte man ihn auf der Straße gesehen, würde man mit Sicherheit nicht annehmen, dass er allein

Entscheidungsträger für mehrere Museen war. Alexandra wusste, dass er vor wenigen Jahren eine wesentlich jüngere Frau geheiratet hatte. Doch die Ehe blieb kinderlos und aufgrund seiner Position, die beide finanziell absicherte, hielt es wohl auch kein Förderer für nötig, Danz' Frau eine Stelle zu geben. Alex wollte nicht mit ihr tauschen.

Sie ging auf Danz zu und wurde langsam nervös. Immerhin, jetzt würde sich vielleicht entscheiden, ob die Ausstellung, die Alex in Tuva gesehen hatte, nun auch in Linden gezeigt werden konnte.

Danz legte zur Begrüßung vertraulich seine Hand auf ihre Schulter und Alex atmete auf, als sie nach seinen Worten einen Schritt von ihm wegtreten konnte.

„Ich muss noch mal kurz ins Büro", sagte er. „Dann können wir gehen."

Verwundert blickte sie ihm nach und ging ins Foyer. Um die Wartezeit zu nutzen, trat sie zu einem Kartenständer und sah sich einige Prospekte an. Nach wenigen Minuten erschien Danz wieder, zog sich eilig seinen Mantel über, winkte ihr zu, dass sie ihm folgen solle, und lief eilig in Richtung Ausgang.

„Wohin gehen wir denn?", fragte Alex, als sie zu ihm aufschloss.

Danz sah sie nur kurz von der Seite an: „Ich habe Hunger. Ich werde Ihnen bei mir zu Hause etwas kochen. Dann reden wir", erklärte er, als sei diese Aufforderung eines Direktors an eine jüngere Kollegin das Normalste auf der Welt.

Alex schauderte bei dem Gedanken, Danz' Wohnung aufsuchen zu müssen. Damit hätte er in ihrem Gespräch einen unschlagbaren Heimvorteil. Sie hingegen zog die nüchterne Neutralität jedes Büros für Gespräche vor, die sie siegreich bestehen wollte. Selbst in einem Restaurant hätte sie sich jetzt unwohl gefühlt. Doch Danz ließ ihr keine Wahl. Schnellen Schrittes eilte er vom Museum weg und führte sie wortlos durch die Straßen, bis sie vor einem prächtig sanierten Gründerzeithaus stehen blieben. Er öffnete die Haustür.

„Wir haben eine Dachterrasse“, sagte er, als könnte ihr diese den Besuch bei ihm schmackhafter machen.

Das Haus hatte einen Fahrstuhl. Danz betätigte den obersten Knopf und blickte stumm vor sich hin, als führen sie durch ein Bürogebäude. Dann schloss er die Wohnungstür auf.

„Stören wir Ihre Frau nicht, wenn wir hier so unvermittelt auftauchen?“, fragte nun Alex etwas besorgt. Aber Danz winkte ab, lächelte sie an und sagte: „Sie ist unterwegs auf einer Tagung.“

Kurz überlegte sie, sofort zu gehen, doch dann fiel ihr wieder die Ausstellung ein. Ein Stück Tuva nach Linden zu bringen, dieser Traum war zum Greifen nahe. Und Tanja verließ sich auch auf sie. Was sollte sie also tun? Sie beschloss einzutreten und abzuwarten, wie die Dinge sich entwickelten.

„Lassen Sie ihre Schuhe ruhig an, hier wird sauber gemacht“, sagte Danz, als sie sich umständlich bückte, um sie abzustreifen. Er führte sie durch einen kleinen Flur in einen großen verwinkelten Wohnraum unter einer Dachschräge. Links sah Alex einen gemütlichen Wohnbereich und der rechte Teil des zweigeteilten Raumes wurde von einer offenen Einbauküche dominiert, vor der ein großer Esstisch stand. Etwas abseits stand ein weiteres weißes Sofa mit einem kleinen Couchtisch, auf dem bunte Illustrierte lagen.

„Setzen Sie sich ruhig“, forderte sie Danz auf und wies auf das weiße Sofa mit den Illustrierten seiner Frau.

„Danke, ich setze mich lieber an den Tisch“, erwiderte Alex. Schob sich einen Stuhl zurecht und nahm Platz.

„Na, wenn Sie mir beim Kochen zusehen wollen?“ Danz lachte.

„Geben Sie mir ruhig auch etwas zum Schnippeln“, forderte Alex ihn auf und hoffte mit jeglicher Art von Betätigung ihre unwohlen Gefühle abstreifen zu können.

Doch Danz gab ihr nichts zum Schneiden. Stattdessen stellte er ein Glas Weißwein vor sie hin, schenkte sich selbst eins ein und trank, ohne mit ihr anzustoßen. Er kochte konzentriert und wendete sich ihr ab und an zu, um ihr eine belanglose Frage zu stellen, auf die sie kurz angebunden antwortete.

Das fing ja gut an, dachte Alex. Zum einen wollte sie so schnell wie möglich die Sache mit der Ausstellung klären, um endlich wieder nach Hause zu kommen und ihr Gespräch mit Sven fortzusetzen, und zum zweiten lag ihr gerade in diesem Moment nichts ferner, als in dieser teuer, aber geschmacklos eingerichteten Luxuswohnung zu sitzen und dem Direktor beim Kochen zuzusehen.

Widerwillen regte sich in ihr und zu allem Überfluss löste der Geruch des bratenden Gemüses in ihr die bekannte Übelkeit aus, an der sie bereits seit zwei Wochen litt und die sie immer wieder an ihren Zustand erinnerte. Danz konnte ihr selbstverständlich diesen Zustand nicht ansehen. Hätte er sie auch noch in drei Monaten mit in seine Wohnung genommen?, fragte sie sich. Sie musste bei der Vorstellung lächeln, sich plötzlich vor ihm aufzurichten, sodass sein Blick unvermittelt auf ihren gerundeten Bauch fallen musste. Aber diesen Bauch gab es noch nicht. Das Kind jedoch war Realität, sicher, und es machte es Alex nicht leichter.

Endlich hatte Danz das Gemüse im Wok angebraten. Er verteilte es geräuschvoll auf zwei große Porzellanteller, die Alex nicht gefielen, und stellte ihr einen Teller hin. Dann gab er ihr das Besteck in die Hand, setzte sich selbst und begann das Gemüse in sich hineinzuschaufeln. Alex kostete. Das Gemüse war noch roh und unvermittelt fragte sie ihn, ob er kurz angebratenes Gemüse mochte.

„So essen die Chinesen", antwortete er und Alex erwiderte: „Nicht umsonst ist es schwer, sich an eine fremde Küche zu gewöhnen." Kurz blickte Danz sie an, dann lachte er und wischte ihre Andeutung vom Tisch: „Sie werden sich schon gewöhnen."

Erneut versuchte er, ein Gespräch zu beginnen. Er fragte sie nach ihrem Projekt und nach ihren Plänen und Alex fiel in ihre Passion zurück, als sie von ihrer Feldforschung berichtete und ihm das Konzept ihrer Arbeit auseinandersetzte. Gönnerhaft nickte er ihr zu.

„Nehmen Sie sich nicht zu viel vor. Wer seine Ziele zu hoch steckt, kann scheitern. Nehmen Sie zum Beispiel meine Arbeit. Ich habe mir damals eine ganz überschaubare Aufgabe gestellt, Heilpflanzen, ihre medizinische und kulturelle Verwendung zu studieren, und es hat sich immer als ein Vorteil erwiesen, dass ich auf diese Weise schnell mit meiner Dissertation fertig wurde. Die Note zählt am Ende gar nichts, Hauptsache, man hat den Doktorgrad erreicht. Erst dann kann man sich auf Stellen bewerben. Und Sie sehen, heute bin ich Direktor."

Er wies mit seiner Gabel durch den Raum, als säßen Alex und er in einer Ausstellung, auf die er stolz sein konnte. Sie folgte mit ihrem Blick verwundert seiner Geste. Dann schüttelte sie energisch den Kopf.

„Heute ist eine ganz andere Situation, nicht zu vergleichen mit der Zeit, in der Sie Karriere gemacht haben. Sie haben mit wenigen Kommilitonen studiert, gleichzeitig wurden neue Institute geschaffen und Museen ausgebaut, und dann kam auch noch die Wende dazu und es wurden viele Stellen im Osten frei." Ihre Generation hätte schon an der Dissertation scheitern müssen, um aus der Wissenschaft zu fallen. Heute aber, siebzehn Jahre nach der Wende, konkurrieren Massen miteinander, die an den zahlreichen neu geschaffenen Instituten ausgebildet wurden, und gleichzeitig werden die Institute wieder geschlossen und die Stellen, die frei werden, gestrichen. Es gibt kaum Chancen, auf eine Stelle nachzurücken und auf der Karriereleiter nach oben zu steigen. Die Massen kämpfen um die wenigen Stellen, die neu besetzt werden dürfen. Da muss man schon etwas Besonderes bieten, wenn man eine Chance haben will. Selbst ausgezeichnete Noten helfen nicht weiter, denn auch die werden inflationär verteilt. Das Einzige, was hilft, ist eine außergewöhnliche Arbeit."

„... und gute Kontakte", fiel ihr Danz ins Wort und blickte sie unverhohlen an.

Alex schluckte und schob ihren Teller von sich. Es war gut, diese Attacke jetzt als Stichwort zu begreifen, riet sie sich und konterte: „Dann reden wir doch jetzt über die Ausstellung.“ Ein Lächeln flog über ihr Gesicht, während er sie für einen Moment erstaunt anstarrte. Dann stellte auch er seinen leeren Teller zur Seite und registrierte missmutig, dass Alex kaum gegessen hatte.

„Lassen Sie uns erst noch auf der Terrasse rauchen“, erwiderte er, stand auf, räumte die Teller ab und holte seine Zigarillos aus der Manteltasche. Dann öffnete er Alex die Terrassentür und sie traten ins Freie.

Danz zündete sein Zigarillo an und reichte ihr die Schachtel. Sie lehnte ab und mit dem herben Rauch überkam sie wieder die Übelkeit. Draußen war es dunkel und die gedämpften Geräusche der Stadt erreichten sie wie aus weiter Ferne. Alexandra musste an die Nacht auf dem Dach der Stewa denken, die sie vor ein paar Jahren dort mit Sven verbracht hatte. Auch damals hatte die Stadt so geklungen.

Irritiert über ihre Erinnerung an diesen Ort versuchte sie dem bitteren Qualm von Danz' Zigarillo auszuweichen, der sich ihr langsam, aber stetig näherte. Auch Danz gedrungener Körper rückte ihr näher und näher, und plötzlich legte er seinen rechten Arm um ihre Schulter und zeigte mit der Hand, in der das Zigarillo qualmte, auf die Sterne. Doch noch ehe er ein Wort zu ihr sagen konnte, wurde ihr mit einem Schlag klar, was sie sich zu denken die letzte halbe Stunde verboten hatte. Sie wollte fliehen. Ihr war eklig zumute. Sie wollte nicht neben diesem Mann stehen und ganz bestimmt nicht mit ihm Arm in Arm in die Sterne sehen.

„Es tut mir leid“, sagte sie hastig, aber entschlossen. „Wir müssen unser Gespräch auf ein anderes Mal verschieben. Bitte lassen Sie mir durch Ihre Sekretärin einen Termin geben, damit ich Sie in ihrem Büro aufsuchen kann.“

Dann öffnete sie so energisch die Terrassentür, dass Danz mit Sicherheit keinen Widerspruch erheben würde.

Ohne auf eine Antwort zu warten, zog sie ihre Jacke an und lief aus der Wohnung, stieg in den Fahrstuhl, der immer noch auf der oberen Etage stand, und verließ fluchtartig das Haus. Draußen musste sie sich in dem fremden Viertel erst orientieren, bis sie den Weg nach Hause fand, den sie fast rannte. Und sie atmete erst auf, als sie ihre eigene Wohnungstür aufschloss und endlich wieder in ihr Reich eintreten konnte.

Sven hatte in der Küche auf sie gewartet, als Alex atemlos den Raum betrat und sofort begann, empört davon zu berichten, was sie eben erlebt hatte.

„Das ist ja unerträglich", schimpfte sie. „Stell dir vor, ich bin schwanger und der macht mich an." Dann winkte sie widerwillig ab: „Die Ausstellung kann ich vergessen. Meinetwegen kann er mir den Buckel runterrutschen mit seiner Entscheidungsgewalt. Was denkt der, was ich alles für diese Ausstellung tue?"

„Beruhige dich doch", sagte Sven, stand auf und nahm sie in die Arme. Alexandra schüttelte sich immer noch, doch dann lehnte sie sich sanft an seine Schulter. „Unerträglich ist das", beteuerte sie noch einmal leise.

Sven ließ ihr Zeit, sich zu beruhigen. „Das glaube ich dir", sagte er sanft und strich ihr über den Rücken.

„Jetzt kommen wir aber mal zur Sache", erklärte sie zornig. „Zwei solche Fehlentwicklungen an einem Tag kann ich nicht verkraften. Was willst *du* nun eigentlich?"

„Setz dich erst mal", sagte Sven und zeigte auf ihren Stuhl. Dann schenkte er ihr einen Tee ein und nahm die Flasche Wein und sein Glas vom Tisch, aus denen er eben noch getrunken hatte. Alex nickte ihm dankbar zu.

Während sie immer noch vor Zorn bebte, setzte er sich schließlich. Das, was in den letzten Tagen alles geschehen war, begann ihr plötzlich über den Kopf zu wachsen. Was sie jetzt brauchte, war endlich eine positive Rückmeldung von Sven und die Freude auf ihre Familie und ihre Zukunft. Beides stand ihr zu und beides wollte sie sich nicht nehmen lassen. Sie sah ihn an.

„Während du weg warst, habe ich mir Gedanken gemacht“, begann Sven endlich.

„Ich habe folgenden Vorschlag: Du suchst eine Wohnung in Solau und mietest sie auf deinen Namen. Die Wohnung hier behalten wir auf meinen Namen. Unter der Woche bin ich auf Grabung und an den Wochenenden besuche ich euch. Mehr kann ich dir nicht bieten.“

‚Besuchen?‘ Alex war verstört: ‚Wollte er sie und das Kind nur besuchen?‘

Doch das eben erlebte hatte ihr die Kraft genommen, zu streiten. Deshalb wurde ihre Stimme ganz klein, als sie antwortete: „Stellst du dir so unser Familienleben vor? Dass du in Linden wohnst und ich in Solau mit dem Kind?“

„An den Wochenenden werde ich schon bei euch leben. Ich richte die Wohnung auch mit ein. Aber ich brauche einen Rückzugsort, sonst wird es mir zu viel. Deshalb behalte ich die Wohnung hier. Mehr Familie kann dir kein Archäologe bieten, der in der Woche auf Grabungen sein Geld verdient. Glaube mir, wir werden glücklich sein.“

Wenigstens floh er nicht ganz aus ihrer Beziehung, dachte sie und rieb sich müde die Stirn. Dann sah sie ihn nachdenklich an. Vielleicht würde er mit der Zeit in seine Vaterrolle hineinwachsen? Vielleicht war es ja eine gemeinsame Zukunft, eine Zukunft mit Auswegen, wenn auch eine sehr postmoderne. Dass er als Archäologe nur an den Wochenenden bei ihnen sein konnte, das hatte sie ja immer gewusst. Niemals würde sie von ihm verlangen, diesen Beruf aufzugeben. Und wenn sie darüber nachdachte, es war vielleicht sogar eine gute Lösung, nicht alle Zelte in Linden abzubrechen. Schließlich würde sie ihre Diss. hier an der Universität verteidigen und müsste auch weiterhin am Institut Aufgaben übernehmen. Ruhig sah sie Sven an. Jetzt hätte sie gern einen Wein getrunken, doch das durfte sie nicht.

Als sie am nächsten Tag in ihre Mails schaute, fand sie eine Nachricht von Danz' Sekretärin, dass die Ausstellung leider nicht am Museum gezeigt werden könne, da dem Museum die Kapazitäten fehlten. Doch das war Alex nun egal.

5

Sie hatte Kees gleich in der ersten Woche ihrer Arbeit am Institut kennengelernt. Er war über zwanzig Jahre älter als sie und arbeitete leidenschaftlich an einem Thema zur Wissenschaftsgeschichte, ein Forschungsfeld, das mit seinen überwiegend papiernen Quellen weit weg von der Lebendigkeit ihrer eigenen Erfahrungen in Sibirien war.

Kees ging auf jeden zu, als kenne er ihn bereits seit Jahren. So auch auf die Gruppe Doktoranden, in der Alex stand, als sie ihn auf dem Empfang der Tagung „Deutsch-Russische Begegnungen" kennenlernte. Er betrat mit seiner großen hageren Gestalt in ordentlicher, aber leicht verschlissener Bekleidung den Raum, beugte sich über das Buffet, nahm sich eine saure Gurke und ein Glas Sekt, sah sich im Raum um und trat an die Gruppe heran, in der sich Alex gerade unterhielt.

„Wie hat euch der Vortrag gefallen?", fragte er auf Deutsch und begann gleich darauf eine Debatte darüber, dass man an den zu DDR-Zeiten üblichen wissenschaftlichen Austausch mit russländischen Kollegen unbedingt wieder anknüpfen sollte. „Die osteuropäische und russländische Ethnologie werden heute sträflich vernachlässigt", erklärte er, und wenige Minuten später erfuhren Alex und ihre Gesprächspartnerinnen, dass er aus Leiden stammte und Niederländer war.

„Wo hast du so gut Deutsch gelernt?", fragte sie ihn und wunderten sich über seine nahezu akzentfreie Aussprache. Sie hatten doch inzwischen die Erfahrung gemacht, dass ihre ausländischen Kollegen während ihres Aufenthalts am Institut fast kein Wort Deutsch lernten. Am Institut war es zwar selbstverständlich, dass jeder Kollege fließend Englisch sprach, Deutschkenntnisse dagegen wurden von niemandem erwartet, auch nicht von denjenigen, die über Jahre an diesem Institut tätig waren. Wer Deutsch sprach, zeigte Schwäche, und wer eine Diskussion auf Englisch nicht bestand, war untauglich für die Wissenschaft, weshalb Alex mit ihrem mittelmäßigen DDR-Englisch immer im Hintergrund blieb und sich mit dem Gedanken herumschlug, eine wichtige Kompetenz nicht zu besitzen.

„Ich arbeite seit Jahren in deutschen Archiven über die deutsche und russische Aufklärung“, erwiderte er und neigte leicht den Kopf, um sich zu ihnen hinabzubeugen. Alex sah seine kleinen, tief liegenden Augen in dem schmalen Gesicht, die typisch für geistig Schaffende waren, die bis tief in die Nacht hinein arbeiteten und zu wenig Schlaf hatten. Sie konnte sich gut vorstellen, dass er zu jenen Wissenschaftlern gehörte, die an der eigenen peniblen Arbeitsweise scheiterten. Die Gründlichkeit eines Archivars, die sie in sein Gesicht hineinlas, stand in einem krassen Gegensatz zu dem jugendlichen Wesen seiner Züge, das ihm durch seine auffällig abstehenden Ohren verliehen wurde und das sie an einen Jungen erinnerte, der verspielt und gleichzeitig stoisch nur seinen eigenen Eingebungen und Neigungen folgte. Sein kurzes Haar wiederum war dünn, hatte aber noch die Farbe seiner Jugend. Keine einzige graue Strähne zeigte sich auf seinem Kopf und auch nicht in seinem Bart, der die Oberlippe und als kleiner Tupfen die Unterlippe zierte.

Kees war freundlich und durch und durch zugänglich für die wesentlich jüngeren Doktorandinnen um Alexandra. Den Altersunterschied zwischen ihnen schien er nicht wahrzunehmen. Er legte in seine Sprache so viel Ernst, als wären sie erfahrene Wissenschaftlerinnen, die, wie er, seit Jahren in der akademischen Welt wirkten und mit eigenen Forschungsergebnissen für Aufsehen sorgten.

„Ich bin hier in Deutschland so gut wie zu Hause. Aber den Osten kenne ich kaum, doch ich muss sagen, er gefällt mir."

„Ja?", fragte eine von Alex' Gesprächspartnerinnen und ein amüsiertes Lächeln umspielte ihre Lippen. „Und was genau gefällt dir hier?"

„Die Ostdeutschen selbst. Sie sind ehrlich und direkt, dabei aber trotzdem warm und gastfreundlich."

„Das ehrt uns", antwortete sie. „Andere reden von Jammer-Ossis."

Die Doktorandinnen kicherten, doch Kees ließ sich nicht beirren: „Selbst die Medien, ich weiß."

Nachdem sie kurz über seinen Einwurf nachgedacht hatte, musste Alex lächeln: „Es ist ja selten, dass wir mit jemandem Deutsch reden können. Meist mühe ich mich ab, mit Amerikanern und Russen in deren Muttersprache zu sprechen, und dabei sind sie in meiner Heimat."

„Ich bemühe mich, die Sprache meiner Gastgeber zu lernen", antwortete er galant, „und spreche gern mit dir in deiner Muttersprache. Meine lernt sowieso niemand, außer von seinen Eltern."

Wieder mussten sie lachen: „Das kennen wir."

„Ihr?", schüttelte Kees energisch den Kopf. „Deutsch ist die Sprache der Aufklärer, eine Weltsprache bis ins zwanzigste Jahrhundert hinein."

„Ja, und dann haben wir sie mit zwei Weltkriegen zugrunde gerichtet!"

Bei dieser Aussage schien sich Kees Körper plötzlich zu straffen. Er zeigte eine innere Auflehnung, als müsse er einen Gedanken formulieren, der schon lange in ihm gärte und oft von ihm ausgesprochen worden war, ohne dass er etwas bewirkt hatte.

„Diese ewige Selbstanklage der Deutschen!", schüttelte er empört den Kopf. „Wie soll Deutschland wieder auf den Platz finden, der dieser Kulturnation gebührt, wenn die Deutschen sich in Selbstbestrafung einigeln und ihre Selbstreflektionen auf zwei Weltkriege beschränken? Wieso stellt ihr eure wissenschaftlichen, literarischen und musikalischen Leistungen, von denen die ganze Welt profitiert hat, derart in den Schatten dieser beiden Kriege? Das ist doch absurd!"

Verblüfft wich Alexandra einen Schritt zurück. Sie hatte sich stets geschämt, wenn sie sich im Ausland zu ihrer Herkunft bekennen musste. Deutsche zu sein, war für sie immer ein Makel gewesen. Schon das Wort „deutsch" stand für sie im Schatten der Nazidiktatur. Wer „Deutschland" rief, war für sie ein Rechtsradikaler. Und jetzt brachte ein Holländer diese eingeschliffene Selbstverachtung auf den Punkt und machte sie darauf aufmerksam, dass sie ein Skandal war.

Irritiert antwortete sie: „Unsere Schuld sitzt tief. Wir haben sie in unserer Kindheit mit Alulöffeln gefüttert bekommen. Mir ist das gar nicht so bewusst gewesen." Und sie stellte sich die Frage, worauf sie als Deutsche heute stolz sein sollte.

Doch Kees ließ sie nicht lange nachdenken.

„Seit über zwanzig Jahren arbeite ich an der Rolle deutscher Aufklärer bei der Entstehung der Ethnologie. Es waren übrigens auch Gelehrte aus dieser Stadt, die Russlands Völker im frühen achtzehnten Jahrhundert erstmals in ethnographischen Aufzeichnungen dokumentierten."

„Aber die Ethnologie begann doch offiziell mit Boas!", warf Anja neben Alex ein.

Kees schüttelte den Kopf.

„Nein! Die Amerikaner und Briten reklamieren die Begründung der Soziokulturellen Anthropologie für sich, als erste Wissenschaft, die sich mit dem Menschen als Gesellschafts- und Kulturwesen befasst. Aber in Deutschland und Russland war die Ethnographie schon viel früher entstanden. Nur wagt kein deutscher Ethnologe, das auch laut zu sagen und damit den Amerikanern ihre geistige Führungsrolle abzusprechen. Ein Deutscher wagt niemals, darauf hinzuweisen, was dieses Land in der Welt bewegt hat und heute noch bewegt."

Die Mädchen starrten ihn an.

Doch Kees hatte noch nicht zu Ende gesprochen: „Das liegt genau an dem Umgang mit der eigenen Geschichte!"

Anja schüttelte leicht den Kopf: „Ich glaube so ganz freiwillig ist unsere Selbstanklage nicht", und Alex nickte und fügte nachdenklich hinzu: „Man erwartet sie auch von uns, und zwar weltweit."

Einige Sekunden schwiegen sie, bis Anja Kees entschlossen zunickte: „Es ist gut, dass du Holländer bist und dieses Thema aufarbeitest. Ein Deutscher dürfte sich das wohl nicht wagen." Dann lachte sie: „Da muss erst ein Ausländer kommen, um auf die Rolle der deutschen Wissenschaftler aufmerksam zu machen."

Doch Kees schien nicht froh über seinen Erfolg.

„Ihr werdet es nicht glauben, selbst wenn *ich* darüber in Deutschland eine Debatte entfache, verbietet man mir hier das Wort. In der Wissenschaft herrscht die Kultur des Bücklings vor der anglophonen Welt. Ihr selbst wollt zweitklassig sein und bleiben. Es ist unglaublich, aber mein letzter Forschungsantrag zu diesem Thema wurde von Deutschen abgelehnt, weil sie mir ‚wissenschaftspolitische Interessen' vorwarfen, eben genau, weil ich die Rolle der deutschen Aufklärer in der Wissenschaftsgeschichte zu deren Gunsten korrigieren will."

Kees hatte sich in Feuer geredet. Alex und ihre jungen Kolleginnen wagten kaum noch etwas zu sagen. Hier sprach ein Wissenschaftler, der sich jahrzehntelang intensiv mit einem Thema auseinandergesetzt hatte und der mit seinen Erkenntnissen auf Widerstand aus seiner eigenen Zunft prallte. Aber machte nicht gerade dieser Widerstand einen Teil des Wertes seiner Arbeit aus?

Zwei Stunden später liefen Kees und Alex in Richtung Innenstadt.

„Solau ist ein Dorf!", erklärte Alex amüsiert, als sich herausstellte, dass sie kaum zwei Straßenzüge voneinander entfernt wohnten.

Kees war interessiert an Alex' Geschichten über die DDR. Ihn interessierte alles, ihre Erlebnisse in Kindergarten und Schule, ihre Mitgliedschaften in Pionierorganisationen, Montagsdemos, Wendeerlebnisse und er erkundigte sich besorgt nach dem beruflichen Schicksal ihrer Eltern nach der Wiedervereinigung.

„Die Massenarbeitslosigkeit ist eine Schweinerei. Ich habe schon von verschiedenen Seiten gehört, wie sie die Betriebe hier im Osten kaputtgemacht haben. Das stinkt zum Himmel!", erklärte er empört.

„Du bist doch selbst meist arbeitslos", konterte sie, da sie wusste, dass er keine unbefristete Stelle im Hintergrund hatte.

„Ich bin Wissenschaftler. Ich habe es selbst so gewählt. Außerdem finde ich in meiner Arbeit alles, was ich zum Leben brauche. Aber was haben die Leuten hier noch?"

„Freiheit!" Alex lachte. Sie wollte kein dramatisches Bild von der Situation ihrer Landesgenossen zeichnen, sie wollte dessen Realität aber auch nicht leugnen. Irgendwie war das Thema in den letzten Jahren zu lange und zu emotional diskutiert worden. Auch sie hatte sich oft aufgeregt über die Auflösung der ostdeutschen Industrie und den Zusammenbruch des Arbeitsmarktes.

„Was einmal weg ist, ist weg und entsteht so schnell nicht wieder", sagte sie deshalb resigniert. „Statt blühende Landschaften zu säen, hat man die Industrielandschaft planiert. Aber eine Alternative fällt mir dazu auch nicht ein. Die Leute wollten die D-Mark und deshalb eine schnelle Wiedervereinigung. Das war der Preis dafür."

„Man hätte mit dem industriellen Erbe der DDR auch sensibler umgehen können. Alles zu verscherbeln auf Risiko von Zusammenbruch und Marktbereinigung, wäre nicht nötig gewesen."

„Ein halber oder ein langsamer Weg hätten vielleicht gesamtdeutsch noch Schlimmeres angerichtet, wer weiß."

„Schlimmer geht's doch nicht mehr."

Kees blieb vor dem *GIG* stehen: „Warst du hier schon mal drin?"

Und als Alex nach oben schaute, sah sie den halben hellblauen Trabant, der über der Toreinfahrt aus der Wand ragte.

„Dieser Trabant, das gibt's bestimmt nicht noch einmal. Er ist eines der letzten Relikte aus der DDR und für die Ewigkeit in die Wand gemauert. Man sollte ihn unter Denkmalschutz stellen. Weißt du, was *GIG* eigentlich heißt?"

„Nein." Er schüttelte den Kopf.

„‚Ganz im Gegenteil!' – Das ist ein typischer Wendename für eine Szenekneipe. – Es muss Jahre her sein, dass ich das letzte Mal mit meinem Freund hier war."

„Dann lade ich dich jetzt auf einen Tee ein." Kees breitete mit einer einladenden Geste seinen rechten Arm aus, um sie zur Tür zu dirigieren.

Sie betraten einen völlig verrauchten Raum, setzten sich mangels freier Tische an den Tresen und Kees bestellte zwei frische Pfefferminztee.

„Frischer Pfefferminztee, das ist die Zeit nach der Wende. Und ich frage mich wieso? Schließlich wächst Pfefferminze, ohne dass man irgendetwas dafür tun muss. In unserem Garten hat die Pfefferminze mein ganzes Beet überwuchert. Nur die DDR hat es geschafft, daraus Mangelware zu machen. Getrocknet gab es sie überall, aber als frischen Tee?"

Wieder musste Alex lachen: „Weißt du, woran man erkennt, dass die Sahara sozialistisch geworden ist?" Kees schüttelte den Kopf und sah sie erwartungsvoll an.

„Daran, dass der Sand knapp wird."

Und freudig stellte sie fest, dass sie Kees zum Lachen gebracht hatte.

„Ihr Ossis beherrscht das Metier Selbstironie vortrefflich!", erklärte er, während er in gründlichen Kreisen Honig in den Tee rührte.

„Die Wiedervereinigung und der Aufbau Ost hatten aber auch etwas Gutes", sagte Alex schließlich, um das Gespräch wieder aufzunehmen. Belustigt verzog sie ihr Gesicht: „Eine ganze Generation westdeutscher Ethnologen hat auf diese Weise einen Job gefunden."

Und als sie weitersprach, wurde ihr Lächeln verschwörerisch: „Diejenigen, für die es im Westen keine Stellen gab, sind in den Osten gekommen. Und da Ende der Sechziger- bis in die Achtzigerjahre hinein wesentlich weniger Ethnologen ausgebildet wurden, sind wohl alle aus dieser Generation letztendlich untergekommen."

„Ich weiß nicht, wie du dich darüber so amüsieren kannst?" Verwundert erwiderte Kees ihren Blick. „Sind nicht hier im Osten fast alle Akademiker entlassen worden?"

„Ja", sagte Alex, „die mussten ihre Plätze räumen", und sie erzählte ihm aus der Zeit der personellen Erneuerung in Linden.

„Jetzt sind wir alle fit für den internationalen Arbeitsmarkt und bekommen trotzdem keine Stellen. Die Westakademiker haben gleich damit angefangen, ihre Bedeutung zu untermauern, indem sie Massen an Nachwuchs ausgebildet haben, Massen, für die es nie einen Arbeitsplatz geben wird. Ist das jetzt Egoismus oder Egozentrismus, oder was ist das?"

„Die Institute begründen mit den Studentenzahlen ihre Relevanz."

„Muss man denn seine Relevanz damit begründen, dass man eine ganze Generation an jungen Akademikern ausbildet, die dann keine Chance haben? Man bildet doch völlig am Bedarf vorbei junge Leute aus, die dann ihren Anspruch auf einen Studienplatz verwirkt haben. Was sollen die denn machen, ungelernt arbeiten?"

„Ich weiß, das läuft gründlich schief", bestätigte Kees. „Aber es ist wieder mal das amerikanische System, das hier adaptiert wird. Es geht ja nicht nur um die Studentenzahlen. Auch die prekären Arbeitsbedingungen sind ein Problem. Und die Befristungen kaschieren die eigentlichen Arbeitslosenzahlen. Durch die Befristungen bekommt ein größerer Teil an Nachwuchskräften immer mal wieder einen Job. Dazwischen sind sie alle arbeitslos, bei vollem Einsatz für die Wissenschaft. Und eine wirkliche Perspektive auf eine unbefristete Stelle hat nur eine ganz kleine Zahl."

Sie nippten an ihrem Pfefferminztee und betrachteten die unverputzten roten Ziegelwände des Kellergewölbes, in dem das grob gezimmerte Holzmobiliar tatsächlich noch an die frühen Neunzigerjahre, die intellektuelle Aufbruchstimmung der Wendezeit erinnerte.

„Aber du gehörst doch zur begünstigten Generation", sagte plötzlich Alex. „Warum hast du dich eigentlich nie in Ostdeutschland beworben?"

„Weil ich meine Diss. nicht fertig geschrieben habe."

„Was? Du bist nicht promoviert? Aber du stehst doch mitten im Wissenschaftsdiskurs!"

Kees senkte betreten den Kopf: „Die Aufklärung ist eine ausufernde Aufgabe. Damit wird man in einem Wissenschaftlerleben nicht fertig."

„Du arbeitest seit über zwanzig Jahren an deiner Doktorarbeit?"

Alex konnte es nicht glauben. Nach dem, was Kees ihnen auf der Tagung erzählt hatte, musste seine Studie den Umfang und den Anspruch einer Habilitation längst überschreiten.

„Wovon lebst du dann?"

„Ich wandere seit Jahren von Institut zu Institut, immer von kurzzeitigen Stipendien und Drittmittelstellen finanziert. Dazwischen lebe ich, wie viele Wissenschaftler, von Sozialleistungen."

Alex wurde schlagartig klar, dass sich an ein Projekt, wie das von Kees, wohl kaum ein Nachwuchswissenschaftler wagen würde, der schnell und effizient zu vorzeigbaren Ergebnissen gelangen wollte. Diese waren ja wiederum die Voraussetzung für eine Karriere und eine bezahlte Position.

„Daneben gebe ich Sammelbände heraus, organisiere Tagungen und redigiere englischsprachige Manuskripte. Damit bin ich so beschäftigt, dass keine Zeit für eine wie auch immer geartete Karriere bleibt."

Kees erklärte ihr seine Situation mit einer Gelassenheit, die Alex verblüffte. Er schien sich vollständig mit seinem Leben arrangiert zu haben. Sein Idealismus ehrte ihn, was sie aber nicht verstand, war, dass er all die kleinen Jobs für seine Förderer kostenlos erledigte, um dann im Impressum klein gedruckt erwähnt zu werden.

‚Was für eine Ausbeutung!', dachte sie, sagte aber stattdessen: „Was für ein Projekt!"

Sie wusste nicht, ob sie ihn wirklich bewunderte oder doch eher Mitleid wegen seines Schicksals hatte. Dennoch war ihr klar, dass Kees nicht einfach eine Arbeit schrieb, die dann ungelesen zwischen zwei Buchdeckeln verschwand, sondern er bewegte etwas. Er stand nicht nur im Diskurs der Wissenschaftswelt. Er erschuf Einsichten, die die Geschichtsschreibung ihres Faches verändern konnten. Doch sein Idealismus erschreckte sie. Er stand hinter seinem Werk und verzichtete dafür auf alles, was sich andere Wissenschaftler sicherten, ein regelmäßiges Einkommen und eine anerkannte Position an einer Forschungseinrichtung. Kees war nicht der gewöhnliche ewige Doktorand, der sich mit sozialen Transferleistungen finanzierte und krampfhaft an seinem Doktorandenstatus festhielt, um nicht aus der Wissenschaft zu fallen. Kees *war* ein Wissenschaftler.

„Und was tust du jetzt?", fragte sie, um das Gespräch in die Zukunft zu lenken, die ja für jeden, der an einem Projekt arbeitete, immer mit Hoffnung verbunden war.

„Jetzt schreibe ich sie fertig. Ich habe zwölf Monate Stipendium am Institut, um einen Schlusspunkt unter diese Arbeit zu setzen."

Ihr Gespräch war beim Fortschritt ihrer Dissertationen angekommen, für Doktoranden ein abendfüllendes Thema.

6

Ein Arbeitszimmer mit zwei Computerarbeitsplätzen, ihrem eigenen und dem von Sven, das war das Herzstück ihrer neu eingerichteten Dreiraumwohnung in der Innenstadt von Solau. Dort, wo sie die Wohnung in einem Plattenbau gemietet hatte, hatten bis kurz vor der Wende noch Altbauten gestanden. Ende der Achtzigerjahre war das gesamte, völlig unbewohnbare Viertel abgerissen worden und die vier- bis fünfgeschossigen Neubauten wurden erst zum Zeitpunkt der Wiedervereinigung im Jahr 1990 fertiggestellt. Doch das war inzwischen sechzehn Jahre her. Die Fassaden trugen noch das für die späte DDR so typische Waschbetonkleid, in dem weiße Quarzkiesel in der Frühlingssonne glänzten.

Eigentlich hatte Alex nie wieder in eine Platte ziehen wollen, aber das Ensemble, in dem sie ihre neue Wohnung gefunden hatte, glich in keiner Weise den in die Felder zementierten sozialistischen Neubausiedlungen, die in vierzig Jahren DDR massenhaft an den Stadträndern emporgeschossen waren.

Solche Viertel hatten auf ihrer Haut immer ein Frösteln hinterlassen. Die Ansammlungen zehngeschossiger Quader ließen die Bewohner die Existenz des Horizonts vergessen. Das Blau des Himmels wurde von Rechtecken aus Beton gerahmt, als sei es ein Billigdruck, hergestellt für die Wohnzimmer unzähliger Arbeiter. Und das Grün des Rasens und der Bäume hatte keine Chance, die aufwärts strebenden Vervielfältigungen immer gleicher Balkone und Fenster zu durchbrechen. Ein Baum in einer Plattenbausiedlung erreichte gerade mal die dritte Etage und die sieben Etagen darüber gleißten grauweiß im Licht. Wolken lösten sich im Beton auf, der Mond und die Sterne standen immer hinter einer Fassade und einen Blick in die Ferne gab es nicht, denn er prallte stets an einer Wand ab.

In der Stadt, in der Alex jetzt wohnte, hatte sich viel getan, seit sie Sven hier vor über zehn Jahren besucht hatte. Die maroden leer stehenden Häuser mit ihren hohlen, schwarzen Fenstern wurden nach und nach saniert oder abgerissen und durch Neubauten ersetzt. Zwar geschah dies nicht so schnell und so umfassend wie in Linden, aber das Antlitz der Stadt war um einiges heller und bunter geworden, als sie es in Erinnerung hatte.

Den Marktplatz mit seinen fünf Türmen fand sie sogar hübsch. Dennoch blieb die Stadt provinziell. Aber sie war ja nicht aus Abenteuerlust hierher gezogen, sondern weil sie eine weitere Etappe in ihrer Karriere zurücklegen wollte. Dafür musste sie Kompromisse eingehen, und das Institut würde sie für den Kompromiss des Wohnortes reichlich entlohnen.

Alex stand auf dem Balkon ihrer Neubauwohnung, die nun eigentlich ein Altbau war. Aber das Wort aus der DDR hatte sich in ihr festgesetzt. Platten, das waren Neubauten, und so schlimm, wie sie sich dieses Haus vorgestellt hatte, als sie sich bei der Wohnungsbaugenossenschaft darum bewarb, war es nicht. Die roten, die hell- und dunkelgrauen Platten waren in die Innenstadtbebauung eingepasst. Zwar blieben sie Quadrate in einer Häuserfront, doch wirkte ihre Anordnung wie die Bauklötzer eines Kindes, das in konzentrierter Arbeit Häuser aufschichtete, ohne darauf zu achten, die Dächer gleich hoch und die Fassaden in parallelen Linien anzuordnen.

Die Platten hier waren zu Quartieren mit Innenhöfen zusammengestellt, die noch der mittelalterlichen Parzellierung dieses Stadtteils entsprachen. Ihre flachen Dächer zeichneten keine endlosen Linien in den Himmel, sondern bildeten Zinnen, in denen üppig blühende Dachterrassen das Grün der Rabatten an der Straße bis in den Himmel führten. Auch die Balkone waren keine zahllosen rechteckigen Kästen, sondern lockerten mit ihrer vieleckigen Form und ihrem Blumenwerk die ansonsten zierlosen Fassaden auf. Und der Himmel stand näher am Boden, denn er erreichte seinen Betrachter bereits, wenn er nur wenig den Kopf hob und dabei das Grün der Bäume noch nicht aus den Augen verlor. Aber das Schönste an dieser Wohnung war das rosa Blumenmeer der Japanischen Kirschbäume, die gerade jetzt in voller Pracht standen.

Als Alex an diesem Freitag auf dem Balkon ihre ersten eigenen Blumenkästen bepflanzte, ratterte keine Straßenbahn vorbei, wie sie es aus ihrem Eispalast in Linden gekannt hatte. Statt Straßenlärm hörte sie Kindergeschrei. Die Kita befand sich gleich nebenan. Ob sie für ihr Kind einen Platz in dieser Einrichtung bekommen könnte? Sanft strich sie über ihren Bauch, der sich bereits sichtbar unter ihrem Kleid wölbte. Dieses Gefühl, schwanger zu sein und Tag um Tag nur für diesen Zustand zu leben. Die Zeit schien langsamer zu laufen, seit sie den Stress des Umzuges hinter sich gebracht hatten. Die Hektik der Arbeit an der eigenen Karriere schien dagegen immer weiter von ihr abzufallen.

Auf ihrem Schreibtisch lagen die Bücher und täglich arbeitete sie daran. Aber sie tat es mit Ruhe, mit Gelassenheit und mit einer Zuversicht, die sich auf das Kind konzentrierte, nicht auf die Zukunftsangst einer aufstrebenden Akademikerin, die sie in den Jahren zuvor immer bestimmt hatte. Ihr Leben hatte ein neues Zentrum gefunden und dieser Sinn in ihrer Existenz ließ sie alles leichter ertragen. Ja, selbst ihre beruflichen Ziele schienen mit der Schwangerschaft näher gerückt zu sein, und wenn sie an die Dissertation dachte, die sie in diesen zwei Jahren schreiben sollte, dann breitete sich in ihr Optimismus aus, als wäre das Kind in ihr der Garant für einen erfolgreichen Abschluss dieses Projektes.

Bei der Arbeit am Blumenkasten sortierten sich ihre Gedanken wie von selbst. Sie hatte ein Konzept ihrer Arbeit und die Gliederung bereits entworfen. Sie hatte ihr Material geordnet, die Interviews waren transkribiert und übersetzt und sie hatte sich damit auseinandergesetzt, welche Literatur für die zentralen Theoriekapitel bewältigt werden musste. Einen Großteil der Literaturstudien wollte sie noch vor der Geburt abschließen. Sozialwissenschaftliche Klassiker wie James, Schütz, Luckmann und Berger stapelten sich auf ihren Schreibtischen, sowohl am Institut als auch zu Hause. Sie wollte sie durcharbeiten, bevor sie aktuellere Literatur in die Hand nahm.

Täglich trug sie eine externe Festplatte in ihrer Tasche zum Institut und wieder zurück, um ihre Daten immer bei sich zu haben. Das

Leben lief rund und Zweifel kannte sie nicht. Besser konnte es ihr im Moment nicht gehen.

Alex wusch sich die von der Blumenerde schwarz gewordenen Hände. Dann setzte sie sich wieder an ihren Computer, um weiter einen englischen Aufsatz über Multiple Realities zu exzerpieren. Diese Arbeit war seit ihrem Studium wesentlich leichter geworden, denn ihre neuen Kollegen am Institut hatten sie in die wichtigsten elektronischen Wörterbücher eingeführt und damit das Blättern nach Wörtern in Papier überflüssig gemacht. Konzentriert las sie im Computer ihre letzten Aufzeichnungen durch, dann nahm sie die Kopie des Aufsatzes zur Hand und versenkte sich wieder in die Lektüre.

Nach zwei Stunden unterbrach sie ihre Arbeit. Sie musste ans Institut, denn die Sibiriengruppe traf sich am Freitagnachmittag stets zum wöchentlichen Seminar.

Sie hatte Durst und lief in die Küche, nahm ein Glas aus dem Schrank und schenkte sich Kirschsaft ein, den sie mit Leitungswasser zu einer Schorle verdünnte. Im Stehen trank sie das Glas aus und sah sich dann zufrieden in der Küche um.

Sie war nun dreiunddreißig Jahre alt und das erste Mal in ihrem Leben hatte sie das Gefühl, sich einen normalen Lebensstandard leisten zu können, eine gebrauchte Einbauküche mit Spülmaschine, Elektroherd und Abzugshaube. Bei diesem Gedanken musste sie unwillkürlich über ihre plötzlich aufkommende Häuslichkeit lachen. Nie hatte dieser „Luxus" für sie eine Rolle gespielt. Sie hatte ihn in ihrer Jugend nicht vermisst, nicht in dem Abrisshaus, in dem sie zwei Jahre gelebt, und nicht in dem baufälligen Eispalast, den sie mit Sven geteilt hatte. Haushalt war Zweck, um arbeiten zu können. Aber nun bekam er eine neue Dimension, das Nest für ihr Kind, dem es gut gehen sollte. Im nächsten Winter würde sie einfach die Heizung aufdrehen, wenn es draußen kalt wurde, und dafür war sie in diesem Augenblick unendlich dankbar.

Doch als sie daran dachte, dass ihr Gehalt nicht länger als vierundzwanzig Monate ausgezahlt werden würde, verdüsterte sich ihre Miene wieder. Immerhin hatte sie Anspruch auf Elterngeld und das konnte ihre Promotionszeit um zwölf Monate verlängern, wenn sie die Kraft dazu finden würde, neben der Rund-um-die-Uhr-Betreuung ihres Babys auch noch an ihrer Dissertation zu schreiben. Natürlich wusste sie, dass einige ihrer Kollegen genau an diesem Vorhaben gescheitert waren. Aber sie würde nicht scheitern. Sie brauchte ja die schöpferische Tätigkeit für ihr Wohlbefinden. Texte zu verfassen, das war für sie nie eine Last gewesen, und Bücher zu lesen gleich gar nicht. Konzentrierte Anspannung war ihr Wohlfühlmodus, was also sollte schiefgehen? Hatte sie erst einmal promoviert, dann würde sich alles Weitere finden.

Schnell zog sie ihre Jacke über, holte das Fahrrad aus dem Keller und fuhr ans Institut. Am Eingang standen einige Mitarbeiterinnen und rauchten, denen sie eilig, aber fröhlich zuwinkte. Jedes Mal, wenn sie durch dieses Tor trat, fiel ihr der herzliche Umgangston der Kollegen untereinander auf, der auch dann die Begegnungen dominierte, wenn man an völlig unterschiedlichen Themen und in voneinander weit entfernten Regionen arbeitete, also inhaltlich kaum etwas miteinander zu tun hatte. Die Wissenschaftler des Instituts strahlten Zufriedenheit aus. Jeder war glücklich, einige Jahre an diesem Institut verbringen zu dürfen und darüber hinaus in dieser Zeit finanziell voll abgesichert zu sein. Diese Zufriedenheit hatte sie bislang an keinem einzigen Institut erlebt, an dem sie studiert oder gearbeitet hatte. Im Gegenteil, wo sie auch immer vorher gewesen war, die Mitarbeiter waren entweder schlecht gelaunt, weil sie völlig überlastet waren, oder weil sie ehrenamtlich arbeiteten und von Brotjobs und Sozialleistungen lebten. Was auch immer die schlechte Stimmung eines Wissenschaftlers hervorrief, seine Seele und letztlich auch seine Arbeit litten spürbar darunter.

An diesem Institut hingegen waren alle Mitarbeiter für ihre Forschung freigestellt. Sie fokussierten ihre Aufmerksamkeit auf die Fortschritte ihrer eigenen Arbeit und das bei vollem Lohn. Wie konnten sie anders als glücklich sein? Jeder wusste natürlich, dass der Aufenthalt am Institut zeitlich befristet war und dass man dann in eine Realität zurückkehren musste, die wesentlich unwirtlicher war, als der Sanatoriumseffekt dieser Forschungsstätte erahnen ließ. Aber den Gedanken an das Ende drängte man, soweit es ging, hinaus. Jetzt erst einmal waren sie hier und sie wollten das Beste daraus machen.

Ihr wachsender Bauch zwang Alex, die Treppen langsamer zu steigen. Die Tür zum Seminarraum stand offen und ihre Kollegen, Doktoranden und Postdocs, saßen fast vollzählig auf den Stühlen um einen weißen Seminartisch. An den Wänden hingen ethnographische Fotos aus allen Forschungsregionen des Instituts und die kleinen Fenster in der Dachschräge zeigten Ausschnitte der Gebäude, des Daches, der Baumwipfel und den blauen Himmel.

Auf Englisch wurde Alex empfangen: „Hallo, wie geht es dir? Was macht dein Bauch?“

„Danke, gut! Er wächst!“

Und wie immer bei diesem herzlichen Empfang war es die englische Sprache, die ihr bereits nach einer kurzen Antwort das Wort abschnitt und sie jäh aus ihrer zuversichtlichen Gelassenheit riss. Sie wollte reden, sich und ihre Situation ausdrücken, mit den anderen plaudern, aber ihre Zunge blockierte und ihr Optimismus, mit dem sie den ganzen Tag gearbeitet hatte, versank im Boden dieses Seminarraumes.

Auch während des Seminars würde ihr DDR-Schulenglisch einfach völlig unzureichend sein, um eine komplexe und differenzierte Diskussion bestehen zu können. Jeden Satz, den sie sagen wollte, würde sie vorab gut durchdenken und sich zurechtlegen müssen. Keine Spur von lockerem Sprachgebrauch, der ihr ermöglichen könnte, sofort auf Gegenargumente zu reagieren und sich in Wortgefechten zu verlieren.

Das konnten ihre westdeutschen und ihre ausländischen Kollegen, die ihre englischen Sprachkenntnisse bereits in der Kindheit und Jugend auf Exkursionen, Klassenfahrten, im Urlaub, während eines sozialen Jahres, einer Weltreise, bei Auslandsemestern oder sogar bei einem Forschungsaufenthalt auf ein routiniertes Niveau gehoben hatten. Und nicht zu vergessen hatte sie auch Kollegen, für die Englisch die Muttersprache war. Diese sah Alex als besonders privilegiert. Wie sollte sie selbst aber das Englisch ihrer Kollegen mit ihren über dreißig Jahren noch aufholen?

Doch dann dachte sie an das Kind. Sie versuchte sich zu beruhigen, aber es wollte ihr nicht gelingen. Im Gegenteil, ihr war, als baue sich gerade eine Mauer zwischen ihr und ihrem Ziel auf. Wie sie niederreißen? Niemand konnte oder würde ihr dabei helfen, selbst wenn er wollte. Doch sich darüber Gedanken zu machen, das war müßig. Ihr blieb kein anderer Weg, als an ihrem Englisch zu arbeiten. Und dafür durfte sie solche Situationen nicht fliehen, sie musste regelmäßig zu den Seminaren gehen, sich den Diskussionen stellen und selbst Vorträge halten, auch wenn es unendlich Kraft kostete.

Alex hängte ihre Jacke über die Stuhllehne und setzte sich hin. Dann zog sie aus der Tasche den Block, auf dem sie die wichtigsten Stichpunkte des Vortrags aufschreiben und ihre Fragen vorbereiten würde, holte ihren Stift hervor und versuchte sich zu konzentrieren. Der Vortrag begann.

∞

Wie jeden Freitag wartete Sven auf Alex, die in wenigen Minuten aus dem Seminar nach Hause kommen sollte, und bis dahin saß er vor der Wochenzeitung und als er endlich ihren Schlüssel im Schloss hörte, lief er ihr entgegen und nahm sie zärtlich in die Arme.

Alex lehnte kurz ihren Kopf gegen seine Schulter, aber plötzlich wand sie sich wieder frei. Ihr Blick wirkte irgendwie gehetzt, und Sven spürte die gereizte Art, mit der sie die Jacke ablegte und die ihm anzeigte, dass etwas an ihr fraß. Dieses ruppige Verhalten hatte Sven früher nicht an ihr beobachtet. Stets war sie sanft und weich gewesen, manchmal auch brutal direkt, doch niemals so unterschwellig spitz, wie sie es seit ihrer Schwangerschaft war. Und er hoffte, dass sie diese Empfindlichkeit wieder ablegte, sobald das Kind geboren war, denn sie war für ihn schwer erträglich.

„Stell dir vor", sagte sie, als ihre Jacke an der Garderobe hing, „jetzt bin ich schwanger und kann immer noch kein Englisch. Wie soll ich das mit Kind noch nachholen?"

Alex wendete sich nicht noch einmal zu ihm um, als sie ins Wohnzimmer lief, sie sprach einfach weiter, als könne sie sich sicher sein, dass er ihr folgte. Lustlos warf sie ihre Tasche auf einen Stuhl und redete weiter: „Jenne hat es richtig gemacht. Der hat ganze drei Jahre lang in Cambridge promoviert. Sein Englisch ist fast so gut, als wäre es seine zweite Muttersprache. Aber ich sitze im Vortrag und habe Mühe, dem Referenten zu folgen. Das ist unerträglich. Ich hätte so viel zu sagen, würde mich gern an den Diskussionen beteiligen, will mich wissenschaftlich einbringen, aber scheitere – wie ein Kleinkind – an der Sprache!"

Er war ihr ins Wohnzimmer gefolgt, wo sie sich laut stöhnend in den mit braunem Stoff bezogenen Schaukelstuhl fallen ließ, den sie vor Jahren aus dritter Hand erworben hatte und der sie seither von Wohnung zu Wohnung begleitete.

„Das schaffe ich nie! Wieso baut sich immer ein neues Hindernis auf, wenn man endlich eines überwunden hat? Ich bin nach Solau gezogen, um wissenschaftlich zu arbeiten, und jetzt verstehe ich meine eigenen Kollegen nicht!"

Müde und scheinbar wütend auf sich selbst schüttelte sie den Kopf: „Wieso nur, wieso?" Ihre Hand schlug heftig auf die Armlehne.

„Dein Stuhl kann aber auch nichts dafür", fiel ihr Sven ins Wort und setzte sich wieder vor seine Zeitung. Es war der erste Satz, den er sagte, seit sie die Wohnung betreten hatte.

„Ach Sven!", Alex ließ hoffnungslos ihren Kopf gegen die Lehne des Schaukelstuhls fallen, „wenn nur alles einfacher wäre. Ich bin Deutsche, arbeite in Deutschland und soll nach Möglichkeit Englisch reden wie ein Muttersprachler. Was für eine verdrehte Welt! Dabei spreche ich besser Russisch als manche meiner Kollegen. Besonders die, die in Mittelasien arbeiten, helfen sich mit Dolmetschern und lassen sich ins Englische übersetzen. Aber die Sprache seines Forschungsfeldes zu beherrschen, scheint nicht so viel wert zu sein, wie sich selbst auf Englisch präsentieren zu können."

Als könne er ihr irgendwie helfen, sah sie ihn flehend an und strich sich dabei langsam über den Bauch. Dann stand sie auf und holte sich aus der Küche eine Saftschorle. Als sie wieder auf dem Schaukelstuhl saß und an ihrem Glas nippte, erklärte sie entschlossen: „Ich muss nach England. Einen anderen Weg gibt es nicht. Hier in dieser Stadt kann man doch kein Englisch lernen. Zum Lesen reicht es ja, aber eine wissenschaftliche Diskussion ist etwas anderes als ein Small Talk auf der Straße. Ich muss an eine britische Universität. Vielleicht kann mir Jenne mit seinen Kontakten in Cambridge helfen? Vielleicht kann er mir einen Forschungsaufenthalt ermöglichen, mir Referenzen geben und mich vermitteln?"

Wieder seufzte sie und begann mit zurückgelehntem Kopf und ihrer rechten Hand auf dem Bauch zu schaukeln. Alex wollte immer alles, wenn es um ihren Beruf ging. So leicht war sie aus der Ruhe zu bringen, wenn sie begann, an ihren Fähigkeiten zu zweifeln. Woher kam nur diese innere Unsicherheit, die sie innerlich zerriss? Warum konnte sie nicht für einen Moment zufrieden mit sich und ihrer Situation sein? Und plötzlich wurde ihr Blick trostlos. Ihr war wohl gerade wieder eingefallen, was sie all die Jahre von solchen Plänen abgehalten hatte. Denn sie fragte: „Aber wie soll ich die Mittel dafür einwerben? Vor der Promotion wird kein weiterer Antrag von mir bewilligt."

„Halt mal, Alex", fiel er ihr nun entschlossen ins Wort. „Du scheinst zu vergessen, dass du schwanger bist. In vier Monaten wirst du ein Kind auf die Welt bringen und du planst einen Forschungsaufenthalt in England?"

„Ach ja", mehr schien Alex dazu nicht einzufallen, doch Sven wollte sie auf mehr hinweisen, nämlich auf die ganze fatale Situation, in der sich eine Ethnologin befand, wenn sie erst ein Kind hatte: „Ich habe mich sowieso gefragt, wie du mit einem Kind weiterhin Feldforschung machen willst?"

„Ich nehme es mit!", antwortete Alex und bäumte sich in ihrem Stuhl auf, als hätte er sie eben angegriffen. „Wenn es groß genug ist und solange es nicht in die Schule geht, ist das doch kein Problem! Auch in England und in Russland gibt es Kindergärten. Es ist eben mehr Organisation nötig und es wird teurer, aber prinzipiell geht es. Sieh dir meine russländischen Kolleginnen an. Sie sind alle mit Kindern hier. Warum soll ich das nicht auch können?"

Doch Sven zweifelte. Alex wollte mit dem Kopf durch die Wand, aber mit einem Kind mahlten die Mühlen langsamer, das musste sie doch einsehen.

Er wusste, sie würde sich nicht davon abhalten lassen, ihre Ziele weiterzuverfolgen, und das sollte sie auch nicht, aber es war eine Herausforderung, *mit* Kind wissenschaftlich tätig zu sein. Alles, was sowieso schon schwierig war, würde noch komplizierter werden, und deshalb sagte er sanft: „Wenn du allein mit Kind ins Ausland gehst, dann wirst du auch alles allein schaffen müssen. Ich bin dann weit weg und kann euch nicht mehr helfen."

„Du bist doch sowieso die ganze Woche weg", erwiderte Alex trotzig. „Was macht das für einen Unterschied?"

„Aber das Ausland ist noch mal was anderes, als wenn du hier alleine bist. Nicht nur, dass du alles in einer Fremdsprache klären musst, auch die Behörden ticken anders und du wirst Anforderungen ausgesetzt sein, die dich an deine Grenzen bringen."

„Du wirst mir doch jetzt nicht allen Ernstes vorschlagen, meinen Beruf aufzugeben, jetzt wo sich endlich mein Traum erfüllt, beides zu vereinen, Familie und Beruf?"

Alex war sichtlich erbost. Sie hasste Svens Bedenkenträgerei, das wusste er, und sie hatte nie einen Hehl daraus gemacht. Die schnell explodierende Ungeduld in ihr brach sich wieder Bahn. Und Sven musste sich fragen, was seine Bedenken in diesem Moment brachten. Konnten sie ihr in irgendeiner Weise weiterhelfen? Fassungslos über seinen gut gemeinten Kommentar rief sie auch schon: „Du kennst mich doch seit Jahren! Du müsstest doch wissen, was mich ausmacht, mich und meine Ziele."

Ja, er kannte sie und er wollte sich auch keineswegs gegen ihre Ziele stellen, und doch musste er sie dazu bringen, in ihren Plänen etwas kürzerzutreten. Schließlich ging es hier nicht mehr nur um sie beide, sondern auch um ihr Kind, das von allen ihren Entscheidungen mitbetroffen war. Deshalb versuchte er sie zu beruhigen: „Es geht doch nicht darum, dass ich von dir verlange, jetzt Hausfrau zu werden. Nichts liegt mir ferner. Natürlich kenne ich dich und deine Ziele. Und natürlich sollst du auch weiter an deinen Zielen arbeiten. Du hast meine volle Unterstützung dabei. Aber etwas realistischer solltest du deine Situation schon einschätzen. Überleg doch mal, inwieweit du Kompromisse eingehen könntest, um dich und unser Kind zu schützen. Es geht nicht mehr alles. Wir werden nicht mehr frei sein."

„Ja, welche Kompromisse stellst du dir denn vor?", schleuderte ihm Alex entgegen.

„Lass es auf dich zukommen", sagte darauf Sven. „Du willst Wissenschaftlerin werden und das kannst du auch erreichen. Nur solltest du gut überlegen, welche Wege du dafür gehst und was du unserem Kind zumuten kannst. Mit einen Neugeborenen gleich nach England zu stürzen, das gehört jedenfalls nicht dazu."

Endlich beruhigte sich Alex wieder und sie erklärte: „Das werde ich sowieso nicht können. Wie gesagt, erst muss die Doktorarbeit fertig sein.“ Sie sah ihn ernst an: „Aber prinzipiell ist es möglich, mit Kind ins Ausland zu gehen! Da brauchst du gar nicht erst versuchen, mich abzuhalten“, erklärte sie drohend. „Nur – da hast du recht – müssen solche Aufenthalte gut geplant und sinnvoll dosiert sein. Keine Sorge, ich kenne meine Grenzen.“

Sven nickte, doch er hatte Zweifel. Er fühlte, wie sich sein Innerstes verkrampfte. Sie war stur, wie so oft, wenn es um ihre Ziele ging. Und sie würde alles tun, um in der Wissenschaft bleiben zu können. Gut und schön. Aber was ihr gemeinsames Kind betraf, hatte er mitzureden. Und er fühlte, dass das, was er ihr eben gesagt hatte, auch für ihn galt, sie sollten beide die Zukunft auf sich zukommen lassen und erst dann entscheiden, wenn es etwas zu entscheiden gab. Deshalb drängte er seinen Ärger zurück und reichte ihr die Hand.

„Du bist die zielstrebigste Traumwandlerin, die ich kenne“, sagte er sanft, und nach kurzem Nachdenken fügte er hinzu: „Dafür liebe ich dich ja!“

Unwillkürlich musste Alex lächeln. Und mit einem sanften Händedruck gab sie ihm zu verstehen, dass sie sich genauso schnell wieder versöhnte, wie die Unzufriedenheit aus ihr herausgebrochen war. Auch diesen Zug liebte er an ihr. Nie trug sie Streit länger als nötig mit sich herum. Stets versuchte sie, Konflikte sofort zu bereinigen, und negative Gefühle wandelte sie so schnell wieder in Zuneigung um, dass man ihr eines sicher nicht vorwerfen konnte, nämlich, dass sie nachtragend wäre.

‚Ja, sie ist eine Idealistin und das soll sie auch bleiben‘, dachte er und freute sich, als Alex leise und versöhnlich zu ihm sagte: „Schön, dass du dir Sorgen machst um uns.“ Und nach einer kurzen Pause fügte sie hinzu: „Und, wie sieht es bei dir aus? Ist dein Vertrag noch um drei Monate verlängert worden?“

Unwillkürlich sah sich Sven in seine eigenen Probleme zurückgeworfen. Sie trafen ihn mit einer Wucht wie ein Schlag ins Gesicht, und er hatte gerade zu allem anderen Lust, als über dieses Thema zu reden. Er sah seine Grabung vor sich, die kurz vor dem Abschluss stand. Als Nächstes folgte die Aufarbeitung und Publikation, und für beides hatte er vor einigen Tagen um eine Vertragsverlängerung gebeten.

Das, wonach Alex ihn fragte, war zum Glück geklärt.

„Wird er", nickte er deshalb. „Schließlich wollen sie wieder Aufsätze für einen Sammelband von mir. Ich habe mich geweigert, die Aufsätze *nach* Ablauf des Vertrages zu schreiben. Sie sollen mir die Arbeitszeit bezahlen."

„Das klingt gut!", erwiderte Alex, doch Sven hatte nicht alles gesagt. Er spürte bei dem Gedanken an seine Verträge eine lähmende Erschöpfung, die seinen Kopf so schwer machte, dass er sein Gesicht unwillkürlich in seine Hände legte und dann seine Augen rieb, als sei es weit nach Mitternacht. Alex musste seine Geste bemerkt haben, denn sie blickte ihn misstrauisch an.

„Und?", forderte sie ihn auf, weiterzureden.

„Wenn ich das Angebot annehme, werde ich danach hier für drei Jahre gesperrt. Die Kettenvertragsregelung tritt sonst in Kraft. Das hat mir die Referentin heute auch noch gesagt."

Alex stöhnte. Das Problem der Kettenvertragsregelung verfolgte Sven, seitdem es dieses neue Gesetz gab. Eigentlich war es geschaffen worden, um Arbeitnehmer davor zu schützen, nur noch befristet eingestellt zu werden. Nach zwei Jahren Befristung müssen Arbeitnehmer von ihrem Arbeitgeber unbefristet übernommen werden. Aber gerade die staatlichen Behörden, zu denen auch die Landesämter gehörten, machten der Wirtschaft vor, wie man dieses Gesetz umging. Nach zwei Jahren Beschäftigung an einem Landesamt bekam er keinen Vertrag mehr, bis er eine bestimmte Frist pausiert hatte und einen Arbeitsvertrag in einem anderen Bundesland vorweisen konnte. In den letzten Jahren war er deshalb zum Nomaden in verschiedenen

Bundesländern geworden. Er zog nicht mehr nur von Grabung zu Grabung, sondern arbeitete an Standorten, die Hunderte Kilometer voneinander entfernt lagen, was ihr Familienleben nur noch schwieriger machte. Doch er wollte Alex aufmuntern.

„Ich habe mich heute in Elben zurückgemeldet. Vielleicht bekomme ich dort mein nächstes Angebot. Dann wäre ich nicht ganz so weit weg“, sagte er.

Alex schüttelte den Kopf: „Ein Arbeitsleben mit Befristungen bis zur Rente ist ja noch zu ertragen, aber dieses Hopping zwischen verschiedenen Bundesländern geht mir langsam auf den Keks. Als du letzten Sommer in Mecklenburg warst, haben wir uns ja fast gar nicht mehr gesehen. Alle zwei bis drei Wochen bist du nur noch vorbeigekommen.“

„Ich kann doch auch nichts dafür“, erwiderte er verstimmt. Schließlich hatte ja nicht er dieses Gesetz geschaffen.

„Ich denke ja auch nicht, dass du etwas dafür kannst“, wies sie seinen Vorwurf zurück. „Aber die Situation ist eine Katastrophe und das Kind ist noch nicht mal geboren. – Hast du nicht mal daran gedacht, einen Antrag zu schreiben, um ein paar Jahre für eine Doktorarbeit freigestellt zu werden?“

Genervt sank Sven in die Kissen zurück. Wie ihn dieses Thema inzwischen reizte. Immer wieder fing Alex damit an, und er konnte es schon nicht mehr hören: „Ich bin zweiundvierzig, was soll ich jetzt noch eine Doktorarbeit schreiben? Mich stellt doch sowieso niemand mehr ein, selbst wenn ich einen Doktorgrad vorzuweisen hätte. Wo ich gebraucht und eingestellt werde, das sind Grabungen. Alternativen dazu gibt es nicht!“

„Es wäre so schön, wenn du einfach mal drei Jahre da sein könntest“, seufzte Alex, aber Sven wusste, dass sich dieser Wunsch nie erfüllen würde. Und wie immer, wenn sie dieses Thema ansprach, wurde ihre Stimme spitz: „Jetzt rächt sich dein Lebenslauf!“, und er beobachtete, wie ihr Blick durch die Romanreihen ihrer Wohnzimmerregale und dann zum Balkon auf der anderen Seite des Zimmers wanderte, als könne sie dort einen Weg finden, sich diesen Wunsch doch noch zu erfüllen.

Aber er hatte keine Chance auf eine Promotion. Wenn er jetzt Monate in einen Antrag investierte, riskierte er sogar seine Grabungsleitertätigkeit, weil er für den Antragsprozess die Netzwerke verlassen müsste, die ihm heute noch Arbeit gaben. Und auf die gebrochenen ostdeutschen Lebensläufe wurde sowieso keine Rücksicht genommen. Genauso wenig, wie Rücksicht darauf genommen wurde, als man ihm nach seiner Krankheit und nach der verspäteten Fertigstellung seiner Diplomarbeit das Diplom verweigert hatte.

„Eine Stelle an der Uni bekommst du wahrscheinlich nicht mehr. Aber – es geht ja auch nicht darum, jetzt eine Professur anzustreben. Es geht nur darum, dass du mal drei Jahre Zeit und Geld für ein Buch bekommst, und der Doktorgrad wird dir dann ganz nebenbei verliehen."

Sven hatte die Diskussion satt, er wollte Alex nicht mehr zuhören und beugte sich stattdessen über seine Zeitung. Sie sollte endlich kapieren, dass es sinnlos war, dieses Thema anzuschneiden, und sie sollte mit den Klagen aufhören, welches Talent an ihm vergeudet war. Er strebte nicht nach Höherem, nein, er tat genau das, was er immer tun wollte. Schließlich leitete er seine eigenen Ausgrabungen und publizierte die Funde, was wollte sie mehr? Warum musste sie ihn immer so unter Druck setzen?

Doch als Alex ihn mit ihren blauen Augen anhimmelte, rang er sich zu einer letzten Antwort durch: „Eine Promotionsförderung bekommen nur Nachwuchskräfte, bei denen man eine Perspektive für eine Karriere sieht. Und dazu gehört meine Generation nicht mehr. Ich habe es dir schon gesagt. Ich bin zu alt."

„Wer es nicht versucht, wird es auch nicht schaffen!", konterte sie schroff. Doch Sven griff energisch zu seiner Zeitung und signalisierte ihr damit, dass er nun in Ruhe gelassen werden wollte. Seufzend stand Alex auf und auf dem Weg in die Küche fragte sie: „Abendbrot?"

„Ja, das wäre schön!"

7

Mit mehreren Blättern voll Notizen zu ihrem Projekt in der Hand lief Alex durch den sonnendurchfluteten Park. Obwohl die aufbrechenden Knospen und die Frühlingssonne sie jedes Jahr in ein Stimmungshoch versetzt hatten, beherrschten sie an diesem Tag unangenehme Gefühle. Neben der Beschämung, sich auf ihre Weise Sicherheit verschaffen zu müssen, stand der feste Wille, sich gut vorzubereiten. Sie hatte das Konzept ihres Projektes auf wenigen Seiten zusammengefasst, den Text ins Englische übersetzt und von Kees korrigieren lassen. Jetzt lernte sie den englischen Text über ihr Projekt auswendig, um Sprachsicherheit zu erlangen. Leise und im Rhythmus ihrer Schritte sprach sie ihn vor sich hin, deklamierte ihn, als stände sie einem der Mitglieder des Forschungsrats persönlich gegenüber.

Nachdem sie die drei Seiten herbeten konnte, lief sie eilig zurück zum Institut. Die Mittagspause zwischen den Vorträgen der einzelnen Projektgruppen war beendet.

Alle zwei Jahre traf sich der Forschungsrat des Ethnologischen Forschungsinstituts, um das Institut zu evaluieren. Jede Abteilung und jede Forschungsgruppe musste in Vorträgen Bericht erstatten. Und dass in diesem Rahmen die Arbeitssprache Englisch war, war nur zu gut verständlich, denn der Forschungsrat ist ein internationales Gremium, bestehend aus namhaften Professoren, die aus aller Welt anreisten, um die Arbeit des Instituts zu prüfen und über die weitere Entwicklung und Finanzierung zu entscheiden. Die Zukunft des gesamten Instituts hing von diesen drei Tagen ab und niemand war von der Prüfung befreit, nicht einmal die studentischen Hilfskräfte.

Entsprechend war die Anspannung bereits Wochen vor der Evaluierung hoch. Das Institut schnurrte in dieser Zeit. In mehreren Bänden publizierte man laufende und abgeschlossene Forschungen, Poster wurden gedruckt, neue Projekte konzipiert und ausgearbeitet, die Mitarbeiter wurden auf ihre Pflichten und ihre Verantwortung gegenüber dem Institut eingeschworen und nicht zuletzt wurden die Vorträge für den Forschungsrat ausgearbeitet und Probe gelesen. Nichts durfte dem Zufall überlassen werden.

Wenn Alex in der ganzen Anspannung Prüfungsangst überkam, dann fokussierte sie sich auf ihre Aufgabe und referierte in ihrem Inneren die englische Zusammenfassung ihres Projekts. Zum Glück war sie nur eine Doktorandin an diesem Institut. Mehr als dass sie in fließendem Englisch ihr Projekt vorstellen konnte, würde man vorerst von ihr nicht erwarten. Sie dachte an ihre ostdeutschen Lehrer, deren wissenschaftliche Leistungen nach der Wiedervereinigung abgeprüft worden waren. Heute prüften die Finanziers, ob sich die Investitionen lohnten. Evaluierungen gehörten also einfach zum Leben.

Alex betrat den Konferenzraum und suchte nach den Gesichtern der Sibiriengruppe. Sie saßen alle beisammen unter den Zuschauern. Entschlossen schob sie sich durch die Stuhlreihen auf einen freien Platz neben Svetlana.

Nie war ihr die Zweiteilung des Raumes so deutlich geworden wie an diesem Tag. Er suggerierte fast den Zustand einer Zweiklassengesellschaft. Der Referent verfügte über einen bescheidenen Platz seitlich am Kopfende des Saales. Dort stand ein Rednerpult, auf dem das Logo der Gesellschaft prangte, die das Institut neben zahlreichen weiteren Forschungsinstituten finanzierte. Mitten im Saal war ein großer Konferenztisch zu einem Rechteck zusammengestellt, an dem der wissenschaftliche Rat, die Institutsleitung und die Forschungsgruppenleiter Platz genommen hatten. Wer sich außerdem traute, an diesem Tisch Platz zu nehmen und sich an den Diskussionen zu beteiligen, der war auf dem besten Wege zu einer Karriere in der Wissenschaft.

Auf dem Tisch standen kleine Mikrofone, die man per Knopfdruck bedienen konnte, wenn man einen Beitrag zur Diskussion leisten wollte. Von den Mikrofonen ging ihr Blick fast automatisch in den hinteren Bereich des Saales, wo die technische Betreuung der Veranstaltung von einem IT-Mitarbeiter übernommen wurde. Er saß hinter einem Mischpult, steuerte die Lautstärke, das Licht und richtete den Beamer für die Referenten ein. Das Institut konnte sich nicht nur eine große Verwaltung, sondern auch eine umfangreiche IT-Abteilung leisten. Daneben arbeiteten Übersetzer, Redakteure, eine Kartografin, Bibliothekare und anderes Personal für die Wissenschaftler, die alles vorfanden, wofür sie institutionelle Unterstützung brauchten, um schnell zu bestmöglichen Ergebnissen zu kommen.

Diese luxuriöse Professionalität hatte Alex immer Respekt eingeflößt, und sie wusste, sie war für viele ihrer Mitarbeiter nicht selbstverständlich. Die meisten kamen aus armen Ländern, in denen an eine solche Ausstattung nicht zu denken war. Es waren eher die Wissenschaftler aus Westeuropa oder aus Amerika, die den Luxus als gegeben hinnahmen, sich an den Konferenztisch setzten und sich nicht in den Zuschauerstühlen im hinteren Bereich des Saales versteckten, wo jetzt auch Alex saß. Die Zuschauerreihen waren passive Plätze. Es war möglich, aber eben auch umständlich, sich von dort zu Wort zu melden. Aktiv wurden die Diskussionsteilnehmer am Konferenztisch. Und Alex wusste nur allzu gut, wer sich in die Zuschauerreihen setzte und passiv blieb, der sortierte sich aus dem Reigen der erfolgsversprechenden Nachwuchskräfte selbst aus.

Aber war es ein Wunder? Betrachtete Alex die Diskutanten am Konferenztisch, dann sah sie dort, neben der Führungselite des Instituts, vor allem Wissenschaftler, die aus englischsprachigen Hochburgen der Wissenschaft kamen oder die an dortigen Universitäten studiert und promoviert hatten. Sie waren Muttersprachler oder hatten langjährige Erfahrungen darin, ihre Forschungsthemen in englischer Sprache zu kommunizieren. Dagegen sah sie auf den bevorzugten Plätzen kaum Forscher aus Osteuropa oder anderen Teilen der Welt. Diese mieden den zentralen Tisch, sei es aus einer kulturellen Zurückhaltung heraus oder aus sprachlichen Unsicherheiten. Im Konferenzsaal war es also wie draußen, am Tisch redete nur der globalisierende Westen, während der Rest der Welt ihm zuhörte.

Der Saal hatte sich inzwischen gefüllt. Zu diesem wichtigen Ereignis waren noch weitere Stühle hineingestellt worden. Heute gab es nicht nur den hinteren Zuhörerbereich, sondern auch an den Seiten des Saales saßen Forschungskräfte des Instituts. Alex sah nun auch Jenne, der konzentriert in seinen Papieren blätterte, da er einen der nächsten Vorträge halten würde.

Dann endlich trat Jenne ans Rednerpult und Alex verfolgte, wie er das Gesamtkonzept der letzten drei Jahre gekonnt umriss und dann auf jeden einzelnen Beitrag einging, der von einem seiner Mitarbeiter in dieser Zeit geleistet worden war. Darauf wurde es spannend. Jenne stellte erstmals seine Projektpläne für die nächsten drei Jahre vor, entwarf eine neue Forschungsthematik und warb um Unterstützung für das kommende dreijährige Forschungsvorhaben der Gruppe. Obwohl kaum einer von ihnen daran teilhaben würde, hatten sie alle in zahlreichen Seminaren mit ihm darüber gesprochen und erwarteten nun gespannt die Reaktionen auf seine Pläne. Das waren eben die Regeln des Instituts. Man bekam nur die Chance für ein einziges Projekt, dann machte man Platz für die nächste Generation. Die Stellen für Jennes neue Forschungspläne würden ausgeschrieben werden und sie, seine alte Truppe, würden sich nach neuen Perspektiven umsehen müssen. Der Gedanke schmerzte. „Durchlauferhitzer“ hatte Lange das Institut einmal genannt.

Heute jedoch würden sie nichts mehr über die Entscheidungen des Forschungsrats erfahren. Die würden erst nach der Evaluierung bekannt gegeben. Stattdessen wurden nun die Wissenschaftler dazu aufgefordert, in ihre Büros zu gehen. Die Mitglieder des Forschungsrats sollten die nächsten drei Stunden dazu nutzen, durchs Haus zu laufen und einzelne Wissenschaftler anzusprechen. Das war der Moment, auf den sich Alex vorbereitet hatte. Mit ihren Kolleginnen stieg sie die Treppen zum Dachgeschoss hinauf und jeder setzte sich an seinen Schreibtisch.

„Arbeitet einfach", sagte Jenne und lächelte sie aufmunternd an.

Eine halbe Stunde war verstrichen, als ein Professor Dr. Amund von der Universität Stockholm erschien. Er klopfte an mehrere Büros und bat alle Kollegen, mit ihm in den Seminarraum zu kommen. Er würde gern mit allen zusammen sprechen.

Alexandra warf einen letzten flüchtigen Blick auf ihre Papiere und lief den anderen hinterher. Amund ließ einige Stühle im Kreis zusammenstellen. Sie setzten sich und der Professor eröffnete das Gespräch. Dann bat er die Mitarbeiter, sich kurz vorzustellen, und befragte schließlich jeden Einzelnen nach dem Stand seines aktuellen Projektes. Was war die Idee des Projekts? Wie wurde der Arbeitsablauf gestaltet? Wann plante man zu einem Ende der Niederschrift zu kommen?

Alex war ihre Ausarbeitung inzwischen so geläufig, dass sie zu ihrer eigenen Verwunderung die Worte locker aneinanderreihte. Sie umriss das Konzept ihrer Arbeit und zählte auf, welche Arbeitsschritte sie bereits bewältigt hatte und was noch getan werden musste.

Und schließlich gingen seine Fragen zu den Arbeitsbedingungen am Institut über. Er fragte, was sie noch brauchten, um besser arbeiten zu können. Wie zufrieden sie mit der technischen Zuarbeit des Instituts seien und wo es Probleme gebe. Dabei vergaß er nicht, sie immer wieder aufzufordern, offen zu reden und ihre Probleme nicht hinter dem Tisch zu halten. Selbst jedoch gab er keine Rückmeldungen zu dem, was er hörte.

Die Prüfung kam zügig voran. Nach einer Stunde stand er auf und verabschiedete sich von jedem mit einem Handschlag, wünschte viel Erfolg und verschwand. Die Mitarbeiter entspannten sich augenblicklich. Fröhlichkeit legte sich auf die Gruppe und sie begannen optimistisch auf den Ausgang der Evaluierung zu sehen und sich locker zu unterhalten. Alle schienen ein gutes Gefühl zu haben. Sie sahen keinen Grund, warum der Forschungsrat unzufrieden mit ihren Ergebnissen sein sollte. Erfüllt von dem Gefühl eines geglückten Gespräches, zogen sie sich in ihre Büros zurück, wo sie verpflichtet waren, die letzten zwei Stunden abzuwarten, ob sich weitere Mitglieder des Forschungsrats bei ihnen erkundigen würden. Doch das geschah nicht.

∞

Einige Wochen später waren die Ergebnisse der Evaluierung da und die Sibiriengruppe traf sich im Seminarraum, um sie zu besprechen. Jenne trat als Letzter ein. Er hielt den Kopf leicht gesenkt, als er seinen Stuhl zurückzog, um sich zu setzen. Die Mitarbeiter sahen ihn gespannt an. Niemand wagte zu reden, bevor Jenne das Wort ergriff. Die Papiere raschelten auf dem Tisch und Alexandra zog noch schnell einen Stift aus der Tasche, um sich eventuell Notizen zu machen.

Nachdem Jenne seine Unterlagen aus der Mappe genommen hatte, räusperte er sich. Auf Englisch begann er zu sprechen: „Insgesamt ist die Evaluierung des Instituts positiv verlaufen", leitete er ein, ohne sie zu begrüßen. Sie sahen sich ja jeden Vormittag in den Räumen des Dachbodens. Ein zaghaftes Lächeln erschien auf seinen Lippen und die Mitarbeiter atmeten auf. Doch dann wurde seine Stimme ernst.

„Unser neuer Forschungsschwerpunkt ist zwar für die nächsten drei Jahre bewilligt worden, aber in einem engeren Rahmen, als ich ihn angestrebt hatte."

Konzentrierte Anspannung legte sich über den Raum. Die Blicke der Kollegen hefteten sich an seinen Mund und Alex nahm wahr, wie schwer es Jenne fiel weiterzusprechen.

„Wir werden für unseren neuen Forschungsschwerpunkt weniger Stellen als bisher zur Verfügung haben. Und – die eigentlich schlechte Nachricht ist, der Rat überlegt, das Sibirienzentrum nach der nächsten Förderungsperiode zu schließen. Seine allein regionale Ausrichtung auf Sibirien sei nicht zeitgemäß und zu wenig an die wissenschaftlichen Standards des Instituts angepasst. Der Rat hat zwar bestätigt, dass es erhöhten Forschungsbedarf für Sibirien gibt. Aber das dürfe nicht zu Nischenforschung führen, zumindest dürfen sich Nischen nicht dauerhaft am Institut etablieren. Die Sibirienforschung soll also in die anderen Abteilungen integriert werden und das Institut soll thematische Schwerpunkte von aktueller Relevanz in wechselnden Regionen untersuchen. Es sieht für uns insgesamt nicht gut aus."

Jenne blickte ernst in die Runde, in der ein leises Raunen entstand. Seine Mitarbeiter, die eben noch angespannt auf seinen Mund gestarrt hatten, gerieten in Bewegung. Dennoch wagte niemand zu sprechen. Auch Alex lehnte sich in ihrem Stuhl zurück und blickte stumm und verzweifelt durch den Raum. Sie hatte gehofft, nach ihrer Promotion ein Postdoc-Projekt für weitere drei bis fünf Jahre am Institut zu beantragen. Das wäre eine der wenigen Möglichkeiten gewesen, auch weiterhin in der Forschung aktiv bleiben zu können, und sie hatte eine reale Chance. Jenne schien mit ihrer Arbeit zufrieden und sie hatte bislang keine Stelle am Institut, sondern war nur assoziiert und drittmittelfinanziert. Administrative Gründe, wie die Kettenvertragsregelung, würden also nicht gegen eine befristete Anstellung für die nächsten Jahre sprechen. Aber jetzt schien es, als ob sich wieder einmal eine Tür vor ihr schloss.

Oliver, der Amerikaner im Bunde, ergriff plötzlich das Wort. Der Rat müsse doch einsehen, dass es auf dem Gebiet der Sibirienforschung überdurchschnittlich viel nachzuholen gebe und dass das weltweit kaum bei der Vergabe von Fördermitteln berücksichtigt wird. Die Sibirienforschung sei international unterrepräsentiert und man müsse dafür sorgen, dass mehr Nachwuchskräfte ausgebildet und mehr Projekte realisiert werden.

Die Mitarbeiter am Tisch raunten bestätigend. Sie alle waren, wie Alexandra, Autodidakten, die sich an den Universitäten in ihren Herkunftsländern selbst zu Sibirienspezialisten herangebildet hatten, ausgenommen natürlich ihre russländischen Kollegen. Aber, und das wussten die Anwesenden auch, die ethnologische Literatur aus Russland und der ehemaligen Sowjetunion wurde im Westen missachtet, schon allein deshalb, weil es kaum Übersetzungen gab und sich niemand die Mühe machte, sie in der Originalsprache zu lesen. Wer von ihren westlichen Kollegen konnte schon Russisch? Selbst Oliver sprach kein Russisch, er hatte sich stattdessen die autochthone Sprache seiner Forschungsregion angeeignet.

Galina, eine Wissenschaftlerin aus Polen, die in Cambridge promoviert hatte, und Cecile, eine Postdoktorandin aus Frankreich, begannen die wenigen Institute weltweit aufzuzählen, die mit einigen Mitarbeitern in der Sibirienforschung aktiv waren, und alle waren sich darüber einig, dass diese Repräsentanz weltweit im Vergleich zu Forschungsregionen wie Afrika und Lateinamerika nicht ausreichend war. Alex mischte sich ein und erwähnte, dass es seit der Wiedervereinigung in ganz Deutschland nicht eine einzige Professur für die Ethnologie Sibiriens gab.

Aber Jenne schwieg. Endlich erklärte er: „Es ist noch nicht zu spät. Wir können vielleicht in den nächsten drei Jahren mit unserem Forschungsschwerpunkt die Relevanz der Sibiriengruppe beweisen. Aber das wird harte Arbeit.“

Dann stand er auf, legte seine Papiere zusammen und wollte den Raum verlassen. Einige Kollegen klopften ihm aufmunternd auf die Schulter, als sie in ihre Büros zurückgingen, ,und Alexandra schloss die Tür zu ihrem Zimmer, um so schnell wie möglich zurück in ihre Arbeit zu finden. Die Zukunft sah nicht rosig aus, da hatte Jenne recht.

8

Zärtlich hielt sie Anna im Arm, die vor drei Wochen das Licht der Welt erblickt hatte und nun genussvoll schniefend an ihrer Flasche saugte, mit der Alexandra sie nachfütterte. Alexandra war dabei, sich an ihr neues Leben als Mutter zu gewöhnen, das nun wesentlich strukturierter ablaufen musste als ihre Jahre in Unabhängigkeit zuvor. Noch überlegte sie bei jedem Handschlag, welche Ordnung der Abläufe die sinnvollste war, was ihr Kind wann brauchte, was bereitgestellt werden musste und was gesäubert und aufgeräumt werden konnte. Doch die Minuten des Stillens waren für Alex pure Wonne, Ruhepunkte, Momente der völligen Einheit zwischen Mutter und Kind, die sie mehrfach täglich in ihrem Schaukelstuhl verbrachte. Sie genoss das Schmatzen in dem kleinen Gesicht, die halb geschlossenen Augen und die manchmal unwillkürlich zuckenden Bewegungen der Arme und Beine, wenn ihr Kind trank. Und sie bedauerte es, wenn Anna mit ihrer kleinen Zunge die Flasche aus dem Mund schob, und der Moment vorbei war. Dann stellte sie das Fläschchen auf den kleinen Kindertisch, den sie im Wohnzimmer für ihr Baby bereitgestellt hatte, rückte das Spucktuch über ihrer Schulter zurecht und legte Anna bäuchlings darauf, um ihr leicht auf den Rücken zu klopfen. Meist schlief Anna sofort darauf in ihrem Nestchen auf dem Sofa ein.

Während Alex in der Küche die Milchflaschen säuberte, hatte sich Sven ins Arbeitszimmer zurückgezogen. Er schrieb an einem Grabungsbericht und hatte dank Annas Geburt die Erlaubnis bekommen, dies vier Wochen lang zu Hause zu tun. In einer Woche würde er wieder im Büro erscheinen müssen, wo die Archäologen für die Aufarbeitung untergebracht waren.

Alexandra ging, nachdem sie die Küche in Ordnung gebracht hatte, ins Arbeitszimmer. Sven tippte energisch auf der Tastatur seines Computers. Der Sog, mit dem er arbeitete, machte sie neidisch, weshalb sie ihn von hinten umschlang und ihren Mund auf sein braunes langes Haar drückte. Dann streifte sie vorsichtig eine Strähne hinter sein Ohr und betrachtete die schwarzen Buchstaben auf seinem Bildschirm.

„Na, kommst du voran?“, fragte sie und kicherte hinter ihm.

„Wenn du mich nicht weiter störst, kann ich den technischen Teil des Grabungsberichtes heute noch abschließen“, neckte er zurück.

„Und was ist, wenn dein technischer Bericht unser Familienleben stört und nicht umgekehrt? Was hältst du davon, heute Nachmittag mit uns spazieren zu gehen?“

Jetzt erst blickte Sven von seinem Computer auf. Er neigte leicht den Kopf nach links und schien angestrengt nachzudenken. „Ich weiß nicht, ob meine wissenschaftliche Tätigkeit das zulässt“, sagte er ironisch und Alex musste lachen.

„Ich will ja auch nicht den wegweisenden Wert deiner Forschung infrage stellen, aber selbst ein Schriftsteller wie Erwin Strittmatter hat nur am Vormittag geschrieben und am Nachmittag ist er ausgeritten. Das gilt übrigens auch für Hans Fallada.“

„Na dann besorg schon mal die Pferde“, erklärte Sven und wendete sich sofort wieder seinem Bildschirm zu.

Alex ging zurück ins Wohnzimmer und betrachtete ihr schlafendes Kind. In der Ferne piepte ihr Telefon. Seufzend stand sie auf und holte es. Kees hatte angerufen und Alex rief ihn zurück.

„Alex, ich habe etwas für euch“, rief er aufgeregt ins Telefon. „Ihr werdet staunen!“

Eine halbe Stunde später stand Kees vor der Tür und grinste sie an. Dann streckte er die Hand zur Seite hinter die Wand und Alexandra hörte metallisches Klingen auf Plastik. Kees hielt ihr ein großes Gestell vor die Nase, an der eine Babyschale hing.

„Was ist denn das?“, fragte sie.

„Eine Babyschaukel!“ Er strahlte über das ganze Gesicht. „Damit du gar nicht erst aus der Arbeit rauskommst. Du baust sie im Arbeitszimmer auf und legst dein Töchterchen hinein. Und sie kann dann schaukeln und schlafen, während du arbeitest."

„Klasse!", rief Alex. „Hervorragend! Wo hast du die denn her?"

„Eine Bekannte hat sie mir für 20 Euro verkauft. Ihr Kind ist inzwischen zu groß für die Schaukel."

„Das Geld gebe ich dir natürlich zurück!"

„Ach lass, das ist mein Geburtsgeschenk."

„Aber du hast uns doch schon das Kinderbett besorgt!"

Sie nahm ihr Portemonnaies aus der Tasche und zog 20 Euro heraus. Doch Kees schüttelte energisch den Kopf. Darauf nahm Alex seine Hand und drückte den Schein hinein.

„Du hast doch selbst nichts", erklärte sie entschieden und schließlich gab Kees nach und nahm das Geld.

„Komm erst mal rein."

Gemeinsam trugen sie die Schaukel ins Wohnzimmer, wo immer noch Anna lag und schlief. Dort stellte Kees das Gestell auf, richtete die Beine ein und schaltete sie an. Mit einem leisen Summen setzte sich die Babyschale in Bewegung und begann sanft nach vorn und nach hinten zu schwingen. Staunend starrte Alex die Schaukel an.

„Das ist ja eine Erfindung, die die Welt mal wirklich braucht", erklärte sie und strich ihm dankbar über den Arm. Diese Schaukel konnte ihre Doktorarbeit retten. Gleich heute Abend würde sie sie im Arbeitszimmer aufstellen und morgen würde sie sich sofort wieder an die Arbeit setzen, während Anna in der Schaukel schlummerte. Sie brannte vor Begierde, endlich wieder arbeiten zu können.

„Willst du was trinken?", fragte sie dann. Kees nickte. „Tee, wie immer?"

„Ja, aber lass uns erst eine auf dem Balkon rauchen." Er holte seinen Tabak aus der Tasche und ging zielgerichtet zur Balkontür. Alex folgte ihm, immer noch unsagbar glücklich über sein Geschenk.

Doch Kees Gesicht war plötzlich ernst geworden.

„Hast du was?", fragte sie ihn deshalb.

„Meine Betreuer haben mir die Pistole auf die Brust gesetzt", erklärte er. „Sie haben mir einen endgültigen letzten Abgabetermin im Februar nächsten Jahres gegeben. Wenn ich den nicht schaffe, dann wollen sie die Arbeit nicht mehr annehmen."

„Das ist doch gar nicht so schlecht", erwiderte sie und lehnte sich wie Kees über die Brüstung. „Du hast doch wirklich lange genug an der Arbeit geschrieben und musst im Prinzip nur kürzen und aussortieren. Hast du dir jetzt einen engeren Rahmen gesetzt?"

„Ja, schon vor ein paar Monaten. Anstatt der zwölf Kapitel sind es jetzt nur noch sechs, den Rest fasse ich in einem Epilog zusammen."

„Na und? Das ist doch jetzt machbar! Was ist denn das Problem?", fragte sie ihn.

„Es gibt kein Problem. Du hast recht, es ist machbar. Ich kann wahrscheinlich den Termin halten."

„Dann sind deine Sorgen wohl eher Weltschmerz, weil du mit der Abgabe deiner Diss. eine fünfundzwanzigjährige Epoche deines Lebens abschließt?"

„Einundzwanzig", widersprach ihr Kees sofort.

Und Alex musste über Kees' ewige Bedenklichkeiten an seiner Arbeit grinsen. Ansonsten war er doch auch lebendig und emotional. Wieso nur war er in seinen Studien so akkurat und penibel, dass er sie nie zu Ende brachte?

Kees nickte vor sich hin: „Ja, das ist schon ein komisches Gefühl."

„Dir bleiben ja noch die nächsten sechs Kapitel, die du jetzt aussortiert hast. Aus denen machst du ein neues Projekt, das du dann aber endlich finanzieren lässt. Sei froh, du bekommst deinen Titel und eine Perspektive für ein neues Forschungsprojekt kannst du in dein neues Leben mitnehmen. Was willst du mehr? Ich mache dir jetzt erst mal einen Tee", sagte Alex dann.

9

Seit einem halben Jahr hatte sich in Alexandras Leben ein neues Arbeitsritual eingespielt. Täglich saß sie zwei Stunden am Vormittag und zwei Stunden am Nachmittag vor dem Computer und arbeitete, während Anna in der Schaukel selig schlummerte und im Traum manchmal schmatzte. An diesem Freitagnachmittag im März war sie besonders euphorisch, denn die letzten Kapitel nahmen Gestalt an. Auf ihrem Schreibtisch häuften sich die Exzerpte russischer und tuvinischer Literatur, die sie in den Wochen vorher angelegt hatte. Sie brauchte die Literatur nur noch mit ihren eigenen Forschungsdaten in Beziehung zu setzen. Dabei hielt sie streng ihre eigene Perspektive auf das Quellenmaterial ein, die innovativ in der ethnographischen Literatur über Tuva war. Auch der letzte Teil ihres Buches würde ein neues Blickfeld auf die tuvinische Volksreligion eröffnen, darauf legte sie großen Wert.

Als Anna sich rekelnd und mit leiser Stimme bemerkbar machte, vervollständigte sie noch einen Gedanken und stoppte dann ihre Arbeit. Mit einer halben Drehung ihres Stuhles sah sie sich zu der Schaukel um, wo Anna sich gegen ihre Position in der Babyschale zu wehren begann. Halb liegend, halb sitzend wurde ihr Strampeln immer heftiger. Dann stemmte sie sich gegen die Schale und Alexandra sah, dass Anna herausgenommen werden wollte. Eigentlich war es zu früh, sie erneut zu wickeln und zu füttern, doch sie beschloss ihre Arbeit für den heutigen Tag zu beenden und befreite Anna. Dann nahm sie sie auf den Schoß und speicherte ihre Texte, währenddessen Anna mit ihren kleinen Ärmchen versuchte, die Tastatur zu erreichen.

„Früh übt sich", flüsterte sie ihr zärtlich zu und musste lächeln, während sie zufrieden daran dachte, dass Teil zwei ihrer Arbeit wohl Anfang der nächsten Wochen fertig sein würde. Heute wartete noch der Einkauf auf sie, denn am späten Nachmittag würde Sven von der Grabung kommen. Doch vorher musste sie Annas Stillzeit abwarten.

Sie ging mit Anna auf dem Arm ins Wohnzimmer, drehte die Heizung hoch, legte Anna auf das Sofa und nahm sich ihren Roman, um noch eine Weile neben ihr zu lesen.

Doch schon nach fünf Minuten legte sie das Buch wieder weg und kraulte Annas Bauch, die sofort zu quietschen anfing. Worauf Alexandra mit einem knurrendem Ton begann, an ihrem Bauch zu knabbern und Annas Babylachen immer lauter wurde, während sie wild um sich strampelte. Alex hob wieder ihr Gesicht und betrachtete sie liebevoll. Die kleinen Ärmchen ruderten durch die Luft, als riefen sie nach mehr Zärtlichkeit, und Alex wunderte sich, wie schnell sie sich an die Gegenwart dieses kleinen Menschen gewöhnt hatte.

In den ersten Tagen hatte sie ihre Pflichten noch mechanisch erfüllt und in Büchern nach Antworten auf ihre Fragen gesucht. Doch dann war Anna langsam in ihr tiefstes Inneres vorgedrungen und sie hatte begonnen, sich auf ihr Gefühl zu verlassen und Annas Bedürfnisse zu erahnen. Inzwischen waren sie ein eingespieltes Team. Anna ließ sie nachts durchschlafen und Alex widmete ihr die freien Minuten, in denen Anna nicht schlief. Dazwischen genoss sie es, am Computer zu sitzen, wenn die Schaukel neben ihr leise summte. Ihr Leben war erfüllt wie noch nie. Sie hatte Anna und ein festes Ziel, auf das sie zustrebte und das ihr inzwischen auch erreichbar schien.

Als Alexandra mit Anna und dem Kinderwagen von der Drogerie heimkehrte, war sie voll bepackt mit Windeln und anderen Einkäufen. Sven musste schon da sein. Er könnte ihr beim Tragen helfen, dachte sie und klingelte. Doch in der Wohnung rührte sich nichts. Sie stellte den Kinderwagen in den Hausflur und nahm als Erstes die Tragetasche mit Anna, um sie in die Wohnung zu bringen. Dann holte sie die Einkäufe. Die Wohnung war leer und kalt.

Eine halbe Stunde wartete sie auf Sven, dann rief sie ihn an. Doch er nahm das Gespräch nicht entgegen. Langsam machte sich Unruhe in Alex breit. Sie versuchte sie zu unterdrücken, fütterte Anna und bereitete sie für das Bett vor. Als Anna endlich schlief, rief Alex erneut an. Sven meldete sich nicht.

‚War etwas passiert?', dachte sie entsetzt. Sven zog sich gern zurück, das wusste sie, aber er würde ihr doch eine Nachricht hinterlassen.

Um sich abzulenken, schaltete sie den Computer ein und fand tatsächlich eine Mail von Sven. Er teilte ihr mit, dass er das Wochenende wegen Frühjahrstraurigkeit in Linden verbringen wolle. Mehr schrieb er nicht. Diese, seine Art, sich einfach abzumelden, ob hinter der Zeitung, in einem Buch oder in Linden! Zorn stieg in ihr auf.

Aber dann war sie doch froh, dass er ihr eine Nachricht hinterlassen hatte. Sie sah nach, die Nachricht war gegen drei Uhr abgesendet worden, lange bevor er bei ihr hätte eintreffen müssen. Sie wusste doch um dieses schwarze Geheimnis in seiner Brust, seitdem sie in seiner Waschtasche die Schachtel Tabletten gefunden hatte. Und es hatte sich nicht viel daran geändert, dass sich ihm regelmäßig im Frühjahr die dunkle Seite seiner Seele zuwandte, wie er es nannte. Vor Annas Geburt hatte er sich deshalb stets zurückgezogen und in diesem Jahr tat er es auch. Ihre Wut würde daran nichts ändern, und wie lange war er nicht mehr in ihrer Wohnung in Linden gewesen?

Sie schaltete den Fernseher ein, switchte durch die Öffentlich-Rechtlichen – Krimis hasste sie – und schaltete ihn wieder aus. Dann nahm sie ihr Buch zur Hand und nach wenigen Minuten Lektüre klingelte das Telefon. Das war Sven. Erleichtert nahm sie das Gespräch an.

„Was ist los? Wieso verschwindest du einfach?"

Am anderen Ende der Leitung murmelte Sven eine Entschuldigung und Alex wusste, sie durfte jetzt nicht zu heftig werden, ansonsten würde Sven einfach auflegen. Jäh kämpfte es in ihr, denn sie war seit ihrer Schwangerschaft ein eher unruhiger Geist geworden, manchmal launisch und hochfahrend. Es fiel ihr schwer, sich zu bezwingen und ruhig zu bleiben.

„Ich brauche eine kurze Auszeit", erklärte er, „ein zwei Wochenenden, mehr nicht."

„Was? Wie stellst du dir das vor? Wir haben doch nur die Wochenenden!"

„Du schaffst das schon."

„Aber wir wollen wenigstens an den Wochenenden mit dir zusammen sein", wehrte sie sich gegen den Gedanken, dass Sven auch am nächsten Wochenende nicht erscheinen würde.

Doch er ging nicht darauf ein. Stattdessen erklärte er: „Bei mir auf der Grabung ist die Hölle los. Wir haben ein Pensum, das nicht zu schaffen ist, die Referentin sitzt mir im Nacken und ich habe nicht genügend Leute. Den Vermesser teile ich mir mit einer anderen Grabung und der Fotograf ist krank. Es ist unerträglich, und ich fühle mich beschissen."

Alex stöhnte und wusste nichts zu sagen. Sie verstand ihn sehr wohl, aber akzeptieren wollte sie seine Entscheidung nicht.

„Es geht doch nur um zwei Wochenenden", versuchte Sven sie zu überzeugen. „Damit ich mal zur Ruhe komme, wenigstens an diesen vier Tagen, sonst drehe ich durch. In zwei Wochen ist der Abschnitt zu Ende gegraben, dann wird es ruhiger, versprochen."

„Du, ich sitze hier jeden Tag der Woche allein mit Anna", erklärte nun Alex. „Ich sehe ja niemanden, außer Anna, den Computer und die Läden, in denen ich Windeln kaufe. Auch das ist unerträglich, jeden Tag überlegen, welche Runde man mit dem Kinderwagen drehen könnte. Schließlich gibt es nur einen Park. Und wenn du nicht wenigstens am Wochenende kommst und uns Gesellschaft leistest, dann wird es auch für mich bitter."

„Siehst du, und ich sehe zu viele Leute." Sven räusperte sich am anderen Ende des Telefons. „Das geht schon mal, nur zwei Wochenenden. Dann bin ich ja wieder da."

„Versprich mir das!", rief Alex verzweifelt ins Telefon. „Das bleibt eine Ausnahme!"

„Versprochen!“

Nachdem Alex aufgelegt hatte, lehnte sie ihren Kopf an die Lehne ihres Schaukelstuhls zurück, wie sie es immer tat, wenn Weltschmerz sie befiel. Sie betrachtete den schwarzen Bildschirm des ausgeschalteten Fernsehers und die Rücken der Bücher in den Regalen. Dann stand sie auf, zog Annas Lager auf dem Sofa zurecht, rauchte noch eine Zigarette auf dem Balkon und beschloss, zeitig zu Bett zu gehen, um am nächsten Tag arbeiten zu können. Anna murmelte im Schlaf, als sie sie zudeckte.

10

Auf den Gängen des Forschungsinstituts für Ethnologie waren zu dieser frühen Morgenstunde nur wenige Mitarbeiter unterwegs. Eine junge Doktorandin lief mit Papieren in der Hand zielstrebig durch den Flur, und vor dem Seminarraum unterhielten sich zwei ältere Kollegen. Alexandra hörte die dunkle und breite Akzentuierung der englischen Sprache.

Sie selbst hatte Anna bei Sven zu Hause gelassen, um Jenne aufzusuchen und ihm einen gerade erschienenen Aufsatz zu übergeben. Doch vorher wollte sie sich Kopien anfertigen und steuerte auf den Kopierer vor Poul Rowes Büro zu.

Als die Maschine summend warmlief und sie sich umsah, hörte sie das gleichmäßig-eilige Ticken der Computertastaturen aus dem Sekretariat des Direktors. Sie liebte das Geräusch. Es klang in ihren Ohren wie der Rhythmus einer monotonen Melodie.

Dann trat sie an die Vitrine mit den aktuellen Veröffentlichungen von Rowes Mitarbeitern und begann die Titel zu studieren. In den letzten Jahren waren in der Reihe seiner Abteilung zahlreiche Arbeiten über Mittelasien erschienen. Es war unmöglich, sie alle neben der

Arbeit zu studieren. Sie las die Namen der Autoren. Einige kannte sie. Doch die Autoren selbst waren weitergezogen oder arbeitslos.

Die Frage war, wer mehr von der Arbeit der befristeten Wissenschaftler profitierte, das Institut, das sich mit deren Forschungsergebnissen profilierte und auf ihnen seine Existenz aufbaute, oder die frisch Promovierten, die häufig keine weitere Chance in der Wissenschaft bekamen.

Alex wendete sich ab. Sie wollte nicht über dieses Thema nachdenken. Noch war ihr Werk nicht vollendet. Und wenn sie es recht überlegte, sie wäre stolz, wenn auch ihre Dissertation einst in dieser Vitrine präsentiert werden würde. Der Wunsch nach ihrem erfolgreich abgeschlossenen Projekt, das war der Motor, der sie antrieb, auch wenn es ihr am Ende nichts brachte und sie mit ihren wissenschaftlichen Ambitionen nicht weiterkam.

Der Kopierer piepte. Er war einsatzbereit. Alex öffnete den Deckel und zog sich eine Kopie ihres Aufsatzes. Dann legte sie die Kopie in den automatischen Einzug und stellte zehn Exemplare her. Die wollte sie an Kollegen verteilen, die ihr versprochen hatten, den Aufsatz zu lesen. Still beobachtete sie, wie der Kopierer Blatt um Blatt auswarf.

„Alex?", hörte sie plötzlich eine Stimme.

Erschrocken drehte sie sich um. Das gab's doch nicht! Hinter ihr stand Murat Demir und hielt Papiere in der Hand, die er wohl auch kopieren wollte.

„Murat!", rief sie freudig. „Wie kommst du denn hierher?"

„Ich habe drei Monate Stipendium, um ein Projekt abzuschließen", sagte er. „Wie lange haben wir uns nicht gesehen?"

Alex rechnete nach. Ihre letzte Begegnung musste irgendwann vor ihren Abschlussprüfungen gewesen sein. Vor Freude über das Wiedersehen fiel sie ihm um den Hals.

„Murat, das ist aber toll. Wir müssen uns unbedingt miteinander unterhalten. Lass uns dann einen Kaffee trinken gehen, ja?"

„Sofort!", antwortete er und strich ihr über das blonde Haar. Unwillkürlich lachte sie. Das war Murat! Wie viele Südländer hatte er eine Schwäche für blonde Frauen und stets, wenn sie sich begegnet waren, hatte er ihr bei der Umarmung über den Kopf gestrichen, als müsse er prüfen, ob sich das Blond aus ihren Haaren nicht herauswischen ließ.

Zwanzig Minuten später liefen Murat und Alexandra zum Café. Alex schlang ihren Arm um seine Taille und Murat legte seinen Arm auf ihre Schulter, als wären sie ein Paar. Die Jahre, die sie sich nicht gesehen hatten, hatten den letzten Rest von höflicher Distanz zwischen ihnen weggewischt.

Murat war als Doktorand ein Lehrer von ihr gewesen. Regelmäßig hatte er am Institut für Zentralasienwissenschaften Seminare zur Turkologie gehalten, die die Studenten in die Grammatik der Turksprachen einführen sollten, sodass es ihnen leichter fiel, eine dieser Sprachen zu erlernen.

Murat hatte gern mit den Studenten zusammengesessen und gescherzt, und als er eine neue Wohnung bezog, hatten die Studenten ihm geholfen, seine Möbel aufzubauen. Sie erinnerte ihn daran, wie sie zu dritt an einem Kleiderschrank gebastelt hatten, den sie zweimal wieder zerlegen mussten, ehe er stand. Danach hatten sie bei ihm auf dem Boden gesessen, türkisch gegessen, und von dem Wein, den die Studenten mitgebracht hatten, hatte auch Murat einen Schluck gekostet.

Sie schwelgten in ihren Erinnerungen an das Institut der Spitz', als sie das Café betraten und sich einen Platz suchten, und Murat bestellte einen doppelten Espresso und einen Latte Macchiato.

„Du Macho!", lachte Alex. „Du hast mich nicht mal gefragt."

„Ich weiß doch, dass du Latte Macchiato liebst", scherzte er zurück. Und Alex schüttelte den Kopf: „Ihr seid unverbesserlich, ihr Türken."

Dann sahen sie sich lange an. Murat fand zuerst in das Gespräch zurück: „Wie geht es dir eigentlich?" Seine Stimme war nun ernst, und er sah sie aus seinen schwarzen Augen wie ein besorgter Vater an.

„Ich habe ein Töchterchen, ein blondes übrigens", neckte ihn Alex, als sie seine betroffene Miene sah. Sofort wühlte sie in ihrer Tasche und zog ihr Portemonnaie heraus, um ihm ein Foto ihrer Tochter zu zeigen. Murat strahlte das Gesichtchen auf dem Porträt an: „Schade, und ich dachte, du würdest irgendwann doch noch mit mir in die Türkei gehen", gab er ihr das Foto zurück.

Versonnen blickte er aus dem Fenster in den grauen verregneten Vormittag hinaus: „Bei uns scheint um diese Jahreszeit noch die Sonne und es ist so warm, wie bei euch im Hochsommer. Wenn ich dir doch einmal Alanya, unsere kleine Stadt am Mittelmeer, zeigen könnte, wo ich aufgewachsen bin! Das Meer glitzert unter einer leichten Brise im Sonnenlicht, du kannst luftige Sommerkleidung tragen und die Stadt blüht vom Tourismus. Überall gibt es Cafés und Stände, an denen Orangensaft frisch gepresst wird. Du kannst baden gehen und dich sonnen oder dich in einer Bar verwöhnen lassen. Stattdessen sitze ich hier im deutschen Herbstnebel und das Einzige, was meine Augen blendet, ist der blasse Schein des Computerbildschirms."

„Deine Heimat ist ein Paradies. Aber leider hast du hier einen Job", versuchte sie sein Heimweh zu trösten, doch er schüttelte nur heftig den Kopf: „Meine Stelle an der Universität ist schon vor Monaten ausgelaufen. – Ich habe alles versucht. In Deutschland ist es derzeit für einen Turkologen unmöglich, eine Professur zu bekommen."

„Eine Professur?", fragte sie verwundert. „Heißt das, du hast deine Habilitation fertig?"

„Schon seit einem halben Jahr. Aber das war wohl eher sinnlos. In der Türkei braucht man keine Habilitation, und ich bewerbe mich jetzt auf Zypern und in Ankara. In Deutschland ist mein Weg beendet. Weiter komme ich hier nicht. Ich bringe nur noch mein Buch zu Ende und dann hoffe ich auf eine Stelle ..."

„... am Mittelmeer?" Alex grinste. Doch dann wurde ihr bewusst, was er eben gesagt hatte. „Das heißt, du willst Deutschland verlassen?"

„Was soll ich hier noch, wenn es keine Stellen gibt? Ich würde ja hierbleiben, aber die Aussichtslosigkeit auf dem akademischen Arbeitsmarkt zwingt mich zu gehen."

Ihre Miene verdüsterte sich: „Schade, und ich dachte wir würden uns jetzt wieder öfter sehen."

Doch Murat lächelte sie an: „Wenn ich eine Professur in der Türkei habe, dann hole ich dich nach, und dann gehen wir in Ankara Tee trinken." Er sah sie an und Alex frohlockte: „Ja, unbedingt, schönes Wetter und ewiger Sommer, das würde auch mir gefallen. Dann könnte meine Tochter Türkisch lernen und ihr Vater würde antike Fundstätten ausgraben." Die Vorstellung amüsierte Alex und eigentlich war das doch ein schöner Traum.

„Aber vorher muss ich erfolgreich promovieren."

„Wie weit bist du denn?"

„Ich schreibe am letzten Teil und hoffe, in einigen Wochen die Doktorarbeit einreichen zu können. Stell dir vor, Anna schaukelt im Arbeitszimmer, und ich sitze Tag für Tag einige Stunden am Computer. Besser könnte es nicht laufen."

„Etwas anderes hätte ich von dir auch nicht erwartet! Wir sollten unbedingt weiter zusammenarbeiten!"

11

Er hatte es geschafft, und er wusste nicht, ob er sich darüber freuen sollte. Eher war es für ihn ein Tag wie jeder andere, nur dass er älter und nun endgültig überflüssig war. Seit dem Abitur hatte er sein ganzes Leben an diesem Institut verbracht. Bei der *Grand Dame* der DDR-Ethnographie hatte er studieren dürfen und war dann Assistent geworden. Mit Hans Ulrich hatten sie in der DDR das Institut vor der Schließung bewahrt, und unter Bodo Lange versuchte er bis heute, der Lehre Kontinuität zu geben. Und nun wurde er, Doktor Klaus Liebert, nach fast fünfzig Jahren pensioniert.

Und wofür hatte er all die Jahre gearbeitet? In den letzten zwei Jahrzehnten hatte er den Glauben an das Fach und seine Zukunft verloren und das, nachdem er früher alles für seinen Erhalt getan hatte. Erst hatte er gegen die institutionelle Schließung gekämpft und dann für mehr Bedeutung des Faches in der Gesellschaft und jetzt wusste er nicht einmal mehr, ob das Institut nicht doch vielleicht lieber hätte geschlossen werden sollen, anstatt Massen an arbeitslosen Akademikern auf die Sozialämter zu spülen, junge Menschen, die voller Leidenschaft Ethnologie studierten, um dann nie als Ethnologen tätig werden zu können.

Doch so war sein Lebensweg. Als das Institut von der Schließung bedroht war, weil das Fach „zu wenig zum Erkenntniszuwachs über die nationale Befreiungsbewegung" beitrug, war er von der aufklärerischen Funktion der Ethnographie voll überzeugt gewesen. Er wollte die kulturelle Vielfalt zu den Menschen bringen, und sie hatten scharenweise die Vorträge am Institut besucht, um mehr von der Welt zu erfahren, die sie nicht bereisen durften.

In der Wendezeit hatten sie dann gemeinsam am Institut gejubelt, denn die Drohung der Einstellung des Faches schien sich endlich erledigt zu haben. Und das Institut hatte tatsächlich eine Zukunft gehabt, aber das Personal musste gehen, und er hatte sich stets unwohl bei dem Gedanken gefühlt, dass er der Letzte, der bevorzugte Autochthone am Institut gewesen war, zwischen all den Akademikern aus den alten Bundesländern, die sprühend vor Freiheitsdrang nicht mehr Wissen vermittelten, sondern den Studenten selbstständiges Denken beibrachten.

Aber was war ein Absolvent ohne fundiertes Grundwissen? Das Studium war schließlich eine akademische Ausbildung, in der Fachwissen vermittelt werden sollte, nicht nur Freiheit im Denken, denn die konnte man nebenbei erwerben, dafür brauchte man kein jahrzehntelang ausgebildetes Personal.

Die Studenten hatten den neuen Lehrstil schnell angenommen. Sie kamen und gingen zu den Vorlesungen, wie sie wollten, sagten fünf Minuten vor Beginn ihre Referate ab oder kamen gar nicht erst, um ihr Referat zu halten, und studierten heute nicht mehr fünf Jahre, sondern gleich zehn oder mehr. Und er hatte noch Schlimmeres entdeckt, er vermisste nicht nur die Wissensvermittlung in der Lehre seiner neuen Kollegen, sondern er vermisste das ethnologische Grundwissen bei ihnen selbst. Dieser Vorwurf ließ sich nicht damit aus der Welt räumen, dass seine neuen Kollegen und er verschiedenen Wissenschaftstraditionen entstammten, nein, er hatte es über die Jahre erfahren, außer Bodo Lange kannten die Lehrkräfte am Institut die Protagonisten und Klassiker der Ethnologie kaum mehr. Sie lehrten, was sie gerade gelesen hatten, oder nahmen sich ein Seminarthema vor, zu dem sie mal lesen wollten. Ihre ganze Ausbildung hatte kein Konzept, keinen Aufbau von den Fundamenten der Geschichte hin zu den zeitgenössischen Ansätzen in ihrer Abfolge und logischen Konsequenz. Ihre Lehre war punktuell und kein Student begriff mehr, was er da eigentlich tat, wenn er Ethnologie studierte.

Um wenigstens für seine Studenten eine einigermaßen fundierte Ausbildung zu retten, hatte er bald nach der Entlassungswelle begonnen, immer mehr Lehrveranstaltungen selbst zu übernehmen, besonders die im Grundstudium, wo die Basis der Ausbildung gelegt wurde. Er hatte die Geschichte der Ethnologie gelehrt, genauso wie Ulrichs früheres Forschungsfeld der Gesellschaftsethnologie, und Wirtschaftsethnologie war sowieso immer sein Steckenpferd gewesen. In diese Vorlesungen hatte er sich selbst von Bodo Lange nicht hineinreden lassen. Vehement hatte er die Inhalte verteidigt, wie auch seine Unterschriftenlisten, die er führte, um die Studenten zu zwingen, wenigstens in seinen Vorlesungen und Seminaren pünktlich und überhaupt zu erscheinen. Viel Ärger hatte das gegeben und er wusste, er war wegen seiner Strenge ein eher unbeliebter Lehrer. Aber gute Studenten wie zum Beispiel Ines Seesemann hatten das zu schätzen gewusst. Sie hatten begriffen, dass man Wissen brauchte, um im Beruf zu bestehen, und sie gehörten auch zu denjenigen, die er regelmäßig in der Bibliothek lesen sah. Alle anderen waren selbst schuld, wenn sie mit einem halbherzigen Studium Jahre ihres Lebens vergeudeten und dann in Armut versanken.

Das Problem war nur, dass auch die Studenten mit Disziplin heute scheiterten, denn es gab keinen Arbeitsmarkt für sie, und dieses Problem brannte ihm heftig in der Seele. Er konnte seinem Nachwuchs nicht helfen, nicht einmal auf eine Doktorandenstelle, denn darüber entschied Professor Lange. Alle seine Hinweise auf die Begabung und den Fleiß einiger seiner Schüler prallten an dessen Entscheidungsgewalt ab. Er setzte andere Prioritäten in der Nachwuchsförderung.

Früher war das Institut offiziell von der Schließung bedroht und heute? Heute verlor es sich in massenhafter Bedeutungslosigkeit. Das war die Krise der Ethnologie in einer freien demokratischen Gesellschaft, in der alles und jeder in Konkurrenz zueinander stand, in der es schien, als könne jeder alles werden. Dazu kam die zunehmende Kommerzialisierung auch der Universitäten, wo an den Fächern gekürzt wurde, deren Nutzen oder Wert nicht in Ausgaben-Einnahmenrechnungen erfasst werden konnte.

Und genau dort, wo seine Absolventen hin mussten, in gesellschaftspädagogische Felder, dort gab es keine offiziell anerkannten Nischen für sie. Einsatzfelder könnte es geben. Ethnologen müssten gebraucht werden. Aber an Schulen gab es kein Fach Ethnologie, dort lehrten Pädagogen, in der Politikberatung bräuchte man sie, aber dort saßen Politikwissenschaftler und Soziologen. Und in der Migrantenbetreuung wären Ethnologen dringend nötig, aber dort nahm man nur Sozialarbeiter und Psychologen. Selbst in der Entwicklungshilfe suchten sie keine Ethnologen, sondern andere Berufe.

Deshalb hatte er sich nach der Wiedervereinigung noch einmal aufgerafft, um zu kämpfen. Eine jahrelange Korrespondenz mit Schulämtern und dem Wissenschaftsministerium lag hinter ihm, um die Ethnologie aus der unverdienten Belanglosigkeit eines Orchideenfaches herauszuholen. Er wollte das Fach zum Unterrichtsfach an den Schulen machen, wie Ethik oder Religion. Es hätte mit seinem Bezug zum Menschen, zur Kultur und zur Gesellschaft die Fächer Geografie und Biologie ergänzen können und wäre so nötig in einer multikulturellen Gesellschaft, zu der sich Deutschland zunehmend entwickelte.

Aber er war nur gegen Wände gerannt, ungehört, abgewürgt und ignoriert, obwohl er die Sympathie eines Sekretärs des Wissenschaftsministeriums auf seiner Seite hatte. Doch auch der hatte ihm freundlich zu verstehen gegeben, dass der Alleingang eines Bundeslandes in der Frage der Schulfächer völlig ausgeschlossen sei, und dass es weltweit keinen Präzedenzfall für ein solches Unterrichtsfach gebe. Aber irgendwo musste man doch anfangen? Warum nicht hier?

Und heute war sein letzter Tag als Mitarbeiter des Institutes. Wie es mit der Lehre weitergehen sollte, und ob nochmals jemand darum kämpfen würde, den Studenten eine Grundausbildung zu geben, das wusste er nicht. Doch die Feierlichkeiten müsste er wohl oder übel über sich ergehen lassen, sie waren seine letzte Amtshandlung.

Klaus Liebert lächelte, als er das Institut betrat, denn ihm kam Ines Seesemann entgegen. Eine seiner besten Schülerinnen. Sie gehörte zu denjenigen, für die zu kämpfen es sich gelohnt hatte. Überhaupt, die Jugend, Menschen wie diese fleißige Studentin auszubilden und ihnen damit ein Ziel zu geben, das war doch einmal sein Anliegen gewesen.

Ines trat auf ihn zu und reichte ihm verlegen die Hand. „Ich gratuliere Ihnen! Sie sollen noch kurz hier warten, hat Professor Lange gesagt, bis Sie in den Hörsaal gebeten werden."

Ines Seesemann schrieb seit einiger Zeit mit einem kleinen Stipendium an ihrer Doktorarbeit. Dieser Zustand beschämte Klaus Liebert und doch bewunderte er ihre Zuversicht und ihre Eigeninitiative, mit der sie versuchte, ihrem Traum zu folgen. Und er wollte sie nicht entmutigen, denn er wusste, dass sie es nicht verdient hatte, die Hoffnung zu verlieren, nicht nach all dem, was sie für ihre Ausbildung bereits geleistet hatte. Deshalb fragte er sie höflich nach dem Fortgang ihrer Arbeit und sie antwortete flüssig und begeistert, wie er es von ihr kannte: „Die Recherchen zu Foucault kommen gut voran. Ich habe inzwischen einen ganzen Karteikasten voll Sekundärliteratur zusammengetragen. Die Quellen sind schwer überschaubar und es wird einige Arbeit sein, ihnen eine sinnvolle Ordnung zu geben. Aber inzwischen bekomme ich eine Ahnung von der Vielzahl der verschiedenen Ansätze, die aus seiner Diskursanalyse erwachsen sind."

Warum musste sie sich auch gerade diesen französischen Philosophen und Poststrukturalisten für eine Promotion vornehmen? Das Thema war uferlos und schwer geeignet für einen schnellen Abschluss der Arbeit. Aber Frau Seesemann hatte sich nicht belehren lassen. Sie liebte die geistige Herausforderung, und er liebte den Eifer, mit dem sie sich in die Arbeit stürzte. Und er wusste nicht, ob seine Unterstützung jetzt noch von Interesse war, trotzdem bot er ihr an: „Wenn Sie meine Hilfe brauchen, dann wenden Sie sich an mich! Ich werde sehen, was ich für Sie tun kann."

Doch Ines wendete sich um, denn Lange war in der Tür zum Hörsaal erschienen und winkte sie hinein.

Als er zum letzten Mal den vollen Hörsaal betrat, klatschten die Studenten. Ja, er sah auch einige von jenen klatschen, denen er schon mal den Seminarschein verweigert hatte, weil sie zu oft in seinen Vorlesungen gefehlt hatten. Ein kleines Lächeln huschte über seine Züge, als er in die strahlenden Studentengesichter sah, so voller Optimismus und Zukunftslaune.

Vielleicht hatte er doch ein klein wenig ihre Zukunft zum Positiven mitgestaltet, vielleicht. Und vielleicht hatten auch einige seine Botschaft verstanden und nahmen sie mit ins Leben, seine Botschaft von einer Welt, in der niemandem eine begünstigte Rolle zustand, und in der jeder für jeden verantwortlich war. Nicht das Gegeneinander von Gesellschaftssystemen und Ideologien und nicht das Gegeneinander von Individuen und Gruppen, das heute durch die alles überzeichnende Konkurrenz entfacht wurde, sollten die Studenten ins Leben tragen, sondern einzig das Mit- und das Füreinander, und dafür sollten sie lernen. Verantwortung für den anderen übernehmen, dieser Motor hatte ihn angetrieben und deshalb hatte er sein letztes Buch auch dem Hunger in der Welt gewidmet, um zu zeigen, wie viel es noch zu tun gab, wenn man die Augen von sich selbst weg und anderen zuwandte.

Lange umarmte ihn vor den versammelten Leuten und zog ihn dann auf einen Stuhl neben dem Rednerpult, um sich offiziell für seine intensive Mühe in der Lehre zu bedanken. Er erklärte den Studenten die Stationen seines Lebenswegs, den er doch selbst für völlig unbedeutend hielt. Und während er nur halb zuhörte, hatte Lange plötzlich ein blaues Buch in der Hand und bat zwei seiner Schüler nach vorn. Die Studenten lachten, als Liebert nicht begriff, dass er aufstehen sollte, und als er sich endlich von seinem Stuhl erhoben hatte, klatschte das Publikum wieder heftig und Lange drückte ihm das Buch in die Hand. Erst jetzt begriff er es. Es war eine Festschrift, seine Festschrift, mit dem Titel „Handschlag mit der Ethnologie".

Der Titel des Buches traf ihn im Innersten seines Wesens. Ja, Lange hatte es mal wieder auf den Punkt gebracht. So sehr sie sich auch in ihren Wissenschaftsauffassungen unterschieden, Lange hatte unverkennbar das Talent, das Wesentliche zu erfassen und auf eine Weise auszudrücken, dass es einen punktuell traf wie der Schlag des Schicksals. Unter dem anhaltenden Applaus drückten ihm die Tränen in die Augen und er versuchte sie auf eine Weise mit dem Handrücken abzustreifen, dass sie niemand bemerkte. Doch an dem nun wieder auftosenden Klatschen und Trampeln der Studenten bemerkte er, dass seine Rührung längst entdeckt worden war. Deshalb ließ er seinen

Tränen freien Lauf, und Lange nahm ihn wieder in die Arme, eine Geste, die er wegen seiner angeborenen Zurückhaltung doch eher unangenehm fand.

Dann beruhigte sich das Publikum, aber Lange schien die Veranstaltung noch nicht beenden zu wollen. Zu Liebert gewandt, erklärte er feierlich: „Es gibt noch etwas, das ich heute in diesem Raum verkünden möchte, und ich hoffe, dass Sie meine Entscheidung genauso bewegt, wie die Festschrift Sie bewegen soll, sobald Sie Ruhe haben, darin zu blättern."

Lange machte eine Pause und der Raum beruhigte sich. Es wurde plötzlich so still, dass man die Luft knistern hörte. Alle Gesichter sahen gebannt auf den Professor und der fuhr endlich fort zu sprechen: „Ich habe – Herr Doktor Liebert – Ihre Nachfolge geregelt. Und ich muss dazu sagen, dass mir immer mehr Argumente zu meiner Entscheidung eingefallen sind, die niemand an diesem Institut beiseiteschieben kann.

Da wäre einerseits die Tradition des Instituts in vierzig Jahren DDR, in denen viel um den Erhalt der Ethnographie gekämpft wurde. Dann wäre die völlige Unterrepräsentation ostdeutscher Kollegen zu beachten. Aber was für mich am schwersten wiegt, ist die vorbildliche Wissensvermittlung durch Herrn Liebert selbst, der über Jahre unsere jüngsten Studenten fundiert und mit seinem reichen enzyklopädischen Wissensschatz in die Geheimnisse der Ethnologie eingeweiht hat.

All das zusammen hat mich dazu bewogen, einem Nachfolger den Weg zurück ans Institut zu ebnen, der in Ihrer, Herr Liebert, in Ihrer Tradition der Wissensvermittlung steht und der nicht nur um die jüngste Geschichte des Instituts, sondern vor allem um die ältere Geschichte aus eigener Anschauung Bescheid weiß. Wir brauchen unsere ostdeutschen Kollegen und mehr noch: Dieses Institut gehört den Ostdeutschen! Und wir wollen auf *sie* nicht verzichten.

Deshalb werde ich für Ihre Nachfolge Ihren langjährigen Kollegen und Schüler Herrn Doktor Wenzel vorschlagen, damit er Ihre Tradition fortführe und den Bruch, der mit der Wende über das Institut gekommen ist, ein wenig überbrücke."

Dann schwieg Bodo Lange und seine Worte hallten in dem stillen Saal einige Sekunden nach, bis erneut ein tosender Applaus entbrannte. Wieder stiegen Liebert die Tränen in die Augen. All die Jahre hatten man ihn spüren lassen, wie wenig seine Arbeit geschätzt wurde, als Klotz am Bein hatte er sich gefühlt, und jetzt plötzlich schätzte man seinen jahrelangen Einsatz auf eine Weise, indem man ihn, den letzten ostdeutschen Mitarbeiter, durch seinen eigenen Assistenten ersetzte? Endlich fühlte er sich wenigstens an einem Ziel angekommen, die Tradition des Instituts war auch nach ihm, wenigstens durch eine Stelle gesichert, und Wenzel, dessen Assistenz nach der Wende befristet und schließlich abgelaufen war, würde seine Art des Unterrichts fortführen. Die Grundausbildung für die ersten Semester war auch weiterhin in seinem Sinne geregelt.

Ein Strahlen zog langsam durch sein Gesicht, während Bodo Lange inzwischen Wenzel vor das Pult gerufen hatte und der ihm ebenso freudig über die unverhoffte Chance die Hand reichte. Diesmal umarmte er Wenzel freiwillig, um sein rotes tränenfeuchtes Gesicht hinter dessen Brust zu verbergen. Dann nahm er Bodo Langes Hand entgegen und ließ sich einmal mehr sagen, dass er jederzeit am Institut herzlich willkommen sei.

12

Seit Wochen bohrte es in Alex. Das Problem beherrschte sie so sehr, dass sie es körperlich spürte. Sie war mit ihrer Dissertation gut vorangekommen, schrieb nun am letzten der drei Hauptteile und es war absehbar, dass sie diese Arbeit in zwei bis drei Wochen beenden konnte. Lange hatte ihr bereits einen Termin für die Abgabe genannt, und Alex wollte alles daransetzen, diesen Termin auch zu halten. Ein ehemaliger Kommilitone las die ersten beiden Teile schon Korrektur und die Arbeit ging ihr flüssiger von der Hand, als sie bei Annas Geburt jemals erwartet hatte. Anna ging seit fast drei Monaten in die Kita, wofür Alexandra hart gekämpft hatte. Noch vor einem halben Jahr hatte es so ausgesehen, als ob sie trotz all ihrer Bemühungen keinen Betreuungsplatz finden würde. Die Kitas waren überfüllt. Sie hatte sich in lange Anmeldelisten eingetragen und dann nichts mehr gehört.

Kurz vor der Geburt hatte sich herausgestellt, dass das Forschungsinstitut für Ethnologie Verträge mit zwei Kitas für die Unterbringung von Gastwissenschaftlerkindern hatte, eine bittere Notwendigkeit, da diese sofort nach Vertragsabschluss anreisten und ihre Arbeit ja nur in dem Fall beginnen konnten, wenn ihre Kinder sofort in eine Betreuung kamen. Doch auf Alex' Nachfrage hin hatte das Institut die Vermittlung eines Kitaplatzes erst einmal abgelehnt, denn sie war nur assoziiert und keine Stipendiatin oder Mitarbeiterin.

Kees hatte ihr daraufhin Kontakt zur Verwaltungschefin des Instituts vermittelt, einer sympathischen blonden Frau, die selbst zwei Kleinkinder hatte, und diese erklärte sich sofort bereit, ihr einen Kitaplatz zu geben. Es war ein unglaublicher Glücksfall für Alexandra, als sich herausstellte, dass gerade die Kita gegenüber ihrem Haus Vertragspartner des Instituts war, und so hatte sie im September damit beginnen können, Anna in die Babygruppe einzugewöhnen.

Aber sobald sie ihre Tochter in sicheren Händen wusste, stellte sich das nächste Problem ein. Ihre Förderung lief aus. Sie musste also zur Agentur für Arbeit, um sich arbeitslos zu melden. Sie wusste, dass die Begutachtung ihrer Arbeit wenigstens sechs Monate dauern würde, danach kam ein Termin für eine mündliche Prüfung, das Rigorosum, und erst später würde die Verteidigung folgen.

Damit war aber ihre Promotion noch nicht abgeschlossen. Den Doktorgrad durfte sie erst tragen, wenn ihre Dissertation veröffentlicht war, und sie rechnete sich aus, dass sie einschließlich der Überarbeitung ihres Buches mindestens noch ein Jahr brauchen würde, um ihre Promotion zu vollenden. Das hieß, sie würde die gesamte Zeit, in der sie staatlicherseits mit Arbeitslosengeld gefördert würde, noch an ihrer Promotion arbeiten. Zu allem Unglück hatte sich herausgestellt, dass das ihr zustehende ALG I für Anna und sie nicht ausreichte. Jetzt rächte sich die halbe Stelle, die Frau Flatter ihr aufgezwungen hatte. Alex wurde finanziell von Sven abhängig und dagegen sträubten sich alle Kräfte in ihrem Innersten. Sie hatte das Thema während der letzten Wochenenden vor sich hergeschoben, doch an diesem Samstag sprach sie Sven darauf an, als er von Anna kommend in das Wohnzimmer trat und sich hinsetzte.

„Schläft sie?"

Alex sah ihn von der Seite an. Sie war dankbar dafür, dass Sven es übernahm, Anna zum Mittagschlaf zu bringen, und mit ihr vorher noch ein Bilderbuch ansah.

„Sie schläft wie ein kleines Murmeltier", erwiderte er lächelnd.

Jetzt musste es sein, am besten, ehe Sven wieder an die Arbeit ging.

„Ich muss mit dir reden", sagte sie deshalb schnell. Sven drehte sich zu ihr um und sah sie ruhig an. Wenn sie nur auch diese Ruhe hätte. Zukunftsangst bohrte stattdessen in ihrer Brust und staute die Luft in ihrer Lunge.

„Ich habe die Berechnung für mein Arbeitslosengeld bekommen. Für Anna und mich ist es zu wenig, weniger als Hartz IV. Das heißt, ich müsste wahrscheinlich Zuschüsse beantragen und würde ins Jobcenter übergehen. Aber dann, hat man mir schon erklärt, würde dein Einkommen als Familieneinkommen mitberechnet, und da du genügend verdienst, müsstest du uns ernähren."

Sven sah sie betreten an. Doch dann erwiderte er: „Dann leben wir eben von meinem Gehalt. Das geht schon."

„Du weißt nicht, worauf du dich da einlässt. Ich brauche wenigstens noch ein Jahr, bis das Promotionsverfahren abgeschlossen ist und bis dahin läuft auch das ALG I aus und ich müsste ganz von Hartz IV leben, bis ich eine nächste Förderung oder Stelle habe. Das Sibirienzentrum wird wahrscheinlich abgewickelt. Dort habe ich jedenfalls keine Chance auf einen Anschlussvertrag, und Sibirienforschung gibt es an keiner einzigen Uni in Deutschland. Es bleiben also nur Drittmittelanträge, wenn ich nicht für mehrere Jahre ins Ausland gehen will. Und das dauert! Rechne drei Monate vor der Antragstellung und drei bis sechs Monate bis zur Entscheidung. Bis dahin wären Anna und ich nur noch auf dein Gehalt angewiesen."

Sven nickte und wieder gab sein Gleichmut ihr einen Stich ins Herz.

„Ich will nicht von deinem Geld leben, verstehst du?", rief sie plötzlich. „Das widerstrebt meiner ganzen Lebenseinstellung! Wieso werden hier Gehälter miteinander verrechnet, wieso hat nicht jeder, der nichts verdient, automatisch ein Anrecht auf seine eigene Grundsicherung! Das ist demütigend und ich kann es nicht hinnehmen!"

Nun blickte Sven doch verwundert drein: „Ja, habe denn ich die Hartz-IV-Gesetze gemacht?", rief er zurück. Und Alex zuckte die Schultern und erklärte immer noch erbost: „Aber denen bin ich ausgeliefert!"

Bitter sah er sie an und schien ihren Ausbruch nicht zu verstehen: „Was kann ich denn dafür, dass die Gesetze so sind, wie sie sind! Ich würde ja verstehen, wenn du dich aufregst, weil ich dir meine Einkünfte verweigere. Aber mich zu beschimpfen, weil ich bereit bin, mit dir zu teilen, das geht ja nun wirklich zu weit."

Und während Sven eine Geste machte, als wolle er sich wieder von ihr abwenden, hatte Alex plötzlich eine Idee.

„Was hältst du davon, wenn wir uns offiziell für getrennt lebend erklären! Du meldest dich wieder in deiner Wohnung in Linden an, und Anna und ich bleiben hier angemeldet. Dann hätten Anna und ich ein Recht auf ein eigenes Einkommen, ich wäre frei und bliebe finanziell unabhängig, und wo du die Wochenenden nun wirklich verbringst, das wird ja wohl niemand nachprüfen. Wenn sie prüfen, dann unter der Woche und da bist du ja sowieso nicht da."

Sven sah zu ihr hinüber und schüttelte den Kopf: „Du willst also wirklich nicht von meinem Geld leben?"

Genervt warf sie die Arme in die Luft und wieder brach es aus ihr heraus: „Ja soll ich dich dann um ein Taschengeld bitten, damit ich mir neue Hose kaufen kann?"

Über diese Vorstellung musste selbst er lachen, doch Alex fügte hinzu: „Ich ertrage es nicht, bei jemand anderem, selbst bei dir, um Geld betteln zu müssen. Ich will die Herrin über mein eigenes Einkommen sein und selbst entscheiden, was ich dafür kaufe oder nicht. Über jeden Euro will ich selbst verfügen und wenn es nur ein läppischer Hartz-IV-Satz für Anna und mich ist. Alles andere ist für mich indiskutabel."

„Aber von deiner Mutter nimmst du Geld!", er schüttelte wieder den Kopf.

„Ja, aber sie überlässt es mir als Geschenk, zu meiner eigenen Verfügung und damit ist es mein Geld, mit dem ich machen kann, was ich will. Und gerade weil du von meiner Mutter sprichst: Alle Frauen in meiner Familie waren selbstständig, haben ihr eigenes Geld verdient und haben selbst über ihr Geld entschieden. Meine ganze Kindheit hindurch war für mich klar, dass meine Mutter und meine Großmütter arbeiten gehen und ihr eigenes Geld verdienen. Natürlich hat man dann in der Familie geteilt, aber doch nicht so, dass einer verdient und der andere auf dessen Kosten lebt. Familie und Beruf müssen doch zusammengehen und dazu gehört auch, dass ich mein eigenes Einkommen habe. Was du darüber hinaus Anna gibst, das ist deine Sache. Ich werde dich jedenfalls nicht um Geld bitten."

„Du bist so stur! – So ein Glück, dass wir nicht geheiratet haben, sonst würde dein Plan nicht aufgehen. – Naja", seufzte er. „Dann werde ich aber wieder ab und an den Briefkasten in Linden leeren müssen, wenn ich offiziell dort wohne."

„Zu oft musst du nicht und zu oft lassen wir dich auch nicht. Schließlich bist du auf Grabung und verbringst als eifriger alleinstehender Wissenschaftler dort auch deine freien Tage", konterte sie und Sven erwiderte: „Dann pass auf, dass ich das nicht wahr mache!"

„Du würdest dich vor Sehnsucht nach uns zerfleischen!"

„Sicher, besonders, wenn du von deinem Hartz IV neue Hosen gekauft hast!"

13

Alex arbeitete nun seit über einem halben Jahr wieder in ihrem Büro am Sibirienzentrum. Eine Finanzierung hatte sie nicht mehr, aber Jenne gestattete ihr, den Arbeitsplatz weiter zu nutzen. Dort saß sie zusammen mit ihren Kollegen aus Russland, Ungarn, England, Amerika und Frankreich. Sie war auch weiterhin am Institut assoziiert.

An den englischen Small Talk auf dem Flur hatte sie sich gewöhnt. Doch das Sibirienzentrum bildete eine Ausnahme in der englischen Enklave mitten in Solau. Da alle Mitarbeiter in Russland ihre Feldforschung absolviert und damit mindestens ein Jahr in Russland gelebt hatten, sprach man im Team Russisch, wenn man sich auf dem Flur begegnete oder wenn man seinen Kollegen eine Frage stellte. Russisch war die inoffizielle Arbeitssprache am SZ.

Jeden Wochentag brachte sie gegen acht Uhr Anna in die Kita, stieg dann aufs Fahrrad und fuhr ans Institut. Wenn sie den Notarenweg bergaufwärts radelte und sich das rotorange Gemäuer des Instituts zeigte, dann steckte sie gedanklich schon in ihrem Skript, in den Kapiteln, die sie an diesem Tag schreiben wollte, oder in den Büchern, die sie sichten musste, um mit ihren Ausführungen weiterzukommen. Sie schloss ihr Fahrrad in dem sauber gepflegten Vorgarten des Instituts ab und betrat die gläserne Drehtür am Vordereingang.

Dort grüßte sie Manja am Empfang und nahm die Treppen bis unters Dach, obwohl es einen Fahrstuhl gab.

Als Alexandra an diesem Morgen die Büroräume auf dem Dachboden betrat, packte Svetlana, ihre Kollegin aus St. Petersburg, gerade Kisten, um ihr Büro zu räumen. Ihr Vertrag war abgelaufen und die Regeln am Institut waren diesbezüglich streng. Die Büros mussten sofort für neue Mitarbeiter frei gemacht werden, die bald für die nächste und vielleicht letzte dreijährige Projektphase zum Sibirienzentrum stoßen würden. Die Ausschreibungen der frei gewordenen Stellen waren bereits abgelaufen, doch die Entscheidung war noch nicht gefallen. Svetlana grüßte bekümmert zurück, als Alex ihr ‚Privet' zurief und sie auf Russisch fragte, wie es ihr gehe. Sie packte so heftig, als könne ihre Aktivität die Tatsache überdecken, dass sie nun aus dem Institut ausschied. Mit ihrer wissenschaftlichen Arbeit würde sie auch weiterhin nicht allein dastehen. Jenne kümmerte sich um seine ehemaligen Mitarbeiter. Doch Svetlana schien das nicht zu ermuntern.

Sie hatte in Deutschland ihre zweite Tochter zur Welt gebracht. Als Svetlana schwanger war, hatte Alex sie zu den Ärzten begleitet und für sie übersetzt. Das war nun bereits über zwei Jahre her. Svetlanas Mann hatte sich um den Knirps gekümmert und Svetlana selbst war weiterhin ans Institut gekommen, um an ihrer Dissertation zu schreiben. Finanziell wäre ihre Situation auch nicht anders zu lösen gewesen, denn Svetlana wurde mit einem Stipendium bezahlt, sodass ihr Kind und sie keinen Anspruch auf Elterngeld hatten. Sie hatte damals also keine andere Wahl, als ihren Mann nach Deutschland zu holen und ihm die Sorge für das Neugeborene unter der Woche zu überlassen.

Alex wunderte sich nicht über Svetlanas Bedrückung. Sie kannte die Zukunftssorgen beim Ausscheiden aus dem Institut selbst nur zu gut. Die Mitarbeiter kamen glücklich über ihre Chance, an diesem Institut tätig zu werden. Lief die Stelle oder das Stipendium aus, war die

Zukunft völlig ungewiss und das Projekt meist noch nicht abgeschlossen. Viele versuchten vergeblich, Verlängerungsanträge zu stellen. Doch die Direktoren duldeten solcherlei Anfragen nicht.

Wer seine Zeit am Institut gehabt hatte, der sollte weiterziehen. Das Institut gab Nachwuchswissenschaftlern die Möglichkeit, sich vorübergehend in professioneller Forschung an aktuellen Themen zu schulen und dabei eine wissenschaftliche Leistung zu erbringen. Niemand sollte am Institut „hängen" bleiben. Das Personal musste rotieren wie die Forschungsprojekte. Neue Projekte, neue Wissenschaftler. Die einzelnen Forschungsschwerpunkte liefen meist nicht länger als drei bis sechs Jahre, gaben die Gelegenheit zur Promotion und befeuerten die Karriere.

Es war absehbar, dass bereits in wenigen Jahren alle etablierten Ethnologen Deutschlands irgendwann in ihrem beruflichen Leben ein Projekt an diesem Institut absolviert haben würden. Wer der Anforderung, in der vorgegebenen Frist zu einer Veröffentlichung seiner Ergebnisse zu kommen, nicht gerecht wurde, der hatte sich selbst aus dem Rennen um die wenigen Stellen gebracht, auf die sich alle Absolventen des Instituts bewarben. Auch von den Wissenschaftlern des Instituts schafften es nur wenige, beruflichen Anschluss zu finden.

Ausnahmen sollte es nicht geben, jeder hatte seine Zeit. Doch viele Mitarbeiter stellten ihre Forschung erst während ihrer Arbeitslosigkeit fertig. Drei Jahre waren für eine Dissertation, von der Feldforschung über die Materialaufarbeitung bis hin zum Abfassen des Manuskripts, der Verteidigung und Veröffentlichung zu knapp bemessen. Die Feldforschung sollte zwölf Monate dauern und allein von der Abgabe der Dissertation bis zur Verteidigung verging häufig mehr als ein halbes Jahr. Die Vorbereitung des Buches dauerte dann meist noch mal ein halbes Jahr. Es blieben also zwölf Monate für die Niederschrift und das schaffte so gut wie niemand. Das eine Jahr Arbeitslosengeld gehörte deshalb zur Finanzierung einer Promotion dazu, wenn man überhaupt Arbeitslosengeld bekam. Denn man bekam es nur, wenn man mit einer sozialversicherungspflichtigen Stelle in die Arbeitslosenversicherung eingezahlt hatte. Und das hatten häufig nur die deutschen Mitarbeiter, während die ausländischen Gäste am Institut Stipendien erhielten, die sie zwar von Steuerzahlungen befreiten, aber eben auch keine Arbeitslosen- und Krankenversicherung enthielten.

Und so berichtete Svetlana an diesem Morgen, dass sie vielleicht vor Abschluss ihrer Dissertation Deutschland verlassen müsse. Ihre Familie hatte seit Lenas Geburt zu viert von ihrem Stipendium gelebt. Und Svetlana war mit ihrer Dissertation nicht fertig und hatte keine Ahnung, wie es weitergehen sollte. Sollte sie abreisen, dann würde ihr Promotionsprojekt scheitern, oder konnte sie die Beendigung auf eine andere Weise finanzieren? Sie wusste es nicht.

Den ganzen Vormittag lang dachte Alex über Svetlanas Problem nach. Sie nahm es mit auf den Balkon zum Rauchen und stieg mit ihm zurück aufs Dach in ihr Büro.

Da Svetlana als Promotionsstudentin immatrikuliert war, hatte sie keinen Anspruch auf Sozialleistungen wie Hartz IV. Ohne diese Immatrikulation jedoch hätte sie kein Aufenthaltsrecht in Deutschland. Die Katze biss sich in den Schwanz, wie sie es drehte und wendete. Es schien aussichtslos, ihr zu helfen. Sie ging zu Jenne, doch er erklärte, dass er Svetlanas Stipendium nicht verlängern könne. Die Direktoren würden keine Ausnahme machen.

„Aber sie hat doch in Deutschland ein Kind bekommen", wandte Alex ein, „und sie konnte nicht einmal ein Babyjahr nehmen, weil sie ansonsten für diese Zeit zurück nach Russland hätte gehen müssen. Das Stipendium wäre unterbrochen worden. Bei dieser Doppelbelastung würde keiner seine Diss. pünktlich schaffen."

Jenne gab zu, dass sie eine Lösung finden müssten, doch vorerst fiel ihm nicht ein, wie er ihr helfen könnte.

Gegen zwölf Uhr rief Kees in ihrem Büro an und fragte, ob sie mit ihm essen würde.

„Ich muss sowieso mit dir reden", antwortete sie und hoffte nun, dass Kees' jahrelangen Erfahrungen als schlecht finanzierter Wissenschaftler ihr weiterhelfen würden.

Kees und Alex trafen sich in einer Pizzeria in der Nähe des Instituts. Und Alex lenkte von Kees' üblichen Erörterungen zu seiner Arbeit schnell ab, um von Svetlana zu erzählen.

„Sie ist in einer verzwickten Situation und weiß nicht weiter. Vielleicht hast du ja eine Idee, wie wir ihr helfen könnten."

Kees sah sie fragend an und als er nichts sagte, sprach Alex einfach weiter: „Ihr Stipendium ist abgelaufen und da ihre ganze Familie von diesem mickrigen Stipendiensatz gelebt hat, hat sie nun keine Reserven mehr, um ihre Diss. abzuschließen. Wenn sie keine Lösung findet, muss sie zurück nach Russland. Dann war ihre ganze Arbeit umsonst und sie wird wohl nicht mehr hier verteidigen."

„Kann sie kein Hartz IV beantragen?", fragte Kees.

Doch Alex schüttelte den Kopf.

„Nicht so lange sie als Promotionsstudentin immatrikuliert ist; das Aufenthaltsrecht ihrer ganzen Familie ist wiederum abhängig von ihrer Immatrikulation."

„Das sind wieder Regeln", erwiderte Kees. „Studenten haben kein Recht auf Arbeitslosengeld. Wer das bloß erfunden hat?"

„Eine sozialversicherungspflichtige Stelle zu suchen und zu studieren, widerspricht sich für einige Politiker", nickte Alex widerwillig. „Jedenfalls besteht diese Möglichkeit in Deutschland nicht."

Kees schüttelte den Kopf und dachte nach. Inzwischen kamen die Pizzen. Kees, der Holländer, hatte Meeresfrüchte bestellt, und Alex saß vor einer Pizza Spinati. Ihr Appetit blieb mäßig. Sie hätten lieber eine Suppe im *Waschhaus* essen sollen, dachte sie.

Nachdem er ein paar Bissen gegessen hatte, griff Kees ihr Gespräch wieder auf.

„Dann muss sie arbeiten. Mehr fällt mir auch nicht ein. Ist nicht ihr Mann mit in Deutschland?"

„Ja, er kümmert sich um das Kind, während sie an ihrer Arbeit schreibt."

„Einer von beiden muss einen Job finden", sagte er mit Nachdruck. „Selbst wenn sie nicht genügend verdienen, können sie dann wenigstens Hartz IV für den Mann und die Kinder beantragen. Für sie als Studentin wird es aber mit Sicherheit kein Geld geben, außer sie findet einen Weg, sich zu exmatrikulieren und trotzdem in Deutschland zu bleiben." Er biss in eine Pizzaecke und kaute genüsslich, während Alex ihn ansah und aus ihrem Glas nippte.

„Was hat er denn für einen Beruf?", fragte Kees und beschäftigte sich weiter konzentriert mit den Käsefäden am nächsten Stück de mare.

„Soweit ich weiß, ist er Architekt und pausiert gerade für das Kind."

Kees nickte und kaute weiter.

„Ich kenne aus der Kirche einen Unternehmer, der immer Bauhelfer sucht. Könnte er denn auch körperlich arbeiten?", fragte Kees, der mit seinem ausufernden sozialen Netzwerk stets für Aufsehen sorgte. Kees war regelmäßiger Kirchgänger. Sonntag für Sonntag ging er vormittags zum Gottesdienst und hatte sich auch da eine beachtliche Anzahl an Bekanntschaften zugelegt. Jedenfalls wusste Alex, dass Kees am Sonntag niemals zu sprechen war, wenn er seinen religiösen Pflichten nachging, wie er es selbst nannte. Sie musste lächeln. Sie hatte außerhalb des Instituts kaum Bekannte. Doch Kees, der erst ein reichliches Jahr in Solau lebte, grüßte auf der Straße die Vorbeigehenden, als seien sie alte Bekannte, mit denen er seit Jahren vertraut war. Er war vernetzt mit Kollegen mehrerer Institute und Museen, die er regelmäßig zu Vorträgen besuchte, kannte pensionierte und selbstständige Wissenschaftler und war befreundet mit historisch engagierten Laien, die ihn selbst wiederum gern aufforderten, sie über den Fortschritt seiner Arbeit zu informieren. In dem Jahr, das sie sich nun kannten, hatte er Alex bereits an eine Ärztin vermittelt und ihr Kontakt zu einem ehrenamtlichen Zeichenlehrer verschafft, als sie materielle Kultur nach dem alten Stil historischer Publikationen zeichnen wollte. Alle diese Leute schätzten ihn, und er selbst pflegte den Kontakt zu ihnen, wie auch zu Kollegen und Freunden weit über Europa hinaus. Deshalb wunderte sich Alex nicht, dass Kees auch in dieser Situation einen geeigneten Bekannten parat hatte.

Doch Kees' Gedanke jagte Alex einen Schreck ein. Ein studierter Architekt als Bauhelfer, war das nicht ein zu großes Opfer, das Kees da verlangte?

„Ich weiß nicht, ob das geht. Das ist ja unzumutbar", sagte sie deshalb und der Appetit an der Pizza war ihr endgültig vergangen.

„Etwas Besseres wird er so schnell nicht finden, und es muss ja schnell eine Lösung her, wenn sie noch in der Lage sein will, für die Familie das Flugticket nach Russland zu bezahlen, bevor ihr das Geld ausgeht", erklärte er ihr mit seinem unvermeidlichen Optimismus.

Doch Alex blieb dabei. Die Idee war ihr zuwider, dass Svetlanas Mann völlig unterbezahlt hier als Bauhelfer arbeiten sollte. Doch eine bessere Lösung fiel auch ihr nicht ein.

„Du hast ja fast gar nichts gegessen", fragte er sie unvermittelt, als er sich den Mund mit der Serviette abwischte. Er nickte aufmunternd zu ihrem Teller, auf dem noch drei Viertel der Pizza lagen. Doch Alex sah nur angewidert auf den kalt werdenden, belegten Teigfladen und antwortete, als müsse sie ihre Appetitlosigkeit verteidigen: „Wenn ich an die selbstlose Gastfreundschaft in Russland denke, die mir dort das Überleben gesichert hat. Die Leute haben mich nicht nur ernährt und mir ein Schlaflager gegeben. Sie haben auch noch ihre Arbeit unterbrochen, um sich von mir interviewen zu lassen, genau wissend, dass sie selbst nie etwas davon haben würden. Und Geld haben sie sich auch nicht aufschwatzen lassen. Dabei mache ich Karriere mit dem Wissen, das sie mir geschenkt haben."

Sie dachte kurz nach und fügte dann hinzu: „Ich muss doch etwas zurückgeben und sei es an diese Familie aus Russland, die mir hier zufällig begegnet ist. Weißt du, wie oft ich bei ihnen zu Gast war? –

Und als ich krank war, hat Svetlana Anna betreut, damit ich einfach mal einen Nachmittag durchschlafen konnte. Und Anna war glücklich, als sie wieder zu mir kam, keine Spur davon, dass sie wegen der Trennung gelitten hätte."

∞

Drei Monate später unterzeichnete Svetlanas Mann den Vertrag als Hausmeister und Bauhelfer, den ihm Kees vermittelt hatte. Kees' Unternehmer hatte zuerst gezögert, da das Deutsch des Kandidaten zu wünschen übrig ließ. Dann hatte er aber aufgrund einer christlich-moralischen Pflicht eingewilligt, ihm einen Jahresvertrag zu geben. Ihr Mann wiederum hatte Svetlana die Pistole auf die Brust gesetzt und ihr erklärt, er mache das höchstens ein Jahr. Länger dürfe sie nicht für ihre Dissertation benötigen. Sein Job als Architekt warte, aber er wolle ihn keinesfalls riskieren, um hier mit ihr in Armut zu leben. Alex wusste, wovon er sprach, wenn er bei ihren Besuchen Svetlana zur Arbeit antrieb. Die vierköpfige Familie war nun in eine Einraumwohnung gezogen, um Wohnung und Leben mit seinem Einkommen finanzieren zu können.

Alex und Anna besuchten sie dort, und sie kam nicht umhin, über diese spartanisch, aber irgendwie praktisch eingerichtete Wohnung zu staunen. Als sie ihre Schuhe auszogen und die Wohnung betraten, sah Alex als Erstes ein riesiges Regal auf der rechten Seite des Flurs, das Ali, Svetlanas Mann, aus einem Sammelsurium von Schrankbrettern gezimmert hatte. In diesem Regal waren hinter einem Vorhang die Kleider der gesamten Familie verstaut.

Ein schmaler Gang am Regal vorbei führte zu dem kleinen Bad. Direkt neben der Eingangstür zur Wohnung ging links die Tür zur Küche ab, ein schmaler Schlauch mit einer DDR-Einbauküche, in dem an einem kleinen Tisch die ganze Familie aß. Gekocht wurde auf zwei Elektroplatten, die sie gebraucht bekommen hatten. Die Küche hatte keinen Herd. Links neben dem Küchenfenster stand ein kleiner Schrank in der Ecke, auf dem ein alter Röhrenfernseher stand, damit die Eltern das Abendprogramm sehen konnten, während die Kinder in dem einzigen Zimmer der Wohnung schliefen.

Dieses Zimmer ging rechts gegenüber der Küche vom Flur ab. Als sie es das erste Mal betrat, sagte Alex bewundernd zu Svetlana: „Ihr lebt ja wie in einer Jurte!"

Links waren Schlafmatratzen aufgestellt und mit Gummibändern an der Wand befestigt. Daneben stand eine kleine aufklappbare Couch. Alexandra erriet sofort, dass die Familie jeden Abend die Couch auszog und die Matratzen auf den Boden legte, um Platz zum Schlafen zu schaffen. So hatte sie es selbst in Tuva gesehen. Der große Tisch im Zentrum des Raumes, an dem Svetlanas Kinder saßen und malten, wurde dann mit Sicherheit beiseitegestellt, um Platz für die Schlaflager zu haben.

An der rechten Wand standen Kommoden übereinander, deren Schubkästen mit dem Besitz der Familie angefüllt waren. Darüber hatte Ali noch Regalböden an der Wand angebracht, auf denen Svetlanas Fachliteratur und die Bücher und Malhefte der Kinder geordnet waren. Auf den Kommoden und den Regalböden standen kleine Kartons mit Stiften und Spielzeug. Daneben waren Svetlanas Laptop und die Bücher und Unterlagen, an denen sie gerade arbeitete, untergebracht.

Die ganze Wohnung war so ordentlich und sauber, wie es Alex bislang in keinem Haushalt ihrer Kollegen gesehen hatte. Nichts lag einfach so herum. Alles stand akkurat auf seinem Platz. Auf dem Tisch, an dem die Kinder spielten, sah sie nur die Stifte und Blätter, die sie gerade brauchten. Die Bettdecken waren sauber zusammengefaltet auf der rechten Kommode hinter der Tür verstaut. An den Wänden hingen Familienfotos und Kinderbilder. Nur Blumen fehlten. Doch Blumen hatte Alex auch in keinem tuvinischen Haushalt gefunden.

Sie staunte, doch Svetlana erwiderte nur: „Dir mag das gefallen, aber wir wollen nicht wie in einer Jurte leben."

Unwillkürlich nickte Alex. Dann sah sie sich noch einmal in dem Wohnzimmer um und fragte: „Wo arbeitest du denn?"

„Ich räume mir tagsüber hier am Tisch oder in der Küche einen Arbeitsplatz frei und sitze an meinem Laptop. Aber in dieser Wohnung konzentriere ich mich schlecht. Ich bin abgelenkt. Ständig gibt es etwas aufzuräumen. Besser geht es, wenn ich in der Institutsbibliothek arbeite. Ausleihen darf ich zwar nicht, weil ich nicht mehr Mitarbeiterin des Instituts bin, aber als Präsenzbibliothek steht sie mir offen."

Wieder dachte Alex nach. Sie fühlte sich verantwortlich. Und als Svetlana ihr von einem Besuch ihrer Ältesten bei einer Freundin aus der Kita erzählte, wusste sie, sie musste der Familie noch einmal helfen.

Svetlana beschrieb mit einer Mischung aus Bewunderung und Trauer die Wohnung ihrer Gastgeberin, die als Richterin arbeitete: „Ihre Tochter hatte ein großes Zimmer mit Hochbett, aus dem eine Rutsche zu Boden führte, und an der Decke hing eine Schaukel. Das Kinderzimmer war voller Spielzeug."

Dann verdüsterte sich ihre Miene: „Meine Tochter hat angefangen, um das Zimmer zu weinen. Herzzerreißend waren ihre Tränen."

Bekümmert sah sie Alex an: „Ich stand mit hochrotem Kopf neben der Mutter und habe mich vor meiner Tochter darüber geschämt, wie wir leben."

Sie wollte etwas sagen, doch ihr fiel kein Wort ein, das in dieser Situation geeignet gewesen wäre. Und Svetlana erzählte einfach weiter: „Sie hat sich zu Weihnachten gewünscht, reich zu sein. Nichts anderes wollte sie vom Weihnachtsmann haben – und ich kann ihr nicht einmal ein kleines Kinderzimmer bieten."

Die Situation war tatsächlich zum Verzweifeln. Die vierköpfige Familie lebte von einem Einkommen, das niedriger war, als einer

Familie in Deutschland als Hartz IV zustand. Wie lange würde das noch gut gehen?, fragte sie sich.

„Wenn dein Mann jetzt in Deutschland arbeitet, dann müssten doch wenigstens er und deine Kinder ein Recht auf Hartz IV haben?", fragte sie und ließ Svetlana gar nicht erst zu Wort kommen. „Habt ihr Kindergeld beantragt, das müsste euch doch jetzt auch zustehen?"

Svetlana stand auf, um den Tisch freizuräumen und Platz für Gebäck und die Tassen zu machen. Während sie räumte, drehte sie Alex den Rücken zu und schüttelte den Kopf. „Die deutschen Behörden sind ein Graus für mich", wechselte sie vom Englischen ins Russische. „Ich verstehe die Behördensprache nicht. Mir reicht die Ausländerbehörde, die Formulare und Dokumente, die ich dorthin schicken muss."

„Dann sollten wir jetzt endlich anfangen, die Behörden in die Pflicht zu nehmen", erklärte Alex und war plötzlich voller Energie, etwas für Svetlana zu tun. Sofort lief sie nach Hause, hängte sich ans Internet und druckte die Antragsformulare der Familienkasse aus. Dann rief sie Kees an und bat ihn, mit Svetlana und ihrem Mann zum Jobcenter zu gehen, um sie dort registrieren zu lassen und die Antragsformulare abzuholen.

Eine Woche später saß sie wieder in Svetlanas Küche und sie füllten die Anträge für Kindergeld und Hartz IV aus. Doch die Familienkasse ließ auf Antwort warten und das Arbeitslosengeld II wurde vom Jobcenter mit der Begründung abgelehnt, Svetlanas Mann verdiene für drei Personen zu viel, sie selbst aber habe keinen Anspruch auf Sozialleistungen. Die Kundenbetreuerin ließ Svetlana ein Formular unterschreiben, dass sie keine weiteren Ansprüche an das Jobcenter stelle. Auch Kees konnte daran nichts ändern.

Bei ihrem nächsten Treffen herrschte Schweigen und leise Verzweiflung.

„Aber eine größere Wohnung müsste euch doch zustehen", sagte Alex, die als Erste ihre Sprache wiederfand. Und eine größere Wohnung kann dein Mann von seinem Gehalt keinesfalls finanzieren. Also müsste euch auch Wohngeld zustehen.“

Wieder telefonierte Alex und druckte die Formulare von der Wohngeldbehörde aus. Und nach einem weiteren Monat hatte Svetlana eine Bewilligung über 95 Euro im Briefkasten.

„Endlich, jetzt könnt ihr umziehen. Wenn diese Wohnung mitfinanziert wird, dann wird auch die neue Wohnung bezahlt.“ Jubel über 95 Euro und die Perspektiven, die daraus erwuchsen. Ihre Kinder würden ein Kinderzimmer haben und alle mehr Raum zum Leben.

Als Svetlanas Familie an diesem Abend mit allen, die ihnen geholfen hatten, um den großen Tisch im Wohnzimmer zusammensaß, gab es Ploff, ein kirgisisches Gericht, das in ganz Russland verbreitet war. Die letzte Schafskeule wurde zubereitet. Svetlanas Mann spendierte eine Flasche Wodka. Anna und ihre Freundin sprangen kreischend auf dem Sofa, das nachts zu einem Bett verwandelt wurde. Und Svetlana stand auf, um ein Schreiben zu zeigen, in dem der Familie Kindergeld zugesprochen wurde.

Dann bat sie Alex, einen Trinkspruch zu sprechen. Sie stand auf und erhob ihr Glas. Alle Augen richteten sich auf sie und sie suchte nach russischen Worten.

„Ich wünsche Svetlana und ihrer Familie eine baldige Rückkehr nach Russland mit einer fertigen Promotion in der Tasche und vielen positiven Erfahrungen, die sie in Deutschland machen konnten. Ich wünsche, dass ihr nie wieder zu viert in einer Einraumwohnung hausen müsst und dass sich die beruflichen, wie auch privaten Dinge in eurer Familie alle positiv entwickeln. Jetzt halten wir noch durch, bis Svetlana promoviert ist, und dann sehen wir weiter.“

Svetlana standen die Tränen in den Augen, als Alex gesprochen hatte. „Dein Trinkspruch könnte von einem Russen stammen.“

„Kein Wunder, ich habe es in Russland gelernt, mir Trinksprüche auszudenken. Und außerdem – die Russen haben mir beigebracht, was selbstlose Gastfreundschaft ist." Und sie wendete sich wieder den anderen Gästen zu: „Die Russen sind uns darin um einiges voraus. Denn wenn ich mir vorstelle, dass einer von euch sich in mein Wohnzimmer gesetzt hätte wie ich mich vor Jahren in ihre Jurten und dann wie selbstverständlich erwartet hätte, dass ich ihn bewirte und ihm einen Schlafplatz anbiete, und wenn ihr mir darüber hinaus meine wertvolle Zeit hättet stehlen wollen, um mich auszufragen, ich wüsste nicht, was ich getan hätte", lachte Alex, „ganz bestimmt aber nicht das Gleiche, was die Tuviner für mich getan haben. Nämlich euch einfach alles zu geben, was ihr gerade brauchtet oder einfach nur wolltet."

Die Gäste um Svetlanas Tisch amüsierten sich köstlich über den Vergleich und stellten fest, dass er doch nicht so weit hergeholt war. Tatsächlich, in Deutschland war nicht möglich, was in Sibirien für Alex möglich geworden war. Sie hatte das begriffen und hörte deshalb nicht mehr auf, die Gastfreundschaft von Svetlanas Familie zu loben. Bis Svetlana selbst ihr Glas anhob, um ihren Helfern zu danken, die ihr jetzt eine Chance verschafft hatten, ihre Promotion doch noch in Deutschland zu vollenden.

14

Erst an diesem Mittwochnachmittag sollten ihr die Gutachten zur Einsicht vorgelegt werden. Alex saß im Zug nach Linden und betrachtete das vorbeiziehende Flachland, dessen, von Hecken und Baumreihen durchzogenen Felder in der gelben Julisonne flirrten.

Vor dreizehn Monaten hatte sie stolz mit einem Rolli in diesem Zug gesessen, der mit zwölf gebundenen Exemplaren ihrer zweibändigen Dissertation so schwer beladen war, dass sie ihn kaum heben konnte. Sie hatte die Ausdrucke ins Sekretariat der Fakultät gebracht und dann persönlich bei Lange vorbeigesehen, der ihr mit einem Handschlag herzlich zur Abgabe gratuliert hatte. Alex wusste, dass die Promotionsordnung einen Zeitraum von maximal sechs Monaten vorsah, um eine eingereichte Dissertation zu begutachten, und Lange hatte ihr bereits im Sommer letzten Jahres sein Gutachten gemailt. Allein Marianne Flatter hatte sie dreizehn Monate warten lassen und Alexandra hatte gezögert, sie zu drängen. Wer beschwert sich schon, wenn das die Note der Gutachter beeinflussen könnte?

Alex ärgerte sich über die Nachlässigkeit ihrer Gutachterin, denn sie hatte wertvolle Zeit verloren. Ohne abgeschlossene Promotion konnte sie keine neuen Projektmittel einwerben, um mit ihrer Arbeit fortzufahren und endlich wieder eine Finanzierungsgrundlage für ihre Familie zu haben. Was aber noch schwerer wog: Als Promotionsdatum galt der Tag der Verteidigung, der erst nach Eintreffen der Gutachten festgelegt wurde. Die dreizehn Monate, die Marianne Flatter für ihr Gutachten gebraucht hatte, würden also Alex als Promotionszeit angerechnet werden, und eine lange Promotionszeit galt als Schwäche einer wissenschaftlichen Nachwuchskraft. Doch sie hatte die Wartezeit zu nutzen gewusst.

Die letzten Monate war ein neuer Projektantrag entstanden, der ihr einen sechsmonatigen Forschungsaufenthalt in Cambridge ermöglichen könnte, wenn er bewilligt wurde. In dieser Zeit wollte sie ein größeres Forschungsprojekt in der Republik Tuva vorbereiten, Kontakte zu internationalen Forschungsinstituten in Großbritannien knüpfen und vor allem an ihrer englischen Sprache arbeiten. Der Antrag war fertig. Alex wartete nur noch auf den Tag ihrer Verteidigung, um ihn endlich einreichen zu können. Vorher musste sie noch das Rigorosum bestehen, eine umfassende Prüfung für Doktoranden, die in spätestens vier Wochen stattfinden würde.

∞

Vier Monate später war es endlich so weit. Das Rigorosum war bestanden und der Tag der Verteidigung heran. Toni hieß Alex' Kollege am Sibirienzentrum, der mit ihr zusammen am selben Tag bei Professor Bodo Lange und der inzwischen zur außerordentlichen Professorin berufenen Marianne Flatter verteidigen sollte. Sie hatten sich in die Vorbereitungen hineingeteilt. Alex hatte für das Buffet zum Ausklang der offiziellen Verteidigung gesorgt, und Toni bereitete die anschließende Party am Forschungsinstitut für Ethnologie vor.

Als Tonis Auto vor Alex' Haustür hupte, zog sie gerade Anna ihre Jacke und Schuhe an. Ihre Tochter war inzwischen über zwei Jahre alt. Dann schnappte sie den Rucksack mit Stiften und Ausmalheften und erst danach griff sie zu ihrer eigenen Tasche. Einen kurzen Blick warf sie noch auf ihren Notizzettel, öffnete ihre Tasche und überprüfte, ob sie alles dabei hatte, einen Ausdruck des Vortrags, ihre Festplatte mit der PowerPoint-Präsentation, den Scheck für das Buffet und ihre unterschriebenen Promotionsunterlagen. Dann griff sie nach dem Kindersitz, nahm Anna an die Hand und stieg mit ihr die Treppen hinunter. Toni wartete am Auto. Entspannt hatte er seine Arme auf das Dach über der Fahrertür gelehnt und sah ihr entgegen.

„Lass uns noch mal kurz durchatmen", sagte er, nachdem sie sich umarmt hatten, und Alex nickte. Sie öffnete die hintere Tür, stellte den Kindersitz hinein und hieß ihre Tochter, sich daraufzusetzen. Dann packte sie ihre Taschen auf die andere Seite, stellte sich neben Toni und zündete sich eine Zigarette an.

„Wo ist Sven? Kommt er nicht mit?", fragte Toni.

„Er kommt direkt von der Autobahn und hat versprochen, pünktlich zu sein."

„Wenn er bloß mal nicht in einen Stau gerät", antwortete Toni darauf.

„Das kann uns auch passieren", lachte Alex. „Dann werden alle auf uns warten."

„Besser nicht!"

Toni lächelte nun auch und dann fragte er: „Bist du aufgeregt?“

„Das Rigorosum war schlimmer. Unsere Arbeiten kennen wir ja in und auswendig. Da sollte nichts Unangenehmes mehr passieren.“

„Na, hoffen wir's.“

Alex trat ihre Zigarette aus und Toni öffnete die Fahrertür. Beide setzten sich in das Auto. Und während Toni den Motor startete, gurtete Alex erst ihre Tochter an und dann sich selbst.

„Mama, ich habe Durst“, jammerte Anna im falschen Moment. Zum Glück hatte sie ihr eine kleine Flasche Apfelschorle in den Rucksack gepackt. Sie drehte den Verschluss auf und gab sie Anna in die Hand, dann lehnte sie ihren Kopf gegen die Lehne und schloss kurz die Augen.

Im Sekretariat der Fakultät sah ihr eine ältere Frau mit strenger Miene entgegen. Alex legte ihr Anliegen dar: „Toni Reinhard und ich werden heute am Institut für Ethnologie verteidigen. Ich möchte den Schlüssel für den Hörsaal abholen. Es ist noch niemand da.“

Die Sekretärin blätterte kurz in ihren Unterlagen: „Frau Professor Flatter hat für die Verteidigung den Raum 3–25 reserviert“, erklärte sie dann.

„3–25?“, fragte Alex. „Aber Verteidigungen finden doch immer im Hörsaal statt.“

„Tut mir leid, Frau Flatter war der Meinung, dass der kleine Seminarraum ausreichend ist.“

„Aber wir sind doch zwei Promovenden und unsere Familien werden kommen.“

„So steht es in meinen Unterlagen. Außerdem ist der Raum auf allen Aushängen angegeben. Das lässt sich jetzt nicht mehr ändern.“ Dann sah die Sekretärin sie entschuldigend an: „Ich habe mich auch gewundert.“

Alex nahm den Schlüssel entgegen und stieg die Treppe zum Institut hinauf, wo Toni und Anna vor dem Hörsaal auf sie warteten.

„Für uns ist ein anderer Raum vorgesehen“, sagte sie kurz, führte beide eine Etage tiefer und schloss in einem schmalen Flur einen Seminarraum auf. Nach wenigen Minuten kam ein Techniker mit Beamer und Laptop. Und gleich hinter ihm erschien Sven in der Tür. „Endlich!“ Alex atmete erleichtert auf, und Anna sprang augenblicklich von ihrem Stuhl hoch: „Papa“, rief sie ihm entgegen und fiel ihm um den Hals.

Still nahm Alex beide in die Arme und flüsterte Sven ins Ohr: „Kannst du dich bitte gleich neben Anna setzen und sie beschäftigen? Ich habe noch so viel zu tun und in einer halben Stunde geht es los. Außerdem muss ich noch das Buffet entgegennehmen und meine Eltern unten abholen, sobald sie anrufen.“

Sven strich ihr sanft über den Rücken: „Hallo erst mal!“ Er drückte ihr einen Kuss auf die Lippen, dann nahm er Anna an die Hand und setzte sich mit ihr an einen Tisch, packte ihren Rucksack aus und begann gleich mit ihr zu malen. Erleichtert beobachtete Alex das friedliche Bild. ‚Hoffentlich geht das gut‘, dachte sie.

Der Techniker hatte inzwischen mit Toni den Laptop hochgefahren und war dabei, den Beamer anzuschließen. Toni ließ das Rollo vor der Tafel herunter und der Techniker richtete den Lichtstrahl des Beamers auf die Reflexionsfläche. Darauf suchte Alex ihre Festplatte aus der Tasche und schloss sie an den Computer an. Sie klickte sich bis zu ihrer PowerPoint-Präsentation durch und öffnete das erste Bild. Die Technik funktionierte und Toni klopfte Alex ermunternd auf die Schulter.

Als Alex ihren Blick vom Bildschirm erhob, stand plötzlich Kees mit seiner unvermeidlich heiteren Miene in der Tür. Lachend lief Alex auf ihn zu, wies auf das erste Bild ihrer Präsentation und sagte: „Na, schon gespannt?“

„Sehr“, erwiderte Kees und drückte sie fest an sich. Doch Alex löste sich sofort wieder aus seiner Umarmung: „Wir müssen noch die Tische für das Catering rausstellen. Hilfst du mir?“

Kees winkte Sven zu und legte seinen Arm um Alex' Schultern: „Klar, machen wir das."

Auf dem schmalen Flur kam ihnen bereits die Küchendame mit einem Wagen entgegen. Darauf die Platten für das Buffet. Alex überließ es Kees, der Dame beim Auspacken zu helfen, denn ihre Eltern meldeten sich am Telefon. Es waren noch zehn Minuten bis zum Beginn der Verteidigung und der Seminarraum füllte sich.

Sie stieg in den Fahrstuhl und fuhr ins Erdgeschoss. An der Tür nahm sie ihre Eltern in Empfang, drückte eilig ihre Schwester an sich und führte sie zum Seminarraum. Dort setzte sie ihre Familie an den Tisch neben Anna, die nun immer munterer wurde. Verzückt kletterte sie auf den Schoß ihrer Oma und drückte ihr dicke Kinderküsse auf die Wangen, bis Sven sie endlich wieder zur Ruhe ermahnte.

In Alex wuchs die innere Anspannung. Sie stand mitten im Raum, in den immer mehr Studenten und Lehrkräfte strömten, sich einen Platz suchten oder wieder hinausliefen, um sich aus dem Nachbarzimmer einen zusätzlichen Stuhl zu holen. Die Luft war schon jetzt zum Schneiden. Und Alex beobachtete Toni, der Stühle rückend einem älteren Ehepaar einen Platz organisierte. Das mussten seine Eltern sein.

Wenzel und der alte Liebert traten ein, schüttelten Alex die Hand und wünschten viel Erfolg.

„Wir erwarten was von Ihnen!" Wenzel hatte kurz in seiner Bewegung innegehalten und lächelte sie freundlich an.

„Ich werde mein Bestes geben!" Alex versuchte, ein Lächeln in ihr Gesicht zu legen. Doch Wenzel war schon auf der Suche nach einem Platz.

Dann kamen ihr Kollegen vom Forschungsinstitut für Ethnologie entgegen, die ihre Unterhaltung unterbrechend den Raum betraten und ihr herzlich Glück wünschend zuwinkten. Das routinierte Selbstbewusstsein, das sie ausstrahlten, trat in diesem Kontext besonders hervor, denn es kontrastierte die bescheiden wirkenden Studenten und die Universitätsangehörigen, die stets etwas desillusioniert und abgekämpft wirkten.

Jenne betrat den Raum, steuerte auf sie zu und klopfte ihr auf die Schulter: „Das schafft ihr locker", grinste er sie an und lief, sich einen Platz zu suchen.

Schließlich stand Lange in der Tür und sah sich irritiert um. Alex atmete tief durch und versuchte einen optimistischen Ausdruck in ihre Züge zu legen, als sie auf ihn zutrat und ihn mit Handschlag begrüßte.

„Wieso findet die Verteidigung nicht im Hörsaal statt?", fragte er sofort und seine Augenbrauen zogen sich verärgert zusammen.

Hilflos zuckte sie mit den Schultern: „Der Raum ist von Frau Flatter reserviert worden." Ärgerlich und ohne ein weiteres Wort zu sagen, ging er weiter und reichte dem Studiendekan die Hand. Studenten und Doktoranden mit Stühlen in den Händen drängten herein und Alex sah, dass auch vor der Tür noch Schaulustige standen, bis Wenzel sich endlich erhob, zur Tür ging und erklärte: „Hier passt niemand mehr rein. Wer jetzt noch kommt, muss leider wieder gehen!", und die Studenten wegschickte. „Eine Verteidigung ist öffentlich", empörte sich einer der abgewiesenen Studenten: „Wir haben ein Recht zuzuhören."

„Aber Sie sehen doch, dass der Raum voll ist. Hier ist kein Platz für weitere Stühle!"

Als die Studenten murrend wieder abzogen, spürte Alex Hitze in ihre Wangen steigen. Was hatte sich Marianne Flatter bloß dabei gedacht, diesen Raum zu reservieren und Toni und ihr den Hörsaal vorzuenthalten? Überhaupt, es war heiß geworden, und sie bat laut rufend eine Studentin, eines der kleinen Fenster zu öffnen. Dann wendete sie sich wieder um. Toni stand neben ihr. Sie hatte ihn gar nicht bemerkt. Betreten sahen sie sich an.

„Darf ich den ersten Vortrag halten?", fragte sie ihn. „Ich bekomme jetzt schon Platzangst."

Mit ernster Miene nickte er ihr zu. Dann lächelte er: „Viel Glück!" Er umarmte sie kurz und schlängelte sich durch die Stuhlreihen auf den einzigen noch freien Platz im Publikum, neben seine Eltern.

Zwei Minuten vor Beginn setzte sich Alex endlich an den Vortragstisch und Lange nahm ihr gegenüber Platz. Neben ihm der Stuhl war leer. Die Zuhörer im Raum beruhigten sich. Es war zwei Minuten nach vierzehn Uhr, dem Termin der ersten Verteidigung, und Frau Flatter fehlte.

Alex öffnete die Mappe mit ihrem Vortrag, die sie bereits vor zehn Minuten sorgfältig auf den Tisch gelegt hatte, und Lange räusperte sich: „Ohne Frau Professor Flatter können wir leider nicht anfangen. Bitte haben Sie noch etwas Geduld. Sie ist die zweite Gutachterin."

Der Raum war ruhig. Das leise Hüsteln und Flüstern, das Scharren mit den Füßen, die Geräusche eines wartenden Publikums, die sie im Vorfeld von Vorträgen immer so geliebt hatte, rissen plötzlich an ihren Nerven. Um sich zu beruhigen, blätterte sie noch einmal ihren Vortragstext durch. Dann betrachtete sie die erste Folie ihrer Präsentation auf dem Bildschirm des Computers. Sie öffnete ihre Tasche und zog eine Wasserflasche hervor. Bei Vorträgen bekam sie immer einen trockenen Mund. Schließlich saß sie einfach da und schaute Lange an, dessen Miene immer düsterer zu werden schien. Auch er blätterte in seinen Papieren und sagte nichts.

Nach fünfzehn Minuten stand Toni auf: „Ich suche jetzt Frau Professor Flatter", und mit gepresster Stimme fügte er hinzu: „Vielleicht hat sie den Termin vergessen." Unter den neugierigen Blicken des Publikums drängte er sich durch die Stuhlreihen zur Tür und es dauerte keine fünf Minuten, als er wieder zurückkehrte: „Sie kommt gleich."

Wieder wartete das Publikum im Raum und Langes Blick war nun so dunkel, dass Alexandra erschrak. Endlich öffnete sich die Tür und Frau Flatter trat eilig ein. Alexandra sah, wie sie vor der stickigen Luft im übervollen Raum zurückprallte: „Entschuldigung, ich hatte noch zu tun." Frau Flatters weite Kleider wehten, als sie ihren schwarzen

Schopf zu Lange wendete und ihn kurz anblickte. Seine Augen leuchteten fast vor Erleichterung über ihr Erscheinen und in einer selbstsicheren Geste nickte sie ihm zu. Dann rückte sie geräuschvoll ihren Stuhl und ließ sich neben Lange nieder. Sie lehnte sich weit nach hinten, ordnete kurz mit den Händen ihr Haar, schlug ihr rechtes Bein über das linke und erst dann beugte sie sich über den Tisch. Der Studiendekan eröffnete die Verteidigung.

Nachdem er die Anwesenden begrüßt hatte, sagte er einige Worte zum Thema des zu verteidigenden Forschungsvorhabens, zitierte aus Alex' Lebenslauf und bat dann Lange, mit der Verlesung seines Gutachtens zu beginnen. Wohl akzentuiert und mit feierlicher Stimme gab er seine Einschätzung über Alexandras Arbeit bekannt. Die lobenden Worte rauschten an ihr vorbei, zu aufgeregt war sie in der gerade beginnenden öffentlichen Prüfung.

„Im Gegensatz zu früheren Positionen geht es heute nicht mehr um ‚uns' und die ‚anderen', sondern um die Vergesellschaftung unvereinbarer Wahrnehmungsprinzipien in ein und demselben Subjekt", hörte sie Lange sagen und wunderte sich über ihre innere Distanz zu ihrem eigenen Forschungsthema. Sie sah sich wieder als Kind auf der Mauer vor dem *Hotel Kongreß* sitzen und die Maidemonstration verfolgen. Ein Mann war von der vier Meter hohen Mauer gestürzt, und sie hatte plötzlich eine innere Distanz zum Geschehen entwickelt, die ihr für kurze Zeit ermöglicht hatte, die Demonstration aus den Augen einer Fremden zu betrachten. Der bewusste und der unbewusste Perspektivwechsel waren zum Schlüssel ihrer Arbeit geworden und sie freute sich, wie prägnant Lange ihr Konzept auf den Punkt brachte.

„Wie verfährt die Ethnologie mit Informanten, die sich inkonsequent äußern?", fragte er nun ins Publikum, das ihn erschrocken ansah, als hätte er sie eben ertappt. Alex musste lächeln. Deutungsvielfalt gehörte zur Natur des Menschen, auch des Einzelnen. Doch in ihrer Gesellschaft galt Inkonsequenz immer noch als eine Schwäche.

Wem sie vorgeworfen wurde, der sollte sich bessern. Wie absurd doch die Realität war, wenn sie das Unmögliche verlangte.

Inzwischen führte Lange die Liste der Klassiker aus, die Alexandra ihrer Theorie vorangestellt hatte, um dann einiges zum Geisterglauben der Tuviner zu sagen. Schließlich beendete er seinen Vortrag mit Alexandras Ausführungen zur flexiblen Anwendung verschiedener Interpretationsmodelle, die sie bei den Tuvinern vorgefunden hatte und schloss mit den Worten: „Insgesamt hat die Arbeit das Prädikat ‚Opus valde laudabile' verdient."

‚Sehr gut!', frohlockte Alex und das Publikum klatschte. Unwillkürlich fühlte sie, wie ihre Augen zu strahlen begannen, während Lange das Wort an Marianne Flatter weitergab.

Doch die hatte keine Papiere dabei.

Lange fand ein Exemplar ihres Gutachtens, das Marianne Flatter vor sich hinlegte, als sei es ein fremder Text, den sie vor dem Verlesen erst studieren müsse. Endlich räusperte sie sich und fing an zu sprechen.

Alex horchte auf und blickte sie irritiert an. Einige Zuhörer beugten sich nach vorn und kniffen die Augen zusammen, als könnten sie sich auf diese Weise besser konzentrieren. Marianne Flatter verlas ihr Gutachten mit so leiser Stimme, als hätte sie in ihrer Bewertung etwas zu verbergen, oder war es Bescheidenheit, die sie einforderte? Aber von wem, von Alex?

Das Hüsteln und Scharren im Publikum wurde wieder lauter. Die Anspannung wuchs und Alex beobachtete, wie sich weitere Zuhörer vergeblich nach vorn beugten.

Doch selbst Alex war außerstande, Marianne Flatters Worten zu folgen. Dabei saß sie ihr doch direkt gegenüber.

Sie betrachtete die auffällige Erscheinung dieser Dame, das kohlrabenschwarze Haar mit den kokett gelockerten Strähnen und den schmalen Mund, der sich nur leicht bewegte, während sie fast flüsternd dozierte.

Zorn ergriff Alex. Was wollte diese Frau? Wieso machte sie ihr die Promotion so schwer? War es Desinteresse und Gleichgültigkeit ihr gegenüber? Oder war es Ablehnung?

Seit Alex vor über vier Jahren ihre Förderung angenommen hatte, war Frau Flatter in eine zunehmende Distanz zu ihr getreten. Noch kurz vor der Geburt ihrer Tochter hatte sie von ihr verlangt, einen Vortrag zu halten, ein Angebot, das Alex abgelehnt hatte, denn sie wollte in der Nähe der Geburtsklinik bleiben. Auch nach Annas Geburt hatte Alex eine Aufforderung abgelehnt, mit Frau Flatter zusammen ein Seminar am Institut zu halten. Damals hatte sie sich nicht zugetraut, einmal wöchentlich nach Linden zu reisen und Anna dafür länger in der Kita zu lassen. Anna war doch erst knapp über ein Jahr alt gewesen.

Alex besann sich. Hatte sie ihre Entscheidungen gut genug begründet? War Marianne Flatter deshalb zornig auf sie? Oder war es noch schlimmer? Ging es vielleicht nur darum, dass sich Alex für ein Kind entschieden hatte?

Sie wusste es nicht und war froh, als Marianne Flatter zur Verkündung ihrer Bewertung kam. Wie Lange empfahl sie die Arbeit zur Annahme mit dem Prädikat ‚Opus valde laudabile'.

‚Die beiden Gutachter mussten sich abgesprochen haben', dachte sie und atmete erleichtert auf.

Nun musste sie verteidigen. Sie nahm ihren Vortragstext zur Hand und prüfte noch einmal kurz das erste Bild ihrer Präsentation. Dann gab ihr Lange das Wort.

Jenne gratulierte als Erster, nachdem auch Toni seinen Vortrag und die Diskussion bestanden hatte. Beide galten von diesem Moment an als promoviert. Das Buch mussten sie noch veröffentlichen. Doch dann durften sie den akademischen Titel tragen.

„Das habt ihr gut gemacht!", drückte Jenne beide gleichzeitig an sich. Und Alex dachte: ‚Team Play.' Bei aller Einsamkeit vor dem

Computer war sie zum Teil einer Community geworden, der Wissenschaftlergemeinschaft. Sie spürte die Erleichterung in ihrem Inneren, alle Last fiel von ihr ab und plötzlich fühlte sie sich unglaublich leicht. Fast hätte sie wie ein Kind im Reigen mit Jenne und Toni hüpfen können.

Doch dann besann sie sich. Anna fiel ihr ein. Mit einem Blick zu Seite löste sie sich aus der Umarmung und sah Sven und Anna immer noch am Tisch malen, als ginge sie die ganze Aufregung ringsum nichts an.

Stattdessen standen ihre Eltern mit stolzem Gesicht von ihren Plätzen auf. Und Alex fiel ein, dass sie die erste Promovierte in ihrer Familie war, in der sich ihre Vorfahren von Ölmüllern und Kolonialwarenhändlern, über Sekretärinnen und schließlich ihre Eltern als Ingenieur und Programmiererin hochgearbeitet hatten.

Ihre Schwester strahlte sie selbstbewusst an. Auch sie arbeitete gerade an ihrer Dissertation und nun war allen klar, auch sie würde es schaffen.

Alex' Mutter zauberte einen Blumenstrauß hinter ihrem Rücken hervor, den Alex vor der Veranstaltung tatsächlich nicht gesehen hatte.

„Die Älteste hat es immer eine Spur schwerer. Sie ist die Wegbereiterin, das weist du ja", sagte sie lächelnd mit einem Seitenblick auf Alex' Schwester.

„Danke für eure Unterstützung!", erwiderte sie gerührt. Ohne die finanzielle Hilfe in den letzten Monaten wäre alles viel schwerer gewesen.

Seit ihrer Reise nach Sibirien vor vier Jahren standen ihre Eltern mit voller Überzeugung hinter Alexandras Ziel und hatten begonnen daran zu glauben, dass sie es auch erreichen könnte. Diese Unterstützung, die sie nun aus ihrer Familie bekam, machte es ihr leichter, selbstbewusst in die Zukunft zu sehen, eine Voraussetzung, um konzentriert daran zu arbeiten. Glücklich umarmte sie ihre Schwester und plötzlich fühlte sie, wie ihr jemand einen Hut auf den Kopf setzte. Verblüfft drehte sie sich um und sah Kees, der sich auf ihrem Kopf zu schaffen machte. Ihre Familie lachte und Alex griff nach der Kopfbedeckung und hielt einen schwarzen Doktorhut in der Hand. Glücklich setzte sie ihn wieder auf.

„Ein Familienfoto?", fragte Kees und zückte seine Kamera.

„Sven, Anna", rief Alex. „Kommt für ein Foto!"

Anna sprang sofort auf und lief zu ihrer Mutter, umschlang sie und presste ihren kleinen Kopf fest an Alexandras Bauch. Sie strich ihr über das blonde Haar und gab ihr einen dicken Kuss. Dann sah sie ihre Tochter in die Kamera lachen. Auch Sven trat hinzu und legte seinen Arm um Alex' Schultern.

„Ich gratuliere dir von Herzen", flüsterte er ihr ins Ohr, als Kees abdrückte.

Als sich das Familienbild wieder auflöste, griff Sven nach Annas Arm, die sich laut sträubte, wieder von der Seite ihrer Mutter zu weichen. Doch Alex hatte keine Zeit, mit ihr zu ringen. Plötzlich trat Wenzel auf sie zu und reichte ihr mit einem breiten Grinsen die Hand. Alex gab ihrer Tochter einen leichten Schubs hin zu Sven und sie fügte sich. Dann griff sie Wenzels Hand und empfing seine Glückwünsche. Mit der anderen Hand zog sie verlegen den Doktorhut von ihrem Kopf.

„Den dürfen Sie ruhig auflassen!", grinste er immer noch. „Sie haben ihn sich verdient!"

Dankbar lächelte sie zurück. Auch Liebert trat nun auf sie zu und beglückwünschte sie.

„Das war eine überzeugende Leistung!", sagte er und schenkte ihr sein zurückhaltendes Schmunzeln.

Etwas hatte sich in seinen Zügen verändert. Sie las nun Achtung in seinem Gesicht, eine Achtung, die er ihr früher nicht entgegengebracht hatte. Damals, als Ines Seesemann sie in der Bibliothek abgelöst hatte, hatte sie geradezu Geringschätzung aus seinem Verhalten herausgelesen. Hatte er seine Meinung über sie geändert? Es schien so, denn er nickte, als Wenzel sagte: „Ich werde Ihre Arbeit lesen, sobald sie erschienen ist. Ihr Ansatz interessiert mich und er scheint auch innovativ zu sein. Jedenfalls gab es an diesem Institut noch keine derartige Forschung."

Liebert blickte betreten zu Boden. Er drehte und wendete sich, als fiele es ihm schwer, ihr gegenüberzustehen. Und dann sagte er etwas, was Alex zutiefst berührte. Der alte Liebert, der nie eine eigene Familie hatte, erklärte in feierlichem Ton: „Besonders gratulieren wir Ihnen zu Ihrem Doppelerfolg, Ihrer Tochter, die die ganze Zeit so beeindruckend brav an ihrem Tisch gemalt und nicht ein einziges Mal die Veranstaltung gestört hat, und ihrem wissenschaftlichen Erfolg."

Die beiden Männer hatten ihr Glück erfasst. Ja, Anna war das i-Tüpfelchen in ihrem heutigen Leben. Sofort suchte sie sie mit den Augen, doch sie war mit Sven auf dem Flur verschwunden. Es zog Alex zu ihrem Töchterchen, das sie nach der Verteidigung noch gar nicht richtig umarmt und geküsst hatte. Wenzel und Liebert sahen ihr die Rührung an und lachten: „Na, dann gehen Sie schon zu Ihrer Tochter. Und vergessen Sie nicht, uns ein Exemplar Ihrer Arbeit zu schicken, sobald sie erschienen ist."

Höflich verabschiedete sie sich und ging auf den schmalen Flur, wo sich am Buffet viel zu viele Leute drängten. Kurz sah sie Marianne Flatter und ihre Augen verengten sich zornig. ‚Egal', dachte sie dann und suchte weiter nach Anna. Sven stand mit ihr bei ihren Eltern und Alex drängte sich zu ihnen durch. Dann nahm sie ihre Tochter in die Arme und küsste ihr Gesichtchen, als verdanke sie das Gelingen ihrer Verteidigung nur ihr.

Die Promotionsfeier in Solau rettete den Abend. Anna sprang mit Svetlanas Tochter im Garten des Forschungsinstituts umher. Alex wollte ihr später etwas zu essen und zu trinken bringen. Die Cafeteria des Instituts, die sie vor sechs Jahren erstmals betreten hatte, füllte sich mit Mitarbeitern. Jenne musste die Party über das Intranet bekannt gegeben haben, denn es kamen immer mehr. Eine Kollegin verteilte Sektgläser für den Speech und die Gäste versammelten sich um Jenne.

Jenne räusperte sich und in den Kreis kam Ruhe. Dann bat er Alex und Toni, einen Schritt vorzutreten und begann zu sprechen.

„Ich bin heute Zeuge von gleich zwei gelungenen Promotionen geworden. Das Sibirienzentrum hat also zwei weitere erfolgreich abgeschlossene Projekte vorzuweisen, und das verdanken wir Doktor Alexandra Sanger und Doktor Toni Reinhard. Ich sage Doktor, denn ab dem heutigen Tag dürfen sie so genannt werden, während sie sich selbst noch lange nicht so nennen dürfen.“ Die Kollegen lachten. Jeder kannte die Regeln, doch waren sie ein Ritual in der Wissenschaft, über dessen Sinn man sich streiten konnte. Solche Rituale, so dachte Alex, hielt man ein, einfach weil sie Rituale waren. Das allein machte sie lebenswert.

„Erst warten wir gespannt auf die beiden Bücher, die aus den Doktorarbeiten hervorgehen werden“, fuhr Jenne mit seinem Speech fort. „Und dann wünschen wir weiterhin viel Erfolg bei allen wissenschaftlichen und auch privaten Vorhaben! Ihr habt etwas für uns geleistet. Ihr habt die Wissenschaft mit euren Arbeiten ein kleines Stück vorangebracht. Und dass euch das auch in Zukunft gelingen möge, dafür wünschen wir euch viel Glück.“

Dann trat Jenne auf sie zu und die Gläser klirrten hell aneinander. Alex folgte ihrem Bedürfnis, nochmals Toni zu umarmen. Dass er an diesem Tag mit ihr promoviert hatte, hatte es ihr leichter gemacht. Der Druck der Veranstaltung hatte sich auf beide verteilt, und nun feierten sie den Sieg.

Bis zum späten Abend standen sie im Garten des Forschungsinstituts. Sven war mit Anna nach Hause gegangen, obwohl Anna sich gesträubt hatte. Schließlich war das Alex' Fest und sie wollte bleiben, bis die letzten Gäste gingen.

In den Händen hielten sie Bierflaschen, das Buffet war bereits restlos geplündert, und der Kreis beschränkte sich auf den harten Kern des Instituts. Vor Annas Geburt hatte Alex oft bis spät in der Nacht unter ihren Kollegen gestanden und geplaudert. Jetzt fühlte sie, wie sehr sie das lockere Leben der Unabhängigen vermisste. Doch das Leben, ihr Leben hatte entschieden und sie musste täglich Kompromisse zwischen sich und ihrer Tochter eingehen.

Die spätsommerliche Nacht war mild. Nur ein leichter Luftzug durchstreifte den Garten. Über den grünen Kronen der Platanen glänzten die Sterne. Alexandra lächelte, als sie ihren Blick aus dem Sternenhimmel zurück in die Runde ihrer Kollegen holte: ‚... und sie diskutieren die Wissenschaft', dachte sie. Aber was hatten sie hier jemals anderes getan?

Unwillkürlich fragte sie sich, wie es jetzt wohl weitergehen sollte. Ihre Assoziierung würde wegen Annas Kitaplatz verlängert werden, dafür hatte Jenne gesorgt. Ohne diesen Vertrag hätte Anna nur noch das Recht auf fünf Stunden Betreuung täglich, wie es für Arbeitslose üblich war. Wie hätte sie in dieser knappen Zeit ihre Anträge und Publikationsvorhaben bewältigen sollen? Schließlich lag vor ihr ein riesiger Berg Arbeit, wenn sie zügig zu einem Abschluss des Promotionsverfahrens, nämlich zu ihrer Veröffentlichung und zu einem neuen finanzierten Projekt kommen wollte.

Morgen würde sie den Antrag an die Fritz-Thyssen-Stiftung abschicken, um mit einer neuen Förderung für sechs Monate nach Cambridge gehen zu können. Die Finanzierung dieses Übergangsprojektes lief über ein Jahr. Sie würde also genügend Zeit haben, ihren Antrag auf Projektförderung bei der DFG zu stellen. Aussicht auf eine Stelle hatte sie erst einmal nicht. Professor Lange war vor einigen Monaten emeritiert worden, und als Emeritus habe er keine Gelegenheit, sie weiter zu fördern, hatte er ihr erklärt und sie aufgefordert, die Direktoren am Forschungsinstitut von sich zu überzeugen. Alex wusste, Lange würde sich vorerst nicht um administrative Belange kümmern.

Zu heftig hatte er sich an dieser Front abgekämpft. Seit einiger Zeit beantwortete er kaum noch die Schreiben, die seine Schüler an ihn richteten und aus allen Stellenbesetzungen an seinem ehemaligen Institut musste er sich heraushalten. Und die Direktoren? Von ihnen kamen keine Vorschläge. Wie alle Nachwuchswissenschaftler musste sie nun selbst sehen, wie es mit ihr weiterging.

Plötzlich wurde sie auf das Gespräch aufmerksam, das ihre Kollegen führten. Eben hatte Tom gesagt: „Du kannst doch nicht ständig deine Meinung ändern!“ Alex hörte genauer hin, als Jenne ihm widersprach: „Eine Meinung entwickelt sich, wie wir selbst mit unseren Erfahrungen“, und Toni ergänzte: „Es wäre schlimm, wenn Meinungen statisch wären. Ich hoffe doch, dass jeder in der Lage ist, auch seine Meinung zu korrigieren.“

„Da sind wir ja schon wieder beim Thema“, scherzte Alex und ihre Kollegen sahen sie an.

„Was sagt denn die Spezialistin dazu?“ Jenne stieß kurz sein Bier gegen ihre Flasche und sie erklärte: „Wenn Inkonsequenz heißt, seine Meinung flexibel zu halten und bereit zu sein, an ihr zu arbeiten, dann ist sie nicht nur menschlich, sondern auch durch und durch sympathisch.“

„Na dann, das war das Schlusswort!“, sagte Tom und setzte die Bierflasche an den Mund.

Doch Toni hielt das Thema nicht für beendet: „Political Correctness ist heute auch nichts anderes, als konsequent bestimmte Meinungen zu vertreten, die gesellschaftlich vorgegeben sind. Von Wissenschaftlern wird ein Bekenntnis zu bestimmten politischen Standards erwartet. Und wer das nicht liefert, wird kaum eine Stelle finden.“

Die anderen nickten und eine Weile blieb es still.

Doch dann fragte Toni: „Was wird nun aus dem Sibirienzentrum?“

Jenne stöhnte: „Das ist noch völlig unklar.“ Und das weitere Gespräch kreiste um die Ungewissheit der Zukunft aller Anwesenden. Alex studierte die Gesichter ihrer Kollegen, die glücklichen, die bereits ihren nächsten befristeten Job vorzuweisen hatten und die schweigsamen.

Der Bierkasten leerte sich, als Jenne sie ein letztes Mal an ihr Ritual erinnerte. Das Wettsingen zwischen Ost und West, das die Ossis genauso ritualisiert mit ihrem Repertoire an Pionier- und Kampfliedern gewannen. Dann verabschiedeten sich die Gäste.

Sie stellten den aufgeräumten Zustand der Cafeteria wieder her, gaben im Morgengrauen der Putzfrau die Schlüssel direkt in die Hand, und Alex lief glücklich nach Hause.

15

Erst heute hatte sie zufällig bemerkt, dass in ihrem Postfach am Institut ein Umschlag der Fritz-Thyssen-Stiftung lag. Sie sah nur selten in dieses Postfach, denn gewöhnlich bekam sie ihre Post nach Hause. Auf dem Weg ins Büro brannte der Umschlag wie Feuer in ihren Händen, bis sie endlich auf ihrem Stuhl saß. Der Computer war noch nicht eingeschaltet, der Bildschirm starrte sie schwarz an, als sie noch einmal durch das Büro blickte und tief durchatmete. Dann öffnete sie mit einem Brieföffner sorgfältig das Kuvert, als könne dieser Vorgang den Inhalt des Briefes noch beeinflussen.

„Stipendium zum Forschungsvorhaben ‚Oral History und Postsozialismus'", las sie. Dann atmete sie nochmals tief durch und las weiter: „Sehr geehrte Frau Dr. Sanger, ich freue mich, Ihnen mitteilen zu können, dass die Fritz-Thyssen-Stiftung Ihnen ein Stipendium für das oben angegebene Forschungsvorhaben zur Verfügung stellt."

Ihre Gedanken standen einen Moment still, den Brief fest in der Hand, lehnte sie sich in ihrem Bürostuhl zurück, ließ den Kopf nach hinten sinken und schloss kurz die Augen. Langsam spürte sie, wie sie erst zögerlich, dann immer heftiger das Gefühl für diesen Erfolg durchströmte. Sie richtete sich auf und las die ersten Zeilen des Schreibens noch einmal. Dann studierte sie die Förderungsbedingungen und die monatlichen Summen, die ihr zugesprochen worden waren. Es war sicher, es würde für sie weitergehen, auch nach der Promotion, und sie würde mit ihrer Tochter nach Cambridge reisen, um dort an der Universität sechs Monate tätig zu werden. Anna würde einen englischen Kindergarten besuchen und diese weltumspannende Sprache bereits in ihrem frühen Kindesalter lernen, während sie selbst in einem englischsprachigen akademischen Kontext an ihrer Sprachkompetenz arbeiten könnte. Und nicht zu vergessen, für fünfzehn Monate waren sie finanziell abgesichert. Nach ihrer Rückkehr aus Cambridge würde Alex ihren Antrag für die DFG schreiben, der dann hoffentlich ihren weiteren Weg in der Wissenschaft ebnete. Es gab eine Zukunft für sie, jubelte es in ihr, und sie würde die Chance, die sich ihr bot, nutzen.

∞

Seit über vier Monaten lebten sie in England. Es war Juni 2012, und vor dem Einfamilienhaus, in dessen Dachgeschoss ihre kleine Wohnung lag, blühte die Wiese. Alex saß am offenen Küchenfenster und trank Kaffee, während sie Anna beobachtete, die auf den Gehwegplatten im Garten malte und zwischendurch immer wieder über die Wiese hüpfte.

Das unsanierte und schmucklose Haus mit seiner verwitterten Fassade musste aus der Zeit nach dem Krieg stammen, und wie so oft im Leben liefen die Zufälle in der Begegnung mit den Eigentümern wie Fäden zusammen. Der einstige Besitzer war ein deutscher Jude aus Solau gewesen, weshalb Alex stets über einen Druck von Feiningers Bildnis der fünf Türme staunte, die dem Marktplatz in Solau ihren ganzen Stolz verliehen. Er hatte nach seiner Flucht aus Deutschland in Cambridge seine Frau kennengelernt, die immer noch in dem

Haus wohnte und von einer farbigen Pflegerin rund um die Uhr betreut wurde. Er selbst war vor über zehn Jahren verstorben.

„Mama, kommst du runter?", rief ihr plötzlich Anna zu. Sie stand unter dem Fenster und bettelte: „Allein macht es keinen Spaß!"

Seufzend stand Alex auf, um ihrer Tochter Gesellschaft zu leisten. Sie lief die Treppe hinunter und ging durch die Küche der Hausherrin zum Hinterausgang. Der Garten war wild, doch man sah, dass eine ordnende Hand in regelmäßigen Abständen die Büsche und Bäume beschnitt und den Rasen mähte. Beete und Anpflanzungen gab es nur wenige. Stattdessen lag hinter dem Haus eine freie Wiese, die genügend Platz für Annas Spiele bot.

Über zwei Monate lang hatte Alex den Aufenthalt in Cambridge organisiert. Es war schwierig, in dieser Universitätsstadt voller Colleges, eine Unterkunft für sich und ihre Tochter zu finden. Jetzt wohnte sie für tausend Euro monatlich in verschlissenen zwei Zimmern, in denen Anna und sie allabendlich von Mäusen besucht wurden.

Aber die größte Herausforderung war, eine Kinderbetreuung zu finden. Und als sie endlich einen Kindergarten gefunden hatte, der bereit war, Anna aufzunehmen, hatte sie wieder über den Preis gestaunt. Der Platz kostete weitere tausend Euro, ein ganzes Monatsgehalt, ohne dass die Kinder auch nur eine Mahlzeit bekamen.

Jenne war wieder einmal für sie eingesprungen. Das Forschungsinstitut hatte ihr eine zusätzliche Förderung für die sechs Monate Aufenthalt in Cambridge zuerkannt. Sie konnte die Kinderbetreuung also bezahlen.

Aber wie machten das alleinstehende Mütter mit Jobs auf niedrigem Bildungsniveau? Sie konnten doch ihr Monatsgehalt nicht in die Kinderbetreuung stecken?

Letztlich waren sie wohl nach wie vor gezwungen, auf bezahlte Arbeit zu verzichten, bis ihre Kinder in die Schule gingen. Das war eine Armutsfalle, und wenn sie auch selbst unzufrieden war, war Alex doch heilfroh, dass die sozialen Standards in Deutschland immer noch um einiges höher waren. Doch der Idee, das Großbritannien immer mehr zum Vorbild deutscher Politik wurde, konnte sie sich nicht entziehen und ihr gruselte dabei.

Anna hatte die Ziffern bis zwanzig auf die Gehwegplatten gemalt, und nun sprang sie auf den Feldern und zählte auf Englisch die Platten. Immer wieder geriet sie ins Stocken und Alex ergänzte geduldig die Zahlen.

Dass Anna in so frühen Jahren Englisch lernte, war für Alex das höchste Glück, schließlich war diese Sprache bislang das größte Hindernis in ihrer Karriere gewesen. Und dennoch staunte sie über Annas selbstbewusstes Deutsch. Wenn sie ihre Tochter aus dem Kindergarten abholte, dann fand sie sie nicht selten in einen deutschen Monolog neben einer Erzieherin vertieft, die kein Wort von dem verstand, was Anna ihr erzählte. Sie wollte ihrer Tochter Zeit geben und sie freute sich über jeden Fortschritt, den sie machte. Aber ihre Antworten gab Anna immer noch in ihrer Muttersprache.

Alex schaute auf die Uhr. An diesem Samstag hatte sie von einem Kollegen, dem Koordinator eines Mongoleiprojektes an der Universität, einen Termin bekommen, um ihr zukünftiges Forschungsprojekt vorzustellen. Sie wollte mit der Gruppe um ihn kooperieren. Internationale Vernetzung war eines der wichtigsten Kriterien bei der Antragstellung, fehlte sie, war ein Antrag so gut wie abgelehnt. Sie hatte sich vorbereitet, ein kurzes Exposé ins Englische übersetzt und geübt, es auch mündlich überzeugend vorzutragen. Nun mussten sie eilen, denn Anna sollte mitkommen.

Noch einmal zählten sie die Gehwegplatten auf Englisch durch, dann drängte sie Anna, ihr Spiel abzubrechen.

∞

Es hatte sich seit Monaten eingespielt. Jeden Morgen brachte Alex ihre Tochter mit dem Fahrrad in den Kindergarten, um dann an die Universität zu fahren. Ihr einladender Professor war kaum da, und mit ihr arbeitete in dem mit lang gezogenen Holzschränken in Arbeitsplätze aufgeteilten Großraumbüro nur noch eine junge Jakutin. Die anderen Arbeitsplätze standen frei. Entweder waren die Doktoranden und Postdocs im Feld oder sie arbeiteten zu Hause. Die schwarzen Bildschirme ihrer nicht anwesenden Kollegen starrten sie täglich an, und Alex war bitter enttäuscht. Grade ihr dringendster Wunsch, ihr akademisches Englisch zu entfalten, erfüllte sich nicht. Mit der Jakutin sprach sie Russisch, und ihr Englisch verbesserte sich nur beim Schreiben ihres jüngsten Aufsatzes, für den sie sich in der Bibliothek mit Büchern versorgte.

Anders sah es bei den Geografen im Nebenbereich aus. Neidvoll hörte sie dort den täglichen Small Talk, wie sie ihn aus dem Institut in Solau gewohnt war.

Doch an diesem Morgen tauchte am Institut plötzlich ein bekanntes Gesicht auf.

„Jens Kernig!“, rief sie vor Freude, als er plötzlich mit seiner Tochter vor ihr stand. Ein schlaksiger langhaariger Typ mit frechem Gesicht und wachen Augen. Neben ihm seine Tochter, die elf oder zwölf Jahre sein musste und dasselbe spitzbübische Lächeln trug wie er. Über sechs Jahre hatten sie sich nicht gesehen, das letzte Mal wohl, als er seine Doktorarbeit verteidigt hatte. Damals war sie noch mit der Antragstellung ihres Promotionsprojektes beschäftigt gewesen, und nun hatte auch sie etwas vorzuweisen.

Dieser Umstand hatte etwas in ihr verändert. Sie begegnete Jens auf Augenhöhe und ohne Umstände umarmten sie sich kurz, wie es unter den Kollegen üblich war.

„Ich bin für einen Vortrag gekommen“, erzählte er und Alex erfuhr, dass seine Stelle in Finnland kürzlich entfristet worden war und er kurz davor stand, eine außerordentliche Professur zu erhalten.

„Dann richtest du dich auf eine Lebensstelle in Finnland ein?“, fragte sie.

„Finnland ist ein Traum. Einen besseren Arbeitsort kann ich mir gar nicht vorstellen. Es war die einzig richtige Entscheidung, als ich vor sechs Jahren das Angebot angenommen habe."

Doch genauso plötzlich, wie er erschienen war, verabschiedete sich Jens wieder.

„Lass uns heute nach meinem Vortrag Boot fahren. Dann reden wir und bring deine Tochter mit." Er lachte, als er davoneilte.

Der Nebenarm der Cam floss träge und braun zwischen den üppig wuchernden Bäumen und Sträuchern am Ufer, und die Wiesen standen so in Saft, dass ihr Grün für England sprichwörtlich geworden war. Fast täglich regnete es, und auch heute war ein eher grauer Nachmittag, der nur selten von vereinzelten Sonnenstrahlen, die ab und an die Wolken durchbrachen, erhellt wurde. Als Alex mit Anna am Steg ankam, hievte Jens bereits einen Kahn ins Wasser und griff nach der Stange zum Staken. Er hatte nach seiner Promotion ein Jahr hier an der Universität verbracht und war noch Mitglied in dem Bootsclub.

Jens lud Alex ein, Platz zu nehmen, und seine Tochter half Anna beim Einsteigen.

„Du hast dir ja britische Höflichkeit antrainiert", sagte Alex, als Jens sich auf den hinteren Steg des Bootes stellte und sofort begann, das Boot mit der Stange voranzuschieben.

„Man lernt viel, wenn man in der Welt herumkommt."

Dann erzählte er von seinen letzten Jahren in der Wissenschaft, eine Aneinanderreihung von Erfolgen und Auslandsaufenthalten. Die drei jüngsten seiner fünf Kinder sprachen neben Deutsch und Russisch, der Muttersprache seiner Frau, drei weitere Sprachen fließend, denn er lebte nicht nur in Finnland, wo sie eine finnische Schule besuchten, sondern hatte mit ihnen auch längere Aufenthalte in England und Japan absolviert.

„Dann werden sie unglaubliche Vorteile in ihrem späteren Berufsweg haben", staunte Alex.

Doch Jens' heller Blick trübte sich, er schüttelte den Kopf und erzählte von seinem Mittleren: „Der hat sich mit den vielen Fremdsprachen, in denen er Schulunterricht besuchen musste, so abgekämpft, dass er schon mit siebzehn Jahren für nichts mehr zu motivieren ist. Er hat keine Interessen und keine Ziele, und er strebt nichts mehr an. Er ist schon jetzt so ausgelaugt wie ein Rentner und hängt nur noch rum. Ich habe vielleicht zu sehr an mich und zu wenig an ihn gedacht."

Alex blickte kurz zu Anna, die sich weit über den Rand des langsam dahingleitenden Bootes lehnte, mit ihren Händen Wellen in das Wasser zeichnete und dann Jens' Tochter vollspritzte. Von dieser Seite hatte sie ihre Auslandsaufenthalte noch nie betrachtet. Kindergarten in England, das war in jedem Fall zu bewältigen, und Schule für ein Jahr erst in Moskau, dann in Tuva, das vielleicht auch. Aber was würde sie ihr danach zumuten müssen? Wo war die Grenze zu ziehen, um sie zu fördern und nicht zu lähmen?

Nachdenklich betrachtete sie das üppige Grün des Ufers, das nun den Blick auf eine Koppel freigab, auf der Pferde standen. Anna quietschte bei dem Anblick ihrer Lieblingstiere auf und begann die Pferde auf Englisch zu zählen. Wie so oft in den letzten Tagen fiel ihr die Nummer dreizehn nicht ein, aber Alex unterließ es, sie zu berichtigen.

„Erzähl mir von eurem aktuellen Projekt. Toni hat doch einen Vortrag bei euch gehalten. Er hat es in seiner letzten Mail erwähnt."

Und als Jens mit seinen Ausführungen begann, stutzte sie: „Mündliche Geschichte?" Das waren doch genau ihre Pläne in Tuva! Alex unterbrach Jens und begann von ihrem Projekt zu erzählen. In der Tasche lag noch eine Kopie ihres Exposés. Und in den nächsten zwanzig Minuten tauschten sie sich über ihre Forschungsmethoden, Datenbanken, theoretischen Grundlagen und Zielsetzungen aus. Die Projekte passten.

„Mensch, dass du erst nach Cambridge kommen musstest, dass ich das erfahre", sie strahlte Jens an. „Ich brauche dringend Kooperationspartner und wenn ihr eure Forschung auch in Nordeuropa macht, wir könnten super zusammenarbeiten und Erfahrungen austauschen. Ich könnte einen Vortrag bei euch halten und von euren Ressourcen, von der Datenbank und eurem Internetauftritt profitieren. Wenn wir zusammenarbeiten, kann bei der Antragsstellung gar nichts mehr schiefgehen!", jubelte sie. „Gleich morgen schicke ich dir meinen Antrag, so weit er bis jetzt gediehen ist. Sieh ihn dir mal an!" Und Jens zögerte nicht, ihr zuzusagen, sich baldmöglichst mit ihren Plänen zu befassen, als Anna begeistert aufschrie, weil Jens' Tochter ihr vorgeschlagen hatte, noch baden zu gehen.

An diesem Nachmittag hatte Alex bereits eine gute Nachricht in ihren E-Mails. Jens schrieb eine Woche nach ihrer gemeinsamen Bootsfahrt: „Wenn dein Antrag in Deutschland nicht bewilligt wird, dann lass ihn uns hier einreichen. Die Chancen auf eine Bewilligung sind bei uns um einiges besser. Nur müsstest du dann nach Finnland kommen. Eine Schule ist ganz in unserer Nähe! ☺"

Aber es war etwas anderes, das Anna genauso wie Alex schon den ganzen Tag vor Aufregung fiebern ließ. An diesem Samstag würde Sven kommen, um sie für eine Woche in Cambridge zu besuchen. Über drei Monate hatten sie ihn nicht gesehen, und Anna sehnte sich nach ihm, dass es Alex fast weh tat. Anna war kaum mehr zu bremsen. Aufgeregt sprang sie durch den Garten und fast minütlich stellte sie ihre unvermeidliche Frage: „Wann kommt Papa endlich?"

„Papa wird gegen fünf Uhr hier sein", antwortete Alex, und weil ihre Tochter nun fragen würde, wie viel Zeit noch bis fünf Uhr sei, fügte sie hinzu: „Das ist in einer halben Stunde. Genieße noch ein wenig die Sonne im Garten."

Und Anna verbrachte die nächsten Minuten damit, sich ein Lied für Papa auszudenken, dessen Worte und Melodie aus ihr heraussprudelten, wie sie ihr von ihrer kindlichen Fantasie eingegeben wurden. Dabei drehte sie sich tanzend auf der Wiese und breitete weit ihre Arme aus, als künde die sonnig-warme Luft von der Gegenwart des ersehnten Vaters, dem sie die Arme bereits Stunden vorher entgegenstreckte. Alex sah fasziniert ihrem spielerischen Reigen zu und staunte über die kindliche Eleganz in ihren Bewegungen, die das zärtliche Spiel aus Worten und Tönen untermalte. Es war ein Bild der Vollkommenheit, in das Alex für Minuten versank, bis eine Wolke vor die Sonne zog und ein kühler Windzug Alex aufstörte. Fröstelnd schloss sie ihre Jacke.

Kurz überlegte sie aufzustehen und mit Anna hochzugehen, aber da zog die Wolke schon weiter, und Anna schien von der kurzen Beschattung ihres Tanzes nichts bemerkt zu haben. Sie drehte sich immer noch und in immer neuen Sätzen beschrieb sie die Liebe zu ihrem Vater.

Obwohl in ihrer eigenen Familie niemand musikalisch war und auch Anna fast ausschließlich schiefe Töne aneinanderreihte, kam Alex nicht umhin, über ihre Tochter zu staunen. Sie schien die Fähigkeit zu haben, auf eine Weise aus ihren innersten Gefühlen zu schöpfen, dass ihre Umgebung zur Reflexionsfläche ihrer Seele wurde. Tanzte und sang sie ihre spontan erfundenen Lieder, dann zog sie jeden in den Bann, der sie zufällig sah. Im letzten Sommer waren die Leute im Park stehen geblieben und hatten ihr zugesehen, bis Anna von selbst ihr Lied beendet und die Zuschauer ihr Applaus gespendet hatten.

Aber es war weniger Annas unbekümmertes Talent, das Alex nachdenklich machte, sondern ihre Liebe zu Sven, die sie damit ausdrückte. Es wurde Alex schmerzlich bewusst, dass sie Anna für sechs Monate von ihrem geliebten Papa getrennt hatte. Sie hatte kaum darüber nachgedacht, denn sie kannte es seit ihrer Kindheit nicht anders, als dass Kinder dorthin gehen, wohin die Eltern unterwegs sind. Und ihre Tochter machte es ihr nicht schwer, ihre anhängliche Liebe zu Alex war in den letzten Monaten in dem Maße gewachsen, weil sie Sven vermisste. Noch klagte Anna nicht, klagte sie – ihre Mutter – nicht an, sondern nahm die Fremde, in der sie lebten, als unumgänglich hin. Dass es Anna vor Sehnsucht zerriss, bemerkte sie nur an ihrer Anhänglichkeit, ihren Bemühungen nach körperlicher Nähe und Umarmung, als könne sie auch noch die Mutter verlieren.

Dabei konnte Anna nicht ahnen, was ihre Mutter plante. Ihre nächste Auslandsreise sollte sie beide für zwölf Monate nach Sibirien führen, und in dieser Zeit würde Sven sie nicht besuchen können. Zwölf Monate, das war ein Viertel von Annas bisherigem Leben, eine Ewigkeit für ein Kind, und sie würde ein anderer Mensch sein, wenn sie zurückkehrten. Und doch, diese gemeinsame Forschung könnte Annas späteren Erfahrungshorizont bereichern, eine unvergessliche Etappe ihrer Kindheit werden, auf die sie als Erwachsene immer wieder zurückgreifen könnte. Aber wo war die Grenze des Zumutbaren zu ziehen?

Und Alex dachte an Jens' Angebot, den Antrag in Finnland einzureichen. Würde er bewilligt, dann wären Anna und sie drei Jahre von Sven und ihrer Heimat getrennt, und Anna müsste in dieser Zeit zweimal die Unterrichtssprache wechseln. Zwölf Monate Finnisch, zwölf Monate Russisch und zwölf Monate Finnisch, dachte Alex, und kein Vater, der ihr Halt gab, wenn sie selbst, entkräftet von Arbeit, Haushalt und Kind, nicht mehr konnte. Nach drei Jahren wäre Anna 30 Zentimeter größer und hätte ein Drittel ihres Lebens im Ausland verbracht, getrennt von Sven.

Nein, das Angebot konnte sie nicht annehmen, ihre Basis musste in Deutschland bleiben, denn dort hatte Sven seine Grabungen, seine Arbeit, sein Leben, ihr gemeinsames Leben. Sie würde ihren Antrag bei der Deutschen Forschungsgemeinschaft einreichen, auch wenn die Chancen schlecht standen. Und wenn er abgelehnt wurde? Dann wäre ihre Karriere beendet.

Plötzlich hörte Alex ihren und Annas Namen rufen. Ein kurzer Blick zu Anna, die mitten in einer Drehung erstarrte, sich aufrichtete und laut kreischte: „Papa!“

Dann stürzte sie auf die zierliche Gestalt am Haus zu, die aus dem

Schatten trat, und fiel Sven um den Hals. Alex wusste, sie hatte Zeit aufzustehen und Sven zu begrüßen. Anna würde ihn in den nächsten Minuten nicht freigeben.

‚Meine Familie', dachte sie. Sie musste darauf achten, dass sie mit ihrer Karriere ihre kleine Familie nicht zerstörte.

16

Siebzig Seiten hatte Alex' Antrag, den sie sorgsam, fast zärtlich vor Kees Nijkerk auf den Tisch legte.

„Er ist in drei Sprachen geschrieben. Das englische Exposé hast du ja selbst korrigiert, und hier", eilig blätterte sie einige Seiten weiter, „sind die ausgearbeiteten Interviewleitfäden bereits fix und fertig ins Russische übersetzt. Nur an die tuvinische Übersetzung habe ich mich nicht getraut, denn die hätte ich zum Lektorat nach Tuva schicken müssen und wer weiß, wer auf dem Weg die Post mitliest. Ich kann mir nicht leisten, mein Visum zu gefährden, weil irgendwer mein Forschungsthema nicht mag."

Kees sah von seinem Bürostuhl zu Alex auf, die mit vor Eifer geröteten Wangen ihren Antrag erklärte, für den sie sechs Monate in Cambridge verbracht hatte.

„Vorbildlich, wie von dir erwartet!", sagte er und quittierte ihre Begeisterung mit einem Lächeln.

„Leider laufen meine dreizehn Monate Stipendium jetzt ab. Aber Jenne hat mir für die englische Übersetzung meiner Doktorarbeit drei weitere Monate am Institut zugesichert und danach würde er mich nochmals drei Monate für ein Datenbankprojekt brauchen. Es geht also wenigstens für ein halbes Jahr weiter."

„Das sind genau die sechs Monate, die die Gutachter brauchen. Ich drücke dir die Daumen. Du schaffst das!"

„Lass uns später noch ins *Waschhaus* gehen!", rief Alex fröhlich beim Hinausgehen und winkte ihm noch einmal zu.

Kees beugte sich wieder über seine Papiere. In zwanzig Minuten hatte er ein Gespräch mit Roland, das er vorbereiten musste.

∞

Roland Prunus saß in seinem lichtdurchfluteten Büro und blickte von seinem Schreibtisch aus durch die Glasfront direkt in den Garten hinaus. Er sah seine Mitarbeiter kommen und gehen. In den frühen Morgenstunden registrierte er seine Doktoranden noch mit neutraler Unaufmerksamkeit. Doch er wusste genau, wer erst gegen Mittag oder sogar Nachmittag aufkreuzte. Diese Nachwuchskräfte hatte er innerlich schon abgeschrieben, auch wenn sie bis Mitternacht am Institut saßen.

Aber es ging nicht nur um die Uhrzeit, zu der seine Nachwuchskräfte kamen und gingen. Schon der Gang eines Doktoranden durch den Garten verriet so viel über dessen Befähigung zu einer wissenschaftlichen Karriere, dass es sich fast erübrigte, mit jedem Einzelnen von ihnen Gespräche zu führen. Er teilte sie in drei Gruppen.

Da waren diejenigen, die durch den Garten schlichen oder huschten, ängstlich, jemandem zu begegnen, der sie nach dem Stand ihrer Arbeit fragen könnte. Und es gab diejenigen, die sich im stolzen Gang reckten, die aber gleichzeitig so schnell liefen, dass niemand wagte, sie anzusprechen. Auch diese Gruppe hatte kein Vertrauen in die eigene Arbeit und kaschierte mangelndes Selbstbewusstsein mit nach außen getragenem Stolz.

Sein Blick blieb nur an Vertretern der dritten Gruppe hängen. Das waren seine Kandidaten. Sie bewegten sich mit natürlicher Gelassenheit oder konzentrierter Anspannung durch den Garten, und man sah ihnen bereits von Weitem an, dass sie schon vor der Tür des Instituts in ihrer Arbeit versanken, voller Überzeugung, etwas schaffen zu können, und voller Tatendrang.

Doch meist lag der Garten nur einsam da, das Leben fand hinter der roten Natursteinmauer statt, die das Gelände umgab, und er erholte sich an dem satten Grün des gepflegten Rasens, um sich dann der nächsten Pflicht zuzuwenden.

Kurz blickte er auf, als seine Sekretärin klopfte und ihn an den Termin mit Kees Nijkerk in fünf Minuten erinnerte.

Kees also. Sofort hatte Roland ihn vor Augen, seine schlaksige lange Gestalt, die abstehenden Ohren und eine umgängliche innere Unbefangenheit, die ansteckend war. Dieser Nijkerk setzte mit seiner unkonventionellen Art alle Gesetze einer Karriere in der Wissenschaft außer Kraft. Als er ihm das erste Mal begegnet war, hatte er ihn für einen Gastprofessor aus den Niederlanden gehalten, einen erfahrenen Kollegen, der auf den üblichen Wegen nach Austausch mit Fachvertretern suchte. Solche Kollegen gingen am Institut ein und aus, sie waren nützlich für die Vernetzung und Teilhabe an der Forschung für jeden.

Kees Nijkerk hatte sich damals auch wie ein etablierter Kollege verhalten. Die Liste seiner Veröffentlichungen in englischer, deutscher und niederländischer Sprache, die er ihm in die Hand gedrückt hatte, war lang gewesen. Auch seine kommunikativen Fähigkeiten und seine Kontakte weltweit imponierten Roland, und wenn er über seine Forschungen sprach, dann tat er das mit einer Hingabe und Begeisterung, dass man sich seinen Thesen nicht entziehen konnte.

Wie schockiert war er aber gewesen, als er ganz nebenbei erfuhr, dass Nijkerk mit über fünfzig Jahren immer noch einen Doktorandenstatus hatte und ans Institut vermittelt worden war, um endlich seine Promotion fertigzustellen? Zum Glück hatte Nijkerk das auch vor zwei Jahren geschafft. Doch diese Nachricht hatte ihn damals so erschüttert, dass Kees sein größtes Interesse erregt hatte, ein Interesse, über das er selbst staunen musste. Normalerweise gab er Doktoranden auf, die unfähig waren in angemessener Zeit zu brauchbaren Ergebnissen zu kommen. Ja, er entwickelte sogar Abneigung gegenüber Leuten, die sich spürbar in der Arbeit dahinschleppten und deren Blick müde wurde, wenn man sie auf ihre Fortschritte ansprach.

Aber Kees war alles andere als das, er war ein wissenschaftlicher Arbeiter mit regelmäßigem Output, mit aufsehenerregenden Konferenzen und Tagungen und zahlreichen Herausgeberleistungen. Seine Studien hatten Substanz und Tiefgang. Nijkerk hatte etwas mitzuteilen, das war Roland in den letzten Jahren klar geworden.

Was ihn von seinen Kollegen unterschied, weshalb er gleichzeitig „nichts" war, das schien ein Teil seines Wesens zu sein. Seine ganze Laufbahn hindurch war er nur seinen intrinsischen Forschungsinteressen gefolgt. Mit fast stoischer Gelassenheit setzte er seine Eingebungen um, ohne dass er jemals ein pragmatisches Gespür für formale Qualifikationen entwickelt hätte, die für den Aufbau einer Karriere, für die Finanzierung der eigenen Arbeit oder sogar für das Erreichen einer Position im Wissenschaftsbetrieb unverzichtbar waren. Geld und Macht schienen ihn nicht zu kümmern, so lange er seine Arbeit leben konnte, und dabei war er in der Lage, jeden mit seiner Begeisterung mitzureißen. Warum also hatte er dieses Talent nie eingesetzt, um sich auch professionell zu entwickeln?

Für einen Gatekeeper, wie sich Roland verstand, seit er über die Karrieren anderer Leute entschied, war Nijkerk deshalb ein Problemfall. Zum einen beeindruckte seine Forschungstätigkeit, zum anderen lohnte es nur dann, für einen Nachwuchswissenschaftler Geld auszugeben, wenn eine Aussicht auf eine spätere Karriere bestand. Doch für Nijkerk war der Zug schon längst abgefahren. Er konnte sich nur noch von Projekt zu Projekt hangeln, bis er in Rente ging.

Es blieb also die Frage, ob sich das neue Buch, an dem Kees seit seiner späten Promotion arbeitete, für das Institut lohnte. War es ein Werk, mit dem sich das Institut präsentieren konnte? Das galt es für

Roland herauszufinden, und erst dann würde er entscheiden, ob er Kees auch weiterhin fördern wollte.

Roland musste nicht lange warten, da sah er Nijkerk auch schon in der Tür. Mit seiner aufgeschlossenen Unbefangenheit trat er sofort auf Roland zu und reichte ihm die Hand, um dann mit der zweiten Hand nach seinem Arm zu greifen, eine vertrauensvolle Geste, die ihm nicht zustand, befand Roland. Er befreite sich aus dem Griff und wies Kees mit distanzierter Höflichkeit einen Platz auf dem weißen Ledersofa zu, das mit zwei Sesseln eine Sitzgruppe bildete.

„Roland, ich brauche dich aus zwei Gründen", fing Kees ohne Umschweife an zu sprechen, und Roland dachte: ‚Der Kerl ist nicht zu vergleichen mit den anderen, die sich vor Schüchternheit und Anspannung in diesen Sesseln schon gekrümmt haben.'

„Zum einen als Direktor eines der wichtigsten Forschungsinstitute Deutschlands und zum zweiten als einflussreichen Wissenschaftler!", beendete Kees seinen Satz, während er sich immer noch eine bequeme Position auf dem für seine Beine etwas zu niedrigen Sofa suchte.

Prunus musste grinsen, ihn brauchen sie alle, aber brauchte er sie? Das war doch die Frage!

„Na dann, leg los!", antwortete er und wartete ab, was Kees ihm zu bieten hatte. Während er zuhörte, spürte er, wie sehr er es genoss, dass dieser Niederländer ein sauberes, fast akzentfreies Deutsch sprach und er sich nicht selbst mit Englisch abquälen musste. Was für eine seltene Sprachbegabung!

Doch Kees holte ihn aus seinen Gedanken zurück.

„Ich bereite mein nächstes Projekt vor und suche dafür eine Finanzierung."

„Ich dachte, du schreibst schon an dem Buch?", unterbrach er ihn.

Kees nickte energisch.

„Ja, ich habe dieses Projekt bereits vor Jahren begonnen, aber ich denke, es wäre sinnvoll, dafür Drittmittel einzuwerben. Schließlich beinhaltet mein Vorhaben nicht nur Archivrecherche und eine

Monografie, sondern auch eine Konferenz und einen Sammelband. Das alles muss bezahlt werden."

Diese Projektplanung, schoss es Roland durch den Kopf, war wieder typisch für Nijkerk, viel zu ambitioniert und idealistisch und ohne Aussicht, dass er jemals seinen ganzen Einsatz vollständig entgolten bekam. Dieser Idealismus ehrte seinen Vertreter nicht, sondern war abgeschmackt und naiv. Überschaubare Projekte mit fristgemäßen, sicheren Ergebnissen, das wurde gefördert. Je komplexer und zeitaufwendiger ein Vorhaben wurde, umso unsicherer war der Erfolg und umso größer die Chance, dass der Antrag abgelehnt wurde. Aber wie er Kees kannte, würde der auch nach einer Ablehnung und ohne Mittel sein Projekt mit eiserner Ergebenheit in sein Schicksal zu Ende führen.

Kees präsentierte jetzt sein Projekt, setzte seine Ziele und seinen Arbeitsstand auseinander und erklärte dann, welche Wissenschaftler er zu der Konferenz zusammenrufen wollte, um sein Forschungsthema zu diskutieren und ihre eigenen Ergebnisse in seine Arbeit einzubringen. Als Roland die Namen der Vortragenden hörte, war er wieder von dessen Netzwerk beeindruckt, und als Kees ihm anbot, den Sammelband am Institut zu veröffentlichen und ihn in die Herausgeberschaft einzubeziehen, war er nun doch interessiert. Schließlich konnten er und das Institut dabei nur gewinnen, das Risiko lag allein bei Kees, der den Antrag über sein Projekt schreiben musste, von dem auch seine eigene Finanzierung abhing. Deshalb entschied er spontan, ihm ein Angebot zu machen.

„Ich habe vor zwei Monaten auf der Wissenschaftstagung in Berlin mit Jochen Toll über dich gesprochen. Das lag nahe, da er der Direktor des Forschungsinstituts für Wissenschaftsgeschichte ist, und deine Arbeit", er wies mit dem Finger auf Kees, „ist genuin wissenschaftshistorisch, nicht empirisch ethnologisch. Wenn ich das betone, will ich damit sagen, dass wir hier empirische Grundlagenforschung betreiben und unser Institut für Wissenschaftsgeschichte und Aufklärungsforschung nicht zuständig ist. Du solltest auch endlich das Selbstbewusstsein haben, dich mit deiner Arbeit zum achtzehnten Jahrhundert in der Wissenschaftsgeschichte zu positionieren, anstatt von Geschichte der Ethnologie zu sprechen, denn für Bescheidenheit bezahlt dich niemand."

Roland unterbrach kurz seine Rede, um sich auf das Gespräch mit seinem Kollegen zu besinnen. Doch Nijkerk öffnete schon wieder den Mund, um etwas zu sagen, und er ließ sich nicht gern das Gespräch aus der Hand nehmen.

„Wenn sich das Forschungsinstitut für Wissenschaftsgeschichte auch hauptsächlich um Naturwissenschaften kümmert, ist trotzdem dort der richtige Platz für dich. Ich werde Jochen heute noch schreiben und dich empfehlen. Allerdings hat das Institut wesentlich weniger Mittel zur Verfügung als wir. Auf eine Anstellung kannst du schon deshalb nicht hoffen, weil die Arbeitsgebiete für die wenigen Stellen, die Jochen hat, feststehen. Was ich dir aber anbieten kann", Roland beugte sich nun weit über den Tisch, „ist, dass wir uns in ein sechsmonatiges Stipendium für dich hineinteilen, damit du deinen Antrag schreiben kannst. Für den Erfolg deines Antrags musst du dann selbst sorgen."

Jetzt lehnte sich Roland entspannt in seinen Sessel zurück. Er hatte gesagt, was er zu sagen hatte. Kees hatte großes Glück! Nicht jeder bekam von ihm so eine Chance. Doch Kees zufriedenes Lächeln dauerte ihm wieder zu lange, weshalb er schnell auf den Beginn ihres Gespräches zurückkam: „Und wozu brauchst du mich nun als einflussreichen Wissenschaftler?"

Sofort sammelte sich Kees und ein Schatten zog über seine Stirn.

„Du kennst meine jüngsten Erkenntnisse zur Frühaufklärung, deutsche Forschungsreisende betreffend", antwortete er ohne Zögern, „und ich bekomme immer mehr Druck damit, sie in die Wissenschaftlercommunity einzubringen. Die Etablierten in Deutschland stemmen sich mit einer Gleichgültigkeit gegen meine Einsichten, dass es fast nicht zu ertragen ist. Es ist so frustrierend, ich laufe gegen Wände und keiner will mir zuhören. Entweder weil sie sich nicht für Themen interessieren, die außerhalb ihrer eigenen Forschung liegen, oder weil sie grundlegend und in fast bornierter Weise jede Erkenntnis ablehnen, die Deutschland in ein besseres Licht rückt, als es durch seine Geschichte im zwanzigsten Jahrhundert ihrer Meinung nach verdient hat, und das erst recht, wenn damit der Anspruch verbunden ist, laut auszusprechen, dass Deutschland in der Aufklärung Wegbereiter war, lange bevor irgendwer in Amerika oder England nachzog.

Und dabei sollte man mir in Deutschland doch dankbar sein! Da komme ich aus Holland und habe Jahrzehnte lang Archive durchforscht und Materialien studiert, die kaum einer vor mir wahrnehmen wollte, präsentiere meine Ergebnisse, die die Rolle Deutschlands in der Wissenschaftsgeschichte zu seinen Gunsten korrigiert, und die Leute blocken meine Erkenntnisse ab, als störe ich sie unrechtmäßig beim Bückling vor Amerika. Die Deutschen haben ja einen regelrechten Geschichtskomplex!", rief Kees empört und ergänzte: „Jetzt erscheint mein Buch, über fünfhundert Seiten gründlich recherchierte Aufklärungsforschung, bei einem der angesehensten Wissenschaftsverlage in Amerika, aber ob das den Deutschen jemals reichen wird, meine Forschungsergebnisse ernst zu nehmen?"

Kees stöhnte. Dann sagte er: „Ich wollte dich bitten, mir dabei behilflich zu sein, meine Erkenntnisse zu verbreiten."

Nachdenklich erwiderte Roland seinen Blick. Wie sollte er das tun? Und überhaupt: Wollte er das? Würde er sich damit nicht in der Fachwelt diskreditieren?

Kurz dachte er nach und kam zu dem Schluss, dass es nicht seine Aufgabe war, fremde Erkenntnisse in die Fachwelt zu bringen. Jeder war schließlich selbst angehalten, mit Vorträgen und Veröffentlichungen für die Distribution der eigenen Forschungsergebnisse zu sorgen. Er konnte doch jetzt nicht auf eine Bitte hin Kees Meinungen öffentlich vertreten und bewerben! Diese Anfrage ging eindeutig zu weit, und Roland schüttelte den Kopf: „Wenn sich Gelegenheiten bieten, dass du auf Tagungen und Konferenzen auftreten kannst, dann werde ich dich gern berücksichtigen. Deine Erkenntnisse sind politisch brisant, und ich verstehe, dass du an der deutschen Zurückhaltung gegenüber der eigenen Rolle in der Geschichte verzweifelst. Das Ganze braucht Zeit, Geduld und Durchhaltewillen, und davon hast du ja genug. Jetzt planen wir erst mal die Finanzierung deiner Antragstellung. Wenn Jochen zusagt, dann sind dir sechs Monate sicher. Darüber hinaus kann ich dir nichts anbieten. Eine Förderung allein durch unser Institut kommt nicht infrage. Du brauchst also die Anbindung an Berlin."

17

Als Alexandra aus dem Bad kam, sprang Anna noch immer halb angezogen auf dem Sofa hin und her. Die Hose, die sie nur über ein Bein gestreift hatte, schwang um sie herum. Sie hüpfte auf dem zerknüllten und halb verdrehten Schlafanzug, den sie gerade ausgezogen hatte, und schwenkte übermütig das Kleidchen in der Hand, das Alex sie über der Hose tragen ließ. Dabei rief Anna ihrer Mutter zu: „Ich wachse, ich wachse, Mama."

„Du stürzt noch, Vorsicht", antwortete Alex und sah aus den Augenwinkeln, wie sich das zweite Hosenbein um Annas nackten Fuß wickelte.

„Zieh dich endlich an!"

Alexandra bemühte sich, ihre Stimme streng klingen zu lassen, doch Anna reagierte nicht und hüpfte weiter. Seufzend unterbrach sie schließlich ihren Weg in die Küche, wo Sven die Vesperbrote für ihre Tochter vorbereitete, und ging zu Anna. Sie rückte den ihrer hüpfenden Tochter bedrohlich nahen Tisch zur Seite und ärgerte sich darüber, dass er voller Spielzeug lag, das bei jeder Bewegung hin und her kullerte.

„Ich habe dir schon einmal gesagt, du sollst deinen eigenen Tisch benutzen. Wenn er voll ist, dann musst du ihn aufräumen“, sagte sie unwillig, wohl wissend, dass auch diese Kritik ungehört durch ihre Tochter hindurchrauschen würde.

Dann griff sie fest nach Annas Arm und versuchte ihr Hopsen zu unterbinden.

„Hör jetzt auf, wir haben es eilig.“

Sofort schlang Anna von ihrer erhöhten Position aus ihre Arme um den Hals der Mutter, hängte sich mit einem Ruck an sie und zog die Füße hoch, sodass sie wie ein Äffchen an ihrem Bauch klebte.

Alex spürte Annas fünfundzwanzig Kilo, legte ihre Arme um sie und richtete sich auf. Sanft berührte sie mit ihrer Wange Annas weiches Gesicht und schaukelte ihren Oberkörper mit einer halben Drehung hin und her. Wie viel Kraft sie hat, dachte sie und begann sofort, sich energisch aus dem Griff ihrer Tochter zu befreien.

„Jetzt ist gut“, sagte sie dabei erst milde, dann streng und unnachgiebig. „Wir ziehen uns jetzt an.“

Es dauerte einige Sekunden bis ihre Tochter ruhig auf dem Sofa stand und sich bereitwillig das zweite Hosenbein und das Kleidchen überstreifen ließ. Alex nahm sie an die Hand, half ihr, vom Sofa herabzusteigen und führte sie ins Bad.

Fünfzehn Minuten später standen Anna und Sven in der Wohnungstür. In eine dicke Jacke gehüllt klammerte sich Anna wieder an Alex' Hals.

„Ich will hierbleiben, Mama.“

„Aber du weißt doch, dass wir arbeiten müssen.“

Alex spürte über diese halbe Lüge, die sie ihrer Tochter Tag für Tag erzählte, einen dumpfen Schmerz in ihrer Brust. Sie arbeitete zwar, aber sie verdiente nichts und von ihren Eltern hatte sie gelernt, dass

Arbeit und Verdienst zusammengehörten. „Alles andere sei Hobby", hatte ihr Vater gesagt.

Doch Anna war immer stolz darauf gewesen, dass ihre Eltern Bücher schrieben und das Büchlein mit sibirischen Sagen, die Alex selbst aufgezeichnet und übersetzt hatte, hatte sie ihr sogar gewidmet und vorgelesen.

Anna hatte ihren Kopf an ihre Schulter geschmiegt und andächtig gelauscht. Immer wieder hatte sie ihre kindlichen Fragen gestellt: „Warum ist das so, Mama?" Sie lebte noch in der Gewissheit, dass Eltern alles wissen, und Alex hatte oft gedacht, dass sie in der Ethnologie angetreten war, um genau solche Fragen zu beantworten. Und sie war stolz auf ihren Beruf gewesen. War es nicht ihr innerster Antrieb, das Wie und Warum menschlichen Zusammenlebens zu erkunden? Doch nun schien es ihr, als gehe es in der Wissenschaft schon lange nicht mehr um die Beantwortung dieser Fragen, sondern nur um Posten und Positionen, darum, wer für seine Arbeit ein Gehalt bekam und wer nicht.

Lange konnte sie diese Zweifel in den Hintergrund drängen, aber jetzt war das Stipendium für ihre Übersetzungsarbeit an der englischsprachigen Monografie, an der sie gerade arbeitete, abgelaufen. Da Stipendien renten- und sozialversicherungsfrei waren, hatte sie keinen Anspruch auf Arbeitslosengeld I, weshalb sie vor vier Monaten Hartz IV beantragt hatte.

Zeit hatte sie. Sie könnte Anna zu Hause behalten. Doch sie wusste, für ihre Tochter war der Kontakt mit den Kindern in der Kita wichtig. Es war unsinnig, sie aus der Gruppe zu nehmen. Deshalb löste sie sanft Annas Arme von ihrem Hals und strich ihr mit beiden Händen über die Wangen: „In der Kita sind deine Freundinnen und warten auf dich. Du wirst einen schönen Tag haben. Da bin ich mir sicher."

Anna lächelte sie an, als hätte sie Alex nur daran erinnern müssen, wie schön es war, mit den Kindern zu spielen.

„Ich wünsche dir einen wunderschönen Tag mit vielen lustigen

Spielen und viel Spaß mit deinen Kindern", sagte Alex, als müsste sie die Zuversicht ihrer Tochter nochmals bestärken, indem sie ihr die nötige Sicherheit darüber gab, dass alles richtig war, was mit ihr geschah, und sie tat es aus ihrem eigenen Gefühl der Unsicherheit heraus.

„Winkst du mir noch vom Balkon?", fragte Anna wie jeden Morgen beim Abschied.

„Na klar! Beeilt euch!"

Als Alexandra auf dem Balkon stand, steckte sie ihr Gesicht in den kühlen Morgenwind. Anna schoss um die Ecke, gefolgt von Sven, und winkte ihr heftig gestikulierend zu. Ihr helles Stimmchen schwang fröhlich in der Luft: „Tschüüüß, Mama, bis heute Nachmittag!", und wie jeden Morgen drehte sich Anna von Weitem noch einmal zu ihr um und rief über die ganze Straße: „Viiiel Spaaaß und viiiel Geeld!" Dann rannte sie davon.

Alex stand noch eine Weile im kühlen Wind und starrte auf die Betonplatten der leeren Straße, auf denen eben noch ihre Tochter gesprungen war. Diesen letzten Wunsch hatte sie ihr nicht beigebracht, doch in ihrem natürlichen Instinkt hatte Anna erraten, was seit Monaten in ihr bohrte. Jeden Morgen rief sie Alex diesen Wunsch zu: „Viel Spaß und viel Geld!" Das war es, was sich wohl jeder wünschte, in seinem Beruf zu erreichen. Es wäre zu schön und es war so weit entfernt von der Realität. Eine Arbeit, in der man mit Freuden aufging, und für die man auch gebührend entlohnt wurde. Seit Wochen machte sich Unwillen in ihr breit, weiterhin ihre Arbeit ohne jede soziale Absicherung mit Stipendien zu finanzieren. Seit Ablauf ihrer letzten Förderung hatte sie deshalb keinen Stipendienantrag mehr gestellt. Sie brauchte eine Stelle, davon war sie überzeugt. Aber ihre Chancen, dieses Ziel zu erreichen, gingen gegen null. Alex wusste, von der Wissenschaft würde sie sich und Anna über kurz oder lang nicht mehr ernähren können. Würde sich nichts in ihrem Arbeitsleben ändern, steuerte sie direkt auf Armut und auch auf Altersarmut zu. Ihre letzte Hoffnung war ihr siebzigseitiger Antrag, den sie an die Deutsche Forschungsgemeinschaft geschickt hatte. Wurde ihr neues Projekt bewilligt, dann würde sie für die Durchführung des Projekts für drei Jahre eine Stelle an der Universität Linden haben und mit ihrer Tochter für ein Jahr nach Sibirien gehen, wo Anna ihr erstes Schuljahr absolvieren sollte. Das Erlernen der fremden Sprache würde eine Bereicherung für Annas Leben sein. Alles war bis ins Detail geplant, internationale Kooperationen waren geknüpft, die nicht ganz legalen Umwege, um ein Jahresvisum für die Russische Föderation zu bekommen, waren organisiert. Das Projekt war in einer umfangreichen Darstellung bis hin zu den Forschungsmethoden und Zielen und mit fertig ins Russische übersetzten Interviewleitfäden konzipiert, und Alex hatte viel Wert auf eine überzeugende Darstellung der Relevanz ihres Forschungsvorhabens gelegt. Und nun hatte sie den Antrag zum zweiten Mal einreichen müssen, nachdem die Gutachter Überarbeitungswünsche angemeldet hatten. Das Warten auf das Ende des sechsmonatigen Begutachtungs- und Entscheidungsprozesses zermürbte sie tagtäglich. Doch sie zwang sich, optimistisch zu bleiben und verbrachte die Wartezeit damit, sich wissenschaftlich auf dem Laufenden zu halten und über kleinere Themen zu schreiben.

Alex seufzte, als sie wieder in ihre Wohnung trat. Sie hatte eine Vorladung zum Jobcenter und musste sich langsam auf den Weg machen. Ein Versäumnis des Termins hätte sofortige finanzielle Sanktionen zur Folge.

Ein kahler, langer Flur mit abgeschabtem, ehemals tintenblauem Teppich kündigte von kühler Behördenatmosphäre. An den engen Wänden des Flurs einige aneinandergeschweißte Stühle, immer drei nebeneinander, als wollte das Jobcenter verhindern, dass Hartz-IV-Empfänger Stühle mit nach Hause nehmen. Kunden saßen in den Stühlen, die Beine ragten in den Flur hinein und mussten für jeden Vorbeikommenden eingezogen werden. Einige fläzten auf der vordersten Kante des unbequemen Stuhles und hielten ihren Hals überstreckt, um den Kopf irgendwie hilflos an der Wand abzustützen. Eine unwohle Mischung aus Gleichgültigkeit, Hoffnungslosigkeit und Langeweile lag in dem langen, schmalen Raum.

Alex lehnte sich an die weiß gestrichene Raufasertapete. Eine plötzliche Mattheit überkam sie und unwillkürlich rutschte sie abwärts, bis sie auf dem Boden hockte. Dort registrierte sie, dass die grau gewordene Kreidefarbe der Wand Spuren an ihrer Jacke hinterlassen hatte. Schnell stand sie auf, zog die Jacke aus und begann die Farbreste abzuklopfen, als könnte sich mit den Pigmenten die Arbeitslosigkeit in ihrem Leben verewigen. Niemand unterhielt sich. In die Bedrückung der Wartenden klappte eine Tür. Eine Mitarbeiterin trat mit einem Stapel Unterlagen unter dem Arm aus ihrem Zimmer, schloss die Tür mit einem riesigen klappernden Schlüsselbund ab, an dem ein langes zerknittertes Halsband mit einem unlesbaren Schriftzug baumelte. Sie lief aufrecht und mit demonstrativ selbstbewussten Schritten zu einer weiteren Tür, die sie mit ihrem überdimensionalen Schlüsselbund aufschloss, um hinter ihr zu verschwinden. Nach wenigen Minuten erschien sie wieder, schloss auch die zweite Tür hinter sich ab, klapperte durch den Flur, an den Beinen vorbei, die sich wie eine Welle zurückzogen und wieder ausstreckten, und lief zurück in ihr Zimmer. Im Flur blieb es still. Alex, die inzwischen ihre Jacke gesäubert und einen Stuhl gewählt hatte, blickte zum Fenster, das circa 15 Meter entfernt die Front des Flures markierte und von Sonnenstrahlen geflutet wurde, die höchstens drei Meter des schmalen Flurs in Licht tauchten. Die ausgesperrte Sonne wirkte auf sie wie ein schwaches Licht am Ende eines langen grauen Tunnels. Ein Mann hustete in seine Hand, dann Stille und wieder das leise Hüsteln des Mannes.

Alexandra öffnete ihren Rucksack und holte ihre Unterlagen heraus. Sie schlug die Mappe auf, entnahm ihr die Informationsbroschüre für Hartz IV und begann zu lesen. „Die Agenturen für Arbeit sind zuständig für Geldleistungen wie die Leistungen zur Sicherung des Lebensunterhalts aller in der Bedarfsgemeinschaft lebenden Personen, Arbeitslosengeld II für erwerbsfähige Leistungsberechtigte oder Sozialgeld für nicht erwerbsfähige Personen sowie zusätzliche Leistungen bei bestimmtem Mehrbedarf." In Zahlen standen ihr und ihrer Tochter 766,42 Euro zu, inklusive Miete und Nebenkosten und zuzüglich Kindergeld und Unterhalt, sodass sie im Monat auf ein Einkommen von 1130,42 Euro kam. Sie las weiter, um herauszufinden, welche Mehrbedarfe sie beantragen könnte. Bildung und Teilhabe, zum Beispiel die Kosten für das Mittagessen ihres Kindes in der Kita, die einen Euro täglich – den sie selbst zu leisten hatte – überstiegen. 20 Euro monatlich für Teilhabe am sozialen und kulturellen Leben. Für Bewerbungen konnte sie einen Zuschuss beantragen, fünf Euro für eine nachgewiesene schriftliche Bewerbung und Erstattung der Fahrtkosten für Bewerbungsgespräche, wenn sie sich vom Arbeitgeber eine peinliche Bescheinigung für das Jobcenter ausstellen ließ. Mehr fand sie nicht. Eine Tür öffnete sich. Der hüstelnde Mann wurde hereingebeten. Seit Alex Kundin des Jobcenters war, stand sie in Dauerkorrespondenz mit den Behörden, um sich die ihr zustehenden Almosen abzuholen oder anfallende Kosten erstatten zu lassen. Das Jobcenter war der zentrale Geldgeber, Leistungen für Bildung und Teilhabe beantragte sie bei kommunalen Trägern, das Jugendamt würde ihr für maximal sechs Jahre den Unterhalt zahlen, den ihr eigentlich Sven zu zahlen hätte, wenn er nicht gerade auch arbeitslos wäre. Seine nächste Grabung würde erst in einigen Monaten beginnen, bis dahin setzte er aus, um nicht unter die Kettenvertragsregelung zu fallen.

Eine weitere Stelle des Jugendamts übernahm die Betreuungskosten für die Kita. Die Stadt stellte ihr auf Antrag einen Pass aus, mit dem sie und ihre Tochter – wenn sie sich outete – ermäßigten Eintritt in Museen und Schwimmbäder bekamen. Nicht zu vergessen schickte sie Kopien der Bewilligungsschreiben aller Behörden, in deren Abhängigkeit sie nun stand, durch ihr gesamtes gesellschaftliches

Leben, zu ihrer Krankenkasse, zur zentralen Kita-Verwaltung und zu allen Sport und Musikkursen, die sie mit ihrer Tochter besuchte. Die Verwaltung der Behördenalmosen ließen ihre Portokosten in die Höhe schnellen und sie begann jeden Arbeitstag am Computer mit dem Kopieren von Unterlagen und dem Schreiben ihrer Behördenpost.

Eine Tür öffnete sich und eine kräftige ältere Frau rief: „Frau Doktor Alexandra Sanger?“ Erschrocken über die unangemessene Nennung ihres akademischen Grades raffte Alex hastig ihre Mappe zusammen, nahm ihre Jacke und folgte der Frau ins Zimmer. Die Tür zum Nachbarraum, in dem heftig diskutiert wurde, stand weit offen. Die Mitarbeiterin des Jobcenters entschuldigte sich und ließ Alex im Raum allein. Sie blickte um sich. Ein großer Schreibtisch mit Computer und Drucker sowie zahlreichen Papieren dominierte den Raum, der vom Licht des großen Fensters gut erleuchtet war. Auf dem Schreibtisch standen Fotos einer Familie und eines lachenden Kindes. Doch bevor Alex sich Gedanken machen konnte, ob ihr dieser Job wohl selbst gefallen würde, zogen die Stimmen aus dem Nachbarzimmer ihre ganze Aufmerksamkeit auf sich. Sie drehte sich um und sah durch die weit geöffnete Tür, wie drei stehende Mitarbeiterinnen des Jobcenters heftig auf eine sitzende junge Frau einredeten. Die Frau wehrte sich offensichtlich: „Ich war nicht im Urlaub!“

„Und warum sind Sie dann braun gebrannt wie nach dem Solarium?“, fuhr eine der Frauen sie an.

„Dann war ich eben im Solarium“, verteidigte sich die junge Frau.

„Sehen Sie mal den weißen Streifen unter ihrer Uhr an“, kommentierte eine Stimme. „Gehen Sie mit Uhr ins Solarium?“

Die junge Frau schwieg und eine Stimme ergänzte: „Geben Sie besser zu, dass Sie im Urlaub waren. Sie haben sich wunderbar gesonnt. Im April könnten Sie hier den ganzen Tag draußen sitzen und würden nicht so braun werden.“

Doch die junge Frau leugnete weiter.

„Gut“, wurde nun eine der Verhörerinnen ungeduldig, „dann müssen wir eben zu anderen Mitteln greifen. Wir geben Ihnen morgen einen Termin und Sie zeigen uns bitte Ihren Reisepass.“

„Ich habe keinen Reisepass!“

„Sie haben keinen Reisepass? Das glauben Sie doch selbst nicht.“ Die Frauen sahen sich an. „Dann möchten wir Ihre Kontoauszüge der letzten drei Monate sehen.“

Im Nebenraum wurde es still und plötzlich hörte Alex ein leises Schluchzen. Die junge Frau war in Tränen ausgebrochen.

„Aber ich habe den Urlaub doch nur für meine Tochter gemacht“, gab sie leise zu. „Sie hat sich so gewünscht, wie ihre Freundinnen in den Urlaub zu fahren.“

„Für Ihre Tochter?“ sagte eine der Frauen milde. „Und woher hatten Sie das Geld?“

„Mein Vater hat uns eingeladen“, schluchzte die junge Frau.

„Dann kann er ja auch einen Beitrag zu Ihrem Lebensunterhalt leisten, wenn er Sie zu einem Urlaub einlädt.“

Eine der Frauen versuchte zu beschwichtigen: „Sicher sind Sie bewusst in der Vorsaison gefahren, da ist eine Reise billiger, stimmt's?“, und milder ermahnte sie die Verhörte: „Sie sind aber auch verpflichtet, jeden Urlaub bei uns anzumelden. Sie haben das Recht auf einundzwanzig Tage Urlaub, benötigen dazu aber die Genehmigung des Jobcenters. Sie sind sich doch bewusst, dass Sie jederzeit für eine sozialversicherungspflichtige Stelle zur Verfügung stehen müssen. Nur dann haben Sie Anspruch auf Leistungen von unserer Seite. Wenn Sie unentschuldigt nicht zu Terminen erscheinen oder wenn Sie sich unerlaubt von Ihrem Wohnort entfernen und nicht zu erreichen sind, dann müssen wir Strafmaßnahmen einleiten.“

„Das heißt“, unterbrach sie eine strengere Stimme, „wir werden Ihre Leistungen für drei Monate um 30 Prozent kürzen müssen, weil Sie Ihren Pflichten gegenüber dem Jobcenter nicht nachgekommen sind.“

„Das können Sie nicht tun!", rief die junge Frau. „Ich habe ein Kind. Ich muss mein Kind ernähren. Wir können doch nicht hungern!"

Doch die Frauen blieben hart: „Das hätten Sie sich eher überlegen müssen, bevor Sie sich im Urlaub gesonnt haben. Sie wissen sehr genau, was Ihre Pflichten sind."

„Wie sollen wir denn leben?", schluchzte die Frau weiter. „Sehen Sie sich doch erst einmal meine Bewerbungen an. Ich war so froh nach dem Urlaub. Ich hatte Kraft, Bewerbungen zu schreiben. Sehen Sie sich doch an, was ich alles seither getan habe, um in einen Job zu kommen", flehte sie.

Kurz schwiegen die Frauen, doch es änderte sich nichts: „Sie sind verpflichtet, sich zu bewerben, Sie sind aber auch verpflichtet, Ortsabwesenheit zu beantragen. Sie haben einen Fehler gemacht, nun stehen Sie dafür auch gerade." Und eine zweite fügte hinzu: „Es gibt Tafeln. Dort können Sie sich kostenlos Nahrungsmittel holen, wenn das Geld knapp wird. Wir können Ihnen eine entsprechende Bescheinigung ausstellen."

Die junge Frau saß weinend auf ihrem Stuhl. Leise erwiderte sie: „Ich hatte Hoffnung geschöpft und jetzt nehmen Sie mir die letzte Kraft."

„Es tut uns leid", sagte eine der Frauen. „Es werden auch nur Ihre Leistungen zum Lebensunterhalt gekürzt, nicht die Ihres Kindes. Wir wollen ja nicht das Kind bestrafen."

Sie reichte der jungen Frau die Hand, die sie jedoch übersah: „Sie müssen jetzt gehen." Schwer stand die Frau auf, zögerte, ging zur Tür und blickte noch einmal zurück, als könnte sich in letzter Sekunde alles noch ändern. Dann trat sie schweigend aus der Tür und auch Alexandra war es, als müsste sie diesem Ort, an dem drei Frauen eine Leistungsempfängerin verhörten und bestraften, für immer entfliehen.

Offenbar zufrieden verließen die Mitarbeiterinnen des Jobcenters den Nachbarraum. Alex saß allein und hörte das Klappern einer

Computertastatur, als ihre Betreuerin eilig eintrat und sich für die Unterbrechung entschuldigte.

„Haben Sie Ihre Bewerbungen dabei?“, fragte sie noch während sie sich setzte.

Alex packte drei Bewerbungsschreiben aus und zog die zweite, wesentlich dickere Mappe mit ihrem Drittmittelantrag aus der Tasche. Eilig, um ihre Betreuerin gar nicht erst zu Wort kommen zu lassen, begann sie über ihre Aktivitäten in den letzten drei Monaten zu referieren.

„Es gibt für mich derzeit zwei Wege, in einen sozialversicherungspflichtigen Job zu kommen. Ich bewerbe mich auf Ausschreibungen von Mitarbeiter- oder Postdoc-Stellen an der Universität. Aber die Chancen sind sehr gering, da diese Stellen meist vergeben sind, bevor sie ausgeschrieben werden. Hier sind meine Bewerbungsschreiben“, und sie reichte ihr die Mappe mit den drei Anschreiben, die sie zusammengestellt hatte.

„Der zweite Weg ist wesentlich arbeitsaufwendiger. Ich schreibe Anträge für Drittmittelprojekte wie diesen hier“, und sie reichte ihrer Bearbeiterin die Mappe mit dem DFG-Antrag.

„Der Antrag umfasst siebzig Seiten und ist dreisprachig geschrieben. Er enthält eine englische Zusammenfassung, eine genaue Projektplanung mit Zeitplan, Kostenaufstellung, ausführlicher Beschreibung der Fragestellungen, den Zielen und den zu verwendenden Methoden. Außerdem enthält er Fragebögen in der Sprache meiner Forschungsregion. Das Projekt ist für Russland geplant.“

Die Bearbeiterin blätterte lustlos in der dicken Mappe und Alex versuchte zu erklären: „Für diesen Antrag musste ich mich in das neue Thema einarbeiten, viel Literatur, besonders russisch- und englischsprachige Literatur lesen, Ideen finden und daraus ein Konzept entwickeln, Methoden studieren, Kontakte zu kooperierenden Instituten und Wissenschaftlern knüpfen, Kostenvoranschläge einholen und alles zu einem überzeugenden Antrag formulieren.“

Kurz erschien es Alex, als hätte sie ihre Betreuerin beeindruckt, dann ging ein Ruck durch deren Körper, sie setzte sich aufrecht und ihr Blick wurde wieder streng.

„Wann erfahren Sie, ob der Antrag bewilligt wird?“

„Die Bearbeitungszeit dauert sechs Monate“, erklärte Alex und das Gesicht ihrer Betreuerin verdüsterte sich.

„Das sind vier Bewerbungen in den letzten drei Monaten. Sie haben sich in unserer Eingliederungsvereinbarung verpflichtet, drei Bewerbungen pro Monat zu schreiben.“

„Aber an dem Antrag habe ich mehrere Monate hart gearbeitet“, verteidigte sich Alex.

„Schaffen Sie drei solche Anträge im Monat?“, fragte ihre Betreuerin nun.

„Nein.“

„Dann sollten Sie sich darauf konzentrieren, Bewerbungen für sozialversicherungspflichtige Stellen zu schreiben“, erwiderte diese.

Alex begehrte auf: „So ein Antrag hat eine höhere Chance auf Erfolg wie eine Bewerbung. Wird er bewilligt, dann werde ich drei Jahre an einer Universität angestellt. Das ist ein guter Einstieg. Außerdem werden keine vier Postdoc-Stellen für Ethnologen im Monat ausgeschrieben, nicht deutschlandweit und erst recht nicht für Russlandspezialisten.“

Die Betreuerin beugte sich nach vorn, als könne Alex sie sonst nicht verstehen, und sagte leise: „Dann sollten Sie sich überlegen, in welchen Berufen Sie noch arbeiten könnten.“

Alex verstummte. So viele Jahre hatte sie gekämpft, um eine zukunftsfähige Ausbildung als Ethnologin bis zur Promotion zu realisieren. Jetzt, da sie endlich in der Lage war, eine Stelle als Wissenschaftlerin zu suchen, die ihr mangels Qualifikation bislang verwehrt war, setzte ihr das Jobcenter die Pistole auf die Brust, den Beruf zu wechseln, weil es nicht schnell genug ging.

„Wir können Ihnen einen Bewerbungskurs anbieten. Der dauert

circa ein halbes Jahr. Sie müssten drei Tage die Woche, jeweils sechs Stunden, daran teilnehmen und würden lernen, wie man eine gute Bewerbung schreibt."

Alex erschrak. „Wie soll ich arbeitsaufwendige Anträge schreiben, um schnell zu einem Job zu kommen, wenn ich so einen Kurs besuche?", fragte sie empört. „Sehen Sie sich doch meinen Antrag an. Ich habe damit alle Fähigkeiten bewiesen, die ich in dem Kurs lernen könnte."

Und Alex erinnerte sich an Kees, der solch einen solchen Kurs besucht hatte. Nach jahrzehntelanger wissenschaftlicher Tätigkeit hatte er mit Langzeitarbeitslosen, die kaum schreiben konnten, gelernt, den Computer ein und auszuschalten und einfache Bewerbungsschreiben orthografisch richtig zu formulieren. Kees, der seinen zehnseitigen Lebenslauf und seine noch längere Publikationsliste seit Jahren im Internet veröffentlicht hatte, musste lernen einen primitiven Lebenslauf zu verfassen und wenn die Kursleiter keine Ideen hatten, wie sie die viel zu reichlich bemessene Zeit mit ihren Kunden füllen sollten, musste er mit seiner Gruppe von Langzeitarbeitslosen Museen besuchen. Kees, der in insgesamt fünf Sprachen veröffentlicht hatte, wurde verpflichtet, ein halbes Jahr seines Lebens in diesen Kurs zu verschwenden. In diesen sechs Monaten konnte er weder Anträge schreiben, um in Lohn und Brot zu kommen, noch konnte er seine Dissertation überarbeiten, um sie zu veröffentlichen, was eine Grundvoraussetzung für eine Anstellung an der Universität gewesen wäre. Man hatte seine Bitte, ihm die Zeit für die Veröffentlichung seiner Dissertation zu geben, mit der Begründung abgelehnt, das Jobcenter finanziere keine Buchprojekte.

„Wenn Sie mir auch weiterhin nicht drei Bewerbungen monatlich vorweisen, kann ich Sie zu einem solchen Kurs verpflichten", wurde Alex von der Betreuerin ermahnt. Panisch begriff sie, dass sie sich wehren musste. „Sie würden mich damit von meiner Bewerbungstätigkeit abhalten und meine Jobsuche behindern. Ich kann nachweisen, dass ich in der Lage bin, die nötigen Bewerbungsunterlagen zu schreiben, wenn nötig vor Gericht.“

Doch die Bearbeiterin sah sie ruhig an, dann wurde ihre Stimme etwas milder. „Ich wollte Sie ja nur auf ihre Möglichkeiten hinweisen, die Ihnen das Jobcenter bietet, wenn Sie Hilfe bei Ihrer Bewerbungsaktivität benötigen“, lenkte sie ein und ergänzte, „Dennoch sind Sie verpflichtet, *drei* Bewerbungen im Monat vorzuweisen, und zwar vollständig, nicht nur das Anschreiben.“

„Danke“, sagte Alex, stand auf und packte ihre Mappen zurück in den Rucksack. Als sie die zwanzigstöckige unsanierte Platte verließ, in der das Jobcenter am Rande der Stadt, einem Plattenviertel und sozialen Brennpunkt, untergebracht war, schien ihr die Aprilsonne ins Gesicht. Doch irgendwie hatte sie ihre Glück verheißende Kraft verloren.

18

So viel zertrümmerte Hoffnung. Entmutigt setzte sich Alex wieder an ihren Computer, von dessen Bildschirm sie seit über zwei Stunden das englischsprachige Manuskript ihres inzwischen definitiv letzten Buches in der Wissenschaft anstarrte. Die Lektorin hatte ihr Korrekturen geschickt, um das Buch druckfertig zu machen.

Alex betrachtete den Text wie ein Bild, dessen Sinn sie nicht entschlüsseln konnte. Die blau markierten Änderungen darin erzeugten Widerwillen. Bei anderen Werken war sie in diesem Stadium der Druckfertigmachung in euphorische Stimmung geraten, doch heute, seit der Ablehnung ihres Projektantrages, war jede Motivation dahin.

Die Gutachter hatten ihr einmal mehr einen Spiegel der akademischen Realität vor die Augen gehalten. Während der eine ihr Projekt als relevant, gut vorbereitet und vorbildlich vernetzt sowie in den zu erwartenden Ergebnissen für dringend förderungswürdig hielt, hatte sich der zweite Gutachter über ihre wissenschaftlichen Leistungen erhoben und wie Alex vermutete, mangels Möglichkeiten sachlicher Kritik am Antrag selbst, ihr einfach die Kompetenz abgesprochen, die Forschung erfolgreich durchführen zu können.

Das Argument war totschlagend, nichts half dagegen, keine Beschwerde und keine Überarbeitung und Neueinreichung des Antrags. Das Einzige, was sie hätte tun können, wäre, neue Gutachter zu fordern. Doch dann müsste sie den Antrag zum dritten Mal einreichen und ihr internationales Netzwerk, das sie für dieses Projekt mühsam geknüpft hatte, bröselte.

Ein Kooperationspartner stand kurz vor der Pensionierung und ein kooperierendes Projekt lief nun aus. Außerdem sollte das Sibirienzentrum abgewickelt werden. Alle drei Partner standen also nicht mehr zur Verfügung.

Und dann hieße eine erneute Antragstellung sechs Monate Wartezeit, in der ihre Tochter und sie weiterhin von Hartz IV leben würden, und die Bewerbung hätte denselben ungewissen Ausgang. Das konnte und wollte sie sich und Anna nicht mehr zumuten.

Anna wurde in diesem Herbst eingeschult. Sie hatte das Projekt für deren letztes Vorschuljahr oder erstes Schuljahr geplant, doch mit einem schulpflichtigen Kind würde es nun immer schwieriger werden, Feldforschung in Sibirien zu leisten.

Alex trommelte mit den Fingern auf den Tisch. Dann stand sie auf und schenkte sich ein Glas Saftschorle ein.

‚Ja, Kees hatte recht', dachte sie, ‚es war ein Erfolg, sein Promotionsprojekt in sechs Sprachen und darunter in drei Monografien vorgestellt zu haben. Internationale Zeitschriften hatten ihre Forschungsergebnisse mit Kusshand veröffentlicht. Poul Rowe hatte ihr unmissverständlich zu verstehen gegeben, dass er dieses Buch in der Reihe des Instituts haben wollte.

„Wissen Sie, wie viel mich Ihr Buch kostet?", hatte er vorwurfsvoll gefragt, als Alex Sonderwünsche wegen der Ausstattung angemeldet hatte. Doch dann hatte er sich zurückgelehnt. „Ihr Buch ist es wert."

Sie seufzte. Blinzelnd sah sie die sandgelben Wände ihres Büros hinauf und ließ ihren Blick über die Bücherwände in den Regalen gleiten. Dann rechnete sie zum wiederholten Male durch, was dieses Buch ihren Chef gekostet hatte, 6000 für die Übersetzung, die sie selbst in sechs Monaten erstellt hatte, und weitere 2000 für das sprachliche Korrektorat. Die Lektorin dürfte weitere 2000 kosten und schließlich beliefen sich die Verlagskosten für Layout und Druck erfahrungsgemäß auf wenigstens 2500 Euro. Das machte satte 12500 Euro, so viel war ihr Buch dem Forschungsinstitut für Ethnologie Wert, bereits bevor das erste Exemplar verkauft wurde.

Sie wusste, über den Verkauf hatte eine wissenschaftliche Veröffentlichung niemals die Chance, diese Summe wieder einzuspielen. Es war ein rein ideeller Wert, auf den sie stolz sein konnte. Sie musste keinen Cent für die Veröffentlichung zahlen wie bei ihren vorangegangenen Büchern, die sie zu großen Teilen noch selbst finanziert hatte. Aber sie selbst fühlte, wie sie hinter ihrem eigenen Buch verschwand.

Sie sah für sich keine Zukunft mehr, außer sie wäre bereit, weiter von kurzfristigen Verträgen und Stipendien zu leben, ohne in die Rentenkasse einzuzahlen und ohne Recht auf Arbeitslosengeld I. Verdammt noch mal, sie hatte eine Tochter. Sie konnte nicht lange Phasen ihres Arbeitslebens kostenlos arbeiten. Sie wollte ihrem Kind etwas bieten und sie wollte ein Recht auf Arbeitslosengeld und Rente. Es ging ihr ja nicht um Luxus, sondern um normale Lebensstandards. Ihre Dreiraumwohnung konnte sie seit einigen Monaten nur noch deshalb bezahlen, weil ihre Mutter ihr jeden Monat 200 Euro überwies, ohne Wissen des Jobcenters.

Dort würde man ihr die 200 Euro sofort als Einkommen verrechnen und von der staatlichen Unterstützung abziehen. Eine Wohnung mit eineinhalb Zimmern gestand man ihr und ihrer Tochter zu, doch sie saß täglich am Computer und arbeitete in der Spitzenforschung.

Wenn sie es genau nahm, gehörte sie mit ihrer Dreiraumwohnung, in der sie sich ihr Büro auf Kosten ihrer Mutter eingerichtet hatte, zu den Sozialbetrügern. Immer wieder, wenn sie daran verzweifelte, aus der Wissenschaft aussteigen zu müssen, musste sie sich sagen, dass sie selbst so entschieden hatte. Sie hatte beschlossen, nicht weiter unter diesen zynischen Bedingungen zu arbeiten, sondern sich außerhalb der Wissenschaft nach einem einträglichen Job umzusehen.

Aber es bohrte unablässig in ihr. Die Jahre, die sie an ihre Zukunft in der Ethnologie geglaubt hatte, ließen sich nicht durch ihren Beschluss aufheben. Doch fragte sie sich nach ihrem Weg in der Wissenschaft, wusste sie, dass sie keine Perspektive hatte, jemals eine Festanstellung angeboten zu bekommen. Ihr fehlte einiges dazu, vor allem die Unterstützung einflussreicher Professoren. Und sie stand in Konkurrenz zu Tausenden, die ähnliche Ambitionen und Fähigkeiten hatten wie sie.

Ihr Weg beschränkte sich auf das verhasste Prekariat, freiwillige Arbeit bei sporadischem Einkommen und ohne soziale Absicherung. Das wäre ihre Zukunft.

Es klingelte. Lustlos drehte Alex ihren Stuhl und stand auf.

An der Tür lachte Kees sie an. „Ich wollte dir bei deinen Korrekturen helfen."

Alex nickte. Sie war ihm dankbar für seine Hilfe. Immer noch war sie auf seine ausgezeichneten Englischkenntnisse angewiesen. „Ich hatte bislang wenig Motivation weiterzuarbeiten. Mir ist die Freude am Buch vergangen."

Augenblicklich versteinerte Kees Gesicht. Unmut zog wie eine dunkle Wolke über seine Miene. Alex' wochenlange schlechte Laune bereitete ihm seit einiger Zeit große Sorgen. Seit der Ablehnung ihres Forschungsantrags, war er trotz aller Bemühungen nicht imstande, sie aufzumuntern, was immer er auch zu ihr sagte.

„Es ist so sinnlos", erklärte Alex ihre schlechte Stimmung. „Wofür tue ich das alles noch, wo mein Weg in der Wissenschaft doch sowieso in den Abgrund führt?"

„Was erwartest du denn?"

„Eine Stelle!" Herausfordernd schüttelte sie den Kopf. „Oder das jemand sagt, mach weiter, wir brauchen dich in der Wissenschaft. Wir brauchen noch ein Buch von dir. Geh das nächste Projekt an, wir zahlen es."

Bitter lachte Kees auf: „Das ist reine Illusion. Du kennst doch die Realität."

„Ja, leider. Die Realität ist, dass man mich nicht braucht."

„Nein, die Realität ist, dass sich Tausende um eine Stelle bewerben. Das wusstest du schon vor Jahren." Kees stöhnte auf. Dann streifte er mit betonter Gelassenheit seine Schuhe von den Füßen.

„Du warst immer sachlich und realistisch. Ich habe dich dafür geschätzt!", sagte er dann, „wieso also jetzt diese naive Sentimentalität?"

Doch Alex wand sich immer noch: „Ich hasse dieses Schweigen, wenn ich vorwärts will, in sieben Sprachen Schweigen!"

„Bei 200 000 arbeitslosen Akademikern ist das kein Wunder. Einer steht dem anderen bei der Jobsuche im Wege. Wer sollte also einem Kollegen Anerkennung zollen, wenn er Konkurrent in einem unerbittlichen System aus wenigen Gewinnern und vielen Verlierern ist? Du solltest dir den Schuh nicht anziehen. Lass dich jetzt nicht davon runterziehen. Freue dich lieber und sei stolz auf das, was du erreicht hast."

„Das kann ich nicht", antwortete Alex. „Ich habe schon in meiner Kindheit und gesamten Jugend an nichts anderem gearbeitet als an meiner Zukunft in der Ethnologie. Ich habe immer gewusst, wohin ich will. Ich hatte immer ein festgestecktes Ziel, das ich täglich verfolgt habe. Und jetzt, wo ich alle erforderlichen Karriereschritte absolviert habe und endlich promoviert bin, jetzt wo ich theoretisch die wissenschaftliche Reife für eine Anstellung an einem Forschungsinstitut, einem Museum oder einer Universität hätte, jetzt verhungere ich am ausgestreckten Arm Akademias!“ Alex schüttelte sich. „Ich mache mein Buch fertig, ja, ich bin diszipliniert und pflichtbewusst. Ich mache keinen Ärger und tue meine Pflicht. Aber dieses Buch nutzt ja nur noch dem Institut! Das Institut profiliert sich über meine Publikation. Das Institut existiert auch dank meines Buches weiter, kann Ergebnisse vorweisen, kann die nächste Evaluierung bestehen, wird weiter gefördert, kann weiterarbeiten. Ich dagegen bin ausgesaugt und überflüssig. Ich werde nach Erfüllung meines Zwecks als Doktorandin weggeworfen. Das ist die Realität.“

Kees sah sie lange an. Dann schüttelte er den Kopf.

„Es geht mehr als 90 Prozent aller Doktoranden so. Das weißt du doch. Es liegt nicht an dir. Es gibt keine Stellen. So viele Stellen könnten sie auch gar nicht schaffen, wie Doktoranden abschließen. Deine Veröffentlichungen zeigen, dass du nicht gescheitert bist. Und deine Vita zeigt es auch, du hast jahrelang Drittmittel eingeworben, alle deine Forschungen mit Projektanträgen finanziert und erfolgreich durchgeführt, was willst du denn mehr?“

Kees hatte sich seit Jahrzehnten in seiner Existenz als Wissenschaftler und Sozialleistungsbezieher eingerichtet, weshalb Alex über seinen diesbezüglichen Gleichmut nicht verblüfft war. Nie verlor sich Kees in Selbstverteidigung gegenüber anderen oder sich selbst, nie verlor er sein Selbstvertrauen.

Doch Alex wusste nicht, ob nun ihre Ansprüche oder sein Optimismus naiver waren. Kees veröffentlichte gerade sein zehntes Buch, eine englischsprachige Monografie bei einem amerikanischen Universitätsverlag, von dem selbst gestandene Professoren aus Deutschland nach einem umfangreichen und kritischen Begutachtungsverfahren abgewiesen wurden.

Doch finanziell wurde seine Leistung nicht honoriert. So wollte sie nicht leben. Das nicht.

„Es geht mir schlecht damit, die Wissenschaft aufzugeben“, sagte sie leise, als spräche sie nur zu sich selbst.

„Du hast höchstens die Chance auf eine befristete Stelle. Selbst wenn du mit einer Bewerbung erfolgreich bist, verschiebst du das Problem damit nur. In drei Jahren spätestens bist du wieder in derselben Situation wie jetzt und drei Jahre älter. Und überhaupt, selbst um eine befristete Stelle zu bekommen, musst du bereit sein, dich international zu bewerben. Du hattest doch ein Angebot aus Finnland?“

„Du weißt, dass ich das Anna nicht zumuten kann“, erwiderte sie abweisend. „Ich war dazu bereit, mit ihr ins Ausland zu gehen. Eine einjährige Forschungsreise nach Russland wäre möglich, auch wenn ich sie nach ein paar Jahren wiederholen müsste. Aber ich kann von ihr nicht verlangen, erst sechs Monate in Finnland die Schule zu besuchen, dann ein Jahr nach Russland zu gehen und dann noch eineinhalb Jahre in Finnland zu sein, nur um danach wieder eine arbeitslose Mutter zu haben oder wieder die Unterrichtssprache wechseln zu müssen. Das geht über ihre Kräfte. Ich brauche eine institutionelle Anbindung in Deutschland, damit sich unsere Auslandsaufenthalte auf die Forschungsreisen beschränken. Mehr ist nicht möglich.“

Kees zuckte mit den Schultern: „Es kommen nur diejenigen weiter, die dazu bereit sind, auch für Stellen ins Ausland zu gehen. Finde dich einfach damit ab, dass du das nicht tun kannst, und wage einen Neuanfang.“

„Es war ein Fehler, mich darauf zu verlassen, dass ich mit dem Antrag Erfolg haben werde.“

„Du hast es versucht“, tröstete sie Kees. „Aber man hat eben mehr Chancen, wenn man sein Engagement breit streut, sich auf Stellen bewirbt, Anträge schreibt und seine Netzwerke einsetzt.“ Bestimmt ging Kees an Alex vorbei und setzte sich vor den Computer. Er wollte zur Tastatur greifen, doch dann zögerte er. „Überlege doch einfach mal gründlich, was du wirklich willst. Was war dein Antrieb all die

Jahre und wie kannst du ihm auch ohne Wissenschaft noch folgen? Dann findest du auch wieder Sinn in allem, was du tust."

„Ich mache dir erst mal Tee", Alex ging in die Küche. Als sie die Teebeutel in die Kanne hängte und Wasser aufsetzte, lehnte sich Kees an den Türrahmen. „Du hast mir doch erzählt, dass es die Bücher waren, die dich dazu angetrieben haben, in die Ethnologie zu gehen", wiederholte er seine Frage.

„Ja, ich habe die Welt in den Büchern gesehen. In Wustmann und Stingl war mehr Welt als draußen vor meiner sozialistischen Haustür. Ich wollte dasselbe wie sie."

„Und diese Welt waren für dich die Menschen, von denen die Bücher erzählen?"

„Ich habe mir immer die Frage gestellt, warum Menschen sich so verhalten, wie sie es tun. Ich war in der Lage, ihr Verhalten nachzuvollziehen, sie zu verstehen, aber ich war nie in der Lage, dazuzugehören. Und genauso geht es mir heute wieder. Mein Desaster ist, dass ich es wieder einmal nicht geschafft habe, ein Teil einer Gemeinschaft, der Wissenschaftlercommunity zu werden. Wieder stehe ich draußen, beobachte und verstehe, aber ändern kann ich daran nichts."

„Aber dein Interesse, deine Mitmenschen, ihre Antriebe und ihr Verhalten zu verstehen, ist dir geblieben, oder?"

„Es ist weniger ein Interesse. Es ist eine ureigene Eigenschaft in mir, von außerhalb das Treiben der anderen zu beobachten, zu denen ich nicht gehöre, um sie in meinem Innersten zu verstehen. In meiner Sibirienforschung war genau das methodisch gefragt. Ich habe Menschen beobachtet und die Perspektiven gewechselt. Ich habe versucht, mich in sie hineinzuversetzen, um sie aus ihrer Sicht nachzuvollziehen, und dann habe ich wieder Abstand gesucht, um sie von außen zu begreifen, auch das, was sie selbst, versunken in ihrem Handeln, niemals sehen konnten. Dieses Wechselspiel war es wohl, was mich am meisten an meiner Arbeit fasziniert hat."

„Aber diesen Antrieb nutzen viele Berufe! Du kannst jetzt natürlich nicht noch mal studieren, aber du kannst deinem Antrieb weiter folgen und du kannst weiter schreiben. Du musst doch nicht nach Sibirien reisen, um Menschen zu beobachten und darüber ein Buch zu schreiben? Alles das kannst du auch hier tun und wo immer du dich gerade befindest. Du wirst weniger Zeit haben, weil du Geld verdienen musst, aber wenn es wirklich dein innerster Antrieb ist, dann kannst du ihm weiter folgen. Niemand kann dich davon abhalten."

Das Wasser kochte inzwischen und Alex goss den Tee auf. Dann nahm sie ihre Tasse mit Kaffee und rührte ihn wie in Zeitlupe um. Er hatte recht. Sie war nicht darauf angewiesen, eine Stelle als Ethnologin zu haben, um das zu tun, was sie tun musste, um ein erfülltes Leben zu führen.

„Komm", sagte Kees. „Lass uns dein Buch fertigmachen. Damit du damit abschließen kannst."

∞

Am Abend brachte Alex Anna ins Bett. Als würde sie sich von außen kontrollieren, bemühte sie sich um Beherrschung und Geduld ihrer Tochter gegenüber. Wie stets las sie ihr eine Geschichte vor. Dann knipste sie das Licht aus und legte sich noch kurz neben sie.

„Anna", sagte sie leise, „ich werde mir einen neuen Beruf suchen."

Anna lag eine Weile still, dann fragte sie bestürzt: „Warum?", und schnell fügte sie hinzu, „Ich will nicht, dass du aufhörst, Bücher zu schreiben. Ich will auch Bücher schreiben."

„Ich höre damit nicht auf, schreiben kann man immer, auch wenn man sein Geld in einem anderen Beruf verdient. Nur wird es dann schwerer, denn man hat weniger Zeit, und für dich möchte ich ja auch noch Zeit haben."

„Ich will nicht, dass du keine Zeit mehr für mich hast", sagte Anna ängstlich. Doch Alex beruhigte sie: „Ich weiß! Ich werde immer Zeit für dich haben. Jetzt sogar noch mehr als früher."

Eine Weile war es still, dann fing Anna wieder an zu sprechen: „Warum musst du einen anderen Beruf suchen? Es war doch schön so."

„Papa und Mama verdienen nicht genügend Geld. Wir wollen uns doch auch Wünsche erfüllen. Wir wollen uns alles leisten können, was wir brauchen und noch ein bisschen mehr, zum Beispiel dass wir ins Kino gehen können, dass du reiten kannst und Sport machen mit deinen Freundinnen. Vielleicht willst du auch ein Instrument lernen? Und Mama und Papa haben auch Wünsche. Für alles das ist es wichtig, Geld zu verdienen."

Anna nickte und Alex streichelte ihr sanft über den Rücken: „Wir werden uns schon an einen neuen Beruf gewöhnen und vielleicht muss Mama auch noch mal in die Schule gehen. Dann gehen wir beide in die Schule. Das wäre doch ein Spaß."

„Müssen wir dann umziehen?"

„Vielleicht."

Wieder hob Anna aufgeregt den Kopf: „Aber ich will nicht umziehen. Ich will bei meinen Freundinnen bleiben."

„Wir warten erst mal ab. Jetzt brauchen wir noch nicht umziehen."

19

Seit Sven wieder auf seiner neuen Grabung arbeitete, war Kees unter der Woche zu Alex' ständigem Begleiter geworden. Es verging kein Tag, an dem sie sich nicht trafen, entweder an den letzten Korrekturen ihres englischsprachigen Manuskripts arbeiteten oder einfach miteinander zu Mittag aßen. Kees' kontaktfreudige Art, jeden

Kollegen auf der Straße zu grüßen und in ein Gespräch zu verwickeln, zwang Alex mehr Gespräche auf, als ihr lieb waren. Sie hätte sich am liebsten hinter ihrem Computer verkrochen und jeglichen Kontakt zur Außenwelt abgeschnitten, doch immer wieder trafen Kees und Alex bei ihren täglichen Mittagsausflügen Ethnologen und jedes Mal, wenn Kees seine Hand reichte und sein Gespräch begann, bildete sich in Sekundenschnelle ein dicker Kloß in Alex' Hals, der ihr das Sprechen unmöglich machte. Und an diesem Mittwochmittag lief ihnen ausgerechnet Prof. Dr. Ronald Rellenstein vom Nachbarinstitut über den Weg, dessen distanzierte Selbstsicherheit Alex schon immer davon abgehalten hatte, mit ihm ein Gespräch anzufangen. Doch Kees holte wie so oft zum Gruß aus, lief eilig auf ihn zu und reichte ihm seine Hand. Für Alex gab es keine Möglichkeit, dieser Unterhaltung zu entgehen. Sie war gefangen in der Situation. Sie musste stehen bleiben und lächeln. Sie konnte nicht einfach weglaufen, wie sie es gern getan hätte.

Alex' Lächeln versteinerte, als sie Rellenstein die Hand reichte, der ihnen mitteilte, dass er sich in der Mittagspause eine Stunde aufs Ohr legen wolle, bevor er am Nachmittag noch zwei DFG-Gutachten zu verfassen hätte.

DFG-Gutachten, das war ein Reizwort für Alex und als sie hörte in welch abfälligem Ton Rellenstein von dieser Aufgabe und den unzumutbaren Anträgen sprach, spürte sie unwillkürlich Zorn in sich aufsteigen.

Er zeigte schamlos, was er von den Antragstellern hielt, nämlich nichts, was nach Alex' Meinung von vornherein seine Urteilsfähigkeit trübte. Die Selbstüberschätzung, die einige Gutachter an den Tag legten, indem sie jede fremde Arbeit gegenüber ihrer eigenen in beflissener Routine abwerteten, hatte sie leicht aus schon vielen Gutachten abgelehnter Anträge herausgelesen.

Doch Rellenstein brachte noch eine weitere Dimension ins Spiel, seine genervte Abweisung dieser Aufgabe, die er als unzumutbar und lästig schilderte. Mit einer solchen Einstellung, das war Alex klar, konnte man einem Antrag nichts Positives abgewinnen, gleichgültig wie gut er auch immer geschrieben war.

Zu allem Überdruss erzählte Kees nun Rellenstein, dass ihre Anträge gerade von der DFG abgelehnt worden waren, und während Rellenstein bedeutsam schwieg, stieg in Alex das Bedürfnis auf, Kees ob der Enthüllung ihrer Situation erschlagen zu wollen.

Als sie sich sicher war, dass Rellenstein nun die Röte in ihrem Gesicht nicht mehr übersehen konnte, wendete er sich ihr plötzlich zu und fragte sie mit unverfänglichem Lächeln: „Und was werden Sie nun tun?"

Die Frage brachte das Fass zum Überlaufen. Als würde man einen Vogelfreien fragen, wie er nun sein Leben zu verbringen gedenke. Sie fühlte sich innerlich explodieren und das war gut, denn nun fand sie auch ihre Sprache wieder.

„Tja, ich kann mich entscheiden", brach es trocken aus ihr heraus und sie fühlte, wie dumm diese Aussage klang, wie sie ihre unfreiwillige Position im Abseits der Gescheiterten nur noch untermalte. Rellenstein sah sie neugierig an.

„Ich kann mich zwischen Ausstieg oder Stipendium im Ausland mit Kind oder einer erneuten Antragstellung auf Basis von Hartz IV entscheiden."

Ihr Gesicht verlor nun die Hitze und sie fühlte wie ihre Wangen eiskalt wurden. Rellensteins Neugier, das wusste sie, war nichts anderes als die Neugier darauf, wie sie ihr Scheitern erklären würde.

„Wie können Sie uns fragen, was Sie selbst am besten wissen? Man braucht uns in der Wissenschaft nicht. In der Wissenschaft braucht man Studenten und davon viele. Ihre Masse gibt dem Fach seine Daseinsberechtigung. Man braucht Doktoranden als frische, unverbrauchte Forschungskräfte, die die Forschungsarbeit leisten, und man braucht Führungskräfte, die gleichzeitig Lehrkräfte sind und die Studenten und Doktoranden anweisen. Dazwischen braucht man niemanden. Es gibt keine Forschungsstellen, es gibt keinen Mittelbau an den Universitäten, es gibt nur befristete Qualifizierungsstellen und Professuren. Wer seine Diss. fertig hat, hat seinen Dienst für die Wissenschaft getan, seine Funktion in diesem System erfüllt und ist überflüssig, außer er taugt zum Professor. Und wer sich weigert zu gehen, der wird langsam verhungern."

Alex atmete tief ein und sah nun ihrerseits Rellenstein herausfordernd an. Dessen Gesichtszüge hatten während ihrer Rede an Gelassenheit verloren. Irritiert sah er sie an. Dann diese Geste. Er bewegte langsam seinen Arm und beugte sich herab, als müsse er seine Größe überwinden, um mit ihr in Augenhöhe zu kommen. Doch trotz dieser Bewegung stellte Alex zu ihrer Verblüffung fest, er war nicht größer als sie.

„Was schlagen Sie denn vor?", fragte er. Wie typisch, dachte Alex. Jetzt sollte sie Vorschläge machen. „Sie bilden Massen aus, die nie einen Arbeitsplatz bekommen. Und noch schlimmer – In Deutschland wird es einem so gut wie unmöglich gemacht, ein Zweitstudium zu beginnen. Wer einmal seinen Abschluss in der Ethnologie hat, hat auch gleichzeitig sein Recht auf eine Ausbildung verloren."

„Ich zwinge ja niemanden, Ethnologie zu studieren, die Leute kommen von selbst zu uns. Wir haben hier in Deutschland das Recht auf freie Studienwahl. Die Entscheidung der Studenten für ein Fach können wir kaum beeinflussen. Selbst wenn wir uns noch so sehr bemühen, die jungen Leute darüber aufzuklären, wie gering ihre Aussichten auf dem Arbeitsmarkt sind, erst recht in der Wissenschaft, die Leute kommen zu uns, weil sie Bildung wollen."

‚Bildung', dachte Alex. So sehr es ihr auch widerstrebte, ihm recht zu geben. Was er sagte, stimmte.

War sie nicht selbst unbelehrbar gewesen, als es um ihre eigene Studienwahl ging? War sie nicht froh gewesen, in der glücklichen Lage zu sein, frei entscheiden zu können? Hatte sie die Wende nicht genau deshalb gelobt? Und hatte sie nicht einfach nach ihren Neigungen entschieden, anstatt auf ihre Vernunft zu hören?

Wie hatte sie gehofft, zu den Wenigen zu gehören, die es schaffen, eine der begehrten Stellen zu ergattern. Und jetzt stand sie vor dem Aus, mit Bestnote promoviert und dennoch chancenlos.

„Ich sehe nur zwei Lösungen“, sagte sie leise und erinnerte sich an Hans Ulrichs Warnung vor der Massenausbildung, mit der er die Studenten bereits in ihrer allerersten Vorlesung konfrontiert hatte. Dann sagte sie: „Es muss bedarfsgerechter ausgebildet werden, oder man muss den Leuten die Möglichkeit geben, sich auf ihrem Niveau umzuschulen.“

Rellenstein lachte mit einer gönnerhaften Kopfbewegung: „Sie haben die freiheitliche Demokratie immer noch nicht verstanden!“

Alex sah ihn erschrocken an, denn sie begriff wohl, dass er auf ihre ostdeutsche Herkunft anspielte. Mit dieser Art Anklage: „Sie haben die Demokratie nicht verstanden!“, wurde jede Kritik an bestehenden Missständen sofort unterbunden. Wer sich diesem Vorwurf ausgesetzt sah, hatte keine Chance, seine Position zu verteidigen und wurde stattdessen in die linke Ecke gedrängt.

Rellenstein musste das Entsetzen in ihren Augen gesehen haben, denn seine Stimme wurde nun etwas milder: „Obwohl ... wenn ich es genau bedenke, sprechen Sie mir aus dem Herzen.“ Er nickte ihr zu.

„Die Mehrheit unserer Studenten ist völlig ungeeignet für eine wissenschaftliche Laufbahn. Für den Masterstudiengang zum Beispiel finde ich pro Jahrgang, wenn es hochkommt, fünf geeignete Kandidaten. Aber ich muss zwanzig nehmen. Zwanzig! Lassen Sie sich das auf der Zunge zergehen. Ansonsten, so droht man mir, wird das Institut mangels Bedarf geschlossen. Es ist ein riesiges Problem, das sehe ich wie Sie, wenn die Fächer ihre Relevanz mit der Studentenzahl begründen.“

„Und die Exzellenzinitiativen?“, mischte sich Kees nun ein: „Es gibt doch so viele Möglichkeiten, heute an öffentliche Gelder zu kommen.“

Rellenstein schüttelte den Kopf: „Aber es gibt ein massives Überangebot an promovierten Wissenschaftlern! Das gerade haben die internationalen Graduiertenprogramme bewirkt. Wo sollen die denn hin? Für Forschung gibt es zu wenig Geld. Für die Lehre reichen eine Handvoll Professoren. Und die Exzellenzinitiativen?“ Er lachte auf: „Die schaffen nur eine Zweiklassengesellschaft. Wie kann man denn eine ganze Uni gegenüber einer anderen als exzellent herausheben? Exzellent sind einzelne Wissenschaftler und nicht ganze Universitäten. Die Wissenschaftler machen die Forschung und jeder in unterschiedlicher Qualität. Und was ist mit den Absolventen derjenigen Universitäten, die nicht als exzellent ausgezeichnet werden? Sind die automatisch minderwertig? Dann braucht man an diesen Universitäten gar nicht mehr zu studieren. Man kann sie auch gleich schließen, anstatt sie auf Sparflamme weiterlaufen zu lassen. Die Exzellenzinitiativen sind eine völlig inkonsequente politische Einmischung in die Wissenschaft.“

Rellenstein blickte sie kurz an: „Die Zweiklassengesellschaft setzt sich jetzt überall durch. Ich merke es ja am eigenen Leibe. Täglich sitze ich an meinem Universitätsinstitut und bereite die Lehre vor und dabei sehe ich auf den Luxus unseres Forschungsinstituts gegenüber, wo die Leute für die Forschung freigestellt werden. Währenddessen bin ich zu einem Lehrer reduziert und verbringe die Nachmittage mit Gutachten für Gelder, die ich selbst nicht bekomme, oder mit Forschungsanträgen für wissenschaftliche Vorhaben, die ich delegieren muss, weil ich für sie keine Zeit habe. Das ist ein Irrsinn“, schloss er ab und signalisierte unwillig mit einer schnellen Bewegung in Laufrichtung, dass er gern weitergehen würde.

„Humboldt“, warf Kees ein und hielt damit seine Bewegung auf. Rellenstein sah ihn verblüfft an.

„Ja, Humboldt", sagte nun auch Alex. „Forschung und Lehre an den Universitäten zu verbinden, das war Humboldts Idee."

„Von der man jetzt abrückt", fügte Rellenstein hinzu. „Wahrscheinlich ist das den Entscheidungsträgern nicht einmal bewusst." Rellensteins Bewegungen wurden immer ungeduldiger. Alex spürte, dass er sich verabschieden wollte. Doch Kees stand und suchte sichtlich nach Worten. Froh, eine Gelegenheit zu finden, sich aus diesem Gespräch loszureißen, reichte sie Rellenstein die Hand und Kees blieb nichts weiter übrig, als sich auch zu verabschieden. Mit eiligen Schritten entfernte sich Rellenstein. Sein gepflegter, wehender Mantel, seine Ledertasche und sein fest zusammengebundener kurzer, graumelierter Zopf wirkten auf Alex klischeehaft, denn sie waren das typische Outfit eines Post-68ers, der im Establishment angekommen war. Sie wusste, es war ihr eigener Neid und der Zorn über ihr Scheitern, die sie zu diesen Vergleichen verleiteten, und sie spürte, wie ihre Ohnmacht bereits ihr Wesen und ihre Einstellung gegenüber Kollegen trübte. Was hatte einen negativeren Einfluss auf den Charakter? Der Erfolg und die Selbstüberschätzung, dass man ihn verdient habe, weil man überdurchschnittlich begabt sei, oder das Scheitern und die daraus resultierende Missgunst gegenüber denen, die einen Schritt weiterkamen? Sie wusste es nicht. So sah sie ihm hinterher, dem Professor, den sie noch immer für selbsteingenommen hielt. Doch war seine Überheblichkeit nicht auch ein Ausdruck jahrelanger Ohnmacht? Derselben Ohnmacht, die auch sie zerfraß? Eines jedenfalls machte ihn all den anderen etablierten Kollegen, mit denen sie sich unterhielt, ähnlich. Er war zutiefst unzufrieden über seine eigene und die Situation in den Wissenschaften überhaupt. Auch diejenigen, die eine der heiß begehrten Stellen hatten, waren offensichtlich nicht glücklich.

20

„Zur Zukunft des deutschen Wissenschaftssystems“, hieß der Vortrag des Präsidenten der Deutschen Forschungsgemeinschaft. Wieder einmal hatte Kees zuerst davon erfahren und Alex sofort informiert.

„Nach unseren abgelehnten Anträgen“, hatte er am Telefon gesagt, „sollten wir unbedingt dahin gehen und uns anhören, wie der Chef der DFG die Situation erklärt.“

Und Alex hatte für diesen Freitagabend zugesagt, denn Sven konnte Annas Betreuung übernehmen.

Sie wollten sich vor dem neu sanierten Gebäude der deutschen Wissenschaftsvereinigung treffen, die aus unerfindlichen Gründen ihren Hauptsitz in Solau hatte, direkt neben der Kita, in die Anna ging. So nah lebte sie an dem deutschen Machtzentrum der Forschung, dass sie das klassizistisch wirkende Bauwerk von ihrem Arbeitszimmer aus sehen konnte, und so weit war sie davon entfernt. Das historische Gemäuer strahlte wie ein weißer Palast in der gelben Julisonne. Üppig bunte Blumenbeete und kugelrund geschnittene junge Ahornbäume krönten den fetten, kurz geschnittenen Rasen vor dem Prachtbau.

Sven hatte vor zwanzig Jahren in diesen damals völlig maroden Mauern Marxismus-Leninismus-Vorlesungen gehört, die Pflichtveranstaltung, zu der die meisten Studenten ungern und mit der Ohnmacht dem Unumgänglichen gegenüber erschienen. Viel mehr als für den Politunterricht hatten sie sich jedoch für die Geschichte des Baus interessiert, denn das einstige Jagdschloss hatte später einer Freimaurerloge gehört, die dort ihre seltsamen Rituale veranstaltet hatte. Auch Nazis und Sowjets waren triumphierend in das Haus eingezogen. Und wenn es Alex richtig betrachtete, dann hatte sich der Palast über Hunderte Jahre jeder Macht angebiedert, in ihm ihre Ideologien in rauschenden Festen zu bejubeln. Die Schatten der Fahnen von einst wedelten heute noch an der Fassade, nur dass der Palast seit einem Jahr so weiß strahlte, als könne die Übertünchung die Geschichte auswischen.

„Palimpsest" hatte Bodo Lange einst den gesellschaftlichen Umgang mit der Geschichte genannt, und das Gebäude der deutschen Wissenschaftsvereinigung hatte tatsächlich die Merkmale eines immer wieder ausradierten und überschriebenen Pergaments.

Die heutige Pracht des neuen Stammsitzes der deutschen Wissenschaft zeigte den Glanz einer unabhängigen und hehren Forschungstätigkeit, die vor allem eins war: begünstigt, unverzichtbar und geschätzt. Doch während das millionenschwere Statussymbol der Forschung in der Sonne glänzte, wurden die Universitäten seit zwanzig Jahren in den Ruin gespart. Dort, wo die Arbeit geleistet wurde, herrschte bittere Not. Jedes Jahr kamen neue Zahlen: von Stellen, die an den Universitäten gestrichen werden sollten. Für einen Nachwuchswissenschaftler blieb da keine Chance nachzurücken.

Endlich entdeckte sie Kees in der Toreinfahrt. Seine große, schlanke Gestalt eilte ihr mit schlaksigen Schritten entgegen. Die Fußspitzen weit zu den Seiten gestreckt, hatte sein Gang etwas Respekteinflößendes. Er zeigte eine hastende Zielstrebigkeit, die so vielen Akademikern eigen war, ob sie wichtige Positionen innehatten oder nicht.

Kees fasste sie am Handgelenk und zog sie sofort mit, und während er weitereilte, begrüßte er sie nur kurz.

„Der Vortrag fängt in fünf Minuten an", mahnte er sie zur Eile, als hätte sie ihn warten lassen und nicht umgekehrt.

Der Vortragssaal war beeindruckend. Er bot sicher mehr als dreihundert Zuhörern Platz und war an den Längsseiten von marmorierten Säulengängen gesäumt, die eine Galerie trugen. Vorn lief das Auditorium in einer weiträumigen Bühne aus. Darauf stand das Podium mit dem Logo der Deutschen Wissenschaftsvereinigung und einem schwarzen langen Mikrofon.

Sie hatten gerade Platz genommen, als der Präsident der Deutschen Forschungsgemeinschaft vorgestellt wurde, und er begann ohne Umschweife mit seiner Anklage: „Die Deutsche Forschungsgemeinschaft hat ihre Positionen in der Diskussion um die Zukunft des Wissenschaftssystems in Deutschland formuliert. Die größte Forschungsförderorganisation und zentrale Selbstverwaltungseinrichtung für Wissenschaft in Deutschland unterstreicht die besondere Bedeutung der Universitäten und fordert für diese eine deutlich bessere finanzielle Grundausstattung."

„Na endlich!", flüsterte Kees ihr zu. „Jetzt ist es auch da oben angekommen, dass es so nicht weitergehen kann."

„Hier sind wir in Deutschland in eine riskante Schieflage gekommen", hörte Alex weiter und drückte Kees bestätigend den Arm. Kees sah gebannt nach vorn, als wolle er jedes einzelne Wort aufsaugen und als könne ihm die Rede jetzt noch helfen, einen Job oder eine Rente zu bekommen.

Der graue Herr am Pult, der Präsident der Deutschen Forschungsgemeinschaft, war zum Angriff übergegangen. Seine Züge zeigten die Härte eines Kämpfers, der über sich selbst hinauswächst, weil er weiß, dass das Leben seiner Kameraden von ihm abhängt. Er war dazu berufen, ein Machtwort über die Wissenschaft zu sprechen, das die Politik nicht überhören durfte, und er wurde dabei zu einer Symbolfigur aller Wissenschaftler, die unter dem Niedergang des deutschen Wissenschaftssystems ächzten, egal ob er sich dieser Aufgabe gewachsen fühlte oder nicht.

In steifer, korrekter Haltung hielt er die Ellenbogen fest an den Körper gedrückt, als er weiterlas: „Die Erosion der Grundfinanzierung der Universitäten hat inzwischen auch Auswirkungen auf die Rolle der DFG und ihre Förderarbeit. Die DFG wird ungewollt immer mehr zum Grundfinanzier universitärer Forschung, ihre Drittmittel werden zunehmend zu einer Art von sekundärer Währung im Wissenschaftssystem. Das führt dazu, dass wir über immer mehr und teurere Förderanträge entscheiden müssen und trotz kontinuierlicher Etatsteigerungen proportional weniger Anträge bewilligen können."

Alex atmete tief ein und sah Kees von der Seite an. Der erwiderte ihren Blick.

„Da brauchst du dich über deinen abgelehnten Antrag nicht mehr zu wundern", sagte er und blickte sofort wieder nach vorn, denn der Präsident las nun die Fördersummen in den einzelnen Wissenschaftsbereichen vor.

„Der zunehmende Antragsdruck", erläuterte er, „zeigt sich mangels Finanzierung der Forschung an den Universitäten vor allem in der Einzelförderung."

Und dann kam der Satz, der in seiner Ehrlichkeit alle Erwartungen übertraf: „Dabei geraten wir zunehmend in die Lage, auch wissenschaftlich ausgezeichnete Projekte nicht finanzieren zu können."

Jetzt war es heraus! Alex atmete auf, als sei eine Zentnerlast von ihr abgefallen. Ja, das war die Realität, die Antragstellung war zu einem Lottospiel verkommen, da selbst unter den förderungswürdigen Projekten noch aussortiert werden musste, um die Flut der Anträge irgendwie in den Grenzen der zur Verfügung stehenden Mittel zu halten. Nur mit welchen Methoden aussortiert wurde, das entzog sich ihrem Verständnis. Wenn Gutachter beleidigend wurden, um Ablehnungen schreiben zu können, dann war das tolerierbare Maß überschritten.

Als der Präsident der DFG seinen Vortrag beendet hatte, winkte Kees schon einem Kollegen zu. Und Alex sah Mike Weller mit seinem massigen Körper auf sie zulaufen. Als er erst Kees und dann Alex die Hand reichte, wischte er sich mit einem weißen Stofftaschentuch den Schweiß von der Stirn und mit gutmütigem Lächeln stellte er die unumgängliche Frage: „Wie kommt ihr voran?" Sofort legte sich der Schalter in Alex um und auch Kees antwortete, wie üblich, auf positive Weise.

‚Wir zählen nur unsere Erfolge auf!', dachte Alex, als sie Kees zuhörte und dabei hat es heute endlich ein Spitzenmanager der Wissenschaft gewagt, mit dem Finger auf die Realität zu zeigen. Und deshalb mischte sie sich in das Gespräch ein mit dem Bekenntnis, das sie früher lieber verschwiegen hatte: „Die Finanzierung meines Projekts in Tuva, das ich über anderthalb Jahre vorbereitet habe, ist abgelehnt."

Mike sah sie betroffen an. Er wusste, was das für sie und ihre Familie bedeutete: „Das ist klar!", sagte er dann. „Die Bewilligungsquote in den Geisteswissenschaften liegt inzwischen nur noch bei 22 Prozent und die Dunkelziffer, wenn man die zur Überarbeitung zurückgereichten Anträge mit einbezieht, dürfte wohl bei zehn Prozent liegen. Das heißt, neun von zehn Anträgen werden abgelehnt, und wer da nicht Gutachter hat, die einen kennen und fördern wollen, der hat keine Chance."

„Dann würde ich doch wenigstens erwarten, dass man mir ehrlich mitteilt, weshalb der Antrag abgelehnt wurde. Stattdessen muss ich lesen, dass ich als Antragstellerin nicht kompetent bin."

Doch Mike schüttelte nur den Kopf: „Den Gutachtern wird nahegelegt, so viel wie möglich Anträge abzulehnen. Sie müssen nur noch die Argumente finden, und bei der chronischen Überforderung haben sie dazu keine Lust mehr."

„Was für eine sinnlose Arbeit!" Alex fröstelte, und Mike lachte plötzlich auf: „Eine Kollegin von mir hat einen Privatdetektiv bezahlt, um herauszufinden, wer ihr Gutachter war. Und tatsächlich war die Gutachterin eine Konkurrentin von ihr, die jeden ihrer Anträge abgelehnt hätte."

„Und was hat sie dann getan?", fragte Kees erstaunt.

„Was sollte sie tun? Sie hat sich bei der DFG über die Gutachterin beschwert und den Antrag noch einmal eingereicht, mit der Forderung, ihr andere Gutachter zuzuteilen. Darauf ist der Antrag in zweiter Instanz doch noch bewilligt worden. Das ist auch kein Wunder: Die DFG braucht Gutachter, die Anträge ablehnen. Das ist die Herausforderung heute. Wen wundert es da, dass es zu solchen Kapriolen kommt?"

21

„Von den vier Stellen am Institut für Ethnologie ist die Professur gerade unbesetzt und zwei Stellen laufen demnächst aus. Nur Wenzel wird noch vier Jahre im Dienst sein. Und wir haben vom Ministerium den Auftrag, in den nächsten zwei Jahren fünf Fakultätsstellen zu streichen", erklärte Norbert Sass seinem Kollegen Leinhardt, während sie vor dem Konferenzsaal standen, in dem in wenigen Minuten die wöchentliche Beratung der geschäftsführenden Direktoren stattfinden würde.

Sigmund Leinhardt, Professor für Orientalistik, schüttelte den Kopf. Wie ihn dieses intrigante Sägen an fremden Stühlen anwiderte. Doch auch er sah das Problem realistisch. Seit Jahren bekamen sie alle zwei Jahre Auflagen vom Wissenschaftsministerium, wie viele Stellen an der Fakultät eingespart werden mussten. Das tatsächlich überschüssige Personal dürfte schon vor zehn Jahren abgewickelt worden sein. Seither ging es um das Skelett der Fakultät. Weiterhin von allen Instituten gleichermaßen Opfer zu verlangen, würde die Lehre bei steigenden Studentenzahlen zerlegen. Und die Studenten strömten in Massen, jedes Jahr mehr.

Sass sah ihm direkt in die Augen, und wie Sigmund Leinhardt erwartet hatte, machte er den Vorschlag, der als Lösung des Problems von vielen Kollegen vertreten wurde: „Wenn wir das Institut für Ethnologie schließen, dann können wir drei Stellen streichen und wenn Wenzel pensioniert wird, sind es vier. Nicht zu vergessen die beiden halben Doktorandenstellen. Das wäre die fünfte."

‚Die anderen Institute könnten aufatmen', dachte Sigmund Leinhardt. Sie müssten in dieser Runde der Streichungen keine Opfer bringen.

„Aber gerade das Institut für Ethnologie?", fragte er dann. „Dieses Institut hat die höchsten Studentenzahlen an der gesamten Fakultät und die Regionalwissenschaften profitieren seit Jahren von der ethnologischen Zusatzqualifikation ihrer Studenten."

„Ich sehe keine andere Lösung. Kein Institut kann weitere Stellen entbehren. Der einzige Weg, die Forderung des Ministeriums zu erfüllen, ist, ein Institut zu schließen, und nur in der Ethnologie sind derzeit so viele Stellen vakant."

Sigmund Leinhardt seufzte bitter auf. So sehr sich in ihm alles gegen diese Lösung sträubte, sah er doch keinen alternativen Weg. Sass hatte recht, es musste ein Institut geschlossen werden. Aber die Schließung der Ethnologie könnte die gesamte Fakultät destabilisieren. Das Fach hielt die Regionalwissenschaften zusammen, die in den Gravitationsfeldern seiner empirischen Methoden und globalen Perspektive kreisten.

Seit Bodo Lange emeritiert worden war, gab es diese Diskussion. Die Kollegen hatten sich sofort für die Befristungen und das Rentenalter der anderen Institutsmitarbeiter interessiert. Und wenn sie auch würdige Gesichter zeigten, hatte er doch merken können, wie sie sich innerlich die Hände rieben, als sich zeigte, dass es an diesem Institut noch mehr Vakanzen geben würde. Seither schlichen sie um das Institut für Ethnologie herum wie ein Schwarm Haifische, der sein Opfer einkreist.

Und Bodo Lange schien ungeeignet, sein Institut zu verteidigen. Über die Jahre der Zusammenarbeit hatte Sigmund Leinhardt zugesehen, wie Lange in seiner gutmütigen Art zwar vernünftig argumentierte, aber jedes Instrumentariums entbehrte, um seine Interessen auch durchzusetzen. Das lag nicht nur daran, dass sein Institut in der Fakultät nur eine Professorenstimme aufwies, während viel kleinere Institute mit zwei oder sogar drei Professoren abstimmten. Sondern Lange war einfach nicht der Typ für die Ränkespiele, die an der Fakultät tobten, seit jeder versuchte, seine eigenen Stellen zu sichern und Streichungen allein an anderen Instituten durchzusetzen. Jeder war sich selbst der Nächste. Vernünftige Argumente über Studentenzahlen und Ressourcenverteilung verhallten ungehört im leeren Raum. Wer würde schon die eigenen Nachwuchsstellen opfern oder sein eigenes Institut schließen, um das einem anderen Fach zu ersparen?

Was Bodo Lange in Sigmund Leinhardts Augen aber endgültig disqualifiziert hatte, war sein Abgang aus der Fakultät. Lange hatte an seinem letzten Arbeitstag die Tür seines Büros hinter sich abgeschlossen und war verschwunden, als gehe ihn der gesamte Existenzkampf seines Instituts nichts mehr an. Er war also in gewisser Weise an dieser Situation mit Schuld. Sein Baby musste man schützen und vor Feinden verteidigen, sonst wird es aufgefressen.

Inzwischen strömten die Kollegen in den Konferenzsaal. Und Sass hatte sich längst einem anderen Professor zugewandt und setzte ihm mit derselben Eindringlichkeit seinen Plan auseinander. Er wollte wohl vor der Abstimmung genügend Stimmen auf seine Seite ziehen, um sichergehen zu können, dass diese Streichrunde an seinem Institut vorbeiging. Die Religionswissenschaften mit ihren zwei Professuren und fünfzig Studenten waren auch so ein Wackelkandidat, das wusste Sigmund Leinhardt.

Die Professoren saßen in lockerer Ordnung um den Konferenztisch, versammelten ihre Papiere auf dem Tisch und blickten teils müde, teils konzentriert in die Runde, während Dekan Meisner die Tagesordnungspunkte verlas, darunter die in Abstimmung zu fällende Entscheidung, welche Stellen dem Wissenschaftsministerium zur Streichung vorgeschlagen werden sollten.

Sigmund Leinhardt sah sich um. Es fehlte die Vertreterin der Ethnologie Marianne Flatter, und unwillkürlich schüttelte er über diese gefährliche Nachlässigkeit den Kopf. Wollten die Ethnologen ihr Institut freiwillig aufgeben? Seit das Thema der Stellenkürzungen auf dem Tisch der Fakultät lag, war Marianne Flatter nicht in diesem Gremium erschienen. Sie weilte in Hamburg, um eine Ausstellung vorzubereiten. Wenn sie auch heute nicht erschien, würde das Institut für Ethnologie Geschichte sein, dachte er.

Doch da öffnete sich die Tür und Frau Professor Flatter eilte in den Raum, zog sich geräuschvoll einen Stuhl zurecht, setzte sich und nickte in die Runde.

Sigmund Leinhardt verdrehte die Augen, doch bezwang er sich, irgendein Urteil über dieses Verhalten zu fällen. Lieber wollte er sich auf die Geschäfte konzentrieren, die gleich hier im Raum besprochen werden würden. Sein Institut hatte konzentrierte Aufmerksamkeit nötig, wenn es weiterbestehen und irgendwann vielleicht auch wieder wachsen sollte.

Jedes zur Debatte gestellte Thema verfolgte er mit angespanntem Interesse. Er wog punktgenau ab, welche Entscheidungen und Entwicklungen sein Institut voranbringen oder schaden könnten, und leistete zu jedem Thema entsprechende Diskussionsbeiträge, um die Interessen seiner Kollegen und Studenten in der Fakultät durchzusetzen.

Bereits vor Jahren hatte er begriffen, wie wichtig diese Vorgehensweise für die Sicherung und den Weiterbestand seines Instituts war, und er verfolgte diese Strategie gewissenhaft auf jeder dieser Tagungen. Der kleinste Fehler oder auch nur unaufmerksames Schweigen konnte fatale Folgen haben. Er wusste, dass er unermüdlich daran arbeiten musste, und sei der Gegenstand der Diskussion auch noch so nebensächlich, damit sein Institut die Streichorgien überdauerte. Bislang hatte er es geschafft, dass die Orientalistik noch auf keine einzige Stelle verzichten musste, und das sollte auch so bleiben.

Noch während er über seinen Erfolg in der letzten Runde erfreut das abgearbeitete Papier unter seinen Stapel schob, brachte Dekan Meisner Tagesordnungspunkt sieben in die Professorenrunde, die Einsparung von fünf Stellen an der Fakultät.

Sigmund Leinhardt ertappte sich, wie seine Augen sofort Marianne Flatter suchten, die plötzlich unter den Blicken der Anwesenden gespannt und aufrecht wie eine Stahlfeder auf ihrem Stuhl saß.

Während der letzten dreißig Minuten, registrierte er plötzlich, hatte sie kein Wort gesagt. Stattdessen war sie zunehmend auf ihrem Stuhl zusammengesunken, immer abwesender, je später sein Blick sie gestreift hatte. Aber mit der Ankündigung der erneuten Runde und durch die verräterischen Blicke aller Anwesenden hatte sie wohl die Erkenntnis wie ein Stromschlag getroffen. Es ging, das war nun auch dem Letzten hier klar, um die Ethnologie.

„Die Fakultät hat in den nächsten zwei Jahren fünf Stellen zu streichen", verkündete auch schon der Dekan. „An mich sind in Bezug dieser Aufgabe schon mehrere Kollegen herangetreten. In nächster Zeit gibt es an der Fakultät sieben Vakanzen, darunter drei am Institut für Ethnologie, dessen Lehrstuhl derzeit nicht besetzt ist. Soweit mir bekannt ist, schwebt der Vorschlag im Raum, ein Institut zu schließen, anstatt die Kürzung gleichmäßig auf alle Institute zu verteilen. Und dafür kommt nach der heutigen Sachlage nur das Institut für Ethnologie infrage."

„Was?", kreischte eine schrille Stimme durch den Raum. „Das ist ja eine Unverschämtheit! Sie wollen hinter unserem Rücken unser Institut abwickeln?"

Marianne Flatters Gesicht glühte vor Zorn, während die Professoren sie ob ihres Ausbruchs erschrocken ansahen.

„Was wagen Sie eigentlich! Unser Institut ist das älteste in der Fakultät und hat die höchsten Studentenzahlen. Alle anderen Institute profitieren von unserer Ausbildung, und Sie wollen uns schließen? Weil Ihnen gerade nichts Besseres einfällt oder weil gerade Stellen neu besetzt werden müssen?"

„Beruhigen Sie sich doch", versuchte der Dekan sie wieder zur Räson zu bringen. „Wir wollen eine angemessene Diskussion."

Doch Marianne Flatter beruhigte sich nicht. Heftig gestikulierend schwang sie ihre Arme und schrie in die Runde, was für eine impertinente Dummheit es sei, das Scharnierfach der Fakultät aufzulösen, womit sie bei einigen Kollegen höhnisches Gelächter auslöste, denn niemand ertrug es, wenn sich ein anderes Institut zum Nabel der Welt ausrief. Das Gelächter wurde für Marianne Flatter zum Anlass, von ihrem Stuhl aufzuspringen, und ihre Stimme überschlug sich nun fast. „Dann schließen Sie uns doch, schließen Sie uns doch endlich! Sie warten doch nur darauf! Aber eines sage ich Ihnen", sie hob zornig ihren Finger in die Runde, „daran wird die ganze Fakultät zugrunde gehen. Sie alle haben Ihre Studenten zu uns geschickt, damit sie empirische Forschung lernen. Wie wollen Sie ohne uns die methodische Breite Ihrer Lehre und Forschung erhalten? Sie", Marianne Flatter zeigte in einer weiten Geste durch den Raum, „sind alle von uns abhängig!"

Heftig keuchend ließ sie sich wieder auf ihren Stuhl fallen, verschränkte die Arme und presste so stark ihre Lippen aufeinander, dass sich ihr Gesicht sprichwörtlich zur Faust ballte. In dieser Haltung erstarrte sie zu einem mahnend-trotzenden Standbild, und die Professoren saßen noch Sekunden mit entsetzten Gesichtern in der Runde und starrten sie an.

Als Erster fasste sich der Dekan, räusperte sich und fragte, ob es noch Diskussionsbeiträge zum Thema gebe. Unwillkürlich drängte sich Sigmund Leinhardt über diese völlig aus der Situation gegriffene Frage ein Lachen auf, und er hüstelte in die Hand, damit niemand den kurzen Verlust seiner Beherrschung bemerkte.

Er hätte ja gern etwas zugunsten der Ethnologie gesagt. Und es ging ihm in diesem Punkt nicht um Fairness oder gar Anteilnahme, sondern, wenn er es ganz realistisch betrachtete, hatte Marianne Flatter mit ihrer Warnung vor der Schließung gerade dieses Faches recht. Doch nach diesem völlig unprofessionellen Ausbruch fehlten ihm die Worte. Diese müssten auf der einen Seite die inkorrekte Art dieser Frau aufheben, ohne so zu wirken, als seien sie eine positive Reaktion darauf, und auf der anderen Seite müssten sie die Diskussion auf eine Weise versachlichen, die einen weitere emotionale Attacke von Marianne Flatter verhinderte. Deshalb wartete er ab, ob andere Kollegen etwas sagen wollten. Doch der Raum war still. Man hätte eine Stecknadel fallen hören können. Es schien den Kollegen ähnlich zu gehen wie ihm. Die einen standen hinter der Schließung der Ethnologie und würden sich hüten, dies vor Marianne Flatter laut auszusprechen, und die anderen, die wie Sigmund Leinhardt zweifelten, wagten nicht zu reagieren, um sich nicht selbst in den Schatten dieser Diva zu stellen.

Und weil sich niemand meldete, fragte Meisner noch einmal, ob es alternative Vorschläge gebe. Vorschläge, welche Stellen dem Ministerium zur Verfügung gestellt werden könnten. Einige Professoren schüttelten den Kopf, worauf sich Marianne Flatters Augen weiteten. Doch sie sagte nichts, saß mit verschränkten Armen an ihrem Platz und kniff ihr Gesicht zusammen.

„Dann kommen wir zur Abstimmung. Wer stimmt dafür, dass wir die drei vakanten Stellen des Instituts für Ethnologie dem Ministerium zur Streichung vorschlagen?"

Einige Kollegen rekelten sich, als hätten sie Mühe, ihre Knochen zu bewegen. Und dann erhoben sich langsam und zögerlich einige Arme, weitere Arme kamen hinzu und einen Augenblick später war Sigmund Leinhardt klar, die Befürworter würden die Mehrheit sein.

„Wer stimmt dagegen?"

Nun hob er selbst entschlossen den Arm und mit ihm nur drei weitere Kollegen. Marianne Flatter wagte er nicht anzusehen. Und während der Dekan die Entscheidung verkündete, sprang sie auf und tobte: „Das werden Sie bereuen!" Mit heftigen Schritten stürmte sie aus dem Raum und die Tür krachte laut hinter ihr zu. Sigmund Leinhardt sah, wie einige der Anwesenden sichtbar aufatmeten, und schüttelte nur den Kopf.

22

Doktor Klaus Liebert lief wie ein Tiger durch seine dunkle Wohnung, entlang an den langen Regalwänden in seinem schmalen Flur, bis ins hinterste Zimmer, sein Arbeitszimmer, hinein, an dem Schrank mit den wichtigsten Dokumenten seiner Universitätslaufbahn und am Archiv vorbei, hin zum Schreibtisch am trüben Fenster. Dort machte er kehrt, verließ das Arbeitszimmer wieder und schritt zurück durch den langen Flur zur Wohnungstür. Das tat er unzählige Male und dabei fiel ihm unangenehm auf, dass der Radius seiner Schritte in seiner Wohnung wesentlich kleiner war, als er es sich in den Fluren des Instituts über Jahre angewöhnt hatte.

Klaus Liebert dachte so angestrengt nach, dass er beim Gehen ächzte und stöhnte. Doch diese gepressten Laute, mit denen er den inneren Druck nach außen würgte, nahm er nicht wahr. Professor Sigmund Leinhardt hatte ihn gestern angerufen, und seither hatte er keine einzige Stunde Ruhe gefunden. Stattdessen quälten ihn die Gedanken an das Institut, an dem er fast sein ganzes Leben verbracht hatte, immerhin die letzten fünfzig Jahre, und er war jetzt siebzig.

In den vergangenen zwei Jahrzehnten hatte er hilflos zusehen müssen, wie begabte junge Menschen an seinem Institut massenhaft ruiniert wurden. Dass Deutschland seine jungen Talente derart verbrannte, das war ein Skandal. Und er hatte den Beweis für das sinnlose Ausbilden junger Nachwuchskräfte, für die Deutschland keinen Arbeitsmarkt bot, tagtäglich erlebt. Wie oft hatte er einem exzellenten Absolventen, den er mehrere Jahre durchs Studium begleitet hatte, die Hand geschüttelt, um ihn dann in die Arbeitslosigkeit zu schicken, mit dem Wissen, dass er sein Recht auf eine finanzierte Universitätsausbildung mit seinem Abschluss verwirkt hatte und sich nun als Quereinsteiger einen anderen Beruf suchen musste!

Am schlimmsten traf es die Talentiertesten, die sich teilweise bis zur Habilitation mit der Einwerbung von Drittmitteln für jede kleine Aufgabe in der Wissenschaft abkämpften und dazwischen immer wieder von Sozialtransfers lebten, bis sie so erschöpft waren, dass sie freiwillig das Handtuch warfen. Doch dann waren sie überqualifiziert und zu alt für einen Berufswechsel und damit endgültig ruiniert. Klaus Liebert kannte nicht wenige solcher Fälle, die Anfang oder Mitte vierzig und mit allen Diplomen versehen von Hartz IV lebten und dabei doch die Zukunft seines Faches waren. Aber was für eine Zukunft?

Der Druck unter den drei Lehrkräften am Institut war so groß gewesen, dass sie sich im Kampf um ihren Nachwuchs gegenseitig die Schüler madig gemacht hatten. Ines Seesemann hatte er nie gegenüber Professor Lange als Doktorandin durchsetzen können, obwohl sie doch eine seiner talentiertesten Schülerinnen gewesen war. Ines hatte schließlich mit einem kleinen Stipendium promoviert und seither keine weitere Finanzierung ihrer wissenschaftlichen Arbeit erreichen können. Und auch er selbst war nicht zimperlich mit Professor Langes Leuten umgegangen. Dabei litten sie doch alle unter demselben Mangel, ein Wissenschaftssystem, das Massen ausbildete, aber Fachkräfte nicht brauchte.

Nicht ein einziger der Schüler des Instituts hatte es in den fünf Jahrzehnten, die er an der Universität tätig gewesen war, auf eine Professur geschafft. Sein älterer Kommilitone Hans Ulrich war der Letzte gewesen. Doch der hatte seine Professur an einen Westdeutschen abtreten müssen, bevor er emeritiert worden war. Und sie hatten Tausende ausgebildet und in die Welt geschickt. Was für ein Skandal!

Und nun hatte ihm Professor Leinhardt von der drohenden Schließung des Instituts berichtet. Sollte das jetzt die Lösung sein? Man konnte doch das Fach nicht einfach abwickeln? Zwar wäre das Nachwuchsproblem damit gelöst. Niemand würde mehr mit einem Magister für Ethnologie in der Tasche auf dem Arbeitsmarkt scheitern, aber – was die Politik in der Nachwuchsförderung mit Scheuklappen vor den Augen unbedingt ausblenden wollte – Deutschland befand sich auf dem Weg zu einer multikulturellen Gesellschaft, und in der Welt gab es unzählige und unmenschliche Probleme, die dringend gelöst werden mussten, und dafür – verdammt noch mal – brauchte man Ethnologen, wenn das auch niemand wahrhaben wollte.

Plötzlich blieb Klaus Liebert vor seinem Schreibtisch stehen. Er betrachtete das leere Blatt Papier darauf und seinen Füllfederhalter daneben. Nie hatte er sich in die Entwicklung der Schreibtechnik fügen können, und selbst sein letztes Buch über „Hunger in der Welt" hatte er handschriftlich zu Papier gebracht.

Dann setzte er sich, schraubte seinen Füllfederhalter sorgsam auf und notierte das Wort „Argumente".

Dass die Ethnologie in Linden, als ältestes Institut für Ethnologie im deutschsprachigen Raum, gerade im hundertsten Jahr nach seiner Gründung abgewickelt werden sollte, das war schon Skandal genug. Doch die Universitätsleitung wollte darüber hinaus mit dem Fach einen der am stärksten nachgefragten Studiengänge der Fakultät schließen. Berücksichtigte man den Umfang des Lehrpersonals, ein Professor und vier Mitarbeiter, dann war es wohl auch der effizienteste Studiengang. Ein Viertel aller Bachelor-Studenten der Regionalfächer entfielen auf die Ethnologie. Das waren bei acht Instituten mit insgesamt achtzehn Professoren überdurchschnittlich viel pro Lehrkraft.

Klaus Liebert musste grinsen. Es war wohl das erste Mal, dass sich die dünne Personaldecke des Instituts als argumentativer Vorteil erwies, wie zynisch.

Doch er konnte einfach nicht begreifen, aus welchen übergeordneten Erwägungen heraus die Universitätsleitung jetzt beabsichtigte, ausgerechnet einen intakten und darüber hinaus einen der erfolgreichsten Bachelor-Studiengänge der Fakultät zu demontieren und gewissermaßen zu einen ‚Steinbruch' für den Personalabbau zu degradieren. Dazu kam die natürliche Scharnierfunktion der Ethnologie für die einzelnen Regionalfächer. Die Folgen für die Fakultät waren doch abzusehen, dachte Klaus Liebert. Denn der nächste Schritt wäre die Aufgabe der regionalen Vielfalt der Fakultät und das wäre ihr Ende. Ging es also um die gesamte Fakultät, deren Einsparung langfristig eingeleitet werden sollte?

Klaus Liebert runzelte die Stirn. Jetzt war er siebzig, und er musste ein letztes Mal kämpfen, für sein Fach und für sein Institut, das unter Ulrich und ihm die DDR überlebt hatte und das auf eine bewegte Geschichte in vier Gesellschaftssystemen zurückblicken konnte. Heute Nachmittag würde er seinen ehemaligen Schüler im Landtag anrufen, gleich heute Nachmittag.

„Rossmeier!", meldete sich der Landtagspräsident am Telefon.

Klaus Liebert zuckte wie stets bei dem harten Tonfall des im Zentrum politischer Diskurse stehenden Mannes zusammen. Seit sie vor Jahren über das Schulfach Ethnologie debattiert hatten, damals war Rossmeier noch Sekretär im Wissenschaftsministerium gewesen, hatte Klaus Liebert die Durchwahl zu seinem Büro. Doch er machte nur im Notfall davon Gebrauch, denn er wusste, dass man Privilegien schnell verspielen konnte.

Doch die drohende Schließung seines Instituts war ein solcher Notfall, und es machte nur dann Sinn, sich dagegen zu engagieren, wenn er gleich an Entscheidungsträger herantrat, die der Fakultät weit übergeordnet waren.

Nervös griffen seine Hände zu den Papieren auf dem Schreibtisch. Sorgfältig hatte er sie vor dem Gespräch dort ausgebreitet. Dann räusperte er sich.

„Klaus Liebert."

„Herr Liebert!", rief die Stimme am anderen Ende der Leitung nun wesentlich umgänglicher. Und Klaus Liebert atmete erleichtert auf. Sein Schüler Rossmeier war noch derselbe.

Hartmut Rossmeier war kein offizieller Student des Instituts für Ethnographie gewesen. Als er sich 1978 um einen Studienplatz beworben hatte, durfte das Institut nicht immatrikulieren, und Rossmeier war in die Naturwissenschaften umgeleitet worden. Dennoch hatte er über Jahre Ulrichs und Lieberts Vorlesungen und vor allem auch die Vortragsreihen am Institut verfolgt, und da das Institut damals noch sehr familiär gewesen war, hatte er als Student im regen Austausch mit den Lehrkräften gestanden.

„Wie geht es Ihnen?", fragte nun Rossmeier, und Klaus Liebert fand wie immer auf diese Frage keine Antwort. Er nickte ins Telefon, räusperte sich und besann sich schließlich auf seine Abhandlung über die Gründung des Instituts vor einhundert Jahren, an der er gerade arbeitete.

Es grenzte an ein Wunder, wie die familiäre Atmosphäre der einstigen Ethnographie in Linden noch jahrzehntelang nachwirkte, dachte er, während er über seine jüngste Studie berichtete. Und Rossmeier hatte vielleicht Glück gehabt, dass er Mathematik und nicht Ethnographie studiert hatte, denn ansonsten wäre er heute eher ein kleiner Angestellter an einem Museum, anstatt einen der einflussreichsten Posten in der Landespolitik zu vertreten.

Und seine Studie zur frühsten Geschichte des Instituts hatte er mit Bedacht als Aufhänger für das Gespräch gewählt. Er spürte geradezu Rossmeiers Hochachtung, als der ins Telefon sprach: „Ich kenne doch die Bedeutung unseres Instituts im deutschsprachigen Raum und seine besondere Relevanz in der sächsischen Geschichte als Pionierinstitution der deutschen Geisteswissenschaften. Und es ist gut, dass unser altes Mammut die DDR überdauert hat. Schließlich ist es nicht nur ein Beweis dafür, dass auch die Sachsen den Preußen mal nasenlang voraus waren. Jetzt hoffe ich, dass sich Ihr Institut unter seinem neuen Direktor in eine weltweit inspirierende Zukunft entwickelt und seiner Vorreiterrolle in der deutschsprachigen Ethnologie gerecht wird."

Damit hatte Rossmeier das Thema des Gesprächs auf den Punkt getroffen, und Klaus Liebert wunderte sich, wie ihm das gelungen war.

Er wusste, er musste sich kurzfassen, denn Rossmeier konnte jederzeit wegen anderer Aufgaben im Gespräch unterbrochen werden. Für langes Plaudern hatte der keine Zeit, und Rossmeier hatte ihm eben das richtige Stichwort gegeben. Schnell räusperte er sich wieder und unterbrach Rossmeiers Schwärmerei mit der Information: „Die Universität will im Zuge der Einsparungen das Institut für Ethnologie hundert Jahre nach seiner Gründung abwickeln. Gerade ist beschlossen worden, dass drei Stellen der Ethnologie dem Ministerium zur Streichung vorgeschlagen werden sollen."

„Was?", reagierte Rossmeier prompt, und beide schwiegen einige Sekunden. Das Entsetzen über diese Entscheidung der Universität stieg in Klaus Liebert wieder auf, als hätte er diese Nachricht eben zum ersten Mal gehört. Doch Rossmeier war nicht um schnelle Worte verlegen. Das gehörte wohl zu einem Politiker, dachte Klaus Liebert, als Rossmeier umgehend sagte: „Wenn die Ethnologie mit ihrer Bündelfunktion wegfällt, kann die ganze Fakultät in sich zusammenbrechen. Ist das Ihren Kollegen nicht bewusst?"

Was sollte Klaus Liebert dazu sagen? Sollte er erklären, dass jedes Institut um seine eigene Existenz kämpfte und mit allen Mitteln den Rotstift von sich fernhielt, selbst wenn das bedeutete, dass das Institut mit den höchsten Studentenzahlen an der Fakultät gestrichen werden musste?

„Alle Institute sind in irgendeiner Weise mit der Ethnologie vernetzt", bestätigte er Rossmeiers Argument. „Und es wäre sicher schädlich für die Fakultät als Ganzes, wenn das Institut für Ethnologie mit seiner Basisausbildung wegbrechen würde. Schließlich studieren viele Studenten der Regionalfächer auch Ethnologie im Nebenfach und die Ethnologen suchen ihre Nebenfächer in den Regionalwissenschaften. Die Fakultät würde ohne die Ethnologie auseinanderfallen."

„Da bin ich ganz Ihrer Meinung", kam Rossmeier Klaus Liebert sofort zu Hilfe und wieder spürte er das Nicken seines ehemaligen Schülers am Telefon.

„Ich werde mich sofort darum kümmern. Machen Sie sich keine Sorgen, Herr Liebert. Noch heute geht Post an alle im Landtag vertretenen Fraktionen, die Entscheidungen über parlamentarische Initiativen in dieser Sache treffen werden.“

Zwei Monate später hatte Dekan Meisner ein Schreiben des Rektorats im Postfach, das er sofort öffnete. Erschrocken über die unmissverständliche Andeutung bezüglich der Fakultätspläne las er die Mitteilung der Rektorin, dass weitere Einsparungen an der Fakultät bis auf Weiteres ausgesetzt seien. Erleichtert und ungläubig strich er mit der rechten Hand das Papier glatt. Dann dachte er an das Institut für Ethnologie und an den Aufruhr der letzten Monate um das bedrohte Fach. Die Fakultät hatte eine Gnadenfrist erhalten.

23

Als Alex an diesem Freitagmorgen Anna in die erste Klasse ihrer Schule brachte, erzählte ihre Tochter stolz, sie sei heute Mittagskind und als sie sie wieder abholte, liefen sie direkt zur Straßenbahn, um sich mit Kees zu treffen. Sie wollten nach Linden, wo sie zur Einhundertjahrfeier des Instituts für Ethnologie eingeladen waren. Knapp vor der Eröffnungsrede in einem der Hörsäle des Hauptgebäudes trafen sie ein und suchten sich einen Platz in den vorderen Reihen des Auditoriums. Alex packte Malpapier und Stifte für Anna aus, klappte ihr Tischchen hoch und prüfte dessen Kante, die das Verrutschen der studentischen Mitschriften verhindern sollte. Die Filzstifte würden kullern, dachte sie und sah betreten auf den Fußboden, um festzustellen, sie würden nach vorn in Richtung des Vortragenden rollen und erst nach Ende des Vortrages wieder eingesammelt werden können. Deshalb wendete sie sich in ernstem Ton an ihre Tochter.

„Nimm jeden Stift einzeln aus der Tasche“, erklärte sie ihr, „und lege ihn sorgfältig wieder in die Tasche zurück, ehe du dir den nächsten Stift nimmst.“

Anna nickte brav und rutschte auf ihrem Stuhl hin und her, um eine bequeme Position zu finden. Der Abstand zwischen Sitzfläche und Klapptisch war zu weit für sie. Sie rutschte vom Stuhl herunter und versuchte nun, halb stehend auf seiner Kante Platz zu nehmen. Dann nahm sie ihr Papier und begann sofort zu malen.

Erst jetzt klappte Alex ihren eigenen Tisch hoch, nahm ihr Heft aus der Tasche und legte einen Stift an dessen Oberkante, sodass er nicht rollen konnte.

Die neue Professorin und, seit Langes Emeritierung, Leiterin des Instituts, bat um Ruhe, eröffnete die Tagung und führte den ersten Vortragenden ein, der sich bei ihr höflich bedankte und dann sofort begann, über afrikanische Kunst zu referieren. Das Auditorium wurde verdunkelt. Nun stand nur noch der Referent im Licht des Pultes und an der Wand zeichneten sich geschnitzte Holzfiguren und Masken mit Tierhaaren ab. Es klackerte. Alexandra schreckte auf und Anna versuchte unter ihr Pult zu kriechen, um im Dunklen einen Stift zu suchen. Sofort flüsterte Alex ihr zu: „Lass, wir suchen den Stift später“, und zog sie wieder auf ihren Stuhl. Kurz versuchte ihre Tochter sich zu sträuben. Doch Alex verbat sich die Diskussion, gab ihrer Tochter einen anderen Stift in die Hand und forderte sie leise auf, zu malen. Anna fügte sich. Und der weitere Vortrag verlief zu Alexandras Erstaunen ohne weitere Zwischenfälle.

Die Diskussion war angeregt. Einen guten Vortrag würdigt man mit einer Frage, eine Regel, die Alex stets an diesem Institut beachtet hatte. Doch als sie sich meldete, wendete sich der Referent plötzlich mit sanfter Stimme an ihre Tochter.

„Das kleine Mädchen dort hat auch eine Frage? Du kannst mir jetzt sagen, was du wissen möchtest.“

Alex durchfuhr ein Blitz. Sie hatte nicht bemerkt, dass ihre Tochter sich neben ihr gemeldet hatte. Hätte sie es bemerkt, hätte sie es sofort unterbunden und sie leise ermahnt, sich zurückzuhalten. Doch ihre Tochter, von der sie eben noch geglaubt hatte, sie ahme nur das Heben der Hände der Studenten und Wissenschaftler nach und könne gar keine Frage parat haben, fing an, fröhlich zu plappern. Nach einer umständlichen Einleitung fragte sie schließlich: „Warum werden denn die Holzmännlein verbrannt, wenn man sie benutzt hat?“

Das Auditorium lachte und Alex ließ erleichtert ihre Schultern sinken, die eben noch erstarrt vor Schreck fast ihre Ohren berührt hatten.

Der Referent hub an, Anna mit den einfachen Worten zu antworten, die man für ein Kind geeignet hält, und Alex sah ihre Tochter an, die den Kopf eifrig auf und ab bewegte. Sie zeigte die kindlich-erwachsene Geste einer Schülerin, die sich ehrlich bemühte. Und Alex sah Anna zu, wie sie den grünen Stift in ihren Händen hielt und soeben in ihre Fußstapfen getreten war. Eben hatte sie verstanden, ihre Tochter hatte nicht mehr die scheue Zurückhaltung, die ihr in ihrer eigenen Kindheit anerzogen worden und an der sie immer wieder gescheitert war. Ihre Tochter konnte selbstbewusst vor vielen Menschen sprechen und es machte ihr nichts aus, dass sie dies als einziges Kind unter Erwachsenen tat.

Nach dem Eröffnungsvortrag des Ehrengastes, der den mehrtägigen Festakt eingeleitet hatte, leerte sich der Hörsaal. Man lief gemeinsam zu den Feierlichkeiten des Abends ans Institut für Ethnologie.

„Anton, wie geht's dir? Was macht deine Habil?“, rief sie auf dem Weg und winkte einem Kollegen zu. Er blieb sofort stehen, kam zu ihr, umarmte sie spontan und drückte ihr links und rechts ein Küsschen auf die Wange. Sie hatte Anton Gruner nur ein paar Mal am Institut gesehen, doch er war in den letzten Jahren als Assistent in der Lehre Langes rechte Hand gewesen und hatte gerade seine Habilitation eingereicht. Seine Stelle war ausgelaufen, als das Institut eine neue Leiterin bekam, Langes Nachfolgerin. Soweit Alex wusste, hatte er einen

Forschungsantrag eingereicht, um seine Arbeit mit einem neuen Projekt fortsetzen zu können.

Obwohl sie ihn bislang kaum gesehen hatte, konnte sie locker ein Gespräch mit ihm beginnen, denn es basierte auf einer endlosen Korrespondenz und einigen gemeinsamen Veröffentlichungsprojekten. Sie hatten vor Jahren schriftlich zueinandergefunden. Obwohl sie seit Annas Geburt kaum noch in Linden gewesen war, war ihr Kontakt zum Institut gerade über ihn nie ganz abgerissen.

Anna kreischte und Alex musste sich kurz zu ihr umdrehen. Mit einem anderen Mädchen rannte sie den Gehweg entlang, blieb plötzlich stehen und sah sich zu ihr um. Dann wendete sich Anna wieder Anton zu und lachte ihn herausfordernd an.

„Tja", sagte er und räusperte sich, „Ich warte immer noch auf das zweite Gutachten."

„Mein zweites Promotionsgutachten hat über ein Jahr gebraucht, bis es zu mir fand", sagte Alex. „Da kann man schon mal die Geduld verlieren."

„Kein Problem!", Anton schüttelte den Kopf, „Ich habe eher andere Sorgen. – Mein Projekt ist von der Alexander-von-Humboldt-Stiftung völlig verrissen worden. Es lohnt sich nicht einmal, den Antrag zu überarbeiten. Ich hatte mir geschworen, dass dieser Antrag mein letzter ist. Wird er bewilligt, ist es gut, aber wird er abgelehnt, dann steige ich aus dem Universitätsbetrieb aus. Und jetzt ist es so weit."

Es entstand ein kurzes Schweigen, währenddessen Alex noch einmal kurz ihre Tochter mit den Augen suchte. Eine flüchtige Geste, mit der sie Antons Blick ausweichen wollte. Sie hatte Anton immer als erfolgreichen Durchstarter empfunden, der sich allen Herausforderungen stellte.

„Und?", fragte sie dann vorsichtig: „Was hast du jetzt vor?"

Anton wirkte nicht trostlos auf sie, er ließ nicht die Schultern hängen und er fluchte nicht über diesen Existenz-raubenden Misserfolg. Optimistisch sah er ihr geradewegs in die Augen.

„Ich habe Kontakt zu einem kleinen Naturkundemuseum aufgenommen. Sie bekommen in einigen Monaten eine Dauerleihgabe an Ethnographika zurück, die seit dem Krieg durch andere Museen getingelt ist. Ich versuche dort, eine ethnographische Abteilung aufzubauen. Vielleicht bietet mir das eine Chance, irgendwann doch noch dauerhaft in Lohn und Brot zu kommen."

Sie wusste, was es hieß, auf Museumsethnologie umzusteigen. Im Prinzip musste man sich darauf bereits im Studium vorbereiten, mehrere Praktika absolvieren und dann – vor oder nach der Promotion – das Glück haben, ein Volontariat zu bekommen. Ein reiner Universitätsethnologe wurde an den Museen nicht gern eingestellt. Aber wenn er den Kontakt bereits geknüpft hatte, dann musste er auch eine Chance haben. Nichts wog in der Ethnologie schwerer als persönliche Kontakte. Daher war ihre Frage nur konsequent, die sie nun stellte.

„Hast du dort ein Volontariat?"

Anton lachte nur und winkte ab. Doch ehe er erzählen konnte, traten der pensionierte Liebert und sein Nachfolger Wenzel an sie heran.

Wenzel war es, der zuerst das Wort ergriff: „Danke, dass Sie uns Ihre Dissertation geschickt haben." Liebert nickte höflich und distanziert, wie sie ihn stets gekannt hatte. Offensichtlich wollten sie ihr etwas sagen. Deshalb warf sie einen prüfenden Blick zu Anna, die immer noch mit dem Mädchen auf dem Gehweg tobte. Sie schüttelte den Kopf über die Energie ihrer Tochter und wendete sich Wenzel zu.

„Ich habe gerade Ihnen das Buch gerne geschickt. Schließlich fing mit der ‚Völkerkunde für Jedermann' bei mir alles an."

„Wir haben Ihr Buch gelesen und großen Respekt vor Ihrer Leistung. Das ist eine beeindruckende Arbeit", sagte Wenzel. „Ich wollte Ihnen etwas dazu schreiben, aber, wie immer, bin ich nicht dazu gekommen, mich hinzusetzen und meine Gedanken auszudrücken."

„Ja, die schreibfaulen Ostethnologen", lachte sie. Wenzel winkte erschrocken ab.

„Das brauche ich jetzt auch nicht mehr. Ich sage es Ihnen gleich mündlich. Sie haben sich gut entwickelt.“

Da mischte sich plötzlich Kees ein, der den letzten Teil des Gespräches aufmerksam verfolgt hatte.

„Gratulieren Sie ihr ruhig. Wir bekommen viel zu selten Anerkennung für unsere Leistungen, und sie hat es besonders verdient. Die Ergebnisse ihrer Studie sind international in sechs Sprachen erschienen. Wer kann das schon vorweisen?“

Nun war es Alex, der Unbehagen in die Kehle stieg. Kees hatte mal wieder in einer Lobeshymne maßlos übertrieben. Schließlich veröffentlichten alle Kollegen heute in mehreren Fremdsprachen. Auch Wenzel fand das Lob wohl zu überschwänglich. Jedenfalls lenkte er das Gespräch auf ein anderes Thema. Er wendete sich Liebert zu, als wäre seine anschließende Frage mit ihm abgesprochen, dann sah er Alex an: „Und wie geht es jetzt bei Ihnen weiter?“

Alexandra fühlte sich auf den Boden aufschlagen, ihr Lächeln versteinerte.

„Ich werde wohl den Beruf wechseln“, erklärte sie und ergänzte: „Ich möchte meine Tochter ernähren.“

Als hätte er diese Antwort erwartet, nickte Liebert wieder und sah sie dann fast warm an. In seinem Blick lag kein Mitleid, sondern die Erfahrung eines Menschen, der jahrzehntelang vergeblich für die Ethnologie gekämpft hatte.

‚Auch ihm fehlen die Möglichkeiten‘, dachte Alex und sie wusste, ihre Lehrer hatten das Beste für sie getan. Sie hatten sie für die Forschung ausgebildet, doch jede weitere Bemühung war eine Verzögerung. Sie musste sich nun der Realität fügen. Und sie versuchte ihre Entscheidung Liebert und Wenzel zu erklären.

Kees nickte ihr aufmunternd zu: „Die wissenschaftliche Neugier wird dir auch in Zukunft bleiben und wer weiß, was du daraus noch alles machst.“

Anna schrie auf. Sie war auf die Platten des Gehwegs gefallen, setzte sich hin und hielt sich das Knie. Alex entschuldigte sich und rannte zu ihr.

Im Institut für Ethnologie füllte sich langsam der Hörsaal, Studenten kredenzten Getränke, die Gäste und Mitarbeiter des Instituts standen in kleinen Gruppen, in den Augen die Freude über Begegnungen mit Kollegen, die man hier endlich einmal wiedertraf.

Doch bevor der Umtrunk eröffnet wurde, versammelten sich die Anwesenden in einem Kreis um Bodo Lange, der von der neuen Institutsleiterin gebeten worden war, in einigen Worten an seinen Vortrag zur Institutsgeschichte anzuknüpfen.

Alex hörte ihm zu, wie die König-Friedrich-August-Stiftung für wissenschaftliche Forschung die Gründung des Instituts als erstes Institut für Ethnologie im deutschsprachigen Raum vor genau einhundert Jahren beschlossen hatte, um mit ihm wie mit anderen Instituten die geisteswissenschaftliche Grundlagenforschung in Sachsen zu etablieren und Fachkräfte auszubilden. Wie schon so oft hörte sie die Namen seiner Vorgänger, die mit der Geschichte des Instituts verbunden waren. Er rekapitulierte die Bewahrung des Faches durch die DDR-Zeit, doch dann horchte sie auf. Bodo Lange bat Marianne Flatter neben sich und nahm sie in seinen rechten Arm, um sie fest gegen seine Seite zu drücken.

„Frau Professor Flatter“, erklärte er, „hat in den letzten zwei Jahren das Institut kommissarisch geführt. Und – das möchte ich an dieser Stelle betonen – sie hat das vorbildlich getan.“ Er machte eine bedeutungsvolle Pause. Dann fuhr er fort: „Wir verdanken ihr, dass unser Institut die Zeit der Vakanzen durchgestanden hat und an seinem hundertsten Jahrestag noch existiert, als historisches Fundament der deutschsprachigen Ethnologie.“

Unter dem Applaus umarmte er seine Kollegin und Alex' Blick fiel kurz auf Liebert, der betreten zu Boden blickte, und seinen Schüler Wenzel, der seine Augen so auffällig verdrehte, dass sie eine Ahnung davon bekam, wie wenig er mit Langes Worten einverstanden war. Sie wies Kees, den Wissenschaftshistoriker, auf beide hin und Kees flüsterte ihr ins Ohr: „Das will ich genau wissen, was in den letzten beiden Jahren hier passiert ist!“ Dann gab Bodo Lange das Wort weiter an seine Nachfolgerin.

Die Tische in dem renovierten Raum waren an den beiden langen Wänden zu einem Buffet zusammengestellt. Darauf der typische Mix aus Speisen, die Studenten auf Partys mitbringen, Salate, Bouletten und Knoblauchbrote. Einige Platten mit Kanapees mussten bei einem Partyservice bestellt worden sein. Sie sah es an der akkuraten Gestaltung und Dekoration der belegten Weißbrotquadrate. Der Raum war gut gefüllt. Das fröhliche Stimmengewirr der Studenten klang für Alex vertraut. Doch ihre Gesichter kannte sie nicht.

Seit sie das Institut verlassen hatte, um nach Solau zu gehen, waren neun Jahre vergangen. Es hatten also drei Studentengenerationen in dieser Zeit ihre Regelstudienzeit absolviert. Auch die lebendige Fröhlichkeit, der unbefangene Optimismus und das bescheidene, natürlich wirkende Selbstbewusstsein dieser Studenten war Alex angenehm und fremd zugleich. Hatten sie und ihre Kommilitonen damals auch so gewirkt? Ein wenig bewunderte sie diese jungen Menschen, die voller Optimismus nach vorn schauten, als hätten sie ihre lichte Zukunft vor Augen. Sie selbst blickte nun zurück. Daran erkannte sie, dass sie am Ende eines Weges stand.

Damals als sie selbst ein Teil des studentischen Treibens in diesem Raum war, hatte sie nur nach vorn gesehen und sie war sich sicher gewesen, sie sei auf dem richtigen Weg zu ihrem Ziel. Sie wollte Ethnologin werden. Sie kämpfte darum, mit jedem Wort und jeder Geste. Und sie hatte gedacht, wenn sie endlich an ihr Ziel gelangt sei, würde sie glücklicher sein und freier.

Und nun stand sie in demselben Raum, in dem sie bereits Hans Ulrichs Vorlesungen gefolgt war. Die Jahre, in denen sie an ihrer Dissertation gearbeitet hatte, Tage um Tage waren dahingeflogen, erfüllt von produktiver Energie im Kreis ihrer Kollegen. Darüber musste sie verdrängt haben, was ihr hier wieder deutlich vor Augen stand. Sie hatte im Rausch ihrer wissenschaftlichen Existenz gelebt, aber wo war sie selbst geblieben? Und sie fragte sich plötzlich, ob sie über ihren ambitionierten Zielen vergessen habe zu leben.

Kurz sah sie zu Anna, die mit ihrer Freundin wieder über den Flur rannte, bis sie von einer Studentin zur Ordnung gerufen wurden. Spielplätze im Park waren ihre zweite Heimat geworden, Plätze des Stillstands in der Hatz einer wissenschaftlichen Karriere. Der Teil in ihr, der nicht Wissenschaft betrieb, war ausgefüllt von Anna. Doch sie selbst? Sie musste erkennen, dass sie nur Wissenschaft war und nichts daneben. Brach also die Wissenschaft aus ihrem Leben weg, was war sie dann?

Sie drehte sich um, um Anna zu suchen.

Dank

Mein Dank gilt allen, die mitgefiebert, Mut gespendet, kritisiert, lektoriert und kommentiert haben, darunter Krischan, Han, Erato, Birgit, Ulli und André sowie erfahrene Kollegen, die einstige Lektorin von Erich Wustmann, Herr Krohn und Herr Wenzel höchst persönlich.

Die Autorin

Anna Sperk, geboren 1974 in Oelsnitz/Vogtl., ist promovierte Ethnologin und Autorin von zahlreichen wissenschaftlichen Veröffentlichungen. Derzeit lebt und arbeitet sie in Halle (Saale). Der Roman „Die Hoffnungsvollen" wurde vom Land Sachsen-Anhalt mit einem Autorenstipendium gefördert. Er ist ihr belletristisches Debüt.